D1521589

BESTSELLER

Luis Montero Manglano nació en Madrid en 1981. Es director de formación y profesor de arte e historia medieval en el Centro de Estudios del Románico de Madrid. Ha publicado las novelas *El Lamento de Caín* (por la que ganó el premio EATER a la mejor novela de terror, 2012), *La aventura de los Príncipes de Jade* (2017) y los tres volúmenes de la trilogía de Los Buscadores: *La Mesa del rey Salomón* (2015), *La Cadena del profeta* (2015) y *La Ciudad de los Hombres Santos* (2016), con las que muestra sus amplios conocimientos de historia y su pasión por la literatura.

Biblioteca

LUIS MONTERO MANGLANO

La aventura de los Príncipes de Jade

DEBOLS!LLO

Primera edición: marzo, 2017

© 2017, Luis Montero Manglano
© 2017, Penguin Random House Grupo Editorial, S. A. U.
Travessera de Gràcia, 47-49. 08021 Barcelona

Printed in Spain – Impreso en España

ISBN: 978-84-9062-777-8 (vol. 1162/4)
Depósito legal: B-463-2017

Compuesto en Comptex&Ass., S. L.
Impreso en Novoprint
Sant Andreu de la Barca (Barcelona)

P 6 2 7 7 7 8

Penguin
Random House
Grupo Editorial

Para Bárbara, Marta, Carlos,
Ignacio, Isaac, Rodrigo y Víctor.
Dyos bo'otik

Es muy natural creer en lo sobrenatural; lo que no es natural es creer sólo en las cosas naturales. Pero, aunque sólo hizo falta un pequeño empujón para que cayeran ustedes en explicaciones sobrenaturales, esta vez se trata de cosas naturales. Y no sólo naturales, sino sobrenaturalmente sencillas.

G. K. CHESTERTON,
La incredulidad del padre Brown

¡NOTICIAS DE LA CBS!

En el día de hoy, en su primer discurso a la Cámara de los Comunes como primer ministro de Reino Unido, el señor Winston Churchill ha dicho que no tiene nada que ofrecer «salvo sangre, sudor y lágr...».

[Ziiip... Wruuup... Uuuuuuiiiiiih...]

¡... ltima hora! La ciudad de Rotterdam, en Países Bajos, ha sido sometida a un brutal bombardeo por fuerzas aéreas alemanas. Hasta el momento se desconoce el...

[Fffffzzzzzz... Wuiiiuiii... Wiiippps...]

... desde San Bernardino, California, para Cabalgata de América. *Asistimos a la inauguración de un pintoresco restaurante en plena Ruta 66. Su nombre es McDonald's Famous Barbeque y está especializado en más de cuarenta tipos de hamburguesas, y al que deseamos...*

[Wooops... Zuuuiiiiip... Zzzzzzrrrr...]

... Louella Parsons para Hollywood Hotel. [Música de órgano.] *Saludos desde Hollywood, amigos oyentes, esta noche asistiremos con Bette Davis al plató en el que rueda su próxima película,* La carta, *dirigida por William Wyler. A continuación charlaremos con el señor Louis B. Mayer sobre los...*

[Fuuuzzz... Wiiiiiioooppp... Tuuuuuuiiiiii....]

... nas noches a todos, queridos radioyentes. Bienvenidos a

otra terrorífica velada. *Yo soy su anfitrión, Mister Mystery.*[1] [Risa macabra.] *¿Están preparados? Apaguen las luces. Cierren puertas y ventanas, y no olviden mirar a su espalda. Las más siniestras escenas desfilarán ante nosotros esta noche.*

Antiguas maldiciones y crímenes sin resolver. Fantasmas vengativos. Bestias feroces que habitan en lo profundo de la noche esperando saltar sobre nuestro cuello. Esta noche les relataremos una historia que les helará la sangre en las venas.

Pero, antes, un mensaje de nuestros patrocinadores:

¡Comida para perros Doug! Doug for dogs! *Recuerde: sólo con Doug su perro hará* ¡Uau!

¿Están listos, queridos radioyentes? Prepárense para sumergirse en nuestra escalofriante historia. ¿No sienten sobre su nuca el picor de una mirada? ¿Y qué es esa sombra que se agita detrás de las cortinas? ¿Y esos pasos furtivos que bajan la escalera? Abran su mente y vigilen su corazón: nuestro relato no es apto para cardíacos ni escépticos.

Un relato que nos llevará desde lo profundo de las selvas de Centroamérica hasta los misteriosos bosques de los montes Adirondacks. Lugares donde la realidad y la leyenda se confunden. Tétricos espacios en los cuales aún puede oírse el eco de los condenados y la sangre salpicar sobre el altar de los sacrificios. Horrendas escenas se agazapan en las sombras, dispuestas a arrastrarnos a la locura.

Pero tranquilícense, mis queridos radioyentes. Todo esto es sólo una historia. Nada de lo que oirán a continuación puede hacerles daño.

¿O quizá sí...?

[Risa macabra.]

---

1. Señor Misterio. *(N. del A.)*

EPISODIO 1

Noche de tormenta en Manhattan

There was blood and a single gun shot,
but just who shot who?

BARRY MANILOW,
«Copacabana»

ERA UN SÁBADO DE PRINCIPIOS DE OCTUBRE y
el día amaneció con el aspecto de un epílogo veraniego: hacía
sol, la temperatura era agradable y todo parecía indicar que
los neoyorquinos podrían disfrutar bien secos y confortables
de un nuevo alarde de Joe DiMaggio en el estadio de los Yankees. Aquel sábado, en Nueva York, no se hablaba del tiempo:
se hacían apuestas sobre cuántos *homeruns* se anotaría aquella tarde el gran *Joltin' Joe*.

En realidad, pocos pudieron verlo con sus propios ojos.
Apenas hubo empezado el partido, las nubes se desplomaron
sobre el diamante del estadio y una pequeña marabunta de
asistentes salió de allí con hojas de periódico empapadas sobre la cabeza. Aún chapoteaban por las calles, buscando refugio, cuando retumbaron los primeros truenos.

Había sido un verano seco, y la tormenta llegó con ganas.
Una cortina de agua chorreaba por las esquinas de los rascacielos de Times Square. Cada pocos minutos un rugido en el

cielo y luego un fogonazo azul, y el paisaje urbano se transformaba en una sucia y parpadeante acuarela. Volaban paraguas, en las bocas del alcantarillado borboteaban pequeños pantanos y los críos se acurrucaban de miedo cada vez que el cielo temblaba con sonidos propios de un cómic (¡Ka-booom! ¡Rrrumble!), mientras los mendigos de la ciudad buscaban cobijo en los portales y las estaciones de metro.

Un trueno. Un chispazo azul. Y agua por todas partes.

Muy cerca, en la misma ciudad, pero en la otra punta de la pirámide social, los porteros de los grandes hoteles y los clubes nocturnos sacaron sus capas de agua y siguieron con su trabajo mascullando barbaridades contra el tiempo, como si aquello también fuese culpa del gobierno.

Joe, el portero del hotel club Bahía Baracoa era uno entre tantos. Ancho de hombros y corto de cuello, vestido con la chaquetilla blanca y los pantalones negros del uniforme tenía el aspecto de un gigantesco muñeco de tarta de bodas. También Joe maldijo entre dientes cuando empezó a llover y, como muchos de sus paisanos, también frunció el ceño cuando la ciudad se vio ahogada en aquella tormenta como de Juicio Final.

Joe se resguardó bajo el toldo con forma de medio tubo de la entrada del club. A su lado había un cartelón de madera que le llegaba a la cintura, adornado con cintas blancas, rojas y azules que pendían mustias y empapadas. Unos tristes globos de los mismos colores se estremecían bajo las ráfagas de agua, y cualquier viandante que no pasara corriendo frente a él, encogido bajo su chaqueta, podría leer en letras de molde:

HOTEL CLUB BAHÍA BARACOA

ENTRE Y CELEBRE CON NOSOTROS

¡LA FIESTA DEL 10 DE OCTUBRE!

¡La mejor música caribeña en el más selecto ambiente!

¡VIVA CUBA LIBRE!

Era difícil estar a tono con el ambiente caribeño en medio de aquel aguacero tan urbanita, al menos así lo pensaba Joe, pero lo cierto era que el club, como todos los sábados, estaba lleno a rebosar. De no ser porque el chaparrón, los truenos y el ruido del tráfico lo hacían imposible, Joe podría haber oído los ecos de «la mejor música caribeña» filtrándose bajo la puerta de entrada.

Un trueno estalló igual que una bomba. Luego un relámpago.

Cualquier fiesta caribeña parecía encontrarse a cientos de kilómetros del lugar donde Joe hacía su labor. Prefirió no pensar en lo ingrato que resultaba tener que trabajar a la intemperie en aquellas condiciones. Sacó un paquete de cigarrillos de su chaqueta y se encajó un Camel entre los gruesos labios.

Un tipo delgado que se tapaba con una gabardina remendada se acercó corriendo hacia la puerta del club. Cuando llegó bajo el toldo se sacudió como un perro mojado.

—¡Mierda, Stan, ten cuidado! ¡Vas a mancharme el uniforme!

—Llego tarde. Lo siento. —El tipo delgado se quitó la gabardina. Parecía que acababa de salir del río Hudson—. ¡Maldita tormenta! Ya estaba fuera de casa cuando...

—Cuéntale tu vida a quien le importe. Y si llegas tarde mejor que pases de una vez porque hoy estamos hasta arriba de gente.

—Vale. Gracias, Joe.

—¡Eh, tú! ¿Adónde crees que vas?

—Adentro. Acabas de decirme que...

—Por aquí no, gilipollas. —Joe apuntó con el pulgar por encima de su hombro—. Por la puerta de atrás.

—Pero ¡está lloviendo a cántaros!

—¡No me digas! ¿Y la princesita no quiere mojarse su culito de princesita ni sus piececitos de princesita? ¡Muévete!

Stan apretó los labios, pero no discutió. Volvió a colocarse la gabardina sobre la cabeza y se sumergió en la tormenta al mismo tiempo que un relámpago iluminaba el gesto torvo de Joe.

Corrió chapoteando entre los charcos hacia un callejón lateral, donde los pinches de cocina sacaban las bolsas de basura. Las gruesas gotas de agua golpeaban las tapas de los cubos produciendo un sonido metálico. Había una puerta iluminada por una bombilla andrajosa. SÓLO EMPLEADOS. PROHIBIDO EL PASO. Stan golpeó la puerta con fuerza.

Un hombre gordo y mal afeitado abrió al cabo de un rato. Estaba sudoroso y congestionado y llevaba puesto un mandil que quizá, tiempo atrás, fue de color blanco.

—¿Ya estás aquí, maldito Kosher? Mueve tu culo de una vez y ponte a trabajar. Manuel lleva horas preguntando por ti —voceó el gordo.

Stan se escabulló de él sin contestar y cruzó a través de la cocina del club. Aquella noche parecía el centro de mando de una batalla culinaria. Los pinches rebotaban de un lado a otro por entre los fogones y los muebles de metal, llevando cazuelas, cuchillos y platos a medio hacer entre las manos. En algún lugar cayeron unas sartenes al suelo y repicaron con estruendo. Varias voces gritaban y pedían cosas en inglés y en español, y en el centro de todo aquello Pablo, el jefe de cocina, braceaba y daba órdenes sin que pareciese importarle si alguien le prestaba o no atención.

—¡Tú, apaga ese fuego! ¡Dónde está la salsa bearnesa que pedí hace dos horas! ¡Esta tortilla parece haber sido vomitada por mi gato! ¿Dónde está Juan? ¡Mierda! ¡Apagad de una vez ese fuego!

Pablo sostenía un cuchillo de trinchar en una mano y una chuleta de cerdo congelada en la otra, y gesticulaba con ambos de tal manera que los pinches se agachaban al pasar por su lado temiendo que los rebanara con el cuchillo o los desnucara con la chuleta.

Stan lo sorteó con un movimiento ágil y salió de la cocina. Se metió por un pasillo lleno de cajas de vino, topándose con varios camareros que hacían ejercicios de funambulismo con bandejas en las palmas de sus manos.

—¡Eh, Stan! ¡Manuel quiere verte! —gritó uno de ellos, por encima de una bandeja llena de copas vacías—.¡Está muy cabreado!

—¡Gracias!

Incluso en los pasillos del club se podía escuchar de vez en cuando algún trueno y el sonido de la lluvia al rebotar sobre los sucios cristales de los tragaluces. Stan se metió en un cuartucho lateral que olía a humedad, humo de tabaco y ropa mojada. En una esquina había un espejo al que le faltaba un trozo y que tenía los bordes cubiertos de manchas herrumbrosas.

Stan dejó su gabardina de cualquier manera sobre una taquilla y luego se colocó delante del espejo. Se estiró la chaquetilla roja del uniforme y se alisó el pelo con las manos. Las palmas se le quedaron mojadas.

—Llegas tarde —oyó a su espalda.

En el espejo vio a un hombre joven, moreno, que leía tranquilamente un periódico. Tenía una cicatriz que le recorría la cara desde el rabillo del ojo izquierdo hasta el ángulo de la mandíbula, como el surco de una lágrima.

—¿Qué hay, Bob?

—Manuel está que echa humo.

—¿Y tú qué? ¿No trabajas?

—Terminé mi turno hace diez minutos. Estoy esperando a que escampe para irme a casa. Por si no te has dado cuenta, llueve un poco.

Se oyó un trueno y las luces de las bombillas titilaron. Stan se echó un último vistazo en el espejo y se pasó la mano por la barbilla.

—Mierda... —masculló—. Olvidé afeitarme.

—Manuel te va a despellejar.

—Vete a tomar por saco.

Bob se encogió de hombros y después le preguntó:

—¿Tienes un cigarrillo?

—Tenía, pero la lluvia los ha empapado. Lo siento.

El de la cicatriz respondió algo, pero Stan no lo escuchó. Se dirigió rápidamente hacia una puerta que estaba al otro lado de la habitación, detrás de las taquillas de los camareros. Llamó con los nudillos, esperó un par de segundos y luego entró, aguantando la respiración.

El despacho de Manuel, el jefe de los camareros, tenía un aspecto miserable y desolado. Manuel estaba sentado detrás de una mesa plegable, haciendo cuentas y con un lápiz sujeto en la oreja. Se puso furioso al ver al camarero y lo abroncó de forma atropellada, soltando de vez en cuando frases en español. Su bigotito filiforme se encogía y arqueaba al tiempo que echaba maldiciones por la boca. Stan soportó la bronca en silencio y con estoicismo. Todos los camareros del club sabían que Manuel no razonaba estando furioso.

—¡Y ahora vete a atender las mesas y quítate de mi vista! —voceó.

Stan salió casi a la carrera del despacho, agarró una bandeja y se dirigió de vuelta hacia la cocina, sorteando una vez más a varios compañeros por el camino. Un pinche de cara morena le puso un vaso de martini y otro de whisky en la bandeja y el camarero se marchó haciendo equilibrios hacia el comedor.

Charlie, el amanerado *maître* del club, lo esperaba a la salida del pasillo. Salvo por el fino mechón de pelo que se había despegado de su cráneo y pendía rebelde sobre la frente, lucía un aspecto tan atildado como cualquier noche normal, a pesar de que se podía oír con claridad el barullo de las conversaciones en el comedor, lo cual indicaba que el local estaba repleto.

—Ah, ya está usted aquí, señor... —Charlie dejó caer la

voz. Nunca se acordaba del nombre de los camareros. Echó un vistazo a la bandeja—. ¿Qué trae usted ahí...? Bien, eso es para la mesa cuatro. Dese prisa. Hoy estamos desbordados.

Stan obedeció. Empujó con la espalda las puertas abatibles del comedor y salió a cumplir con su trabajo.

El salón de espectáculos del club estaba tan lleno como si fuese fin de año. Por todas partes había globos rojos, blancos y azules, y cintas de los mismos colores. En el techo había una enorme bandera cubana hecha con globos, y otras muchas más pequeñas de papel adornaban cada una de las mesas. En el gran escenario circular del comedor una orquesta tocaba un ritmo caribeño, y todos los músicos llevaban toreras con volantes multicolores en las mangas. Sobre el escenario colgaba un enorme cartel en el que se podía leer ¡VIVA CUBA LIBRE! y otro similar adornaba la barra del bar. Algunas chicas repartían escarapelas con los colores de la bandera cubana entre los clientes.

Peggy, la joven que se encargaba de vender cigarrillos, se cruzó con Stan apenas entró en el comedor. Como el resto de las chicas, iba vestida con un aparatoso conjunto lleno de volantes por todas partes y tenía una gorda flor de tela encajada entre los cabellos. Parecía un papagayo con unas piernas muy atractivas.

La bandeja de Peggy, que habitualmente era un tablero multicolor de cajetillas de tabaco, aquella noche estaba repleta de cigarros y puros gruesos como barrotes. La joven sonrió a Stan al pasar y le acarició bajo la solapa de la chaqueta.

—Hey, ¿adónde vas con tanta prisa, Ricitos...? —le dijo.

El camarero se estremeció al notar su mano sobre la ropa. Al diablo la mesa cuatro, se dijo. Podían esperar un par de minutos.

—Tengo que llevar esto. —Stan dejó caer la vista hasta el lugar donde los volantes del vestido de Peggy le rozaban las nalgas—. Me gusta tu nuevo uniforme.

Ella le guiñó un ojo.

—Mírame a los ojos, Ricitos. Sólo los que pagan por la bebida pueden echar un vistazo ahí abajo.

—Entonces ¿por qué no nos escabullimos tú y yo un rato y te pongo una copa de lo que quieras?

—Chico malo... ¿Sabes qué? Termino mi turno dentro de diez minutos. —Peggy frunció los labios convirtiendo su boca en una pequeña flor roja—. Y me da miedo quedarme sola en casa con esta tormenta. Me asustan los relámpagos... ¿Por qué no me acompañas y me cuentas un cuento para que me duerma?

—Acabo de empezar mi turno, nena, pero mañana...

—¡Qué pena...! Mañana viene mi madre de Altoona, y cree que ya soy mayor para cuentos.

—Los que yo me sé no son para niños.

—Qué rico eres... —dijo ella sonriendo—. ¿Por qué no le cambias el turno a alguien? Prometo no decírselo a mi madre.

—Nadie va a querer hacerme ese favor: esto parece el 4 de Julio.

—Vamos, Ricitos, no me digas que no. —Peggy cogió uno de los cigarros de la bandeja y se lo metió a Stan en el bolsillo de la camisa, debajo de la chaqueta. Al sacar la mano le acarició la barbilla con el dedo meñique—. Toma. Adivina en lo que estoy pensando.

Le dio la espalda y se alejó por entre las mesas. El camarero se quedó mirando el contoneo de sus volantes con la cabeza ladeada y la boca entreabierta. De pronto alguien dio una palmada junto a su oreja.

—Pero ¿qué hace usted aquí parado? —siseó entre dientes Charlie—. ¿No le he dicho que lleve esas bebidas? ¡Baje de las nubes y póngase a trabajar, hombre!

—Sí, señor. Lo siento —balbució Stan. «¡Estúpido turno de noche...!»

La mesa cuatro estaba cerca de los reservados, en un lugar discreto del club desde el que se tenía una buena vista del escenario y al mismo tiempo se encontraba lejos de la zona de mayor barullo. Había dos caballeros sentados frente a frente y un tercero, de pie, inclinado cortésmente junto a los otros dos.

A Stan se le aceleró el pulso al reconocer al que estaba de pie.

El Gran Jefe en persona. Si la pifiaba ya podía darse por despedido en menos tiempo del que tardaría en colocar los vasos sobre la mesa.

El Gran Jefe levantó su cabeza sin cuello hacia el camarero y sonrió, mostrando las dos piezas de oro que tenía por incisivos.

—Ah, aquí están sus bebidas, caballeros —dijo—. Un whisky para sir Cecil y un martini para nuestro buen amigo, el señor Clarke... A esto invita la casa, por supuesto.

El hombre del martini aceptó la cortesía con una inclinación de cabeza.

—Gracias, Otto... Sí, déjalo aquí, muchacho. —Sacó un billete de su bolsillo y lo puso encima de la bandeja de Stan—. Esto merece al menos una generosa propina. Ya puedes irte. No queremos nada más de momento.

El camarero se quedó mirando el billete con los nervios en tensión. Era uno de cinco, un bendito Lincoln tan pulcro como si estuviera recién planchado. Dirigió una mirada al Gran Jefe, éste asintió imperceptiblemente con la cabeza y luego movió las pupilas hacia un lado. Stan se guardó el billete en el bolsillo y salió de allí pitando.

El hombre del whisky mojó sus labios en la bebida, luego cerró los ojos y emitió un leve suspiro de placer.

—Un Talisker añejo de veinte años, sin duda... Magnífico, magnífico... ¡Qué intenso sabor a roble!

El Gran Jefe asintió varias veces con la cabeza, con la actitud de un avezado catador de robles.

—Los amigos de nuestros amigos son nuestros amigos, sir Cecil, y para ellos siempre reservamos lo mejor. ¿Encuentran todo de su agrado?

El hombre del martini sonrió.

—Estupendo como siempre, Otto.

—Me alegro. Ahora si me disculpan, caballeros, debo volver a mi trabajo. Tengo un montón de papeleo pendiente en mi despacho. —Dejó entrever sus incisivos de oro en una brillante sonrisa—. Este hotel no se dirige solo, ¿saben?

El Gran Jefe palmeó la espalda de sus invitados y, después de repetir varias veces lo honrado que se sentía de poder dar la bienvenida a tan ilustres huéspedes, se marchó. Clarke miró a sir Cecil y dibujó entre sus labios una sonrisa de disculpa.

—Ah, Nueva York... —Suspiró—. En esta ciudad hay que cultivar toda clase de amistades, por muy pintorescas que éstas resulten, especialmente en un trabajo como el mío.

—Ya me hago cargo, señor Clarke... Un tipo curioso, su amigo. ¿Puedo preguntar de qué se conocen ustedes?

—Asuntos de negocios. Ottorino Portappia es uno de mis más antiguos clientes en Manhattan, y podría decirse que tengo una pequeña deuda con él: contrató mis servicios cuando yo no era más que un bisoño abogado que trataba de abrirme camino en esta gran urbe. Por ello le estoy muy agradecido.

—Y, por lo que se ve, él a usted también.

—Está muy satisfecho con mi trabajo, en efecto... —El señor Clarke hizo un gesto con la mano, como queriendo apartar un tema de conversación—. Pero no son mis negocios lo que nos ocupa esta noche, querido amigo.

Sir Cecil dio otro trago a su whisky, con aire ausente.

—Sí, claro, claro...

En ese momento las luces del salón se suavizaron y un foco iluminó el centro del escenario. Tres jovencitas vestidas con escurridos trajes de lamé de color blanco salieron a cantar un swing, haciendo movimientos con las caderas. Los dos hombres se quedaron escuchando la música un rato. Sir Cecil marcaba el compás dando golpecitos con el dedo sobre el vaso de whisky.

—Conozco esta canción... —dijo sonriendo—. ¿Son las Andrew Sisters?

—En realidad son las Johnson Sisters... o algún tipo de hermanas, ahora no recuerdo.

—Qué lástima.

El hombre del whisky siguió marcando el compás con su dedo, sin apartar la vista del escenario. El señor Clarke emitió una leve tosecilla.

—Disculpe, sir Cecil...

—Buena tormenta la de esta noche, ¿no cree? Más bien parece un clima propio de los páramos ingleses.

—Sir Cecil, por favor...

—Diga, señor Clarke.

—Tengo la desagradable sensación de que está usted eludiendo el tema que nos ha traído aquí esta noche. —El aludido respondió con una mirada interrogante—. Llevo semanas mandándole mensajes al consulado, mensajes que usted nunca se ha molestado en responder...

— Hasta el día de hoy —interrumpió el caballero—. Quizá no lo sepa, señor Clarke, pero mi país está en guerra con Alemania y tenemos cosas más urgentes de las que ocuparnos estos días. Por supuesto que la próxima vez que tenga a bien bombardearme con sus repetitivos mensajes, me ocuparé personalmente de que se informe al primer ministro de ello, o incluso al rey, si lo cree usted conveniente.

Sir Cecil sonrió, muy satisfecho al parecer por su manejo de la ironía.

—Lo siento en el alma si le he hecho perder su valioso tiempo o el de su gobierno. No quisiera que perdiesen una guerra por mi culpa.

—Tranquilo, señor Clarke, veo difícil que eso ocurra.

Las tres hermanas Johnson, o algo similar, terminaron de cantar su swing en medio de un coro de aplausos. Sir Cecil suspiró y se volvió hacia su acompañante.

—Está bien, vayamos al tema, ¿qué es eso tan urgente sobre lo que quería hablarme?

—Necesito saber si acudirá usted a la lectura del testamento del profesor Talbot.

—Eso depende, ¿hay algún legado para mí... o para mi país?

—Sabe que no puedo decírselo hasta que no se abra el testamento.

—En ese caso, señor Clarke, mucho me temo que sobre ello no tenemos nada más que discutir. Espero que se haga cargo.

—Sir Cecil, su actitud no me facilita en nada las cosas.

Las cejas del británico se alzaron en un gesto de sorpresa.

—¿Y por qué habría de hacerlo, amigo mío? ¿Creía usted sinceramente que mi labor en este turbio asunto sería la de limitarme a permanecer callado y observar cómo los derechos de Gran Bretaña se pisotean sin misericordia?

—Escuche, sir Cecil...

—No, escuche usted, señor Clarke: sé que ha logrado neutralizar arteramente la legítima reivindicación del gobierno guatemalteco sobre el legado del profesor Talbot, cosa que no me sorprende, dado que el infeliz presidente de Guatemala es un mero títere de Washington, no crea que no lo sé. Supongo que esperaba usted una reacción igual de sumisa por parte del gobierno de Su Majestad. —El inglés apretó los labios en un gesto de indignación contenida—. Pues bien, lamento decirle que ha acertado de pleno: al parecer Londres considera que el asunto del profesor Talbot carece de la relevancia suficiente para ser tenido en cuenta, de modo que ha optado por manifestar una muda aquiescencia con respecto a lo que se haga de su legado; actitud, huelga señalar, que deploro por completo. Así que enhorabuena, señor Clarke, usted gana. Permítame que no haga un brindis por ello ni que, desde luego, acuda a la lectura del testamento para ser el sumiso comparsa de un robo execrable.

Sir Cecil dio un trago digno a su vaso de whisky que, por desgracia, estaba vacío.

—Ésas son palabras muy duras, caballero —dijo Clarke, queriendo sonar conciliador—. Y muy injustas, además. Yo, como abogado del profesor Talbot, sólo me limito a dar fe de su última voluntad. No soy responsable de ella.

—Ustedes los abogados nunca son responsables de nada, por supuesto...

El británico se cerraba en banda, de modo que Clarke decidió cambiar de estrategia.

—¿Conoce usted al conde de Roda, sir Cecil?

—¿Quién?

—Don Jaime Rius-Walker, conde de Roda.

—Me temo que no tengo el placer...

—Pues eso podría arreglarse. Ahora mismo se encuentra alojado en este hotel, ¿y sabe por qué? Porque ha manifestado un vivo interés en asistir a la lectura del testamento de Talbot.

Sir Cecil expresó extrañeza con la mirada.

—¿Y lo hace a título personal?

—En absoluto; acude como representante legal del gobierno de España, tal como no ha dejado de recordarme varias veces. Esta mañana fue a mi despacho a presentarme sus respetos, o más bien algo parecido. Por lo visto en Madrid se han enterado de alguna manera de que el testamento del profesor será abierto y creen que eso puede tener algún interés para ellos.

—¿Y lo tiene?

—Tanto como el que pueda tener para el gobierno de Su Majestad... —respondió el abogado, artero.

Sir Cecil se acarició el labio inferior con el dedo índice, pensativo.

—Los españoles... Pero ¡ellos no pueden pretender seriamente...!

Clarke hizo un gesto de rechazo con las manos.

—Eso explíqueselo al conde. Actúa como delegado plenipotenciario de su gobierno.

—Es un inesperado giro de los acontecimientos... —dijo sir Cecil, más bien para sí mismo—. ¿Y cuándo dice usted que tendrá lugar la lectura del testamento?

—Mañana, en la casa del profesor. Los herederos ya han llegado a la ciudad.

—¿Y dónde está esa finca?

—En Glen Cove, Long Island. A sólo un paseo en coche de aquí.

El inglés seguía pellizcándose el labio con aire meditabundo.

—Pero yo no podría... Es decir, sin una orden expresa de mi gobierno... Aunque quizá, a título personal... En fin... —Sir Cecil se incorporó en su asiento y miró al señor Clarke—. Quizá pueda usted indicarme cómo llegar a Glen Cove.

—Podría incluso llevarle yo mismo, si lo desea. Hagamos un trato: mañana por la tarde lo recogeré en mi coche y juntos iremos a la finca del profesor Talbot. A cambio, espero por su parte que deje de considerar que mis intereses en este asunto son poco honestos.

—Eso lo decidiré mañana, amigo mío. Pero aceptaré gustoso su ofrecimiento como muestra de buena voluntad. Lo esperaré en mi domicilio a la hora que usted convenga.

Sir Cecil sacó una tarjeta de visita de su bolsillo y escribió una dirección en el reverso, luego se la entregó al señor Clarke.

—Magnífico —dijo el abogado—. Iré a recogerlo a las seis en punto, si no tiene inconveniente.

—Tengo muchos inconvenientes, caballero, pero trataré de pasarlos por alto.

El aludido sonrió mostrando los dientes, cogió su copa de martini y la levantó en un gesto de brindis antes de vaciarla de un trago.

ELIZABETH dirigió una mirada a través de los cristales de la ventana. Lo que encontró fue un panorama negro y poco acogedor, emborronado por la lluvia. En medio del aguacero flotaban manchas luminosas producidas por las luces de los edificios, y cada pocos segundos un relámpago permitía la vista fugaz, como en blanco y negro, del contorno de la ciudad.

Se sintió bien por estar en la habitación del hotel y no en la calle, peleando contra el aguacero. Podría decirse que había tenido suerte: cuando el barco las dejó a su tía y a ella en el puerto, el cielo aún mostraba un sano color azul. No fue hasta que se registraron en el hotel que una pandilla de nubes negras con ganas de pelea empezó a amotinarse sobre los rascacielos de Nueva York. Cuando el botones del Bahía Baracoa subió las maletas a la habitación, fuera ya había empezado a caer una tromba de agua importante.

Elizabeth se apartó de la ventana e hizo un gesto de fastidio. Desde que salió de Providence, Rhode Island, había estado deseosa de contemplar el célebre y bello otoño de la Gran Manzana; no había esperado encontrarse con una estampa negra y mojada.

Un trueno golpeó en la calle. La joven dio un respingo.

Era toda una contrariedad que hiciese tan mal tiempo. El viaje en barco fue agradable, el paseo en taxi por Nueva York prometía visitas interesantes y el hotel club Bahía Baracoa era un lugar elegante y sofisticado. Cuando entró en la recepción, a Elizabeth le vinieron a la cabeza aquellos ambientes exclusivos de las películas de Hollywood: un portero con librea, un recepcionista solícito, butacas de piel de color crema, luces suaves y una lámpara hecha de tubos de cristal con forma de cono invertido que señalaba el centro del vestíbulo.

La habitación también era muy bonita, y tenía un cuarto de baño que era al menos dos veces más grande que el de la casa de tía Sue en Providence. Sólo aquello bastaba para que el viaje mereciese la pena, con o sin tormenta.

Tía Sue apareció por la puerta del cuarto de baño. Se había cambiado de ropa para bajar a inspeccionar el bar del hotel. Aunque le gustaba presumir de mujer chapada a la antigua para no desentonar con sus remilgadas amigas de Providence, nunca decía que no a un buen combinado antes de cenar; eso y su afición a los cigarros puros hacía que en su ciudad natal la buena señora tuviese cierta fama de excéntrica. A ella no le importaba; desde que Albert, su esposo, había muerto, tendía a ignorar cada vez más los convencionalismos sociales.

Para tía Sue arreglarse para una noche de sociedad consistía en colgarse bisutería por todo el cuerpo y encajarse complicadas cintas y diademas entre los rizos de su cabellera. Su pelo, del color de la sopa de tomate, anunciaba que se teñía las canas con tanta claridad como si llevase colgado al cuello el frasco de tinte Rubio Veneciano n.º 5 que usaba desde el verano anterior. Había dejado el Rubio Veneciano n.º 4 porque, según decía, tenía un tono muy apagado. Elizabeth creía que ya con el Rubio Veneciano n.º 3 la cabeza de su tía parecía estar envuelta en llamas.

Su vestido cuajado de abalorios, su pelo rojo encendido y su poco mesurado maquillaje la hacían parecer aquella noche un payaso que hubiese perdido por completo el sentido de la medida.

—Ya estoy lista, cariño —anunció la dama desde las profundidades de su bolso—. Podemos irnos cuando quieras.

—¿Has perdido algo?

Tía Sue siguió excavando en su enorme bolso, decorado con una espantosa cantidad de lentejuelas.

—Mis cigarrillos. No encuentro mis cigarrillos... Espero no habérmelos dejado en el barco. Recuerdo que me fumé uno cuando terminamos de comer...

Elizabeth siempre recordaría a su pariente metida en alguno de sus desproporcionados bolsos. Era habitual verla buceando entre sus cachivaches con la diligencia de un arqueólogo desenterrando los vestigios de una civilización perdida.

—No, tía. No llevabas cigarrillos en el barco. El doctor Monroe te prohibió el tabaco el día antes de salir de Providence .

Las mejillas de tía Sue adquirieron un tono Rubio Veneciano n.º 5.

—Oh, sí, sí... Tienes razón, claro. ¡Qué tonta soy, lo había olvidado por completo! No fumé nada en el barco, naturalmente. Nada de nada.

—Eso espero. El doctor Monroe se disgustaría mucho si supiera que estás fumando a escondidas.

—Eso sería impropio de mí, tesoro.

—Naturalmente.

—Los cigarrillos son cosa del pasado.

—Estupendo.

—Nada de cigarrillos. Ni uno solo. Cero.

—Me alegro. —Elizabeth cogió el bolso de su tía, metió el brazo hasta el fondo y sacó un paquete de Chesterfield arrugado—. —Entonces no te importará que tire esto a la basura.

Tía Sue chistó con la lengua.

—Vaya por Dios, ¿cómo es posible que siempre te des cuenta?

—Eres la peor criminal del mundo. La noche de ayer la pasaste jugando a las cartas con ese coronel retirado de Virginia, tan pesado, que no dejó de atosigarnos toda la travesía, a pesar de que si hay dos cosas en el mundo que odias es jugar a las cartas y a los sureños. Luego me di cuenta de que era el único pasajero de todo el barco que fumaba puros. —Elizabeth se quedó mirando a su pariente con los brazos en jarras—. ¿Cuántos te dio?

—¡Ninguno, tesoro! No me dio ninguno, te lo juro; sólo jugamos a las cartas.

—Tía...

La dama agitó las manos en un gesto de derrota.

—¡Oh, está bien, señoría, soy culpable! Quizá fueron un par de ellos, pero me los fumé esa misma noche, te lo prometo. ¡Que se hunda el cielo si miento! —En ese momento sonó un trueno—. Eso no cuenta.

—Ya veremos.

Elizabeth volvió a meter la mano en el bolso. Encontró varias cosas, a la cual más inopinada, pero al menos no había rastro de más cigarros puros.

—No le contaré nada al doctor Monroe —decía mientras llevaba a cabo su inspección—. Por esta vez lo dejaré pasar, pero te advierto que si sigues jugando con tu salud de esa manera...

—Sí, sí, ya lo sé —cortó la mujer—. Puedes ahorrarte el sermón. Estoy cansada de oír hablar de ese dichoso matasanos... ¡Qué sabrá él! El viejo doctor Seabert, ése sí era un buen médico. Los mozos de ahora sólo saben prohibir: nada de alcohol, nada de tabaco, nada de esto, nada de aquello. En mis tiempos...

Elizabeth no llegó a saber qué ocurría en sus tiempos, fueran cuales fuesen. Interrumpió a su pariente sacando una petaca de metal del bolso, con un profundo reproche en la mirada.

—Por Dios, tía, ¿qué es esto?

—No es lo que piensas.

La joven desenroscó la tapa de la petaca y se la llevó a la nariz.

—Huele a licor.

—Es que es licor.

—Entonces ¡es exactamente lo que pienso!

Tía Sue le arrebató el frasco a su sobrina.

—¡Oh, trae acá! Esto no es más que aquel aguardiente casero que hacía tu tío cuando la Ley Seca. —Olió el cuello de la petaca y puso cara de asco—. Es peor que el alcohol de quemar, no me lo bebería ni loca. Si lo llevo encima es porque lo uso para quitarme el esmalte de las uñas.

La excusa era tan descabellada que Elizabeth estaba dispuesta a creérsela; al menos parecía algo propio de su tía el utilizar un aguardiente de varios grados para retirarse la laca de las uñas. Era probable que el verdadero quitaesmalte lo usase para algún otro absurdo cometido.

—Es igual. Prefiero que te deshagas de esto. Si te aplicas ese mejunje en los dedos todas las noches apestarás como un marinero borracho.

Tía Sue suspiró.

—Lo que tú digas, ya sabes que no me gusta discutir. Echaré el licor por el lavabo antes de acostarme. ¿Podemos irnos ya, por favor?

—Dame un segundo para que termine de arreglarme el pelo.

La dama miró a su sobrina con una mezcla de orgullo y envidia mientras ésta se atusaba el peinado frente al espejo. Al ver a las dos mujeres juntas era difícil adivinar una relación de parentesco entre ambas: tía Sue era corpulenta y redonda, mientras que la silueta de Elizabeth circulaba a través de curvas simétricas. Por otra parte, la joven tenía unos bonitos ojos verdes moteados con chispas del mismo color cobrizo que su largo cabello; ninguno de esos rasgos los había heredado de su tía, sino de su madre, que cuando vivía hacía que muchos rostros se volviesen a su paso. En cambio de su padre había sacado la forma angulosa y alargada de la cara, que en el caso de la joven le daban un aspecto ligeramente andrógino.

Los ojos, el rostro y el cabello no eran mérito de Elizabeth, en la medida en que eran producto de unos genes con mucho estilo; pero en cambio su forma de moverse, casi líquida, y su habilidad a la hora de escoger siempre la ropa y el maquillaje que más completaban su atractivo sin llegar a sofocarlo eran mérito exclusivamente suyo. Tía Sue pensó con cierto punto de melancolía que si ella hubiese tenido ese aspecto con veinte años, seguramente no habría acabado casada con un modesto cajero de banco, un hombre bueno y sencillo, pero no especialmente atractivo, a pesar de que tenía los mismos ojos verdes que la madre de Elizabeth, de la cual era su única hermana.

La joven se atusaba el pelo mientras contemplaba su imagen en el espejo con una expresión característica en su rostro: entornando los ojos y arrugando un poco la nariz; era un gesto que hacía desde que era una niña cuando barruntaba alguna idea en la cabeza.

—¿Qué piensas, tía? ¿Me hago un recogido como el de Norma Shearer en *Mujeres* o mejor lo dejo suelto igual que Carole Lombard en aquella película que salía con John Barrymore?

Tía Sue suspiró con paciencia. Pensó, no por primera vez, que su sobrina iba demasiado al cine.

—No lo sé. No he visto ninguna película con Carole Lombard y John Barrymore.

—Sí, sí la has visto, ¿no lo recuerdas? Fuimos aquella Navidad que nos salieron termitas en el garaje... ¿Cómo se llamaba? Era sobre un joven vagabundo encantador al que hacen pasar por mayordomo para ganar una apuesta. ¡John Barrymore estaba tan guapo...! Y tú dijiste que te recordaba al tío Albert cuando era joven.

—No creo haber dicho eso nunca. Tu tío de niño, de joven, de adulto y cuando se lo llevó aquella peritonitis siempre tuvo la misma cara que Jimmy Durante.

En ese momento alguien llamó a la puerta de la habitación. Elizabeth había dejado de preocuparse por su pelo y ahora estaba muy concentrada intentando recordar el título de aquella película. Tía Sue salió del dormitorio para atender la llamada. Volvió al cabo de un rato con dos sobres en la mano.

—¿Quién era, tía?

—Ese recepcionista calvo de las manos pequeñas. Al parecer nos han dejado dos mensajes.

—Sucedió una vez.

—¿Cómo dices?

—*Sucedió una vez*, ¡ése era el título de la película, estoy segura! —Sus ojos volvieron a entornarse y su nariz se arrugó otra vez—. No, espera. En aquella película era Claudette Colbert la que actuaba.

Tía Sue suspiró paciente una vez más. Abrió uno de los mensajes y lo leyó.

—Es de Dexter... Al parecer está en la ciudad y mañana

quiere cenar con nosotras en el hotel. ¡Qué detalle! Es un chico tan atento... Y el otro mensaje es de... —Abrió una nota con el membrete del hotel—. ¿Quién diablos es Adam Clarke?

—El abogado de tío Henry —respondió Elizabeth mecánicamente. Seguía tratando de recordar el título de la película de Carole Lombard y John Barrymore.

—¡Oh, es cierto! Lo había olvidado por completo, ¿te lo puedes creer? —La dama leyó el resto del contenido de la nota—. Dice que se reunirá con nosotras en el bar del hotel. ¿Cómo se habrá enterado de que estamos aquí?

—Me pidió que le mandase un telegrama desde el barco cuando llegásemos a puerto. —Elizabeth chasqueó los dedos con un gesto de fastidio—. Nada. No soy capaz de recordar cómo se llamaba esa maldita película.

—Déjalo, tesoro. Y vámonos de una vez. Se lo preguntaremos al señor Clarke mientras nos tomamos una copa; los abogados saben un montón de cosas.

Las dos mujeres cogieron sus bolsos: tía Sue, su saco acribillado a lentejuelas, y Elizabeth, un pequeño rectángulo de tela de color verde, a juego con su vestido. Cuando estaban a punto de salir, volvieron a llamar a la puerta.

—Vaya, estamos muy solicitadas esta noche —comentó tía Sue—. Puede que sea ese tal señor Clarke, que ha cambiado de planes.

No era el abogado sino un camarero que traía una cena servida en un carrito. Musitó algo que sonó parecido a «Buenas noches» y entró directamente en la habitación.

—Oiga —llamó Elizabeth—, oiga, muchacho, ¿qué es eso que trae ahí?

El camarero levantó la cabeza con una expresión desabrida en el rostro. Tenía el pelo de color negro, igual que sus ojos, y sus rasgos eran en general agradables; pero el conjunto quedaba bastante desfavorecido por culpa de una gruesa cicatriz que le recorría el lado derecho de la cara desde el ojo hasta la mandíbula.

—Su cena —respondió con brusquedad. Apenas era capaz de disimular que estaba de muy mal humor.

—No, no, espere; nosotras no hemos pedido ninguna cena.

El joven apretó los labios y sacó una libreta del bolsillo trasero de su pantalón. En medio de un silencio expectante por parte de las dos mujeres, empezó a pasar hojas hasta que encontró una anotación, casi al final. Elizabeth alargó el cuello disimuladamente para leer lo que ponía: «Cena para uno. Hb. 201».

—Aquí. Aquí está el error, ¿lo ve? —saltó Elizabeth. Señaló con el dedo la hoja de la libreta, por encima del hombro del camarero—. «Habitación 201.» Ésta es la 102; me temo que le han bailado un poco las cifras.

—Ya. Ya me he dado cuenta, gracias —espetó el camarero, cortante—. Siento la molestia.

—No se preocupe —dijo tía Sue con amabilidad. Solía enternecerse con los muchachos jóvenes—. Pobre, con tantas habitaciones, es natural... Por cierto, ya que está usted aquí, ¿sería tan amable de indicarnos cómo se llega al bar del hotel?

—Junto al mostrador de recepción, por el pasillo de la derecha. No tiene pérdida —respondió con el mismo tono seco.

—Gracias. Es usted un encanto.

—A su servicio, señoras.

Elizabeth dio una palmada.

—¡Eso es! *¡Al servicio de las damas!* Ése era el título. Carole Lombard y John Barrymore. Dirigida por Ernst Lubitsch.

—Gregory La Cava —dijo el camarero sin mirarla.

—¿Cómo dice?

—La película. No es de Lubitsch, es de Gregory La Cava.

—¡No sea ridículo! Es de Ernst Lubitsch, estoy completamente segura.

—No, lo que está es completamente equivocada. Y el actor era William Powell, no John Barrymore.

—¡Oh, qué grosero...! No tiene usted ni idea.

El camarero se encogió de hombros sin mostrarse especialmente molesto. Agarró el carrito con la cena y se encaminó hacia el pasillo.

—Espere, espere, joven. No haga caso de mi sobrina. No ha querido ofenderle. Tome. —La mujer sacó algo de su bolso y se lo dio—. Por las molestias, para que se tome una copita cuando termine su turno.

El muchacho cogió la propina sin dar las gracias y se marchó.

—¿Por qué has hecho eso? —preguntó Elizabeth, disgustada.

—Has sido muy desagradable con ese joven, tesoro. El pobre tiene que estar aquí, trabajando un sábado por la noche, y no tiene por qué aguantar que nadie lo llame ignorante.

—¡Él es quien se ha comportado de forma absolutamente impertinente! No tenías por qué haberle dado ninguna propina.

—No llevo un centavo en el bolso; lo que le he dado ha sido el licor de aguardiente de tu tío. ¿No querías que me deshiciese de él? Pues ya está. ¡Todos contentos! ¿Podemos irnos de una vez? Este cuarto empieza a darme claustrofobia.

Salieron de la habitación en el momento en que un relámpago marcaba de azul los cristales de las ventanas del pasillo. De camino al ascensor se enzarzaron en una discusión por quién de las dos llevaría la llave del cuarto, sin dejar de acusarse la una a la otra de perder siempre las cosas.

El pasillo que conducía al restaurante estaba adornado con diversos carteles que anunciaban los espectáculos con los que el hotel amenizaba las veladas de sus comensales. Grupos de swing, orquestas de baile e incluso prestidigitadores indicaban que las noches en el Bahía Baracoa eran siempre una fiesta.

Mientras tía Sue daba el número de la habitación al *maître* que guardaba la entrada del comedor, Elizabeth se quedó mirando un cartel adornado con un par de ojos amarillos de aspecto siniestro sobre una espiral mareante: anunciaba el número de alguien denominado Enigmático doctor Itzmin («¡Llegado desde las misteriosas tierras de Sudamérica, en gira por todo Estados Unidos!»). Una cinta roja en la que se leía CANCELADO en letras mayúsculas atravesaba el cartel en diagonal. Elizabeth se llevó una pequeña decepción; parecía un espectáculo muy adecuado para aquella noche de tormenta.

—Tesoro, ven a echarme una mano. Este señor dice que nuestros nombres no aparecen en su listado de habitaciones.

—¿Seguro? Búsquelo bien, por favor. Susanne Hamilton y Elizabeth Sullavan. Sullavan, con «a», como la actriz Margaret Sullavan.

El *maître* hizo un gesto de desolación.

—Ya me lo ha dicho la señora, pero no me aparece ningún huésped llamado así en la habitación 201, lo siento.

—¿201? No, 102. Nuestra habitación es la 102 —indicó Elizabeth—. Tía, has debido de liarte por culpa del camarero de antes.

El *maître* las encontró por fin.

—Ah, sí, correcto. Señorita Elizabeth Sullivan...

—Sullavan, con «a». Igual que la actriz, ya sabe.

—Sí, por supuesto, disculpe. Pueden ocupar la mesa número siete. Hay un caballero que las está esperando, su nombre es... —El *maître* consultó en la página de su agenda—. Señor Adam Clarke. Que disfruten de la velada.

Un camarero las invitó a seguirlas. En el interior del restaurante la fiesta cubana estaba en pleno apogeo. Los músicos de la orquesta, vestidos con vivos colores, ejecutaban una melodía de salsa mientras una pequeña multitud de parejas abarrotaba la pista de baile. La mesa siete estaba en un lugar alejado del barullo. Había un hombre sentado a ella que se puso en pie en cuanto las vio aparecer.

—Buenas noches —saludó, mostrando una sonrisa muy blanca y muy amplia—. Señorita Elizabeth Sullavan, ¿verdad?

Permítame que me presente: soy Adam Clarke, abogado de su difunto tío Henry.

—Celebro conocerlo al fin, señor Clarke... Ésta es mi tía, la señora Susanne Hamilton.

El abogado se acercó la mano de tía Sue a los labios y luego las invitó a sentarse.

—Espero que no lleve mucho tiempo esperándonos —dijo tía Sue.

—En absoluto. Precisamente esta noche tenía una cita en este lugar con un caballero del consulado británico. Acaba de marcharse hace apenas unos minutos. —El abogado pidió un par de gin fizz para las mujeres y un martini para él—. Prometo no entretenerlas mucho. Supongo que estarán cansadas por el viaje y desearán irse a dormir lo antes posible.

—No pasa nada. Nos gusta trasnochar —dijo Elizabeth.

—Estaba deseando conocerla al fin en persona, señorita Sullavan. Es usted tal como su tío solía describirla.

La joven pensó que, por el contrario, el aspecto del señor Clarke no tenía nada que ver con lo que ella había imaginado.

Era un hombre alto y de aspecto atlético. Más cercano al medio siglo que a la cuarentena aunque, no obstante, el esmoquin le sentaba mejor que a muchos jóvenes. Tenía una abundante cabellera de color plateado que, lejos de hacerle parecer mayor, le confería el aspecto de un maduro atractivo. Su rostro estaba muy bronceado, los ojos eran muy azules y los dientes aún más blancos que su cabello. Elizabeth se preguntó si existiría una señora Clarke presumiendo de marido en algún rincón de Manhattan, pero al mirar de reojo los largos dedos del abogado lo único que vio fue un anillo con el sello de la Universidad de Columbia alrededor de su meñique izquierdo.

El abogado preguntó a tía Sue si habían tenido buen viaje.

—No me gusta mucho viajar en barco —respondió ella—. Se mueve y huele a pescado, pero a Elizabeth le hacía ilusión llegar a Nueva York por mar.

—¿Había estado usted antes en la ciudad, señorita Sulla-van?

—No. Es mi primera vez.

—Lamento que su llegada haya coincidido con esta desagradable tormenta. Nueva York suele estar preciosa en esta época del año. Una vez que hayamos finalizado con todos los trámites del testamento de su tío, yo mismo estaré encantado de hacerles de guía turístico, si ustedes quieren.

—Gracias, es usted muy amable —respondió Elizabeth—. ¿Cree que se prolongarán mucho? Me refiero a esos trámites de los que habla.

—No tendría por qué ser así. Como yo no redacté el testamento, desconozco cuáles son sus disposiciones, pero dado que usted es la única pariente viva de Henry Talbot no hay motivo para que el traspaso de la herencia suponga ningún problema.

—Eso está muy bien —dijo tía Sue—. Las herencias siempre dividen a las familias, y sé de lo que hablo, señor Clarke; mi madre pasó toda su vida litigando con una hermana suya por un jarrón que había sido de mi abuela. Un jarrón feísimo, por cierto.

—Señora Hamilton, creo que la herencia del profesor Talbot es algo más... cuantiosa que un simple jarrón.

—¿Mi tío era un hombre adinerado?

—Elizabeth, tesoro, esas cosas no se preguntan.

—Eso depende de lo que usted entienda por «adinerado», señorita Sullavan. El profesor no tenía ninguna cámara acorazada donde guardaba una montaña de monedas de oro, si es en eso en lo que está pensando. Pero sus bienes materiales son de un valor considerable... Y luego, por supuesto, está la casa de Glen Cove.

—¿Y todo me lo ha dejado a mí? —preguntó la joven, sorprendida.

—Habrá que esperar a leer el testamento, pero es muy probable que así sea.

—Bueno, no piense usted que a la chiquilla le hace ninguna falta el dinero, señor Clarke —intervino tía Sue con actitud orgullosa—. Sus padres la dejaron en buena situación económica, con una bonita suma en el banco de la que se hará cargo en breve, cuando cumpla veintiún años. Y, naturalmente, mi esposo y yo siempre nos hemos preocupado de que a Elizabeth no le falte de nada.

La joven sonrió a su pariente con afecto.

—Por supuesto que sí —dijo. Luego se dirigió al abogado—. La verdad es que tío Henry no fue nunca un padrino modelo. Apenas sabía de su existencia hasta que recibí aquel telegrama informándome de su muerte.

—Tu padre y él no se llevaban bien —dijo tía Sue—. Eran primos en segundo grado, ¿sabe, señor Clarke? La madre de mi cuñado era Wilhelmina Talbot, pero no de los Talbot de Maine, si no de los de Massachusetts...

La buena mujer se introdujo por espesos bosques genealógicos, saltando de rama en rama entre primos, padres, abuelos y cuñados. Su explicación antes que aclarar las cosas contribuyó a enredarlas todavía más. Luego regresó otra vez a la relación que unía al padre de Elizabeth con Henry Talbot.

—De niños jugaban juntos en la casa familiar. Estudiaron en el mismo colegio, fueron a la misma universidad... Como los dos eran hijos únicos, estaban muy unidos. Por eso tu padre quiso que tío Henry fuese tu padrino, Elizabeth, querida; pero poco después de nacer tú empezaron a distanciarse. Para cuando tus pobres padres fallecieron en aquel accidente en el Himalaya, ya hacía muchos años que la relación estaba rota.

—Sí, estaba al corriente de todos estos detalles —dijo el abogado—. Yo conocí brevemente a su padre, señorita Sullavan, en la época en la que su tío Henry y él aún mantenían una estrecha amistad. Tengo de él un grato recuerdo, y lamenté mucho su pérdida. El Himalaya es un lugar muy extraño para perder la vida...

—Mi padre era arqueólogo —explicó Elizabeth—. Viajaba por todo el mundo investigando sobre las culturas orientales, y a mi madre le gustaba acompañarlo en sus viajes. Los dos murieron a causa de un alud, y desde entonces tío Albert y tía Sue han cuidado de mí.

—Lo sé. El profesor Talbot era asimismo un apasionado por el estudio de la antigüedad.

—¿También era arqueólogo?

—Sí, y muy brillante, además. Creí que usted lo sabía.

—No... Es curioso que mi padre nunca lo mencionara.

—¡Pobre Henry! —suspiró tía Sue—. Morir tan solo... Apenas recuerdo la última vez que lo vi, debió de ser hace más de veinte años. Qué triste...

El señor Clarke pasó a explicar algunos puntos legales sobre los bienes del profesor Talbot, que Elizabeth no estuvo segura de entender del todo. Después habló sobre los detalles concernientes a la apertura del testamento.

—Tendrá lugar mañana por la tarde —señaló—. Su tío dejó instrucciones precisas para que la lectura se efectuase en su casa de Long Island. También quiso que ciertas personas, además de usted, estuvieran presentes en ese momento. Me he tomado la libertad de disponerlo todo para que vayan juntos a la casa; pensé que sería lo más sencillo. Espero que no le parezca mal, señorita Sullavan.

— Oh, no. Será divertido.

El abogado sacó de su bolsillo una pluma y un pequeño carnet de notas con tapas de esmalte. Escribió unas señas en una de sus hojas y se la entregó a Elizabeth.

—Un chófer las recogerá mañana en esta dirección a las siete de la tarde. Está muy cerca de aquí, a sólo dos manzanas del hotel. Les será fácil encontrar el sitio.

—¿Usted no viene con nosotros?

—Yo les estaré esperando en Glen Cove. Tengo que realizar una serie de preparativos antes de que lleguen.

—¿De qué tipo?

—Lamento no poder darle más detalles, señorita Sullavan.

Su tío dejó instrucciones muy claras al respecto. —El abogado se ajustó los gemelos de la camisa con un gesto elegante—. Verá usted, su tío era un hombre muy peculiar, con cierta tendencia hacia... digamos, lo teatral.

—Vaya, ¡qué misterioso! Teatral ¿en qué sentido?

—Mañana podrá comprobarlo usted misma. Ignoro si ha asistido a muchas lecturas testamentarias, señorita Sullavan, pero estoy seguro de que ésta le parecerá bastante original. Es todo cuanto puedo decirle por el momento.

—Me tiene usted intrigadísima... ¿Podría al menos decirme cómo murió exactamente tío Henry? Creo que en las misivas que usted me envió nunca llegó a mencionarlo.

—Es es porque resulta un tanto difícil de explicar por carta... —respondió el señor Clarke. Luego se quedó pensativo un momento, como si estuviera seleccionando cuidadosamente las palabras que iba a decir a continuación. Finalmente se inclinó hacia las dos mujeres, colocando la cabeza cerca de la vela que adornaba el centro de la mesa. Los pliegues de su cara resaltaron con leves sombras danzantes—. Señorita Sullavan, ¿alguna vez ha oído hablar de los Príncipes de Jade?

De pronto todas las luces del comedor se apagaron al mismo tiempo y el hotel se quedó a oscuras en medio de la tormenta.

Bob no lo haría por ningún motivo.

Stan Kotzer era un buen tipo. Le caía bien. Le daba cigarrillos cuando Bob estaba sin blanca para comprar su propio tabaco y era una de las pocas personas que no le había preguntado por su cicatriz la primera vez que se vieron; pero, a pesar de ello, Bob no estaba dispuesto a dejarse embaucar de nuevo por él, y mucho menos esa noche, cuando el club estaba a rebosar de clientes.

—¡Vamos, Bob, sólo hoy...! No volveré a pedírtelo más, te lo juro.

—Piérdete, Kosher.

Todos lo llamaban Kosher en el club, salvo Charlie, el *maître*, pero porque Charlie nunca se molestaba en aprenderse el nombre de los camareros. Solía decir que ninguno se quedaba en el Bahía Baracoa tanto tiempo para que mereciese la pena el esfuerzo.

La mayoría de los empleados del hotel eran de origen hispano o italiano. A Stan lo llamaban Kosher por varias razones: porque era el único semita en medio de tanto mestizo, porque con su pelo negro y rizado y su enorme nariz el tipo parecía bastante judío y, en definitiva, porque Kotzer y *kosher* sonaban parecidos. Más o menos. No había ninguna maldad en el mote; de hecho, Stan era bastante apreciado.

—No puedes hacerme esto, Bob. No esta noche.

—Déjame en paz. Estoy cansado y quiero irme a casa. Búscate a otro idiota para que te cambie el turno.

—No queda nadie del de tarde. Ya se han marchado.

Todo por culpa de la tormenta, pensó Bob. Empezó a llover cuando terminó su horario de trabajo y tuvo la mala idea de quedarse un rato esperando a que escampase. Vivía en Queens, en un desván de una sola habitación lleno de goteras y de humedades, y temía que si llegaba empapado a casa estaría tiritando toda la noche.

—Por favor —insistió Stan—. Es... es mi madre. Está muy enferma. Con gripe. ¡No querrás que deje sola a la pobre mujer en una noche como ésta!

—Eso te lo estás inventando.

—¡Claro que no! Es cierto; sabes que se lo he dicho a todo el mundo, que he llegado tarde porque he tenido que esperar a que el médico...

—No me jodas, Kosher; si antes de venir ya sabías que estaba enferma, me podías haber pedido cambiar el turno nada más verme, cuando has llegado. La gripe de tu madre te importaba una mierda hasta que has hablado con Peggy en el salón.

—¿Es que no te das cuenta? Ese bombón me ha dicho que

está sola en casa esta noche. ¡Sola en casa! Y tiene más ganas de follar que una chica católica recién salida de la escuela. Seguro que se muere por probar un tío que tenga el pajarito sin capuchón. Llevo meses esperando esta oportunidad. ¡No puedes hacerme esto! ¡Me lo debes!

—No es verdad. Y en cuanto a lo de Peggy, olvídate de nada que no sea sobarla un poco en el sofá.

—¿Tú qué sabrás?

—Yo sólo sé que al último imbécil que se llevó a su casa fue a Javier Sánchez, y que sólo le dejó tocarle las tetas por encima del vestido antes de hablarle de boda; por eso Javier se largó echando chispas del club, y ahora Peggy va diciendo por ahí que es de la misma acera que Charlie, el *maître*.

Stan no supo qué replicar a eso. En realidad le sorprendía la facilidad con la que Bob era capaz de suponer las cosas sumando dos y dos con algo de lógica, aunque no siempre acertaba. Al chico le gustaba pasarse de listo. Por eso los otros camareros lo habían apodado Listillo.

—Te lo compensaré. Te lo juro... ¡Te haré dos turnos!

—No quiero dos turnos. Quiero irme a mi casa. Estoy cansado.

—¡Que te den, Listillo! —Kosher se metió la mano en el bolsillo del pantalón y sacó un billete arrugado. Se lo encajó a su compañero en la palma de la mano—. Toma. Cinco pavos, ¿te vale con esto?

Bob miró el billete con cierto punto de admiración. Para él aquella cantidad era una pequeña fortuna.

—¿De dónde has sacado tú cinco pavos?

—Un tío acaba de dejármelos de propina... ¿Te das cuenta, pasmarote? Hoy el local está lleno de peces gordos que van hasta arriba de copas. Tú te ganas una fortuna en propinas y yo me beneficio a una tía que está buenísima. Todos salimos ganando, ¿es que no te entra en la cabeza?

Bob se quedó un rato mirando el billete hecho una bola en su mano. Luego se lo guardó en un bolsillo.

—Sólo esta noche. Ni una más, ¿me oyes? Ni una más.

Stan lo abrazó.

—¡Gracias! ¡Eres un gran tipo!

—¡Y me darás tus cigarrillos! No pienso quedarme toda la noche aquí sin tabaco.

—Ya te he dicho que se me han mojado... Pero, espera, tengo tengo otra cosa. Toma.

Le lanzó el cigarro que Peggy le había dado antes. Era un simple Flor de Manuel, de los de cinco centavos la unidad, pero aun así era bastante mejor que los Marvels de 19 centavos del paquete que Bob solía fumar y que sabían a papel quemado. A pesar de ello no le dio las gracias a Stan. Estaba de mal humor, más bien consigo mismo pues creía que había vuelto a dejarse liar por su compañero.

A Manuel, el jefe de los camareros, no le gustó nada aquel arreglo; en general le irritaba que sus subalternos anduviesen trapicheando con sus horas de trabajo. A Bob le tocó avisarle del cambio y por eso fue él quien se llevó la bronca.

—¡Más te vale que esta noche hagas bien tu trabajo, Listillo! —le gritó el jefe—. ¡Me importa una mierda que a tu amiguito judío se le esté muriendo su abuela o lo que sea! Si la pifias esta noche, ¡tú lo pagas! ¿Me has entendido? ¡Ahora sal de mi vista y dile a ese marica de jefe de comedor que te ponga a hacer algo útil!

Lo que hacía temible a Manuel no era que amenazase a gritos, era que solía cumplir las amenazas.

Bob rumiaba su enfado en silencio cuando fue a ver a Charlie para que le encomendase alguna tarea. El *maître* lo recibió como a uno más de la anónima legión de mozos que tenía a su cargo y a los que raras veces solía molestarse en dirigir una mirada por encima del trasero.

—Vaya a recoger la mesa cuatro. El señor Clarke y sus acompañantes acaban de dejarla libre y tenemos a mucha gente esperando sitio. ¡Dese prisa, hombre!

Dio una palmada, y un enfurruñado Bob se sumergió en

la fiesta cubana del hotel. Recoger mesas vacías no era la mejor manera de ganar fabulosas propinas como las que Kosher había mencionado.

En la mesa cuatro no había muchos restos. Sólo un par de vasos y un cenicero lleno de colillas. El malhumorado camarero puso todo sobre su bandeja y ya se disponía a regresar a la cocina cuando un destello dorado en el suelo llamó su atención.

Al parecer, uno de los antiguos ocupantes del reservado había perdido su mechero. Era un juguetito cuadrado de aspecto caro. No había ningún nombre grabado en él, pero sí un escudo. Representaba unas ramas curvadas alrededor de dos rifles y dos espadas que se cruzaban en aspa; encima de las armas había un pergamino sobre el que se posaba un pájaro con largas plumas en la cola. Bob intentó leer algo en el pergamino, pero era indescifrable.

El camarero se aseguró de que nadie lo veía y se guardó el mechero en el bolsillo. ¡Al diablo con todo! Ya tenía su primera propina. Si al tipo que estaba allí sentado le hubiera importado en algo su mechero, habría tenido más cuidado de no perderlo.

De pronto alguien dio una palmada junto a su oreja.

—¡Usted! ¿Qué es lo que está haciendo?

«Mierda.»

— Nada. Le juro que yo sólo estaba...

—Cállese, me da igual —dijo Charlie, el *maître*, sin escuchar—. Le necesitan para atender el servicio de habitaciones. Uno de los camareros ha tenido un accidente con un pato flambeado y va de camino al hospital. Aprisa, cámbiese de chaqueta y acuda a la recepción.

Bob respiró aliviado, si bien su alivio apenas le duró unos segundos: atender el servicio de habitaciones no era mucho mejor que dar vueltas por el bar. Se deprimió aún más pensando que pasaría el resto de la noche subiendo y bajando carritos en el ascensor. Por otra parte, guardaba un mal recuerdo de la última vez que le tocó cumplir aquella labor por culpa de un incidente con una puerta mal cerrada, un senador de New Jersey y una señorita que no era su esposa. Todavía tenía una marca en el lugar de la cabeza donde le habían arrojado una botella de vino vacía.

Salió del comedor y se dirigió hacia el almacén donde se guardaban los uniformes. Los camareros del club vestían chaquetillas rojas mientras que los del hotel las usaban blancas. Bob esperaba que al menos en esa ocasión hubiese una limpia; la última vez encontró un chicle usado en el bolsillo de la que tuvo que ponerse.

Para llegar al almacén había que atravesar un dédalo de pasillos subterráneos bajo el hotel. La lluvia y los truenos se oían con tanta claridad como si se estuviese caminando por la calle. Olía a yeso húmedo, y las bombillas parpadeaban con cada relámpago.

En el almacén estaba Pete el Tuercas, que trasteaba en un obsoleto panel de fusibles. Peter Watson, o Pete el Tuercas, era una especie de encargado de mantenimiento del hotel, o al menos eso parecía, pues las veces que se le veía trabajar siempre estaba enredando con alguna instalación eléctrica o de fontanería. Pete era un hombre enorme, con la mandíbula cuadrada y la nariz rota. Tenía aspecto de boxeador, aunque la única cosa con la que Bob lo había visto pelearse eran los cables y las tuberías del hotel, actividad que solía inspirarle una retahíla de barbaridades muy imaginativas. Por lo demás, a Bob no le parecía un mal tipo; de hecho, alguna vez habían jugado a las cartas durante sus ratos libres, y el camarero había sabido ganarse su simpatía perdiendo a propósito alguna que otra mano.

En el momento en que el joven entró en el almacén, un trueno sonó sobre sus cabezas y al mismo tiempo saltaron chispas de los fusibles.

—¡Me cago en la puta hostia, joder! —gritó Pete, arreando un puñetazo a la pared—. ¡La puta madre que parió esta mierda de instalación!

—Hola, Pete. ¿Problemas?

—¿Qué...? Ah, eres tú, Listillo. —El Tuercas se limpió la nariz con el antebrazo—. ¿Problemas, dices? Tráeme aquí al hijo de puta que montó esta instalación y yo le enseñaré lo que son problemas cuando le meta todos estos cables por el culo.

—¿Y besas a tu chica con esa boca? —comentó Bob, inspeccionando unas viejas cajas en busca de una chaqueta de su talla—. ¿Puedo ayudarte en algo?

—Le beso algo más que la boca, Listillo... No, gracias, a no ser que puedas sacarte de los huevos una instalación eléctrica nueva. La tormenta está friendo esta mierda antediluviana. Tendremos suerte si en mitad de la noche no se va la luz a tomar por el culo.

—Espero que puedas arreglarlo. No tengo ganas de quedarme a oscuras con Charlie en el vestuario.

Pete soltó una carcajada y un montón de tacos. Bob encontró por fin una chaqueta que parecía limpia aunque la espalda estaba un poco arrugada. Se la puso y se dirigió hacia la escalera que subía al nivel de la calle.

— Hasta luego, Pete. Suerte con eso.

—Chao, Listillo... ¡Oye! Mañana los chicos y yo vamos a echar unas partidas después de comer. Si tienes pasta, puedes venir; si no, mejor que te quedes en casa machacándotela.

El camarero recordó los cinco pavos que llevaba en el bolsillo. Podía ser una buena oportunidad de sacarles rendimiento.

—Allí estaré.

—Estupendo... ¡Y cuando veas a ese gilipollas de la recepción dile que vaya sacando velas para los huéspedes! —gritó el Tuercas, tras él—. ¡Esto se va a ir a la mierda en cualquier momento!

Bob hizo el gesto de OK con la mano y subió corriendo a la recepción del hotel. A diferencia del restaurante, ésta estaba casi vacía; la mayoría de los clientes se hallaban en el club o se habían retirado a sus habitaciones. A pesar de ello había un buen número de pedidos pendientes de ser atendidos.

Aquella noche los clientes parecían especialmente quisquillosos con sus encargos, y el personal de la recepción —un montón de mozos de cuello estirado—, más incompetentes que de costumbre. Era como si la tormenta los hubiera confundido a todos. Bob tuvo que hacer un montón de viajes, arriba y abajo, por culpa de pedidos que no correspondían con lo solicitado o a causa de números de habitación erróneos. Su enfado iba en aumento, contagiándose del tormentoso clima del exterior. Un par de veces recibió una amonestación del jefe de conserjes porque algún huésped se había quejado de la mala actitud del camarero.

Para colmo, la única propina que Bob pudo sacar tras casi una hora de idas y venidas fue una petaca llena de algo que olía a endrinas pero que sabía a aguarrás. Se la había dado una mujer ridícula con el pelo del color de una cereza aplastada.

Estuvo tentado de tirar la petaca en la papelera más cercana, pero finalmente se la guardó en el bolsillo, junto con el mechero. Luego se metió por enésima vez en el ascensor para atender otro pedido. El huésped de una de las «suits» había solicitado una cena fría para uno.

El camarero se bajó en el segundo piso y arrastró el carrito con la cena a través de un corredor enmoquetado hasta llegar a la última habitación, la que llamaban «suit Habana». Dejó escapar un suspiro de cansancio y llamó a la puerta. Tan sólo esperaba que el huésped no fuera una dama solitaria, entrada en años y con indecentes propósitos para quien pedir una cena fría era sólo un medio por el que atraerse a un mozo a su habitación. Bob ya había tenido alguna experiencia desagradable con eso.

—¿Quién es?

—Servicio de habitaciones.

—Correcto. Pase, tenga la bondad, la puerta está abierta.

La suite Habana era una de las grandes. Además del amplio recibidor, el dormitorio y el cuarto de baño tenía otra sala que servía a modo de estudio. Era el tipo de habitación que sólo alquilaban huéspedes importantes. Bob esperaba no hacer enfadar a ningún pez gordo.

Una voz masculina con fuerte acento hispano le llegó desde el estudio.

—Traiga aquí la cena, por favor.

El camarero obedeció. En el estudio vio a dos personas de pie frente a un escritorio junto a la ventana. Una de ellas era un hombre alto entrado en años. Tenía el pelo gris y lucía una barba cuadrada que le daba un aspecto señorial, como de un retrato pasado de moda. El caballero —pues tenía pinta de serlo— vestía una chaqueta de color vino con ribetes negros que tenía bordada en el bolsillo de la pechera una compleja filigrana con las iniciales J. R. W. Sus botines, su camisa de cuello postizo y su monóculo parecían indicar que o bien era un tipo de gustos muy conservadores o bien un huésped que no había salido de su habitación desde tiempos del presidente Warren Harding.

Al otro personaje que estaba junto al escritorio Bob lo conocía bien. Era Guido el Gusano, un hombrecillo desagradable que trabajaba en el hotel, aunque nadie sabía exactamente en qué. Cuando Guido no andaba culebreando alrededor de algún adinerado huésped de pocas luces, solía dedicarse a espiar a escondidas a los trabajadores del Bahía Baracoa para sorprenderlos en alguna indiscreción e ir con el cuento al Gran Jefe. Era, por tanto, un tipo sin muchos amigos.

El Gusano era de corta estatura, casi un enano. Siempre vestía, como ahora, trajes negros con los codos de las chaquetas brillantes por el uso, y los pantalones, un par de tallas más grandes de lo adecuado. Tenía la calva llena de manchas —que trataba de cubrir vanamente con una cortina de pelo negro y grasiento— y la desagradable manía de sorber a cada poco por la nariz, produciendo un sonido húmedo y viscoso. Siempre se movía ligeramente encorvado, como si el peso de la caspa sobre sus hombros fuese demasiado para llevarlo erguido.

Bob se preguntó qué clase de sórdido tinglado habría llevado a Guido el Gusano a estar en la suite Habana aquella noche.

El caballero de la barba señaló una mesa que había al otro extremo del estudio.

—Joven, tenga la bondad de colocarlo todo ahí, por favor. —Extrajo diez dólares de una billetera y se los dio al camarero—. Puede marcharse cuando haya terminado.

Bob estuvo a punto de silbar de admiración. ¡Diez de los grandes! Un detalle que casi salvaba toda la noche. De pronto el tipo barbado le caía muy simpático.

Aquel caballero volvió a centrar toda su atención en el Gusano.

—Bien, señor Cenninni, estaba usted a punto de mostrarme... la mercancía.

La pausa que hizo fue tan llamativa que Bob no pudo evitar poner el oído mientras se entretenía en servir la cena con exagerada lentitud.

El Gusano sorbió varias veces por la nariz.

—Por supuesto, por supuesto, *signor conte*. La he traído aquí mismo. Ya verá. Es un objeto muy especial. Sólo un hombre como usted podrá valorarlo en lo que se merece.

Guido abrió un costroso maletín y sacó de él un tubo de cartón tan largo como su antebrazo. Del tubo extrajo un rollo de papel parecido al pergamino y lo desenroscó delicadamente sobre la superficie del escritorio. El hombre de la barba lanzó una exclamación de asombrado deleite.

—¡Extraordinario...! Asombroso... ¿Y dice usted que es auténtico?

—Puedo jurárselo por el alma de mi madre —respondió solemnemente el Gusano, luego de sorber un par de veces por la nariz—. El *signor* Portappia lo compró hace dos años a un coleccionista de objetos valiosos. Lógicamente jamás se habría desprendido de él, pero al saber del interés que el *signor conte* tiene por los manuscritos antiguos está dispuesto a vendérselo por un precio razonable.

—Entiendo, entiendo... ¿Y cuánto pide?

—Doscientos dólares. ¡Un regalo! Casi la décima parte de lo que costó, pero el *signor* Portappia simpatiza enormemente con los coleccionistas tan apasionados como usted, y está seguro de que nadie como el *signor conte* apreciará mejor el valor de semejante obra de arte. Entre nosotros: el *signor* Portappia no entiende de estas cosas...

Bob se acercó al escritorio con disimulo para echar un vistazo al pergamino, aprovechando que los dos hombres parecían haberse olvidado por completo de su presencia.

—Es realmente una obra magnífica —observó el de la barba—. ¡Una edición original del Planisferio de Petrus Cano de 1503, y en perfecto estado! Oh, yo... yo no podría aceptar semejante regalo por parte de su patrón, mi honor me impide comprárselo por un precio tan irrisorio. No se hable más: le daré quinientos dólares.

Guido hizo una exagerada reverencia hasta casi tocar la superficie del escritorio con la punta de la nariz.

—El *signor conte* es todo un caballero, un perfecto orgullo para los de su raza, si me permite decírselo. El *signor* Portappia quedará conmovido por semejante muestra de generosidad.

—No hago más que lo que es justo. Le extenderé un cheque ahora mismo. Apenas puedo creerlo: un auténtico ejemplar del Planisferio de Cano, al fin en mi poder...

—Es falso —soltó Bob en ese momento. Y, aunque no fue capaz de evitar abrir la boca, fue consciente del inmenso error que había cometido antes siquiera de terminar la frase.

Los dos hombres volvieron la cabeza hacia él perfectamente sincronizados, como si de pronto hubieran oído una explosión a su espalda.

—¿Cómo dice, joven? —preguntó el de la barba.

Bob actuó sin pensar. Cuando estaba seguro de algo, no podía evitar manifestarlo en voz alta. Era por cosas como aquélla por las que se había ganado el apodo de Listillo.

Se acercó al escritorio apartando a los dos hombres y señaló el mapa con un gesto de desdén.

—El mapa. Es una falsificación, y bastante mala, por cierto.

Guido el Gusano sorbió por la nariz y apuñaló a Bob con los ojos.

—¡Estúpido! No haga caso, *signor conte*; no es más que un patético camarero, incapaz de distinguir un incunable de una servilleta. ¿Qué sabrá él?

El de la barba no parecía ofendido aunque sí bastante escamado.

—Espero que tenga una buena razón para decir lo que ha dicho, joven.

—Mire esto. —Bob señaló una parte del mapa con el dedo—. El verdadero Planisferio de Cano fue impreso en 1503, y aquí aparece la península de Florida, que no fue descubierta por Ponce de León hasta 1513... Y esto otro: América del Norte y América del Sur aparecen unidas como un solo continente, pero el primer mapa que representa las dos Américas unidas es el Planisferio de Waldseemüller, que es cuatro años posterior al de Cano... Y mire, aquí han puesto que esta isla se llama Brasil, qué disparate.

—¿Ve como este imbécil no sabe lo que dice, *signor conte*? —saltó Guido—. Cualquier estudioso sabe que hasta el siglo XVIII los portugueses pensaban que Brasil era una isla.

—Cállate, Guido —cortó Bob sin levantar los ojos del mapa—. También cualquier imbécil sabe que en 1503 el término Brasil no puede aparecer en ningún mapa porque los portugueses todavía lo llamaban Isla de Vera Cruz... ¡Menuda chapuza! Ni siquiera se han molestado en falsificar la marca de agua del original, y además... —Cogió el documento y lo rasgó en dos pedazos. Guido dejó escapar un gemido sordo—.

Esto es vulgar papel de fibra vegetal, cuando el verdadero mapa está impreso en papel de trapo. A parte de todo, el auténtico Planisferio de Cano mide más de dos metros y medio. Si alguien pagase quinientos dólares por esto, estaría comprando la servilleta más cara del mundo.

—Extraordinario... —dijo el de la barba—.Caballero, permítame que le felicite por sus profundos conocimientos sobre cartografía antigua, tan inesperados en un camarero... Lo lamento, señor Cenninni, pero, a la vista de las circunstancias, me temo que nuestro acuerdo queda anulado. Ahora, por favor, le ruego que salga de mi habitación de inmediato.

Guido boqueó igual que un pez fuera del agua. Sorbió varias veces por la nariz, y luego se marchó de allí arrastrando los pies, acompañado por el sonido de un trueno.

En ese momento Bob pareció darse cuenta de que lo que acababa de hacer iba a tener consecuencias, y no serían buenas.

—Oh, Dios... —Suspiró con aire desolado—. Lo siento mucho.

—¿Por qué motivo? ¿Por librarme de despilfarrar una respetable cantidad de dinero? Soy yo quien debería darle las gracias, señor...

—Hollister. Robert Hollister.

—Es un placer, señor Hollister. —El hombre sacó una pitillera de plata del bolsillo de su chaqueta y extrajo un fino cigarro que encajó en una boquilla. Lo encendió—. Yo soy Jaime Rius-Walker, conde de Roda, y desde este momento estoy en deuda con usted, joven. —El conde se sentó en una butaca, frente a Bob, y lo estudió en silencio durante unos segundos—. Por favor, le suplico que disculpe mi, por otra parte, lógica curiosidad pero ¿puedo preguntarle dónde aprendió un camarero de hotel tantos conocimientos sobre cartografía del siglo xvi?

Bob se encogió de hombros y esquivó la mirada del conde.

—Tengo mucho tiempo libre.

—Parece usted un personaje muy peculiar, señor Hollister... Perdone mi indiscreción, pero me gustaría saber cómo se hizo esa cicatriz tan aparatosa.

—De niño solía jugar a los dardos con mi hermano mayor. Tenía una puntería terrible. —Bob carraspeó y se apresuró a coger el carrito con el que había llevado la cena—. Con su permiso, tengo que seguir con mi trabajo.

—Claro, claro, por supuesto. —El conde se puso en pie—. Por favor, permítame que lo acompañe a la puerta.

—No es necesario, muchas gracias.

—Insisto. —El caballero lo escoltó hasta la salida. Una vez allí, cogió una tarjeta de su billetera y se la entregó—. Una vez más le doy las gracias por su oportuna intervención, señor Hollister. Por favor, tome mi tarjeta. Aquí están las señas del consulado de España en Nueva York, donde a partir de mañana me alojaré temporalmente. Si alguna vez tiene tiempo, venga a visitarme. Estoy seguro de que en el consulado podremos encontrar una labor mucho más estimulante para usted que la de servir cenas en un hotel.

Bob dio las gracias al conde y se metió la tarjeta en un bolsillo sin mirarla. La puerta se cerró tras él. Suspiró profundamente y empujó el carrito de vuelta al ascensor. Tenía un mal presentimiento sobre lo que acababa de ocurrir.

De pronto sonó un trueno muy fuerte seguido de un intenso fogonazo de luz. Se oyó un chispazo, como de bombilla rota, y al momento todas las luces del pasillo se apagaron. El hotel entero se había quedado a oscuras.

El joven maldijo entre dientes y tanteó las paredes con cuidado buscando el camino hacia el ascensor. Oyó cerca una puerta que se abría y se cerraba y, entonces, alguien le dio un fuerte golpe en la mandíbula.

Cayó al suelo de bruces y recibió una patada en el costado. Rodó hasta quedar de espaldas. Un relámpago iluminó el pasillo y Bob atisbó dos grandes sombras sobre él.

—Levantad del suelo a esta basura, muchachos —sonó la voz de Guido el Gusano.

Unas manos invisibles lo obligaron a ponerse en pie, agarrándolo por las axilas. Entonces las luces se encendieron otra vez y Bob se encontró frente a la nariz larga y grasienta del Gusano. Estaba tan cerca de él que podía oler su hedor a sudor y a ajo. Sonreía mostrando una hilera de dientes redondos y diminutos, llenos de manchas de sarro.

—En este establecimiento no nos gustan los camareros sabihondos, Listillo, ya deberías saberlo. Ahora vamos a ver cómo cuentas a don Portappia que acaba de perder quinientos pavos por culpa de tu jodida bocaza.

Bob notó un rodillazo en la espalda, y los dos hombres que lo sujetaban se lo llevaron a rastras a través del pasillo. Empezó a pensar que cambiar el turno a Stan Kosher había sido una de las peores ideas de toda su vida.

ELIZABETH miró a su alrededor, desconcertada. La sala de fiestas se había quedado a oscuras y los músicos habían dejado de tocar; sólo se oían las exclamaciones de sorpresa de los clientes y los truenos de la tormenta. En alguna parte un camarero dejó caer una bandeja.

El *maître* del club subió al escenario con una linterna en la mano.

—¡Damas y caballeros...! Damas y caballeros, por favor, ¡no se alarmen! —dijo elevando la voz. El público quedó en silencio y le prestó atención—. Sólo es un corte pasajero de la corriente eléctrica. Les aseguro que la luz volverá en cualquier momento.

—Bravo, señor Clarke —dijo tía Sue—. ¡Qué efecto tan oportuno! Tiene que explicarnos cómo lo ha hecho.

El abogado rió.

—Le aseguro que yo no he tenido nada que ver, aunque coincido con usted en que ha sido de lo más apropiado... —En ese momento las luces volvieron a encenderse. La orquesta empezó a tocar una melodía suave y, poco a poco, la sala de fiestas recuperó su ritmo normal—. Ya está. En fin, ¿por dónde íbamos, señoras?

—Iba usted a contarnos algo sobre unos Príncipes de Jade —respondió Elizabeth—. He creído entender que tenían alguna relación con la muerte de mi tío.

— En cierto modo así es. Les advierto que se trata de una historia bastante extraña, inverosímil incluso... ¿Le gustan a usted los relatos de misterios sobrenaturales, señorita Sullavan?

—¿Se refiere usted a historias como la de esa película de Bob Hope y Paulette Goddard? La vi en el cine el año pasado y me gustó mucho, con todas aquellas puertas secretas y garras peludas que brotaban de la oscuridad...

—¡Cielos, me provocó pesadillas durante una semana entera! —comentó tía Sue.

—¿Cómo es posible, tía? Era una comedia.

—La historia de los Príncipes de Jade tiene poco de comedia, mis queridas señoras. Y, a diferencia de las películas, es terriblemente veraz... y sangrienta.

—Creo que no me va a gustar nada de nada... —rezongó tía Sue, y luego se puso a buscar algo en el fondo de su bolso.

—No haga caso de mi tía: se asusta hasta de su sombra. —Elizabeth apoyó los codos en la mesa y se sujetó la barbilla con las manos, mirando fijamente al abogado—. A mí me encantan los relatos de terror.

El señor Clarke pareció dudar. Miró de reojo un par de veces sobre sus hombros, como si temiera ser espiado.

—¿Se considera usted una mujer escéptica, señorita Sullavan? ¿Cree usted en lo sobrenatural? —El abogado hizo una pausa llena de suspense—. ¿En la existencia del Mal?

—Cielos, el Mal... Hay que ver de qué manera lo dice usted... Recuerdo que mi tío Albert sí que creía en el Mal, por eso decía que nunca votaba a los republicanos.

—No debe tomárselo a broma, querida amiga. Hablo completamente en serio y, créame, la experiencia me dice que es mucho más prudente no reírse de ciertas cosas... El relato que me dispongo a narrarles comenzó hace cuatrocientos años, cuando un conquistador español llamado Beltrán de Jaraicejo se internó en las selvas de Centroamérica en pos de una mítica ciudad indígena llamada Xibalbá. Don Beltrán fue seducido por una leyenda que hablaba de una fabulosa ciudad construida enteramente de jade, un material que para los antiguos mayas era aún más valioso que el oro.

—¿De veras? —dijo tía Sue—. Yo tengo una pulsera de cuentas de jade que me regalaron por mi cumpleaños. No me gusta. Nunca me la pongo.

—Para los mayas esa pulsera sería digna de un rey, se lo aseguro —indicó el señor Clarke—. En realidad, algunas leyendas decían que Xibalbá no era una ciudad, sino un antiguo templo construido para custodiar las puertas del inframundo. Y allí, en el corazón de ese templo, se encontraba la morada de Quisín, o Kizín, el Hediondo, soberano del mundo de las tinieblas, dios de la muerte y de los sacrificios humanos. Sus ceremonias incluían bárbaros ritos de sangre en los que muchos inocentes eran torturados hasta perder la vida entre atroces sufrimientos.

»Don Beltrán partió de Guatemala en el año 1541 en busca de Xibalbá y, meses después, fue encontrado moribundo por unos monjes dominicos. Toda su expedición había desaparecido en la selva, y el propio don Beltrán era víctima del delirio y la locura. En una confesión escrita de su puño y letra, dijo haber localizado Xibalbá y haber logrado introducirse en el corazón del templo del que hablaban las leyendas. Allí encontró una estatua del dios Kizín esculpida en jade. El conquistador la robó y la sacó del templo con la intención de destruirla, pero jamás pudo hacerlo. Se ahorcó en la celda del mismo monasterio dominico donde se recuperaba de sus heridas después de que lo encontraran vagando por la selva, sin más posesiones que aquel ídolo maléfico.

—¿Quiere decir que se suicidó? —preguntó Elizabeth—.

¿Y por qué haría algo así, después de haber sobrevivido a tantos peligros?

—¡Quién sabe! Las leyendas indígenas dicen que la estatua estaba maldita y que todo aquel que la sacase de Xibalbá encontraría la muerte de una forma horrible, perseguido por Kizín el Hediondo. Como señor del inframundo, Kizín tiene el poder de conjurar a los espíritus de las tinieblas para que acosen y torturen a sus captores hasta llevarlos a la muerte o a la locura.

—¿Y qué ocurrió con la estatua?

—Siguió circulando por el mundo, dejando a su paso un rastro de caos y destrucción: el monasterio en el cual don Beltrán halló la muerte fue atacado por indígenas poco después, y todos los monjes fueron asesinados; pero para entonces la diabólica estatua ya había sido llevada a la ciudad de Santiago de los Caballeros, capital española de Guatemala. El obispo de la diócesis quiso destruirla, pero la gobernadora de la ciudad, doña Beatriz de la Cueva, tuvo una idea distinta: el ídolo fue exorcizado y desmontado en cuatro piezas, las cuales se volvieron a tallar con otras formas diferentes; doña Beatriz tenía la intención de mandarlas como regalo al emperador Carlos V.

—Es como en esa novela de Dashiell Hammett en la que un detective busca un halcón de oro de los Caballeros de Malta —dijo Elizabeth—. Adoro ese libro. Carlos V era rey de España y emperador de Alemania, ¿verdad?

—Correcto, señorita Sullavan. Fue el monarca más poderoso de su época, y gobernó uno de los imperios más extensos de la historia, sojuzgando a príncipes, reyes e incluso pontífices. Doña Beatriz de la Cueva quiso que cada uno de los cuatro fragmentos de la estatua fuese tallado con la forma de sendos príncipes soberanos a los que el emperador Carlos hubiese sometido durante su reinado.

—Eso sí que es un regalo con buen gusto. ¿Y quiénes eran esos soberanos?

—La primera escultura representaba a Francisco I, rey de Francia, a quien el emperador Carlos venció en numerosas guerras, llegando incluso a tenerlo prisionero en España; otra representaba a Moctezuma, soberano del Imperio azteca, que Hernán Cortés conquistó para la Corona española; la tercera tenía la forma de Solimán el Magnífico, sultán de los otomanos, el cual se vio obligado a levantar el sitio de Viena por el miedo que le causaban los ejércitos del emperador, y el cuarto soberano...

El abogado se detuvo. Elizabeth y tía Sue lo miraban con ojos brillantes.

—¿Sí...? ¿Cuál era el cuarto? —azuzó la joven.

—Nadie lo sabe. La cuarta estatuilla se perdió durante el terremoto que destruyó la ciudad de Santiago de los Caballeros, poco después de que la figura de Kizín fuese desmontada. La propia Beatriz de la Cueva perdió la vida en el desastre.

—Comprendo... —dijo Elizabeth—. Parte de la venganza del malvado dios de los mayas, ¿no es eso?

—Eso fue lo que se dijo entonces —respondió el abogado—. De modo que tres fueron las estatuillas que llegaron hasta España desde el Nuevo Mundo: la de Francisco I, rey de Francia; la de Moctezuma, emperador de los aztecas, y la de Solimán el Magnífico, sultán de los otomanos; tres poderosos príncipes soberanos, tres piezas de arte de una belleza inigualable, talladas con el cuerpo del dios Kizín, el Hediondo: los Príncipes de Jade.

Elizabeth respiró hondo. Los Príncipes de Jade. Le gustaba cómo sonaba aquello. Las palabras se filtraban hacia el poso de sus recuerdos, dando color a viejas memorias en las que su padre le contaba historias similares cuando era ella muy niña: tesoros perdidos, antiguas leyendas. Sortilegios del pasado.

—Por desgracia —siguió relatando el señor Clarke—, aunque la estatua de Kizín ya no existía, no ocurrió lo mismo con su maldición. Poco después de que los Príncipes de Jade llegasen a España, estalló una sangrienta guerra contra los franceses, el imperio tan poderoso que Carlos había forjado se desgajó y desmembró poco a poco, y la propia dinastía del emperador se extinguió en medio de una época de crisis y de oscuridad. El último descendiente de Carlos V fue un rey débil y enfermo, de quien se decía incluso que estaba endemoniado. La casa de Austria desapareció, y el Imperio español se derrumbó por completo. Todos aquellos que alguna vez tuvieron en sus manos los Príncipes de Jade encontraron la desgracia o la muerte de forma violenta. Cuando el último descendiente del emperador murió, en el año 1700, aquellas tres estatuas malditas fueron guardadas en un sótano del Alcázar de Madrid, junto con los demás tesoros reales. Poco después, en la Navidad de 1734, el Alcázar ardió de forma inexplicable y muchos de sus riquezas se perdieron, pero no así los Príncipes de Jade. Apenas cien años después de este hecho, las tropas francesas conquistaron España y José Bonaparte, hermano de Napoleón, fue coronado rey. Al poco de hacerse cargo de su nuevo cargo, José Bonaparte quiso ver con sus propios ojos aquellos famosos Príncipes de Jade de los que tanto había oído hablar...

—No siga. Algo malo le ocurrió a él también, ¿verdad? —dijo Elizabeth.

—En efecto; los españoles se rebelaron contra el poder francés e infligieron la primera derrota de su historia al ejército napoleónico. José Bonaparte huyó de Madrid, pero se llevó con él gran parte de las joyas de la Corona de España, entre ellas, los Príncipes de Jade.

—¿De veras? Qué chico tan travieso... —dijo tía Sue—. Y supongo que ahora nos contará que los príncipes siguieron sembrando la destrucción en París, y que por su culpa Alemania ha ocupado Francia y todos los coches de la Renault son de tan mala calidad.

—Eso sería imposible ya que cuando José Bonaparte los sacó de España no se los llevó a Francia sino que los trajo aquí, a Estados Unidos. Tras la caída de Napoleón, su hermano José vivió exiliado en Filadelfia, entre 1813 y 1841. Poco antes de morir, trasladó su residencia a Florencia, y al abandonar nuestro país vendió las tres estatuillas de los Príncipes de Jade entre las personas de su círculo de amistades. Dos de ellas se las compró el presidente John Quincy Adams, y reaparecieron hace diez años en una subasta pública de algunos bienes que pertenecían a sus herederos, donde fueron adquiridas. La otra no se sabe quién la adquirió, pero apareció hace siete años entre los restos de un monasterio abandonado, cerca de la localidad de La Jolla, en California. —El señor Clarke dio una larga calada a su cigarro y expulsó una densa nube de humo que se quedó flotando a su alrededor—. Y le diré una cosa más, señorita Sullavan: las tres estatuillas fueron adquiridas por la misma persona: el profesor Henry Talbot, su tío.

—¿Qué dice usted? ¿Afirma que tío Henry tenía los Príncipes de Jade?

—Toda su vida la empleó en buscarlos. La leyenda lo seducía tanto que puso el mayor empeño en volver a reunir las cuatro figuras. Su interés se tornó casi en obsesión, dejando de lado otras investigaciones que el mundo académico consideraba mucho más propias de un arqueólogo serio. Ése fue el motivo por el que su tío acabó siendo menospreciado y marginado por la comunidad científica... Y el motivo por el que acabó distanciándose de su padre, señorita Sullavan.

—¡Vaya por Dios! —exclamó tía Sue—. Y yo que siempre pensé que se habían peleado porque a los dos les gustaba tu madre, tesoro... Lo que son las cosas.

El abogado dejó escapar una fría mirada de desdén.

—Por supuesto que no —dijo—. El profesor Talbot estaba demasiado absorto en su búsqueda para perder el tiempo con otros asuntos de menor enjundia. Es terrible que únicamente aquellos que compartimos con él una profunda amistad conozcamos las dificultades que tuvo que afrontar para poder encontrar los Príncipes de Jade, poniendo en juego no sólo su prestigio, sino también su propio patrimonio e incluso... su vida.

—¿Su vida, dice usted?

—Correcto, señorita Sullavan, porque su tío estaba convencido de que, tarde o temprano, sería capaz de recuperar la cuarta estatuilla, aquella que se perdió en la destrucción de Santiago de los Caballeros en 1562. Durante sus últimos años apenas pensaba en nada que no fuese encontrar aquel objeto; se encerró en bibliotecas durante semanas, recorrió todo el mundo, dilapidó casi todos sus bienes hasta que, finalmente, creyó hallar una pista sólida que lo llevó hasta la selva del Amazonas, en Brasil, y aquello fue su sentencia de muerte.

—Pobre tío Henry... —dijo Elizabeth—. ¿Qué le ocurrió, señor Clarke?

—Fue un trágico suceso. Con su propio dinero sufragó una expedición arqueológica para seguir aquella pista. Todos sus amigos tratamos de disuadirlo. El indicio era muy débil; las posibilidades de éxito, escasas. Y la zona estaba llena de peligros... Por otra parte, él ya era un hombre de cierta edad, pero no quiso escucharnos; de haberlo hecho, seguramente ahora seguiría con vida. —El abogado emitió un suspiro—. Hace dos años partió a Brasil con su expedición y se aventuró en la jungla. La última vez que se supo de él había llegado a una pequeña ciudad llamada Japurá, cerca de la frontera con Colombia. Había perdido a muchos miembros de su expedición y, al parecer, él mismo se encontraba gravemente enfermo. A pesar de ello su tío quiso seguir su ruta y... ya no volvió a dar señales de vida. Meses después, un grupo de botánicos colombianos encontró los restos del último campamento del profesor Talbot en una zona hasta entonces inexplorada de la selva amazónica, y en él estaba su diario con sus últimas anotaciones.

»Les ahorraré los detalles más penosos, pero, por lo que pudimos leer en el diario, quedaba bastante claro que por entonces el profesor Talbot había perdido a todos sus hombres, que se encontraba consumido por la fiebre y que, aunque tenía previsto seguir adelante por encima de todo, no esperaba salir con vida de aquella selva. —El abogado aplastó la colilla de su cigarro contra un cenicero—. Fue muy triste. Pero quizá le consuele la idea de que su tío murió persiguiendo aquello que daba sentido a su vida. Ojalá hubiera tenido éxito; de haber sido así, hoy sería un hombre célebre. Por desgracia, la maldición de los Príncipes de Jade lo persiguió también a él.

Los tres se quedaron sumidos en un silencio que tuvo cierto aire fúnebre, a pesar de la alegre música de la orquesta que sonaba a su alrededor. Fue tía Sue quien lo rompió.

—Magnífico... ¡Otra semana teniendo pesadillas! —dijo con un gesto de fastidio—. No debería contar estas historias tan truculentas a dos inocentes mujeres, señor Clarke. Sobre todo a mi sobrina, que es muy impresionable. — Volvió a arrojarse de cabeza al fondo de su bolso, como si esperase encontrar el Príncipe perdido entre sus cachivaches.

—Señor Clarke, no creerá usted sinceramente que mi tío fue víctima de una antigua maldición.

—Yo sólo soy un simple abogado, señorita Sullavan. De lo único que sé es de leyes... Pero, si quiere saber mi opinión, incluso las leyes más indiscutibles también pueden ser soslayadas. ¿Qué hay de cierto o no en todo ese asunto de la maldición? Lo ignoro, y no estoy seguro de querer saberlo.

De pronto Elizabeth lanzó una exclamación, para sorpresa de sus dos acompañantes, que dieron un respingo en sus sillas.

—¡Jesús, cariño, no hagas eso, por favor! —dijo tía Sue, sofocada—. ¿Se puede saber qué te ocurre?

— Es que... Acabo de darme cuenta de una cosa: si tío Henry tenía los Príncipes de Jade, ahora su dueña... ¡soy yo!

—No deje que eso la asuste, señorita Sullavan. Lamentaría mucho haberla preocupado innecesariamente con mi relato. Le pido disculpas.

—Pero es verdad, ¿no es así? —insistió ella—. Ahora los Príncipes me pertenecen.

—Típico de tu tío —se quejó tía Sue—. No podía dejarte en herencia un cuadro absurdo o el viejo reloj del abuelo, como hacen las personas normales; tenía que ser esa especie de maldición vudú...

—En realidad no podemos estar seguros de eso hasta que el testamento no se abra mañana. Por otra parte, quizá sea el momento de hablarles de cierto molesto asunto concerniente a los susodichos Príncipes.

—¿Más molesto que una maldición?

—Mucho más; un posible litigio. No puedo decirles nada con certeza, pero existe una elevada posibilidad de que los Príncipes sean reclamados por dos gobiernos diferentes, aduciendo retorcidos derechos históricos.

—No comprendo...

—Trataré de explicárselo de forma sencilla, señorita Sullavan: desde que la noticia de la reaparición de los Príncipes de Jade trascendió nuestras fronteras, su tío tuvo que defenderse frente a los requisitos de España, Guatemala y Gran Bretaña, que dicen ser los dueños legales de las estatuillas.

—¡Cielo santo! ¿Y eso por qué? —preguntó Elizabeth. La posibilidad de verse en medio de un conflicto internacional le hacía perder la perspectiva.

—Triquiñuelas legales, pero muy complejas. Los primeros en reclamar las estatuillas fueron los españoles, aduciendo que los Príncipes fueron expoliados de forma ilegal por José Bonaparte y que, por lo tanto, han de ser devueltos a Madrid. Después aparecieron los guatemaltecos, quienes consideran que don Beltrán fue quien expolió aquel tesoro a los indígenas mayas y que, por lo tanto, es a ellos a quienes pertenece. Los últimos en unirse al coro de peticionarios fueron los ingleses.

—¿Y ellos qué interés pueden tener en todo este asunto?

—¿A parte de su secular manía de meter las narices en todas partes, quiere decir? —ironizó con amargura el abogado—. Todo parece indicar que don Beltrán encontró el templo de Kizín en territorio que forma parte actualmente de la Honduras Británica.[2] Modestamente, he de puntualizar que gracias a ciertos contactos de muy alto nivel logré que el gobierno de Guatemala renunciase a sus pretensiones poco antes de que su tío falleciese. También estuve cerca de librarme de los británicos, o al menos eso pensaba hasta esta noche; pero ahora que se han enterado de que los españoles no piensan renunciar a la posesión de los Príncipes tan fácilmente, ellos tampoco quieren echarse atrás. —El señor Clarke suspiró y se recostó en la silla con un gesto de hastío—. Un lío mayúsculo, como usted ve, señorita Sullavan. Pero no deje que eso la inquiete esta noche; le repito que nada habrá seguro hasta que el testamento de su tío se haga público.

—¡Oh, tesoro, te dije que no debimos habernos movido de Providence! Creo que todo este asunto de la herencia de tu tío sólo va a servir para complicarnos la vida.

—Naturalmente, puede usted contar con mi ayuda y mi consejo legal para cualquier problema que se presente. Estaré encantado de hacerlo por respeto a la memoria de su tío.

Elizabeth se acarició las sienes con las puntas de los dedos y respiró hondo. Luego se puso en pie.

—¿Sabe una cosa? Creo que es demasiada información para asimilarla de una sola vez, así de pronto... ¿Podría indicarme dónde está el lavabo de señoras, señor Clarke?

—El tocador, tesoro, el tocador...

—Por supuesto. Lo encontrará al fondo de ese pasillo, todo recto.

—¿Quieres que te acompañe, tesoro?

—No, gracias; sólo quiero refrescarme. Toda esta historia me ha dado un poco de jaqueca.

2. Nombre con el que se conoció a Belice antes de obtener su independencia de Gran Bretaña en 1981. (*N. del A.*)

La joven se alejó de la mesa. Todavía pudo oír la voz de su tía a su espalda mientras se marchaba.

—Ya se lo dije, señor Clarke, mi sobrina es muy impresionable. Recuerdo una vez que...

En realidad Elizabeth no estaba impresionada, ni tan siquiera asustada. Sólo sentía una creciente excitación. Después de haber pasado una juventud alegre pero más bien anodina en Providence, de pronto se veía inmersa en una historia llena de apasionantes ingredientes: conflictos diplomáticos, un excéntrico tío muerto en la selva del Amazonas, una reliquia portadora de una misteriosa maldición... Era, pensó encantada, igual que un apasionante guión de cine. Una historia de aventuras y misterios en la que ella hacía el papel de una Joan Crawford o una Barbara Stanwyck cualquiera... Quizá en algún momento apareciese un atormentado galán, tan guapo como Gary Cooper... No; demasiado mayor... Mejor como Cary Grant... o William Holden... O quizá una mezcla de ambos, pero con los pectorales de Johnny Weissmüller, naturalmente.

Todavía seguía fantaseando con su atormentado galán con aspecto de campeón olímpico cuando entró en el lavabo de señoras. Se miró en el espejo, se refrescó un poco las mejillas, las cuales sentía arrobadas por la emoción y, por último, se secó las manos con una toallita.

Se dispuso a volver junto a tía Sue y el abogado cuando de pronto se oyó un trueno. La tormenta parecía interminable. Las luces guiñaron un par de veces y luego todo se quedó a oscuras. Otro apagón.

Elizabeth dejó escapar una exclamación de susto. Mientras sus ojos se acostumbraban a la penumbra, se quedó momentáneamente desorientada. Movió los brazos a tientas buscando una pared para dirigirse hacia la salida.

Oyó abrirse la puerta del tocador y unos pasos trémulos.

—¿Hay alguien? Creo que se ha ido la luz... —dijo a las sombras.

Nadie le respondió, pero percibió con claridad una respiración profunda, como un jadeo.

—¿Hola...? —balbució.

Los pasos se acercaron hacia donde estaba ella. Era alguien que parecía arrastrar los pies y trastabillar. Elizabeth abrió mucho los ojos y retrocedió.

—Ho... hola...

De pronto un relámpago acuchilló de sombras el lavabo. En el tiempo que duró un parpadeo, Elizabeth vislumbró una amenazante silueta. Quiso gritar, pero de su garganta sólo brotó un gañido. Sintió que un enorme peso muerto se le echaba encima, sobre los brazos.

En ese momento las luces se volvieron a encender.

Elizabeth tenía un hombre agarrado a ella. Sentía sus dedos clavándose sobre los hombros y veía su rostro a la altura del pecho; era la cara de un individuo de tez morena, con los ojos muy abiertos y surcados por pequeñas venas rojas, y la miraba con un rictus de dolor.

Sus labios se movieron y balbució unas palabras con desesperación.

—El indio muere... —dijo—. El indio muere...

Un relámpago iluminó el cielo, y el hombre comenzó a señalar desesperadamente hacia la ventana.

Su rostro se contrajo en una expresión de dolor y los dedos se le aflojaron. Elizabeth dio un salto hacia atrás y el individuo se desplomó de bruces contra el suelo. Una mancha oscura y roja se extendía por su espalda.

Rompió un trueno. Elizabeth chilló con toda la fuerza de sus pulmones y salió corriendo del lavabo.

BOB nunca antes había estado en la oficina del Gran Jefe, ni mucho menos había hablado con él cara a cara. Para él, como para la mayoría de los trabajadores del Bahía Baracoa, Otto Portappia era más un nombre que una presencia.

A veces don Portappia, el Gran Jefe, se dejaba caer por la sala de fiestas del club. A don Portappia nunca lo servían los camareros habituales. Él tenía su propio personal, formado en su mayoría por tipos con acento italiano que nunca miraban a los ojos.

Corrían rumores sobre su persona, seguramente alentados por los mismos sujetos de mirada huidiza que le servían de comparsa. Se decía que tenía tratos con la familia de los Genovese y que el fiscal del distrito aún estaba deseando saber por dónde andaba la noche en que Joe the Boss, Joe Masseria, fue acribillado a balazos en el Carpato's de Coney Island. En cualquier caso, si el Gran Jefe tenía los armarios llenos de esqueletos con acento siciliano, éstos estaban muy bien cerrados.

De estas y de otras cosas, aún más terribles e inauditas, Bob estaba muy al corriente. Por ese motivo era comprensible que nunca hubiese tenido muchas ganas de ver cómo era por dentro el despacho del Gran Jefe.

Ahora, por desgracia, podía juzgar de primera mano sus gustos en decoración. El despacho estaba en un apartamento que ocupaba casi toda la planta superior del hotel. Tenía un aire claustrofóbico, como si fuese demasiado pequeño o bien hubiese en él demasiada gente y demasiado humo. Don Portappia estaba encajado entre la pared y una mesa de taracea cuajada de copos de ceniza y quemaduras de cigarrillo. El Gran Jefe era como un ídolo barrigudo metido en su hornacina, rodeado de una corte de sacerdotes con miradas violáceas, trajes de raya diplomática y palillos entre los dientes. Don Portappia era un hombre de silueta terráquea: esférico pero achatado en los extremos. Su cabeza brotaba en lo alto de su orondo tórax igual que una carnosa burbuja. Toda su cara parecía repleta de carne a punto de reventar, y su boca, ojos y demás facciones eran como pellizcos dados por un niño en una bola de arcilla rosada y brillante.

El (presunto) mafioso y dueño del hotel miraba a Bob desde dos diminutos orificios en cuyo fondo se intuían un par de pupilas. Con un dedo hinchado se acariciaba la línea del bigote.

—¿Cómo dices que se llama esta sabandija, Guido? —preguntó por encima de su hombro. Tenía un tono de voz suave, como de tenor.

—Bob. Los chicos lo llaman Listillo —respondió el Gusano, sorbiendo malignamente por la nariz.

—Así que eres un chico listo, ¿eh? Te gusta demostrar que sabes más que nadie, ¿no es eso? —Bob optó por no responder. Sospechaba que eran preguntas más bien retóricas—. Pues ya que eres tan espabilado, a ver si puedes explicarme de forma sencilla por qué esta noche me has reventado un negocio de quinientos pavos.

—No... no ha sido culpa mía. El mapa era una chapuza. Sólo un imbécil habría creído que era auténtico.

—Nuestro amigo Guido me cobró cincuenta dólares por su pequeña obra arte, y a mí me pareció que era bastante bueno. ¿Acaso estás diciendo que yo soy un imbécil?

—Sólo digo que la próxima vez que quiera hacer un negocio de ese tipo puede ahorrarse los cincuenta pavos y tratar de colar un mapa de carreteras del estado como si fuese la Declaración de Independencia; tendrá las mismas posibilidades de éxito.

Se hizo un silencio gordo, pesado y húmedo, como el propio don Portappia. Todos los presentes se quedaron mirando al Gran Jefe y vieron que, lentamente, se formaba una sonrisa entre sus labios carnosos. Luego soltó una risita nasal que hizo que su pecho temblara como un pedazo de gelatina.

—Tienes gracia, Listillo, tienes gracia... ¿Dónde te hicieron esa firma, chico? —preguntó señalando la cicatriz de Bob.

—Mi gato es muy cariñoso.

El cuerpo de don Portappia tembló otra vez.

—Es gracioso. Sí. Este gusano es gracioso. ¿No os parece gracioso, chicos? A lo mejor dejo que se marche de aquí sin reventarle la cabeza contra la pared, sólo por esta vez... ¿Tú qué dices, Listillo?

—Que me gusta la pared tal como está —respondió Bob, intentando que no le temblara la voz.

Don Portappia abrió la boca y dejó escapar una carcajada que sonó como el canto de una rana. Algunos de los hombres que había en el despacho sonrieron de medio lado, y pareció que el ambiente se relajaba. Bob pensó que era una suerte que el Gran Jefe tuviese un sentido del humor tan a flor de piel.

—A lo mejor el chaval se ha pensado que le íbamos a llenar el cuerpo de plomo, ¿eh? Que lo íbamos a mandar a dormir con los peces, ¿eh, chicos? Algo así como un buen ra-ta-ta-ta-tá y un «No sé de qué me habla, agente, yo no conozco a ningún Listillo».

Sus fuertes carcajadas hicieron que la mesa de taracea temblase con su enorme barriga. Todos los presentes lo coreaban. Hizo un gesto como si quisiera disparar a Bob usando el dedo índice y, al ver que éste se encogía, se rió aún más fuerte. Al cabo de un rato se secó el rabillo del ojo con la mano y empezó a calmarse.

—¿Te has pensado que esto era una película de gángsteres, chaval? Eh, Pete, dale un trago, antes de que se ensucie los pantalones.

Pete el Tuercas también estaba por allí. A Bob le tranquilizó un poco ver un rostro cotidiano. Pete le pasó una petaca y el joven camarero se obligó a echar un trago, aunque tuvo que hacer esfuerzos por contener las arcadas; aún seguía bastante nervioso.

—Eso es, chico... —dijo el Gran Jefe en tono jovial—. Aquí no hacemos daño a nadie, y mucho menos si lo tenemos en nómina, ¿verdad, muchachos? Te diré lo que vamos a hacer: tú me das los quinientos pavos que por tu culpa se me han ido a tomar por culo, y luego sales corriendo de aquí y sigues haciendo tu mierda de trabajo, sea el que sea... Y por mi parte este asunto queda olvidado, ¿entiendes?

Bob notó que el color le desaparecía de las mejillas al darse cuenta de que, esa vez, el Gran Jefe no bromeaba.

—Sí, claro, señor. Por supuesto, señor. Entendido.

—Bien. Pues venga, suelta la pasta. No tengo toda la noche.

—¿A... ahora?

—Si no te es mucha molestia...

—Pero yo... no tengo quinientos dólares.

La expresión del Gran Jefe se endureció.

—Eso no me ha hecho gracia. Prueba otra vez.

—Es... es mucho dinero para mí. Si me da un tiempo, se lo puedo devolver... Puedo sacarlo de mi sueldo.

El ceño de don Portappia se hundió sobre sus ojos como un alud de carne.

—De tu sueldo... Piensas pagarme quinientos dólares con tu mierda de sueldo de diez pavos a la semana. —El gordo se echó sobre la mesa, acercándose hacia Bob—. Te voy a explicar las cosas bien, sabandija: esta noche me has costado un buen fajo de billetes. Quiero mi dinero. Y lo quiero ahora. ¿Tienes o no tienes cinco putos billetes de cien para dármelos?

Los labios del camarero temblaron. Lentamente, movió la cabeza de un lado a otro. Don Portappia expulsó ruidosamente aire por la nariz y se echó de nuevo hacia atrás.

—Pete —dijo dirigiéndose al Tuercas—. Beppo y tú sacad de mi vista esta basura.

—¿Quiere que lo echemos a patadas a la calle?

—No. Llévatelo abajo y arráncale la lengua de cuajo, ¿me oyes? —Don Portappia levantó la voz y dio un puñetazo en la mesa—. ¡Quiero que me traigáis su puta lengua metida en una caja! ¡A ver si de esa forma logro que mantenga la puta boca cerrada la próxima vez que quiera joderme un negocio!

Bob rezó por que fuera otra broma del Gran Jefe, pero esa vez nadie rió. Pete y otro hombre más bajo pero igual de corpulento lo agarraron por los brazos y le dieron un puñetazo en el estómago. Por un momento el joven sólo pudo concentrarse en el dolor de su vientre. Notó que lo sacaban a rastras del despacho de don Portappia y que lo empujaban dentro de un montacargas. Cayó de rodillas, boqueando y sujetándose el abdomen. Pete y Beppo se colocaron a ambos lados de él, mirando hacia el frente con expresión neutra. Las puertas del montacargas se cerraron y empezó a bajar.

—Lo siento, Listillo. No es cosa mía —dijo el Tuercas.

Bob quiso responder algo, pero aún seguía sin aliento.

—¿Y a ti qué más te da? —preguntó Beppo a su compañero.

—Es un buen chaval. Mañana íbamos a jugar a las cartas.

—¿Sí? Pues tendrá que decir sus apuestas con el culo. —El montacargas se paró con un golpe brusco. Beppo cogió al camarero por el cuello y lo obligó a levantarse—. Arriba, gusano, ésta es tu planta.

Habían llegado a una especie de almacén. Era una estancia miserable con paredes de ladrillo, iluminada sólo por una bombilla que colgaba del techo. Estaba vacío salvo por una mesa, una silla y un par de cajas arrugadas en un rincón. Beppo obligó a Bob a sentarse en la silla.

La luz del almacén parpadeó y se apagó, dejando la habitación a oscuras.

—Mierda —dijo Pete—. Sabía que la puñetera instalación eléctrica no iba a aguantar.

—Vigila al pájaro, que no se nos escape.

Beppo encendió un mechero.

—No se ve una mierda... —escupió el Tuercas—. Busca unas velas en esa caja. Creo que el otro día vi un par de ellas dentro.

El otro sicario encontró una y la encendió con el mechero. Dejó caer unas cuantas gotas de cera sobre la superficie de la mesa y luego colocó la vela sobre la cera derretida para que se quedase sujeta. En ese momento las luces se encendieron otra vez. Pete resopló con fastidio.

—Va a estar así toda la puta noche —dijo—. Será mejor que dejes la vela encendida, por si acaso. No quiero quedarme a oscuras mientras nos trabajamos a éste y que le acabemos cortando la polla en vez de la lengua.

Beppo dejó escapar una risilla.

Bob estaba aterrado. Tenía la boca seca y el dolor por el puñetazo en el estómago aún lo mantenía encogido sobre la silla. Quiso gritar, pedir auxilio... suplicar clemencia, al menos; pero sólo podía hacer esfuerzos por mantener la respiración, sin apartar la vista de los dos matones, que en ese momento lanzaban una moneda al aire para decidir quién de los dos le rebanaría la lengua para llevársela al Gran Jefe. Ganó el Tuercas.

— Me cago en la leche... —masculló el afortunado, con un gesto de fastidio.

—Todo tuyo, Pete.

—Joder... —El tipo suspiró. Metió la mano en su bolsillo y sacó una navaja plegable. El filo surgió a través del mango con un chasquido siniestro y, al oírlo, Bob cerró los ojos y sintió que el corazón se le paraba. El Tuercas le miró apesadumbrado—. Lo siento, Listillo. Te juro que lo siento de veras... ¿Por qué has tenido que tocarle los cojones a quien no debías?

—¿Vas a hacerlo de una puta vez o vas a declararte? —dijo Beppo.

—Mierda de trabajo... Sujétalo bien, ¿quieres? Esto va a ser una maldita carnicería...

Beppo sujetó a Bob contra la silla con un brazo musculoso, como un tronco duro y lleno de nudos. Apretó tanto que el camarero apenas podía llenarse el pecho de aire para respirar. Luego, con una mano áspera y sudorosa, le sujetó los carrillos y los presionó con los dedos como si fuera una tenaza para obligarlo a mantener la boca abierta. Bob dejó escapar un sonido gutural mientras el Tuercas le metía la navaja bajo el paladar. Sintió un corte en mitad de la lengua y saboreó su propia sangre.

Pete dejó escapar una arcada y dio un paso atrás.

—¿Y ahora qué coño te pasa? —preguntó Beppo.

— Está... blando, y... es asqueroso, como rebanar una babosa... ¿No puedo simplemente pegarle un tiro en la cabeza?

—El Gran Jefe quiere su lengua en una caja. Ve y explícale tú que no puedes hacerlo porque eres un marica de mierda, seguro que lo encuentras de muy buen humor ahora.

—¿Sí? ¡Pues córtasela tú, si tienes cojones!

—Lo echamos a suertes y salió cara.

—¡Que le den a la puta moneda!

Los dos matones se enzarzaron en una discusión llena de blasfemias y tacos sobre quién de los dos ejecutaría el trabajo. Bob creía que el corazón le iba a estallar en el pecho, y las piernas le temblaban. Notaba que dentro de su bolsillo el mechero que había encontrado en el bar golpeaba contra la petaca que le había dado como propina aquella mujer con el pelo rojo. Un pensamiento absurdo se coló en medio de su aterrorizada mente, y se le ocurrió que aquella mujer tenía el pelo tan encendido como la llama de la vela que había encima de la mesa.

De pronto las piernas dejaron de temblarle y se quedó muy quieto, mirando la vela.

Pete y Beppo seguían discutiendo al otro lado de la mesa sin prestar atención a nada más. Entonces Bob sacó la petaca del bolsillo y la abrió. Se encajó el cuello de la petaca entre los dientes y echó la cabeza hacia atrás cuanto pudo, hasta que todo el licor se vació dentro de su boca. Beppo volvió la cabeza al ver que se movía.

—Eh, tú, ¿qué coño estás...?

El camarero escupió con todas sus fuerzas un buen chorro de licor por encima de la llama de la vela. El líquido cargado de alcohol se prendió formando una enorme lengua de fuego. Beppo dio un paso atrás, tropezó con el Tuercas y ambos cayeron al suelo sobre sus traseros.

Era ahora o nunca. Bob empujó la mesa con los pies sobre los sicarios, saltó de la silla y corrió hacia el montacargas. Los dos matones maldijeron y trataron de incorporarse torpemente, estorbándose el uno al otro. Beppo gritaba; se había golpeado los dientes con el canto de la mesa y sangraba por la boca.

—¡Se escapa, joder! —exclamó, escupiendo pequeños salivazos sanguinolentos.

Bob tiró de una palanca con fuerza y el montacargas empezó a ascender . El Tuercas logró alcanzar el ascensor cuando ya estaba bastante alto. Se aferró con una mano al borde de la plataforma y se elevó con él intentando trepar a su interior. El camarero clavó el tacón del zapato en los dedos del sicario y éste se soltó con un grito de dolor.

El montacargas se movía a buen ritmo dejando atrás el almacén, aunque a Bob le parecía angustiosamente lento. No podía saber si los dos matones lo estaban persiguiendo por alguna escalera, si bien no recordaba haber visto ninguna en aquel sótano. Trató de escuchar voces o ruidos de carrera pero sólo percibió el chirrido de la maquinaria y, muy lejos, un trueno en la tormenta.

En ese momento las luces del hotel se apagaron y el montacargas se detuvo en mitad de dos pisos. Otro apagón.

Bob dio un salto y trató de salir por el nivel superior. Reptó desesperadamente como una lombriz bajo una piedra y logró sacar el resto del cuerpo del montacargas, a costa de rasparse la espalda dolorosamente. No le importó. Estaba vivo y, de momento, a salvo.

Tenía que salir del hotel antes de que los matones del Gran Jefe lo encontraran. Quizá podría llegar a la recepción por otro camino y acceder a la calle por la puerta principal.

La electricidad volvió. Las luces se encendieron y el montacargas inició el descenso; seguramente los dos sicarios lo habían llamado desde el almacén. Eso era un indicio esperanzador en cierto modo, ya que significaba que no habían encontrado otra forma de salir de allí. Bob quiso sacar provecho de aquella ventaja y corrió hacia una escalera, bajó los escalones de dos en dos y logró alcanzar por fin el piso de la recepción.

No deseaba llamar la atención de los conserjes, así que trató de aparentar tranquilidad mientras recorría la distancia que lo separaba de la salida. A cado paso sentía su corazón latir en el pecho como si estuviera a punto de estallar.

—¡Eh, tú! ¡Espera un momento!

Una mano cayó sobre su hombro. Bob cerró los ojos.

—¿Vas a la primera planta? —le preguntaron.

Bob se volvió. Era el conserje.

—Sí... Sí, señor —respondió intentando parecer sereno.

—Bien. Toma. He encontrado esta llave en el suelo, a su dueño se le debe de haber caído. Pásala discretamente bajo la puerta de su habitación.

Bob no tenía tiempo para discutir ni tampoco fue capaz de inventar alguna excusa. Asintió con la cabeza, se guardó la llave en el bolsillo y se dirigió rápidamente a la escalera sin que el conserje le quitase la vista de encima.

De nuevo en el primer piso, dobló una esquina y entonces, al final del corredor, vio a Pete y a Beppo. El camarero se ocultó a toda prisa, pegando la espalda contra la pared del pasillo.

—¡Todo es culpa tuya! —oyó decir a Beppo—. ¡Como encuentre a esa rata voy a arrancarle las tripas con mis propias manos!

—Tiene que estar en esta planta; el montacargas no pudo ir más arriba... ¡Eh! —el Tuercas señaló hacia el frente—. ¡Está ahí! ¡El hijo de puta está ahí!

Lo habían visto. Bob echó a correr. Pasó de largo la escalera mientras a su espalda los pasos de los matones se oían cada vez más cerca. Dobló otra esquina y se detuvo en seco. Frente a él se extendía un corredor sin salida.

—¡Voy a partirte las pelotas, bastardo! ¿Me oyes? —gritó Beppo.

El camarero miró a izquierda y a derecha tratando desesperadamente de encontrar una forma de escabullirse, pero sólo veía las puertas cerradas de las habitaciones: 106, 104, 102...

Se quedó clavado frente a la puerta 102. Miró la llave de su bolsillo: 102.

Decidió que no había mucho más donde elegir.

Introdujo la llave en el cerrojo, la giró, tiró del picaporte y se lanzó dentro de la habitación. Cerró la puerta dándole un empujón con la espalda y congeló todos los músculos de su cuerpo.

Aguantó la respiración.

Un trueno. Un relámpago. Y nada más.

Bob se quedó muy quieto durante unos segundos, temiendo siquiera parpadear. La habitación estaba a oscuras y, por suerte, no parecía que hubiese nadie dentro.

Fue capaz de amontonar el poco valor que le quedaba y usarlo para dar un paso. Luego otro. Poco a poco, fue caminando hacia el fondo de la estancia.

Justo cuando pensaba que lo peor ya había pasado, oyó el giro de una cerradura a su espalda. La puerta se abrió y las luces se encendieron.

ELIZABETH no pudo evitar que tía Sue le encajase el borde de un vaso de agua entre los dientes.

—Bebe, tesoro; te sentará bien.

Ella sintió un buche tibio que le caía por la garganta. Tosió.

—Déjame. No quiero agua. No tengo sed.

El vaso de agua era el remedio mágico de su tía; un disgusto, una preocupación o incluso un leve dolor de cabeza era motivo para ser respondido con idéntica frase: «Siéntate, tesoro, te traeré un vaso de agua...», como si lo más importante en los momentos difíciles fuera calmar la sed.

La buena mujer seguía sosteniendo en la mano su vaso de agua de las situaciones de crisis. Tras ella había un camarero de pie, con cara circunspecta. El señor Clarke miraba a Elizabeth con ansiedad desde el otro lado de la mesa.

—¿Se encuentra mejor, señorita Sullavan?

—Me encontraré perfectamente en cuanto venga la policía... ¡Tía, aparta ese vaso de una vez! ¡Acabo de ver un cadáver, no de atravesar el desierto!

—Pero te ayudará a calmar los nervios, tesoro.

—¡No quiero calmarme, quiero a la policía!

Después de salir corriendo del lavabo, Elizabeth se había presentado ahogada por el sofoco ante el señor Clarke y tía Sue. Nadie la había oído gritar, pues el ruido de la sala de fiestas amortiguaba cualquier sonido ajeno a la fiesta cubana. Cuando Elizabeth explicó entre jadeos lo que acababa de ver el abogado se mostró visiblemente inquieto.

—¿Está usted segura de que era un hombre herido? ¿No pudo ser, tan sólo, alguien que se hubiera excedido con la bebida?

—¡Ya se lo he dicho: tenía la espalda empapada de sangre!

El silencioso camarero torció la boca y miró a Elizabeth como si pensara que la única persona que se había excedido con la bebida en aquel lugar estaba sentada a esa mesa.

Tía Sue se llevó la mano al pecho.

—¡Sangre...! Oh, cariño, me temo que todas esas historias sobre maldiciones y crímenes te han hecho imaginar cosas.

—Yo no estaría tan seguro, señora Hamilton. Es evidente que su sobrina ha sufrido un gran impacto. Deberíamos comprobar si hay alguien herido en ese lavabo y, en caso de ser así, llamar a la policía.

—Lo siento, señor Clarke, pero no me siento capaz de volver a ese lugar. Cada vez que cierro los ojos veo a ese hombre y... —La joven se agitó en un escalofrío.

—La entiendo. No se preocupe, yo me ocuparé de todo. —El abogado se dirigió al camarero—. Usted venga conmigo, por favor. Si encuentro a alguien herido puede que necesite su ayuda.

Los dos hombres se marcharon. Al cabo de unos minutos el señor Clarke regresó con gesto serio.

—¿Y bien? —preguntó Elizabeth, impaciente.

El abogado demoró unos segundos la respuesta.

—Lo siento mucho, señorita Sullavan, pero no había nadie.

—¿Cómo dice?

—Le aseguro que hemos buscado por todas partes pero no hemos visto a ningún caballero con una herida de cuchillo en la espalda.

—¡Se equivoca! ¡Estaba allí!

El abogado hizo un gesto de disculpa y el camarero refrendó sus palabras con todo el tacto del que fue capaz. Elizabeth no quiso escucharles y salió dando zancadas hacia el lavabo. Tía Sue iba detrás de ella.

Al llegar al servicio de señoras sufrió una conmoción: en el suelo del tocador había tenues huellas de zapatos de tacón, pañuelos de papel y algunas colillas pero ni rastro de ningún cuerpo.

—No es posible... —murmuró la joven.

Abrió las puertas de los sanitarios y recorrió todo el perímetro de la estancia buscando incluso debajo de las sillas, como si contemplase la posibilidad de que el cadáver pudiera haber disminuido de tamaño y haber rodado bajo un mueble.

—Pero... ¡estaba aquí! ¡Juro que estaba aquí! ¡Se me cayó encima y... y tenía una herida en la espalda así de grande! —Elizabeth separó los brazos casi medio metro.

—Tesoro, creo que es mejor que nos vayamos a la cama. Ha sido un día muy largo.

— Espera, ya lo entiendo... Seguramente no estaba muerto. Puede que sólo estuviese malherido y saliese arrastrándose hacia alguna parte.

—Está bien, cariño, está bien. Imaginemos por un momento que un caballero malherido se dedica a entrar en el lavabo de señoras con algún propósito que sólo él conoce. Imaginemos también que luego, por alguna extraña razón, cambia de idea y decide marcharse arrastrándose por los suelos... ¿No debería haber dejado alguna señal? ¿Un rastro? ¿Aunque sólo sea una manchita de sangre?

Elizabeth chasqueó los dedos.

—¡Eso es! Debe de haber alguna marca por el suelo. Tú busca por ese lado y yo miraré por este otro.

—Pero, tesoro, no me entiendes, lo que yo quería decir es que...

La joven dejó escapar una exclamación cuando encontró algo junto al lavamanos.

—¡Aquí está! ¡Lo tengo, una pista!

—Cielo, eso no es una pista, es una vulgar horquilla para el pelo de las de tres centavos la docena. Yo llevo al menos cinco iguales ahora mismo y te aseguro que no he apuñalado a ningún caballero. —Con gesto casi amoroso, la mujer tomó la horquilla de la mano de Elizabeth y la dejó caer al suelo—. Anda, deshagámonos de esto, tesoro, que a saber en qué cabeza ha estado antes. Vámonos a descansar, ¿de acuerdo? Subiremos a la habitación, nos meteremos en la cama y mañana al despertarnos verás cómo todo se te habrá olvidado...

Elizabeth se encontraba demasiado confusa para oponer resistencia. A su pesar, empezaba a creer que su cabeza le había jugado alguna mala pasada. Se dejó conducir de regreso a la sala de fiestas donde aguardaba el señor Clarke.

—¿Se encuentra más tranquila, señorita Sullavan?

—Pues... No sé... Yo... estaba segura de que...

El abogado le regaló una de sus atractivas sonrisas blancas.

—Es natural, no debe angustiarse. A veces una mente cansada se combina con la atmósfera precisa y hace que el cerebro nos juegue malas pasadas. A mí mismo me ocurre a menudo. Le pido disculpas si mi relato ha tenido alguna responsabilidad en ello; le aseguro que no era mi intención.

—Pero... —La joven era incapaz de encontrar las expresiones adecuadas para expresar su estado de ánimo. Acabó diciendo las palabras que más habría detestado tener que pronunciar—. Parecía tan real...

—Estoy seguro de ello. Verá cómo una buena noche de descanso le sienta bien. —El abogado echó un vistazo a su reloj—. Creo que ya he abusado bastante de su atención, señoras. Es hora de que yo también me vaya.

Les mencionó una vez más la cita del día siguiente para la lectura del testamento y luego las acompañó a la recepción del hotel. Tras desear un placentero descanso a Elizabeth y prometer que las telefonearía al día siguiente, se despidió.

—Tía... ¿me estaré volviendo loca? —preguntó Elizabeth cuando estuvieron a solas.

La mujer respondió desde el fondo de su bolso, donde revolvía trastos en busca de algo.

—No, tesoro, ¡claro que no! Sólo estás cansada. Y todas esas historias de estatuas malditas... No me sorprendería que yo misma crea ver al monstruo de Frankenstein cuando entre en el cuarto de baño.

A Elizabeth no la consoló pensar que compartía la misma salud mental que su tía, pero prefirió no insistir con aquel misterio. Por el momento sólo deseaba meterse en la cama y echarse a dormir.

—Tesoro, ¿recuerdas quién de las dos se quedó con la llave de la habitación...?

—Fuiste tú. Discutimos sobre ello y me aseguraste que la guardarías mucho mejor.

—¿Sí? Bueno, pues me equivoqué. No la encuentro por ningún lado. Sí, ya sé lo que estás pensando: «¡Ya está otra

vez la vieja y ridícula tía perdiéndolo todo... y bla, bla, bla!»,
así que ahórratelo.

—Tienes suerte de que esté demasiado cansada para eso.

—Iré a buscarla al restaurante. Puede que la dejase caer al
buscar mi...

—No. Olvídalo. Ya estoy harta; quiero irme a la cama.
Espérame aquí mientras pido otra llave en recepción.

El conserje se mostró comprensivo. «Por supuesto, señorita, ningún problema. Claro, es normal, ocurre a menudo;
no se preocupe. Si fuese tan amable de decirme el número...
¿102? Oh, pues le alegrará saber que...».

Elizabeth regresó junto a tía Sue.

—Ya está. El recepcionista dice que la encontró hace un
momento tirada en el suelo y que se la dio a un camarero para
que nos la pase por debajo de la puerta. Me ha entregado una
copia.

De camino a la habitación, tía y sobrina se cruzaron con
un par de tipos de aspecto huraño que les preguntaron si se
habían topado con un camarero moreno y con una cicatriz en
la cara.

—Oh, es el que nos llevó la cena que no habíamos pedido,
¿recuerdas, tesoro? —respondió tía Sue—. No, lo siento, caballeros; no hemos visto a nadie al subir.

Los dos hombres dieron las gracias sin ninguna amabilidad y bajaron al primer piso en el ascensor. Elizabeth les echó
una mirada por encima del hombro.

—Qué tipos más extraños... Parecen gángsteres, ¿no crees,
tía?

—Elizabeth, no empieces otra vez, te lo ruego.

La joven se ofendió por aquellas palabras y se vengó de su
pariente sacando de nuevo a relucir su descuido con la llave.
Aún la sermoneaba sobre aquel asunto mientras abría la puerta de la habitación y encendía la luz.

—Es que no me explico cómo eres siempre tan... —Elizabeth se cortó en seco—. ¿Quién es usted? ¿Qué hace aquí?

—Bob se volvió en redondo y se quedó quieto frente a las dos mujeres. —¡Usted es el camarero de la cicatriz!

Tenía mucho peor aspecto que cuando lo vio por primera vez empujando el carrito de la cena: su cara estaba sucia, tenía rota la chaqueta y los faldones de la camisa por fuera del pantalón.

—Yo... he venido a traerles su llave. El conserje me la dio.

—No es verdad. Le dijo que la deslizase por debajo de la puerta —respondió Elizabeth.

—Cierto, pero pensé que sería mejor dársela personalmente. Creí que podría encontrarlas aquí dentro.

—Ah, pues es usted muy amable... —dijo tía Sue.

Su sobrina la interrumpió.

—Entonces ¿por qué no se limitó a llamar a la puerta? ¿Qué hacía aquí dentro a oscuras? ¡Espere, ahora lo comprendo todo! Esos hombres que lo están buscando... ¡seguro que son policías! ¡Usted ha entrado aquí a robar! ¡Es uno de esos rateros de hotel, no lo niegue! —Elizabeth se dispuso a abrir la puerta, pero el camarero la agarró del brazo—. ¡Suélteme!

Él obedeció de inmediato.

—¿Qué va usted a hacer? —preguntó.

—Voy a avisar a esos policías.

—¡Por favor, no lo haga! Me marcharé, se lo juro. Saldré por la ventana, por la escalera de incendios. Le prometo que no estaba haciendo nada malo.

—Entonces ¿por qué le buscan esos hombres? —preguntó tía Sue cándidamente.

—¡No hables con él, tía! Es un ladrón.

—Oh, tesoro, no parece un ladrón, y el pobre se ve muy asustado...

—Le juro que no voy a hacerles ningún daño . Por favor, sólo deje que me marche —suplicó Bob.

—¡Naturalmente que se marchará! Se irá usted de aquí en

cuanto yo vuelva con esos dos policías y nos haya explicado qué hacía fisgoneando a oscuras en la habitación de dos mujeres.

—¡No, por favor!

—No se acerque, o le juro que gritaré —amenazó Elizabeth—. Tía, voy a buscar a esos hombres, tú quédate aquí y vigila que no se marche a ninguna parte.

La joven salió de la habitación dando un portazo. Mientras se dirigía de regreso al ascensor se le ocurrió por un instante que quizá dejar sola a su tía con un posible criminal no había sido la mejor idea; sin embargo, no se paró a considerarlo el tiempo suficiente como para decidir volver sobre sus pasos.

Creyó que encontraría a los dos hombres con facilidad, pero no fue así. No los vio en la recepción ni tampoco en el primer piso. Estuvo a punto de regresar junto a tía Sue cuando vio aparecer a aquellos individuos saliendo del pasillo que conducía al restaurante.

Estaba nerviosa, de modo que tardó un tiempo en hacerse entender por los dos tipos, los cuales tampoco parecían demasiado despiertos. Finalmente, ambos siguieron a Elizabeth hasta el primer piso mientras ella se embrollaba en múltiples explicaciones.

—¿Está usted segura de que está en su habitación? —preguntó uno de ellos cuando entraron en el ascensor. Era más bajito que el otro, y tenía el labio partido como si se hubiera golpeado contra un mueble.

—Claro que sí —respondió ella. Empezaba a resultarle molesto que aquella noche todo el mundo pusiera en duda sus palabras—. He dejado a mi tía vigilándolo.

—Ha hecho bien en avisarnos, señorita. Es un... un ratero que se dedica a desvalijar habitaciones.

—Nosotros le daremos su merecido —dijo el otro. Dejó escapar una fea sonrisa rota.

El ascensor se detuvo, salieron y recorrieron el pasillo

de nuevo. Elizabeth se dispuso a abrir la puerta. Dudó un segundo. Pensaba en la sonrisa del hombre con el labio partido.

—Supongo... —dijo titubeante— supongo que se lo llevarán detenido, ¿verdad?

Los dos hombres se miraron.

—¡Claro! Claro que sí.

—Porque... no parece peligroso en realidad, ¿saben? Es decir... Ustedes no van a... recurrir a la violencia, ¿verdad que no?

—Nosotros sabemos cómo tratarlo.

—Estoy segura de que no va a resistirse ni nada de eso. Y no iba armado.

—¿Abre usted de una vez o no, hermana?

Elizabeth esperaba una actitud más galante por parte de un agente del orden. Quiso decir alguna cosa más, pero, al ver que los dos hombres empezaban a impacientarse, se lo pensó mejor y abrió la puerta.

Ambos la apartaron sin cuidado y entraron en la habitación con gesto amenazador.

—¿Y bien? —preguntó uno de ellos.

Elizabeth echó un vistazo a su alrededor. Tía Sue estaba sentada en una butaca con un libro entre las manos. Al ver a su sobrina le dedicó una mirada interrogante. La joven abrió la puerta del dormitorio, la del cuarto de baño e incluso la del armario.

No había rastro del camarero por ninguna parte.

—¿Dónde está? —preguntó a su tía.

—¿Dónde está quién, tesoro?

—¡El camarero! ¡El de la cicatriz! ¡Lo dejé contigo hace un momento!

—Tesoro, no sé de qué me hablas. Aquí sólo estoy yo, leyendo tranquilamente mi libro. Espero que no hayas vuelto a imaginarte cosas raras otra vez...

BOB pensó que su suerte se había agotado por completo cuando la inquilina más joven de la habitación se fue en busca de Beppo y el Tuercas.

Desolado, el muchacho se dejó caer sobre una butaca con la cabeza entre las manos, mirando al suelo.

Tía Sue lo contemplaba amedrentada desde la puerta.

—¿Se... se encuentra usted bien? —preguntó con timidez—. ¿Quiere un vaso de agua?

—No, gracias —respondió el muchacho con amargura. Le echó un vistazo a aquella estrafalaria mujer de pelo rojo. No parecía estar asustada, más bien tenía la actitud de una dama a quien hubieran dejado sola junto a un caballero al que no ha sido presentada—. Por favor, deje que me vaya.

—Oh, no puedo, lo siento mucho.

—No soy un criminal. Esos hombres, los que me persiguen, ellos sí lo son. Si me encuentran me harán mucho daño... o puede que algo peor.

Tía Sue se mordisqueó nerviosamente la falange superior de su dedo índice.

—Pero mi sobrina se disgustará conmigo si le dejo marchar, ¿comprende? Además, si no ha hecho usted nada, basta con que se lo explique a esos dos policías.

—Le digo que no son policías.

—Bueno, mejor se lo cuenta usted a ellos —dijo ella amablemente—. Verá cómo todo irá bien.

Bob pensó con rapidez. Podría salir corriendo hacia la ventana, pero no debía confiar en que aquella mujer no se pusiera a gritar como una loca, y tampoco quería hacerle ningún daño.

Recordó el dinero de las propinas que llevaba en el bolsillo.

—Le daré quince dólares si deja que me vaya —dijo a la desesperada.

—Por Dios, caballero, ¿qué clase de mujer se ha creído que soy yo?

Una especialmente irritante, pensó Bob. Se levantó de la butaca y empezó a caminar en círculos igual que un tigre enjaulado. La dama del pelo rojo no le quitaba la vista de encima.

—¿Podría usted sentarse, por favor? Me está poniendo nerviosa.

Magnífico, se dijo. En cualquier momento los hombres del Gran Jefe aparecerían por la puerta de muy mal humor, ¡y era ella la que estaba nerviosa! La mente de Bob se colapsó, sin poder pensar en nada que no fuera lo absurdamente trágico de su situación.

—¿Y fumar? ¿La pongo nerviosa si fumo? —preguntó malhumorado.

De pronto reparó en que los ojos de la mujer titilaban con ansia.

—No, pero... ¿Tiene usted cigarrillos?

Los pensamientos de Bob se encajaron con rapidez. Se metió la mano en el bolsillo de la camisa y sacó el cigarro que Stan le había dado, que se mantenía más o menos intacto a pesar de todo.

—Tengo un cigarro, y de los buenos —dijo. Echó un vistazo a los dedos de la mujer, manchados de nicotina—. ¿Fuma usted?

Tía Sue tamborileó nerviosamente con las uñas sobre su bolso.

—¿De los buenos...?

—Ya lo creo. Habano auténtico, ¿ve la vitola? —mintió el muchacho—. Sólo tengo éste, pero si usted lo quiere...

Bob se obligó a ensanchar la boca en forma de una sonrisa más o menos encantadora. Percibió que la mano de la mujer temblaba en dirección al cigarro.

—¡Oh...! —Pareció pensárselo mejor—. No podría, mi médico me lo ha prohibido...

El camarero imaginó una luz pequeñita que temblaba en el fondo de su cabeza. Era el conato de un plan que quizá (sólo quizá) podría sacarlo de aquel atolladero mediante una delicada negociación.

—¡Médicos! —dijo el joven guiñando un ojo—. ¡Qué sabrán ellos! Tome. Quédeselo.

La mujer del pelo rojo tomó el cigarro con avidez y se lo guardó en el bolso.

—Gracias, joven. Es usted un encanto. Ahora estoy segura de que no es ningún criminal.

—En ese caso, podría dejar que me marchara por la ventana.

—Pero mi sobrina...

—Cierto, su sobrina. Seguro que para ella será una satisfacción poder confiar en usted —dijo Bob, tratando de parecer comprensivo—. Y se sentirá orgullosa de saber que, a pesar de que yo he tenido la amabilidad de darle mi último cigarro, uno muy caro, por cierto, usted se ha mantenido firme y no me ha permitido salir de la habitación.

—¿Sabe qué? Creo que es mejor que no le diga que he aceptado su habano.

—Conozco una forma muy buena de evitar eso.

—¿Ah, sí? ¿Cuál? —preguntó ella, sujetando el bolso contra el pecho, como si temiera que el camarero fuese a pedirle que se lo devolviera.

—No estando yo aquí cuando ella regrese. —Al ver que una sombra de duda velaba los ojos de tía Sue, Bob se apresuró a rearmar su sonrisa de buen muchacho—. Yo me marcho sin hacer ningún daño a nadie, su sobrina no se entera de lo del cigarro y usted puede fumar tranquila cuando quiera. Al final todos salimos ganando.

—¿Y qué hay de los dos policías?

—Si me cogen aquí es probable que deseen cerciorarse de que no les he robado nada. Seguramente, para estar seguros, la obligarán a vaciar su bolso... el bolso donde ha guardado usted el cigarro. Aunque si ellos pensaran que aquí nunca hubo ningún ladrón, supongo que no sería necesario.

Del pasillo llegaron sonidos de voces y de pasos. Elizabeth se acercaba hacia la habitación, y no estaba sola. Bob dirigió una última mirada suplicante a la mujer.

Ésta apretó los labios.

—La ventana está en el dormitorio —dijo al fin—. ¡Corra!

—¡Gracias!

El joven salió a toda velocidad por la puerta contigua, justo en el momento en que los pasos se detenían en el pasillo. Abrió la ventana y con un salto aterrizó en la escalera de incendios. En ese momento oyó a Beppo y al Tuercas entrar en la habitación, junto con la otra mujer. Bob se pegó al muro y rezó por que a ninguno de los tres se le ocurriera asomarse al exterior. Por suerte la joven se limitó a mirar en el baño y en el dormitorio mientras la del pelo rojo representaba su papel de ignorancia con bendita credibilidad.

— Aquí sólo estoy yo, leyendo tranquilamente mi libro... —escuchó el camarero. Luego dejó escapar un suspiro de alivio y comenzó a bajar por la escalera de incendios tratando de hacer el menor ruido posible. Las voces que salían de la habitación por la ventana sonaban cada vez más lejanas.

—¡Deja de hacer el tonto, tía! Estás leyendo la Biblia que había en el escritorio... ¡y la tienes al revés!

Bob siguió descendiendo por la escalera con cuidado y procurando no hacer ningún ruido.

Aceleró la marcha cuando fue acercándose al suelo pero sin apartarse de la pared del edificio. Al llegar al último tramo, vio parados en la calle a dos hombres. El camarero se quedó quieto, oculto entre las sombras.

Por suerte ninguno de los dos individuos había reparado en su presencia. Estaban unos pocos metros más abajo, junto a la salida de servicio que daba al callejón lateral del club, por donde accedían los camareros a trabajar.

La puerta se abrió y un rectángulo de luz iluminó el pavimento mojado por la lluvia. Salió un hombre gordo y mal afeitado que llevaba puesto un mandil cuajado de manchas.

Bob lo conocía; se llamaba Mario y trabajaba en las cocinas de pinche. Al salir a la calle cargaba sobre los hombros una enorme bolsa, como las que se utilizaban para guardar la carne en la cámara frigorífica.

—Tomad —dijo Mario. Dejó caer el fardo al suelo, sobre un charco de agua—. No quiero volver a tener que sacaros esta basura nunca más, ¿me oís?

—Lo siento. Se nos escapó y se metió en uno de los lavabos. La culpa ha sido de Renzo —dijo uno de los hombres.

—Me importa una mierda de quién sea la culpa. Habéis podido liar una muy gorda, imbéciles. La próxima vez tened más cuidado con vuestras chapuzas o lo que saque entonces en una de estas bolsas serán vuestras entrañas, ¿estamos?

—Cállate —dijo el otro tipo. Luego su compañero y él cogieron la bolsa del suelo y se la cargaron sobre la espalda—. ¿Qué coño se supone que debemos hacer con esto ahora?

Bob oyó la voz de Mario.

—A mí no me preguntes. No lo sé, ni tampoco quiero saberlo.

El pinche cerró la puerta de un golpe y el callejón volvió a quedarse a oscuras.

—Pesa como un elefante —resopló uno de los hombres—. ¿Y ahora qué?

—Daremos un paseo por el río —respondió el otro—. Conozco un buen sitio. Vamos. Tú empuja, que yo tiro.

Los dos abandonaron el callejón portando su misteriosa carga.

Bob se quedó un buen rato aguardando en la escalera por miedo a que alguien más pudiera aparecer. Cuando se sintió seguro, dio un brinco y cayó rodando sobre los charcos del callejón.

Se levantó. Estaba calado hasta los huesos, le dolía todo el cuerpo y, por si fuera poco, se había torcido un tobillo en el último salto. Aun así, apenas podía creerse que hubiera logrado salir del hotel de una pieza.

Se asomó por una esquina para echar un vistazo a la calle. La acera estaba desierta y, a esa distancia, el portero del club no podría verlo. Todo lo que tenía encima era un encendedor grabado y quince dólares en propinas; el resto de sus cosas estaba en su taquilla, dentro del club, y no creía que pudiera recuperarlo en mucho tiempo. Bob suponía que su carrera como camarero en el Bahía Baracoa había terminado esa misma noche.

En cualquier caso, aquella era una idea que no le preocupaba demasiado cuando echó a correr bajo la lluvia hacia el corazón de la ciudad.

EPISODIO 2

La Sociedad Arqueológica de Magnolia

Say, it's only a paper moon
sailing over a cardboard sea
but it wouldn't be make-believe
if you believed in me.

HAROLD ARLEN,
«It's Only a Paper Moon»

BOB durmió aquella noche al raso.

No era algo que le importara, pues no era la primera vez que lo hacía. Al fin y al cabo, entre su desván lleno de goteras en Queens y cualquier otro rincón al aire libre de la ciudad, aquella noche no habría demasiada diferencia.

Quizá no tuviera las mañas de los numerosos vagabundos de Nueva York a la hora de transformar la intemperie en un dormitorio, pero podía apañárselas bien en un caso de necesidad; la adolescencia de Bob no fue una época especialmente despreocupada y, después de aquellos años, le había perdido el respeto a no dormir bajo techo.

Conocía de hecho un pequeño rincón cerca de Oval Park, en Norwood, donde cualquier persona poco dada a los remilgos podía descansar un puñado de horas sin ser molestado ni pasar demasiadas penurias. Allí se dirigió después de dar varias vueltas alrededor de Manhattan y asegurarse de que no lo seguían los hombres del Gran Jefe.

Norwood estaba en el Bronx, algo lejos del Bahía Baracoa. Bob se vio tentado de pedir un taxi y pagarlo con parte de los quince dólares que llevaba en el bolsillo pero se lo pensó mejor; aquellas propinas eran todo su capital, y sería preferible que lo administrase con cuidado pues no sabía cuánto tiempo iba a estar sin trabajo. Quizá pudiera servirle para un par de semanas, tres si aplicaba un poco de contabilidad creativa; después de ese tiempo, lo más conveniente sería que hubiese encontrado algún empleo.

No quiso volver a su desván en Queens. Era la primera vez que el hampa de Nueva York seguía sus pasos —o al menos una pequeña parte de ella—, y no sabía exactamente qué clase de precauciones cabía tomar en tal circunstancia, aunque supuso que una muy elemental sería la de evitar los lugares donde podrían encontrarlo fácilmente. También cabía la posibilidad de que Beppo, Pete o cualquiera de sus colegas optasen por dejarlo en paz; pero no podía estar seguro.

Cuando llegó a Norwood era de madrugada. Por suerte ya no llovía. Se encaminó hacia Oval Park, y en una pequeña calle cercana localizó un viejo almacén abandonado y medio en ruinas, un perfecto hotel para proscritos: discreto, barato y, lo más importante, con un buen techo sobre su cabeza.

No recordaba cuándo fue la última vez que pasó allí la noche, probablemente hacía más de diez años. El lugar tenía idéntico aspecto repulsivo y cochambroso que en su memoria, e incluso los sintecho que se desperdigaban entre sus sombras parecían ser los mismos tipos cubiertos de mugre y soledad.

Los clientes de aquel alojamiento suburbano no eran muy de fiar, así que Bob se sacó los quince dólares del bolsillo y se los metió en un calcetín. No era una medida infalible, pero resultaba más seguro que dejarlos en el bolsillo. Una de las veces que pasó la noche en ese lugar se despertó de madrugada cuando un tipo con la cara comida por la sífilis intentaba introducirle la mano en los pantalones. En cierto modo resultó una suerte que no fuese dinero lo que andaba buscando; podría haberlo dejado limpio sin que Bob se enterase.

Bob localizó un rincón no demasiado húmedo y allí se ovilló, con la espalda apoyada en la pared y la cabeza entre las rodillas. Cerró los ojos y se quedó dormido en poco tiempo; afortunadamente, nunca había tenido problemas para conciliar el sueño en cualquier situación.

Despertó poco antes del amanecer cuando notó un cosquilleo en el dorso de la mano: una rata del tamaño de un gato lo hocicaba entre los dedos. El joven la apartó de una patada y el animal se escabulló chillando por un agujero. Bob hizo un gesto de asco y se frotó la mano contra la pernera del pantalón.

Se estiró, haciendo sonar todos sus huesos, y salió del almacén. Fuera el alba rayaba con tonos enfermos, tornando el cielo de un color cianótico. Había nubes y el sol brillaba, pero por su ausencia.

El paseo matutino por Bainbridge Avenue le sentó bien, y le ayudó a desentumecer los músculos y la cabeza. Si no fuera porque el futuro se encogía ante él como un signo de interrogación, podría haberse sentido incluso optimista.

Bob se detuvo al llegar frente a un garaje situado en un feo edificio de ladrillo ennegrecido. Al entrar, se encontró con un hombre vestido con un mono de obrero y una gorra calada hasta las cejas. El tipo, que parecía haber estado nadando en un barril de aceite, estaba sentado frente a una mesa consultando unos papeles. Al ver a Bob, el rostro se le iluminó con una expresión de bienvenida.

—¡Hey, chico! ¿Realmente eres tú? ¿Cómo estás?

—Hola, Fonzi —respondió el joven—. Voy tirando. ¿Todo bien por aquí?

—Más o menos. Como siempre.

—¿Está Frank?

—Ahí detrás, peleándose con el motor de un Phaeton del 17. Le he dicho que deje morir en paz a esa mierda, pero ya sabes cómo es... Pasa. Se alegrará de verte.

Bob esperaba que fuese así.

Se sintió algo amedrentado de tener que presentarse ante Frank en aquellas circunstancias. Le habría gustado evitarlo, pero su viejo amigo siempre había sido el último recurso en los momentos delicados y era difícil olvidar ciertas costumbres.

Al fondo del garaje había un viejo Hudson Phaeton modelo 1917, o al menos lo que parecían ser sus restos mortales. El coche, una reliquia incluso cuando Bob era niño, yacía despiezado igual que un cadáver en la morgue. Tenía el capó levantado y un hombre con aspecto de mecánico le hurgaba las entrañas con la misma delicadeza de un embalsamador del antiguo Egipto.

Bob se quedó parado frente al coche sin saber muy bien cómo actuar. El hombre que trasteaba con el motor daba fuertes golpes con algún tipo de herramienta y cantaba a voces una melodía que Bob se sabía de memoria.

There was a wild colonial boy, Jack Duggan was his name.
He was his father's only son, his mother's pride and joy...

—Hola, Frank.

El tipo dejó de cantar, justo antes de llegar a la estrofa en que Jack Duggan abandonaba su casa natal a la edad de dieciséis años. Bob ya sabía que no le esperaba nada bueno.

—¿Robert? —dijo una voz potente desde el fondo del capó—. ¿Eres tú?

Frank asomó la cabeza por encima del coche y Bob casi se encogió al verse abrazado por aquel par de ojos tan azules. Eran los ojos de la vieja Irlanda. Nadie que el joven hubiese conocido miraba de aquella forma tan pesada, tan intensa ni tan melancólica, como si detrás de aquel par de chispas azules siempre hubiese una especie de añoranza triste por la Vieja Tierra. A pesar de ello, su viejo amigo siempre fue un hombre de sonrisa fácil, así lo delataban las arrugas alrededor de sus ojos y de su enorme boca.

Los años no pasaban por él o, mejor dicho, pasaron un buen puñado de décadas, las justas para convertir su pelo en espuma blanca, y luego se detuvieron para siempre. Por lo demás, seguía siendo el mismo hombre corpulento e inmenso que Bob recordaba de la primera vez que lo vio.

En aquel momento tenía la cara manchada de aceite, y vestía un par de viejos pantalones negros y una camiseta de tirantes que abarcaba como podía la mezcla de músculo y grasa de su cuerpo. Frank se quedó mirando al recién llegado un buen rato, como si no supiera exactamente qué tipo de recibimiento darle. Cogió un trapo que colgaba de su hombro y se limpió el aceite de las manos.

—¿Qué pasa, muchacho? —preguntó—. ¿Algún problema?

Como siempre, había dado en la diana.

—Me temo que he perdido mi trabajo —respondió Bob, yendo directamente al grano. A Frank no le gustaban los preámbulos.

—¿Otra vez?

—Otra vez.

El mecánico suspiró con todo el cuerpo.

—Lo siento, chico. —Aunque su voz era amable, sus ojos no fueron capaces de ocultar la decepción que Bob tanto había temido encontrarse—. ¿Qué ha pasado?

—Problemas con el jefe.

—¿Y ya está? ¿Eso es todo?

El joven podría haberse encogido de hombros y haber cambiado de tema, como hacía siempre que trataba de eludir una cuestión directa, pero de sobra sabía que aquella táctica nunca había funcionado con Frank.

—Es un poco largo de explicar... —Trató al menos de ganar tiempo—. ¿Qué haces?

Su amigo volvió a echarse el trapo sobre el hombro y dedicó una mirada al viejo Phaeton.

—Intento poner en marcha este bendito trasto. Se lo compré a un tipo de Detroit que pensaba echarlo al río. Fonzi dice que no serviría ni como basura, pero ¡qué quieres!, sabes que siento debilidad por estos viejos cacharros.

Bob asintió. Él sabía mejor que nadie el interés que Frank tenía por las causas perdidas.

—¿Por qué no le echas un vistazo, hijo? Antes solías ser bueno con estas cosas.

El joven no quiso contrariarle. Se asomó al motor y lo inspeccionó durante un par de minutos. Fonzi tenía razón: aquella reliquia era carne de desguace. Sin embargo sabía que no era eso lo que Frank quería escuchar. Bob se dio cuenta de que, a su manera, lo estaba poniendo a prueba. Otra vez.

—Los piñones de la polea de la bomba de inyección están desgastados y los dientes de la correa rotos por todas partes. No sé... Podrías intentar colocarle una polea nueva, pero con piñones cuadrados, y también deberías cambiar la correa, aunque no creo que encuentres otro modelo como éste... ¿Y si le metes un motor Essex de los antiguos? Podrías probar con un modelo Coach de 1926 de seis cilindros... Quizá explote, pero no quedaría mucho peor que ahora.

El mecánico sonrió satisfecho y le dio una palmada a Bob en el hombro, dejando una huella negra de dedos sobre su camisa.

—Lo intentaremos y ¡que sea lo que Dios quiera! —dijo—. No hay que rendirse nunca, Robert. Explotar o arrancar: ése es el tema... Cualquier cosa es mejor que oxidarse poco a poco como un pedazo de chatarra. —Típica moraleja muy de su gusto. Bob asintió. A lo largo de su vida muchas veces había tenido la sensación de que aquel hombre lo había tratado como si fuese uno de sus viejos coches de desguace—. Diré a Fonzi que busque un motor Essex por alguna parte... ¿Has comido algo hoy?

—Aún no.

—Ven conmigo. Los muchachos ya han terminado su desayuno, pero seguro que todavía queda algo en la cocina.

Frank dio una voz a Fonzi y le dijo que lo dejaba a cargo del garaje, luego Bob y él salieron a la calle, rodearon el edificio de ladrillo negro y volvieron a entrar por una puerta lateral. El mecánico condujo a Bob por un camino ya familiar hasta un pequeño despacho, al fondo de un pasillo.

—Espera aquí. Traeré algo de comer —dijo.

Igual que Frank, su despacho también era inmune al paso del tiempo. Bob dejó caer alguna mirada aquí y allá, sabiendo lo que se encontraría de antemano: viejas fotografías de coches que se alternaban con imágenes de su viejo amigo acompañado de varios muchachos, otras de un Frank más joven vestido con calzones de boxeador o con una caña de pescar en una mano y un pez en la otra; placas de metal conmemorativas cuyo texto resultaba ilegible bajo las capas de polvo, y que Bob tenía la idea de que hablaban de premios y reconocimientos, pero que su dueño arrinconaba con bastante menos aprecio que sus fotos de pesca, de coches o de boxeo; ceniceros con restos de colillas, botes de lápices vacíos —su contenido natural solía estar desperdigado por los cajones o encima de la mesa—, facturas, documentos y, sobre todo, libros, muchos libros ocupando esquinas, paredes y rincones, como una plaga de hongos muy letrados, libros de temas muy diversos: desde mecánica de motores hasta técnicas de pesca con mosca, aunque la gran mayoría de ellos versaban sobre religión, historia y arte. Bob los había leído casi todos, algunos incluso varias veces.

Frank regresó al cabo de unos minutos. Traía una bandeja con sándwiches de mermelada y dos vasos de leche. Bob había perdido la cuenta de las veces que había comido exactamente lo mismo durante años y años, hasta que se fue a Boston. Lo gracioso de aquello era que allí acabó echando de menos los sándwiches de mermelada.

El mecánico dejó la comida sobre la mesa y luego descolgó una camisa negra de detrás de la puerta del despacho. Se la puso y se la abotonó hasta arriba; después abrió un cajón, y sacó una rígida tira de celulosa blanca, se la encajó sobre el cuello de la camisa y por último se sentó delante de Bob.

Ahí estaban, al fin, los dos personajes mirándolo con su par de ojos irlandeses: Frank el mecánico de coches y el padre Connor del Refugio Católico para Jóvenes de Saint Aidan. Bob podría haber cerrado los ojos e imaginado que era de nuevo un adolescente. Apenas le habría costado trabajo, pues todos los ingredientes estaban ante a él: el despacho, los sándwiches de mermelada y Frank vestido de cura.

El joven dio un último bocado a su pan con mermelada y lo bajó con un trago de leche.

—Cómete otro.

—No, gracias; ya no tengo hambre.

—Estás en los huesos. Además, si no se comen se echarán a perder. Coge otro.

Bob así lo hizo. También era costumbre atávica para él obedecer a Frank cuando ordenaba vaciar el plato. En el refugio de Saint Aidan la comida no era escasa pero tampoco abundante, y desperdiciarla era algo que no se contemplaba.

—Estupendo —dijo el cura—. Ahora cuéntame qué es lo que ha pasado.

El muchacho lo hizo, sin escatimar detalle: desde el cambio de turno con Stan hasta la abrupta salida del Bahía Baracoa a través de la escalera de incendios. Frank lo escuchó en silencio mientras tanto, interrumpiéndolo sólo un par de veces para señalarle la bandeja de comida con gesto admonitorio.

—¿Dónde has dormido? —preguntó, cuando Bob terminó su relato.

Él trató de esquivar la mirada del sacerdote pero sin éxito; sus ojos azules parecían perseguir los suyos a todas partes.

—No podía ir a casa —respondió—. Era probable que fuesen a buscarme allí.

—¿Has vuelto a dormir en la calle? —El joven asintió con desgana. Frank frunció el ceño—. No debes dormir en la calle, Robert. Eso sólo lo hacen los vagabundos, y tú no eres un vagabundo. Me ofende que no vinieras aquí enseguida.

—Era muy tarde.

—¿Y eso qué importa? —Pareció que tenía la intención de seguir sermoneando a su pupilo pero prefirió no hacerlo—. Y ahora ¿qué vas a hacer? ¿Irás a la policía?

— No. Claro que no. Ni siquiera se me había pasado por la cabeza.

Frank no insistió.

—Puedes quedarte aquí un tiempo, si quieres —dijo—. Te haremos un hueco en alguna parte. Pero, tarde o temprano, tendrás que encontrar otro trabajo... A no ser que desees... —vaciló, como si no se atreviese a continuar—. Volver a Boston.

—¿Y eso qué es? ¿Humor irlandés?

El sacerdote sacudió la cabeza de un lado a otro.

—Eres peor que un luterano, muchacho, ¿lo sabías? A san Patricio le costó menos echar a las víboras de Irlanda que a mí hacerte entrar en razón, y esto sí es humor irlandés.

—Lo sé. No tiene gracia. —Bob se terminó la leche—. No te hagas el cura conmigo, Frank; no te pega.

—¿Sabes? En el seminario tuve un profesor de patrística; jesuita, por supuesto. Era más retorcido que los cuernos de un macho cabrío; podía defender dos ideas diferentes con total convicción y luego hacernos creer que en realidad estaba en desacuerdo con ambas.

—Y ahora vas a decirme que te recuerda mucho a mí.

—¡Qué más quisieras, muchacho! Aquel tipo era un profesional, tú no le llegas ni a la suela de los zapatos. Eres más transparente que el ajuar de una noche de bodas; te presentas aquí con tu actitud de no querer nada de nadie, pero te has lanzado sobre la bandeja de sándwiches como un monje después del ayuno y apenas te has inmutado cuando te he dicho que podrías quedarte el tiempo que quisieras. —Frank resopló como un perro viejo—. ¡Por el amor de Dios, hijo...! Si es ayuda lo que quieres, pídemela; sabes que no voy a negártela.

—No quiero preocuparte. Yo ya no soy responsabilidad tuya.

—Oye, si vuelves a decirme eso a la cara, me quitaré el alzacuello y te partiré los dientes de un puñetazo, ¿está claro? A ver si te entra bien esto en esa maldita sesera: serás responsabilidad mía hasta el momento en que dejes de ser un patético camarero que llena los vasos a gentuza que no vale ni la mitad de lo que vales tú.

Bob humilló la vista, avergonzado.

—Sabes que lo de Boston no fue culpa mía...

—Deja ya el tema de Boston. Salió mal y punto. Yo ya lo tengo superado, pero me da la impresión de que a ti todavía te hierve la sangre con esa historia. —El hombre se levantó de la silla, se colocó junto a Bob y, sosteniéndolo por los hombros, lo miró a los ojos—. Al demonio con Boston. Si ahora no sigues allí es porque a Dios no le salió de las narices, y ni tú ni yo nos vamos a dar de bofetadas con la Divina Providencia. Él tiene otra cosa para ti, ahora sólo falta que nos diga cuál.

Los labios de Bob se apretaron en algo parecido a una sonrisa.

—Ya lo estás haciendo otra vez...

—¿Qué?

—Hablar como un cura. —Frank rió, dio un golpe al muchacho en la espalda y se volvió a sentar en la silla—. ¿Por qué no dejas que me quede aquí, contigo? Puedo ayudarte con todo esto.

—¿Eso es lo que quieres? ¿Acabar como Fonzi, asmático y viejo a los cuarenta y pocos? No, hijo, esto no es para ti; ya te lo he dicho un montón de veces.

—Tú siempre sabes mejor que yo lo que me conviene, ¿no es así?

—Sé lo que no te conviene, y eso es suficiente.

—Bonita frase. Me encanta cuando se te escapa el jesuita que llevas dentro, es como la salida del hombre lobo en una noche de luna llena.

—No me provoques, Robert. Soy más fuerte que tú, y tengo mejor gancho de izquierda.

—Desde algún lugar en la corte celestial, san Ignacio de Loyola te contempla y sonríe henchido de orgullo... —dijo Bob con afectación.

—Cállate, inglés malnacido.

—Cuidado, padre, a su espalda: ¡un dominico!

Frank dejó escapar una sonora carcajada, muy a su pesar.

—Está bien, está bien, dejémoslo; podríamos estar así toda la mañana... —dijo, aún sonriendo. Luego adoptó un tono más serio—. Ahora vamos a centrarnos en lo importante: necesitas un trabajo.

—Algo surgirá —dijo Bob estrechando los hombros—. Recuerda aquello del Evangelio de Mateo y de los lirios del campo y las aves del cielo...

—¿Y ahora quién está hablando como un cura? Muchacho, san Mateo escribió eso porque tenía un trabajo remunerado, y como no te veo de recaudador de impuestos ni mucho menos escribiendo el quinto Evangelio, habrá que buscar alguna cosa para ti. —Frank se rascó el mentón—. ¿Qué me dices del conde a quien trataron de colarle ese mapa falso? Se ofreció a darte una colocación.

Bob aún guardaba la tarjeta que el diplomático le había dado la noche anterior. Con todas las cosas que le habían ocurrido después, era normal que lo hubiese olvidado por completo.

—No lo sé, Frank... No lo veo claro.

—¿Por qué?

—Hay algo en ese hombre que no me gustó del todo... No tenía un aspecto natural: con su barba, su monóculo, sus palabras altisonantes... Es la imagen que esperaría encontrarme en una película en la que un actor interpretase a un rancio noble español. Además, me resultó curioso que a un tipo que se dice aficionado a los mapas antiguos pudieran colarle uno tan burdamente falso. —El joven se quedó un rato cavilando en silencio, finalmente sacudió la cabeza y dijo—: No. No me gusta el conde. No sé por qué, pero no me gusta.

Frank prestó mucha atención a aquellas palabras. Conocía a su pupilo lo suficiente para saber que sus reflexiones merecían ser tomadas en cuenta.

—¿Qué insinúas? ¿Que era una especie de impostor?

—O lo era... o todo lo contrario: alguien que se hace pasar por un noble español probablemente sería mucho más sutil que el tipo que conocí yo ayer.

—Ahora sí que me recuerdas a mi viejo profesor de patrística del seminario... Sabes que siempre respeto tus corazonadas, muchacho, pero no dejes de lado la posibilidad de acudir a ese hombre. O, al menos, no por completo.

—Me lo pensaré.

—Hazlo, pero no demasiado. Tuve un tío que murió a los ochenta años dándole vueltas a la única idea que había tenido en toda su vida. Mientras tanto, es probable que tenga algo para ti...

Frank abrió uno de los cajones de su escritorio y sacó una vieja agenda con las tapas rotas. Buscó entre sus páginas hasta que encontró una arrugada tarjeta.

—Este tipo tiene un negocio de alquiler de coches en la esquina de la Sesenta y ocho con la avenida Madison. Me debe un par favores. Ve a verle y dile que vas de mi parte; quizá pueda darte algo que hacer mientras pensamos un poco sobre tu futuro.

Bob se guardó la tarjeta en un bolsillo.

—Está bien. Me pasaré mañana por allí.

—¡De eso nada! El ocio es el patio de recreo del demonio, muchacho, y ahora sí hablo como un cura. Irás a verle hoy mismo, en cuanto te laves un poco y te cambies de ropa. Te prestaré una camisa limpia y un par de pantalones.

—Como quieras —concedió mientras leía la dirección de la tarjeta—. Pero hay algo que me preocupa un poco más que el tema del trabajo.

—¿De qué se trata?

—Puede que a los matones de Portappia se les ocurra venir a buscar su dinero.

—Pues que vengan. —El cura hizo crujir los nudillos—. Así les mostraré que si en Dublín me llamaban Frankie Martillo Connor no era por mi afición a la carpintería.

ELIZABETH y tía Sue emplearon su primera mañana en Nueva York en conocer algunos de los lugares emblemáticos de los que tanto habían oído hablar. Para dos mujeres de Providence, una de las cuales apenas había salido de Rhode Island más que con su imaginación —que era mucha—, la Gran Manzana resultó un lugar lleno de tópicos fascinantes.

Elizabeth se entusiasmó con cada vista, especialmente si le rememoraba alguna de las películas que había visto en el cine. Tía Sue, en cambio, hizo gala de un pálido interés que a su sobrina se le antojó bastante provinciano; quizá la buena mujer pensaba que ya tenía muchos años para dejarse impresionar fácilmente o, al menos, para parecerlo.

Caminaron por Central Park, encontrándose pedazos de otoño entre la vegetación; visitaron el Empire State Building y Times Square. Elizabeth arrastraba a su pariente de un enclave a otro con turística avidez.

—Mira, tía, ¡la Quinta Avenida! ¿No es fascinante?

—Sí, bueno, es sólo una calle. En Providence también tenemos.

—Pero ninguna es como ésta.

—No veo ninguna diferencia; hay aceras y edificios... —La mujer hizo un gesto de cansancio. Era mediodía y sus pies empezaban a quejarse—. No tenemos por qué quedarnos boquiabiertas en cada esquina como si fuésemos dos pobres paletas, tesoro. La gente va a pensar que vivimos en una cueva.

Elizabeth trató de plegar el mapa, se hizo un lío y lo guardó hecho una bola arrugada en su bolso.

—Esta mañana estás imposible, tía.

—Lo siento, cariño, ya sabes que no me gusta mucho hacer turismo. Me canso enseguida.

Las dos mujeres se enzarzaron en una discusión sobre el placer de viajar —placer que tía Sue no veía por ningún lado—, mientras se metían en un café cercano para tomar un refrigerio. Localizaron un pintoresco lugar adornado a la manera de un salón de té inglés, lleno de cretonas y lamparitas con encajes.

Se sentaron a una mesa con vistas a la calle y pidieron dos sándwiches y café. Elizabeth aún echaba en cara a su pariente la desidia de la que hacía gala.

—Al menos podrías fingir un poco de interés —dijo mientras quitaba metódicamente las rodajas de pepino del interior de su sándwich—. Qué manía con poner pepino a todas las cosas... ¡Es una verdura absurda!

—Creo que es una hortaliza, más bien.

—No me cambies de tema. Desde que hemos salido del hotel me has martirizado con malas caras y gestos de aburrimiento, y no deberías. Después de lo que me hiciste anoche, esperaba un poco de consideración por tu parte.

Tía Sue cogió las rodajas de pepino desechadas y se las fue comiendo una detrás de otra.

—Cariño, pensaba que ya no me guardabas rencor por eso.

—¡Me hiciste quedar como una especie de lunática! Lo único que te encargué fue que vigilaras a ese hombre hasta que yo llegase, y en cuanto me di la vuelta te faltó tiempo para dejarlo escapar por la ventana... ¡Te dejaste comprar por un cigarro! Me pongo enferma sólo de pensarlo.

—Pues no lo pienses más, tesoro. Además, estoy segura

de que tú habrías hecho lo mismo. ¡Era un joven tan desvalido...!

—Es una vergüenza que una mujer de tu edad pierda la cabeza de esa forma por el primer muchacho que se cruza en su camino.

—Las jóvenes de ahora sois muy crueles. Habrías sido capaz de dejarlo a merced de aquellos horribles hombres con pinta de matones. —Elizabeth coincidía con ella en que los dos tipos del hotel no parecían ser policías y, aunque jamás se lo habría confesado a tía Sue, había sentido un secreto alivio cuando los supuestos agentes se marcharon de la habitación después de que los dejaran con un palmo de narices—. Lo que te ocurre es que estabas molesta con aquel joven.

—¡Qué idea más ridícula! ¿Por qué habría de estarlo?

—Te ofendió que te corrigiese con lo de aquella película. Admítelo, tesoro, nunca has soportado que nadie te corrija.

La joven hizo un gesto de desdén. Abrió su sándwich y comenzó a apartar los trozos de ternera ahumada que había en su interior.

—¿Por qué haces eso? —preguntó su tía.

—¿Qué?

—Quitar la ternera. ¿Por qué pides un sándwich de ternera y pepino si al final vas a terminar por comerte dos rebanadas de pan?

—No me líes, tía —replicó ella, ofendida—. Estábamos hablando de ese muchacho del hotel. ¡Llevamos horas hablando de eso! No eres capaz de pensar en otra cosa.

—¿Yo? Pero si ni siquiera me acordaba de él hasta que tú has vuelto a sacar el tema... ¿Quieres saber algo? Creo que eres tú la que no puede quitárselo de la cabeza, tesoro.

—¿Lo ves? ¡Hoy estás imposible! No haces más que decir tonterías.

—Lástima lo de que aquella cicatriz; tenía unos bonitos ojos marrones, ¿no crees?

—Eran más bien tirando a negros... —Elizabeth dio un

bocado a su sándwich—. Esto es asqueroso, totalmente insípido; no sabe a nada más que a pan con mantequilla... ¡Qué vergüenza! Es el peor sándwich de ternera con pepino que he comido en toda mi vida.

Tía Sue suspiró pacientemente en silencio y decidió introducir otro tema diferente de conversación. Aunque ya sabía la respuesta, preguntó a su sobrina a qué hora habían quedado con el chófer para ir a la apertura del testamento de Henry Talbot. Aquello dio pie para que la irritación de Elizabeth desapareciese poco a poco, al tiempo que las dos mujeres dialogaban sobre la herencia.

—¿Crees que tío Henry era un hombre rico? —preguntó la joven.

—No sé más que lo que nos dijo el abogado ayer por la noche, aunque su familia era adinerada, eso seguro... Espero que te haya dejado la casa de los Talbot en Glen Cove. Sólo la vi una vez, pero recuerdo que era preciosa. Tenía un nombre muy bonito... —dijo tía Sue, perdida en sus recuerdos—. Era el nombre de una flor... Gardenia o algo parecido... Oh, ya recuerdo: Magnolia. Sí, así se llamaba: Magnolia. Creo que es encantador, ¿no te parece?

Elizabeth hizo un mohín, no muy convencida. Le sonaba al tipo de vocablo pasado de moda con el que las rancias familias de la época de la Guerra Civil bautizaban sus caserones.

—Más bien parece el nombre de una marca de jabones —dijo sin entusiasmo alguno—. He estado dando vueltas a una cosa toda la noche: ¿qué clase de persona crees que debió de ser tío Henry? Por lo que contó ayer el señor Clarke, había aspectos suyos que me recordaban mucho a papá.

—No lo sé, tesoro. Cuando yo lo conocí, era muy joven, y apenas lo vi un par de veces. Aunque, si quieres saber mi opinión, no encontraba en él demasiado parecido con tu padre. El pobre Henry era más bien huraño, un muchacho sin ningún encanto personal. Alguna vez oí comentar a tu padre que su verdadero problema era que le faltaba un tornillo.

—Me habría gustado conocerlo mejor. Me siento un poco culpable, si te soy sincera. Quizá debí haber mostrado más interés por hablar con él, acompañarlo en sus últimos días... ya sabes.

Tía Sue puso una expresión muy seria, cosa poco habitual en ella.

—Te diré una cosa, Elizabeth: tu padre era un hombre muy inteligente, quizá el más inteligente que yo haya conocido en mi vida, y si él creyó conveniente apartar a Henry tanto de su vida como de la tuya, estoy segura de que tuvo sus buenas razones para ello.

Las dos mujeres terminaron su almuerzo brincando de conversación en conversación de forma anárquica, como solía ser siempre que estaban juntas.

Después de almorzar rastrearon los escaparates de la Quinta Avenida con la suficiente minuciosidad para que tía Sue terminase por reconocer que en Providence no había nada parecido. Horas después, la dama caminaba agotada pero eufórica portando un montón de baratijas en sus correspondientes bolsas.

—¡Así me imagino yo el Cielo! ¡Una calle interminable llena de escaparates!

—Creo que nos hemos excedido un poco con el presupuesto, tía.

—No seas aguafiestas, tesoro. Lo recuperaremos esta tarde con todas las riquezas que te deje tu tío en su testamento.

La mayoría del dinero salía del bolsillo de Elizabeth, a cuenta de la herencia de sus padres. A ella no le importaba; tío Albert y tía Sue se volcaron en su mantenimiento y educación cuando se quedó huérfana, y siempre la trataron como la hija que nunca tuvieron. Pagar unos cuantos trapos a su tía en un arranque consumista le parecía una pobre manera de agradecer todo aquello, pero de momento Elizabeth no tenía otra mejor.

El cielo había perdido el color de la tarde y se deslizaba

poco a poco hacia un sueño nocturno. Al igual que en el día anterior, las nubes descartaban toda posibilidad de sol y parecían estar reagrupándose para una nueva tormenta. Algunas farolas y carteles luminosos de las avenidas habían empezado a encenderse, llenando la ciudad de una cremosa tonalidad a caballo entre el final del día y el comienzo de la noche.

Elizabeth, tía Sue y un pequeño enjambre de bolsas se metieron en un taxi, y recorrieron las calles y las avenidas durante unos pocos minutos de trayecto. El vehículo se detuvo en una manzana cerca del hotel Bahía Baracoa y las mujeres se apearon. Tía Sue oscilaba de un lado a otro tratando de mantener sus bolsas bajo control.

—Seguro que me he dejado algo en el taxi, ¿puedes mirarlo, tesoro?

—El taxista ya se ha marchado, ya lo mirarás luego, en el hotel. —Elizabeth echó un vistazo a su alrededor—. Éste es el lugar donde nos dijo el señor Clarke que vendrían a recogernos, pero no veo a nadie que nos esté esperando.

—Allí hay un coche con un chófer. Vamos a preguntar.

Se encaminaron hacia un Ford Station Wagon de ocho plazas, con el morro de color verde oscuro y las puertas de madera, que tenía aspecto de haber conocido tiempos mejores. Había un tipo apoyado en el capó, leyendo un periódico que le tapaba la cara. Elizabeth se dirigió a él.

—Perdone, caballero... —El hombre se asomó por encima del periódico. —¡No es posible! ¿Usted?

No llevaba puesta la chaqueta de camarero y tenía una gorra de plato en la cabeza, además su aspecto era bastante más pulcro y aseado que el que lucía la noche anterior; pero la cicatriz en la cara lo hacía inconfundible.

—Vaya, esto sí que es casualidad —comentó tía Sue.

El chófer lanzó una mirada de reojo al montón de bolsas de la tía.

—¿Van a montar un bazar?

—¿Qué hace usted aquí? —preguntó Elizabeth.

—No creo que eso sea de su incumbencia. La calle es un lugar público. —El chófer inclinó la cabeza ante tía Sue y se levantó la visera de la gorra con el dedo pulgar—. Es un placer volver a verla, señora. Espero que disfrutase de su cigarro.

La aludida cloqueó como una gallina, dejando escapar una sonrisa de colegiala.

—Sepa usted, caballero, que los médicos han prohibido terminantemente el tabaco a mi tía —espetó Elizabeth—. Pienso hacerle responsable de cualquier recaída en su estado de salud.

—¿Es usted siempre así de amable con todo el mundo?

—No tengo tiempo para perderlo con alguien de su calaña. Si me disculpa, caballero, mi tía y yo estamos esperando un coche.

—¡Qué suerte la mía! Yo soy ese coche.

—¿Usted es el chófer contratado por el señor Adam Clarke? ¿El que tiene que llevarnos a Glen Cove, Long Island?

—Créame, ahora mismo me encantaría no serlo.

—Pero usted... usted es camarero en el hotel...

—Le diré algo que quizá la sorprenda: hay camareros que saben conducir.

—Seguro, y también son capaces de asaltar habitaciones ajenas y sobornar con tabaco a pobres ancianas.

—¡Eh, yo no soy una anciana!

—Mire, señorita, podemos quedarnos aquí discutiendo sobre mi fascinante vida laboral o pueden subirse al coche, como prefieran. Pero le aseguro que el único tipo que va ir esta tarde a Glen Cove desde esta esquina soy yo.

—No era usted tan orgulloso ayer por la noche.

—¿Y no cree que sería mucho más elegante por su parte ignorar ese detalle?

—Tesoro, estoy cansada —dijo tía Sue—. ¿Puedo al menos meter las bolsas en el coche mientras sigues discutiendo con este señor?

Bob ayudó a tía Sue a cargar sus compras en el Ford mientras la mujer ocupaba uno de los asientos traseros. Elizabeth seguía fuera del automóvil, mirando a su conductor con desconfianza.

—No estoy segura de querer ir con usted a ninguna parte. No me fío de sus intenciones.

—Mis intenciones se limitan a llevar este vehículo a Glen Cove, a ser posible con ustedes dentro.

—No puedo creer que el señor Clarke haya contratado a un individuo como usted.

—Jamás en mi vida he hablado con nadie llamado Clarke. Yo estoy aquí porque trabajo para la oficina de alquiler de vehículos de Wayne Kowalszki —dijo con acritud el joven—. Y me gustaría saber a qué se refiere usted con eso de un individuo como yo.

—Oh, creo que es evidente. Un hombre que un día es un camarero que huye de dos tipos por sólo él sabe qué motivos y que al día siguiente resulta que es un chófer de alquiler... Conozco muy bien a la clase de hombres como usted.

—No me diga ¿Y qué clase de hombre soy yo?

—Pues tiene usted pinta de... de... Ya sabe... de persona que se mete en líos. —Elizabeth se cruzó de brazos y miró al chófer de arriba abajo—. Por ejemplo, esa cicatriz, ¿cómo se la hizo?

—Peleándome con otros criminales, por supuesto.

—Muy gracioso. ¿Y cuál es su nombre, si puede saberse?

—Robert Hollister. Mis amigos me llaman Bob. Usted puede llamarme señor Hollister.

—Le tengo perfectamente calado, señor Hollister: su cicatriz, su mirada huidiza, sus modales agresivos... Nació usted aquí, en Nueva York, en algún barrio marginal. Vive con sus padres o algún familiar que lo mantiene porque no es usted lo suficientemente responsable para casarse o mantener una familia. Mariposea de trabajo en trabajo sin poder conservar ninguno, debido seguramente a su inconstancia y su anárquico comportamiento. Fuma, bebe, juega y, en fin, cultiva todos los vicios achacables a cualquier persona que haya carecido de la más elemental formación, que supongo que será su caso, pues dudo que alguna vez en su vida haya ido siquiera a una escuela. —Elizabeth miró a Bob con una descarada expresión de desafío—. ¿Qué le parece?

—Bastante mejorable... ¿Me deja que pruebe yo? —Bob echó un vistazo a la joven durante un par de segundos—. Su nombre es Elizabeth Sullavan. Vive en Providence, Rhode Island, lugar del cual apenas ha salido. Llegó usted ayer en barco y ésta es su primera visita a Nueva York, aunque seguramente se marchará usted pronto, mañana o pasado. Usted, en cambio, sí ha gozado de una amplia formación, quizá por influencia de su padre, que fue un célebre historiador. Vive con su tía porque sus progenitores fallecieron hace tiempo. Va a menudo al cine porque supongo que es de esa clase de mujeres que desfogan en la pantalla su frustración por una existencia anodina y aburrida. Tiene bastante dinero, o el suficiente para no controlar demasiado sus gastos. Y el verde es su color favorito.

Desde el interior del coche llegó la voz de tía Sue:

—Vaya, ¡es muy bueno! ¿Cómo lo hace? ¿Es alguna especie de truco?

—Imagino que ayer tuvo usted tiempo de cotillear con mi tía sobre todos estos detalles, ¿no es así? ¡Qué sinvergüenza! —replicó Elizabeth.

—Nada de eso, señorita Sullavan. Mi único interés ayer era salir del hotel con el cuello intacto, siento decepcionarla. —Bob se encendió un cigarrillo con gesto de suficiencia—. Lleva usted una guía turística de Nueva York y un mapa urbano con sitios marcados, por lo que supongo que es la primera vez que viene a la ciudad. Trae usted bolsas de diversas tiendas, lo cual significa que habrá pasado la tarde de compras, y, dado que éstas normalmente suelen dejarse para el último momento, supongo que se irá usted pronto. Ayer, en su habitación, vi el baúl con su ropa a medio deshacer: tenía etiquetas del barco en el que vino, así como su nombre: Elizabeth Sullavan, Providence, Rhode Island; ese barco llegó ayer a puerto con otros huéspedes del hotel.

—Si cree que me impresiona, está muy equivocado.

—Sólo un momento: usa una entrada de cine de una película recién estrenada para marcar las páginas de su guía turística; además, la pequeña discusión que mantuvimos ayer sobre Gregory La Cava me hace pensar que va a menudo al cine y que por eso se cree una experta. Ayer llevaba un vestido verde, y hoy también viste de verde; o es usted poco original o le gusta mucho ese color. Creo que tiene bastante dinero porque han venido en taxi desde la Quinta Avenida, que es el lugar donde se encuentran las tiendas cuyo nombre figura en sus bolsas. La Quinta Avenida está a menos de diez minutos andando de aquí, y una persona con menor poder adquisitivo no habría derrochado el precio de la carrera de un taxi después de haber pasado toda la tarde de compras; tampoco vendría en barco desde Rhode Island, siendo el tren mucho más barato, ni se alojaría en el Bahía Baracoa, que no es un lugar precisamente económico.

—¿Ha terminado ya, señor Hollister?

—No, sólo acabo de empezar. Su padre era Randolph Sullavan, famoso historiador que murió hace varios años. Viaja usted con su tía, no con su madre, lo que me hace suponer que ella tampoco vive y que su pariente actúa como su tutora. La relación entre ustedes dos también es bastante elocuente, y el hecho de que prohíba a su tía fumar a gusto con semejante inquina me hace pensar que aborrece usted el tabaco o que, cuando menos, no aprueba a los fumadores.

Tía Sue palmeó entusiasmada.

—¡Magnífico! Debería usted montar un espectáculo para ferias o para algún evento parecido. Estoy segura de que ganaría una fortuna.

Bob hizo una burlona reverencia de agradecimiento.

—¿Y por qué sabe que mi padre era Randolph Sullavan?

—Es el autor de *Mitologías comparadas del Lejano Oriente*, un libro que vi ayer en su habitación. Lo he leído un par de veces. Es bueno. Según la pequeña biografía de la contraportada, Randolph Sullavan vivía en Providence, y al venir usted también de allí con uno de sus libros... El apellido Sullavan no es muy común; me pareció una deducción muy lógica. En cuanto a lo de que nunca ha salido de su ciudad reconozco que ha sido una deducción visceral. Tiene usted un aspecto un tanto provinciano, si me permite decírselo, señorita.

—¡Naturalmente que no se lo permito! ¡Qué desfachatez! —estalló Elizabeth—. ¡No crea usted ni por un segundo que me impresiona con sus triquiñuelas de charlatán! Llévenos ahora mismo a nuestro destino, y le agradecería que no me vuelva a dirigir la palabra durante el resto del viaje.

—Será un placer, pero tenemos que esperar a los otros.

—¿Los otros? ¿Qué otros?

—Tengo una lista con cuatro pasajeros, y de momento sólo han llegado ustedes dos.

La joven abrió la boca para descargar una generosa salva de improperios, pero justo en ese instante un hombre se acercó al coche y se dirigió a Bob.

—Buenas tardes, disculpe la molestia, ¿es usted el chófer contratado por Adam Clarke para ir a Long Island? —Al recibir una respuesta afirmativa, el hombre se presentó—: Mi nombre es Alec Dorian, y soy...

De pronto Elizabeth manoteó frenéticamente e interrumpió al caballero.

—No, no, no... Espere, deje que adivine. —Lo miró con atención. El individuo era joven y llevaba gafas. En ese momento soportaba la penetrante mirada de Elizabeth, con la actitud de un insecto bajo un microscopio—. ¡Ya está! ¡Lo tengo! Veo que es usted soltero; vive solo, lejos de Nueva York...

—¿Qué es esto? ¿Algún juego de adivinación? ¿Va a leerme el futuro? —preguntó el hombre, nervioso.

—No me interrumpa, se lo ruego. Sí... es evidente... Por su aspecto descuidado diría que no tiene usted esposa ni prometida. Viene andando, y no en taxi, así que no tiene mucho dinero. —Lanzó una mirada a Bob cargada de intenciones—. Y su tono de piel morena me indica que vive usted en el sur... ¡No! ¡Trabaja usted al aire libre! Seguramente es un granjero...

Bob resopló.

—No da usted una, señorita Sullavan —dijo—. Mire los libros de su equipaje y el anillo de su universidad: este hombre tiene estudios superiores, no es un granjero... Quizá trabaje al aire libre porque lleve a cabo alguna labor de campo. Ingeniero, ¿verdad?

—Oigan, yo no...

—¡Claro que no es ingeniero! Arqueólogo. ¡Seguro! Lleva un manual de arqueología, ¿verdad que sí? —Elizabeth chasqueó los dedos y se dirigió a Bob—. ¡Ja! ¿Qué le ha precido eso? ¿Se creía que era usted el único que sabe hacer estas cosas?

—Soy el profesor Alec Dorian —espetó el tipo de las gafas, visiblemente molesto—. Y si esto es algún tipo de broma, no le veo la gracia. ¿Es o no es usted el chófer del señor Clarke?

Bob se colocó a la altura de las circunstancias. Deshaciéndose en disculpas hacia el profesor Dorian, consultó una lista que tenía en el salpicadero del coche y dijo que, efectivamente, era uno de los pasajeros que estaba esperando. Después procedió a cargar el equipaje del profesor en el maletero.

—Le pido mil disculpas —dijo Elizabeth—. ¡Pobre hombre! ¿Qué habrá pensado usted...? Soy Elizabeth Sullavan. Sullavan, con «a», igual que la actriz.

La expresión del profesor Dorian se suavizó. Se quitó el sombrero cortésmente y estrechó la mano de la joven. Ella se dio cuenta de que era un hombre muy atractivo; tenía el pelo color rubio ceniza, los ojos azules y una bonita sonrisa.

—Sullavan, claro. Usted es la sobrina del viejo Henry... es decir, del profesor Talbot. Es un placer conocerla. Debí haberme dado cuenta, pues aprecio cierto parecido... Pero es usted mucho más atractiva que él, por supuesto.

—¡Qué amable! —respondió ella. Al mismo tiempo pensó que el profesor Dorian era un hombre que sabía muy bien cómo mirar a una mujer a los ojos—. ¿También viene usted a la lectura del testamento?

—Sí. Siento que nos hayamos conocido en estas tristes circunstancias. Yo era muy amigo de su tío, ¿sabe? Buenos camaradas, podría decirse. Lamento mucho su muerte.

—Gracias. ¿Acaba usted de llegar de algún viaje, profesor Dorian?

—Por favor, llámeme Alec. Lo cierto es que llevo ya un par de días en la ciudad. ¿Por qué lo pregunta?

—Como trae usted una maleta...

—Sólo son unas cuantas cosas que olvidé en mi excavación antes de venir. Mandé un telegrama para que me las hicieran llegar y acabo de pasar por la oficina de correos para recogerlas.

—Vaya, de modo que es usted arqueólogo. Tal y como yo suponía.

—En efecto. Veo que no sólo es usted una joven encantadora, señorita Sullavan, sino también muy inteligente.

Bob cerró el maletero con un golpe seco y apareció otra vez, de forma brusca.

—Pueden ir subiendo al coche. Sólo falta uno y no creo que tarde mucho en llegar; ya son más de las siete.

—Ése es Elliott, sin duda —dijo Dorian—. ¡El viejo bribón! Siempre llega tarde a todas partes... ¡Miren! Justo por ahí viene.

Señaló a un hombre que se bajaba de un taxi en aquel momento. Era un anciano orondo que vestía un traje negro cruzado de corte pasado de moda. El hombre se apeó del vehículo entre torpes movimientos, asiéndose a la empuñadura de un bastón. Ya de pie, se caló un sombrero de ala ancha sobre su calva cabeza y se dirigió al grupo. Tras intercambiar un afectuoso saludo con Dorian, se presentó a sí mismo como doctor Elliot Culdpepper.

Elizabeth estudió con detalle al recién llegado. Su cara le recordaba a la de un viejo mastín: con un par de ojos borrosos y húmedos, medio ocultos por una cortina de pellejos que caían como gruesas capas de cera derretida. El doctor sonrió a Elizabeth con sus abultados labios marrones y la saludó cortésmente. Su cuerpo despedía un leve aroma a lavanda y naftalina.

—Es un placer conocerla, querida niña —dijo al ser presentado a Elizabeth—. Henry nos habló mucho de usted.

Bob emitió una tosecilla.

—Perdonen, pero, si ya estamos todos, podemos ponernos en camino.

—Por supuesto —dijo el anciano—. Señorita Sullavan, ¿sería usted tan amable de ayudar a este pobre viejo a subir al coche? Me agradaría mucho que se sentase a mi lado durante el trayecto, así podremos charlar y empezar a conocernos.

—No se fíe usted de él —dijo Dorian alegremente—. Ahí donde lo ve, sigue siendo un conquistador.

—Ni caso, señorita, ni caso; Alec siempre con sus bromas de dudoso gusto... Alec, tú puedes sentarte atrás. Aún eres joven y bien parecido; tienes todavía muchos años por delante para rodearte de bellas damas. Yo, en cambio, debo aprovechar las pocas oportunidades que se me brindan a estas alturas de la vida.

Elizabeth rió y cogió el brazo del doctor.

—No diga eso. Estoy segura de que no es tan viejo como quiere dar a entender. Por cierto, le presento a mi tía...

Entre cortesías de todo tipo, los pasajeros se metieron en el Ford. Bob apuró la última calada del cigarro que se había encendido, subió al asiento del conductor y arrancó. Había empezado a caer una fina llovizna cuando el vehículo se puso en marcha.

ELIZABETH descubrió que el doctor Culdpepper era un compañero de viaje muy ameno. Durante el camino relató anécdotas y recuerdos sobre Henry Talbot que a la joven le resultaron muy interesantes.

En el asiento trasero del Ford, el profesor Dorian intentaba leer un grueso libro de los que llevaba consigo, alternando la lectura con la atención al diálogo entre sus compañeros de viaje. La tía Sue se había quedado dormida y cabeceaba en cada curva, emitiendo de vez en cuando suaves ronquidos.

El doctor Culdpepper, según dijo, residía habitualmente en una pequeña localidad llamada Goblet, a unos kilómetros al norte de Nueva York. Llevaba varios años retirado del ejercicio de su profesión, pero gustaba de apadrinar modestas empresas culturales en su ciudad con ayuda del dinero que había reunido al cabo de los años. Era viudo y no tenía hijos, ni tampoco familiares cercanos, de modo que había encontrado en el mecenazgo la manera de perpetuar su memoria de alguna forma.

—Dentro de poco abriremos un pequeño museo dedicado a la historia colonial de Goblet —explicó, con su voz temblona y profunda—. He invertido casi todo mi dinero en el proyecto, y estoy muy ilusionado. Para mí será un placer invitarla a que lo conozca, señorita Sullavan.

—Me agradaría mucho. Estoy segura de que será muy interesante.

—Eso espero. La Historia es mi pequeña pasión secreta, casi un vicio, no puedo negarlo. Eso fue lo que me unió a su tío, el profesor Talbot.

—¿Se conocían desde hacía mucho?

—Más años de los que podría recordar. Fuimos presentados por amigos comunes, poco después de que Henry concluyese sus estudios en la universidad. Por aquel entonces, señorita Sullavan, su padre y él formaban una entusiasta y joven pareja de arqueólogos.

—¿De modo que también conoció usted a mi padre?

—Oh, sí. Los tres nos hicimos inseparables. Después se unió a nuestra pequeña pandilla un joven y prometedor estudiante de derecho llamado Adam Clarke, que también compartía nuestras aficiones e intereses. —El doctor Culdpepper sonrió, rememorando—. ¡Qué alegre grupo éramos por aquel entonces! ¡Teníamos tanta ambición...! Luego Randolph, su padre, se casó, y, lógicamente, empezó a distanciarse. Pero Henry, el señor Clarke y yo, ellos dos solteros y yo viudo desde hacía poco, mantuvimos una sólida y duradera amistad.

El Ford rebotó en un bache de la carretera y Dorian levantó la mirada del libro que estaba leyendo.

—¿Por qué no le hablas de nuestra sociedad, Elliott?

El anciano sonrió tímidamente.

—Quizá a la señorita Sullavan le parezca una simple chiquillada...

—Oh, no, en absoluto; me gusta oírle contar cosas sobre mi tío. Apenas lo traté. ¿A qué sociedad se refiere?

—Poco después de conocernos, Henry, Randolph, Adam y yo mismo fundamos una especie de hermandad. Entonces esas cosas estaban muy de moda entre los jóvenes. Era todo un poco victoriano, pero para nosotros resultaba muy emocionante. Cosas de tiempos ya caducos...

—Nada de eso—intervino Dorian—. Yo también formo parte de la sociedad, y me siento muy orgulloso de ello.

—¿Por qué no me lo cuenta usted, Alec, ya que el doctor se muestra tan reticente? —dijo Elizabeth volviendo la cabeza hacia atrás.

—La Sociedad Arqueológica de Magnolia. —El arqueólogo se llevó la mano al pecho en un gesto teatral—. *Custodes praeteritae*: Guardianes del pasado; es nuestro lema.

Culdpepper asintió con aire indulgente.

—Fantasías de muchachos... —dijo agitando lentamente

la cabeza—. La idea fue de Henry. Una noche estábamos los cuatro en su casa, la misma a la que nos dirigimos en este momento. Habíamos estado hablando de todos los enigmas del pasado que aún quedaban por descifrar: las tumbas de los faraones, el mausoleo de Alejandro, la ciudad de Ur de Caldea... Incluso mencionamos la Atlántida y Shangri-La. —El doctor dejó escapar una risita—. Creo que habíamos abusado un poco del vino aquella noche. El caso es que empezamos a entusiasmarnos, puede que más de la cuenta, y decidimos fundar una especie de hermandad en la cual nosotros, únicos miembros, jurábamos dedicar todos nuestros empeños a sacar a la luz los grandes enigmas del pasado.

—¡Qué bonito! Es como una novela de Rudyard Kipling —dijo Elizabeth.

—Nos lo tomamos muy en serio. E incluso llegamos a reunir dinero para realizar pequeños proyectos conjuntos y llevar a cabo modestas investigaciones.

El anciano relató algunos de los hallazgos hechos por la sociedad. A Elizabeth no le parecieron muy impresionantes, pero escuchó cada detalle fascinada por la idea de una asociación de aficionados a la investigación histórica. Era como una película de aventuras. A medida que hablaba, Culdpepper dejaba traslucir un entusiasmo creciente.

—¡Ya ve usted, señorita, cuánta fantasía la nuestra! —dijo.

—¿Y qué pasó con la Sociedad Arqueológica de Magnolia? ¿Se disolvió? —preguntó Elizabeth.

—Cuando su padre se distanció de nosotros, fuimos perdiendo el interés. Digamos más bien que cayó en el olvido...

—Pero entonces llegué yo —terció Dorian con un dejo de orgullo en su tono de voz.

—Eso es; Alec fue una inyección de vitalidad para nuestras utopías de juventud. Conoció al profesor Talbot cuando aún estudiaba en la facultad, y su tío quedó muy impresionado por su afán de conocimientos y su sana ambición; afirmaba que le recordaba mucho a su padre, señorita Sullavan.

—Culpable —dijo el arqueólogo con una encantadora sonrisa—. Su tío me habló de la sociedad, y yo lo convencí para, digamos, resucitarla de sus cenizas.

—Alec pasó a ocupar el puesto que Randolph había dejado vacante. En los últimos años volvimos a ilusionarnos por un montón de proyectos. Me consuela saber que, al final de su vida, su tío estaba muy contento por haber recuperado nuestra afición de tiempos más felices. Para él fue como un bálsamo rejuvenecedor... Espero que, aunque el viejo Henry ya no esté con nosotros, su espíritu siga vivo durante mucho tiempo a través de nuestro trabajo, como, por ejemplo, mi pequeño museo de Goblet o las investigaciones que Alec está llevando a cabo en su yacimiento al norte del Estado... A propósito, ¿por qué no le hablas a la señorita Sullavan sobre tu excavación, muchacho?

—Sí, por favor, me encantaría escucharlo —pidió la joven.

El profesor Dorian se quitó las gafas e hizo un relato pormenorizado de su trabajo. A Elizabeth no le costó ningún trabajo prestarle atención. «Tiene los ojos de Joseph Cotten y la mandíbula de Errol Flynn», pensaba, mirando sus labios mientras de fondo escuchaba el seductor bla-bla-blá que brotaba de ellos.

Entretanto la lluvia arreciaba con fuerza y el camino se tornaba cada vez más accidentado desde que abandonaron la autopista. En el lugar del conductor, Bob daba volantazos para mantener el coche recto.

El Ford se introdujo por una carretera sinuosa que bordeaba la costa, en medio de un paraje teñido de gris. En uno de los múltiples baches el coche rebotó, haciendo que tía Sue se despertase sobresaltada.

—¿Hemos llegado ya? —preguntó.

—No lo sé, no se ve nada con esta lluvia —respondió su sobrina. El vehículo tomó una curva cerrada y los pasajeros cayeron hacia un lado apretándose los unos contra los otros. —¿Queda mucho para llegar a nuestro destino?

El chófer inclinaba la cabeza sobre el cristal, intentando atisbar algo entre el vaivén de los limpiaparabrisas.

—No. Es al final de este camino.

El coche avanzó casi a tientas entre un sendero rodeado de boscaje. Al cabo de unos metros se vislumbró una silueta oscura de formas cúbicas en la que destacaban tejadillos afilados. De pronto retumbó un trueno y un relámpago iluminó el contorno de una casa.

—Ahí está —señaló Culdpepper—. Magnolia.

Bob se detuvo frente a la parte delantera del edificio. Elizabeth apenas pudo distinguir un pórtico con columnas por las que caían chorros de agua en espiral. En lo alto de la fachada había un óculo inmenso que contemplaba la tormenta. Un relámpago brilló sobre sus cristales, haciéndolo parpadear. Era como la mirada de un cíclope agazapado en medio de las sombras.

—Voy a meter el coche en el garaje —dijo el chófer—. Será mejor que se bajen aquí.

Los cuatro pasajeros descendieron del automóvil y corrieron bajo la lluvia hasta encontrarse guarecidos en el pórtico de la mansión, frente a una enorme puerta de madera adornada con remaches de metal. En el centro había una aldaba que tenía la forma de la cabeza de un grotesco diablillo con una pesada arandela entre sus dientes.

—Supongo que habrá que golpear esto... —dijo Elizabeth.

—Creo que mejor será usar el timbre. Es más moderno —intervino Dorian, pulsando un botón al lado de la jamba.

Esperaron un momento hasta que en el umbral de la puerta apareció un hombre de escasa estatura y cuerpo encogido. Su cara no tenía mejor aspecto que la del diablillo que hacía de aldaba, pero al menos tenía más pelo. Una maraña de cabellos grisáceos brotaba sin orden por encima de sus grandes orejas, rodeando una calva lisa y brillante. El hombre, que vestía un arrugado traje negro, se quedó mirando a los recién llegados, haciendo ruido con la nariz al respirar como si tomar aire le costase un gran esfuerzo.

—Buenas noches, Ryan —saludó el profesor Dorian—. ¿Ha llegado ya el señor Clarke?

El tipo de la puerta entornó sus ojillos miopes.

— ¡Oh, buenas noches! Sí. Pasen, pasen, por favor. Les estábamos esperando.

Mientras el tipo franqueaba el paso al recibidor, Culdpepper inclinó la cabeza hacia Elizabeth y dijo discretamente:

—Es Ryan, el viejo secretario de su tío; aunque, como ve, también hacía las veces de mayordomo.

La joven asintió en silencio mientras contemplaba el interior de la casa con extrema curiosidad. El recibidor era una enorme sala de techos de madera y paredes encaladas. La primera sensación que Elizabeth experimentó al entrar fue la de acceder a un pequeño museo abarrotado de piezas. La cantidad de muebles con un sentido práctico, como mesas o sillas, era escasa en comparación con el gran número de vitrinas que se encontraban distribuidas por todas partes. En cada una de ellas se exhibía una obra de arte: cerámicas, armas extravagantes, estatuillas y todo tipo de ajuares de aspecto muy antiguo y valioso... Cada reliquia estaba iluminada por un foco oculto que la envolvía en pálidos haces de luz. La habitación estaba exenta de cualquier otro ornamento que no fuesen aquellos múltiples tesoros cubiertos por campanas de cristal; no había retratos en las paredes, no había recuerdos anodinos ni fotografías: sólo un desfile de curiosidades y rarezas.

La luz fantasmagórica de los expositores era lo único que iluminaba el recibidor. Había grandes ventanales en la parte más alta de las paredes que hacían pensar que a pleno día sería aquélla una zona muy alegre, pero ahora su aspecto era más bien inquietante. Incluso los pasos de los presentes resonaban sobre el suelo de mármol con el eco propio de una galería. O de un mausoleo.

Las diversas piezas parecían haber sido colocadas sin seguir un orden en concreto, y aparecían aquí y allá convirtiendo el lugar en un pequeño laberinto de pulcras antigüedades.

El señor Clarke apareció de pronto por una doble puerta situada en un lateral del recibidor y flanqueada por dos imponentes estatuas chinas de terracota. El abogado lucía un aspecto elegante con un traje de raya diplomática que estilizaba su figura, un enhiesto pañuelo blanco en su bolsillo y una flor roja, redonda como una bola, clavada en el ojal. Dio la bienvenida a todos los recién llegados, especialmente a Elizabeth y a tía Sue.

—¿Qué le parece, señorita Sullavan? ¿Le gusta la casa? —quiso saber.

—La verdad, no estoy segura... —respondió ella, que se había quedado contemplando una enorme máscara ovoide de madera que parecía flotar en medio de su vitrina. Sus ojos eran dos conos y tenía una especie de barba de paja en la parte inferior.

—¿Le gusta esta pieza? Proviene del Congo —explicó el abogado—. Los miembros de la tribu lwalwa ejecutan una danza portando estas máscaras para apaciguar a los espíritus. Es su forma de dar la bienvenida a los viajeros.

—Pues este tipo no parece muy hospitalario...

El señor Clarke rió.

—Todo esto, señorita Sullavan —dijo abarcando a su alrededor con una mano—, es el resultado de años de trabajo por parte de su tío. Cada una de estas reliquias guarda una historia apasionante.

—La colección de la Sociedad Arqueológica de Magnolia, supongo.

—Ah, le han hablado de ello —respondió el abogado en tono jovial—. Sí, podría decirse que algunas de estas antigüedades fueron encontradas gracias a nuestras pequeñas aventuras... Para mí será un placer narrarle las más pintorescas, pero, antes, pase por aquí, por favor. Quiero presentarle a unos caballeros.

En ese momento sonó el timbre de la puerta. Ryan renqueó hasta la entrada para abrir. Era Bob, que llegaba calado hasta los huesos.

—He dejado el coche en el garaje... —anunció.

—Supongo que usted será el chófer que manda el señor Klimowszki... —dijo Clarke.

—Kowalszki. Sí, soy yo.

—Perfecto. No le importará quedarse por aquí hasta que estas personas tengan que regresar a Nueva York, ¿verdad? No tardaremos mucho y, por supuesto, se le abonará el tiempo extra.

Bob se encogió de hombros.

—Me parece estupendo. De todas formas la carretera está impracticable, así que no podría irme ni aunque quisiera.

—Entonces, queda acordado... Ryan... Ryan, venga aquí, por favor. Acompañe a este hombre a la cocina. Puede tomar un refrigerio mientras espera, le avisaremos cuando hayamos terminado.

Bob siguió al enjuto mayordomo mientras el señor Clarke se llevaba al resto del grupo a una habitación contigua.

Se trataba de un despacho cuyo aspecto, según observó Elizabeth, era algo más acogedor que el recibidor. La habitación contaba con un escritorio y algunas sillas y butacas que alguien había apartado junto a una pared, con la idea de ganar espacio. El único mueble que quedaba en el centro de la estancia era una mesa redonda rodeada por ocho sillas. Encima de ella había una bandeja con bebidas.

Elizabeth reparó en que el despacho tenía el mismo aire impersonal que el recibidor. No vio fotografías ni cuadros en las paredes a pesar de que se esmeró en buscarlos, pues tenía curiosidad por contemplar alguna imagen de tío Henry.

Había dos hombres aguardando en el despacho. Uno de ellos era alto, con barba cuadrada de color gris y aspecto de haber salido de otra época. El otro, un caballero menudo de cabeza redonda, con el pelo pegado al cráneo y partido en la mitad exacta por una raya que habría sido la envidia de cualquier línea recta. El señor Clarke presentó a Elizabeth a este último.

—Señorita Sullavan, señora Hamilton, vengan por aquí, por favor. Permítanme que les presente a sir Cecil Longsword, cónsul británico en Nueva York.

El aludido se puso las gafas e inclinó la cabeza con gesto cortés.

—La sobrina del profesor Talbot, supongo —dijo—. Es un honor conocerla. Espero que se muestre usted más sensible que su tío en lo que a la posesión del patrimonio histórico ajeno se refiere.

—Por favor, sir Cecil. No agobiemos a la señorita Sullavan con esos temas. Ya habrá oportunidad de hablar sobre eso más adelante.

—Eso espero, amigo mío.

El señor Clarke se llevó discretamente a Elizabeth al otro lado del despacho y le presentó al otro hombre.

—Don Jaime Rius-Walker, conde de Roda, un representante del gobierno español.

El conde inclinó la espalda y besó ceremoniosamente la mano de las dos mujeres.

—Señoras, es un placer. En nombre del gobierno de España quiero transmitirles mis más sentidas condolencias por la trágica muerte de su pariente, el profesor Talbot.

A Elizabeth le gustó mucho más aquel recibimiento que el del inglés. Inmediatamente colocó sus simpatías a favor del conde. No obstante, se sentía decepcionada; había imaginado a los dos diplomáticos de manera muy distinta. Esperaba encontrarse unos hombres atractivos y sofisticados, pero aquellos tipos más bien parecían un noble de comedia y un oficinista elegante.

La joven y el conde entablaron una conversación banal, mientras los demás se desperdigaban en parejas por el despacho.

—¿Han venido en coche desde Nueva York, señorita Su-llavan?

—Sí. Nos ha traído un chófer contratado por el abogado de mi tío.

—Eso tengo entendido. Quizá podría abusar de su ama-bilidad y pedir que me permita acompañarla en su vehículo cuando regresemos. Yo he venido en un taxi. —El conde di-bujó en su rostro un sutil gesto de contrariedad—. Mi chófer está convaleciente desde esta mañana y no dispongo de vehícu-lo propio.

—Vaya, cuánto lo siento. Por supuesto que puede venirse con nosotros, si no le importa ir un poco apretado.

—En absoluto. En su compañía será todo un privilegio.

Elizabeth sonrió, un poco tensa. Tanto protocolo le re-sultaba artificial.

La charla siguió en un tono similar hasta que ambos ago-taron todo su repertorio de tópicos y se separaron. La joven deambuló por el despacho sintiéndose un poco desubicada. El señor Clarke, en ese momento, hablaba en un aparte con los dos diplomáticos. Por su actitud, la conversación parecía tensa. En otro lugar, tía Sue acaparaba al doctor Culdpepper y al profesor Dorian, detallándoles con locuacidad todas sus compras de aquella tarde.

La joven cogió una copa de vino de encima de la mesa y se escabulló hacia el recibidor. Aquella sala y sus extraños teso-ros le interesaban mucho más.

Se dejó llevar entre las diversas vitrinas, contemplando cada uno de los objetos que guardaban y fabulando sobre la historia que habría detrás de ellos. Era capaz de situar algunos en un determinado contexto —piezas medievales, restos roma-nos y del antiguo Egipto o delicadas obras de factura orien-tal—, pero otros, en cambio, le eran extraños. Se preguntó si los famosos Príncipes de Jade se encontrarían en aquella co-lección, pero no vio nada que se les pareciera.

Una de las piezas le suscitó un morboso interés. Era una

estela de piedra maciza de al menos medio metro de altura. En ella estaba tallada la figura de un personaje de perfil, sentado en cuclillas sobre una especie de trono. El personaje tenía una calavera por cabeza y sonreía dejando brotar entre sus dientes una lengua afilada. En una mano sostenía un cuchillo y alzaba la otra con los dedos cruzados de forma antinatural. Estaba desnudo, y todo su cuerpo había sido tallado con nudos y rugosidades, como si su piel fuese víctima de alguna putrefacción. Alrededor del cuello y de las muñecas llevaba cintas adornadas con cascabeles.

Elizabeth se estremeció. Un trueno hizo temblar los cristales y un relámpago llenó aquel extraño ser de sombras azules. Parecía que los ojos de la calavera titilaban malignos y que su lengua se estremecía con hambre.

—Un tipo agradable, ¿verdad?

La joven dio un respingo, derramando parte de su vino.

—¡Profesor Dorian...! Me ha asustado.

—Lo siento. No pretendía hacerlo. —El arqueólogo sonrió—. Por favor, llámame Alec... ¿He interrumpido algo? ¿Tal vez alguna mística contemplación?

Elizabeth rió.

—Nada de eso. Sólo estaba admirando algunas de las piezas de mi tío, como esta estela... ¿Qué representa? ¿Es algún dios?

—Lo es, y uno con muy mal humor, por cierto. Elizabeth, te presento a Kizín el Hediondo, dios maya de los sacrificios y soberano del Xibalbá.

La joven se quedó mirando la talla. No le gustaba, pero no era capaz de apartar los ojos de ella.

—¿Éste es el dios de la leyenda de los Príncipes de Jade?

—¿La conoces? —preguntó el arqueólogo. Elizabeth asintió—. No es una leyenda; es real. Tu tío encontró tres de ellos, por eso están aquí ese par de buitres: el conde y el otro tipo, el inglés. Quieren quedárselos, pero espero que se queden con un buen palmo de narices.

—Profesor Dorian... Perdón, Alec, ¿qué es Xibalbá?

—El infierno, hermana, el infierno. La morada de los espíritus... —respondió, engolando la voz en un cómico tono de ultratumba al pronunciar la última frase—. Según la mitología maya, Xibalbá es el inframundo, donde habitan la muerte y la enfermedad. Allí era donde vivía nuestro amigo Kizín, también conocido como Quisín, Ah Puch o, mi favorito, el Hediondo.

—Interesante lugar. Me recuerda a Providence en temporada baja.

—Puede ser, aunque seguro que este inframundo es un paraje menos acogedor. Existe un libro llamado Popol Vuh, que es algo así como la Biblia de los mayas, donde se describe el Xibalbá como un laberinto oscuro y tétrico lleno de lugares de tormento; hay árboles con espinos afilados, una sala forrada de navajas cortantes, tigres feroces, murciélagos vampiros e incluso un río de sangre donde se ahogan los condenados. Y al final de todo, sentado en su trono de piel y de huesos, se halla el Hediondo, también conocido como el Destructor de Mundos. Desde allí, Kizín controla las fuerzas de las tinieblas y manda sobre los espíritus de los muertos.

—Eso explica por qué el tal Kizín luce un aspecto tan poco favorecedor...

—Sí, no es muy agradable, ¿verdad? A veces se lo representa con la cara de un jaguar, pero ésta es su forma habitual: un cadáver putrefacto con una calavera descarnada por rostro. —Alec señaló una de las manos de la talla—. Aquí lleva el cuchillo de pedernal de los sacrificios. Kizín gustaba de la sangre humana y por eso sus ofrendas siempre son violentas. Los antiguos sacerdotes mayas utilizaban cuchillos como éste para partir las costillas de sus víctimas y arrancarles el corazón, aún palpitante. Luego empujaban el cuerpo desde lo alto de sus templos con forma de pirámide para que la sangre se derramase por las escalinatas. La evisceración y el desollamiento eran sus maneras favoritas de sacrificio porque son las que más hacían sangrar a la víctima, la cual, por cierto, solía estar viva durante el proceso. Como ves, un sujeto de cuidado, este Kizín.

Elizabeth hizo un gesto de desagrado. Los relatos sobre antiguas leyendas tibetanas que le contaba su padre solían ser mucho más bonitos.

—¿Y por qué lleva cascabeles en las manos y en los pies?

—No se sabe, pero debían de ser un complemento habitual en él, ya que se han encontrado fosas comunes de sacrificios en las que los restos humanos portan también esas cintas con cascabeles. A parte, Kizín tenía otros atributos.

—¿Como cuáles?

—El cuchillo de pedernal, por ejemplo, con forma de pala por un lado para partir las costillas y afilado por el otro para extraer el corazón. También el perro, el ave Moán o el tecolote, es decir, la lechuza; por eso los mayas consideraban a la lechuza un pájaro de mal agüero. Hay un viejo proverbio indio que dice: «Cuando el tecolote canta, el indio muere».

Elizabeth se quedó callada, esperando secretamente que en ese momento se oyese el ulular de una lechuza. No hubo tal. Lástima, pensó; habría resultado un buen efecto.

—El señor Clarke me explicó que los Príncipes de Jade fueron tallados a partir de una estatua de Kizín, ¿eso es cierto?

—Así es. La misma que don Beltrán de Jaraicejo halló en un lugar al que los indios llamaban Xibalbá; seguramente era un templo dedicado al dios de los sacrificios. Es probable que llevase siglos allí cuando don Beltrán lo encontró. —Alec se quitó las gafas y se puso a limpiarlas con su chaleco—. Es extraño que la estatua estuviese hecha de jade... Para los antiguos mayas el jade era una piedra asociada con la vida, no con la muerte. Es como si los que tallaron aquella figura trataran de informarnos de que era algo más que un simple ídolo.

—¿Algo vivo, quieres decir?

—¡Exacto! —Alec se puso las gafas. Un trueno sonó sobre su cabeza—. Vivo y real.

Elizabeth dudó antes de hacer su siguiente pregunta.

—¿Opinas que hay algo de cierto en esa leyenda sobre la maldición de los Príncipes de Jade? No es que yo lo crea, por supuesto...

—¿No? —El arqueólogo la miró a los ojos—. Quizá te sorprendería...

La joven quiso preguntarle por el significado de aquellas palabras, pero en ese momento fueron interrumpidos por el señor Clarke, que salía del despacho.

—Ah, aquí están. Por favor, reúnanse con nosotros. Ha llegado el momento de que empecemos.

Siguieron al abogado a la habitación contigua. El resto de asistentes se habían sentado alrededor de la mesa central, cuya superficie estaba despejada salvo por unas copas de vino y una caja de madera cerrada. Elizabeth ocupó una silla libre, entre Alec Dorian y tía Sue.

Miró al resto de los presentes. Le dieron la impresión de una timba de jugadores a punto de comenzar una partida de póquer. Nadie hablaba. Todos contemplaban expectantes al señor Clarke, quien permanecía de pie.

—Señoras, caballeros... —dijo modulando la voz como si se dirigiese a un tribunal—. Quiero agradecerles a todos ustedes su presencia aquí esta noche. Nos hemos reunido por un triste motivo: la muerte de nuestro llorado profesor Henry Talbot. Amigos y parientes nos unimos ahora en el duelo por la pérdida de tan insigne personaje. Y muy especialmente nosotros, los miembros de la Sociedad Arqueológica de Magnolia, quienes, con su permiso, deseamos brindar un último homenaje al hombre que fue nuestro guía y fundador. Caballeros, ¡por el profesor Henry Joseph Talbot! —El abogado cogió una copa de vino y la levantó—. *Custodes praeteritae!*

Culdpepper y Dorian respondieron de igual manera.

—*Custodes praeteritae!*

Sir Cecil se agitó incómodo en su silla.

—Oiga, señor Clarke —dijo—, se supone que hemos venido a conocer el contenido del testamento del profesor Talbot. ¿Piensa hacernos esperar mucho más tiempo o aún tendremos que asistir a más... ceremonias fúnebres?

Alec lo fulminó con la mirada. Elizabeth temió que en cualquier momento fuese a saltar sobre el inglés, a quien doblaba en estatura. El señor Clarke dejó su copa sobre la mesa e hizo un gesto conciliador con la mano.

—Todo a su tiempo, sir Cecil. El difunto dejó instrucciones sobre cómo quería llevar a cabo este acto y, en respeto a su memoria, todo se hará tal como él lo dispuso. —Sir Cecil torció el gesto, pero no dijo nada—. Señoras y caballeros, hoy se cumplen dos años exactos desde el día en que el profesor Talbot fue dado por muerto en las selvas del Amazonas. Todos conocemos al detalle cómo nuestro común amigo partió hacia aquel lugar esperando culminar la búsqueda de toda una vida. Eso fue lo que le costó la vida.

El abogado abrió la caja de madera que estaba encima de la mesa y mostró el contenido a los demás. Alguien lanzó una exclamación de asombro.

—¿Son...?

—Así es, señor conde: los Príncipes de Jade.

Elizabeth contuvo la respiración. Ante sus ojos estaban al fin las enigmáticas estatuillas sobre las que tanto había oído hablar. Las tres descansaban dentro de la caja sobre un lecho de raso color azul. El señor Clarke las fue sacando una a una y colocándolas de pie sobre la mesa al tiempo que pronunciaba sus nombres, con la veneración de un sacerdote que extrajera el cáliz del sagrario.

—Francisco I, rey de Francia; Moctezuma, emperador de los aztecas; Solimán el Magnífico, sultán de los turcos otomanos.

Elizabeth vio que los ojos del conde brillaban extasiados. Su barba tembló y, apenas en un susurro, pronunció unas palabras:

—Los príncipes sometidos por el rey de España...

La joven dejó que las estatuillas atrapasen su mirada. Quizá fue el aura de leyenda que refulgía alrededor de aquel tesoro, pero lo cierto es que sintió un respeto casi votivo al contemplarlas por fin.

No eran muy grandes, apenas medían más de un palmo, pero la talla era de una minuciosidad exquisita: todos sus rasgos, desde la corona de plumas del emperador azteca hasta el turbante decorado con piedras preciosas de Solimán, estaban representados con asombrosa precisión. El rey de Francia aparecía soberbio y orgulloso, con los puños sobre las caderas y sus ropajes de estilo renacentista llenos de abigarrados adornos; el sultán turco nunca había parecido tan magnífico, con su enorme turbante en forma de bulbo y sus exóticas prendas orientales; pero era sin duda Moctezuma, el soberano de los mexicas, quien lucía el aspecto más imponente de los tres, con los brazos cruzados sobre su torso desnudo, su capa de plumas de quetzal y su corona, también emplumada, rodeando su cabeza igual que una orla de majestad. Los tres Príncipes parecían danzar en medio de un juego de chispas verdes y azuladas, como si en su interior ardiesen llamas de esmeralda.

Elizabeth, hipnotizada por el brillo del jade, oyó la voz de tía Sue como si llegara de muy lejos.

—Pues son muy bonitas, ¿verdad?

—Es un tesoro incalculable digno de un museo, señora mía —respondió sir Cecil, con voz solemne.

—Del Museo Británico, supongo —añadió el conde, destilando sarcasmo.

El inglés le dirigió una mirada de desprecio.

—Cualquier lugar sería mejor que el dormitorio del general Franco.

Por el rostro del noble desfilaron todos los tonos de púrpura que Elizabeth había visto en su vida. Su barba se movió de arriba abajo, intentando expulsar palabras. El señor Clarke puso orden en aquel conato de conflicto diplomático.

—Por favor, caballeros, les sugiero que antes de enzarzarse en disputas estériles conozcamos las disposiciones testamentarias del profesor Talbot.

—Adelante —dijo sir Cecil, desabrido—. Seguir manteniendo este suspense no tiene sentido.

El abogado puso un maletín encima de la mesa del cual sacó un sobre grande que mostró a los presentes.

—Ésta es la última voluntad y el testamento del profesor Henry Talbot, y en estos momentos procedo a dar pública lectura del mismo. —En medio de un tenso silencio, el señor Clarke rasgó el sobre y extrajo un simple pliego de papel doblado en dos. Elizabeth sufrió una pequeña decepción; esperaba que el testamento fuese más voluminoso—. Yo, Henry Joseph Talbot, en plena posesión de mis facultades, dispongo de la siguiente manera el reparto de mis bienes tras mi muerte. —Hizo una pausa y miró alrededor de la mesa—. A mi fiel asistente, Ryan Collins, dejo un legado de quinientos dólares, en pago a los servicios prestados, así como mi más profunda gratitud por su lealtad y apego a lo largo de todos estos años. El resto de mis bienes, así como la propiedad de la finca Magnolia en Glen Cove, Long Island, y todo cuanto hay en ella quedan en manos de mi sobrina y ahijada, la señorita Elizabeth Sullavan.

Tía Sue emitió un exagerado sollozo.

—¡Oh, pobre Henry! ¡Qué buen corazón!

Elizabeth casi se había quedado sin habla. La noticia no le resultaba del todo inesperada, pero le había impresionado escucharla de labios del señor Clarke.

—¿Quiere decir... que me lo deja todo a mí? ¿Absolutamente todo?

—Casi todo, señorita Sullavan. Aún hay más. —El abogado dio la vuelta al documento y leyó la otra cara—. Es mi deseo que mis queridos camaradas de la Sociedad Arqueológica de Magnolia reciban un justo legado como agradecimiento por sus años de firme y leal amistad. Dispongo que cada uno de ellos reciba una pieza de mi más preciada colección: los Príncipes de Jade.

—¡No! — exclamó sir Cecil.

El señor Clarke lo ignoró y continuó con la lectura.

—A Elliott Culdpepper le nombro albacea testamentario y, al mismo tiempo, le hago depositario de la estatuilla de Solimán el Magnífico, la cual deseo que entregue en préstamo al museo histórico que con tanta ilusión ha contribuido a crear en su ciudad de residencia.

El doctor asintió, vehemente.

—Así se hará.

—Al profesor Alec Dorian lego la estatuilla de Moctezuma, deseando que le proporcione aliento e inspiración en su incansable búsqueda del pasado.

El arqueólogo apretó los labios, visiblemente emocionado.

—El viejo Henry... El viejo y buen Henry...

—Y por último, a mi abogado y amigo, el señor Adam Clarke... —La voz del letrado tembló ligeramente—. A él le dejo la estatuilla de Francisco I, rey de Francia, como muestra de mi afecto y gratitud. Asimismo, dispongo que dichas piezas sean el legado y el símbolo de nuestra querida sociedad, y que, si alguno de sus miembros fallece, su estatua sea entregada al miembro de más edad que siga con vida; así se hará hasta que los Príncipes vuelvan a estar reunidos y su poseedor disponga de ellos como mejor le parezca. ¡Larga vida a la Sociedad Arqueológica de Magnolia! *Custodes praeteritae!*

El abogado levantó los ojos del documento. Un silencio se apoderó de los presentes.

—¿Eso es... todo? —preguntó el conde de Roda después de un rato.

El señor Clarke negó con la cabeza.

—No, me temo que no. —Con gran parsimonia guardó el testamento en su maletín y volvió a colocarlo bajo la mesa—. Como ustedes saben, la colección de Príncipes no está completa. Falta uno, que es el que el profesor Talbot fue a buscar a Sudamérica en su última expedición. No sabemos si lo encontró.

—Ni lo sabremos nunca, evidentemente.

—Se equivoca, sir Cecil. Quizá esta noche oigamos la respuesta.

—¿Ah, sí? Me encantaría saber cómo.

—Preguntando a la única persona que puede conocerla: el profesor Henry Talbot.

En ese momento las puertas del recibidor se abrieron y ocurrieron dos cosas al mismo tiempo: primero retumbó un trueno por toda la casa y, después, acompañado por un relámpago, un hombre vestido con una capa negra entró en el despacho y se quedó mirando a todos los que estaban sentados a la mesa.

Sir Cecil apretó los dientes y siseó:

—¿Qué clase de broma es ésta?

BOB contempló cómo Ryan trasteaba en un pequeño botellero de la cocina. Cada movimiento parecía costar un buen esfuerzo al vetusto mayordomo, que resoplaba igual que un moribundo, como si se quejase por la nariz. Era un sonido irritante.

—¿Prefiere tinto o blanco, señor Hollister?

Realmente él no quería vino. Se habría conformado con un simple vaso de agua, pero el mayordomo había insistido.

— Me es igual. ¿Hay alguna botella que esté abierta? —Ryan lo miró, ofendido. Era evidente que la pregunta le había resultado inadecuada, pero Bob no entendía por qué razón—. Blanco. Blanco está bien —se apresuró a añadir.

Mientras el mayordomo descorchaba el vino, Bob echó un vistazo a su alrededor. Se sentía incómodo por las atenciones de aquel sirviente. Habría preferido volverse al garaje e incluso echar una cabezada dentro del coche mientras sus pasajeros se dedicaban a sus asuntos, pero Ryan no se lo había permitido; quizá entre los de su profesión se consideraba indigno no agasajar a los visitantes, aunque éstos fueran simples chóferes.

Bob decidió que la cocina era el lugar menos interesante de la casa. Grande, limpia y bien equipada; su aspecto, no obstante, desmerecía mucho en comparación con el pequeño museo de rarezas del recibidor.

Aquella casa le resultaba muy intrigante. Su arquitectura era sobria, nada que ver con la mayoría de las mansiones que los potentados de Nueva York solían sembrar a lo largo de la costa de Long Island, las cuales acostumbraban ser esquizofrénicos catálogos de todos los estilos arquitectónicos creados por la mano del hombre. Magnolia era una simple estructura rectangular con escasos elementos de aire clasicista, similar a los blancos y pulcros edificios de la época de la Revolución americana.

Ryan le puso una copa de vino blanco bajo las narices y luego se sentó frente a él, al otro lado de la mesa de la cocina, observándolo en silencio. Bob sonrió, bebió un sorbo e hizo un gesto de asentimiento con la cabeza.

—Muy bueno. Es... ¿francés?

—Alemán. Un Maximin Grünhaus de 1936.

—Alemán, claro... Supongo que tendremos que ir acostumbrándonos a los vinos alemanes, ¿verdad?

—Lo siento. No comprendo.

—Bueno, es por... Ya sabe... Oh, es igual. —Bob se calló y tomó otro trago de vino. Se sentía incómodo, como si estuviera siendo vigilado—. Estoy seguro de que tiene usted muchas cosas que hacer, no querría entretenerlo.

—No me entretiene.

—Me alegro. —El joven tomó otro trago—. Menuda noche para celebrar una fiesta, ¿eh? Me refiero a toda esa gente que se ha quedado en el recibidor.

—No es una fiesta, es la lectura de un testamento.

—No, claro, eso no es nada alegre... Eh... ¿Quién se ha muerto?

—El dueño de esta casa, el profesor Henry Talbot.

—Lo siento mucho. ¿Era su jefe?

—Fui su asistente durante más de treinta años —respondió el mayordomo y, por primera vez, en su tono de voz pareció distinguirse algún tipo de emoción—. Ha sido una pérdida terrible.

—Lo imagino. También yo perdí mi trabajo hace poco. —El chófer se dio cuenta de que acababa de decir una estupidez y trató de remediarlo—. Me refería al terrible golpe emocional, por supuesto.

—Yo no he perdido mi trabajo. El señor Clarke, el abogado del difunto, ha sido muy amable conmigo y me paga por seguir manteniendo la casa en orden hasta que el nuevo propietario se haga cargo de ella.

—¿La casa va a ponerse a la venta?

—Eso no lo sé. Depende de lo que el profesor haya dispuesto en sus últimas voluntades.

—Entiendo. —Bob reparó en que el mayordomo parecía menos receloso—. ¿Y qué ocurrirá con todas esas piezas de arte que hay en la entrada? Es una colección soberbia.

Ryan asintió con orgullo.

—Me alegro de que se haya dado cuenta. No sé qué ocurrirá con ella, pero espero que se mantenga tal como está. Me disgustaría mucho que fuese vendida o desmantelada de alguna forma... ¿Quiere usted un poco más de vino, señor Hollister?

—No, gracias. Opino como usted: sería un delito separar esas piezas.

Las últimas reticencias del sirviente se desvanecieron al oír aquel juicio.

—Eso mismo pienso yo —aseveró con ardor—. El profesor Dorian, ese joven que vino con usted, opina que deberían ser donadas a un museo... ¡A un museo! Sería espantoso. Esa gentuza de los museos hicieron la vida imposible al pobre profesor Talbot, marginándolo y ridiculizándolo sin piedad. ¿Qué les debe a ellos el profesor? ¡Nada! Le aseguro que si de mí dependiera, ni uno solo de esos petulantes pondría sus codiciosas garras sobre esas piezas.

Bob espoleó al mayordomo con un par de frases malintencionadas a propósito de la rapiña del mundo académico. Aquello soltó la lengua de Ryan, quien vio en el joven un interlocutor sensible a sus preocupaciones, y se embarcó en un plañidero relato sobre todas las ofensas que su difunto patrón había recibido a lo largo de su vida.

—Por suerte —concluyó—, el señor Clarke y el resto de los miembros de la Sociedad Arqueológica de Magnolia siempre se mantuvieron a su lado, aun en los peores momentos. Buena gente, todos ellos. Eran la única compañía del profesor, su familia, podría decirse. Ellos le ayudaron a reunir su colección, aunque la mayor parte la reunió el profesor, por supuesto. Era el más inteligente de ellos. Llevó a cabo numerosas excavaciones arqueológicas pagadas de su bolsillo para encontrar todas esas piezas. Otras las compró en anticuarios de todo el país; a veces yo le ayudaba a localizarlas.

—Debió de ser un hombre muy rico.

—A él no le importaba el dinero, señor Hollister —repuso Ryan con cierto reproche—. Era capaz incluso de renunciar a sus necesidades más básicas con tal de mantener su afición por las reliquias históricas. Todas las que adquirió son únicas o muy raras.

—Me he dado cuenta. Algunas de las piezas que he visto son extraordinarias.

—¿Entiende usted de arte?

—Me gustan las cosas originales, eso es todo. —Bob vació su copa con un último sorbo—. Gracias por el vino. No quiero molestarle más, me iré al garaje a esperar en el coche que termine la lectura de ese testamento.

El mayordomo lo retuvo.

—Aguarde. No hay ninguna prisa, seguro que todavía tardan un poco. Dice usted que le gustan las cosas originales... ¿Por qué no deja que le enseñe algo? Estoy seguro de que le resultará muy interesante. —Ryan cogió una llave colgada de un clavo en la pared y la usó para abrir una puerta. Daba a una escalera que bajaba a través de un corredor de piedra. El mayordomo sacó una linterna de un cajón e invitó a Bob a seguirlo—. Nadie suele ver esta parte de la colección pero usted parece la clase de hombre capaz de apreciar lo que el profesor guardaba en este sótano.

La escalera descendía hasta una especie de bodega con paredes de roca. El aire era húmedo y olía a salitre; parecía que el mar no se encontraba muy lejos. Ryan se detuvo ante una puerta de acero y sacó una llave grande de su bolsillo. La puerta se abrió con un quejido que retumbó en un eco y un fuerte olor a productos químicos golpeó a Bob en la nariz; aquel lugar apestaba igual que una destilería.

El mayordomo pasó en primer lugar. Tiró de un cordón que colgaba del techo y se encendió una bombilla cuajada de manchas e insectos muertos. Bob vio una habitación vacía. Al fondo había un muro de cristal en el que la luz de la bombilla se reflejaba.

—Mire por aquí, a través del cristal —indicó Ryan. Sonrió de forma extraña—. Verá cómo se sorprende.

El joven obedeció.

Su primera reacción al contemplar lo que Henry Talbot escondía en aquel sótano fue dar un paso atrás. A su espalda creyó oír que el sirviente resoplaba una risilla húmeda a través de la nariz. Bob se acercó de nuevo al cristal, pensando que su vista le había jugado una mala pasada.

Al otro lado había cuatro cuerpos humanos colocados sobre tablas en posición vertical. Los cuerpos, vestidos con sencillos trajes, tenían todos idéntica postura: de pie, con las manos enlazadas sobre el vientre y la cabeza levemente inclinada hacia el pecho, como un grupo de fieles en plena meditación.

Sus ojos estaban cerrados y sus rostros lucían una expresión serena, como inmersos en un plácido sueño. El chófer tuvo la desagradable sensación de que en cualquier momento despertarían y lo mirarían directamente a la cara, ofendidos por la intrusión.

Se acercó un poco más al cristal e inspeccionó los cuerpos con mayor atención; reparó entonces en que su piel tenía un aspecto ceroso, como de máscara, y que en sus dedos se apreciaba cierta rigidez antinatural.

—¿Son... cadáveres?

—En realidad son momias, más bien. Se trata de cuerpos exquisitamente embalsamados. Admirable, ¿no le parece? —Bob estuvo de acuerdo. Salvo por aquella imperceptible tonalidad parafinada de sus rostros, parecía que aquellos hombres estuviesen tan vivos como cualquiera de los que se encontraba en aquel momento en la mansión. El joven contuvo un escalofrío—. El profesor Talbot siempre sintió una enorme fascinación por la técnica del embalsamiento. Estudió las momias del antiguo Egipto y las precolombinas de Sudamérica, así como de todo tipo de culturas, incluso las más modernas. ¿Ha oído usted hablar de Alfredo Salafia?

—Era un químico italiano, ¿verdad? Se hizo célebre por sus avanzadas técnicas de embalsamamiento. —Bob señaló los cuerpos, al otro lado del cristal—. ¿Esto es obra suya?

—No. Salafia tuvo un discípulo aventajado, un médico de Chicago llamado Owen Christopher que aprendió sus técnicas en Italia y luego las aplicó aquí, en Estados Unidos, llegando incluso a superar a su maestro. Salafia era capaz de embalsamar los cuerpos sin necesidad de eviscerarlos, pero no pudo evitar que terminaran adquiriendo una rigidez casi pétrea, lo que les restaba naturalidad. Christopher halló la manera de solventar aquel detalle. Si pudiese usted tocar estos cuerpos, se daría cuenta de que aún es posible apreciar la carnosidad de sus miembros.

Bob hizo un gesto de repulsión que quedó oculto por la

penumbra. Ryan no reparó en ello; contemplaba las momias con inmenso arrobo, como si fuesen recién nacidos en una sala de maternidad.

—¿Y cómo era capaz de hacerlo?

—Christopher se llevó su secreto a la tumba. Fue ahorcado antes de poder transmitir sus conocimientos y sus notas desaparecieron con él.

—¿Ahorcado?

—¿No conoce la historia? Es muy interesante —dijo el mayordomo en un gozoso de voz que sonó algo siniestro—. Se descubrió que Christopher llevaba a cabo sus experimentos con cuerpos vivos, no muertos. Sobornaba a guardias de manicomios y prisiones que eran quienes le proporcionaban sus cobayas. Un gran número de dementes y asesinos eran llevados a su clínica, sedados, y allí Christopher se servía de ellos para practicar sus técnicas de embalsamiento. Por eso los cuerpos tienen un aspecto tan asombrosamente vivo.

—Eso no suena muy ético. La verdad, no lamento que el tipo acabara colgado de una soga.

—Uno de los guardias a los que solía sobornar lo delató ante las autoridades. Christopher fue juzgado y condenado a muerte. Cuando el profesor Talbot conoció la historia, se embarcó en una búsqueda por todo el país de algún cuerpo embalsamado por Christopher; pensó que sería un buen complemento a su colección de momias. Finalmente dio con el paradero de tres de ellos en un hospital de Cleveland. Pagó una fortuna por adquirirlos pero siempre pensó que había merecido la pena.

—No se puede negar que hacen cierta compañía —dijo Bob, asqueado—. Dice usted que Talbot compró tres cuerpos, pero yo aquí veo cuatro.

—Oh, el número cuatro llegó a sus manos un poco más tarde que los demás. Era su favorito, es este de aquí, el segundo empezando por la izquierda. Se trata de una celebridad, ¿sabe?

Bob lo contempló con más atención. Era el cuerpo de un hombre alto y atlético. Tenía el cráneo completamente afeitado y una mandíbula saliente y poderosa, de modo que su cabeza parecía un bloque hecho de carne. A través de sus párpados entreabiertos se adivinaba aún el blanco de los ojos.

—¿Ese tipo era alguien famoso?

—Tommaso Felice, el Caníbal de Albany —respondió Ryan.

—Bonito nombre. ¿Un abogado?

—No; un criminal feroz y sanguinario que atacaba a sus víctimas en sus casas. Solía colarse en sus dormitorios mientras dormían, las estrangulaba y luego, allí mismo, comenzaba a comérselas a mordiscos. Devoró a muchas personas antes de que lo atraparan.

El chófer contempló la momia del Caníbal de Albany con cierta fascinación morbosa. El cadáver estaba vestido con un elegante frac y una capa negra con forro de raso blanco, como si acabase de asistir a una función de ópera.

—Lleva puesta una ropa muy elegante para ser alguien que come gente.

—El profesor compró el cuerpo a un tipo que lo mostraba en las ferias de los pueblos haciendo creer a los palurdos que era un vampiro auténtico, por eso va vestido de esa forma tan ridícula.

El detalle resultó a Bob especialmente macabro. Sintió un enorme desagrado por encontrarse en aquel lugar, tuvo ganas de marcharse y dejar a aquellas momias dormir su eterna siesta tras su pared de cristal.

—Un grupo curioso, sin duda —dijo—. ¿Le importa que volvamos a la cocina? Creo que ahora sí que me apetece otra copa de vino.

—Naturalmente.

Salieron del sótano. Ryan cerró la puerta de metal y echó la llave en el cerrojo. Bob se preguntó por qué absurda razón aquella puerta estaría cerrada con llave, como si temieran que alguna de las momias pudiera salir a dar un paseo sin permiso.

Ya en la cocina, hizo otro intento por escabullirse al garaje pero el mayordomo insistió en ofrecerle una segunda copa de vino. Dado que Bob había puesto aquella excusa para salir del sótano de las momias, no pudo rechazar la oferta.

—¿El resto del personal del servicio no tenía miedo de quedarse a solas en una casa llena de momias? —preguntó el chófer, mientras el viejo asistente le escanciaba un poco de vino blanco alemán.

—El profesor no tenía servicio. Yo hacía todas las tareas para él.

—¿Usted solo en una casa tan grande?

—Me muevo bien por ella. Basta con conocer sus recovecos.

Alguien golpeó la puerta de servicio.

Ryan rezongó una queja. No sabía quién podría llamar a esas horas y por qué no utilizaba la entrada principal como todo el mundo. Arrastró los pies hacia el otro lado de la cocina mientras, en el exterior, alguien seguía llamando con insistencia.

—Ya voy, ya voy... —protestó el mayordomo—. ¿Quién diablos...?

Un relámpago. Después un trueno. El lacayo abrió la puerta.

En el umbral había un individuo vestido con una capa negra y un sombrero de ala ancha que chorreaba goterones de agua. El hombre pasó sin esperar a ser invitado, se quitó el sombrero y miró a su alrededor. Tenía una abundante mata de pelo negro como el azabache que contrastaba con su rostro arrugado por los años. Sus ojos se encontraron con los de Bob.

—¿Quién es usted? —preguntó el recién llegado—. ¿Qué hace aquí?

—Perdone, amigo, pero yo podría hacerle la misma pregunta.

El recién llegado cruzó los brazos sobre el pecho y contempló al joven como si observase a un insecto desde lo alto de un pedestal.

—Soy el doctor Itzmin —anunció. Su voz tenía un timbre profundo y majestuoso, con exóticas resonancias extranjeras—. Me esperan.

Ryan adoptó una actitud sumisa.

—Ah, doctor, por supuesto, por supuesto... El señor Clarke me dijo que vendría.

A Bob, el nombre le resultaba familiar.

—Itzmin... —dijo—. ¿No iba a dar usted un espectáculo en el club Bahía Baracoa ayer por la noche?

El doctor lo miró sin interés.

—¿Quién es usted? —preguntó de nuevo.

—Es el chófer que ha traído a los demás asistentes —respondió Ryan—. Se llama Hollister.

Itzmin alzó el labio superior en una mueca de desprecio.

—Yo trabajo con la mente, joven. Yo no doy espectáculos, como usted dice; yo muestro un antiguo saber de mi raza al cual he llegado después de años de complejos estudios que dudo que usted llegue entender jamás. Me di cuenta de que ayer pretendían exhibirme como a un animal amaestrado. Me pareció un insulto. Me negué a prestarme a esa humillación. Yo fui engañado.

Daba la impresión de que Itzmin era capaz de entonar las mayúsculas cuando hablaba de sí mismo. A Bob le recordó a un sacerdote sin púlpito.

—Era un club de variedades, ¿qué esperaba? —dijo.

—Yo he mostrado mi saber ante hombres de ciencia, gentes de espíritu elevado. Me aseguraron que las personas que asistirían a verme la pasada noche estarían al nivel de mis asombrosas capacidades. No me dejaron más opción que negarme a aparecer. Naturalmente, yo no pretendo justificarme ni que alguien como usted entienda mis motivos. Eso es todo.

—¿Y en qué consisten esas asombrosas habilidades, si puedo saberlo?

—No pretenda que yo me moleste en explicarle misterios que están fuera del alcance de su mente. —Ignoró a Bob y se dirigió a Ryan—. Lléveme ante el señor Adam Clarke. Él me está esperando.

El mayordomo inclinó la cabeza. Los dos hombres salieron de la cocina.

Bob dejó escapar un par de insultos entre dientes. Ignoraba qué clase de insondables misterios manejaba aquel personaje, pero ninguno era lo suficientemente poderoso para hacer que su peluquín se mantuviera en su sitio; el chófer había visto cómo se le movía cada vez que agitaba la cabeza.

Estaba empezando a cansarse de excentricidades. La idea de irse al garaje, meterse en el coche y dar una cabezada le parecía cada vez más atrayente. Salió de la cocina por la puerta de atrás y corrió bajo la lluvia hacia el lateral de la casa.

Abrió la puerta del garaje y entró sacudiéndose igual que un perro mojado. Luego encendió la luz y se dirigió hacia el coche.

Se detuvo bruscamente.

—Oh, mierda... —masculló entre dientes.

Acababa de encontrarse de bruces con un problema. Uno de aquellos que solía clasificar en la categoría de Jodido e Inesperado Problema.

ELIZABETH oyó el indignado siseo del cónsul británico.

—¿Qué clase de broma es ésta?

Antes de que nadie pudiese responder, por detrás de la figura vestida con capa emergió Ryan, el mayordomo, que anunció a los presentes:

—El doctor Itzmin.

El señor Clarke se puso en pie y se acercó hacia el hombre que acaba de aparecer.

—Bienvenido, bienvenido... ¡Llega usted justo a tiempo! —Se volvió hacia sir Cecil y dijo—: Esto no es ninguna broma. Señoras, caballeros, les presento al célebre doctor Itzmin, reconocido experto en ciencias ocultas, que esta noche nos enseñará una muestra de sus extraordinarias habilidades.

El conde de Roda resopló con desdén.

—¿Ha traído usted a un brujo, señor mío? Francamente, me parece una burla...

Itzmin aplastó a todos los presentes bajo una mirada densa y negra como el alquitrán.

—Yo no soy un brujo —dijo modulando lentamente las palabras—. Durante años yo he estudiado la ciencia de mi pueblo, fruto de una herencia ancestral que pocos de ustedes pueden imaginar. —Se deshizo de su capa y siguió mientras caminaba alrededor de la mesa. A veces se detenía para remarcar alguna palabra, situándose detrás de los presentes igual que una sombra. En una ocasión se paró a la espalda de Elizabeth, hablando tan cerca que ella pudo sentir el peso de su aliento sobre la nuca—. Mi raza es la de los lacandones, que en nuestra lengua se conoce como *hach winik*, que quiere decir «los verdaderos hombres». Herederos de una civilización milenaria, fuimos masacrados por los españoles en nuestra ciudad de Lacan-Tun, y aun diezmados y sometidos tuvimos la fuerza para plantar cara al usurpador. Nuestro gran caudillo Ahuaaybana alimentó nuestro orgullo con su sangre y la sangre de sus guerreros caribes. Nos arrancaron nuestras tierras, sofocaron nuestra lengua y nuestras costumbres; pero nosotros, conscientes de la responsabilidad contraída con nuestros antepasados, seguimos custodiando sus conocimientos secretos de generación en generación. Yo soy Itzmin, que significa «trueno» en la lengua de ch'ol, la misma lengua en la que los dioses hablaron a nuestros ancestros; la misma lengua en la que nuestros sacerdotes aullaban sus cánticos sobre las pirámides de Tikal, de Campeche y de Bonampak; la misma lengua en la que redactaron el Popol Vuh y el Chilam Balam.

Cuando nosotros hablábamos con las estrellas, vuestra civilización se ahogaba en la oscuridad. Cuando nosotros alimentábamos con nuestra sangre la gloria de nuestros dioses, vosotros despilfarrábais la vuestra en luchas por un pedazo de tierra. Mi raza son los itzaes, los xiús, los cocomes, los tzotziles y los tzeltales; los hijos de Kukulkán a quienes el gran monarca Ah Mekat Tutul Xiú unió en la Confederación de Mayapán, aquellos a quienes vosotros llamáis mayas. La sangre de aquellos hombres corre por mis venas, y su sabiduría impregna mi mente. —El doctor Itzmin se inclinó junto al conde y enseñó los dientes en una mueca de desprecio—. Yo no soy ningún brujo.

Se hizo el silencio entre los presentes. El extraño invitado se quedó quieto, con los brazos cruzados sobre el pecho y los ojos hundidos en dos sombras oscuras.

—Estoy seguro de que nadie ha querido ofenderlo, caballero —dijo el señor Clarke. Luego se dirigió al resto de los presentes—. El doctor Itzmin, cuyas aptitudes han sido testadas por científicos de todo el mundo, ha aceptado prestarnos un valioso servicio esta noche, siguiendo las póstumas indicaciones del profesor Talbot en persona. Si alguno de ustedes considera que esto no es más que una mera distracción, es libre de marcharse ahora mismo.

Elizabeth miró a su alrededor: los miembros de la Sociedad Arqueológica de Magnolia se mantenían en un silencio atento, al igual que tía Sue, que tenía los ojos tan abiertos que parecían a punto de caer rodando sobre la mesa. La expresión de los dos diplomáticos era hostil, pero ninguno de ellos dijo nada o mostró intención de irse.

Itzmin se sentó junto a la mesa, en uno de los asientos que quedaban vacíos. Pidió al señor Clarke que apagara todas las luces salvo una pequeña lámpara situada en un extremo. Luego tomó la palabra.

—Se me ha pedido que esta noche trate de comunicarme con el espíritu del difunto profesor Henry Talbot. Si se encuentra en el mundo de los muertos, yo haré que regrese y que nos transmita sus mensajes. Les pido que mantengan un silencio absoluto, pues yo preciso de la más intensa concentración.

—¿Y qué haremos si el profesor no responde? —preguntó sir Cecil, cáustico.

—Si no responde es que aún está vivo —aseveró el indio.

Elizabeth sintió un escalofrío que recorrió su espalda.

Durante los próximos minutos, largos minutos, nadie emitió ni un solo sonido. Itzmin cerró los ojos, colocó los puños sobre la mesa y, poco a poco, ralentizó la cadencia de su respiración. Elizabeth tuvo la sensación de que el sonido de la lluvia se atenuaba y de que incluso la luz, ya de por sí escasa, se disipaba aún más. Un relámpago iluminó el despacho y salpicó el rostro de Itzmin de claroscuros azulados, remarcando sus rasgos indígenas.

El médium habló, con una voz que brotó desde lo más profundo de su estómago.

—*Hum Camé, Vucub Camé; in lak'ech a lak'en... Xinchal rubel la cuok' rubel la cuk'...* Henry Talbot, *oox tuul?* ¿Dónde estás? *Ba'ax k'aabet tech?...* Henry Talbot, *in lak'ech a lak'en.* —Los puños de Itzmin se crisparon. Se oyó un trueno—. Henry Talbot... Henry Talbot... —repetía. Su cabeza se inclinaba de atrás hacia delante. Levantó las manos con los dedos engarfiados alrededor del aire, sin que de sus labios dejase de brotar una monótona salmodia que iba aumentando de intensidad—. *In lak'ech a lak'en... In lak'ech a lak'en... In lak'ech a lak'en!*

La voz de Itzmin se hacía cada vez más profunda y las palabras más ininteligibles, fundiéndose una sobre otra en una cacofonía que poseía las resonancias del rugido de un animal. El cuerpo del doctor se balanceaba de atrás hacia delante con más fuerza y mayor rapidez.

De pronto abrió los ojos y clavó sus pupilas en tía Sue.

—Susanne... —murmuró. Elizabeth ahogó un grito. Aquella voz ya no era la del médium. Era mucho más débil, y más anciana; tenía el ahogado eco de un susurro—. Susanne... ¿eres tú?

La mujer gritó y se llevó las manos al pecho.

—Dios mío... ¿Henry...?

—Susanne... Aún recuerdo tu precioso vestido azul de flores blancas. Aún lo recuerdo...

La tía Sue sofocó un gemido entre sus manos y tembló de pies a cabeza.

—Oh, Dios mío... ¡Era el vestido que llevaba en la boda de Randolph, hace veinte años...! ¡Henry, Henry! ¡Eres tú, de verdad! ¡Oh, cielos...! —Se cubrió la boca con una mano que temblaba penosamente.

De pronto la cabeza de Itzmin se volvió, como si alguien tirase de ella, y se quedó mirando al señor Clarke.

—Adam...

El abogado estaba tan pálido que su rostro brillaba en la oscuridad. Sus labios se estremecieron, pero de ellos no brotó sonido alguno.

—Adam, los Príncipes... Los Príncipes...

Alec Dorian se inclinó hacia el indio y agarró su mano con ansiedad.

—Sí, Henry. Están aquí —dijo—. ¡Todos estamos aquí, Henry, viejo amigo!

La cabeza de Itzmin se agitó en un espasmo.

—Destruidlos... Destruid... los Príncipes. El mal habita en ellos. Él habita en ellos... Él... —Su rostro se deformó en una mueca de terror absoluto. Sus ojos se hincharon como dos burbujas blancas y su boca se abrió formando un rectángulo perfecto—. ¡Dios misericordioso...! ¡Ya viene! ¡No dejéis que venga!

La cabeza del doctor se desplomó de bruces sobre la superficie de la mesa. Elizabeth oyó un golpe desagradable, como de un montón de huesecillos al quebrarse. Tía Sue dejó escapar un grito.

El cuerpo del médium permaneció inanimado.

Nadie se atrevió a moverse.

—Doctor... —habló el señor Clarke, con voz temblorosa—. Doctor Itzmin... ¿Se encuentra bien, doctor?

Súbitamente, el indio se arqueó como si hubiese recibido una corriente eléctrica. Un grito salió disparado de su garganta y se llevó las manos a la cabeza. Antes de que nadie pudiera reaccionar, su cuerpo volvió a quedarse exangüe. Luego su cabeza se agitó y levantó la mirada hacia el frente.

Sus ojos se cruzaron con los de Elizabeth.

Ella lanzó una exclamación. Aquella mirada destilaba una rabia feroz.

El doctor Itzmin los miró a todos con la cabeza gacha y una mirada maligna en los ojos. Tenía los labios entreabiertos, dejando entrever sus dientes, y respiraba ruidosamente igual que una fiera.

—*Kin antal Xibalbá* —pronunció, con una voz por completo distinta: sonaba como el gorjeo de una alimaña—. *Ta xpe c'ut u tzij waral, xul cuc'ri Tepew K'ukumatz, chi k'e ku mal, chi ak'abal xch'aw ruc'r, ch'en Ah Puch, ch'en leh'ah.*

Alec tragó saliva y después, tartamudeando, preguntó:

—*Quen motoka?*

—*Ah Puch* —respondió el ser con los rasgos de Itzmin.

—¿Qué ocurre? ¿Qué le ha dicho? —quiso saber Elizabeth.

—Le he preguntado su nombre en lengua náhuatl... Y él me ha contestado.

De pronto el indio emitió una risa siseante y volvió a hablar con aquel susurro raspo, pero esa vez en un idioma que todos comprendieron.

—No conoces la lengua de los sacerdotes. Sólo la de los campesinos. Necio.

Elizabeth se estremeció. Aquella voz le hizo sentir algo parecido a un arañazo en la nuca. Alec compuso el gesto y se dirigió al hombre que hablaba entre dientes.

—¿Eres Itzmin?

Negó lentamente con la cabeza.

—¿Eres Henry Talbot?

Volvió a negar.

—¿Quién eres?

—*Ah Cimi. Yum Kimil. Hun ahau. Puuts' ene'ex tu t's'u noj kaa'x.* Yo soy el Destructor de Mundos.

El doctor Culdpepper habló. Su voz sonó firme y fría.

—¿Eres Kizín el Hediondo?

—*Ah Cimi. Yum Kimil. Hun ahau.* Vosotros me habéis convocado.

—Te equivocas. No hemos hecho tal cosa. ¡Márchate! No te queremos aquí —ordenó Culdpepper.

—*Le saajkilo jump'eel k'oja'anil.* Habéis colocado mis entrañas ante mí. Me habéis llamado. —El que hablaba señaló las estatuas de los Príncipes de Jade.

—En ese caso, ya puedes marcharte. No queremos nada de ti, criatura de las tinieblas. ¡Vete!

Elizabeth captó de reojo cómo el conde de Roda se santiguaba.

—*Ak kuxtale' ts'o'oki.* Un muerto dictará sentencia y tú serás ejecutado.

Culdpepper calló. El hombre que siseaba enseñó los dientes en una sonrisa de calavera y movió la cabeza igual que una serpiente. Miró al señor Clarke.

Habló:

—*Ma' sut ka wiche'ex.* Comeré tu corazón antes del amanecer.

Aquel rostro diabólico se movió una tercera vez, pasando por todos los presentes, y se detuvo frente a Alec Dorian, que temblaba de pies a cabeza.

—*Klu'uma p'ap'ay xoot ta'abi.* A ti te aguarda la Muerte Sonriente.

De pronto sir Cecil se puso en pie, con tanta fuerza que su silla cayó de espaldas al suelo.

—¡Ya es suficiente! ¡Le exijo que ponga fin a esta mascarada! —El hombre que susurraba se agitó en medio de convulsas carcajadas que sonaron como agujas rascando contra un cristal. El cónsul británico agarró al médium por los hombros y lo zarandeó—. ¡Deténgase! ¡He dicho que pare de una vez!

El susurrante reía. El señor Clarke trató de calmar a sir Cecil. Tía Sue gritaba. Un trueno especialmente fuerte hizo callar a todos. El inglés soltó el cuerpo de Itzmin y éste cayó desplomado al suelo. Algunos hombres se levantaron y acudieron a su lado. Culdpepper le tomó el pulso.

—¿Está...? —balbució Elizabeth.

Culdpepper negó con la cabeza.

—Sólo se ha desmayado. Agua. Que alguien traiga un vaso de agua.

Tía Sue se sintió aludida y corrió hacia la bandeja de las bebidas. Llenó una copa y se la acercó al viejo doctor. Elizabeth vio que el cuerpo de Itzmin empezaba a reaccionar. Alec y Culdpepper lo ayudaron a ponerse en pie.

—Tranquilos, no se alarmen, sólo ha sido una leve ausencia... Me pasa a menudo cuando la comunicación es muy intensa —dijo Itzmin. Pareció recuperarse con una gran rapidez, y pronto volvió a adoptar su actitud mística y grandilocuente Los miró a todos y preguntó—: ¿El resultado ha sido satisfactorio? ¿Obtuvieron las respuestas que buscaban?

—¡Que me ahorquen si ha sido satisfactorio! —exclamó Alec. Aún era visible su profunda impresión—. Creo que me vendrá bien un vaso de whisky... ¿Alguien me acompaña?

Sir Cecil seguía estando furioso.

—¡No! ¡Ya estoy harto! ¡Todos estamos hartos! Espíritus, voces de ultratumba... ¿qué será lo próximo? ¿Mesas que levitan? ¿Sombras en las paredes? ¡Mi paciencia tiene un límite, señor Clarke, y está usted a punto de rebasarlo! —señaló al abogado con el dedo—. No crea ni por un segundo que puede confudirme con sus juegos de salón. Sepa que pienso impugnar el testamento de Henry Talbot.

—¿En base a qué motivo, sir Cecil?

—¡En base al derecho internacional! El profesor Talbot no podía disponer de los Príncipes de Jade a su capricho.

—Ciertamente —añadió el conde de Roda, mucho más sosegado—. Pertenecen a España, y yo, en nombre de mi gobierno, estoy dispuesto a llegar tan lejos como sea posible para recuperarlos. Mi honor me obliga a advertirles de ello, caballeros. Si aceptan ustedes el legado del profesor Talbot, serán cómplices de un expolio.

—¡Y el Estado español no será menos cómplice si se queda con las estatuillas! —voceó el cónsul británico.

A Elizabeth empezaba a llamarle la atención que un inglés perdiese los estribos con tanta facilidad.

Alec dejó escapar una risa sardónica.

—¿Expolio? —dijo—. ¿Qué hicieron los españoles para recuperar una sola de aquellas estatuas? ¿Y dónde estaba el dinero inglés cuando el profesor Talbot pagó de su bolsillo todas las gestiones necesarias para reunir los Príncipes de nuevo? ¡Buitres! ¡Piratas! ¡Me ponen enfermo! Deje que les haga yo otra advertencia a los dos: si alguno de ustedes pone un sólo dedo encima de mi estatuilla, les juro que lo lamentarán.

—¿Eso es lo que piensa, profesor Dorian? —preguntó sir Cecil—. Entonces no hay nada más que hablar. Pero le aconsejo que no pierda de vista su estatua. A veces las cosas se pueden extraviar.

—¿Eso es una amenaza?

—Por favor, yo no me rebajaría tanto.

—Perdonen, caballeros —dijo Elizabeth levantándose de su silla—. Ha sido una velada de lo más... peculiar, pero, a no ser que alguno de estos señores piense que la casa de mi tío es patrimonio histórico de algún país, me temo que nosotras sobramos en esta disputa. De modo que, con su permiso, mi tía y yo regresamos a Nueva York.

—Lo siento, pero creo que eso no va a ser posible.

La voz que acababa de oírse era nueva en aquella reunión.

Un numeroso grupo de caras se volvieron hacia la puerta del despacho, desde donde habían llegado aquellas palabras.

Bob estaba en una esquina, casi en penumbras, apoyado contra la pared. Nadie había reparado en su presencia hasta ese momento.

—¿Cuánto tiempo lleva usted ahí? —preguntó el señor Clarke.

—Un rato. No quería interrumpirles, parecían estar pasándoselo de miedo. Pero ya que ha surgido el tema... —El joven miró a Elizabeth—. Espero que su tía lleve un coche en el bolso, señorita Sullavan, porque de lo contrario lo van a tener difícil para volver a la ciudad.

—¿Qué quiere decir?

—Que mientras ustedes se entretenían hablando con los fantasmas alguien se ha dedicado a rajar las ruedas de los coches. La única forma que tenemos ahora de irnos de esta casa es a pie... o echando un bote al mar. —El chófer paseó la mirada por las caras de asombro que lo contemplaban y torció la boca en algo parecido a una sonrisa—. Si alguien me necesita, estaré en el garaje. Pueden seguir con lo suyo.

BOB se agachó para inspeccionar los neumáticos. Habían hecho un trabajo limpio y eficaz: cuatro cortes perfectos de varios centímetros de longitud. Tanto el Ford Station Wagon que había traído Bob como un Lincoln Zephyr que estaba aparcado a su lado descansaban tristemente sobre ocho ruedas hechas jirones.

El joven salió corriendo del garaje y volvió al interior de la casa. Buscó a Ryan en la cocina, pero el mayordomo no estaba, así que se dirigió hacia el despacho donde se celebraba la lectura del testamento. Le sorprendió encontrarse la puerta entornada y la estancia casi a oscuras.

La escena que contempló lo sorprendió tanto que, por un instante, se olvidó de los coches. Aquella gente estaba inmersa en lo que parecía ser una especie de sesión espiritista. Bob nunca había oído hablar de una lectura testamentaria en la que el redactor del documento era un asistente más.

Se coló discretamente sin que nadie reparase en su presencia. En aquel momento todos concentraban su atención en el doctor Itzmin, a quien de pronto parecía haber poseído algún tipo de demonio de ultratumba.

Bob prestó mucha atención a toda la escena. Le resultaba muy intrigante.

¿Por qué todo aquello?, se preguntó.

Allí había una buena historia, de eso estaba seguro. Le habría gustado saber qué pintaban las dos mujeres en aquel extraño espectáculo.

Cuando Elizabeth dijo que quería marcharse, Bob dejó de actuar como un mero espectador y reveló lo que había ocurrido con los coches. Tal como imaginaba, la respuesta fue un maremágnum de confusión.

Se desató una tormenta que en nada tenía que envidiar a la que descargaba truenos y relámpagos sobre la casa. Todos se pusieron a hablar al mismo tiempo, salvo el doctor Itzmin, quien permanecía sentado en su silla con los ojos cerrados, como si meditase. Bob dejó que los demás se desahogasen durante un rato, esperando pacientemente en el umbral de la puerta. Finalmente, el abogado, que parecía llevar la voz cantante de aquel inopinado grupo, fue capaz de poner algo de calma.

—¿Está usted diciendo que alguien ha saboteado los coches para que no podamos abandonar la mansión? —preguntó al chófer.

—No. Sólo digo que han rajado los neumáticos, pero ignoro con qué objeto.

—¡Probablemente con un cuchillo! —exclamó tía Sue.

Todos volvieron a hablar al mismo tiempo, como un grupo de pájaros enjaulados. En medio de la confusión, se dejó oír la voz profunda del doctor Itzmin.

—Es evidente lo que ha ocurrido aquí —dijo. Los presentes callaron y lo miraron—. Alguien tiene mucho interés en que no dejemos esta casa. Las fuerzas del Destino nos indican que existen aún acontecimientos que nos aguardan.

—Las fuerzas del Destino no se dedican a rajar ruedas como pandilleros —repuso Bob.

—Todos estábamos aquí —señaló el doctor—. Salvo usted.

El chófer se sintió aguijoneado por un puñado de miradas cargadas de sospechas.

—Cierto —respondió—. Pero tampoco veo al mayordomo por ninguna parte, si bien les aseguro que no se separó de mí desde que entramos en la casa.

—Ryan... ¿Dónde está Ryan? —dijo el señor Clarke—. Busquémosle.

El grupo se encaminó a la cocina. Los miembros de la sociedad llamaban al mayordomo a voces, pero éste no respondía. El doctor Culdpepper reparó en que la puerta que conducía al sótano de las momias estaba abierta.

—¿Bajaron ustedes a la bodega, señor Hollister? —preguntó.

—Sí, pero el mayordomo la cerró con llave al salir. Y hace un rato, cuando vine del garaje, la puerta seguía cerrada.

—Probablemente Ryan se encuentre abajo —razonó el señor Clarke.

De nuevo todo el grupo se puso en marcha a través de la escalera que descendía hacia los sótanos de Magnolia. Las nueve personas atravesaron la bodega y llegaron a la sala de los cuerpos embalsamados, donde encontraron al sirviente del profesor Talbot.

—¡Ryan! —exclamó Culdpepper—. ¡Está usted aquí! Le hemos buscado por todas partes. Ha ocurrido algo muy extraño.

El rostro del mayordomo parecía descompuesto.

—Lo sé, doctor. Acabo de darme cuenta ahora mismo.

—De modo que ya ha estado en el garaje...

—¿El garaje? No. Hablo de las momias. Miren, ¡falta una!

Bob echó un vistazo al otro lado del cristal. En su cara se dibujó una expresión de desconcierto: tres de los cuerpos embalsamados seguían pulcramente colocados sobre sus soportes de madera pero entre ellos había un espacio vacío.

—Pero... ¿Dónde está? —preguntó el señor Clarke. Miró a su alrededor, sumido en un estado de total desconcierto—. El cuerpo de Felice... ¿dónde está?

—Le juro que hace menos de una hora se encontraba en su lugar —gimoteó el mayordomo. Sorbía el aire compulsivamente por los peludos agujeros de su nariz—. El señor Hollister y yo lo vimos con nuestros propios ojos. Hace un instante recordé que había olvidado apagar las luces del expositor cuando salimos de aquí, de modo que bajé otra vez y... ¡la momia había desparecido!

—Perdonen, ¿alguien podría explicarnos de qué están hablando? —preguntó Elizabeth.

—Será mejor que subamos todos a la cocina —dijo el abogado. Su voz temblaba—. Allí les aclararé todo.

El grupo abandonó silenciosamente la sala. Bob se quedó rezagado y se llevó aparte al mayordomo.

—¿Alguien ha entrado aquí después de que lo hiciéramos usted y yo? —preguntó a media voz.

—No. Nadie. Sería imposible; sólo yo tengo la llave.

—Pues explíqueme usted cómo puede ser que se hayan llevado el cuerpo sin ni siquiera romper el cristal.

—No lo sé. Yo... No lo sé... Estoy perplejo...

Ya en la cocina, todos se colocaron en corro alrededor del abogado del profesor Talbot. Éste les explicó brevemente qué era lo que acababan de ver en el sótano, sin excluir el dato de que el cuerpo desaparecido era el de Tommaso Felice, el célebre Caníbal de Albany.

—¿Esto es otro de sus grotescos espectáculos, señor Clarke? —preguntó el cónsul británico.

—En absoluto. Les aseguro que estoy tan sorprendido como ustedes.

—Entonces ¿qué sugiere? ¿Que una momia se puso a andar y nos acuchilló las ruedas de los coches? ¡Eso es ridículo!

Las palabras de sir Cecil fueron como una mecha que encendió otra cascada de frases y exclamaciones dichas al mismo tiempo. Bob se mantenía en un discreto segundo plano, albergando cientos de ideas que zumbaban en su cabeza.

Cada uno de los allí reunidos aportaba algo: unos se extrañaban en voz alta, otros pedían explicaciones al abogado, quien soportaba el aluvión de reproches en medio del grupo; algunos, como el doctor Itzmin, permanecían en silencio, observándolo todo a su alrededor. En un momento dado se destacó la voz de tía Sue, quien propuso llamar a la policía.

—No hay teléfono —dijo el señor Clarke—. El profesor Talbot dio de baja la línea telefónica cuando se marchó al Amazonas.

—Espere un momento —dijo Elizabeth—. ¿No hay teléfono? ¿Ni coches? Entonces ¿cómo vamos a regresar a Nueva York?

—Existe una línea de autobuses que pasa cerca de aquí y para en Central Station, pero no opera a estas horas. El primer autobús sale a las siete de la mañana.

— Pero ¿qué vamos a hacer hasta entonces? —preguntó tía Sue.

—Señora, lo que sugiero es que mantengamos la calma y nos rindamos a lo evidente: no podemos ir a ningún sitio, y menos estas horas y con esta tormenta. Tampoco podemos solicitar ayuda porque no hay ningún vecino en varios kilómetros a la redonda. Reconozco que nuestra posición actual no es agradable, pero les aconsejo que no hagamos de esto una tragedia. Al fin y al cabo, la casa está a nuestra disposición así que, desde mi punto de vista, lo más juicioso es que pasemos aquí la noche y que mañana regresemos a Nueva York. Disponemos de sitio de sobra para que todos nos podamos acomodar, ¿no es así, Ryan?

—Hay varios dormitorios para invitados —convino el mayordomo—. Denme sólo un momento para hacer las camas. También puedo abrir el comedor y preparar algo de cena, si ustedes quieren.

—¡Yo sigo diciendo que hay que llamar a la policía! —insistió tía Sue.

—Pero, mi querida señora, ya ve que eso es imposible —respondió el doctor Culdpepper con amabilidad—. Adam tiene razón; hagamos de la necesidad virtud y consolémonos ante la posibilidad de pasar una agradable noche en compañía.

Muy pocos compartieron aquella actitud optimista, pero todos los presentes convinieron en que la sugerencia del abogado era la más adecuada, al menos mientras nadie tuviese una propuesta mejor.

Bob, por su parte, se sentía inquieto. Los asistentes parecían haber olvidado que las ruedas de los coches no se habían agujereado solas, y que los cuerpos embalsamados no se desvanecían en el aire; de hecho, daban la impresión de estar mucho más preocupados por lo que cenarían o qué se pondrían para dormir.

El señor Clarke propuso que regresasen al despacho. A todos les vendría bien beber algo fuerte mientras Ryan acondicionaba el comedor y preparaba cena. Bob se sintió en la obligación de ofrecer su ayuda al mayordomo, pero éste se negó a aceptarla.

—Quédese con los demás. Me manejo mejor yo solo, no se ofenda.

El chófer no tenía ningún interés en mezclarse con el resto del grupo. Se sentía fuera de lugar. Sin embargo, apenas entró en el despacho se vio asaltado por el conde de Roda. El español se lo llevó a un aparte mientras los demás se preparaban todo tipo de combinados o descargaban su frustración en el señor Clarke.

—Nos encontramos en los lugares más insólitos usted y yo, señor Hollister —dijo el conde.

—Eso parece —respondió Bob, evasivo.

—No vino usted a verme al consulado.

—Ignoraba que estuviese obligado a hacerlo.

—No, por supuesto que no. Pero mi oferta sigue en pie, no lo olvide —dijo con amabilidad el español—. A todo esto, ¿qué opina usted de esta extraña situación en la que nos encontramos?

—No creo que le interese. Sólo soy el chófer. Lo único que sé es que cuando pase la factura de horas trabajadas voy a cobrar un dineral.

—Ayer me di cuenta de que es usted algo más que un simple chófer, señor Hollister... ¿Cree usted en el destino, amigo mío? No me refiero a esas fuerzas cósmicas de las que hablaba el inefable doctor Itzmin hace un rato, sino a la Providencia.

—Viví muchos años entre curas. Si ponías en duda la actuación de la Providencia, corrías el riesgo de quedarte sin postre.

—En mi país creemos firmemente en ella. Dios escribe recto con renglones torcidos, solemos decir. Tengo la certeza de que no existe nada casual en que usted y yo hayamos vuelto a encontrarnos. Piense en ello.

—Sí, claro. Lo haré.

—Estoy seguro... Tan seguro como de que usted no ha tenido nada que ver con los daños causados a nuestros coches.

El conde sonrió de forma astuta. En ese momento se oyó la voz de sir Cecil que, fiel a su costumbre, vociferaba alguna vehemente protesta.

—Por cierto, ¿quién es el tipo simpático? —preguntó Bob.

—Oh, ése... Es sir Cecil Longsword, cónsul británico en Nueva York. —El noble dejó escapar un suspiro reprobatorio—. Se ve que la guerra europea está haciendo estragos en la proverbial flema británica.

—¿Lo había visto usted antes de esta noche?

—No, nunca. Yo llegué de Madrid hace pocos días. Mi misión atañe únicamente a los Príncipes de Jade; por lo demás, soy novato en estas lides. Antes de la cruzada..., me refiero a nuestra Guerra Civil, yo me dedicaba a la administración de mis haciendas, jamás en la vida me había encargado de labores diplomáticas.

—Nadie lo diría. Se maneja usted muy bien.

—Gracias. Sólo me limito a cumplir con mi deber, como haría cualquier buen español.

—Me pregunto por qué le encargarían a usted una labor en la que no tenía ninguna experiencia previa.

El conde se encogió de hombros.

—¡Quién sabe! Eso es algo que no estoy en condiciones de justificar. En la guerra, por desgracia, murieron muchos hombres capaces y leales; quizá mi gobierno no tenía mucho donde elegir.

Bob tenía la sensación de que su interlocutor no estaba siendo sincero. Probó suerte con otra cuestión.

—Esos Príncipes de los que todo el mundo habla ¿por qué son tan importantes?

—¿No conoce usted la historia?

—Si fuese así, no se lo estaría preguntando.

El conde relató la leyenda de los Príncipes de Jade y su azarosa historia posterior, cuajada de desastres y promesas de infortunio para aquel que los poseyera. Bob encontró la narración interesante pero poco original. Cuando el español concluyó, le preguntó si realmente estaba convencido de que las estatuillas pertencían a su nación.

—Estoy convencido de ello. Los franceses nos las robaron, y ahora la historia amenaza con repetirse. Estoy dispuesto a hacer cualquier cosa por recuperarlos, dentro de los límites legales, por supuesto.

—¿Por qué?

— Pues porque ésa es mi misión, naturalmente. Está en juego el honor y la dignidad de España.

Bob contuvo una sonrisa. El conde mentía. Estaba seguro de ello. El honorable caballero hacía gala de un vicio común a las personas que, por lo general, solían ser sinceras, y era que siempre miraba a su interlocutor a los ojos... salvo cuando no decía la verdad; entonces sus pupilas salían disparadas como dos pajarillos asustados.

Ryan apareció en el despacho anunciando que la cena estaba lista. El señor Clarke condujo al grupo hasta el comedor, otra sala de paredes blancas, como de mausoleo, plagada de antigüedades expuestas en nichos y hornacinas. En el centro había una mesa rectangular de acero lacado en negro, rodeada de sillas a juego. Ryan había dispuesto unos platos y algunas fuentes con comida. Había carne rosada cortada en bloques, cubierta de una capa de gelatina, una fuente de arenques ahumados, pan y un plato con queso y *foie gras*, todos alimentos en conserva; a pesar de ello, nadie se quejó, ni siquiera sir Cecil.

Bob esperaba no tener que sentarse a la mesa con el resto del grupo y, al menos esa vez, tuvo suerte. Mientras los demás ocupaban sus asientos, el mayordomo se le acercó y le dijo que había comida en la cocina.

—Gracias, pero no tengo apetito —respondió—. ¿Le importa si me doy una vuelta por el salón? Me gustaría echar un vistazo a las piezas del profesor.

—Como quiera. Pero, por favor, no toque nada.

El joven prometió que no lo haría. Dejó que Ryan se metiese en la cocina para tomarse su cena a solas y él se encaminó hacia el recibidor.

Se paseó por entre las antigüedades sin prestarles demasiada atención. No podía dejar de preguntarse quién habría saboteado los coches y por qué había desaparecido el cuerpo embalsamado del Carnicero de Albany.

Estaba seguro de que Ryan no había manipulado los automóviles, pues no se separó de él desde que entró en la casa hasta que bajó al garaje. Por lo que Bob sabía, cualquiera de las personas que estuvo en el despacho podía haberlo hecho, pues ignoraba si en todo momento habían permanecido juntas o no.

Su sospechoso predilecto era el doctor Itzmin. Bob no sabía cómo había llegado a la mansión, y además había sido el último en aparecer. Quizá había acudido en un taxi, al igual que el conde de Roda, pero, aun así, era quien mejores oportunidades tuvo para acercarse al garaje, destrozar las ruedas y luego entrar en la casa por la puerta de atrás.

—Eso es —se dijo a sí mismo mientras contemplaba una horrenda figurilla que representaba a un monstruo con varios brazos—. El célebre médium es contratado para actuar en una reunión informal. Llega a la casa, coge un cuchillo y, sin motivo alguno, destroza los coches de los asistentes. ¿Por qué? Por su odio patológico hacia los automóviles de la casa Ford, supongo... —Bob chistó con la lengua y sacudió la cabeza—. No, chico, tendrás que pensar algo mejor...

Si aquel enigma era una ofensa hacia todo pensamiento lógico, el asunto del cuerpo embalsamado era aún más incomprensible. ¿Por qué llevarse una momia? Y, lo más importante, ¿cómo? El único que pudo hacerlo era Ryan, pues nadie más tenía las llaves del sótano, pero el mayordomo vivía en la mansión desde hacía décadas, ¿por qué de pronto había tenido la absurda necesidad de llevarse un cadáver momificado? ¿Quizá como recuerdo de sus años de leal servicio? Bob se desesperaba; todo aquel asunto no tenía ni pies ni cabeza.

De pronto se le ocurrió una idea grotesca: el único ser que había en la casa que podría tener interés en dejar incomunicado a un grupo de personas era Tommaso Felice, el Caníbal de Albany. Para él la reunión de aquella noche sería como recibir comida a domicilio. Resultaba la solución más lógica, de no ser por el hecho de que el tal asesino llevaba muerto décadas.

Bob recordó entonces una frase pronunciada por el doctor Itzmin durante la sesión espiritista.

«Comeré tu corazón antes del amanecer.»

Curioso verbo: comer.

¿Cuántos corazones habría devorado el Caníbal de Albany antes de convertirse en un objeto de exposición?

El joven siguió deambulando entre las piezas hasta encontrarse con Elizabeth, que contemplaba ensimismada una estela precolombina.

—Hola, señorita Sullavan.

Ella soltó un gritito y se volvió con las manos dispuestas en una especie de movimiento de kárate.

—¡Oh, es usted! —dijo al ver al chófer—. Por el amor de Dios, ¡no se acerque por detrás a la gente en medio de la oscuridad! Es como Boris Karloff...

—Me lo dicen a menudo. Debe de ser por la cicatriz —dijo Bob—. ¿No debería estar cenando con los demás?

Elizabeth hizo un gesto de asco.

—No he podido probar bocado. Esa carne en conserva... Siempre he odiado la carne en conserva. Además, estoy preocupada, y cuando estoy preocupada se me cierra el estómago.

—No hay motivo para inquietarse. Ya ha oído al señor Clarke: mañana regresaremos a Nueva York y todo esto quedará como una anécdota.

—Oh, no es por mí, es por tía Sue. Está histérica. Cree que en cualquier momento una momia aparecerá por detrás de las cortinas y la estrangulará... ¡Y luego soy yo la que tiene demasiada imaginación! —La joven miró a Bob con súbito recelo—. Y, a todo esto, ¿por qué estoy dándole yo explicaciones? No me gusta usted. Siempre que me lo encuentro, acabo metida en algún asunto raro.

—Yo podría decir lo mismo, ¿sabe? —Adoptó una actitud conciliadora. Quería evitar una discusión—. Mire, ¿por qué no lo dejamos en empate? Digamos que los dos somos gafes y ya está.

—No, creo que ya sé cuál es el problema: Nueva York. Eso es. Desde que llegué a esta ciudad no han dejado de ocurrirme cosas extrañas. Primero el muerto en el servicio, luego usted en mi habitación, ahora esto...

—Espere, ¿ha dicho usted un muerto en el servicio?

— Exacto. Ayer tuve una desagradable experiencia con un cadáver, sólo que nadie me cree. Yo misma empiezo a pensar si no lo habré imaginado todo.

—¿Qué le ocurrió?

Parecía que a Elizabeth le agradaba que se lo preguntasen. Relató a Bob el suceso del tocador de señoras del hotel, sin escatimar detalle alguno.

—Supongo que ahora a usted también le pareceré una chiflada.

Bob se acariciaba la cicatriz con el dedo índice, pensativo.

—No creo que esté chiflada en absoluto... o al menos no por esta historia en concreto. Créame, soy consciente de que en ese hotel pasan cosas muy raras.

—Gracias. Me alegra encontrar por fin a alguien dispuesto a tomarme en serio. —Elizabeth miró al joven con atención, como si lo acabase de conocer—. ¿Sabe qué? Usted no tiene pinta de chófer ni de camarero.

—Usted tampoco.

—¡Claro que no! No soy ninguna de las dos cosas.

—Ni yo. Sólo son trabajos, nada más. No fui camarero más que durante un par de meses, y creo que mi carrera como chófer termina esta misma noche.

—Lo que imaginaba: es usted un inconstante.

—No, señorita Sullavan, sólo soy uno más del grupo de personas que prefiere hacer algo que le gusta antes que conformarse con lo primero que le cae entre las manos.

—Ah, comprendo; entonces es usted un iluso.

Bob abrió la boca para decir algo, pero no encontró ninguna respuesta adecuada. Señaló a Elizabeth con el dedo.

—Le doy este asalto por ganado, pero no se acostumbre.

—No sea usted condescendiente conmigo, señor Hollister... El hecho de que tenga una cicatriz en la cara no le convierte en un maestro en la escuela de la vida. Detesto a la gente que alardea de experiencia.

—¡Yo no alardeo de nada!

—Sí que lo hace, no lo niegue. Es su actitud: su mirada de hastío, su sonrisita de medio lado, su tono de «Eso es justo lo que pensaba»... ¡Por favor! ¿Cuántos años tiene usted? No creo que muchos más que yo. Deje de comportarse como si fuese el hermano mayor de todo el mundo; le caería mejor a la gente.

Bob aguantó el sermón sin ser capaz de replicar. Aquella mujer tenía la capacidad de dejarlo sin palabras, así como de agravar su dolor de cabeza. Las únicas respuestas que se le ocurrieron comenzaban todas con un «¿Ah, sí? Pues usted...» o algo similar. Respiró hondo, contó hasta diez y preguntó:

—¿Qué le parece si hablamos de algo un poco más interesante que de mi vida?

—¿Por ejemplo?

—Por ejemplo de la suya. Llevo un rato preguntándome qué hacen usted y su tía en este lugar. Dentro de lo que cabe, parecen ustedes mucho menos pintorescas que el resto de los asistentes.

Elizabeth le contó en pocas palabras la relación que la unía con Henry Talbot y le habló de la lectura del testamento.

—Curioso —dijo Bob acariciándose la cicatriz—. Le deja a usted absolutamente todo... salvo los famosos Príncipes.

—Si le soy sincera, me alegro mucho. No sé si se ha dado cuenta, pero, cuando el espíritu de ese dios maya poseyó al doctor Itzmin, a los únicos a quienes amenazó con un destino horrible fue a los que heredaron las estatuillas.

—Lógico, teniendo en cuenta que al parecer están malditas.

—Bien, pues que se queden ellos con su maldición y sus estatuas de jade. Bastante tengo yo con saber qué diablos voy a hacer con este caserón.

—¿No piensa habitar la casa de su tío?

—No. No me gusta esta casa. Con todas esas antigüedades... ¿Quién quiere vivir en un museo?

—Entonces ¿regresará pronto a Providence?

Elizabeth hizo un gesto de indecisión.

—Quizá retrase mi vuelta un par de días, hasta que esté segura de cómo administrar los bienes de tío Henry. El señor Clarke me ha recomendado que hable de este tema con Culdpepper, que es el albacea testamentario. Puede que acepte su invitación.

—¿Qué invitación?

—El doctor Culdpepper va a abrir un museo en su ciudad, o algo parecido. Me ha dicho que se sentiría muy honrado si aceptase asistir a la inauguración. Será dentro de un par de días.

—Y mientras tanto, ¿se quedará usted en Magnolia?

—No, seguro que no. Ni tampoco quiero seguir en el hotel. No me gusta dormir en sitios en los que puede aparecerte un muerto cuando vas al tocador; son momentos muy personales. Viviría en un estado de ansiedad insoportable.

—En eso le doy la razón... Entonces ¿dónde piensa quedarse?

—No lo sé. Aún no lo he pensado. Tengo conocidos en Nueva York, probablemente me aloje en casa de alguno de ellos. —Elizabeth se calló y se quedó mirando a Bob—. ¿Sabe una cosa, señor Hollister? Cuando se limita a mantener una conversación normal y civilizada sin dárselas de inteligente, resulta usted mucho más agradable al trato.

—Por favor, no empiece otra vez con lo de mis alardes.

—¿Por qué? ¿Es que no acepta usted una sutil crítica constructiva?

—Sus críticas son tan constructivas como los Panzer alemanes, señorita Sullavan. —Bob decidió cambiar de tema antes de que volvieran a enzarzarse en una discusión—. Oiga, usted estuvo todo el tiempo en el despacho, ¿recuerda si alguien se ausentó durante un buen rato?

Elizabeth lanzó una exclamación de entusiasmo.

—¡Oh, comprendo! Se refiere usted al tiempo suficiente para ir a cierto garaje y dañar ciertas ruedas de cierto coche, ¿verdad? —Guiñó un ojo varias veces—. ¡Qué astuto, señor Hollister! Naturalmente, a mí ya se me había ocurrido esa idea antes.

—Por supuesto. Pero responda a mi pregunta, por favor.

—La verdad es que sí; alguien se ausentó del despacho bastante tiempo.

—¿Quién fue?

—Yo misma. Vine a admirar la colección de mi tío. No sé si alguien más salió mientras yo estuve fuera. Pudo hacerlo, por supuesto; estuvimos aquí un buen rato.

—¿Estuvieron? ¿Quiénes?

—El profesor Dorian y yo. Verá, yo estaba aquí mismo, donde estamos ahora, contemplando esta misma estela de piedra; entonces Alec... es decir, el profesor Dorian, apareció por detrás y me dio un susto de muerte, justo como ha hecho usted, y... —Elizabeth se detuvo súbitamente y se quedó callada, con los ojos entornados—. Espere un momento... Espere sólo un momento... ¡Pudo haber venido del garaje! Pero no, eso es imposible, ridículo... ¿O quizá sí? Pero no, no puede ser... ¿O tal vez...?

Bob aguardó a que Elizabeth dejase de dialogar consigo misma y luego preguntó:

—¿Por qué dice usted que es imposible?

—Porque el profesor Dorian no haría una cosa así. Es un hombre muy educado.

—Educado o no, es el único de los presentes que hoy dormirá con su pijama, pues se ha traído una maleta, como si ya supiera que iba a pasar aquí la noche. Eso es muy llamativo.

—No veo nada raro. Él dijo que eran cosas que le habían mandado de su excavación porque las olvidó al venir a Nueva York.

—Exacto, eso es lo que él dijo.

—Señor Hollister, mejor no juguemos a eso de quién de los presentes parece más sospechoso, porque usted tiene todas las de perder.

—¿Quién? ¿Yo?

—Claro que sí. Le recuerdo que aún no he obtenido por su parte ninguna explicación satisfactoria sobre qué hacía usted anoche en mi habitación. Además, si yo le cuento que he sido la única en ver un cadáver en un cuarto de baño, está dispuesto a creerme; pero en cambio pone en duda las explicaciones de Alec sobre su equipaje. Eso no me parece nada justo.

—Quizá yo no esté tan inclinado a creer todo lo que cuenta el profesor Dorian porque aún no me refiero a él como Alec —repuso Bob, molesto.

Elizabeth sonrió.

—Oh, no me diga que está usted celoso. ¡Qué amable por su parte!

Bob notó que las orejas se le encendían. Abrió la boca para emitir una enérgica protesta («¿Celoso yo? ¿De qué diablos habla?»), pero, justo en ese momento, tía Sue apareció por el pasillo que conducía al comedor.

—Elizabeth, Elizabeth, tesoro... ¿Dónde te metes? Me tenías muy preocupada —dijo la mujer—. Hace horas que saliste del comedor. Por favor, no desaparezcas de esa forma. Dadas las circunstancias, me parece una temeridad.

—No hace horas que salí del comedor, tía. Apenas han transcurrido diez minutos.

La dama no le prestó atención. Estaba muy agitada y no paraba de rebuscar convulsivamente en su bolso.

—¡Este asunto está destrozando mis pobres nervios! Deberíamos permanecer todos juntos. Es probable que haya un criminal oculto en alguna parte de la casa.

—¿Por qué dice eso, señora Hamilton? —preguntó Bob.

—¿Es que no lo ha oído? ¡Ese caníbal que estaba en el sótano ha desaparecido!

—Era un cuerpo embalsamado, tía.

—¿Y nosotras qué sabemos? Quizá sólo estaba sumido en un estado letárgico o algo parecido. Una vez leí en el periódico sobre un hombre al que creían muerto y sólo estaba en coma. Despertó años después metido en un panteón familiar... ¡Oh, qué horror! ¡Qué horror! ¿Por qué tuvimos que salir de Rhode Island? ¡Nunca oí que en Providence los muertos echasen a andar!

Elizabeth pasó un brazo sobre el hombro de su tía y tomó una de sus manos con cariño. La pobre mujer temblaba igual que un gorrión.

—Cálmate, tía. No pasa nada. Te prometo que esta noche nadie nos hará daño. Y en caso de que hubiera un asesino caníbal, ¿no te das cuenta de que se comería primero al doctor Culdpepper, que está más gordo?

Como consuelo, dejaba bastante que desear; no obstante, tía Sue parecía tranquilizarse poco a poco. Las dos mujeres se alejaron de regreso al comedor.

Bob dejó escapar un largo y sonoro suspiro. Tres cosas amenazaban con sacarlo de sus casillas aquella noche: la primera era la identidad del saboteador, la segunda, el paradero de Tommaso Felice, y la tercera verse obligado a mantener otra conversación con Elizabeth Sullavan.

ELIZABETH y tía Sue tomaron café en el despacho con los hombres. Ryan lo sirvió allí después de la cena. Había un ambiente taciturno en la reunión. Las conversaciones eran escasas y a media voz, y la mayoría de los presentes permanecían arrinconados en las esquinas, con la mirada sumergida en la taza.

Elizabeth buscó a Bob de un vistazo, pero el joven no se encontraba allí. Probablemente estuviese en la cocina, junto con el mayordomo. Era una lástima: de todos los presentes, era con el único con el que no le habría importado hablar en ese momento.

No lo habría admitido en voz alta, pero lo cierto era que se sentía bastante intrigada por aquel chófer. Tenía la sensación de que ocultaba cosas fascinantes y, al mismo tiempo, se sentía inclinada a pensar igual que él con respecto a los sucesos que estaban ocurriendo: también a ella se le había pasado por la cabeza la idea de que alguno de los asistentes hubiera sido el culpable del destrozo de los coches.

¿Quién podría haberlo hecho? Disimuladamente, Elizabeth estudió a los hombres como si estuviese juzgando a los participantes de un concurso de talentos.

Descartaba al conde de Roda y al doctor Culdpepper: demasiado viejos. Si Culdpepper se hubiese agachado para rajar las ruedas, era difícil que hubiera podido levantarse solo. En cuanto al conde, no parecía de la clase de aristócratas que se dedicaban a trastear con coches ajenos. Seguramente habría preferido que alguien lo hiciese por él.

Tampoco veía al señor Clarke en semejante tesitura: sus manos eran demasiado finas, y sus uñas temblarían de espanto si se acercaran a un cuchillo que no tuviese como objeto limarle las cutículas. De igual modo, no sospechaba de Alec, y prefería pensar que había alguna razón para ello que no fuese solamente llevar la contraria a Bob.

Sus dos favoritos eran sir Cecil y el doctor Itzmin. El inglés no hacía más que levantar la voz y quejarse por todo; aunque Elizabeth tenía que admitir que no creía realmente que sir Cecil y el acuchillador de ruedas fuesen la misma persona; sólo le habría gustado que fuese así. El doctor Itzmin, en cambio, era un sospechoso evidente; pero Elizabeth había leído suficientes novelas policíacas para saber que el culpable siempre era quien menos se esperaba. Aquel axioma señalaba directamente a tía Sue. Quizá las novelas policíacas no fuesen un buen manual de criminología, después de todo.

Era un juego divertido tratar de averiguar quién era el culpable, pero, a la larga, terminaba por ser frustrante. El principal problema era que, por más que Elizabeth se devanase los sesos intentando desenmascarar al que pinchó las ruedas, siempre se acababa atascando en el mismo punto: no se imaginaba por qué nadie querría hacer algo tan absurdo.

La joven suspiró. Dio un sorbo a su café, pero se le había quedado frío.

—Señor Clarke —dijo.

El abogado estaba sentado en una butaca, con la mirada perdida en el interior de su taza vacía. Elizabeth tuvo que llamarlo un par de veces más para que saliese de su ensimismamiento.

—Disculpe, señorita Sullavan. Estaba distraído.

—No es nada. Me preguntaba si podríamos irnos ya a dormir.

El caballero la miró con los ojos velados de aturdimiento, como si no hubiese entendido bien la pregunta. Claramente, su cabeza estaba en otra parte.

—Ah, sí... Por supuesto, puede retirarse cuando lo desee.

—Me encantaría hacerlo si supiera exactamente cual será mi habitación. Imagino que los demás tendrán la misma duda y que por eso aún seguimos todos deambulando por aquí.

—Tiene razón. Qué despiste el mío. Disculpe.

El señor Clarke llamó la atención de los presentes. Dijo que, en vista de que no parecía haber nada mejor que hacer, sería una buena idea que todos se retirasen a descansar. Nadie le llevó la contraria. Alec fue en busca de Ryan a la cocina y, poco después, todo el grupo se dirigía hacia la planta de arriba. El mayordomo encabezaba la comitiva y Bob iba detrás, rezagado.

El segundo piso de Magnolia era un largo y estrecho pasillo con múltiples puertas a cada lado. Allí no había antigüedades en vitrinas, siendo el único mobiliario unos pocos objetos cubiertos con sábanas. El corredor estaba limpio pero, a pesar de ello, lucía un aspecto abandonado. Ryan iba abriendo puertas de diferentes dormitorios con un manojo de llaves.

—Este lugar parece un hotel —observó Elizabeth—. ¿Tantos invitados tenía mi tío?

—La mansión fue construida por el abuelo de su tío, un antiguo terrateniente —aclaró el abogado—. Se diseñó para albergar a una gran familia y a numerosos visitantes, como solían ser las casas solariegas de su época. Muchos de estos dormitorios hace décadas que no se utilizan.

Por el aspecto que lucían, Elizabeth estaba segura de ello. Aunque ordenados, había tanto polvo en ellos que algunos muebles parecían estar envueltos en una sutil bruma harinosa.

—Siento no haber tenido tiempo de adecentarlos un poco —refunfuñó el mayordomo.

—No se preocupe, Ryan; nos hacemos cargo —dijo el doctor Culdpepper—. Suerte que tengamos todos una habitación donde poder pasar la noche.

El sirviente terminó de abrir las puertas y luego se dirigió al grupo.

—Lo siento, pero no hay suficientes dormitorios para todos.

—Mi tía y yo compartiremos uno, ¿verdad, tía Sue?

—¡Oh, por supuesto! Por nada del mundo dormiría sola en este lugar.

—Aun así, siguen sin ser suficientes —insistió Ryan—. Somos diez personas y, contando con el de servicio en la planta baja, sólo hay ocho dormitorios. Uno de ustedes tendrá que dormir en un sofá.

Nueve caras se volvieron hacia Bob.

—Oigan, que a mí tampoco me importa compartir dormitorio con alguien... —dijo. Al ver que era respondido con un explícito silencio, dejó caer los hombros con gesto abatido—. Está bien, está bien: el chófer al sofá... ¿No prefieren que me acurruque debajo de la pila del fregadero?

—Venga conmigo, le daré almohadas y algunas mantas.

Ryan guió a Bob por la escalera hacia el piso de abajo. El resto se quedó en el pasillo ante las puertas de sus respectivos dormitorios, mirándose unos a otros como si aguardasen algún tipo de señal. Elizabeth reparó en que cada uno de los miembros de la Sociedad Arqueológica de Magnolia llevaban en la mano su estatuilla.

—Bien —dijo Clarke—, les sugiero que intenten descansar. Mañana nos levantaremos temprano. Buenas noches a todos. —El abogado vaciló un instante y añadió—: Todas las puertas tienen pestillos. Quizá deseen utilizarlos.

Entró en su habitación y cerró la puerta.

La tormenta dejó caer un trueno y, como si ésa fuese la señal que todos estaban esperando, los demás caballeros musitaron una despedida y fueron entrando en sus dormitorios, provocando una serie de rítmicos portazos.

—Buenas noches, Elizabeth.

—Buenas noches, Alec.

El arqueólogo sonrió tímidamente.

—Veo que compartimos la pared. —Pareció ruborizarse un poco—. Si necesitas algo, no dudes en llamarme. Saltaré de la cama dando un bote. —Levantó la maleta que tenía en la mano y guiñó el ojo fugazmente—. No te preocupes, tengo pijama.

—¿Sí? Pues nosotras no —intervino tía Sue—. Buenas noches, profesor Dorian. —Metió a su sobrina en el dormitorio con un leve empujón y cerró la puerta a sus espaldas.

—Eso ha sido muy descortés, tía.

—¡Qué desfachatez! ¡Flirtear contigo de esa manera...! Cuando yo tenía tu edad, los muchachos eran mucho más mesurados.

—No estaba flirteando —dijo Elizabeth. Se miró de refilón en un espejo y se atusó el pelo con una sonrisa—. ¿Crees que estaba flirteando?

—¡Oh, cielos...! —Tía Sue no paraba de frotarse las manos con movimientos nerviosos—. Nosotras aquí, encerradas en una lóbrega mansión con una momia suelta, y tú sólo te preocupas por ese joven de la maleta. ¿Es que no tienes juicio, criatura?

—No hay ninguna momia suelta en ninguna parte.

—La hay, lo sé. Puedo sentirlo. Huelo el peligro en el aire, y seguro que no soy la única. Además, ¿qué ha querido decir el señor Clarke con eso de que quizá queramos echar el pestillo de la puerta? Tesoro, ¡estoy tan asustada...!

—Te aseguro de que no hay nada de qué preocuparse. Ven, vamos a acostarnos. Un sueñecito y verás como mañana a estas horas te sientes mucho mejor.

—No creo que pueda pegar ojo en toda la noche...

A pesar de sus temores, tía Sue comenzó a emitir suaves ronquidos apenas hubo colocado la cabeza sobre la almohada. Entretanto, Elizabeth permanecía sobre la cama, con las manos detrás de la nuca y la mirada perdida en la oscuridad. De vez en cuando el fogonazo de un relámpago hacía chispear sombras en el dormitorio.

Los párpados empezaron a pesarle. Sin darse cuenta, sus pensamientos se convirtieron en sueños descabellados en los que un doctor Itzmin con rasgos de calavera abría la mandíbula y ululaba como una lechuza. Detrás de él estaban Bob y tía Sue; él llevaba un gigantesco turbante en la cabeza y la tía fumaba un cigarro interminable. Ella le regañaba: «Se lo advierto: no flirtee más con mi sobrina. En mis tiempos los jóvenes no llevaban turbantes tan impúdicos». De pronto aparecía un hombre vestido de indio norteamericano, con mocasines, pantalones de piel y una cinta con plumas. Elizabeth lo conocía: era el mismo hombre que había caído sobre ella en el baño del hotel. En la espalda tenía clavada una flecha tan larga como un palo de billar. Caminaba a trompicones hacia la muchacha, con la cara agarrotada por el dolor. La agarraba de los hombros y señalaba al grotesco doctor Itzmin con cabeza de calavera. Tía Sue le daba golpes con una maleta llena de pijamas.

«¡Deja en paz a mi sobrina, maldita momia!», decía, pero el hombre vestido de indio no parecía darse cuenta. Seguía agitando a Elizabeth y señalando al doctor Itzmin, que no paraba de ulular, y tenía el cuerpo cubierto de vendas.

«¡Escúchelo! ¡El tecolote canta! ¡El indio muere!», gritaba el hombre. Gritaba sin parar. Cada vez más alto. Cada vez más fuerte.

El grito la despertó.

Se incorporó. El cuerpo empapado en sudor y la cabeza dolorida. Tía Sue roncaba a placer. Al otro lado de la ventana, el rumor de la lluvia.

Elizabeth permaneció quieta en la oscuridad.

De pronto un alarido partió la tormenta. La joven sintió que el corazón se le encogía; alguien había gritado en el pasillo.

Tía Sue ni siquiera se movió. Elizabeth aguardó durante segundos eternos, con los nervios en tensión. Quizá no había ocurrido. Quizá aún soñaba.

Entonces oyó puertas que se abrían al mismo tiempo, pasos apresurados y voces en el pasillo. Ahora estaba segura de no estar soñando. Saltó de la cama, se calzó y se puso la ropa de cualquier manera. Abrió la puerta y se asomó al exterior.

Todos los hombres estaban en el corredor, despeinados y con las prendas arrugadas. Formaban un corro alrededor de una de las puertas. El doctor Culdpepper la golpeaba.

—Adam... ¡Adam! ¡Abre! ¡Soy yo, Elliott!

Elizabeth se acercó.

—¿Qué ocurre? He oído gritar a alguien.

El conde de Roda, que tenía aspecto de acabar de caerse de la cama, la miró. Estaba pálido.

—¡Señorita Sullavan...! ¿Dónde está su tía?

—Duerme. ¿Qué está pasando?

—Es Adam —respondió Alec, que no tenía mejor aspecto que el español—. Gritaba como un alma en el infierno, pero ahora no abre la puerta.

El doctor Culdpepper seguía insistiendo, cada vez más angustiado.

—Adam, por favor, ¡déjanos pasar! —Dirigió una mirada al resto de los hombres—. Es inútil, no contesta.

—¡Pues entremos de una vez! —saltó sir Cecil, que estaba en camiseta—. Esto es ridículo.

—¿Cree que no lo he intentado? La puerta está cerrada.

—Ryan —llamó Alec. El mayordomo estaba en un lado, con una vieja bata puesta sobre su pijama y los cabellos convertidos en un zarzal—. ¿No hay alguna llave maestra en la casa?

— Sí, profesor Dorian. En la cocina, ¡voy a buscarla!

Salió corriendo hacia el piso inferior. El doctor Culdpepper siguió golpeando la puerta y llamando al abogado, pero sólo obtenía el silencio por respuesta. Tras él, Bob contemplaba la escena en silencio con gesto ceñudo. Elizabeth se dio cuenta de que faltaba alguien en el grupo.

—¿Dónde está el doctor Itzmin? —preguntó.

—No ha salido de su habitación. Supongo que tiene el sueño pesado, igual que su tía —respondió Bob.

Ryan regresó a la carrera, haciendo ondear su bata. Los demás se apartaron del acceso al dormitorio mientras el mayordomo trataba de abrir la cerradura con la llave maestra sin éxito.

—¡Debe de haber echado el pestillo! —exclamó, angustiado.

Alec golpeó la puerta con el puño.

—Maldita sea... ¡Adam, abre la puerta! —Como única respuesta obtuvo un silencio que no auguraba nada bueno—. Es suficiente. Voy a echarla abajo.

El doctor Culdpepper dudó.

—¿Lo crees necesario, Alec? Quizá sólo ha tenido una pesadilla...

—¡Nadie grita de esa forma por una simple pesadilla! —respondió el arqueólogo, alterado—. ¡Parecía que lo estaban torturando! Me da igual lo que opines, Elliott, voy a entrar ahí de una manera o de otra.

—Está bien, pero, antes de destrozar nada, será mejor que contemos con el permiso de la dueña de la casa. ¿Qué dice usted, señorita Sullavan? ¿Podemos derribar la puerta?

Elizabeth se sorprendió al verse interpelada de esa forma. Había olvidado que ahora la mansión era suya.

—Claro... Por supuesto, doctor. Adelante, hagan lo que les parezca...

—Esperen —dijo Bob—. Déjenme probar a mí. Estas puertas son antiguas, con el pestillo en forma de gancho. Quizá pueda forzarlo. ¿Alguien tiene una tarjeta de visita o algo sólido que quepa por el resquicio de la puerta?

—Tome. Inténtelo con esto —dijo Culdpepper sacando un limpiapipas del bolsillo del pantalón.

El chófer introdujo el extremo del limpiapipas por una rendija y fue subiéndolo lentamente hasta que algo lo obstaculizó. Luego ejerció una pequeña presión hacia arriba, se oyó un chasquido y un sonido de algo metálico que golpeaba contra la madera.

Bob se hizo a un lado y dejó que el doctor Culdpepper utilizara la llave maestra para abrir la puerta. Los otros hombres se dispusieron a entrar en tropel, pero el anciano se interpuso en el umbral.

El señor Clarke estaba tendido en el suelo de espaldas; su cuerpo parecía deslavazado como el de una marioneta sin cuerdas. Tenía la mano agarrotada sobre el pecho, con las puntas de los dedos clavadas en la carne y mostraba una expresión rota en mitad de un silencioso grito, con los ojos fuera de sus órbitas.

—Quédense donde están —ordenó Culdpepper—. No se muevan... Señorita Sullavan, ¡no entre aquí! ¡Que nadie entre!

De pronto parecía diez años más viejo. Temblando, se acercó al cuerpo del abogado y le tomó el pulso en el cuello. Durante un segundo no se oyó ni una respiración.

El médico apartó los dedos como si algo le hubiese quemado y luego miró a los demás hombres, con expresión lúgubre.

—¿Qué ocurre, Elliot? —preguntó el profesor Dorian—. No estará...

—Muerto. No hay nada que hacer, lo siento, Alec. El corazón... Ha debido de ser el corazón.

El conde de Roda hizo la señal de la cruz.

Nadie se movió. Parecía que el impacto los hubiera congelado.

Elizabeth creyó encontrarse aún en medio de una pesadilla. Todo parecía tan irreal, tan inconcebible... La joven apenas podía asumir que el abogado de tío Henry, con su porte de estrella de cine, su brillante sonrisa y sus trajes caros, de pronto yaciera fulminado por un ataque al corazón.

—No puedo creerlo —dijo sir Cecil—. Parecía tan... sano... Hace un momento...

—Nunca sufrió del corazón —señaló el arqueólogo. Al igual que el doctor Culdpepper, parecía haber envejecido de pronto—. Jamás. Nosotros lo habríamos sabido. —Elizabeth detectó algo extraño en su tono de voz, como si el profesor Dorian estuviese lanzando una velada acusación—. ¡Miren su cara! ¡Su expresión! Es un gesto de terror... Está claro que vio algo antes de morir, algo que lo horrorizó.

—Está usted alarmando a la dama aquí presente, profesor —dijo el conde—. Su idea es descabellada de todo punto. ¿Qué sugiere usted que pudo haber visto? No hay nadie en la habitación y la puerta estaba cerrada por dentro.

Alec se encaró al conde con gesto de desafío.

—¡No lo sé! Pero, fuera lo que fuese, eso lo mató.

Un murmullo de inquietud recorrió los labios de los otros hombres. Elizabeth miró a Bob casualmente. El joven permanecía apartado del grupo y se acariciaba la cicatriz con el dedo índice. En ese momento lanzó una mirada hacia el fondo del dormitorio y dijo:

—¿Alguno de ustedes se ha fijado en el espejo?

Elizabeth, al igual que los demás, siguió la dirección de los ojos del chófer hacia un espejo en la pared del fondo del dormitorio. Alguien había trazado dos letras sobre la capa de polvo que lo cubría.

—T... F... —leyó sir Cecil—. ¿Qué significa eso?

—¿No es evidente? —dijo Bob. Había un ligero eco burlón en su voz—. T F: Tommaso Felice, el Caníbal de Albany.

El doctor Culdpepper carraspeó.

—Caballeros... —Dirigió una mirada a Elizabeth—. Y señorita. En este momento son las tres menos cuarto de la madrugada. Dentro de pocas horas habrá amanecido, y entonces saldremos de aquí y nos pondremos en contacto con la policía para comunicar este... horrible suceso. Hasta entonces, creo que lo mejor será que Ryan y Alec se lleven el cuerpo abajo; hay una despensa frigorífica en la cocina. Los demás regresaremos a nuestras habitaciones.

—¿Eso es todo? —exclamó sir Cecil con acritud—. ¿Nos metemos tranquilamente en la cama, como si no hubiese ocurrido nada?

—¿Tiene usted una idea mejor, señor cónsul? Si es así, me gustaría oírla.

El diplomático movió la boca sin saber qué decir. Finalmente hizo un gesto de impotencia y exclamó:

—¡Todo esto no tiene ni pies ni cabeza!

—Lo sé. Pero ha ocurrido. Y creo que lo más juicioso por nuestra parte es que mantengamos la sangre fría y no perdamos la calma. Mañana dejaremos este asunto en manos de las autoridades. No podemos actuar de otra manera. —Aquellas palabras fueron acatadas con un profundo silencio—. Ryan, por favor, deme la llave del dormitorio. Esta puerta ha de permanecer cerrada, y nadie debe entrar aquí hasta mañana. Creo que será lo correcto.

Sir Cecil fue el único en manifestar una objeción.

—¿Y quién se quedará con la llave? ¿Usted?

—Considero que lo lógico es que sea la dueña de la casa quien la guarde. ¿Tiene algún inconveniente, señorita Sullavan?

—No, por supuesto... —respondió Elizabeth, aturdida.

—Correcto, entonces. Supongo que no será necesario señalarle que no debe entregar esta llave a nadie que no sea la policía.

Entre el profesor Dorian y el mayordomo cubrieron el cadáver con una sábana y después cargaron con él hacia el primer piso, en medio de un silencio de velatorio. El doctor Culdpepper cerró la puerta del dormitorio y echó la llave, luego se la dio a Elizabeth. Ella la apretó dentro del puño, como si temiese que fuese a desaparecer.

Nadie se movió del pasillo hasta que vieron a Alec subir de nuevo por la escalera, como si hubieran querido asegurarse de que regresaba sano y salvo.

—Ya está —dijo el arqueólogo—. Lo hemos dejado en... —La voz le falló.

—¿Y el señor Ryan? —preguntó Elizabeth.

—Se ha quedado en su dormitorio. La impresión lo ha noqueado... Igual que a todos nosotros.

—Pobre hombre... ¿Creen que es buena idea que se quede solo en el piso de abajo?

—No está solo; yo monto guardia en el sofá, ¿recuerda? —respondió Bob.

—Pero, ¿y si...? —La joven se interrumpió. Estuvo a punto de preguntar qué ocurriría si alguien lo atacaba, pero entonces se dio cuenta de que su pregunta sonaría ridícula. O puede que la tomaran en serio, y eso le causaba mucho más temor.

—No ocurrirá nada más esta noche —atajó el doctor Culdpepper—. Mañana nos despertaremos y todo esto quedará como un desagradable recuerdo.

Elizabeth se estremeció; algo parecido había dicho el señor Clarke antes de aparecer muerto en su dormitorio.

Los hombres regresaron a sus habitaciones. Algunos deseaban las buenas noches con tono fúnebre, dejándose llevar por una cortesía tan mecánica como incongruente. Bob volvió al piso de abajo, los diplomáticos se escabulleron a sus dormitorios y el doctor Culdpepper fue de los últimos en meterse en su habitación. Elizabeth y Alec se quedaron solos en el pasillo.

—¿No entras, Alec? —preguntó ella.

—No hasta que vea que lo haces tú. No quiero dejarte sola en el pasillo ni un segundo.

—Te lo agradezco.

—Escúchame, no sé qué es lo que ha ocurrido aquí esta noche, pero... ¿Te pareceré un idiota si te pido que me prometas que no abrirás la puerta a nadie, bajo ningún concepto?

—¿Quién iba a llamar...?

—Tú sólo prométemelo. Por favor.

Había verdadera desesperación en sus ojos. Y algo más. ¿Quizá temor?

—Está bien. No abriré a nadie.

—Sea quien sea, ¿entiendes? Aunque te parezca mi voz, aunque te parezca cualquier voz que creas conocer. No dejes que nadie entre en tu habitación.

—Alec, me estás asustando.

—Me alegro. Prefiero que pases la noche asustada y verte por la mañana a que... Harás lo que te pido, ¿verdad?

Elizabeth volvió a prometerlo y pareció que aquello lo tranquilizaba. Se despidieron y luego ella entró en el dormitorio.

Tía Sue seguía absolutamente entregada al sueño. La joven se metió en la cama, tapándose con las mantas hasta la nariz. Sentía como si en cada sombra hubiese un par de ojos que la observaran. Ojos de una cabeza embalsamada.

Alguien golpeó con los nudillos en la puerta.

Elizabeth emitió un leve gemido. No era verdad, nadie había llamado. Era un producto de su imaginación. Si fingía que no había oído nada, quizá...

(Toc-toc.) La puerta. Otra vez. (Toc-toc.) Varias veces. Con insistencia.

Una voz siseó por debajo de la rendija.

—Señorita Sullavan... Señorita Sullavan...

Elizabeth cerró los ojos con fuerza y se tapó la cabeza con la manta.

—Señorita Sullavan, déjeme entrar...

En su mente veía a un hombre calvo, monstruoso, con los ojos repletos de venas rojas, relamiéndose un par de labios carnosos recubiertos de sangre.

—Déjeme entrar... —susurró la voz, aún más apremiante.

—Márchese —dijo Elizabeth, con la voz más firme de lo que ella habría esperado—. Sea quien sea, no voy a abrir la puerta.

—No diga tonterías y déjeme pasar.

—Eso querría, ¿verdad? ¡Ni pensarlo! ¡Vaya a comerse a otra persona!

—Pero ¿de qué demonios habla? ¿Se ha vuelto loca? Abra de una vez. ¡Soy Bob!

—¿Señor Hollister? —Su miedo se rebajó un poco, pero no lo bastante para olvidar la advertencia de Alec. Salió de la cama y arrimó la mejilla a la puerta—. ¿Qué quiere usted?

—Abra y se lo explicaré. Dese prisa, antes de que me vea alguien.

—De eso nada. ¿Cómo puedo saber que es usted y no otra persona que pretende engañarme?

—¿Y qué quiere, que pase la pezuña por debajo de la puerta?

—No... —Elizabeth tuvo de pronto una idea que le pareció bastante buena—. Antes respóndame a una pregunta: ¿quién dirigió *Al servicio de las damas*?

—Oh, diablos... Está bien; Gregory La Cava. ¿Contenta?

—No. Se equivoca.

—¿Cómo que...? ¡Gregory La Cava, ya se lo he dicho!

—Está en un error, tal como le señalé anoche en el hotel.

—Vamos, señorita Sullavan, abra la puerta. Es usted muy lista, una idea genial, pero ya le he demostrado que soy yo en realidad, ¿qué más quiere?

— Sólo que admita que estaba usted equivocado y que yo tenía razón. Nada más.

—¡Por todos los...! Muy bien; la dirigió Ernst Lubitsch. ¿Contenta?

—¿Y quién era el actor principal?

—Maldita sea. William Powell.

—Ha vuelto usted a fallar. Pruebe de nuevo.

—¡Oh, Dios...! ¿John Barrymore?

—Correcto. Entonces ¿quién tenía razón?

—Usted.

—¿Y quién estaba equivocado?

—Yo. Yo, maldita sea, ¡yo! Es usted la dichosa reina de las cinéfilas. ¿Le vale así? —Elizabeth sonrió ampliamente. Se incorporó y abrió la puerta con cuidado. Lo primero que vio fue a Bob apoyado en la jamba con los brazos cruzados y la boca torcida—. Señorita Sullavan, ¿disfruta poniendo a prueba la paciencia de todos sus semejantes o es que conmigo se esmera de forma especial?

—Vamos, no se enfade... Cualquier impostor podría haber respondido que Gregory LaCava dirigió esa película, pero sólo el verdadero señor Hollister sabría cuál era el nombre que yo pensaba que era correcto. ¿No le ha parecido un ardid de lo más astuto?

—Prefiero guardarme mi opinión, si no le importa.

—Tan sólo admita que yo he sido más lista.

—Es usted un brillante faro de inteligencia. ¿Alguna cosa más? ¿Desea usted que le talle un pedestal de mármol con los dientes?

—De momento no será necesario. Me conformo con que me diga qué hace en mi habitación con tanto secreto... por segunda vez. Empiezo a pensar que siente usted una enfermiza tendencia a colarse en mi dormitorio en medio de la noche, señor Hollister.

—Necesito la llave del cuarto del señor Clarke. La tiene usted.

—¿Y para qué la quiere?

—Ya que es usted tan inteligente, debería suponerlo: para poder entrar en ella.

—No me diga. ¿Y por qué quiere hacer algo semejante?

—Prefiero no tener que explicárselo.

—¿Sabe? Ése no es el camino correcto que debe seguir si quiere que le dé la llave que yo misma prometí no entregar a nadie salvo a la policía.

Bob puso un gesto amenazador.

—Podría decir que yo se la he quitado. Soy más fuerte que usted.

—Eso es muy discutible, pero, en todo caso, seguro que yo chillo más alto. Vamos, señor Hollister, ¿recuerda de lo que hablamos antes? Sea amable, sea humilde... Yo sé que es capaz de hacerlo. Volvamos a empezar: ¿para qué quiere entrar en el dormitorio del señor Clarke?

Bob suspiró, haciendo acopio de todas sus dosis de autocontrol.

—Necesito comprobar una cosa.

—Mucho mejor. ¿Y qué es ello?

El joven se rindió.

—De acuerdo, usted gana... ¿Recuerda que el señor Clarke llevaba algo en la mano cuando entró en su habitación, antes de que todos nos fuésemos a la cama?

—O al sofá, en su caso —puntualizó Elizabeth—. Sí, lo recuerdo. Era su Príncipe de Jade. Alec y el doctor Culdpepper también llevaban cada uno el suyo.

—Bien. Y, hace un momento, cuando encontramos su cadáver en el dormitorio, ¿recuerda haber visto el Príncipe en algún sitio?

—No me fijé muy bien, aunque ahora que lo dice... No, la

verdad es que no. Pero eso no significa nada; el señor Clarke podría haberlo guardado.

—¿Dónde? No tenía maleta, sólo un portafolios en el que apenas cabían unos cuantos papeles. En el dormitorio no había armarios ni cajones, salvo los de una cómoda que estaba completamente cubierta de polvo y que era evidente que nadie había tocado en años. —Bob bajó el tono de voz hasta hacerlo casi inaudible—. Escúcheme bien: el Príncipe no estaba por ninguna parte.

—Pero usted no entró en la habitación. No puede estar seguro de eso.

—Por eso necesito la llave, tengo que comprobarlo.

—¿Por qué? ¿Qué le importa a usted si el Príncipe sigue ahí o no?

Bob dejó escapar un suspiro de impaciencia.

—Oh, eso qué más da. Sólo... me gustaría comprobarlo, ¡nada más! ¿Comprende? Llámelo curiosidad si quiere o... —Se quedó un rato sin saber qué decir, como si le faltasen las palabras. Luego preguntó—: ¿Me dará la llave o no?

Elizabeth reflexionó sólo durante unos segundos.

—Está bien. Se la daré. Pero con una condición: yo entraré con usted.

—¿Existe alguna manera de evitar que eso ocurra?

La joven sonrió y le dio una palmadita en la mejilla.

—¡Pobre señor Hollister! Sabe usted perfectamente que no. Andando. Y no haga ruido; no queremos que nadie se despierte.

Elizabeth cogió la llave y salió del dormitorio cerrando la puerta con cuidado. De puntillas, atravesó el pasillo en dirección a la habitación del señor Clarke.

Bob no se movió de donde estaba durante un breve instante. Miraba a la muchacha con expresión taciturna. Se llevó la mano a la mejilla, sin darse cuenta de que lo hacía, y rozó la cicatriz con la punta de sus dedos, justo en el lugar dónde ella lo había tocado.

ELIZABETH Y BOB entraron en el dormitorio del señor Clarke. El único rastro que quedaba del difunto abogado era la cama deshecha y las dos letras dibujadas en el espejo.

Al ver los zapatos del abogado, colocados pulcramente uno junto al otro a un lado de la cama, Elizabeth no pudo evitar que una imagen desagradable acudiera a su mente: la del cuerpo del finado tendido en algún lugar del piso de abajo, con dos pies enhiestos y metidos en un par de calcetines, asomando por un extremo de la colcha que envolvía sus restos mortales. Aquello le resultó aún más macabro que el recuerdo del cuerpo inerte del señor Clarke sobre la moqueta del dormitorio. Experimentó un escalofrío que hizo que todo su cuerpo temblase.

Bob no se dio cuenta de ello. El joven estaba ocupado en registrar toda la habitación, aunque no había muchos lugares donde buscar. Aparte de la cama, la cómoda y una silla en un rincón, el único mueble importante que adornaba el dormitorio era una estantería empotrada en una pared lateral. En sus baldas sólo había libros, ni rastro del Príncipe.

—Lo que suponía —dijo el chófer—. No está.

—¿Ha buscado usted bien? Puede que el señor Clarke lo escondiese en alguna parte.

—No hay muchos lugares donde mirar. No está en la cómoda, ni debajo de la cama ni tampoco en la estantería. El Príncipe se ha esfumado... O alguien se lo llevó.

—Eso no es muy probable —dijo Elizabeth, pensativa—. La puerta estaba cerrada por dentro, y no parece que nadie entrase por la ventana. Fíjese, también tiene echado el pestillo.

—Curioso —dijo Bob para sí—. Sabemos que lo tenía cuando entró, pero ahora no está. Es evidente que alguien ha tenido que llevárselo, pero tanto la puerta como la ventana fueron cerradas desde el interior.

—Qué tontería...

—¿Se le ocurre a usted una idea mejor, acaso?

—Claro. Colgarlo al lado de la puerta.

Bob miró a Elizabeth como si acabase de hablar en algún idioma desconocido. Ella contemplaba la pared que tenía frente a sí.

—¿Se puede saber qué diablos está diciendo? ¿Por qué iba a colgar nadie el Príncipe al lado de la puerta?

—¿El Príncipe...? No, yo hablaba del perchero. ¿Ha visto usted qué lugar más absurdo para colgarlo? Además, no combina con el resto de la decoración.

—¡No me estaba escuchando!

—Bueno, tampoco veo por qué habría de hacerlo. No todo lo que usted dice es tan interesante, ¿sabe? —Bob iba a replicar, pero ella no le dio oportunidad de hacerlo—. Además, sí que le estaba escuchando... De hecho, me ha recordado usted a ese relato tan misterioso, ese en el que se oyen gritos y disparos en una habitación cerrada y luego se descubre el cuerpo de una joven en su interior... ¿Cómo se llamaba?

—Se refiere usted a *El misterio del cuarto amarillo*, de Gaston Leroux.

—No, no lo creo; yo nunca leo libros escritos por franceses... Es igual, ya me acordaré. Lo que quiero decir es que esto es como en el relato: parece que nadie había entrado ni salido de esa habitación, pero era evidente que no había sido así; exactamente como en este caso.

Bob se acarició la cicatriz.

—Hay algo que se nos escapa... —dijo. Elizabeth soltó una risita—. ¿Qué le ocurre?

—No, nada, perdone... Es que de pronto me ha hecho usted mucha gracia, con esa cara tan seria y eso de «Hay algo que se nos escapa». Sólo le falta la pipa y la gorra de cuadros.

—Al menos yo no me distraigo pensando en cómo recolocar los percheros.

—Está bien, está bien; tiene razón. Mire, hagamos una

cosa: busquemos otra vez. Yo le ayudaré, y prometo no reírme.

Bob adoptó una actitud enfurruñada, como un niño pequeño al que le estuvieran estropeando el juego, y se puso a inspeccionar la estantería. Elizabeth dejó vagar la mirada por el dormitorio, sin saber muy bien qué esperaba encontrar. Sus ojos se posaron en el espejo.

—Señor Hollister.

—¿Qué quiere? ¿Ha visto algún otro mueble fuera de lugar?

—Me preguntaba por qué el señor Clarke escribiría una T y una F en el espejo.

—Un aviso, claro. Con sus últimas fuerzas, quiso desvelar el nombre de su asesino: Tommaso Felice, el Caníbal de Albany, resucitado de entre los muertos.

Elizabeth se sujetó los antebrazos con las manos.

—No habla usted en serio...

—Por supuesto que no. Esa T y esa F no son más que un detalle macabro y de mal gusto. Apostaría a que la persona que se llevó el Príncipe fue la misma que escribió esas letras en el espejo... y también la que mató al señor Clarke.

—¡Dios mío! Entonces ¿usted cree que lo asesinaron? Pero el doctor Culdpepper dijo que había muerto de un infarto.

—Y su querido profesor Dorian afirmó que el señor Clarke nunca tuvo problemas del corazón. Nadie muere de miedo, señorita Sullavan.

—Eso es una tontería. Mucha gente puede morir de miedo, y empiezo a pensar que eso fue lo que le ocurrió al señor Clarke.

Bob se volvió hacia Elizabeth y la miró a los ojos.

—¿Está usted hablando en serio?

—Completamente. Fíjese; estas letras las dibujó el señor Clarke. Reconozco su caligrafía por las cartas que me envió: hacía las T con la línea horizontal inclinada hacia la derecha. Eso no es muy común, por esa razón lo recuerdo.

—¿Qué sugiere entonces, que se encontró con un asesino

fantasma, que el terror detuvo su corazón y que con sus últimas fuerzas escribió el nombre en el espejo? ¿Realmente es eso lo que sugiere?

—Reconozca conmigo que es la única versión que lo explica todo, incluso lo de la puerta cerrada por dentro; los fantasmas pueden atravesar paredes.

Ella pensó que él replicaría con alguna burla. Sin embargo, Bob la sostuvo por los hombros y la miró directamente a los ojos, con expresión severa pero no desdeñosa.

—Escúcheme bien, señorita Sullavan, los muertos no andan. No hay fantasmas. Incluso si ahora mismo saliese por la puerta y se diera de bruces con un tipo que tuviese el mismo aspecto que Tommaso Felice, le puedo asegurar que no sería el verdadero Caníbal de Albany. Siempre, ¿me entiende?, siempre hay una explicación lógica para todas las cosas que ocurren. Las personas que opinan lo contrario tarde o temprano acaban como el señor Clarke. Usted no es de esas personas, estoy seguro. Es demasiado inteligente para eso.

—«Cuando hemos descartado todo lo imposible...»

— «... lo improbable, por extraño que parezca, ha de ser la verdad.» Sí, yo también conozco esa frase. La escribió Conan Doyle, pero Conan Doyle acabó sus días engañado por un par de crías que aseguraban haber visto hadas en su jardín. No lo olvide.

Bob la miraba a los ojos. Tenía unos ojos grandes y expresivos. Elizabeth permaneció en silencio, fija en ellos.

De pronto sintió que alguien respiraba sobre su nuca. Lanzó una exclamación y se arrimó al cuerpo de Bob, asustada.

Él dio un paso atrás, sorprendido por aquella reacción. Notó la cabeza de ella pegarse contra su pecho y que un mechón de su pelo le rozaba la nariz. Olía a jabón de manzanas.

—¡Hay alguien detrás de mí! —dijo la joven cerrando los ojos y apretándose contra el chófer.

Él sintió un ardor que tiñó de rojo su cara y sus orejas. Luego recordó mirar por encima de la cabeza de Elizabeth.

—No hay nadie detrás de usted.

Ella se apartó y miró hacia atrás.

—¡Había alguien, estoy segura! ¡He notado una respiración en la cabeza!

—Lo siento... Fue sin querer —balbució Bob.

—¿Qué dice? ¡No, me refiero aquí! —Se dio un golpe en el cogote—. ¡En la nuca! ¡Alguien me ha echado el aliento en la nuca! —De pronto dio un respingo—. ¡Otra vez!

El chófer la apartó y se colocó donde estaba ella, justo de espaldas a la estantería. También percibió una ráfaga de aire en el cuello.

Sacó de su bolsillo el mechero que había encontrado en el club y lo encendió. Al colocar la llama a la altura de su cabeza, algo la hizo temblar. El joven se acercó a la estantería y pasó la mano por delante, varias veces.

—Lamento desilusionarla, pero nadie le ha echado el aliento en el cuello, señorita Sullavan. Es la librería.

—¿Ahora va a decirme que la librería respira?

—No. Por aquí sale aire. Eso quiere decir que...

—¡Hay un pasadizo secreto!

—¿No le ha enseñado su tía que es de muy mala educación interrumpir a la gente cuando habla? —dijo Bob, molesto.

—¡Un pasadizo, claro! Alguien lo utilizó para colarse en el dormitorio y robar el Príncipe del señor Clarke... ¡Naturalmente! Lo sospeché desde el principio.

—No me cabe duda —dijo el chófer con acritud—. ¿También sospechó cómo se abre o prefiere mantener el suspense y dejar que yo lo averigüe por mis propios medios?

—Parece mentira, señor Hollister... ¿Es que usted nunca va al cine?

—Seguro que no tanto como alguien que yo me sé.

—Es evidente que debe de existir algún mecanismo secreto en la estantería, quizá un libro falso o algo similar; igual que en *El gato y el canario*.

Bob reconoció para sus adentros que la idea tenía sentido. Se dedicó a explorar los volúmenes de la librería. Había demasiados para que la espectativa de empujar uno detrás del otro no le pareciera una tediosa pérdida de tiempo. Quizá podría encontrar el falso libro mediante un simple ejercicio de deducción.

—Fíjese, señorita Sullavan —dijo sin dejar de mirar la librería—, hay una serie de tomos ordenados por materias comunes, ¿se da cuenta? Su tío debió de ser un hombre muy metódico. Observe: novelas francesas en la primera balda, de Flaubert, Víctor Hugo, Balzac...; todas ellas dispuestas en orden alfabético.

—Señor Hollister...

—Por favor, déjeme terminar. En la siguiente balda tenemos obras de Edward Gibbon, lord Acton, Thomas Carlyle... ¿Qué le sugiere eso?

—No lo sé. ¿Libros muy gordos?

—Exacto; historiadores ingleses. También por orden alfabético. Después, en el estante inferior, un ejemplar del *Mahabharata*, otro del *Poema de Gilgamesh*, otro de *La metomorfosis* de Ovidio y un volumen de la *Edda* de Snorri Sturluson entre otros muchos de temática similar: mitos de la Antigüedad.

—Señor Hollister, yo creo que...

Bob se volvió hacia Elizabeth, mostrando una irritación mal contenida.

—¿Sería usted tan amable de dejar que termine mi razonamiento, aunque sólo sea por una vez, señorita Sullavan?

—Está bien, como quiera.

—Gracias. Tal y como intentaba explicarle, aparentemente la balda inferior contiene obras sobre mitología pagana, pero todas ellas fueron escritas antes del nacimiento de Cristo: el *Mahabharata*, *La metomorfosis*... Todas excepto una: la *Edda* de Snorri, que se supone que fue compuesta hacia el siglo XI o el XII. Por lo tanto, éste es el libro que no concuerda con los demás, así que no hay ninguna duda: si movemos este ejemplar, el pasadizo se abrirá. Observe.

Bob hizo un gesto digno del más avezado prestidigitador y tiró del grueso volúmen sobre leyendas escandinavas.

El libro se deslizó por la balda y cayó al suelo, abierto de par en par. No pasó nada más.

El rostro del muchacho se tiñó de rojo.

—¿Me deja que pruebe yo? —dijo Elizabeth.

Bob la invitó a acercarse a los libros con un gesto de cortés ironía, pero ella cruzó la habitación hasta alcanzar el perchero que colgaba de la pared, junto a la cama. Tiró de él y entonces se oyó el chasquido de un mecanismo, al mismo tiempo que la estantería se desplazaba unos centímetros desvelando el acceso a un oscuro corredor con paredes de ladrillo.

—Eso ha sido pura suerte... —musitó Bob.

—No, señor Hollister. Es lo que trataba de decirle antes, pero usted no me ha dejado. ¿Recuerda que le comenté lo absurdo del lugar en el que habían colocado el perchero? Lo lógico habría sido ponerlo junto a la puerta para que así uno cuelgue sus cosas nada más entrar, y no aquí, en un rincón apartado. Este es un sitio de lo más idiota, a no ser, claro, que su utilidad no tenga nada que ver con la de sostener prendas.

—Ése es un razonamiento completamente ilógico.

—Lo será para usted. ¡A saber cómo deja la ropa cuando entra en su casa! Seguro que lo tiene todo hecho un desastre.

El chófer no quiso, ni tampoco pudo, replicar a eso. Se acercó a la entrada del pasadizo secreto y asomó un poco la cabeza por el interior.

—¿No lo huele? —preguntó.

—¿Qué? Yo no huelo a nada.

—¡Exacto! Debería oler a cerrado, como un armario que lleva mucho tiempo sin abrirse. Alguien ha pasado por aquí hace poco. Y mire, en el suelo... —Señaló un pegote duro y blancuzco, junto a la moqueta—. ¡Cera! De una vela, seguramente.

—¡Qué emocionante! ¿Dónde cree que lleva este pasadizo? ¿A un laboratorio secreto tal vez?

La forma en la que Bob se introdujo a través del corredor daba a entender que sólo había una manera de averiguarlo. Con ayuda de su encendedor, pudo iluminar el camino con un círculo de luz temblorosa que permitió que Elizabeth y él avanzaran sin temor a tropezar con algún obstáculo.

—Espere, aminore el paso. Ese mechero suyo apenas alumbra nada...

Bob la cogió de la mano y, juntos, se internaron en la oscuridad.

El trayecto no fue demasiado largo. Unos minutos más tarde se toparon con una puerta de madera. Tras inspeccionarla con cuidado, Bob encontró un resorte con forma de palanca. Al accionarlo, el paso quedó libre otra vez.

Los dos jóvenes accedieron a otro dormitorio vacío que no parecía haber sido utilizado en mucho tiempo. Elizabeth miró a su alrededor, sin poder ocultar su decepción.

—Vaya por Dios —dijo—. Ni laboratios, ni cámaras del tesoro... sólo un vulgar cuarto de invitados. Qué poco interesante.

—Eso parece... ¿Me permite?

—¿Cómo dice?

—Mi mano, aún la tiene cogida.

—¡Oh, perdone!

Elizabeth lo soltó, ruborizándose un poco sin poder evitarlo.

El chófer recorrió el dormitorio buscando algún tipo de indicio o de pista, pero no halló nada que le pareciese de interés.

—Qué raro... —dijo su acompañante, tras él—. Supongo que aquí debería de alojarse alguno de los otros caballeros, pero la cama está sin deshacer.

Bob se acarició la cicatriz.

—¿Recuerda que faltaba alguien cuando descubrimos el cadáver del señor Clarke? Y no me refiero a su tía.

—¡Es cierto! El doctor Itzmin no estaba allí.

—Exacto. Apostaría a que éste es su dormitorio.

—Pero... —Elizabeth miró confusa a su alrededor—. ¿Dónde está?

—Le aseguro que me encantaría saberlo. Curioso, ¿no le parece? Falta el Príncipe de Jade y el médium de ascendencia maya... Empiezo a pensar que quizá los dos diplomáticos no sean los únicos que estarían dispuestos a casi todo con tal de hacerse con las estatuillas. —Bob abrió la puerta de la habitación y se asomó al pasillo para comprobar su ubicación exacta—. Lo que imaginaba: es el dormitorio de Itzmin. Nuestro amigo el brujo parece haberse desvanecido en el aire. ¡Qué oportuno! Me pregunto si eso formaría parte de su espectáculo.

—¿Cree usted que pueda estar oculto en algún otro lugar de la casa?

—No tengo la menor idea. Pero si mis sospechas son ciertas, lo más probable es que en estos momentos se encuentre bien lejos de aquí.

En ese instante se oyeron pasos en la escalera.

Los dos jóvenes se miraron en silencio. Ambos lo habían percibido con toda claridad: una persona bajaba al primer piso con lentitud, pretendiendo hacer el menor ruido posible, pero el crujido de las viejas maderas de los escalones lo había delatado.

Bob se dirigió hacia el pasillo.

—¿Qué hace? —preguntó Elizabeth.

—Echar un vistazo. Alguien tiene mucho interés en salir de aquí en silencio y quiero saber quién es.

—¡Espere! No me deje aquí sola.

Salieron del dormitorio, cobijándose en la oscuridad y caminando muy despacio de puntillas, como dos personajes de dibujos animados. La falta de luz magnificaba cualquier sonido en la noche de forma que era posible oír con nitidez los pasos de alguien que deambulaba por el recibidor.

La pareja oteó el piso inferior asomándose discretamente sobre la barandilla de la escalera. Una sombra se movía con aire furtivo, igual que un jirón de oscuridad. De pronto un relámpago estalló al otro lado de los cristales de las ventanas y un fogonazo blanquiazulado mostró los contornos de aquella figura.

Elizabeth contuvo el aliento al verlo, e incluso Bob sintió que, por un segundo, su corazón bombeaba con más fuerza.

Era un hombre alto, ancho de hombros, cubierto con una capa negra que le llegaba hasta los pies. Desde la escalera no podían verse sus rasgos, pero sí distinguieron una pulida cabeza calva brillando horrendamente bajo la luz fantasmal de la tormenta.

Elizabeth volvió a apretar la mano de Bob con fuerza.

—Mire, mire... —susurró casi sin voz—. Es...

—No.

—¡Es él! ¡El Caníbal!

Bob aún trataba de asimilar aquella aparición, que duró el sonido de un trueno. Aquella capa de falso vampiro. Aquella cabeza lampiña. Los mismos detalles que el chófer había visto en el cadáver de Tommaso Felice. Incluso el absurdo atuendo de gala que llevaba puesto el misterioso caminante de las sombras era el mismo que lucía la momia del Caníbal de Albany.

— Le digo que no puede ser —insistió Bob, tratando más bien de convencerse a sí mismo.

El asesino devorador de hombres deambulaba entre las vitrinas de antigüedades con movimientos lentos y pesados. Se detuvo, como si hubiese oído algo. Miró hacia arriba justo antes de que Elizabeth y Bob se escondiesen detrás de la barandilla de la escalera.

La joven se mordía los nudillos, emitiendo leves gemidos silenciosos.

—¡La momia caníbal! Tía Sue tenía razón; está viva. ¡Oh, cielos...!

—Es ridículo... ¡No puede ser cierto!

—Usted mismo lo está viendo con sus propios ojos... ¡Qué horror, seguramente se ha comido al doctor Itzmin y ahora va a por el pobre señor Ryan! ¡Tenemos que impedirlo!

Bob se puso en pie y gritó a la sombra que se movía en el piso inferior:

—¡Eh, tú! ¡Quieto ahí!

El Caníbal se paró en seco, miró hacia arriba y luego echó a correr por un pasillo lateral. Bob descendió a zancadas por la escalera, yendo en persecución de la supuesta momia. Elizabeth maldijo varias veces y salió corriendo detrás del chófer.

El Caníbal les llevaba unos metros de ventaja y la persecución se veía entorpecida por las diversas urnas de antigüedades. Bob corrió detrás del individuo hasta llegar a un pasillo lleno de ventanas abiertas, con ondulantes cortinas que semejaban fantasmas sin pareja en un salón de baile. Por delante de él, la capa del asesino embalsamado ondeaba al viento hasta que se la arrancó y la lanzó tras él. Un lienzo de raso y algodón envolvió a Bob y se enganchó entre sus piernas, haciéndolo tropezar. Elizabeth no pudo esquivarlo y cayó sobre él. La momia dobló una esquina y desapareció.

Bob manoteó tratando de quitarse de encima aquella maraña de tela, así como el cuerpo de Elizabeth. Al cabo de un rato, pudieron ponerse de pie.

—¡Maldita sea, se escapa! —dijo el chófer.

Echó a correr tras el Caníbal, aunque sus pasos ya no se oían por ninguna parte. Elizabeth lo seguía esforzándose por mantener su misma velocidad.

Llegaron al final de un pequeño pasillo lateral decorado con varios maniquíes vestidos con trajes guerreros y atuendos ceremoniales de todo tipo, desde armaduras medievales hasta caballeros samurái. Al fondo vieron una puerta abierta de la que salía luz.

Bob creyó haber acorralado a la momia. Atravesó aquella puerta a la carrera y de pronto se vio en una especie de despensa llena de instrumentos de jardinería. Una bombilla sucia colgaba oscilante del techo. Ni rastro del Caníbal. El chófer maldijo entre dientes, giró sobre sus talones y corrió de regreso al pasillo, pero al hacerlo se chocó con Elizabeth, que irrumpió en la despensa a toda velocidad. La joven le golpeó con la frente en la boca sin poder evitarlo, con tanta fuerza que le hizo caer sentado al suelo.

—¡Ay! ¡Tenga cuidado! —exclamó ella.

—¡La puerta, la puerta! ¡Vigile la puerta! —gritó Bob desde el suelo.

Elizabeth se volvió a tiempo de ver cómo la única salida del cobertizo se cerraba de un portazo. A continuación, se oyó el sonido de un cerrojo al correrse. Bob se levantó, manoteando, agarró el picaporte y tiró de él varias veces sin resultado. Acabó dándole una patada a la puerta con un gesto de rabia.

—¡El muy bastardo! ¡Nos ha encerrado!

—Comprendo, esto debe de ser algo así como su despensa para la comida —dijo Elizabeth, reflexiva.

—¡No diga bobadas y ayúdeme a abrir esto!

Empujaron, golpearon y terminaron pidiendo auxilio a gritos; todo fue inútil. La puerta no se movió, y el único sonido que obtuvieron como respuesta fue el rumor de los truenos y de la lluvia. El chófer resopló con un gesto de fastidio y se dejó caer sentado sobre el suelo con los antebrazos apoyados en las rodillas.

—No puedo creer que haya caído en un truco tan viejo. Ese cerdo dejó esta puerta abierta para engañarnos y luego debió de esconderse entre los maniquíes del pasillo. Hemos caído en su trampa como unos pardillos—. Se golpeó varias veces la frente con la palma de la mano—. ¡Soy un estúpido! ¡Estúpido!

Elizabeth se sentó a su lado y le dio unos toquecitos de consuelo en el hombro.

—Bueno, bueno, ya pasó... Lo importante es que nadie se nos haya comido.

Bob dejó caer la cabeza hacia atrás, en un gesto de hartazgo.

—¡No era Tommaso Felice, señorita Sullavan! Era el doctor Itzmin.

—¿Itzmin? ¿Está seguro de eso?

—Sí, seguro —respondió él en el mismo tono que utilizaría para reprender a un niño que empezara a ponerse pesado—. Itzmin también llevaba una capa, ¿no lo recuerda? Se la quitó justo antes de empezar aquella sesión espiritista.

—Pero el tipo al que perseguíamos estaba calvo, igual que el Caníbal.

—También el doctor Itzmin. Me di cuenta de que usaba peluquín al ver que se le resbalaba cuando movía la cabeza. —El joven suspiró, abatido—. Aún no me creo que haya podido ser tan idiota...

Elizabeth dudaba.

—Pero... ¿está completamente seguro de que no era el Caníbal?

Bob se dibujó una cruz con dos dedos sobre el pecho y levantó la mano derecha.

— Palabra de boy scout.

La joven se acomodó junto a él, con la espalda apoyada en la puerta.

—En fin... —Suspiró—. Supongo que tiene razón...

—Parece decepcionada.

—No, al contrario. Sólo es que... Bueno, resulta mucho más emocionante correr detrás de un zombi caníbal que detrás de un adivino que usa bisoñé.

Bob quiso decir algo pero, en vez de eso, dejó escapar una risa cansada. Poco a poco, aquella risa fue creciendo en intensidad hasta que todo su cuerpo se agitó en una sonora carcajada. Cuando parecía calmarse, miraba a Elizabeth y la risa volvía a doblarlo en dos. Ella se acabó contagiando de aquel ataque y, al poco, los dos estaban riendo hasta las lágrimas, sentados en el suelo de aquel cobertizo.

Bob suspiró, agotado, y se secó los ojos con el dorso de la mano, apoyando la cabeza en la pared.

—No sé por qué motivo tengo que terminar todas mis jornadas corriendo detrás o delante de alguien... —se dijo, aún sonriendo.

—Ésa es una buena pregunta... Por cierto, le está sangrando el labio.

El joven se tocó con la punta de los dedos. Sintió un pequeño dolor punzante.

—Ha debido de ser al chocar con usted. Tiene la cabeza muy dura, aunque no me sorprende.

—No se mueva —dijo ella. Sacó un pañuelo de su manga, lo humedeció con la lengua y se lo pasó a Bob sobre los labios con cuidado. Él siseó un quejido y apartó la cabeza—. ¡Estese quieto, no sea crío! No puede ser que le duela tanto, no le he dado tan fuerte. Lo que ocurre es que es usted demasiado torpe. No me extraña que tenga esa cicatriz tan fea en la cara... ¿Cómo se la hizo?

—Fue la última vez que perseguí a una falsa momia en una noche de tormenta... ¡Ay! ¿Qué lleva ese pañuelo, ácido de batería?

—Ya está —dijo ella, volviendo a guardarse el pañuelo—. Mañana tendrá usted un bonito labio hinchado. Espero que no le importe a su novia... O a su prometida... O a la chica con la que ande tonteando...

—Señorita Sullavan, si le interesa saber si yo tengo...

—¡Oh, no, qué presunción tan absurda! ¿Por qué habría de interesarme yo por sus asuntos particulares? Lo que haga o deje de hacer en su tiempo libre para mí es completamente...

—No tengo novia. Ni prometida.

—Me alegro por usted, pero no quería saberlo.

— Entonces no debió preguntármelo.

—No lo hice.

—Yo creo que sí.

—De eso nada.

—Muy bien, como quiera. —Los dos se quedaron un rato en silencio—. Señorita Sullavan, ¿tiene usted...?

—Mi situación sentimental no es de su incumbencia, señor Hollister.

—En eso le doy la razón, pero lo que yo quería saber es si tiene alguna idea de cómo vamos a hacer para salir de aquí.

Elizabeth evitó mirarlo a la cara para que no reparase en que sus mejillas se habían teñido de un indiscreto tono rosáceo.

—Creí que usted era el experto en forzar cerraduras, como hizo antes en el dormitorio del señor Clarke. —De pronto su habitual gesto de reflexión se apoderó de su cara—. Espere un momento... ¡Acabo de caer en la cuenta de cómo murió el abogado!

—¿En serio?

Ella se levantó, casi de un brinco, y empezó a andar en círculos por la habitación.

—¡Claro! ¡Es tan evidente...! Escuche: el doctor Itzmin pretende robar la estatuilla del Príncipe, así que ¿qué es lo que hace? Descubre el pasadizo en su habitación y se cuela en mitad de la noche en la del señor Clarke. Lleva puesta su capa y se ha quitado el peluquín. Entra en el dormitorio, pero el abogado se despierta. Lo que ve es un hombre corpulento, calvo y con capa; exactamente igual que el Caníbal. La impresión es tan grande que su corazón no lo resiste y tiene un infarto. Itzmin escapa con el Príncipe y Clarke muere, pero no sin antes tratar de escribir el nombre de su asesino en el espejo... o de la persona que él cree que es su asesino. ¡Está clarísimo! ¿No le parece?

—No está mal, para ser una idea suya —dijo Bob—. Pero explíqueme: ¿fue Itzmin también el que hizo desaparecer la verdadera momia? ¿Y quien pinchó las ruedas de los coches?

—Por supuesto. Seguramente lo tenía todo planeado para robar los Príncipes, pero sólo ha podido llevarse uno.

—La verdad, yo no lo tengo tan claro.

—Qué aguafiestas. Admita que, esta vez, yo he sido más rápida a la hora de hacer mis deducciones.

—Admito que el doctor Itzmin puede haber robado el Príncipe, pero en cuanto a lo demás... —Bob chascó la lengua y negó con la cabeza—. No sé qué pensar. Veremos qué opina la policía cuando este asunto quede en sus manos.

—¿La policía? De eso nada, ¡este misterio es nuestro! La policía lo único que hace es enredar las cosas y detener al menos sospechoso ¿Es que no lee usted novelas de detectives, señor Hollister?

—No muy a menudo; me aburren bastante —respondió él, displicente—. Señorita Sullavan, puede que a usted esto le parezca un juego, pero no lo es, creo que nos hemos visto envueltos en un asunto peligroso, y, en lo que al trato de criminales se refiere, prefiero que sea la policía la que se encargue de ello.

—Los polis no son tan inteligentes como nosotros.

—Pero tienen pistolas y esposas; lo cual, a mi juicio, les da una ventaja importante. Hágame caso: olvídese de esto, y considérese afortunada de que, hasta el momento, lo peor que le ha ocurrido es quedarse atrapada en un cobertizo. Yo, por mi parte, es lo que pienso hacer.

—¿Habla usted en serio?

—Completamente. —Bob se tumbó junto a una pared y se arrebujó, tratando de encontrar una postura cómoda—. Y ahora, si me lo permite, quiero dormir un poco antes de que amanezca. Dada nuestra situación actual es la única opción que tenemos.

Elizabeth se cruzó de brazos y dejó escapar una exclamación ofendida. ¿Dormir? ¿Acaso podría ella dormir después de una de las noches más emocionantes de su vida? Dirigió una mirada de desprecio a Bob y luego comenzó a pasearse por el cobertizo, tratando de encontrar una manera de abrir la puerta y pensando al mismo tiempo cómo obtener pruebas para desenmascarar al doctor Itzmin.

¡Dormir! La joven resopló. ¡Qué vulgaridad! El sueño estaba bien para las gentes sin imaginación, como tía Sue. La joven pensaba que en el mundo existían dos clases de personas: las que se echaban a dormir y las que actuaban.

Obviamente, ella se consideraba de esa segunda clase.

ELIZABETH despertó mucho después, cuando oyó desde lejos el eco del canto de los pájaros. Durante los dulces momentos que marcan la frontera entre el sueño y la vigilia, la muchacha se creyó cómodamente acurrucada entre las sábanas de su cama. El quejido de sus entumecidos músculos la hizo regresar a una realidad mucho menos satisfactoria.

Seguía encerrada en un inhóspito cobertizo, con la ropa de calle convertida en un agobiante guiñapo alrededor de su cuerpo y la espalda masacrada por una sinfonía de dolores. No recordaba en qué momento se había dejado llevar por el sueño y, de hecho, tampoco le importaba. Lo único que deseaba era un buen desayuno y un cuarto de baño, no necesariamente en ese orden.

Se dio cuenta de que tenía la cabeza apoyada en algo blando, en concreto, el pecho de Bob. Él dormía profundamente. La joven no podía negar que resultaba calentito y confortable, pero al mismo tiempo reconocía que no era una situación digna para una inocente y joven soltera de Providence, Rhode Island. Si tía Sue apareciera en aquel momento, lo más probable era que cayese desmayada al suelo bajo el peso de la reputación mancillada de su sobrina. Así pues, Elizabeth se apartó con cuidado de Bob y se puso en pie, estirándose como un gato. Sus músculos y huesos se encajaron igual que un engranaje usado.

En medio de su confusión, seguía oyendo los pájaros. Probablemente ya sería de día, pero era difícil saberlo; el cobertizo no tenía ventanas.

Miró a su joven acompañante. Tenía un gesto bastante pacífico, aunque su ceño estaba ligeramente fruncido, como si estuviese teniendo sueños desapacibles. La muchacha ladeó la cabeza a la manera de un pajarillo que observara algo inusitado. Dormido, Bob parecía casi un niño, y el labio, que se le había empezado a hinchar, junto con la cicatriz le daban un aspecto entrañablemente vulnerable, como de adolescente pendenciero.

Se hacía muchas preguntas sobre él. Le parecía tan lleno de enigmas como la extraña muerte del señor Clarke, y sentía los mismos deseos de introducirse de lleno en ellos para tratar de resolverlos. A Elizabeth siempre le había fascinado lo desconocido.

Por otra parte, pensó, si lo miraba por el lado donde no tenía la cicatriz, Bob no era del todo feo...

Elizabeth se fijó en un mechón de pelo que caía sobre el ojo izquierdo del chófer. De pronto, no supo muy bien por qué, sintió el irrefrenable impulso de apartarle el mechón de la cara. Llegó incluso a acercar su mano, pero finalmente no lo hizo.

Por algún motivo, no le parecía apropiado.

Finalmente se acercó a él y lo empujó un poco con la punta del zapato.

—Señor Hollister... Señor Hollister...

Bob se revolvió con gestos osunos. Elizabeth tuvo que golpearlo un par de veces más para que se despertara.

—¡Ay...! ¿Qué hace? ¿Por qué me da patadas?

—Creo que ya es de día.

—¿En serio? Es usted el peor despertador del mundo.

—Deje de quejarse y levántese. Tenemos que encontrar una forma de salir de aquí, ¿recuerda?

El chófer se puso en pie y contorsionó todo el cuerpo entre quejidos y lamentos variados. Se frotó varias veces la cara con las manos y luego miró a Elizabeth, parpadeando.

—¿Qué hora es? —preguntó.

—¿Cómo diablos quiere que yo lo sepa?

—Ayer llevaba un reloj de pulsera.

—Me lo quité antes de acostarme. ¡No imaginé que iba a necesitar saber la hora para ir a la caza de un delincuente en mitad de la noche!

—Está bien, está bien... —dijo Bob. Hizo un dolorido gesto de cansancio—. Deme un par de minutos para despejar la cabeza, ¿de acuerdo? Acabo de despertarme a patadas en medio de un cobertizo; no estoy en mi mejor momento.

—¡Espere! ¡Calle un instante! —dijo ella de pronto. Hizo un gesto con la mano, manteniendo en el aire un silencio expectante—. ¡Creo que oigo voces!

—Sabía que tarde o temprano le acabaría ocurriendo. Menuda sorpresa.

—Cierre el pico y escuche...¿No lo oye? ¡Sí, alguien se acerca!

Ahora Bob también lo percibía: varias voces masculinas... y una femenina. Repetían el nombre de Elizabeth, llamándola. Sonaban muy cerca del cobertizo.

La joven se puso a golpear en la puerta con las dos manos, tratando de llamar la atención del grupo de desconocidos. Bob la ayudó. Instantes después, se oyó a una mujer:

—¡Elizabeth, tesoro! ¿Eres tú?

—¡Tía Sue! —gritó Elizabeth, feliz—. Es tía Sue... ¡Tía, estamos aquí, en el cobertizo! ¡Estamos encerrados!

Algo embistió contra la puerta desde el otro lado. A continuación, las bisagras emitieron un crujido lastimero y saltaron de sus goznes. Una pareja de policías apareció en el umbral. La tía Sue los apartó de un empujón y corrió a colgarse del cuello de su sobrina. La buena mujer gimoteaba y reía al mismo tiempo.

—¡Elizabeth, tesoro! ¡Gracias a Dios que estás bien! ¡Te hemos buscado por toda la casa! ¡Empezaba a temerme lo peor!

Ryan, el mayordomo, apareció por detrás de los agentes. Miraba la puerta destrozada con gesto de pesadumbre.

—Yo tenía la llave de este cobertizo, no era necesario semejante destrozo —dijo con voz lúgubre.

En ese momento entró un hombre joven de hombros anchos y pecho abultado. Vestía un traje de calle sencillo y en la mano llevaba un sombrero barato, de grandes almacenes.

—No había tiempo para esperar a que encontrase usted la dichosa llave, ya se lo he dicho —protestó el joven dirigiéndose al mayordomo. Luego miró a Elizabeth y se acercó a ella, cogiéndola de las manos—. ¡Al fin! ¡No sabes cuánto me alegro de verte sana y salva! ¿Se puede saber qué te ha ocurrido? Ayer os estuve esperando toda la noche, estaba muerto de preocupación.

—¡La cena! —dijo ella—. Lo había olvidado por completo... ¡Oh, lo siento mucho, Dexter!

—Llamé a primera hora a vuestro hotel y me dijeron que no habíais regresado todavía. Lo primero que hice después fue ir a buscar a la policía y venir aquí directamente. ¡Pensaba que os habría ocurrido algo!

—¡Mi pobre tontín! ¿Has montado todo este rescate por mí? ¡Qué encanto! —Se alzó de puntillas y besó al joven en la punta de nariz. Éste se puso tan rojo como la luz de un semáforo.

—Elizabeth, por favor... Tu tía nos está mirando.

Bob emitió una tosecilla. Todos los presentes lo miraron al unísono, como si reparasen por primera vez en su presencia.

—Yo estoy bien, por si a alguien le interesa.

—¿Quién es este tipo? —preguntó el del sombrero barato.

—Ah, Dexter, éste es el señor Hollister... Señor Hollister, le presento a Dexter Hyde, mi... —Elizabeth hizo una pequeña pausa, evitando mirar a Bob—. Mi prometido.

El chófer inclinó la cabeza con gesto cortés.

—¿De veras? Es un placer conocerle al fin. La señorita Sullavan no para de hablar de usted.

Su boca se torció en una irónica sonrisa, y Elizabeth tuvo la sensación de que estaba dirigida solamente a ella.

EPISODIO 3

El juez de Goblet

Dang me, dang me.
They oughta take a rope and hang me.
High from the highest tree
woman would you weep for me.

Roger Miller,
«Dang Me»

BOB se agitó en la incómoda silla de madera. Trató de sofocar un bostezo en vano. Su boca se abrió hasta que los labios se le tensaron.

El detective Potter no reparó en ello. Seguía hablando por teléfono, arrimándose mucho al auricular —que en su enorme manaza parecía un juguete— como si se lo quisiese comer de un bocado.

—¿Cómo que le ha subido la fiebre? ¡Si ayer estaba mucho mejor...! —De vez en cuando el detective dejaba de hablar, y Bob podía oír un agudo gorgoteo que brotaba desde el teléfono—. ¿Contagiado...? ¿James...? ¡Oh, mierda! Le dije a ese mocoso que no se acercase a su hermano hasta que no... Sí... Sí... Está bien... —Mientras el gorgoteo chisporroteaba al otro extremo de la línea, el detective Potter tanteó a golpes con la mano libre sobre la mesa de su oficina. Tiró un cubo de lápices, cuyo contenido se desparramó encima de un montón desordenado de papeles, e hizo temblar una taza de café, derramando parte de su contenido. Luego golpeó la fotografía enmarcada de una mujer de cara redonda y lozana, que se cayó de bruces encima de un sándwich de atún a medio comer—. Pues telefonea al doctor Goldman y que vaya a casa... ¡Yo qué sé! Lo apunté en algún lugar de la cocina... ¿Has mirado junto al refrigerador? —La mano del detective comenzó a abrir cajones de su escritorio y a arrojar su contenido sin miramientos: papeles, una grapadora, los restos de lo que parecía ser algún tipo de dibujo hecho con macarrones y un frasco de tinta vacío que, no obstante, le ensució los dedos al cogerlo. El policía se los limpió en la camisa, dejando una perfecta impresión de sus huellas dactilares, como si fuera una prueba judicial—. A ver, dime el número... ¿Cómo? ¿628...? No, ése es el de mi hermana, en Long Beach... ¡Claro que tengo una hermana en Long Beach!... ¿Cómo que desde cuándo? ¡Desde que se casó, hace quince años!

El detective resopló igual que un bóvido y lanzó a Bob una mirada de desesperación. Mientras tanto, seguía vaciando cajones: una manzana a medio comer, la funda de una pistola, un sacacorchos... Finalmente extrajo del fondo un paquete de cigarrillos hecho una bola. Con la habilidad propia de alguien que ya lo había hecho varias veces, sacó un cigarrillo con una sola mano y se lo encajó entre los labios. El cilindro de tabaco pendía retorcido de su comisura igual que un gusano envuelto en papel. Luego el policía empezó a hurgarse los bolsillos, buscando algo que no aparecía por ninguna parte.

Bob suspiró. Sacó su mechero y le dio fuego al detective.

—Muchas gracias —musitó éste. Aspiró hondo como si quisiera fumarse el cigarrillo de una sola calada y después se lo arrancó de la boca en medio de una gruesa nube de humo—. No, no es a ti. ¿Has encontrado ya el teléfono? Sí, eso es. Llámalo ahora mismo y... ¡No, no llames a tu madre! ¿Para qué diablos necesitas que venga tu madre? ¡Tu madre no es médico! ¿Acaso se ha doctorado en la Facultad para Brujas de Suegravilla y yo no me he enterado?... Sí, bien, lo siento... Sí, tienes razón, una mujer encantadora... Sí... Sí, yo también te quiero. Adiós... Adiós.

Arrojó el auricular sobre la horquilla del aparato y se echó hacia atrás en su silla, resoplando humo. Al mismo tiempo se pasó la mano sobre su redonda cabeza, alisándose una mata de pelirrojo cabello la cual, al parecer, perdía una intensa guerra de trincheras contra unas entradas que iban ganando terreno.

Con un suspiro de cansancio, el detective Potter dejó caer su corpachón de antiguo jugador de rugby sobre la superficie de su escritorio. Miró a Bob con un par de ojos verdosos que retozaban sobre un lecho de pecas. Salvo por alguna arruga alrededor de la barbilla, y algún gramo de grasa de más en sus carrillos, el rostro del detective tenía un aspecto juvenil.

—Perdone —dijo—. Era mi esposa. Al parecer uno de los chicos tiene la gripe. ¡Jesucristo, hace años que no sé lo que es tener a los cuatro sanos al mismo tiempo! —Bob asintió, haciéndose cargo. El policía rebuscó entre un montón de papeles hasta dar con el documento que buscaba—. Veamos... Su nombre es Robert Hollister, ¿no es así?

—Exacto.

—Aquí dice que nació en Whitby. ¿Eso por dónde cae?

—En Scarborough, condado de North Yorkshire.

—¿En Nueva York?

—En Inglaterra —respondió Bob—. ¿Es que no ha leído usted *Drácula*?

El detective dejó caer una mirada cansina sobre el joven.

—Amigo, el único libro que he podido leer desde que nació mi hija mayor trata sobre un oso gordo y estúpido al que se le queda el culo atascado en un agujero por atiborrarse de miel. A mi Shirley le encanta. Yo lo detesto, me hace pensar en mi carrera como policía. —Remató su cigarrillo y lo aplastó en una esquina de la mesa que estaba llena de quemaduras redondas—. O sea, que es usted inglés.

—No, sólo nací allí.

—¿Y cuál es su domicilio actual?

—En Norwood, en el barrio del Bronx. —Su boca se torció en un visaje extraño, intentando retener otro bostezo—. ¿Esto va a tardar mucho? Hace dos noches que no duermo en una cama y estoy agotado. Pensé que la policía de Long Island solía hacer visitas a domicilio.

—Se confunde usted con el Departamento de Policía del Condado de Nassau. En Glen Cove tenemos nuestra propia jefatura, y no vamos llamando a las puertas de la gente como si fuésemos jodidos vendedores de aspiradoras. —El detective sacó otro cigarrillo. Bob volvió a darle lumbre—. Mire, amigo, esto es un mero trámite, ¿de acuerdo? Para usted es un coñazo y para mí también. Todavía me queda interrogar a otras dos personas de las que estaban en la casa, así que voy a ir al grano: ¿conocía usted personalmente a ese tal Adam Clarke?

—No lo había visto en mi vida.

—Pero él le contrató como chófer para llevar a un grupo a la mansión del profesor Talbot, ¿no es así?

—No exactamente; él contrató los servicios de una oficina de alquiler de vehículos, directamente con el dueño; yo sólo hice el encargo.

—¿Qué oficina es ésa? —Bob le dio el nombre y la dirección. Potter lo garabateó en el envoltorio de su sándwich y luego se lo guardó en un bolsillo—. Bien, lo comprobaremos. ¿Tampoco conocía usted a ninguno de los que fue a la lectura del testamento?

El joven se planteó la posibilidad de mentir, pero prefirió contar una verdad a medias, eludiendo algunos detalles. Le habló al detective de su trabajo en el Bahía Baracoa y de cómo allí había coincidido con el conde de Roda y con las dos damas.

—Correcto. Eso es lo que dicen ellos —confirmó el detective—. Oiga, ¿puedo preguntarle por qué anteanoche trabajaba de camarero y un día después tiene un empleo de chófer de alquiler?

—Me despidieron.

—¿Por qué?

— Por servir la mesa en sentido contrario a las agujas del reloj en vez de hacerlo en orden alfabético. ¿Qué importa eso?

—A mi cuñado lo echaron de la acería donde perdía el tiempo hace dos meses, y aún sigue en mi casa, bebiéndose mi cerveza y con el trasero atornillado al sofá todo el santo día. Usted encuentra trabajo de un día para el otro... Parece un tipo con suerte.

—¿Eso es delito en Glen Cove?

—No. Pero, por el amor de Dios, ¡dígame cómo lo ha hecho! O mejor: dígaselo al pelmazo de mi cuñado.

—Ayuda no estar todo el día sentado en un sofá —respondió Bob—. ¿No son preguntas muy personales para un mero trámite?

—¿Qué quiere que le diga, amigo? Tengo que poner algo en el expediente, y en este caso no sé ni por dónde empezar. —El detective echó un vistazo a una arrugada hoja de papel, llena de notas—. Tengo a un abogado de los caros muerto de un ataque al corazón, a un médium guatemalteco desaparecido, una especie de reliquia india robada, a un cónsul inglés que no para de amenazar con demandar a todo el mundo y a una señora con un bolso del tamaño de un globo aerostático que asegura haber sido perseguida por... ¿una momia caníbal? Mi hijo tiene fiebre, ya no recuerdo cuál; mi mujer amenaza con meter a mi suegra en casa, y cuando salga de aquí ni siquiera podré tomarme una cerveza porque el desgraciado de mi cuñado se las habrá bebido todas. Así que hágame un favor: si mis preguntas le causan alguna molestia, piense un poco en mí antes de ponerme las cosas difíciles, ¿está claro?

Bob hizo un gesto conciliador.

—Lo que usted diga. Le daré una pista: no hay tal momia caníbal.

—No sabe lo que me alegra oír eso. ¿Alguna cosa más?

—No se me ocurre nada, salvo que quizá quiera buscar al médium guatemalteco. Me da la impresión de que la estatua robada no estará mucho más lejos.

Potter se rascó la coronilla un buen rato, mirando sus papeles.

—Ésa es también mi idea. Ese tal doctor Itzmin... ¿Sabe usted algo de él?

—Sólo que debía haber actuado ayer en el club Bahía Baracoa de Manhattan, pero no lo hizo.

—Ya he llamado al encargado del club. Me dio el teléfono y la dirección de un tal Lucius Whitney, ¿le suena el nombre?

—¿Debería?

—En realidad no. Whitney es algo así como un agente teatral. Él gestionó el contrato del doctor Itzmin con el club. He hablado con él y me ha confirmado que el médium es una especie de celebridad en su campo, y que incluso el año pasado montó un espectáculo en la costa Oeste. —Bob no pudo evitar sentir un fugaz respeto por el detective: trabajaba con rapidez y parecía que su cabeza estaba mejor ordenada que la mesa de su oficina—. Por lo demás, no tiene ni idea de dónde puede estar y, de hecho, tenía bastante interés por averiguarlo.

—¿Le ha dicho Whitney por qué canceló la función de ayer en el hotel?

—Itzmin lo llamó por teléfono aquella tarde. Dijo que no se encontraba bien, que tenía un... algo mental.

—Un bloqueo mental.

—Eso mismo. —Potter dejó escapar un gesto que expresaba muy bien lo que opinaba de aquellas rarezas de la gente del mundo de la farándula—. Su agente me dio algunas referencias, pero ninguna en Nueva York.

Bob se acarició la cicatriz con el dedo índice y, después, preguntó:

—¿Sabía su agente que el doctor Itzmin tenía que acudir ayer por la noche a la lectura del testamento en Magnolia?

—No. Al parecer, eso también le ha sorprendido bastante. Se supone que debió haber dado la función que canceló la noche anterior, no irse de parranda a un festejo particular. —El detective miró al joven, envolviéndolo con sus ojos verdes—. Tiene usted alguna idea, ¿verdad?

—¿Yo? No, en absoluto.

Potter apuntó al chófer con un dedo recto y grueso, como el cañón de una pistola.

—Sí, sí que la tiene. Y será mejor que la comparta conmigo. No me gusta la gente que se guarda las cosas para sí.

Imposible resistirse a esa forma tan estricta de mirar. Ante los ojos del detective, Bob se sentía como un niño al que su padre hubiese sorprendido atando una cuerda con latas vacías en el rabo del perro del vecino.

—Sólo me preguntaba si el doctor Itzmin y el profesor Talbot ya se conocían.

—Chico listo...Ya se me ocurrió preguntárselo al médico, a ese tal Elliot Culdpepper. Me dijo que el profesor había oído hablar de las capacidades de Itzmin para comunicarse con gente muerta, y esas cosas, y que aquello le resultaba muy fascinante.

—Henry Talbot parece la clase de persona que encontraría útil llevar a un espiritista famoso a la lectura de su testamento —dijo Bob, más bien para sí mismo.

—Puede apostar a que sí. Aquí, en Glen Cove, todos nos conocemos. Ese Talbot estaba como una regadera, se lo aseguro; sabía que tarde o temprano acabaría viendo su nombre mezclado en algún asunto raro.

—Pero no conocía a Itzmin personalmente.

—Sólo de oídas, o al menos eso asegura su amigo Culdpepper. —El detective se aflojó el nudo de la corbata—. Me gusta usted, Bob... ¿Puedo llamarle Bob? Parece un tipo normal y avispado, no como los otros chiflados a los que he tenido que preguntar sobre este asunto. ¿Hay alguna otra cosa que le esté rondando la cabeza?

A Bob también le gustaba el detective, pero no tanto para confiar en él sin reservas. Después de todo, sólo era otro policía.

—Nada. —Potter volvió a atravesarlo con aquella irresistible mirada de padre severo, perfeccionada a base de años bregando con esposa, suegra, críos y cuñados gorrones—. Bueno, sí, puede que tenga mis sospechas sobre algún que otro detalle... ¿Piensa usted hacer la autopsia al cadáver del señor Clarke?

—No lo había pensado. ¿Por qué? ¿Cree usted que hay algo extraño en su muerte?

—Creo que un coche averiado, un hombre desaparecido y una valiosa estatua robada son hechos demasiado inusitados para ocurrir en una sola noche; mucho más si a ello hay que añadir el oportuno ataque el corazón de un hombre que, aparentemente, está tan sano como... —Estuvo a punto de añadir «usted», pero cambió de idea al ver la montaña de colillas que había en un rincón de la mesa, junto al grasiento sándwich de atún—. Como cualquiera.

—Creo que ahora se está dejando llevar por su imiganición, Bob.

—Sólo doy mi punto de vista. Usted quería conocerlo.

—Y así es, pero no quiera colarme un asesinato así, sin avisar; no todavía. De momento tengo bastante con un simple robo. No me gusta escarbar en una montaña de mierda para ver si encuentro una mierda aún más grande, ¿me explico?

—¿No le parece eso muy poco profesional por su parte, detective? —preguntó Bob.

Creyó que Potter iba a enfadarse, pero, en vez de eso, el policía sonrió con su habitual actitud paternal; igual que si su hijo le hubiese dicho que había monstruos en los armarios.

—Puede, pero soy de esa clase de personas que prefiere resolver los problemas poco a poco y cuando aparecen. La muerte de Adam Clarke está bien clara, y tengo un precioso certificado de defunción que lo demuestra. Para mí eso es suficiente.

—¿Quién lo ha firmado? ¿Culdpepper?

—Para que yo pudiera responderle a eso, tendría que estar sentado aquí, en el lado de los tipos con placa, no en el lado de los que responden las preguntas, ¿me entiende?

—¿Y si yo pudiese ofrecer alguna prueba?

—¿La tiene?

El joven estuvo tentado de responder afirmativamente, pero se dio cuenta de que lo único que tenía era una frase con ecos de amenaza —«Comeré tu corazón antes del amanecer.»—, proferida por un antiguo demonio maya durante una sesión espiritista.

—No. La verdad es que no la tengo.

—Entonces todos contentos. De acuerdo, Bob, tengo aquí escrita la declaración que hizo a los dos agentes en Magnolia, así que... —En ese momento volvió a sonar el teléfono. Potter descolgó—. Un segundo. Detective Potter... ¿Qué pasa, Marion? No, no puedo ir ahora a recoger a tu madre... ¡Pues porque estoy trabajando, caramba! ¡Los americanos honrados y decentes a estas horas estamos en la oficina, no como el vago de tu hermano que...! Sí, vale, lo siento, no es vago, lo que tú digas... ¿Oye, y por qué no va él a buscar a tu madre? También es la suya, ¿o no?... ¡Que no, mujer, que no prentendía insinuar nada raro al decir eso! ¡Ay, Dios...! —Tapó el auricular con la mano y se dirigió a Bob—. Puede marcharse, pero, si recuerda algo importante, venga a verme, ¿entendido?... ¡Por Dios santo, Marion, pues que coja el autobús, como hace todo el mundo...!

Bob dejó al policía inmerso en sus problemas domésticos y abandonó en silencio la comisaría.

Era bien entrada la mañana, una mañana mucho más grata que la tormentosa noche anterior. El cielo estaba cubierto de un azul cristalino, carente de nubes, y una fresca brisa otoñal con aroma salobre hacía tambalearse las hojas en las ramas de los árboles.

Bob no vio a nadie conocido. Las demás personas que habían pasado la noche en Magnolia o bien se habían marchado o bien esperaban su turno para compartir la azarosa vida doméstica del detective Potter.

Tardó bastante en encontrar un autobús que lo llevase de regreso a la ciudad, a donde llegó pasado el mediodía. Pensó que quizá en algún momento tendría que acercarse a la oficina de alquiler de coches del señor Kowalzski para explicarle por qué su Ford Station Wagon estaba en el garaje de una mansión de Long Island con las cuatro ruedas reventadas. La sola idea le provocó cansancio. Decidió dejarlo para más adelante, cuando hubiese dormido una larga siesta y puesto en orden sus ideas.

Bob se encaminó hacia el Refugio para Jóvenes de Saint Aidan, esperando hablar con Frank, ya que sentía una leve necesidad de encontrarse con alguien que, para variar, hubiese estado preocupado por su ausencia. Sin embargo, en el garaje del refugio sólo encontró a Fonzi, tosiendo penosamente en el interior de un Sedan a medio desguazar. El mecánico informó que Frank había tenido que irse a oficiar la misa en su parroquia, a unas manzanas de allí.

—Lleva toda la mañana esperándote. Kowalzski llamó a primera hora; quería saber dónde te habías metido. No habrás vuelto a pifiarla, ¿verdad, Bob?

—No tengo ni idea —respondió el joven—. Cuando Frank regrese, dile que he ido a acostarme un rato. He pasado una noche de perros.

—¿Y qué le digo a Kowalzski si vuelve a llamar? —gritó Fonzi por encima del capó.

—Dile que se vaya buscando otro chófer. Yo dimito.

Bob salió del garaje y entró en el refugio. Los internos estaban metidos en los talleres o en las aulas, de modo que apenas se encontró a nadie por el pasillo salvo a las monjas que atendían la cocina. Subió directamente al piso de los dormitorios, donde Frank le había habilitado un lugar en el que acomodarse. No tenía mucho salvo un desvencijado catre y un armario, tan endebles que, con toda seguridad, lo habrían hecho los muchachos en el taller de carpintería.

Bob se dejó caer en el catre y se quitó los zapatos con los pies. No se durmió de inmediato, a pesar de que le habría gustado. Permaneció tendido de espaldas, con las manos detrás de la cabeza y la mirada fija en las manchas de humedad del techo. Su cuerpo estaba agotado, pero su mente borboteaba ideas sin parar.

Al cabo de un rato se incorporó y abrió el armario. Del bolsillo de su uniforme de camarero sacó una tarjeta con un escudo lleno de florituras. Debajo podía leerse:

Jaime Rius-Walker y Peña de Sagra
Conde de Roda

En el anverso, la dirección de un lugar de Manhattan.

Bob se guardó la tarjeta y se puso de nuevo los zapatos.

Al menos esperaba poder cabecear un sueño breve en el metro de camino al consulado español en Nueva York.

ELIZABETH y tía Sue cancelaron su reserva en el Bahía Baracoa nada más regresar de Glen Cove.

Dexter llevó a las dos mujeres en su coche a Manhattan. Estuvo taciturno y huraño durante todo el camino. A pesar de que su prometida le había explicado varias veces los acontecimientos de la noche anterior, había un detalle que aún se le escapaba.

—Lo que no entiendo es por qué tuviste que pasar la noche a solas con aquel hombre.

Elizabeth empezaba a cansarse de contar la misma historia una y otra vez, primero a los agentes que acudieron a Magnolia, luego a tía Sue, después a aquel detective de la policía y, entre medias, a Dexter en varias ocasiones, especialmente la parte referida a su encierro con Bob en el cobertizo.

—No es que desconfíe de ti —decía su novio mientras conducía de regreso a la ciudad, mirando la carretera con gesto ceñudo—. Es sólo que hay hombres que tienen... malas intenciones, ya sabes.

En labios de Dexter la expresión «malas intenciones» sonaba tan inocente como si estuviese pensando en el robo de una tarta de manzana.

—No creo que el señor Hollister sea de esa clase de hombres. Y puedo asegurarte que él no estaba más contento que yo de encontrarse en aquella situación. —Dexter torció el gesto, como si no estuviese muy convencido—. Es más, incluso diría que el señor Hollister es un tanto... afeminado.

—¿Lo dices de veras?

—Sin duda.

—Sí, tal vez... —dijo él, con gesto meditabundo—. Ahora que lo pienso, a mí también me lo pareció. ¡Claro! Un poco afeminado... Desde luego. —Adoptó un aire risueño y siguió conduciendo, pero ya más comunicativo que antes. Le preguntó a su prometida por la dirección del hotel, y luego hablaron de la posibilidad de cancelar la reserva y alojarse en otro lugar.

Dexter era bueno pensando alternativas; tenía una mente muy eficaz. Dijo que su tía Violet vivía en una confortable casita en el norte de Queens, y que, por suerte, había sitio de sobra en la misma para alojar a un par de invitadas. A ella no le importaría, siempre y cuando no la molestasen mientras escuchaba su programa favorito de radio.

—Sólo será un par de días —dijo Elizabeth—. Mientras termino de arreglar todo lo relativo a la herencia.

—No te preocupes, tía Violet estará encantada. Le he hablado mucho de ti, y seguro que estará deseando conocerte.

La joven esperaba que la tía de su prometido fuera más interesante que sus otros parientes, los que vivían en Rhode Island, un grupo de amables granjeros quienes apenas mostraban interés por otra cosa que no fuese la altura de sus cosechas o el parto de sus reses.

Comparado con sus familiares, Dexter era casi una oveja negra... o al menos de lana menos blanca que las demás. Los Hyde vivía en una granja a medio camino entre Providence y Pawtucket, inmersos durante generaciones en ordeñar a sus vacas y traer al mundo a un ejército de pequeños y pequeñas Hyde, corpulentos, noblotes y sencillos. A la manera de un siervo de la gleba, ninguno de ellos había considerado jamás la posibilidad de labrarse un porvenir más allá de los campos del condado de Providence; atravesar la línea del estado de Massachusetts les habría resultado toda una aventura, a pesar de que estaba a menos de una decena de kilómetros de los límites de su granja. Dexter fue un punto de inflexión en su árbol genealógico: fue el primero de ellos con inquietudes académicas.

Desde que Elizabeth lo conocía, Dexter había discutido a menudo con su padre sobre la necesidad de adaptar la granja familiar a los nuevos tiempos: maquinaria moderna, contabilidad sofisticada... Al patriarca del clan todo aquello le sonaba a brujería; sin embargo, tras años de intensa lucha interior, consintió en mandar a su hijo mayor a estudiar a una universidad para que aprendiese todas esas técnicas modernas que tan imprescindibles le resultaban. Lo hizo con gusto, y hasta con cierto orgullo, a pesar de que seguía pensando que una vaca era una vaca y una ubre era una ubre, y que lo único que un buen granjero debía saber era que había que apretar la segunda para obtener leche de la primera. Cualquier otra cosa que enseñasen en la universidad le parecía superflua.

Cuando Elizabeth conoció a Dexter, le llamó la atención su infantil entusiasmo por romper con la abulia familiar, salir de la ciudad e incluso del Estado, y aprender un montón de cosas nuevas y fascinantes. A su manera, Dexter era todo un pionero: un Marco Polo rural. A Elizabeth le gustaba escucharle cuando hablaba de todas las cosas que haría por mejorar la granja de sus padres cuando hubiese obtenido un diploma; además, tenía cierto parecido con Ralph Bellamy, y unos brazos fuertes y varoniles que lo hacían bastante deseable para un buen número de chicas de Providence. Era guapo, responsable y ambicioso, y todas las madres del condado suspiraban por tener un nieto suyo. Pero Dexter sólo tuvo ojos para Elizabeth desde el momento en que la conoció, poco antes de terminar la escuela secundaria.

El suyo fue un cortejo lento y seguro. De hecho, Elizabeth ni siquiera era consciente de estar siendo cortejada hasta que, una noche, en el baile de la Sidra, el muchacho se armó de todo su valor de granjero y la besó. Fue un beso en la boca, con los labios cerrados y apretados, de apenas un par de segundos de duración. Elizabeth tuvo la impresión de que, más que besarla, la habían sellado igual que a un paquete de correos; pero fue su primer beso y, como no tenía nada con que compararlo, le pareció muy emocionante. Dexter estaba rojo como una manzana, tanto que a ella no le habría extrañado que hubiese empezado a sudar sidra. El aire olía a hierba y a zumo, la noche era bonita, y la música suave y agradable. Parecía una situación muy propia de aquellas películas de Cary Grant y Rosalind Russell que, ya por entonces, Elizabeth tanto disfrutaba. En dichas historias, la chica siempre sonreía después del beso, se abrazaba al chico, sonaba la música y las luces de la sala se encendían.

Elizabeth ni siquiera se llegó a plantear si Dexter le gustaba o no. Se suponía que él había hecho lo correcto, así que ella actuó en consecuencia. Luego supo que aquella noche muchas chicas presentes en el baile de la Sidra habían llorado como posesas al ver al mejor partido de la comarca declarándose a otra. Elizabeth reconocía que saber aquello le hizo bastante ilusión; era la primera vez que destacaba por algo entre el resto de las muchachas de su edad. Ellas tenían las mejores casas, los mejores vestidos, los mejores padres... Bien, pues ahora ella tenía el mejor novio. Justicia poética en estado puro.

Después de aquel beso, su prometido nunca fue más allá de cogerla de la mano durante algún paseo dominical. Elizabeth, aunque inexperta, suponía que había algo interesante que se estaba perdiendo, pero, dado que no encontró ningún referente cinematográfico capaz de sacarla de dudas, siguió feliz e ignorante con su bonita relación. Más tarde, leyó algunas novelas, oyó rumores... Pero le quedó la sensación de que aquello que se estaba perdiendo no era digno de mujeres decentes, de modo que prefirió no darle más vueltas y dejarse llevar al ritmo que Dexter marcaba. Todo el mundo decía que era un buen chico y que ella había tenido mucha suerte, y Elizabeth no encontraba motivos para opinar lo contrario.

Dexter consiguió una beca para estudiar en el Brooklyn College. Para alguien que nunca había salido de Rhode Island, la posibilidad de estudiar en Nueva York era similar a la de sumergirse en los secretos de la Biblioteca de Alejandría. La madre de Dexter lo despidió como si su hijo se marchase a la guerra. Elizabeth también estaba aquel día con el resto del clan en la estación, pero sintiendo cierta envidia. Aquélla fue la segunda vez que Dexter la besó y, en esa ocasión, abrió un poco los labios, lo justo para que ella sintiera verdadera curiosidad por saber más sobre aquello de lo que hablaban las novelas y los rumores.

La primera vez que su novio regresó de Nueva York para pasar las vacaciones, lo hizo cargado de historias sobre la Gran Manzana y con una proposición de matrimonio. Elizabeth la aceptó sin dudarlo demasido, quizá porque todo el mundo seguía empeñado en decirle lo bueno que era y la suerte que había tenido, y porque sus amigas continuaban mascullando su mal disimulada envidia. Y también porque lo quería, claro.

Por otro lado, también le pareció una manera sencilla de enterarse de una vez en qué consistía aquello tan intrigante que le faltaba a su relación. Al parecer, era imprescindible casarse para poder descubrirlo.

La boda, no obstante, tendría que esperar. Dexter primero quería terminar sus estudios y trabajar una temporada en Nueva York para ganar dinero y experiencia con los que empezar a hacer cambios en la granja de sus padres. A Elizabeth le pareció bien. La idea del matrimonio le resultaba agradable, pero no tenía prisa; de hecho, ni siquiera tenía muy claro qué vendría después de la boda, aunque las pocas veces que se paraba a pensarlo imaginaba una granja, muchos niños y algo de esto y de aquello. Nada más. Ella era de la clase de personas que prefería disfrutar el momento presente antes que hacer cábalas sobre el futuro. Nunca se le ocurrió pensar, por ejemplo, que el día que se hiciese con la herencia de sus padres se convertiría en una mujer mucho más adinerada que su esposo, y que quizá aquello podría esfumar todas esas imágenes de granjas y niños a largo plazo. No, Elizabeth no solía pararse a considerar aburridos detalles como ése.

Dexter había terminado sus estudios el año anterior, y ahora tenía un empleo en un lugar al que solía referirse como CCA. Elizabeth tardó un tiempo en descubrir que eran las siglas de algo llamado Consumers Cooperative Associations, aunque saberlo no le aclaró demasiadas cosas. Lo único que tenía claro sobre el trabajo de Dexter era que estaba relacionado con cooperativas agrícolas.

No debían de irle mal las cosas en la CCA: tenía un automóvil y un pequeño piso de soltero en el West Village. Elizabeth había visto el coche, pero no el piso, y siempre que proponía a su futuro esposo visitarlo, éste enrojecía hasta la raíz del cabello y decía que no le parecía apropiado. Ella no entendía por qué. Quizá tenía algo que ver con aquello.

Dexter ya llevaba un tiempo viviendo en Nueva York, pero aún seguía siendo el hijo de granjeros que salió de Providence con una bolsa llena de manzanas y las mejillas tatuadas por los besos de su madre y sus cuatro hermanas. Tarde o temprano, el granjero regresaría a sus orígenes y Elizabeth tendría que empezar a probarse vestidos blancos. Blanquísimos.

Sin embargo, aún parecía algo muy lejano.

Era extraño. Mientras Elizabeth contemplaba en silencio cómo su prometido conducía el coche, se le ocurrió la absurda idea de que nunca había tenido el impulso de apartarle un mechón de pelo de la cara, ni tampoco recordaba haberse quedado contemplándolo un buen rato mientras dormía.

De hecho, nunca lo había visto mientras dormía.

De pronto, empezó a preguntarse cómo le sentaría a Dexter una cicatriz en la mejilla y si le daría un aspecto de adolescente pendenciero.

Elizabeth apartó aquellos pensamientos de su cabeza, sintiéndose un poco ridícula. Se concentró en la idea de llegar al Bahía Baracoa, darse un baño, recoger sus maletas e instalarse en casa de la tía Violet.

Dexter esperó pacientemente en el bar del hotel hasta que Elizabeth y tía Sue bajaron con todas sus cosas, luego las llevó a casa de su pariente. El joven había pedido un par de días libres en su trabajo para poder estar con su prometida mientras durase su estancia en Nueva York. Tía Sue estaba encantada de tener al fin un hombre a mano que pudiera colmarlas de atenciones, y más si ese hombre era Dexter; ella lo adoraba.

Tía Violet resultó ser una mujer muy agradable, pero, tal como Elizabeth temió, completamente insulsa. Vivía en una encantadora casita con un jardín pequeño y pulcro, lleno de baños para pájaros y molinillos de colores. En el interior de la casa había aún más flores que en el jardín: flores en los jarrones, flores en el papel pintado de las paredes, en la vajilla, en la tapicería y en las cortinas; la propia tía Violet era pálida y liviana como una margarita y, para más armonía, de hecho tenía nombre de flor. La buena mujer estaba encantada de tener visitas, aunque tardó poco en olvidarse de aquella interesante novedad. Apenas hubo intercambiado una cortés charla con sus invitadas, manifestó que era la hora de su programa favorito y se acomodó sobre una mecedora junto a la radio. Elizabeth no tardó en descubrir que todos los programas eran el favorito de tía Violet.

—¿No es un ángel? —decía su sobrino con amoroso arrobo—. Si algún día inventan una radio que pueda llevarse a todas partes metida en un bolsillo, ella será la mujer más feliz del mundo.

Elizabeth asintió sin mucho entusiasmo mientras contemplaba a la tía Violet marcar con la cabeza el ritmo de la sintonía de *El show de Amos y Andy*, al tiempo que sonreía ensimismada.

Dexter dijo que debía regresar a la ciudad a arreglar unos asuntos y que volvería para cenar. La tarde no se presentaba apasionante para Elizabeth. Fue al piso de arriba, donde estaba el santuario floral que tía Violet le había escogido como habitación de huéspedes, y se echó en la cama con una revista, tratando de pasar el rato.

No pudo concentrarse en la lectura. Su mente regresaba una y otra vez a los acontecimientos de la noche anterior.

Al cabo de un rato tía Sue entró en el dormitorio con la cabeza metida en su bolso.

—Elizabeth, tesoro, ¿has visto mis gafas de cerca por alguna parte?

—Creí que estabas durmiendo la siesta.

—¡No he sido capaz! Cada vez que cierro los ojos me imagino al pobre señor Clarke, muerto, y... Oh, apenas puedo creerlo. Un hombre tan amable, tan encantador... —Tía Sue suspiró—. En fin, como decía mi madre, en esta vida pertenecemos a la muerte.

—Eso suena muy deprimente.

—¿Eso crees? Pues deberías haber conocido a mi abuela.

«Buenas noches, querida», solía decirme, «no olvides rezar tus oraciones: puede que mueras mientras duermes.»

Las dos mujeres se entretuvieron dándose conversación la una a la otra durante un buen rato. De forma previsible, acabaron hablando sobre la herencia de tío Henry. Tía Sue se preguntaba qué podría hacer Elizabeth con su mansión.

—Creo que debería ir a ver al doctor Culdpepper... Como albacea del testamento, puede que me dé alguna idea sobre qué hacer con la casa.

—Me parece una gran idea, tesoro. Y supongo que no sería apropiado por nuestra parte regresar a Providence de inmediato, al menos no antes de las exequias del señor Clarke. Su familia agradecerá que nos quedemos a presentarle nuestros respetos.

—Tengo entendido que no tenía familia. Era soltero y vivía solo en la ciudad. Me lo dijo aquel detective con ese nombre tan gracioso... Potter.

—¡Qué tragedia! ¿Y quién se encargará de darle un entierro decente? Elizabeth se encogió de hombros.

—No lo sé, quizá el doctor Culdpepper y el profesor Dorian. Parecían estar muy unidos. Puedo preguntárselo al doctor cuando vaya a verle, si te hace feliz.

—¿Y no podrías simplemente telefonearle?

Su sobrina negó con la cabeza.

—Será más fácil tratar este asunto en persona. Además, él fue muy amable invitándonos a asistir a la inauguración de su museo y no querría desairarlo. —Hizo un gesto de decisión, como si se reafirmase en una idea—. Sí, mañana mismo iremos a verlo.

—¿Mañana? ¿Por qué tan pronto?

—La inauguración es dentro de dos días, y prefiero dejar este tema resuelto cuanto antes. Según me dijo el doctor, Goblet no está lejos de Nueva York, a unas pocas horas en coche. Dexter puede llevarnos.

—Lo siento, tesoro, pero me temo que esta vez prefiero

no acompañarte. Estoy un poco cansada de ir de un lado a otro como si fuese una maleta. Mi cuerpo necesita dormir dos noches seguidas en la misma habitación. No te importa, ¿verdad?

—Como quieras. Iremos sólo Dexter y yo.

—Eso es, muy buena idea. Para estas cosas de las herencias es mejor que haya un hombre que se encargue de las gestiones complicadas.

—Soy perfectamente capaz de encargarme de esto por mí misma, tía —dijo Elizabeth, ofendida.

—Lo sé, tesoro, lo sé. Eres muy inteligente. Pero, aun así, donde esté un hombre...

Un aroma a estofado y patatas asadas se deslizó, tentador, desde el piso de abajo. Tía Violet anunció que la cena estaba lista y pidió ayuda para poner la mesa.

Su sobrino apareció unos minutos después de las siete y luego los cuatro disfrutaron de la abundante cena preparada por tía Violet, entre programa y programa de la radio.

Elizabeth esperó a que terminase el segundo plato para, antes del postre, hablarle a Dexter de su idea de ir a ver al doctor Culdpepper a su lugar de residencia.

—¿Y qué lugar es ese exactamente? —preguntó el joven.

—Un pequeño pueblo llamado Goblet, cerca de Poughkeepsie.

Dexter se rascó el cuello, dubitativo.

—¿Eso no está un poco lejos?

—Oh, no —intervino tía Violet, sorprendiéndolos a todos—. Está al norte. El otro día hablaron de ese lugar en *Cabalgata de América* de la CBS. Contaban una historia muy interesante sobre la época colonial.

La dueña de la casa sacó un viejo mapa de carreteras y Dexter lo desplegó sobre la mesa. Tardó unos minutos en encontrar un pequeño punto denominado Goblet.

—No está tan cerca de Poughkeepsie, en realidad —observó—. Está casi en Connecticut y eso son unas cuantas horas por carretera. ¿Estás segura de que es imprescindible que vayas hasta allí?

—Es por la herencia, Dexter, pero comprendo que puedas estar muy ocupado para llevarme tan lejos. No te preocupes, cielo; iré yo sola en el tren.

Fue un truco sucio, pero surtió efecto. Su prometido se acarició el mentón con la mano y negó con la cabeza vehementemente.

—No. Tú sola no. Precisamente pedí días libres en el trabajo para poder estar a tu disposición, aunque, la verdad, no esperaba tener que hacer una excursión por el Estado... ¿Y no crees que será un inconveniente que viajemos tú y yo... sin nadie más, antes de la boda?

Costó un poco convencer a Dexter de que aquel viaje no encerraba nada impúdico, pero finalmente aceptó salir de la ciudad con su prometida a primera hora de la mañana siguiente.

El último punto que quedaba por resolver era avisar al doctor Culdpepper de la inminente llegada de la pareja. Elizabeth lo telefoneó aquella misma noche, después de cenar. El anciano se mostró encantado por la noticia, incluso ofreció su propia casa como alojamiento.

—No será ninguna molestia, mi querida niña —dijo—. Al contrario; desde que murió mi esposa tengo demasiados cuartos sin uso en este viejo caserón. Me hará muy feliz volver a ver gente joven a mi alrededor. No hay más que hablar, mañana les espero. Le diré cómo llegar a mi casa.

Dexter fue puntual al día siguiente. A las nueve ya habían salido de los límites de la ciudad de Nueva York y emprendían su ruta siguiendo una carretera paralela al río Hudson, en dirección al norte.

El cielo estaba despejado y hacía sol. Circularon por preciosos parajes de doradas estampas otoñales hasta detenerse a tomar el almuerzo en un lugar llamado Mahopac, junto a un lago rodeado por árboles de hojas marrones que parecían estar hechos de bronce. Allí, en un improvisado picnic, la pareja comprartió unos bocadillos y una bolsa de manzanas, tendidos sobre la hierba. A Dexter le sentaba bien el campo, según observó su prometida; era como si su corazón de granjero se animase con el aroma a tierra y a hojarasca.

Elizabeth hablaba sin parar de la herencia de tío Henry, de la noche en Magnolia y los Príncipes de Jade.

—¿No te parece un asunto de lo más misterioso? —preguntó la joven—. Como una novela de terror.

Dexter dio un mordisco ruidoso a su manzana.

—Lo cierto es que es lo más extraño que he oído en mi vida.

—¿Qué opinas? ¿Piensas que los Príncipes están realmente malditos y que por eso murió el señor Clarke?

Su prometido masticó trozos de manzana como si fuesen reflexiones. Tragó y luego respondió, con gran solemnidad:

—Puede ser.

Elizabeth insistió:

—Quizá sea cierto que un antiguo espíritu maligno ha regresado del más allá para vengarse por la profanación de su templo.

—Suena muy posible.

—¿Y si el doctor Itzmin fuese el ejecutor de su venganza? Ya sabes, como una especie de brujo que convoca a las fuerzas del mal. Quizá se trate de un seguidor de algún tipo de culto extraño que ha jurado devolver los trozos de la estatua de Kizín a su antiguo templo, y no se detendrá ante nada para conseguirlo, ¿no te parece?

Dexter frunció el ceño y se rascó la barbilla, sumido en profundas cábalas. Al cabo de un rato aseveró:

—Lo veo muy probable.

Elizabeth se cansó de elucubrar. A la larga le resultaba aburrido que a Dexter todas sus ideas le parecieran plausibles, incluso las más descabelladas. La joven empezó a sospechar que su futuro esposo no le llevaba la contraria sólo por no pecar de falta de caballerosidad.

En eso era bastante distinto a Bob, por ejemplo. Discutir con el chófer era más emocionante ya que al menos él se tomaba sus opiniones lo suficientemente en serio como para rebatirlas.

Por algún motivo, a Elizabeth le irritó el hecho de haber comparado a los dos hombres. Tampoco entendía por qué razón de pronto se había acordado de su inopinado compañero de aventuras de la noche anterior.

«Sólo era un vulgar chófer —pensó, molesta consigo misma—. ¿Por qué no te lo quitas de la cabeza? Lo más probable es que no vuelvas a verlo en tu vida.»

—¿En qué piensas, Elizabeth? Estás muy callada.

Ella se ruborizó.

—En nada. Cosas tontas, ya sabes...

Tras el almuerzo dejaron detrás Mahopac y siguieron la carretera que conducía hacia Carmel Lake. Al cabo de unos cuantos kilómetros, Elizabeth vio aparecer una pintoresca señal de madera adornada con molduras.

BIENVENIDOS A GOBLET

¡Faltan 018 días para la fiesta de la Calabaza!

El coche enfiló por Main Street en medio de una sucesión de edificios bajos con fachadas de ladrillo, que resplandecían como arcilla húmeda, y carteles colgantes anunciando los locales comerciales. Sobre las puertas y ventanas había bonitos adornos de rejería.

Los escaparates de las tiendas estaban adornados con macetas de flores y orondas calabazas, varias de ellas talladas en forma de caras con ojos triangulares y sonrisas maliciosas, al igual que en Halloween, aunque aún faltaban más de dos semanas para dicha fiesta.

La calle lucía una abundante decoración de banderines rojos, blancos y azules; las aceras estaban limpias y las personas que paseaban por ellas tenían el aspecto de prósperos y pacíficos vecinos. En mitad de Main Street destacaba una iglesia de madera blanca rematada por un campanario con forma de aguja, de varios metros de altura, y a su lado había un edificio construido en piedra y ladrillo de estilo neoclásico. Unas letras doradas sobre el frontón triangular de su fachada lo identificaban como el ayuntamiento. Estaba rodeado por un pintoresco grupo de arquitecturas con estética decimonónica.

Goblet parecía una burbuja de nostalgia. Un típico enclave rural donde los dependientes de las tiendas seguramente llevaban mandiles blancos y vestían chaleco con pajarita, donde las tartas de manzana se enfriaban en los quicios de las ventanas y donde las campanas de la iglesia o de la escuela marcaban el ritmo social de la comunidad.

El único elemento que Elizabeth encontró discordante fue una enorme estatua erigida frente al ayuntamiento. Se trataba de una colosal figura de bronce que representaba a un hombre vestido con ropajes de la época colonial, con su sombrero de hebilla incluido y una pesada capa alrededor de su cuerpo. El artista había querido representar a aquel personaje como si enfrentase un vendaval, de tal modo que sus ropas se arremolinaban en torno a él con formas barrocas. La figura mostraba un rostro terrible, de rasgos cuadrados y potentes, que miraba desde lo alto de su pedestal con expresión severa e implacable, casi feroz. Su pose también era imponente: agarrado con una mano a un tocón de madera a modo de apoyo y con la otra cerrada en un puño sobre su pecho en un gesto de determinación.

Era la clase de escultura que alguien esperaría encontrar rodeada por majestuosos edificios e interminables avenidas en una gran ciudad, pero no en mitad de un modesto pueblecito. Elizabeth se preguntó a quién habrían dedicado un homenaje tan solemne y, al mismo tiempo, tan poco favorecedor; pero no pudo leer el nombre del pedestal desde el coche.

Las señas de la vivienda del doctor Culdpepper los alejaban de Main Street a través de un pequeño camino que se internaba en un bosque de árboles marrones y amarillos. Pasaron de largo frente a varias casas de campo de estilo victoriano. Dexter conducía con lentitud para poder leer los nombres de los buzones hasta que en uno de ellos pudo vislumbrar «Dr. E. Culdpepper» y se detuvo.

La casa no tenía aspecto de «viejo caserón», como su dueño había dicho por teléfono; era más bien otra encantadora muestra de arquitectura rural de tipo *Stick style*, similar a aquellas que se desperdigaban como hongos a lo largo de la costa de Nueva Inglaterra. Elizabeth la contempló durante un rato mientras Dexter bajaba del coche. Le recordaba a una casa de muñecas que había tenido de pequeña, e incluso habría jurado que las cortinas eran idénticas.

La pareja de prometidos atravesó la cerca del jardín y se internó por un pequeño camino de grava, hasta el porche. Al apretar el timbre, un agradable repique de campanas se oyó al otro lado de la puerta. Poco después, ésta se abrió unos centímetros y un ojillo inquisidor asomó por el resquicio, detrás de una cadena.

—¿Quién es? —preguntó una aguda voz de mujer con marcado acento del sur.

—Buenas tardes. ¿Vive aquí el doctor Elliot Culdpepper?

—¿Quién lo pregunta?

—Soy Elizabeth Sullavan. Ayer hablé con él por teléfono.

La persona que estaba al otro lado cerró de golpe. Se oyeron ruidos de cadenas, cerrojos y pasadores, propios de una mazmorra. Luego la puerta se abrió de nuevo dejando ver un cuerpo menudo y envuelto en un vestido tan negro como la piel de la mujer que lo llevaba puesto.

—¿Es usted la señorita Sullivan?

—Sullavan, con «a», como la actriz. Éste es mi prometido, Dexter Hyde.

Se oyó una voz por detrás de la mujer centinela.

—¿Quién es, Grace?

—Una tal señorita Sullivan. Dice que es actriz.

En ese momento apareció el doctor Culdpepper, vestido con un batín y sujetándose sobre un bastón de caña. Asomó la cabeza por encima de la mujer y sonrió al ver a Elizabeth.

—¡Mi querida amiga! Es usted, por supuesto... Pase, pase, por favor. Tiene que perdonar a Grace, mi ama de llaves; su celo por evitarme molestas visitas puede llegar a ser exagerado, sobre todo estos últimos días... Pero no se quede ahí fuera, por favor. Y este caballero, claro está, debe de ser su prometido, el señor Hyde.

Elizabeth hizo las presentaciones mientras, a su espalda, Grace volvía a cerrar la puerta echando al menos tres o cuatro pestillos diferentes. El doctor los condujo a una salita de estar atiborrada de cuadros, diplomas enmarcados y fotografías.

Una vez allí los invitó a tomar asiento en sendas butacas de cretona decoradas con motivos náuticos. Él se sentó frente a ellos, en una mecedora, colocando una pierna sobre un escabel.

Elliott Culdpepper parecía mucho más viejo que la última vez que Elizabeth lo había visto, apenas dos días atrás. Quizá fuera causa de aquel decorado finisecular que lo rodeaba, en el que no faltaba la chimenea crepitante, el reloj de pared que bostezaba los segundos y la biblioteca repleta de vetustos volúmenes encuadernados en piel. La joven observó que, al igual que en Magnolia, también había varias reliquias antiguas desperdigas por la estancia, sólo que éstas no tenían un aspecto tan valioso.

El doctor pidió a Grace que preparase café y luego se puso a charlar con sus invitados sobre tópicos de escasa enjundia. Entretanto, el ama de llaves apareció con un servicio de porcelana, lo sirvió y por último se retiró a un rincón del cuarto, desde donde observaba a los recién llegados con expresión severa.

Elizabeth habló al doctor del motivo principal de su visita: como albacea del testamento de tío Henry, quería saber su opinión sobre qué hacer con Magnolia.

—Yo le aconsejaría vender la propiedad —dijo el anciano—. No creo que sea el mejor lugar para que una joven pareja comience su vida en común. La obra es muy vieja, y la estructura no está en buenas condiciones. Obtendrá mucho más beneficio sacando la finca a la venta. Quizá yo pueda ponerle en contacto con algunos compradores potenciales.

Tras decir esto, Culdpepper divagó un poco sobre lo barata que había sido su propia vivienda cuando la compró, muchos años atrás. Dijo que estaba seguro de que fincas como la suya o la del profesor Talbot podían alcanzar un alto precio en el mercado actual.

—No me sorprende. Tiene usted una casa muy bonita —dijo Elizabeth, sintiendo sobre su nuca la mirada inquisitiva de Grace.

—Gracias. Yo, en ocasiones, echo en falta el toque femenino que mi esposa sabía darle, y quizá sea demasiado grande para un viejo perezoso como yo. Por fortuna, Grace me ayuda a que todo se mantenga en orden. —El doctor dedicó una afectuosa mirada a su ama de llaves—. Es un alivio tenerla conmigo, especialmente en estos últimos meses en los que la inauguración de mi museo me tiene completamente absorto.

Al ser preguntado sobre aquel asunto, Culdpepper se explayó en múltiples detalles. Para él, su museo era un proyecto imprescindible que serviría para que la rica historia de su pueblo de residencia no cayera en el olvido.

—Goblet es una localidad dormida —explicó a sus invitados—, si entienden lo que quiero decir. Quizá hoy no sea más que un diminuto núcleo rural perdido en un rincón de los mapas, pero no siempre fue así. Durante la época colonial, Goblet fue un activo punto de encuentro para las caravanas comerciales que cubrían la ruta entre Fort Orange y Nueva Amsterdam. Por aquel entonces este pueblo se llamaba Goor y era una colonia holandesa. Los ingleses se apoderaron de ella más tarde, en siglo XVII.

—¿Por qué cambió su nombre al actual? —quiso saber Elizabeht.

— Ah, me alegra que lo pregunte, es una historia muy curiosa: al parecer, el rey Carlos II de Inglaterra regaló a los habitantes de Goor un precioso cáliz hecho de oro y joyas, como agradecimiento por haber hecho entrega de la ciudad sin oponer resistencia. Desde entonces se la conoció como Goblet City, o Ciudad del Cáliz. —Culdpepper ocultó una sonrisilla detrás de su taza de café—. El dicho cáliz, por cierto, no es más que una copa misérrima de vidrio y cobre dorado. El rey Carlos timó a los habitantes de Goor con una baratija, pero, aun así, es una pieza curiosa de ver... También se expondrá en el museo, gracias a una donación hecha por la familia de nuestro alcalde. De hecho, todas las familias del pueblo han aportado viejas reliquias familiares para que el proyecto saliera adelante. Algunos también hicieron modestas donaciones económicas, aunque la mayor parte del capital necesario ha salido de mi bolsillo. He invertido casi todo mi capital, pero no me importa; yo soy viejo y no necesito el dinero, además Goblet experimentará un auge turístico importante gracias al museo. Estoy seguro de que atraerá a viajeros curiosos de todo el Estado, puede que incluso del país entero.

—¿De veras? —preguntó Elizabeth, incrédula. Lo poco que había conocido de Goblet no le daba la impresión de ser el último destino de moda entre los trotamundos ávidos de nuevas experiencias.

—Ya lo creo. Este lugar tiene muchos atractivos que ofrecer, a parte de su rico legado histórico. Por ejemplo, está la Noche de la Calabaza, que se celebra todos los años el 31 de octubre, en Halloween. Para nosotros la fiesta de Halloween es como la Navidad en Salzburgo... o el Carnaval en Venecia, salvando las distancias, por supuesto. Gente de todo el Estado acude cada año a participar en la Noche de la Calabaza de

Goblet. Seguro que ustedes ya han oído hablar de ella, es muy famosa.

—Oh, sí, desde luego —mintió Elizabeth, que no quería decepcionar al viejo doctor. Después, para evitar ser interrogada sobre hasta dónde llegaba su conocimiento de tan importante celebración, la joven se apresuró a cambiar de tema—. Y, volviendo a lo del museo, ¿qué otras piezas van a estar expuestas?

—Los visitantes podrán contemplar todo tipo de fondos, no sólo documentos de gran valor académico sino también objetos de la época colonial: ropa, muebles, adornos... Y, naturalmente, mi modesta colección de antigüedades, fruto de mi labor de años como arqueólogo «amateur» y que he donado con mucho orgullo.

—Me alegro por usted... y por su museo.

—Gracias. Pero, por supuesto, la pieza estrella de nuestra exposición será el legado de su tío, Henry Talbol. Ya sabe a cuál me refiero en concreto.

—¿El Príncipe de Jade?

Los ojos de Culdpepper brillaron de entusiasmo.

—Precisamente. La estatuilla de Solimán el Magnífico, una joya histórica de valor incalculable que ayudará a colocar nuestro museo en el mapa.

—No lo dudo... Por curiosidad, ¿dónde se guarda en este momento? ¿Aún la tiene usted?

—Está en el museo, naturalmente, preparada para la inauguración de mañana por la noche. Les confieso que apenas puedo reprimir mi ansiedad. ¡Será un momento muy emocionante! Y llevo tantos años esperándolo...

—¿No teme que la persona que robó la estatuilla del señor Clarke quiera hacerse también con la suya?

La reacción a sus palabras fue inesperada y emocionante.

El anciano dejó caer su taza al suelo y la miró a los ojos. Grace emergió de entre las sombras para recoger los pedazos de porcelana, en medio de un tenso silencio. También el ama de llave clavaba sus ojos en Elizabeth, como si acabase de pronunciar un espantoso insulto a los de su raza.

—¿Por qué dice eso? —preguntó Culdpepper, muy serio.

—Sólo es una idea —balbució la joven.

—Es curioso que piense eso, señorita Sullavan... Es muy curioso... Precisamente ahora que...

—Doctor, recuerde que el sheriff Bosley le advirtió de que no hablara con extraños sobre... ciertos asuntos —le interrumpió Grace, con su particular acento sureño.

—No creo que eso afecte a nuestros invitados, Grace. Ellos acaban de llegar de Nueva York.

—Le dijo que fuese usted prudente.

—Soy prudente. Pero la señorita Sullavan ha manifestado una inquietud lógica, y creo que merece saberlo. Después de todo, atañe al legado de su tío.

El ama de llaves frunció los labios hasta hacerlos desaparecer. Terminó de recoger los pedazos de porcelana y se marchó, con aire ofendido.

— Lo siento —se disculpó Elizabeth, confusa—. ¿He dicho algo inconveniente?

—Oh, nada de eso, querida niña. Tienen que disculpar a Grace, es desconfiada por naturaleza, y me temo que también está muy asustada.

—¿Asustada? ¿Por qué?

—Se crió en un pequeño pueblo de Luisiana, entre mitos y supersticiones propias de su gente. Desde el momento en que traje la estatuilla, está convencida de que es portadora de algo maléfico.

—Pero usted, naturalmente, no cree en esas cosas —dijo Dexter. Luego, tímidamente, añadió—: ¿Verdad...?

—Siempre me he enorgullecido de mantener un sano escepticismo ante la vida, señor Hyde. Después de todo, soy un hombre de ciencia; pero, como cualquier ser humano, también me inquieta lo que no soy capaz de explicar. —Culdpepper apoyó las manos en los brazos de su mecedora. Elizabeth vio que le temblaban—. Desde que regresé de Nueva York, han ocurrido... cosas extrañas en esta casa.

—¿Como cuáles? —preguntó la joven.

— Por ejemplo, luces que se apagaban sin motivo aparente, sonidos en cuartos que llevaban años cerrados, teléfonos que sonaban sin que nadie respondiera al otro lado... Esta misma noche llamaron al timbre, de madrugada. Cuando mi ama de llaves abrió la puerta no había nadie, sólo un pedazo de soga clavado en el dintel con un nudo de dogal en el extremo. Desde entonces, Grace echa todos los cerrojos y guarda la casa como si fuese un fortín.

—¿Un pedazo de soga? —preguntó Dexter—. ¿Y eso qué significa?

—Será mejor que les enseñe algo. —El doctor Culdpepper se levantó trabajosamente de la mecedora y renqueó hasta un buró cercano. Abrió un cajón y sacó un pliego de papel amarillento—. Esto estaba pegado a la soga. Pueden leerlo, si quieren.

Elizabeth así lo hizo. Escrito con una caligrafía tosca y llena de manchas de tinta había un mensaje:

Elliot Culdpepper:

Se te acusa de haber traído el Mal a esta comunidad y de haber rendido esta tierra sagrada a la pestilencia del Soberano de Xibalbá, que pide tu cabeza. Has sido emplazado ante el tribunal y hallado culpable, tu sentencia está firmada con la sangre de los muertos. Sólo existe un castigo para los blasfemos: la horca y el fuego.

La caligrafía parecía haber sido escupida por el filo de una pluma, como goterones de sangre negra.

El doctor guardó el anónimo y mostró otro pliego de papel de aspecto idéntico.

—Esta mañana recibí otra nota —dijo—. Alguien la dejó en mi buzón. En esta ocasión está firmada. Mire.

> Es la hora de ejecutar la sentencia. Horca y fuego. Estás avisado.
>
> ARNOLD POLE

—¿Quién es el tal Arnold Pole? —preguntó Elizabeth—. ¿Se trata de alguien del pueblo?

—Así es —afirmó Culdpepper. Dejó escapar una sonrisa desencajada—. Uno de nuestros vecinos más ilustres, de hecho.

—En ese caso, debe usted dar parte a las autoridades —terció Dexter, indignado—. Da igual lo importante que sea ese tipo, merece que lo metan en la cárcel por amenazar a un hombre honrado y respetable.

—La policía está al tanto de todo, señor Hyde. Nuestro sheriff local, Walter Bosley, ha leído estas notas y ya sabe quién es el que las firma. Si él pudiera detener a Arnold Pole y meterlo en el calabozo, tengan por seguro que lo haría, pero existe un inconveniente.

—¿Qué tipo de inconveniente?

—Arnold Pole lleva muerto más de doscientos años.

En ese momento sonó el timbre de la puerta.

BOB no pudo evitar torcer la boca en una expresión de orgullo contenido cuando escuchó a Frank decir:

—De modo que ya tienes un trabajo serio...

Asintió. Tomó su vaso de zumo de arándonos y echó un buen trago. Normalmente aquel brebaje le repugnaba, pero Frank, abstemio riguroso, lo bebía a litros. No obstante, en esa ocasión, Bob le encontró cierto regusto a triunfo. Se sentía muy satisfecho de sí mismo, no tanto por su nuevo trabajo como por haber logrado una felicitación sincera de Frank, ya que últimamente no hacía más que darle disgustos al pobre cura.

Estaban sentados en un rincón del garaje del Refugio de Saint Aidan, en sendos taburetes y frente a una caja de madera puesta del revés sobre cuya superficie estaban los dos vasos desportillados con el zumo rojo de arándanos. Frank había querido brindar nada más enterarse de la nueva suerte de su pupilo. El sacerdote parecía tan contento como si le hubiesen concedido un dicasterio.

—Bravo, muchacho, bravo —dijo brindando al aire—. ¡Secretario del consulado! Qué Dios me ampare, estoy más feliz que una comadreja en un gallinero, ¡ya lo creo que sí!

—Lo de secretario del consulado suena muy bien, no lo niego; pero creo que es exagerar un poco la realidad: sólo soy un chico de los recados.

—Pero de un conde... y diplomático. Hay que ir poco a poco, muchacho. Tú llegarás muy lejos. Lo sé. Siempre lo he sabido. — «La fe mueve montañas», pensó Bob. No dijo nada. No quería estropearle el momento a Frank con un sarcasmo a destiempo—. Ahora cuéntame con pelos y señales cómo lo has conseguido. Y no te dejes ningún detalle. Pienso ponerte de ejemplo ante los muchachos en la catequesis de esta tarde.

Valiente ejemplo, se dijo el joven.

Procedió a relatar cómo se había presentado en la avenida Lexington, con la tarjeta del conde en la mano y mucha voluntad por su parte. Muerto de sueño, era consciente de que no lucía su mejor aspecto para solicitar un trabajo, pero esperaba que el conde de Roda fuese tan tópicamente hidalgo como aparentaba y no olvidase sus promesas.

Entró a ciegas en el edificio y preguntó por el conde a un recepcionista de su misma edad que lo miró como si los separase algo más que un mostrador de madera. El tipo dejó caer un incrédulo «Veré si puede recibirle en este momento» y luego, tan sorprendido como decepcionado, recibió orden de conducir a Bob hasta un despacho de la planta noble.

El conde le aguardaba allí, enhiesto y barbado. Ni siquiera tenía aspecto de haber pasado la noche en una casa extraña donde la gente moría en su cama y los cuerpos embalsamados desaparecían de las vitrinas.

—Señor Hollister... ¡Al fin! Estaba seguro de que tarde o temprano vendría usted a verme.

Era una prometedora bienvenida. Por un lado don Jaime no consideraba aquella visita una intrusión y, por el otro, indicaba que estaba más bien dispuesto a cumplir su palabra. Bob trató de aparentar un digno desapego, como si aquello fuese en realidad una mera visita de cortesía.

—Me gustaría hablar sobre la oferta que me hizo, si usted la recuerda.

La sola idea de que Bob creyese que un conde —español por más señas— pudiera olvidar su palabra dada hizo que el diplomático mostrase una educada indignación. Se alegró de que el joven le diese la oportunidad de devolverle el favor que le había hecho con respecto al falso Planisferio de Cano («Deuda de honor», fueron sus palabras), y luego le hizo un par de preguntas sobre sus conocimientos y formación. En ese punto, a regañadientes, Bob se vio obligado a mencionar cierto tabú:

—He estudiado en Harvard.

Don Jaime acogió la noticia con franco entusiasmo. Quiso saber si Bob hablaba algún idioma, a parte del inglés. Una vez más, el joven tuvo que desenterrar datos de su biografía que raras veces compartía con nadie. Sintió como si lo estuviesen desnudando a la fuerza, pero se recordó a sí mismo por qué lo hacía.

—Puedo leer el español con cierta soltura.

El conde cambió de idioma y, en su lengua natal, preguntó:

—¿Quiere decir que es capaz de entenderme ahora?

—Puedo entenderlo correctamente —respondió Bob. Luego volvió al inglés—. Pero preferiría no tener que hablarlo a no ser que sea imprescindible para mi trabajo.

—¿Por qué motivo?

—No lo domino del todo a la hora de mantener una conversación. Cometo muchos errores —mintió.

El noble aceptó su respuesta sin recelos.

Después de otro puñado de preguntas banales manifestó una vez más su admiración por aquel joven con tantas posibilidades.

Desgraciadamente, dijo —y ahí llegó el primer «pero» —, no era competencia suya contratar personal para el consulado, ya que él sólo estaba de paso; sin embargo, se aferró sólidamente a su palabra dada.

—No sería honorable por mi parte permitir que se marche de aquí con las manos vacías. Deje que hable con el cónsul. Es probable que, después de todo, tenga algo para usted. Si no le importa aguardar en mi despacho unos minutos...

A Bob no le importaba. El conde se marchó y lo dejó solo durante casi media hora.

—Supongo que estarías impaciente, muchacho —dijo Frank. Otro trago de jugo de arándonos. Si aquella bebida fuese alcohólica, ya estaría borracho como una cuba.

—Ya me conoces; tengo mucho aguante.

Lo que Bob no contó a Frank fue que cuando don Jaime se hubo marchado, él se dedicó a explorar el despacho con minuciosidad. Era evidente que el noble español ocupaba aquel lugar de forma interina, pues no era más que una habitación provista del mobiliario básico, sin ningún rasgo de identidad. Los armarios estaban vacíos, los ficheros ausentes, y el único elemento decorativo eran dos fotografías colocadas sobre la mesa; en una de ellas aparecía una mujer de aspecto delicado y grandes posibilidades de ser una condesa consorte y en la otra se veía a un joven vestido con una especie de uniforme militar adornado con enseñas rojas con la forma de un yugo y unas flechas.

No sabía quién era el hombre de la fotografía y tampoco había ninguna dedicatoria o inscripción, así que la dejó de lado y se puso a inspeccionar el escritorio. Los cajones estaban vacíos salvo por un par de elementos de material de oficina. Lo único que captó su atención fue una hoja manuscrita que halló debajo de un secante. Era una carta sin terminar.

Querida Carmen:

Siento no haber podido escribirte algunas líneas desde mi llegada, pero desgraciadamente el asunto que me ocupa absorbe todo mi tiempo por completo. No obstante, mi recuerdo está permanentemente contigo y con nuestras hijas, y no hay momento del día en que no piense en vosotras y rece a la Virgen para que os cuide en mi ausencia.

Antes de relatarte mis actividades en Estados Unidos, me gustaría darte una pequeña alegría. Por medio de unos conocidos de la embajada italiana, he tenido noticias de Carlos. Te agradará saber que se encuentra bien, que está contento y que se acuerda mucho de sus padres y sus hermanas. Por desgracia, la naturaleza de su misión en Italia es de carácter tan reservado que no he podido saber cuándo podrá regresar a España, y me temo que todavía no nos es posible ir a visitarlo.

Soy consciente de lo mucho que lo echas de menos y de cuánto te duele su ausencia. Créeme, querida Carmen, que me hallo en igual situación; pero debemos consolarnos sabiendo que nuestro hijo está cumpliendo con su deber como un buen español, y eso es algo que debe llenarte de orgullo. No lo olvides nunca, querida mía, y que ese pensamiento te dé fuerzas para soportar su ausencia. Estoy convencido de que, muy pronto, esas labores que lo retienen habrán llegado a su fin y podremos volver a abrazar a nuestro querido Carlos. Yo rezo todos los días para que así sea.

La carta se interrumpía en ese punto. Bob la guardó de nuevo en el cajón del escritorio justo antes de que el conde regresara. En el rostro de don Jaime se advertía una expresión satisfecha.

—Tengo buenas noticias para usted, señor Hollister. Mi

chófer y asistente se encuentra impedido en estos momentos y el cónsul me ha autorizado para ofrecerle a usted el puesto vacante. Si lo acepta, es suyo desde este preciso momento.

Y así fue como Bob empezó a cobrar un sueldo del gobierno de España.

—Sólo una cosa más —dijo Frank, rematando la botella de zumo—. Pensaba que el conde no te parecía de fiar... ¿Qué es lo que te ha hecho cambiar de opinión?

—Nada —respondió el joven—. Lo sigo pensando. De hecho, cada vez estoy más convencido de que oculta algo; por eso decidí ir a verlo... Y Ahora, si me disculpas, tengo que regresar al trabajo. He podido escaparme un momento para almorzar contigo, pero mi nuevo jefe quiere que esté de vuelta en el consulado antes de las tres.

El sacerdote le felicitó una vez más por su nuevo trabajo, y, a modo de despedida, lo estrujó con un efusivo abrazo digno de un antiguo boxeador.

Bob se permitió el lujo inaudito de tomar un taxi hasta el consulado. Allí estaba don Jaime, en el mismo despacho donde lo había dejado aquella mañana, escribiendo unas cartas. En cuanto vio aparecer a su nuevo asistente le dio algunas indicaciones sobre en qué consistiría su trabajo.

Éstas no eran muy complicadas. El propio conde parecía no tener muy claro qué actividades encargar a su nuevo empleado, así que Bob se pasó casi toda la tarde haciendo recados intrascendentes de toda clase: recogió un traje de la tintorería, envió unas cartas por correo y canceló una mesa para cenar en el Angelli's de la Quinta Avenida. Como tenía tiempo y, de hecho, pasó cerca del restaurante de camino a la oficina de correos, hizo la cancelación en persona. A continuación regresó al consulado para encontrarse de nuevo con su jefe, que seguía casi en la misma postura en la que lo había dejado una hora antes: atornillado a su silla y con la cabeza gacha sobre sus papeles.

—He traído su traje, señor conde. —Bob no sabía muy bien cómo dirigirse a su nuevo patrón: alternaba el «señor conde» con el «señor» o el «conde» a secas—. ¿Quiere que se lo deje por aquí?

—Sí, gracias. Encima de esa silla, por favor... ¿Hizo la cancelación en el Angelli's?

—Vengo de allí ahora mismo.

—Se lo agradezco. —El conde se frotó los ojos con las manos y suspiró, cansado—. Es curioso, esperaba que tendría más interés por entrevistarse conmigo...

—¿A quién se refiere? —se atrevió a preguntar el joven.

—A sir Cecil Longsword. Me puse en contacto con el consulado de Reino Unido esta mañana. Creí que, dadas las circunstancias, sería bueno que tuviésemos una charla entre caballeros disfrutando de una cena agradable, para hablar de forma civilizada sobre nuestra polémica con respecto a los Príncipes de Jade.

—¿Y él se negó?

—Lo ignoro en realidad. Acaban de comunicarme que sir Cecil no se encuentra en Nueva York. Según su secretario, lleva en Washington desde el jueves y no tiene previsto regresar en los próximos días.

Bob, muy sorprendido, no dijo nada esperando que el conde hiciese algún comentario. Como no fue así, se vio obligado a preguntar:

—¿Y eso no le parece extraño, señor?

—¿En qué sentido?

—Sir Cecil estuvo ayer en la lectura del testamento, así que o bien viaja con asombrosa rapidez o su secretario miente.

Don Jaime emitió un suspiro de resignación.

—Claro que miente, señor Hollister. En el mundo diplomático todo el mundo lo hace. Sir Cecil no ha estado en Washington, al menos no desde el jueves; lo único que ocurre es que no quiere cenar conmigo. ¿Qué opina usted de eso?

—¿Yo?

—Sí, usted. ¿O piensa que le he contratado sólo para que me recoja la ropa del tinte? Usted está al tanto de todo este extraño asunto de los Príncipes de Jade y deseo su consejo. ¿Qué cree que debería hacer?

—Eso depende... ¿Cuáles son sus intenciones?

—Ya lo sabe, devolver los Príncipes a su legítimo dueño: España.

Al conde se le llenaba la boca al pronunciar el nombre de su patria, como si le rebosara del paladar.

—Creo que lo primero sería asumir que uno de los Príncipes ha escapado de sus manos. Le recuerdo que el del señor Clarke desapareció.

—Cierto. Y no crea que eso no me causa un enorme pesar, pero de momento ese asunto queda en manos de la policía, la cual espero que cumpla su deber con diligencia y prontitud.

—¿No le preocupa la idea de que alguien esté dispuesto a llegar más lejos que usted para hacerse con los Príncipes?

—Mucho. Por eso es necesario actuar con rapidez. No hay que permitir que las otras dos esculturas corran la misma suerte.

—Tal como yo lo veo, señor —dijo Bob—, mientras se mantenga alejado de los Príncipes, sus posibilidades de obtenerlos serán más bien escasas.

—No sé si le comprendo...

—Quiero decir que no es con sir Cecil con la persona que debería hablar, sino con los dos caballeros que heredaron las otras estatuillas.

El conde ocultó una sonrisa por detrás de su bigote.

—Su idea es muy sugestiva. Si no le he entendido mal, pretende que negocie con el profesor Dorian y el doctor Culdpepper en persona, ¿no es así?

— Exacto —respondió Bob. «Y si eso me sirve como excusa para acompañarte y ver en qué asuntos andan metidos esos dos, todos saldremos ganando», pensó para sí—. ¿Por qué no empieza por el doctor Culdpepper? Creo que vive en un pequeño pueblo llamado Goblet. Eso no está muy lejos de la ciudad.

—Así es. De hecho, él mismo tuvo la amabilidad de invitarme ayer a asistir a la inauguración de una especie de museo en el que piensa exhibir su Príncipe de Jade. La verdad es que me pareció una oferta muy cínica por su parte...

—Señor conde, si me permite un consejo, creo que debería aceptar.

—No sé... No estoy seguro del todo. ¿Y si ahora no desea verme, igual que sir Cecil?

—Pues no le dé la oportunidad de eludirlo: preséntese en Goblet sin avisar.

El caballero se escandalizó.

—¡Virgen Santa! Eso me parece una descortesía imperdonable.

—Oh, no se crea. Aquí en América no damos tanta importancia a esos protocolos. Es más, nos encanta presentarnos en los sitios por sorpresa: así fue como conseguimos Nuevo México.

—¿De veras? En fin... No negaré que tengo un gran interés por entrevistarme a solas con ese doctor... Y, después de todo, él me invitó... —Tras dudar unos instantes, tomó una decisión—. Está bien, seguiré su consejo. Mañana a primera hora iremos a Goblet. Usted me llevará.

Bob trató de simular una expresión de triunfo.

—Fantástico. ¿Quiere que gestione el alquiler de un vehículo?

—No será necesario, el consulado ha puesto uno a mi disposición. Un medio de transporte acorde con mi estatus, desde luego —presumió el noble.

Su nuevo asistente tan sólo esperaba que fuera algo más moderno que una carroza de caballos.

BOB llevaba horas conduciendo con verdadero deleite.

Había supuesto que el conde tendría un vehículo de primera calidad, pero ni por asomo imaginó que se trataría de un verdadero Lincoln Continental modelo de 1939. Tal fue su felicidad en el momento de arrancarlo que el cielo podría haberse desplomado sobre él en aquel instante y habrían hallado su cadáver hecho un sonriente despojo. Bob sólo había visto ese vehículo en fotografías, y más de una vez soñó con sentir el tacto de su volante bajo las yemas de sus dedos.

El coche era una preciosidad de color océano, con las formas sinuosas de una mujer dormida. Su motor ronroneaba igual que una pantera y las llantas brillaban como estrellas enmarcadas en caucho. Era un glorioso palacio con ruedas que, a juicio de Bob, aseguraba un puesto para Edsel Bryant Ford en la corte celestial. Si Dios tuviese coche, sería un Lincoln Continental, se dijo.

Don Jaime se sorprendió bastante al oír los repetidos «Uau» que brotaron de la boca de Bob cuando vio aquel automóvil. El conde no entendía de motores y para él aquella máquina era un simple medio de locomoción, no una obra de arte. Bob sintió una pena inmensa por el viejo noble.

El camino de Nueva York a Goblet era largo, pero la carretera era amplia, recta y estampada a izquierda y derecha con preciosos árboles en llamas de otoño. Bob habría sido capaz de conducir durante años a lomos de aquella flecha azulada, escuchando la radio —¡porque el coche tenía radio!—, sentado en su asiento de cuero y acariciando el acabado de madera de nogal del volante. Tras él, el conde dormitaba pacíficamente, pero su chófer no era consciente de ello pues para él sólo existían 276 criaturas en el mundo en aquel instante: el propio Bob y los 275 caballos de potencia del motor del Lincoln Continental.

Habían salido de Nueva York temprano, pues el conde de Roda quería estar en Goblet a media tarde para entrevistarse con el doctor Culdpepper. Para deleite de Bob, don Jaime no quería entretenerse por el camino con paradas innecesarias, de modo que pudo conducir el Lincoln durante varias horas sin interrupciones mientras su jefe dormía la siesta en el asiento trasero.

A mitad de trayecto, el chófer reparó en que había otro coche unos metros por detrás del Lincoln. Podía verse con claridad a través del espejo retrovisor. Era un sedán negro con aspecto rodado, un modelo sencillo y barato, de los cuales había cientos circulando diariamente por las calles de Nueva York. No obstante, había algo en aquel vehículo que llamaba la atención de Bob, aunque no sabía precisar qué era exactamente.

Se encogió de hombros y siguió prestando atención a la carretera.

Kilómetros de soledad y bosques coloreados por un meloso otoño. Bob se fingía tranquilo y despreocupado, pero lo cierto es que algo le rondaba la cabeza.

Echó otro vistazo al retrovisor. El sedán negro seguía tras ellos. Lógico, ¿dónde iba a estar? La carretera era de un solo sentido y no había desviación.

Sin embargo...

El joven sentía el picor característico de algo que vigilara a su espalda. Lanzó otra mirada al espejo. Ahí estaba: el sedán negro, contemplando con sus faros apagados... o al menos con uno de ellos; el otro estaba roto.

Sacudió la cabeza como si tratase de desembarazarse de un insecto pesado. Aceleró, sin saber muy bien por qué lo hacía. Miró otra vez por el retrovisor y le pareció que el sedán también aceleraba.

Bob dejó atrás la desviación a Shrub Oak y un par de automóviles más se incorporaron a la carretera entre el Lincoln y el sedán. Bob se alegró.

A unos kilómetros de Carmel Lake encontró una gasolinera en un vado del camino y se detuvo. El conde se despertó.

—¿Qué ocurre...? ¿Ya hemos llegado?

—Estamos cerca. Sólo voy a repostar.

—Oh, bien, bien... —murmuró don Jaime. Volvió a quedarse dormido.

Bob colocó el Lincoln frente a un surtidor y luego se apeó para estirar las piernas. Un muchacho con rostro de niño y las mejillas cuajadas de acné apareció para atender a los nuevos clientes. Llevaba la gorra del uniforme puesta del revés y la camisa manchada con aceite de motor.

—¿Qué va a ser, jefe? —preguntó.

—Llena el depósito, por favor.

—Por cincuenta centavos más le limpio también el parabrisas.

—¿Por qué no? —dijo Bob. El precio era bastante caro, pero pagaba el Gobierno de España.

El muchacho dejó escapar un silbido de admiración al ver el coche.

—¡Menudo trasto! ¿Es suyo, jefe?

—Ojalá. Sólo lo conduzco.

—Mi tío Arty se morirá de envidia cuando le diga que he visto semejante preciosidad —dijo el chico mientras encajaba la manguera de combustible en la toma del depósito—. Es el dueño de la gasolinera, ¿sabe? Ahora está con resfriado. Cosa mala la gripe de este año, ¿no cree? —Se explayó un buen rato sobre los estragos gripales de la temporada. Bob aprovechó un receso en su parloteo para preguntarle si quedaba mucho camino para llegar a Goblet—. Un tiro de piedra, jefe. Sólo tiene que seguir la carretera durante veinte o treinta minutos más. Se dará de bruces con el pueblo, no tiene pérdida. —Sacó la manguera del depósito y se puso a limpiar los cristales del coche—. De modo que va usted a Goblet...

—Ésa es la idea, sí.

El muchacho se rascó la cabeza por debajo de la gorra.

—Últimamente esto se llena de fulanos que van para allá. Turistas, dice mi tío... Aunque yo no sé qué encanto le pueden ver a ese sitio; yo no iría allí ni por un millón de dólares, no señor.

—Seguro que hay sitios peores.

—Si los hay, yo no quiero saberlo... ¿Le limpio el capó, jefe?

—¿Por otro medio dólar?

—Gratis. Sólo con tocar esta joya ya me conformo.

—Muy astuto, chico. —Bob sonrió. Sacó una moneda de cincuenta centavos del bolsillo y se la tiró al chaval, quien la cogió al vuelo—. ¿Y qué tiene Goblet para que sea tan poco recomendable?

—¡Todo el mundo lo sabe! Es por el fantasma.

—¿El fantasma?

—Sí, señor: el viejo Arnold Pole. Su espíritu ronda por las noches cerca del cementerio, ya lo creo que sí. Al dar las doce, el espectro del viejo juez Pole sale de su tumba y se dedica a aterrorizar a la gente.

—Fascinante. Supongo que debe de tener un aspecto espantoso.

—Yo no lo sé, jefe, nunca lo he visto, no señor. Pero mi tío Arty se encontró con él de bruces, y también mi amigo Sully. Dicen que su cuerpo es transparente y que su cara es como una calavera, de carne podrida y gusanos, y que sus ojos brillan como ascuas del infierno, ya lo creo que sí. Aúlla como un alma en pena, y, cuando te señala, sabes que pronto estarás haciéndole compañía en el cementerio. Todo el mundo conoce la historia. Yo podría contarle un par de cosas, jefe, si tiene usted el valor de escucharlas...

—Estoy seguro de ello, pero ya no tengo más dinero encima.

—Hágame caso; yo que usted no me dejaría caer por Goblet. Si lo hace, el fantasma lo atrapará. Ese lugar está maldito.

Bob sacó otra moneda del fondo de su bolsillo. La última.

—Toma, para el fantasma.

El muchacho sonrió y volvió a coger la propina al vuelo. Se llevó el dedo gordo a la visera de la gorra a modo de saludo mientras Bob se metía de nuevo en el coche y se alejaba de la gasolinera.

Unos minutos más tarde, de nuevo en camino, los ojos del chófer se dejaron caer sobre el espejo retrovisor. Lo que vio le pareció extraño, pero no sorprendente.

El conde se despertó por segunda vez y preguntó si quedaba mucho para llegar.

—No, ya casi estamos —respondió Bob—. Por cierto, me veo en la obligación de informarle de que alguien nos está siguiendo.

—¿Cómo dice?

—Si mira hacia atrás verá un sedán negro con el faro derecho roto. Desde hace tiempo vengo notando algo raro en ese coche, y acabo de caer en la cuenta de lo que es: lleva detrás de nosotros desde que salimos de Nueva York.

El conde se acarició la barbilla.

—¿Está seguro de eso?

—Desde luego. Cuando he parado para llenar el depósito el conductor ha esperado a que saliéramos de la gasolinera para ponerse detrás. Estaba escondido junto a un cartel de anuncio. Lo he visto por el espejo retrovisor.

—¿Tiene idea de quién puede ser?

—Yo pensaba que usted podría responderme a esa pregunta.

El conde dirigió unas cuantas miradas nerviosas a través de la ventanilla trasera. Bob tuvo la sensación de que no parecía sorprendido, aunque sí asustado. Curioso.

—Seguramente será una simple casualidad... —musitó don Jaime, más bien a sí mismo—. Ignórelo. Ya desaparecerá.

— Como usted quiera.

Poco después el Lincoln cruzó la señal que indicaba el límite de Goblet. El conde tenía una tarjeta con las señas del doctor Culdpepper y fue indicando a Bob la dirección para llegar hasta su casa. No fue difícil encontrarla.

—Creo que ya hemos llegado, señor conde. —Echó una mirada por encima de su hombro. No había rastro del sedán negro—. Si no le parece mal, yo aguardaré aquí fuera mientras usted habla con el doctor. De ese modo su encuentro tendrá un carácter más confidencial.

—Bien observado, amigo mío. Tiene usted razón. —Don Jaime se bajó del vehículo—. Procuraré no hacerle esperar demasiado.

El español enfiló a través de un caminito de grava rodeado de mustios setos y llamó a la puerta de la vivienda. Una mujer abrió al cabo de un rato y lo dejó pasar, después de lanzar una mirada llena de suspicacia a la calle.

Bob no había querido acompañar al conde porque aún estaba intrigado por culpa del misterioso sedán negro. Quería echar un vistazo a solas por la zona para comprobar si el coche los había seguido hasta la casa.

El lugar parecía desierto. Era un área boscosa sin apenas urbanizar y con pocas edificaciones. En los aledaños no se veía ningún vehículo.

Entonces Bob oyó el sonido de un motor que se acercaba a poca velocidad. Se metió entre unos árboles y vigiló la carretera. No tardó en ver aparecer de nuevo el sedán. El reflejo del sol sobre el parabrisas impedía percibir con claridad a su conductor.

El automóvil aminoró la marcha sin detenerse cuando llegó frente a la casa de Culdpepper. Avanzó unos cuantos metros hasta torcer por un camino que rodeaba la casa por detrás y Bob lo perdió de vista. Segundos después, dejó de oírse el ruido del motor, como si el coche se hubiera parado.

El joven salió con cuidado de detrás del árbol y avanzó hacia el camino a hurtadillas. Pudo ver que el sedán se había detenido junto a la valla lateral de la casa y que había un hombre apoyado en el capó encendiéndose un cigarrillo. Llevaba un abrigo oscuro y un sombrero echado hacia atrás. Era corpulento y lucía un bigote poblado, muy negro.

Los pies de Bob hicieron crujir la grava del camino. El hombre del bigote levantó la cabeza y miró a su alrededor.

—¿Hola...? —dijo al aire.

Bob se escondió detrás de un árbol.

El hombre del bigote rumió algo para sí mismo. Se dirigió hacia el jardín trasero de la casa y se perdió de vista. Bob se dispuso a seguirlo cuando oyó el sonido de otro motor que se acercaba; entonces apareció un segundo coche que se detuvo detrás del vehículo del conde.

El joven se acarició la cicatriz, desconcertado.

¿Qué era aquello? ¿Acaso el doctor Culdpepper daba una fiesta?

La puerta del automóvil que acababa de detenerse se abrió y del asiento del conductor se apeó sir Cecil Longsword, el cónsul británico.

El recién llegado se puso a merodear con actitud furtiva. En vez de dirigirse a la puerta de la casa, rodeó el edificio en dirección al patio trasero. Por su forma de caminar era evidente que no deseaba ser visto.

Bob pensó que era absurdo y contraproducente seguir escondido detrás de un árbol como una ardilla antisocial. Salió de su escondite y se dirigió hacia la parte de atrás de la vivienda. Por lo visto, allí estaba teniendo lugar una reunión de lo más interesante y no quería perdérsela.

De pronto se oyó un ruido, como de una rama rota. Acto seguido un hombre apareció corriendo y chocó de bruces con Bob. Los dos estuvieron a punto de caer al suelo.

—¡Ay! Perdone... —dijo el hombre.

—¿Sir Cecil?

—¿Qué?

—¿No me recuerda? Soy Robert Hollister. Nos conocimos en Magnolia, en la lectura del testamento del profesor Talbot.

—Oh, sí... Iba usted con la señora del bolso enorme, ¿no es así?

El cónsul miraba sin parar por encima de su hombro y sobre la cabeza de Bob, como si buscase una vía de escape.

—No. Yo soy el chófer, el que durmió en el sofá.

—¿Cómo? Oh, sí, sí, claro... ¿Cómo está? Celebro volver a verlo.

—La entrada a la casa está en el otro lado.

—¿Perdón?

—La entrada... Supongo que ha venido a ver al doctor Culdpepper.

—Sí, claro, naturalmente... Gracias, pero... ¿sabe qué? Lo he pensado mejor. Me parece que volveré más tarde.

Sir Cecil se dispuso a seguir su camino a toda prisa.

—Disculpe —dijo Bob—, por casualidad no se habrá cruzado usted con un hombre grande con bigote, ¿verdad? Llevaba un abrigo oscuro.

—No. No he visto nada. Ni a nadie. No hay nada ahí detrás. Se lo aseguro.

El cónsul se metió en su coche a toda prisa, arrancó y se alejó de allí.

Bob se metió por el camino hacia el jardín trasero. No había ni rastro del hombre del bigote pero algo llamó su atención: sobre la valla de madera que delimitaba la propiedad del doctor, alguien había escrito una palabra con grandes letras rojas: CULPABLE.

El joven se acarició la cicatriz. Se agachó frente al mensaje y tocó la pintura con la yema del dedo. Aún estaba húmeda.

De pronto una mano cayó sobre su hombro.

—¡Te atrapé! Creíste que podrías escapar de mí, ¿verdad? ¡Voy a darte tu merecido!

ELIZABETH se sobresaltó al oír las campanillas del timbre de Culdpepper. Le pareció un sonido de lo más incongruente. Después de oír la frase «Arnold Pole lleva muerto más de doscientos años» habría esperado un trueno, quizá un crujido ominoso, pero no un alegre repiqueteo musical, como si la puerta hubiese tenido una idea brillante.

Grace, el ama de llaves, fue a abrir y al cabo de un instante regresó acompañada por el conde de Roda.

Culdpepper le ofreció una bienvenida cortés, aunque algo fría. El español se deshizo en un florido catálogo de disculpas por haberse presentado sin previo aviso, pero el doctor le restó importancia y luego le ofreció un café.

—Por favor, no se moleste. No le robaré mucho tiempo. —El conde miró a su alrededor, azorado—. Ignoraba que tuviese compañía. Volveré más tarde, si lo prefiere.

—En absoluto. Está usted entre conocidos, amigo mío. Recuerda a la señorita Sullavan, la sobrina del profesor Talbot, ¿verdad? Y este caballero es su prometido, el señor Hyde.

—Es un placer volver a verla, señorita Sullavan. Señor Hyde...

Dexter se cuadró como un marine.

—Alteza...

—Menudo casualidad —dijo Elizabeth—. Encontrarnos aquí de esta forma... ¿Viene usted a la inauguración del museo del doctor, como nosotros?

Al oír aquello, Culdpepper esbozó una sonrisa astuta.

—Probablemente los asuntos que han traído a don Jaime hasta Goblet tienen un carácter menos amable, ¿me equivoco? —El aludido hizo un amago de réplica—. No, no trate de fingir. Es preferible que seamos sinceros los unos con los otros; ya hay demasiados misterios a nuestro alrededor. Usted ha venido a por el Príncipe, no me cabe duda.

—Tan sólo pensé que podríamos discutir sobre el asunto como caballeros, de forma tranquila y sosegada, pero me doy cuenta de que quizá no sea éste el momento adecuado.

—No lo es, desde luego —dijo Culdpepper en tono amable—. Llega usted tarde, señor conde; el Príncipe ya no está en mis manos.

El noble recibió la noticia como un impacto. La boquilla de su cigarro estuvo a punto de caerse de la boca.

—¿Cómo es eso? ¿Acaso también ha desaparecido, igual que el del señor Clarke?

—Nada de eso. Me refería a que ya no está en mis manos porque ahora pertenece al pueblo de Goblet, a quien he tenido el orgullo de donarlo. Si tiene usted a bien quedarse a la inauguración de nuestro Museo Colonial, podrá contemplarlo las veces que quiera previo abono del precio de la entrada.

—Me disgusta mucho oír eso. Administra usted un bien que no le pertenece.

—Ése es su punto de vista.

—Deseo con todas mis fuerzas que no tenga que arrepentirse de su decisión.

De pronto se oyó un estrépito. Todos miraron hacia el extremo del salón. Grace había dejado caer la bandeja del café sobre un aparador. Su rostro era una mueca de rabia, y con la punta del delantal estrujado entre sus dedos se limpiaba secas lágrimas de los ojos.

—Basta —sollozó—. ¡Basta...! Todos ustedes... ¿Es que no pueden dejar de asustarnos? ¿No tienen corazón? ¡Amenazar así a un pobre anciano y a una débil mujer! ¿Acaso no estamos ya lo suficientemente aterrados con todo lo que está ocurriendo? —La voz se le quebró en un gemido y se dejó caer sobre una silla, cubriéndose la cara con el delantal.

El doctor Culdpepper se acercó a consolarla.

—Tranquila, Grace, calma... Todo va bien, no te asustes...

—Quizá quiera un vaso de agua... —dijo Elizabeth, recurriendo al remedio preferido de tía Sue.

Entonces se oyó un gran revuelo que venía de la parte trasera de la casa. Grace dio un grito. Elizabeth se pegó a Dexter y lo agarró del brazo. Se oían voces y exclamaciones. El ruido se trasladó de ventana en ventana hasta que, de pronto, alguien llamó a la puerta dando fuertes golpes. El ama de llaves volvió a gritar.

—¡Dios mío! ¡Es él! ¡El juez!

—No, Grace —dijo Culdpepper adoptando un tono firme—. Es la puerta. Es sólo la puerta. Por favor, ve a ver quién llama.

Apenas la mujer abrió la puerta de entrada, se oyó una voz desde el recibidor.

—¡Lo tengo! ¡Ya tengo al vándalo! ¿Dónde está el doctor?

Un batiburrillo de pasos se acercó hacia el salón y de pronto apareció un hombre vestido de policía que agarraba a alguien por los brazos.

—¡Ya lo atrapé, Elliott! —dijo el policía—. ¡Lo he cogido con las manos en la masa! Estate quieto, maldita sea... ¡Se retuerce igual que un becerro!

Elizabeth dejó escapar una exclamación de sorpresa.

—¡Señor Hollister!

—¡El afeminado! —dijo Dexter.

—¿Qué afeminado? —saltó Bob. Su captor le retorció los brazos y el joven lanzó un quejido de dolor—. ¡Suélteme, pedazo de bestia! ¡Le digo que yo no he hecho nada!

El policía era un hombre francamente gordo cuyo perfil corporal recordaba a una peonza. Tenía la cara cubierta por un sudoroso brillo rojo, y cada vez le resultaba más difícil mantener a Bob a raya.

El conde manifestó un arrebato de indignación.

—¿Qué significa este atropello? ¡Suelte a mi chófer de inmediato!

Dexter se rascó la coronilla.

—¿El afeminado es su chófer?

Grace gritaba, el policía resoplaba y Bob se retorcía sin dejar de preguntar a quién llamaban afeminado. De pronto todo el mundo empezó a hablar al mismo tiempo. El doctor Culdpepper levantó las manos e hizo un llamamiento a la calma.

—Señores, ¡señores, por favor! Walter, suelta a ese joven. Lo conozco, nos llevó a casa de Henry y estuvo con nosotros toda la noche... Ignoraba que trabajase para usted, señor conde.

—Pues ahora ya lo sabe. Exijo saber por qué se le trata de esta forma.

Walter Bosley soltó a su prisionero y luego sacó un pañuelo de su bolsillo. Hizo una bola con él, y empezó a restregárselo por la cara y el cuello para limpiarse el sudor. Resollaba como una máquina vieja.

—Estaba vigilando los alrededores, como te dije, Elliott —explicó el sheriff—. Cuando pasé por aquí lo descubrí haciendo una de esas... pintadas, justo en tu valla.

—¡Eso no es cierto! —dijo Bob—. La pintada ya estaba allí cuando yo llegué.

—¿Qué clase de pintada? —preguntó el doctor.

—De esas de las que han aparecido en tu casa últimamente.

—¿Y qué decía?

—«Culpable.»

Grace volvió a chillar y se cubrió la cara con las manos.

—¡Oh, Dios...! ¿Es que no nos va a dejar en paz? ¡Todo por culpa de esa diabólica estatuilla!

—Silencio, Grace —dijo con severidad Culdpepper.

—¡No! ¡Tiene que devolverla, doctor! ¿No se da cuenta? Debemos deshacernos de ella, ¡está maldita! ¡Está maldita y él lo sabe! Ha traído la desgracia al pueblo... ¡y el juez no descansará hasta hacérselo pagar! —Las palabras de la mujer se sofocaron en un llanto apagado y convulso.

—¿De qué está hablando? —preguntó el conde—. ¿Quién es ese juez?

—Arnold Pole —respondió con voz sombría Culdpepper. De pronto parecía que las sombras de su cara lo habían avejentado aún más—. El juez de Goblet.

—¿Se refiere a ese hombre que, según usted, lleva dos siglos muerto? —exclamó Elizabeth.

El anciano asintió en silencio y luego suspiró. Colocó la mano afectuosamente sobre el hombro de Grace, cuyo llanto se había reducido a una cadena de jipidos inconexos, e intercambió una mirada con el sheriff.

—Voy a contarles todo, Walter. ¿Te parece correcto? —dijo.

—Adelante. No tenemos nada de lo que avergonzarnos.

Culdpepper asintió.

—Caballeros, señorita Sullavan —dijo—. El hombre aquí presente es nuestro sheriff local, Walter Bosley, quien, al igual que yo, pertenece a la Asamblea Ciudadana. Él es testigo de que todo lo que voy a narrarles a continuación es rigurosamente cierto. Es una historia que comenzó hace siglos, en 1664...

1664. Un buen año aquél o, al menos, no peor que 1663 o 1665. Algunos buenos hombres murieron, otros nacieron; hubo quien realizó grandes hazañas, quienes asistieron al estreno de *Tartufo* en el palacio de Versailles y quienes, simplemente, se dejaron llevar por el calendario.

En cualquier caso, si hubo una persona que tuvo perfecto derecho a quejarse de que 1664 no cumpliera sus expectativas, esa persona fue Peter Stuyvesant.

En aquel año Peter Stuyvesant perdió dos cosas: un empleo y una colonia. Lo primero sólo le afectaba a él, pero lo segundo resultó un problema para todo el gobierno de las Provincias Unidas de Holanda, ya que el pedazo de tierra que se le escapó a Stuyvesant de entre los dedos no era otro que Nueva Amsterdam.

Eran tiempos en los que en Wall Street había realmente una muralla, y en los que resultaba virtualmente imposible representar un musical en Broadway, salvo que los actores supiesen cantar bajo el agua, sumergidos en el canal que atravesaba la futura avenida del espectáculo.

Una Nueva York en la que no había *brokers* ni Evas al desnudo, sólo holandeses. Muchos holandeses. Y al cargo de todos ellos, el más holandés de los capitanes de la Compañía de las Indias Occidentales: Peter Stuyvesant.

En una (probablemente) brumosa mañana de 1664, Peter

Stuyvesant se levantó de su cama, miró por la ventana y lo que vio le convenció de que aquél no iba a ser un buen día.

La bahía de Manhattan estaba cuajada de barcos de guerra. Cuatrocientos sesenta contaron los más ociosos pescadores del puerto. Todos con la bandera de Inglaterra ondeando en sus mástiles. Stuyvesant, como cualquier contemporáneo, sabía que en aquellos tiempos era difícil meter los pies en una palangana llena de agua y no encontrarte un barco inglés navegando entre tus dedos; pero aquello era excesivo... ¡Cuatrocientos sesenta! Un alarde carente del más elemental buen gusto.

Los ingleses ofrecieron dos opciones: rendir la ciudad o soportar el fuego de sus cañones. Peter Stuyvesant hizo una cuenta rápida: había cuatrocientas sesenta naves y cada una contaba con al menos diez cañones; al multiplicar ambas cifras, el resultado final era demasiado ridículo para tomárselo a broma. Stuyvesant hizo lo que todo holandés con dos dedos de frente habría hecho al levantarse una mañana y encontrar su bahía llena de ingleses: atornillarse su pata de palo y salir corriendo en sentido contrario.

Sin un solo tiro, Nueva Amsterdam cambió de manos. El rey Carlos de Inglaterra había prometido la colonia como regalo a su hermano, el duque de York. Lo primero que hizo el duque fue ponerle un nuevo nombre. Pensó y pensó, durante horas y horas, sentado en su pequeño trono de duque, con su dedo índice de duque acariciando su frente de duque y su ceño de duque ducalmente fruncido. Y finalmente chascó sus dedos y exclamó: «¡Eureka! ¡Ya tengo un nombre! ¡La llamaré Nueva York!».

El duque no tenía demasiada imaginación.

A unos kilómetros de la capital de la colonia, un pequeño pueblo llamado Goor asistía indolente a los cambios en la administración. Una mañana (quizá brumosa también) se dejó caer por allí un pez gordo con un sombrero de plumas y anunció que, a partir de ese momento, la ciudad de Goblet City pertenecía a la Corona de Inglaterra.

—¿Goblet City? ¿Y eso qué es?

—El nuevo nombre que os hemos dado, amado súbdito.

—¿En serio? Bueno... No está mal. Quizá habría preferido algo más... no sé... sonoro.

—¿Qué tal Nuevo Rhosllanerchrugog?

— Goblet City está bien.

A partir de ahí, las cosas empezaron a ponerse feas.

La ciudad de Goblet era un hervidero de cuáqueros, presbiterianos, puritanos y otra serie de píos personajes convencidos de que ser inglés y usar botones eran dos formas bastante eficaces para ir de cabeza al infierno. La ciudad era prácticamente ingobernable para los nuevos amos que, huelga señalar, eran ingleses y, de hecho, usaban muchos botones, y lazos, y gorgueras con puntillas, y otra serie de pecaminosos adornos.

Entonces llamaron a Arnold Pole.

Para someter a un fanático, nada mejor que uno mayor. Arnold Pole había estudiado leyes en Oxford, pero, según se dijo más tarde, podría haberse ahorrado el esfuerzo ya que su único código era la santa Biblia, la cual interpretaba de forma caprichosa, retorcida y, generalmente, sangrienta. En la mente de Arnold Pole, «delito» y «pecado» compartían una sutil frontera no más ancha que la soga de una horca, y para ambos el castigo había de ser idéntico.

Porque, decía, los muertos no pecaban.

De aquello hicieron su divisa: *Mortuis non peccare*. Poco tiempo después de que Arnold Pole llegase a Goblet investido como nuevo juez de paz, aquellas tres palabras ya lucían sobre el dintel de su puerta.

Implacable y frío como sus sentencias, Arnold Pole convirtió Goblet en un granero del Purgatorio. Jamás envió a nadie a la cárcel, pero tampoco dictó nunca una absolución. Ningún delito era demasiado leve para no encontrar su justo castigo en las Sagradas Escrituras, pero, reinterpretadas por Arnold Pole, éstas adquirían una magnitud desproporcionada.

¿Cuánta gente mandó Pole a la horca? Nadie lo sabía con exactitud, pero algunas leyendas y canciones infantiles hablaban de cientos de inocentes. Hombres, mujeres e incluso niños; nadie escapaba del celo del juez de paz. *Mortuis non peccare*.

Hasta que, finalmente, una mujer fue su perdición.

Hephzibah era la esposa de Angus Noon, a quien nadie recordaba haber visto sobrio nunca. Un día Angus Noon apareció ahogado en el río y a nadie le resultó extraño, porque una persona que bebía en tal cantidad era evidente que acabaría encontrando su final por culpa de algún líquido elemento. Todos se alegraron por su esposa.

Todos excepto Arnold Pole.

Hephzibah Noon fue acusada de haber ahogado a su marido «hasta la muerte», decía la sentencia —como si existiese otra forma de ahogar a una persona—. Hubo juicio, pero no defensa; sólo sentencia: culpable.

La condenada fue camino de la horca proclamando su inocencia, y, antes de colgar del extremo de su soga, se encaró al temible juez y lo emplazó a dar cuenta de sus actos antes de tres lunas llenas. El porqué tres y no dos o cuatro, eso es algo que nunca nadie supo. Tampoco era demasiado importante.

Dos lunas llenas y media más tarde, Arnold Pole murió.

Su sufrimiento fue terrible, e incluso aquellos que más lo habían odiado en vida sintieron un escalofrío al oír los detalles de su horrible agonía: su cuerpo se llenó de pústulas dolorosas y sangrantes, su carne ardió en una fiebre demoníaca que lo abrasó hasta consumirlo, y su boca, de la que antes habían surgido sentencias de muerte, brotaron jugos purulentos que rezumaban de las llagas reventadas de su lengua y su paladar. Los médicos dijeron que se ahogó en sus propios humores.

Los detalles eran tan tremendos que su muerte no alegró a nadie, más bien horrorizó a todos quienes tuvieron la desgracia de contemplarla. Fue enterrado en silencio y a solas. Nadie acudió a su sepelio. Colocaron su tumba en el centro del cementerio, rodeado de enemigos, y todo Goblet se apresuró a borrarlo de su memoria.

De pronto, empezaron a ocurrir cosas inexplicables. En las paredes de las casas de algunos habitantes de Goblet aparecían mensajes escritos con sangre. Una sola palabra: «Culpable». Algunos vecinos recibían extrañas sentencias escritas desde el más allá, o encontraban pedazos de soga clavados en las jambas de sus puertas o en los dinteles de sus ventanas.

Solían ser personas de quienes se sospechaba habían cometido algún delito pero que habían escapado del celo de las autoridades: el tendero que estafaba a sus clientes, el posadero que aguaba la cerveza, el jornalero que robaba a su patrón o la esposa que engañaba a su marido. Tarde o temprano, a todos ellos les clavaban una soga en sus puertas o les escribían la maldita palabra en sus muros.

«Culpable.»

Jeremiah Farmer. Él fue el primero, según dicen. Casi veinte años después de la muerte de Arnold Pole.

El padre de Jeremiah era un hacendado con algunos dineros ocultos bajo el colchón, y Jeremiah, su único hijo. El viejo Farmer apareció muerto una mañana con la cabeza metida en un plato de sopa, y decían que las lágrimas que su hijo derramó en el cementerio eran tan venenosas como la última sopa que comió el viejo Farmer. Rumores. Nadie pudo probar nunca nada. Al menos nadie vivo.

Las paredes de Jeremiah manifestaron lo que nadie tuvo valor de decir en voz alta: «Culpable». Su puerta se llenó de sogas de cáñamo, que Jeremiah arrancaba entre risotadas de incredulidad, aunque, después de hacerlo durante siete días consecutivos, algunos empezaron a notar cierto nerviosismo en sus carcajadas.

Una noche las campanas de la iglesia tocaron a fuego. Los hombres salieron de sus camas, llenaron cubos de agua y fueron en busca del origen del incendio. Un resplandor como de infierno los condujo hasta un roble junto al cementerio.

Allí, colgado de la rama más fuerte y nudosa, observaron el cuerpo de Jeremiah Farmer ardiendo como una tea al final de una soga hecha de cáñamo. Apagaron el fuego justo a tiempo de rescatar un amasijo de carne quemada.

Nadie dijo nada, pero un montón de miradas se dirigieron hacia la sombra negra de la lápida de Arnold Pole, y entre los vientos nocturnos creyeron oír el eco de un mazo cayendo sobre un taco de madera.

Jeremiah Farmer fue el primero de otros muchos. La leyenda del juez fantasma que ejecutaba sus sentencias desde ultratumba se agigantó con el paso del tiempo. Ya nadie apenas recordaba el nombre de Hephzibah Noon o el de Jeremiah Farmer, que, de hecho, solían cambiar de relato en relato; incluso existía una versión en la que Hephzibah era un hombre llamado Murray y Jeremiah Farmer un gorrino homicida —versión muy poco creíble, por otro lado—. Pero el nombre Arnold Pole permanecía imborrable en las memorias.

Algunos dijeron haberlo visto emergiendo de su tumba con la carne infestada de gusanos y pedazos de tierra en las cuencas de sus ojos; sonriente y voraz, listo para hacer justicia. Décadas después de su muerte, seguían encontrándose sogas en las puertas y sentencias en los muros. Arnold Pole era más eficaz muerto que vivo, y mucho más aterrador.

La historia no tiene final. Las buenas historias de fantasmas son tan eternas como sus protagonistas. Crecen y engordan como una masa de ectoplasma. Así, Arnold Pole se hizo célebre, más de lo que llegó a ser nunca, y pasó a formar parte de la raíz del propio Goblet, un elemento tan indispensable como el ayuntamiento, la escuela o la iglesia presbiteriana de Main Street.

Goblet comenzó a sentir algo parecido al orgullo por su fantasma local, que se adaptó a los nuevos tiempos. Un avispado vecino restauró el ruinoso granero de la época colonial, lo llenó de trastos viejos y colocó un cartel en la puerta: «Aquí vivió Arnold Pole, el juez de Goblet». Cobró cinco centavos por la entrada, y en poco tiempo ganó lo suficiente para imprimir octavillas con una versión resumida de la leyenda y entregarla a los visitantes, que no paraban de llegar. La entrada ya costaba casi un dólar.

El pueblo se convirtió en un catálogo de carteles a cada cual más estrafalario: «En esta sala Arnold Pole, el juez de Goblet, dictó su última sentencia», «De este árbol Arnold Pole, el juez de Goblet, colgaba a los condenados a muerte», «Sobre esta piedra cayeron los restos carbonizados de Jeremiah Farmer, ejecutado por el fantasma de Arnold Pole, el juez de Goblet», «En esta tienda Arnold Pole, el juez de Goblet, compró su primer mazo. ¡Los precios siguen siendo igual de baratos!». En todos aquellos lugares se oían gritos, susurros y el eco de un mazo caer sobre la tribuna.

El homenaje final al que se conocía ya como Juez de Goblet fue la enorme estatua de bronce que los habitantes del pueblo pagaron de su bolsillo, levantada en el corazón del lugar donde el funesto magistrado había turbado el sueño de sus antepasados —y donde, de hecho, seguía haciéndolo—. Pole forjado en metal, tan frío y terrible como sus sentencias, vigilaba las pesadillas de los habitantes de Goblet, lanzando sospechas de bronce desde sus pupilas. A sus pies había una placa donde se podía leer:

Arnold Pole, juez de Goblet
1612-1671
Mortuis non peccare

Y era algo habitual que, al amanecer, se descubriese que una mano sin rostro había garabateado durante la noche una sola palabra en el pedestal de la estatua. La palabra siempre era la misma:

CULPABLE

ELIZABETH trató de concentrar toda su atención en la historia que contaba el doctor Culdpepper, pero su mente se distraía sin cesar pensando en Bob.

Aún no había asimilado la sorpresa de verlo aparecer como empleado del conde de Roda. Se preguntaba si habría algo más que una simple casualidad en ello.

Mientras Culdpepper hablaba sobre los extraños acontecimientos que se produjeron en Goblet tras la muerte de Arnold Pole, Elizabeth dirigía disimuladas miradas de reojo a Bob. El joven escuchaba la historia con total atención, acariciándose de vez en cuando la cicatriz que caía de su ojo.

Cuando ella se quiso dar cuenta, el doctor había terminado de hablar. La joven había perdido algunos detalles de la narración, pero ya le preguntaría a Dexter más adelante; él tenía buena memoria.

El conde de Roda tomó la palabra.

—¿Pretende decirnos que está usted siendo acosado por un juez asesino que lleva siglos muerto? —No esperó a tener una respuesta para hacer un gesto de negación con la cabeza—. ¡Ridículo! ¡Nunca oí cosa igual!

—Enséñale las cartas, Elliott, a ver qué le parecen —saltó el sheriff Bosley. Las palabras del noble parecían haberlo ofendido a él más que al doctor.

Culdpepper mostró los mismos anónimos que Elizabeth había visto antes. El conde los dejó de lado con un gesto de desdén, pero Bob los examinó con mucha atención.

—Sin duda una broma del más pésimo gusto, pero nada más —atajó don Jaime.

—¿Y la soga colgando de la puerta? —preguntó Bosley—. ¿Y las pintadas en la casa? ¿Eso también es una broma?

—En cualquier caso se trata de un vándalo muy imaginativo, pero dudo mucho que sea obra de un fantasma... y menos aún de mi chófer.

—No sé cómo serán las cosas en su ciudad, amigo —dijo el sheriff—, pero aquí, en Goblet, nadie se dedica a aterrorizar a sus vecinos más ilustres y respetados. Éste es un pueblo tranquilo donde lo único que me da trabajo es el robo de la fumigadora del ayuntamiento o la leche agria de las vacas de la granja de Adelle Marsten. Nadie sería capaz de mandar esas cartas al bueno del doctor. Nadie vivo al menos.

—Quizá sean los nervios... —aventuró Dexter.

—¿Cómo dice? —preguntó el sheriff.

—Lo de las vacas. A veces, si se ponen nerviosas, se les agria la leche. ¿Han probado a ponerles la radio? En la granja de mi padre lo hicimos una vez y funcionó. Les gusta la música orquestal.

Nadie supo qué responder a eso.

—Lo más extraño de todo —intervino el doctor, ignorando los consejos de Dexter— es que todos estos avisos empezaron a llegarme desde que traje la estatuilla del Príncipe, como si existiese una relación entre ambos hechos.

—¿Por qué tendría que haberla? —preguntó Elizabeth.

—Está claro —respondió el sheriff—. Al viejo Arnold Pole no le gusta nada ese trasto. Y a mí tampoco. Sea lo que sea, ha hecho que sus huesos se remuevan en su tumba.

—Al oírlo me da la sensación de que para usted sólo hay una explicación sobrenatural a estos anónimos, sheriff —dijo el conde en tono de reproche.

Bosley se encogió de hombros.

—¿Qué quiere que le diga? Llevo vigilando la casa del doctor desde que aparecieron las cartas y nunca he visto acercarse a nadie sospechoso, salvo a su amigo —dijo señalando a Bob.

—Qué curioso —respondió el joven—. En menos de cinco minutos yo me he encontrado a dos personas bastante sospechosas que rondando por aquí. Aunque quizá ha sido justo en su pausa para el café...

—¡Oiga, amigo, mucho cuidado con lo que dice! —amenazó Bosley.

—¿A qué personas sospechosas se refiere, señor Hollister? —preguntó el doctor.

—Una de ellas era un hombre corpulento y con bigote negro, ¿le suena de algo?

—En principio no. ¿Y la otra?

—Un conocido nuestro: sir Cecil Longsword, quien, por otra parte, ahora mismo debería encontrarse en Washington según su consulado.

El doctor Culdpepper se acarició las pieles colgantes de su papada.

—Sir Cecil Longsword... Y un hombre con un bigote negro... ¿Tú no has visto nada, Walter?

—Al único que he visto por aquí es a este listillo merodeando por tu patio trasero. Creo que su historia no tiene ni pies ni cabeza.

—¿En cambio esa sarta de bobadas sobre un fantasma que escribe amenazas de muerte desde la tumba tiene más sentido? —repuso Bob.

El sheriff lo apuntó con un dedo gordo y chato que parecía hecho de bolas de carne.

—Le aconsejo que no se burle del viejo Arnold Pole. Al Juez no le gusta la gente que se lo toma a guasa. El último que lo hizo terminó muy mal.

—¿Qué le ocurrió? —preguntó Elizabeth.

—Me refiero al padre de Josh Smith, el viejo Rufus. Tenía una taberna al otro lado del pueblo. Decía que todas esas historias del Juez no eran más que bobadas... y una mañana lo encontraron tieso en su cama.

—¿El viejo Rufus? ¿Qué edad tenía?

—Noventa y dos años. Pero su salud era la de un chaval... Y, además, en su cara había una expresión de terror como yo nunca he visto en toda mi vida.

El conde de Roda emitió una tosecilla, tratando de captar la atención de los presentes.

—Las leyendas locales no son de mi incumbencia —dijo—.

Lo único que me ha traído hasta aquí es el Príncipe. Sheriff Bosley, entiendo que la presencia de la estatuilla en Goblet es motivo de inquietud. Le ofrezco una solución bien simple: devuelvan el Príncipe a su legítimo dueño, España, y todas sus preocupaciones se irán con él.

El policía se rascó la cabeza, emitiendo un sonoro crujido al hacer rozar sus uñas contra sus pelos cortos y gruesos.

—Es una idea interesante, no lo niego, pero... me temo que es la Asamblea Ciudadana la que tiene que decidir eso, y no creo que estén dispuestos a regalar la estatua así como así.

—Por supuesto que no —aseveró el doctor—. Su petición es del todo improcedente, señor conde.

—No pretendo que nadie regale nada. Pongan un precio y mi gobierno lo pagará. Tienen mi palabra.

El sheriff hizo girar su sombrero entre los dedos, dubitativo.

—El caso es que nos haría falta comprar otra fumigadora para sustituir la que desapareció del ayuntamiento... No lo sé, Elliott... Es una oferta muy generosa. Quizá deberíamos reunirnos y discutirlo con calma...

—No. No hay discusión posible. El Príncipe se queda. No le pertenece a nadie más que a Goblet, que lo ha recibido de mí, que soy su legítimo propietario, y tengo el testamento de Henry Talbot para demostrarlo. Señor conde, ofende usted la memoria de mi difunto amigo y a su sobrina, aquí presente, con su afán por ignorar su última voluntad. Si desea usted quedarse a contemplar la estatuilla en nuestro Museo Colonial, será bienvenido; de lo contrario, me veo en la obligación de invitarlo a regresar por donde ha llegado.

—No me iré mientras tenga la sospecha de que sir Cecil también está en este pueblo.

—Le aseguro que no he mantenido ningún encuentro con sir Cecil. Pero, de haber sido así, le habría dicho lo mismo que le digo ahora a usted: el Príncipe de Jade no saldrá de Goblet mientras yo viva.

El conde decidió que era inútil intentar convencer al doctor de que cambiara de opinión, al menos por el momento. Pronunció unas escuetas palabras de despedida y abandonó la casa junto con su chófer.

Elizabeth quería saber si el conde se marcharía a Nueva York o se quedaría hasta la inauguración del museo, pero no se atrevió a preguntárselo. Su mente bullía de ideas, y le habría gustado interrogar a Bob acerca de su encuentro con sir Cecil y con el misterioso hombre del bigote negro. Ella ya se había formado unas cuantas teorías interesantes que, estaba segura, lo dejarían asombrado. Por desgracia él se marchó sin siquiera dirigirle una mirada de despedida.

Había comenzado a anochecer. El sheriff Bosley se quedó un rato más.

—No me gusta, Elliott, no me gusta nada —dijo llevándose a la boca una diminuta tacita de café enterrada en las profundidades de su mano carnosa—. Deberíamos darle a ese fulano la estatua y que se larguen. Todo esto es de lo más extraño.

—No, Walter. Es una cuestión de principios. Mi amigo Henry me legó la responsabilidad de cuidar de su herencia, y estoy dispuesto a hacerlo. Seguro que usted me apoya, señorita Sullavan.

—Los Príncipes no son míos, doctor. Lo que haga con el suyo debe decidirlo usted —respondió ella, diplomática.

—¿Y usted qué opina, señor Hyde? —preguntó Culdpepper.

Dexter asintió pensativo con la cabeza un par de veces antes de responder.

—La verdad es que llevo un rato dándole vueltas —dijo—. Estoy seguro de que ha de haber alguna forma de instalar una radio en ese establo.

Elizabeth puso los ojos en blanco.

—Por Dios, cielo, olvídate de una vez de las dichosas vacas...

BOB y el conde de Roda decidieron pasar la noche en Goblet.

Don Jaime estaba convencido de que sir Cecil acechaba para saltar sobre el Príncipe a la menor oportunidad, y mientras no tuviese firme constancia de que el británico se encontraba bien lejos de Goblet, él no pensaba regresar a Nueva York. Por otro lado, aún albergaba la quijotesca idea de que podía convencer a la Asamblea Ciudadana del pueblo para que vendiese la estatua.

A Bob le parecía magnífica aquella actitud, más por conveniencia que por admiración. Mientras don Jaime se daba cabezazos contra sus molinos de viento particulares, el joven pensaba aprovechar para satisfacer su propia curiosidad.

Alquilaron dos habitaciones en una casita situada al final de Main Street. Un cartel de madera que colgaba junto a la puerta identificaba el lugar como hotel Arnold Pole, junto al restaurante Arnold Pole y frente a la cantina El Descanso del Juez.

El negocio era amorosamente atendido por una mujer llamada Harriet, cuyo peinado parecía tan esponjoso y firme como un suflé recién horneado. Bob se encargó de reservar dos habitaciones mientras su jefe esperaba contemplando los cuadros con incongruentes temas marineros que decoraban la recepción.

—Vienen de la Gran Ciudad, ¿eh? —dijo la dueña del hotel, con una espléndida sonrisa de bienvenida—. Tengo muchos clientes de Poughkeepsie y de Danbury, Connecticut; sobre todo de Danbury, pero hace tiempo que no tengo ninguno de Nueva York. La mayoría de ellos vienen para la fiesta de la Calabaza, pero para eso aún quedan dos semanas. ¿Qué les trae a ustedes por aquí?

Bob se aseguró de que el conde estaba distraído, luego se acercó a Harriet por encima del mostrador y, bajando un poco la voz, respondió:

—¿Ve al tipo que me acompaña? Es un famoso investigador de fenómenos paranormales.

—¿En serio? No tiene pinta de investigador... Más bien parece un anticuario.

—Le aseguro que es mundialmente conocido. Acaba de llegar de Viena, de comunicarse con el fantasma del célebre psiquiatra Sigmund Freud.

—Oh, cielos —exclamó Harriet con admiración contenida—. No tenía ni idea de que hubiera muerto.

—Él tampoco. Por eso su espíritu no dejaba de aparecerse; se empeñaba en seguir pasando consulta todas las tardes. Un caso muy complicado.

—¡Qué interesante! ¿Y qué ha venido a hacer en Goblet?

—Investigar, por supuesto. Tenemos entendido que aquí también ocurren fenómenos inexplicables.

—¿Se refiere al fantasma de Arnold Pole?

Bob se llevó un dedo a los labios.

—Baje la voz, no queremos que nadie se entere. En nuestro trabajo, la discreción es fundamental.

—Claro, claro, me hago cargo —asintió Harriet—. La verdad es que no es el primero que viene por aquí queriendo ver al fantasma del Juez, pero casi todos son simples turistas... Dígame, ¿cree que saldremos en algún periódico o algo así? —La mujer parecía realmente deseosa de que la respuesta fuese afirmativa—. En tal caso, no olviden mencionar mi establecimiento. Muy poca gente lo sabe, pero a veces, si se mira por la ventana en mitad de la noche, se pueden ver luces misteriosas alrededor de la estatua del Juez.

—Tomo nota de ello... Y, aparte de las luces, ¿conoce algún otro suceso extraño que haya ocurrido por aquí últimamente?

—Bueno, la verdad es que el viejo Juez lleva una temporada bastante tranquilo, aunque el hijo de la vecina de mi hermana dice que vio una niebla extraña cerca del viejo molino y que también oyó voces y ruidos.

—Muy interesante. ¿Cree que mi colega podría echar un vistazo a ese lugar?

—Ahora está cerrado. El ayuntamiento ha puesto ahí el Museo Colonial, y no se inaugura hasta mañana. —Harriet adoptó un tono de confidencia—. Dicen que han traído una estatua que está maldita, y que por eso el espíritu del Juez está enfadado. La tienen guardada en el museo.

Bob manifestó que aquello era lo más intrigante que había escuchado en mucho tiempo. Después preguntó a la mujer si conocía algún lugar en el pueblo donde se pudiera obtener más información sobre Arnold Pole.

—Detrás de la iglesia hay una vieja casa donde se dice que nació Arnold Pole. Ben Griffin cobra un dólar por la entrada... Aunque, si quiere un consejo, yo de usted no me acercaría por allí, sólo es un engañabobos para los turistas. Pero ¡yo no le he dicho nada! Si su amigo quiere enterarse de cosas importantes, lo mejor es que vaya a ver al profesor Cross; se encarga de guardar todos los papeles viejos sobre el pueblo. Es una especie de... ¿Cómo se llama? Archivista.

—Un archivero.

—Algo así. Es el que más sabe sobre la historia de Goblet.

—¿Dónde puedo encontrarlo?

—Normalmente suele estar en su oficina, en la biblioteca de la escuela; pero ya es un poco tarde. Lo mejor es que vayan a verlo mañana. Les recibirá con gusto, es un hombre de lo más amable.

—Gracias, ha sido usted de mucha ayuda —dijo Bob—. Cuando mi colega escriba sobre este caso, me aseguraré de que la mencione... y a su encantador hotel.

—Que no olvide decir que tenemos tarifas especiales para familias y que todos los precios son con desayuno incluido.

Bob prometió que no dejaría de hacerlo.

Harriet los instaló en dos coquetas habitaciones decoradas a base de tapetes de encaje y cuadros con payasos tristes. Les recomendó un par de sitios para cenar en Main Street, pero el conde prefirió tomar un refrigerio en su cuarto y acostarse temprano. Antes de despedirse de su chófer, don Jaime le dio instrucciones para el día siguiente.

—Puede tomarse la mañana libre, si lo desea. Nos veremos aquí a la hora de comer.

—¿Está seguro de que no me necesitará?

—Completamente. Me acercaré dando un paseo a casa del doctor. Desearía que esta vez pudiésemos tener una charla a solas, con calma y quietud, sin interrupciones estrafalarias.

Bob percibió que se refería a su aparición en el cuarto de estar de Culdpepper a manos del sheriff local; en cualquier caso, si había algún reproche en sus palabras lo disimuló muy bien.

El joven se acostó temprano también. La cama era grande y confortable, y, a pesar de que las miradas melancólicas de los payasos en la pared eran muy inquietantes, concilió el sueño de inmediato. Durmió del tirón, sin que jueces fantasmagóricos le dieran la tabarra. La luz del sol lo despertó bien entrada la mañana, con el cuerpo descansado y la mente llena de preguntas impacientes por hallar respuesta.

Cuando fue al piso inferior, Harriet lo recibió con un desayuno popular que hacía honor a su aspiración de ser la comida más importante del día. Bob lo devoró con hambre y salió del hotel para explorar los alrededores.

El día era frío, sin nubes. Las hojas marrones de los árboles se confundían con el color de la pared de las casas añosas de la vía principal de Goblet. En el centro, dominando Main Street como si fuese un tribunal, la mole de bronce de Arnold Pole asistía impertérrita a cuanto ocurría a sus pies.

En un principio, a Bob el pueblo le pareció un lugar normal, corriente y anodino, tan inocente como un poema bordado en un cuadro de punto de cruz. Aquella estatua monstruosa, por el contrario, era una incongruencia.

Los pasos del chófer se dirigieron inconscientemente hacia la figura del adusto Juez y se detuvo frente a su pedestal, con las manos metidas en los bolsillos y mirando hacia sus ojos metálicos.

Arnold Pole tenía cierto aire olímpico, como si, en realidad, todo lo que ocurriese a su alrededor no le suscitase más que desdén. Quizá en vida había contemplado de igual forma a todos aquellos a los que condenó a la horca.

El magistrado mezquino, cruel y sanguinario. La creación perfecta para un relato de fantasmas.

Un gorrión se posó sobre el gorro de chimenea del Juez y se sacudió las alas.

Bob ladeó la cabeza.

—¿Realmente eras tan malvado, viejo? —preguntó en voz alta.

—Así que ahora habla con las estatuas. Debería buscarse amigos de carne y hueso, señor Hollister; son más divertidos.

El joven se volvió. A su espalda Elizabeth lo miraba con la boca torcida en una sonrisa. Llevaba puesto un delicado vestido verde manzana, de corte urbano; tan fuera de lugar en Goblet como la estatua del Juez.

Aun así, Bob pensó que le sentaba francamente bien.

—¿Tanto se aburre sin mí que ahora se dedica a espiarme, señorita Sullavan?

—¿Quién, yo? ¡No me haga reír! Es usted quien no para de seguirme; desde que llegué a Nueva York me lo encuentro por todas partes. Seguramente nunca le han enseñado que a las mujeres no nos gustan los hombres tan agobiantes.

—Modere su entusiasmo, señorita Sullavan. Mi presencia en este lugar no tiene nada que ver con usted. Ya tuve más que suficiente con la última noche que pasamos juntos.

—¡Pobre señor Hollister! La de veces que habrá tenido usted que oír esa frase...

Bob abrió la boca para decir algo, pero sus labios se movieron en silencio. Muy en el fondo, no podía dejar de admirar la capacidad de aquella mujer para dejarlo sin palabras con las respuestas más inesperadas.

Elizabeth dejó escapar una risa alegre.

—Bueno, no se enfade; sólo era una broma. ¿Por qué no me invita a desayunar y hacemos las paces?

—Ya he desayunado.

—¿De veras? En fin, lo cierto es que yo también. ¿Y qué vamos a hacer ahora para entretenernos toda la mañana?

—¿Se da cuenta de que está hablando en plural?

—¡No irá a decirme que ya tenía planes! Cancélelos. Tenemos mucho de que hablar.

—¿Sobre qué?

—Sobre este misterio, por supuesto. Todo eso del fantasma y demás. Tengo un montón de ideas al respecto que estoy segura de que está deseando escuchar.

—Perdone si le resulto algo brusco, pero ¿no es la clase de conversación que disfrutaría mucho más teniendo con su prometido? Ya sabe, ese tipo alto con pinta de buen marido y de ejemplar padre de familia... ¿Cuál era su nombre? ¿Norbert?

—Dexter —dijo Elizabeth, molesta—. Si no le conociera bien, diría que parece usted celoso.

—Por más que lo repita, eso no va a ser cierto —repuso Bob—. ¿Y bien? ¿Dónde se ha dejado al bueno de Dexter? No me diga que lo ha secuestrado el fantasma de Arnold Pole.

Elizabeth suspiró.

—No. Dexter se ha empeñado en hacer un recorrido por los establos y las granjas de la zona. Por lo visto lo encuentra sorprendentemente interesante. Cosas de trabajo, al parecer.

—¿Qué clase de trabajo es ése?

—No estoy segura. Algo relacionado con cooperativas agrícolas, creo.

—Fascinante.

—Tampoco es que ser chófer resulte el último grito en profesiones románticas y de aventura. —Bob quiso decir algo, pero Elizabeth continuó—: El asunto es que no me apetecía acompañar a mi prometido en una visita por todos los campos de cultivo de la comarca, y el doctor Culdpepper aún seguía durmiendo, de modo que he decidido darme un paseo por el pueblo a solas y da la casualidad de que me encuentro con usted, ¿no le parece un golpe de suerte?

—Eso depende de para quién.

—A propósito, y ya que hablamos de acompañantes, ¿no viajaba usted con ese caballero español tan estirado? ¿Dónde está? ¿Sigue metido en su vitrina?

—Tengo la mañana libre.

—De modo que es cierto que ahora trabaja para él. Ayer creí que no lo había entendido bien. Es usted increíble, señor Hollister, ¡cada vez que me lo encuentro tiene un empleo diferente! En fin, parece que a los dos nos han dejado a nuestro aire así que, ¿cuál es el plan?

—Le aseguro que mi único plan consistía en pasar una mañana tranquilo y a solas.

—Oh, vamos, estoy segura de que miente —dijo Elizabeth—. Pero, por si no es así, le daré un par de ideas: podemos buscar a ese misterioso hombre del bigote negro del que habló usted ayer, o inspeccionar la tumba de Arnold Pole en busca de pistas, o tratar de averiguar en qué hotel se aloja sir Cecil y sorprenderlo... ¡Espere un momento! —Entornó los ojos, arrebatada por una de sus súbitas inspiraciones—. ¿Y si sir Cecil y el hombre del bigote negro están compinchados de alguna manera? ¡Podríamos...!

—Está bien, está bien... Si le digo adónde pensaba ir, ¿me acompañará en silencio y dejará de proponer ideas absurdas?

—¡Sabía que tenía un plan! Es usted como un libro abierto para mí. —Una bonita sonrisa se encendió por toda su cara. Desde que lo vio junto a la estatua del Juez, tuvo la esperanza de que Bob le haría vivir emocionantes experiencias, como cuando la noche de la lectura del testamento él tuvo la idea de colarse en el dormitorio de Clarke y descubrieron el pasadizo secreto, o cuando salió corriendo detrás de la falsa momia. A Elizabeth jamás se le habría ocurrido hacer esas cosas por sí sola—. ¡Esto va a ser muy divertido! Usted y yo, de nuevo mano a mano. ¿Adónde vamos?

—A la Biblioteca Municipal.

—No, en serio, ¿adónde vamos?

—Ya se lo he dicho: a la Biblioteca Municipal. Quiero hablar con alguien allí.

—Oh. —La sonrisa de Elizabeth se esfumó, y fue sustituida por una expresión de profundo desengaño—. La verdad es que esperaba algo más estimulante.

—Aún está a tiempo de acompañar a Norbert en su excursión por la América rural.

—Dexter —corrigió ella—. ¿Y dejarlo solo a usted? ¡Ni pensarlo! No soportaría contemplar su cara de tristeza al verme marchar. Adelante, yo le sigo.

—Sí, eso me temo —suspiró Bob.

Elizabeth no permaneció en silencio durante el trayecto, si bien el chófer tampoco había confiado seriamente en que lo hiciera. De hecho, lo contrario le habría decepcionado bastante. La joven formuló muchas preguntas: sobre los Príncipes, sobre el fantasma, sobre las idas y venidas de sir Cecil; si bien ahorraba mucho trabajo a su interlocutor al respondérselas ella misma.

No les costó trabajo encontrar la biblioteca pública. Al otro extremo de Main Street un pequeño edificio de formas cúbicas, rematado con una graciosa torre picuda con reloj, se identificaba por medio de un cartel de madera como: ESCUELA PRIMARIA Y BIBLIOTECA MUNICIPAL DE GOBLET. Elizabeth y Bob rodearon el edificio. A través de las ventanas podían distinguirse las cabezas de un grupo de aplicados colegiales que entonaban una canción bastante repetitiva sobre un granjero con un perro llamado B-I-N-G-O.

Palmada, palmada, y Bingo era su nombre. Y así una y otra vez.

Elizabeth empezó a silbar, siguiendo el compás.

—Me gusta esta canción, ¿a usted no?

—No la había oído en mi vida.

—¿En serio? ¿Y qué cantaba usted de niño en el colegio?

—No lo recuerdo...

—Claro, me hago a la idea; seguro que usted siempre ha sido así de taciturno. —La joven lo estudió, mirándolo de arriba abajo como a un espécimen—. ¡Pobre señor Hollister! Lo imagino perfectamente como un pobre niño triste y solitario... bastante canijo además.

—Para su información, yo no era triste, ni solitario ni canijo. Fui un niño normal y de peso y proporciones normales.

—Pero no cantaba.

—Yo no he dicho eso.

—¡Eso es exactamente lo que ha dicho! —Elizabeth lo miró con pena—. Ábrase a mí, señor Hollister, no oculte sus fantasmas internos. Comparta conmigo las sombras de su memoria. ¿Qué ocurrió? ¿Los demás niños se burlaban de usted porque no sabía cantar?

—¡Le aseguro que yo era un niño corriente y vulgar que cantaba bobadas como todos los niños corrientes y vulgares!

—Como quiera, pero no es eso lo que ha dicho antes...

Bob resopló por la nariz y continuó caminando, con la vista en el suelo y las manos metidas en los bolsillos. Mientras, seguía escuchándose la melodía sobre un granjero que tenía un perro que se llamaba Bingo, B-I-N-G-O, y Bingo era su nombre...

—Manzanas y plátanos —dijo de pronto el joven.

—¿Cómo dice?

—Recuerdo ésa: «Manzanas y plátanos.» —Empezó a canturrear a media voz—: «Me gusta comer, comer, comer manzanas y plátanos...». Creo que era algo así. —Elizabeth sonrió, pero él no se dio cuenta, pues seguía mirando al suelo con el ceño fruncido—. También *When the red, red, robin*.

—¿Cuál es ésa?

Bob se detuvo y la miró.

—¿Está de broma? ¿No ha oído nunca esa canción?

—No. ¿Por qué no me la canta?

—Ni pensarlo.

—Oh, vamos, señor Hollister, no me diga que le da vergüenza.

—No voy a cantar.

—Pero si no hay nadie escuchándonos. Prometo no reírme.

—Ya le he dicho que no voy a cantar.

—Señor Hollister, no permita que ese niño triste y asustado salga a la luz, ¡luche contra él!

—Déjeme en paz. No pienso cantar.

—Entiendo; su trauma es demasiado profundo. ¡Pobrecillo! No debí haber urgado en su herida.

— Pero ¿qué herida ni qué...? —Bob apretó los labios y se pasó la mano por el pelo, nervioso. Miró de un lado a otro con aire avergonzado. A continuación, cabizbajo, comenzó a entonar—: *When the red, red, robin...* —Calló y dio una patada al suelo—. ¡Esto es ridículo!

—Pero si lo estaba haciendo muy bien. Sonaba de lo más agradable ¿Cómo sigue?

El joven continuó en voz baja, luego, poco a poco, alzando el tono.

—*When the red, red, robin comes bob, bob, bobbin along, along / there'll be no more sobbin when he starts throbbin his old sweet song. / Wake up, wake up, you sleepyhead! / Get up, get up, get up of bed...!*[3]

—¿Les importaría ir a cantar a otra parte? Estoy intentando dar una clase.

Bob miró por encima de su cabeza. Una mujer con anteojos y expresión severa estaba asomada a una de las ventanas de la escuela; tras ella se oía la risa de una decena de niños.

---

3. Cuando el rojo petirrojo comienza a golpear / se acabó el dormir cuando comienza a golpear su vieja y dulce canción. / ¡Despierta, despierta, dormilón! / ¡Levanta, levanta, levántate de la cama! (*N. del A.*)

La cara del chófer se incendió como una amapola ante la salida del sol. Balbució unas palabras de disculpa y se alejó de la ventana apretando el paso, oyendo cómo la maestra reprendía a los niños para que dejasen de reír y atendiesen a las lecciones. Elizabeth iba junto a él, haciendo esfuerzos para sofocar una carcajada.

—Me está bien empleado por hacerle caso.

La joven no aguantó más y se echó a reír.

—¡No se enfade, señor Hollister! ¡Ha sido muy divertido! Tenía que haber visto su cara cuando esa mujer apareció de pronto por la ventana... —Bob la miraba muy serio, pero los extremos de sus labios temblaban. Ella paró de reírse y lo miró con afecto—. Tiene usted una voz muy bonita cuando no está gruñendo, ¿sabe?

Él dejó escapar una sonrisa a medias sin poderlo evitar.

—Eso, búrlese del niño triste y solitario.

—Reconozco mi error. Nadie que sepa la letra de una canción semejante puede haber sido triste y solitario. Tiene que cantármela entera, era muy simpática. ¿Cómo sigue?

—Buen intento, señorita Sullavan.

Llegaron ante la parte trasera del edificio de la escuela, donde encontraron la entrada a la Biblioteca Municipal.

El interior de la sala de lectura estaba desoladoramente vacío, salvo por un anciano que ojeaba periódicos en un rincón mientras una bibliotecaria sellaba las contraportadas de unos libros. Cada vez que dejaba caer el sello de un golpe seco, el viejo de los periódicos daba un respingo, tosía y volvía a caer en un estado semiletárgico.

Bob se acercó al mostrador tras el que la mujer estampaba volúmenes y le preguntó por el profesor Cross. Ella, sin levantar la vista, le indicó que fuera al primer piso y buscara en el primer despacho de la izquierda.

—¿Quién es ese profesor Cross? —preguntó Elizabeth mientras subían la escalera—. ¿Y por qué queremos verlo?

—Yo tengo interés en preguntarle un par de cosas sobre la

historia del pueblo. Los motivos de usted los desconozco por completo.

—Me resultaba usted mucho más simpático cuando cantaba, ¿sabe?

El anciano de los periódicos se llevó un dedo a los labios y chistó pidiendo silencio.

Al final de un pasillo encontraron una puerta con letras de molde sobre un cristal: PROFESOR EDWARD CROSS, DIRECTOR. La indicación parecía considerar inútil especificar qué era lo que Edward Cross dirigía exactamente. Bob golpeó la puerta con suavidad. Una voz lo invitó a pasar.

Dentro del despacho había un hombre simétricamente obeso que en aquel momento preparaba café en un hornillo. Era la suya una figura alta y cóncava atrapada en un chaleco rojo y un par de pantalones de franela de color marrón, separados por el fajín blanco que creaba su camisa al rebosar.

—Pasen, pasen —dijo el tipo sin mirarlos—. Siéntense. Esperen un segundo mientras pongo a calentar el café, por favor.

Su cara era redonda y lampiña; infantil, más que joven, como la de un gigantesco bebé con gafas que hubiera hecho poco ejercicio; un bebé, además, con unas mejillas especialmente tersas y que se peinaba el ralo cabello negro hacia atrás, sujeto por una capa de brillantina tan espléndida como el color de sus carrillos.

—¿Es usted Edward Cross? —preguntó Bob.

—El mismo. ¿Quién lo pregunta? —respondió el profesor sacudiéndose los granos de café de la barriga.

—Soy Robert Hollister. Harriet, del hotel, me dijo que podría encontrarlo aquí.

Cross sonrió mientras estrechaba la mano de Bob.

—Claro, la buena de Harriet... Ayer me comentó que iba a recibir a una pareja de Danbury que estaban de luna de miel, ¿acaso son ustedes dos?

Elizabeth hizo un gesto de rechazo.

—¡Oh, no, no, en absoluto!

—Disculpe, señorita, creo que no he oído bien su nombre...

—Elizabeth Sullavan. Sullavan, con «a», igual que la actriz.

—Por supuesto: Margaret Sullavan. Hace poco la vi en *El bazar de las sorpresas*. Creo que hacía una pareja deliciosa con Jimmy Stewart.

—¿Verdad que sí? —dijo la joven con expresión radiante—. ¡Me encantó esa película! ¿Le gusta a usted el cine, profesor Cross?

—Siempre que puedo me escapo a ver los últimos estrenos.

—¡Qué maravilla! Entonces usted y yo tenemos mucho en común.

Bob fingió un ataque de tos.

—¿Se encuentra usted bien, señor Hollister?

—Oh, no le haga caso, sólo quiere llamar la atención. Si seguimos ignorándolo sería capaz de ponerse a cantar en cualquier momento.

El profesor Cross emitió una risilla, como de alguien que no entendiera la gracia de un chiste. Luego se sentó detrás de un viejo escritorio e invitó a los dos jóvenes a ocupar sendas sillas, frente a él.

—Bien, me sorprendería mucho que hubiesen venido a verme sólo para hablar de cine. ¿En qué puedo servirles, amigos?

—Harriet me dijo que es usted un experto en la historia de Goblet —respondió Bob—. Me gustaría aprender un par de cosas sobre el tema, si tiene usted tiempo.

El profesor dejó escapar una sonrisa abrazada entre dos carrillos.

—Naturalmente. Me alegra que hayan venido verme. Por lo general, todos los turistas se limitan a visitar el granero de ese estafador de Ben Griffin y ninguno se molesta en entrevistarse con un cronista serio y con estudios a propósito de la rica y fascinante historia de nuestro pueblo.

—¿Es usted historiador?

—Por supuesto. —El profesor Cross señaló con el pulgar

un diploma que colgaba tras él, en la pared, rodeado por un puñado de fotos de Goblet—. Universidad de Albany, promoción del 16... y uno de los primeros, he de decir, modestamente. Podría haber sido un pez gordo en alguna gran universidad de la Ivy League, pero preferí quedarme en mi viejo pueblo. Habría echado mucho de menos las tartas de calabaza de la pastelería de Rose Harper... —Bob dejó escapar la mirada hacia la prominente panza del profesor. «Es evidente», pensó. Cross seguía hablando—: Más de veinte años llevo trabajando como cronista oficial y jefe de la biblioteca. Además, gestiono la Sociedad Histórica de Goblet y el Archivo Municipal, y, últimamente, el doctor Culdpepper ha tenido la amabilidad de encargarme el discurso expositivo de nuestro pequeño museo. En fin, amigos, es probable que no sea un importante catedrático o doctor de la Gran Ciudad, pero les aseguro que no me falta el trabajo.

Puede que la vida de Edward Cross como historiador local fuese una vorágine de actividad, pensó Bob, pero no tanto como para impedirle dar conversación a dos perfectos desconocidos que se presentaban en su despacho un miércoles a media mañana.

El historiador quiso saber sobre qué aspecto del pasado de Goblet estaban interesados.

—Es un pueblo muy antiguo, ¿verdad? —preguntó Bob.

—Mucho. La primera fundación es holandesa, de 1629. Los ingleses se hicieron con el pueblo en 1665 de forma pacífica y le cambiaron el nombre por Goblet. Por cierto que es una historia curiosa: resulta que el rey Carlos II de Inglaterra...

Los dos jóvenes escucharon por segunda vez la anécdota del cáliz. Elizabeth trató de contener un bostezo tan profundo que le lloraron los ojos.

—Y después de aquello —dijo Bob—, fue cuando los ingleses llamaron a Arnold Pole.

—El viejo Juez. Sí, así es. En 1667. Según se dice, su llegada fue recibida con malos augurios: una plaga de peste se desató por las vecinas Danbury, Yorktown y Poughkeepsie causando estragos y dañando el comercio de la zona. Parecía que Arnold Pole traía consigo la desgracia.

Elizabeth retomó el interés por la conversación.

—¿Puede contarnos algunas de las leyendas sobre el Juez? —preguntó la joven—. Ya sabe, las más emocionantes.

—Claro que sí, señorita. ¡Y más que leyendas! Hechos probados históricamente que le pondrían los pelos de punta. Verá usted, la noche de Brujas de 1689...

—En realidad —interrumpió Bob—, me gustaría preguntarle sobre el gobierno local.

—¿El gobierno local? —dijo Cross, sorprendido. Elizabeth resopló con aire de aburrimiento—. Claro, pregunte lo que quiera. ¿Qué desea saber?

—¿Qué tipo de gobierno establecieron los ingleses en Goblet?

—Bueno, nada extraordinario en realidad. Se formó un Consejo del Pueblo, como en la mayoría de las localidades de las colonias del norte. Lo formaban las fuerzas vivas del municipio y casi todas las decisiones importantes se tomaban en asambleas de forma más o menos consensuada. Hoy en día las cosas se siguen haciendo de manera semejante, como en muchos otros pueblos del Estado.

—Fascinante —dijo Elizabeth—. En cuanto al fantasma, díganos, profesor: ¿es cierto eso de que el juez Pole sólo firmó sentencias de muerte, nunca absoluciones? ¿Y es verdad que todas ellas eran horribles y sangrientas?

—Señorita Sullavan...

—Oh, cállese, señor Hollister. Usted ya ha hecho su pregunta y ha sido aburridísima. Ahora me toca a mí.

Bob suspiró. El profesor Cross sonrió con aire divertido. Por su actitud se diría que también él encontraba más interesante la pregunta de Elizabeth.

—Está bien informada, señorita: el viejo Juez era un hombre sádico y cruel que disfrutaba con las más horrendas formas de ejecución. Vengan. Les mostraré algo.

El historiador se dirigió al otro extremo del despacho, donde había una caja fuerte detrás de un cuadro que representaba a una niña que daba de comer a un ciervo en medio de un campo de hierba. Después de marcar la combinación, Cross abrió la caja y sacó de ella un enorme archivador. Lo colocó encima de su escritorio y luego lo abrió, no sin antes enfundarse un par de guantes de algodón.

En su interior había un montón de legajos amarillentos y arrugados que crujían como hojas secas cuando el profesor los volteaba. Todos ellos estaban escritos con una caligrafía arrebujada, prácticamente ilegible, y adornados con complicadas rúbricas y sellos oficiales cuya tinta se había desgastado con el paso de los años, como firmas de fantasmas.

El historiador señaló unos documentos archivados al final.

—Miren esto: sentencias de muerte firmadas por el propio Juez en persona. Lean lo que pone aquí: «Horca y hoguera». Y aquí también. Y aquí... En todas pone lo mismo: «Horca y hoguera».

—Eso parecen dos sentencias diferentes, ¿verdad? —dijo Elizabeth.

Cross negó con la cabeza.

—Una sola. Pero ya les he dicho que el Juez era especialmente sanguinario. Su forma de ejecución favorita era embadurnar al reo de aceite, colgarlo de un árbol y luego prenderle fuego... —Dejó aflorar una sonrisita obesa y siniestra—. ¿No les parece horriblemente eficaz?

—Y muy estúpido —dijo Bob—. ¿Por qué molestarse en hacer algo así?

—¡Quién sabe! Quizá por sadismo. Seguramente algo no andaba muy bien en su cabeza... Sin embargo, era un hombre brillante en su locura pues sus sentencias son un alarde del manejo de las leyes. Retorcidas y malignas, pero intachables desde el punto de vista jurídico.

—Deduzco que su formación debió de ser muy completa.

—Sin duda. Realizó sus estudios en dos universidades distintas, Oxford primero y finalmente el Colegio Inglés de la Universidad de Douai, en Reims, donde obtuvo su licenciatura en Leyes.

—¿Douai...? —Bob frunció el ceño y se acarició la cicatriz con los dedos—. ¿Sabe a qué escuela de Oxford pertenecía?

—Está en nuestros archivos. Arnold Pole fue alumno del Gloucester Hall entre 1632 y 1634, año en que se marchó a Reims para finalizar sus estudios.

—¿Y por qué cambiaría Oxford por una universidad francesa...?

—Seguramente se hartó de comer patatas hervidas —atajó Elizabeth—. Muy bien, señor Hollister, ya ha agotado usted su turno con su pregunta aburrida de siempre. Me toca a mí otra vez. Dígame, profesor Cross, ¿es cierto que el juez Pole fue víctima de una muerte horrible, fruto de una maldición?

—Eso dicen, señorita Sullavan. Seguramente le interesará ver esto. —El historiador buscó entre las páginas del archivador hasta encontrar un documento escrito a máquina—. Es una copia de un legajo de 1671 donde se describe con todo detalle la agonía del Juez. Si quieren se lo leeré yo mismo, ¿me permiten? —Se colocó las gafas y comenzó a declamar con teatral afectación—: «Su vientre se hinchó, preso de humores infernales, al tiempo que las alucinaciones lo torturaban cada vez con más frecuencia. Una sed abrasadora cuajó de llagas y ampollas su boca, y su aliento despedía un hedor tan fétido que ni sus propios sirvientes podían acercarse a él sin contener las náuseas. Nada calmaba aquella sed, pues cualquier líquido que entraba por su boca era expulsado entre violentas convulsiones, como si una mano invisible estrangulase su garganta. Su cuerpo ardía como si ya estuviera en el Infierno, y, al mismo tiempo, por alguna mágica y terrible causa, sus miembros se quebraban en escalofríos tan espantosos que a lo lejos se oía el crujir de sus huesos, acompasado por sus gritos y lamentos de dolor, de hambre y de sed. Su piel se llenó de quemaduras negras que le producían gran agonía y, poco antes de morir, vomitaba sangre en abundancia sin que ningún remedio pudiera poner fin a tal sufrimiento. Antes de entregar su alma al Todopoderoso, ahogado en su propia sangre, gritaba preso del pánico, como si los espíritus de todos aquellos inocentes a quienes condenó en vida estuviesen esperando a los pies de su lecho su último aliento para arrastrarlo al Infierno».

Cross cerró el archivador de un golpe. Elizabeth se sobresaltó.

—Es lo más espantoso que he oído en mi vida —dijo la joven—. Casi siento pena por el pobre Juez.

—Hay quien diría que, en el fondo, se lo tenía bien merecido... ¿Y a usted qué le parece, señor Hollister? Le veo muy pensativo.

—Me preguntaba si se conserva el original de la preciosa crónica que nos acaba de leer. Me gustaría poder echarle un vistazo, si es posible.

—Naturalmente, pero lo tengo en el Archivo General con los documentos más valiosos, en el depósito de la biblioteca. Vuelva esta tarde y se lo enseñaré; para mí será un placer.

—¿Por qué no ahora mismo?

—Lo lamento mucho, señor Hollister, pero para consultar documentos del depósito hay que rellenar mucho papeleo y eso lleva su tiempo. Muriel, nuestra bibliotecaria, es muy estricta al respecto, y no demasiado amable, por desgracia.

—Siendo usted el director del archivo, estoy seguro de que no tendrá ningún problema si nos acompaña al depósito y nos lo enseña allí mismo.

Cross negó vehementemente con la cabeza.

—Imposible. No se puede entrar en el depósito.

—¿Usted tampoco?

—Yo sí, claro.

—Y si yo entro con usted, ¿tampoco estaría permitido?

Las abundantes mejillas del historiador se transformaron en dos rojas manzanas encajadas en sus carrillos. El profesor se quitó las gafas y empezó a frotar los cristales con su jersey.

—No, no. Ya le he dicho que no puede ser. Lo lamento, pero sólo yo o Muriel podemos entrar en el depósito sin un permiso previo de la Sociedad Histórica.

—¿Y con quién hay que hablar para obtener ese permiso?

—Con... ejem... con el... ejem... con el presidente de la sociedad.

—Que es usted.

—Sí... Sí, eso parece.

—Bien, ¿puede darme el permiso para visitar el depósito?

—Yo... Supongo que... Yo podría... El caso es que la gente no suele... —Los ojillos porcinos del profesor se dirigieron hacia un viejo reloj de pared que había al otro lado del despacho—. Vaya, ¿de veras es ya tan tarde? Lo siento, amigos, pero me temo que tengo aún mucho que hacer. Si no les importa... Ha sido un placer charlar con ustedes. —Se puso las gafas y abrió la puerta del despacho, mostrando la salida en una obvia invitación—. Regresen cuando quieran, estaré encantado de volver a recibirlos.

—Profesor Cross, en cuanto a lo del permiso...

—Claro, claro, el permiso. Sí. Venga esta tarde... o mañana, mejor mañana. Sí, vuelva mañana y podremos hablar del tema con calma, ¿sí?

Cuando los dos jóvenes quisieron darse cuenta, ya estaban fuera del despacho.

Intercambiaron una mirada de desconcierto y salieron a la calle en silencio por miedo a desatar las iras de Muriel, la bibliotecaria, la cual los contemplaba con el dedo índice listo para saltar a sus labios y chistar una orden de silencio. Fuera, Elizabeth se dirigió a Bob en tono de reproche.

—¿Ha visto cómo nos ha echado a la calle? Y la culpa es toda suya.

—¿Mía?

—Sí. Usted lo ha hecho enfadar, con esa manía absurda de visitar el depósito. Es evidente que ha puesto al pobre hombre en un compromiso.

—No entiendo qué problema puede tener por que eche un vistazo rápido en el archivo, se supone que esto es una biblioteca pública, ¿no? Me gustaría saber por qué se ha puesto tan nervioso.

—Lo que me gustaría saber a mí es qué interés puede tener usted en ver un montón de papeles cubiertos de polvo. Eso no tiene nada que ver con el fantasma, ni con los anónimos del doctor Culdpepper ni mucho menos con los Príncipes de Jade, ¿o acaso sí? —Ella le atravesó con una mirada inquisitiva—. ¿Hay algo que usted sabe y que me está ocultando, señor Hollister? Porque si es así, debe contármelo.

—No me diga, ¿y eso por qué?

—Porque estamos juntos en esto.

—Lo siento, pero no la sigo, señorita Sullavan.

—¡Oh, ya sabe! —dijo Elizabeth, airada—. Es nuestro misterio. Somos como... Holmes y Watson.

—¿Holmes y...? Señorita Sullavan, ¿ve ese pequeño puntito lejano en el horizonte? Es el mundo real, y le aconsejo que corra hacia él lo más deprisa que pueda.

—No, no, señor Hollister. Piense: ¿eso es lo que diría el doctor Watson?

—Está usted completamente loca... —Bob se hundió las manos en los bolsillos y le dio la espalda. Un segundo después se volvió de nuevo hacia ella—. ¿Y por qué tengo que ser yo el doctor Watson?

—¿No le gusta?

—Era el más tonto de los dos.

—¿Ve como cuando quiere sí que me entiende perfectamente, señor Hollister?

Bob respiró hondo.

—La única pareja célebre con la que podría identificarla ahora mismo es con Abbott y Costello. Usted es Abbott, por cierto. —El joven dirigió una mirada por encima del hombro de Elizabeth—. Y, no mire ahora, pero creo que por ahí viene su Costello.

Dexter se dirigía hacia ellos atravesando Main Street. Al ver a su prometida levantó la mano en un saludo alegre que se congeló a mitad de camino cuando reconoció a Bob. Al unirse a la pareja, lanzaba miradas de reojo al de la cicatriz, cargadas de suspicacia.

—Elizabeth, ¿qué haces aquí? Te he buscado por todo el pueblo. Quedamos en que me esperarías en casa del doctor Culdpepper.

—Lo siento, Dexter, pero es que el doctor no se había levantado, y no me gusta esa tal Grace; cuando menos te lo esperas se materializa a tus espaldas y te da un posavasos. Me aburría y salí a dar una vuelta. No pensé que fueras a regresar tan pronto.

—¿Pronto? Es casi la hora de almorzar. Además, no me gusta que deambules a solas por un pueblo donde la gente recibe amenazas de muerte en sus buzones.

—La señorita Sullavan no estaba sola, estaba conmigo —puntualizó Bob.

Dexter lo miró, evitando cruzarse con sus ojos.

—Claro, señor... Lo siento, no recuerdo su nombre.

—Watson, doctor John Watson, del Quinto Regimiento de Fusileros de Su Majestad.

—Oh, bueno... Muchas gracias, doctor Watson. Supongo que ahora tendrá usted otras cosas que hacer.

—Dexter, no se llama Watson, se llama Hollister.

Él se rascó la frente por debajo del sombrero.

—Pero él ha dicho que...

—No importa, es muy largo de explicar —dijo Bob. Se llevó dos dedos a la cabeza a modo de saludo—. Que pasen una buena mañana. Supongo que les veré esta tarde en la inauguración del museo... Por cierto, señorita Sullavan, admito mi error: usted es Costello.

Dejó escapar una media sonrisa y se marchó en dirección a la estatua de bronce de Arnold Pole, caminando con las manos metidas en los bolsillos.

Dexter lo miraba con el gesto torcido.

—No me gusta ese personaje, no le entiendo cuando habla. Parece la clase de tipo que oculta un montón de cosas.

—¿Tú crees?

—Estoy seguro. Si sigues juntándote con él, tarde o temprano acabará metiéndote en problemas.

—Es probable —dijo Elizabeth.

Sonreía sin darse cuenta. Pensaba en cómo de emocionantes podrían ser esos problemas.

ELIZABETH Y BOB acudieron a la inauguración del Museo Histórico de Goblet por separado y con sus respectivos acompañantes.

El comienzo del acto se anunciaba para las seis de la tarde, justo al inicio de las tempraneras noches de otoño del condado.

La Sociedad Histórica de Goblet —nombre muy apropiado, pues la suma de la edad de todos sus miembros casi alcanzaba la del propio pueblo—, espiritualmente guiada por el doctor Culdpepper, no quiso hacer de aquel acto una ceremonia privada; todo lo contrario: cada habitante del pueblo, del más anciano al más joven, era bienvenido a curiosear por entre las salas del museo y ovacionar el discurso inaugural del principal mecenas.

Goblet era un pueblo pequeño y, generalmente, abúlico; hacía falta algo más que un puñado de cachivaches históricos para sacar a los parroquianos de su casa después del anochecer, sobre todo a finales de octubre. Con objeto de atraer a los reticentes, la Sociedad Histórica de Goblet había encomendado a Rose Harper y a su legión de hijas, sobrinas y nueras la elaboración de nada menos que cincuenta pasteles de calabaza. Podría decirse que cada familia de la localidad tenía asegurado un pastel entero para su uso y disfrute por tan sólo cinco centavos la unidad.

—¡Menos de la mitad de su valor, pero la ocasión lo merece! —decía la altruista señora Harper mientras agitaba con orgullo las plumas de su sombrerito dominical, del mismo color que los pasteles que ahora formaban como un ejército naranja sobre unas mesas de madera ante la entrada del museo.

Junto a ellos, la señora Griffin y la señora McCloud, consortes del Consejo del Pueblo, servían vasos de limonada casera, tan amarilla y brillante como un girasol. E igual de inocente, pues la Liga para la Defensa de la Moral y las Buenas Costumbres de Goblet había prohibido la venta de bebidas alcohólicas en la ceremonia, por lo que los caballeros llevaban las botellas de cerveza ocultas en los bolsillos de las chaquetas.

Un gacetillero local, sobrado de acné y de entusiasmo, embadurnaba las hojas de su libreta con una ristra de adjetivos. «Histórico», «popular», «entusiasta» y «encantador» eran los que más repetía; en realidad, tampoco era capaz de manejar muchos más.

Los niños, vestidos como para una misa, correteaban entre las patas de las mesas dejando a su paso un rastro de migas de pastel de calabaza, las mujeres señalaban las piezas a su alrededor entre cloqueos de entusiasmo y los caballeros desenfundaban sus cervezas con disimulo. Todo el mundo disfrutaba de aquella inopinada noche de fiesta.

Elizabeth se dejó llevar por aquel entusiasmo tan folclórico. Goblet, aquella noche, parecía la versión barroca del *American Ghotic*. Acompañada por Dexter y por el doctor Culdpepper, la joven escuchaba a este último cantar las alabanzas de su museo.

—El mismo edificio es ya una pequeña joya —dijo el médico señalando el mastodóntico molino de viento habilitado para albergar los tesoros del pasado de Goblet—. Una construcción de principios del siglo XVIII. Funcionó sin pausa hasta hace tan sólo diez años. No creo que exista uno tan bien conservado y de estas dimensiones en todo el estado de Nueva York.

Era un edificio vistoso, desde luego. Elizabeth sólo recordaba haber visto uno parecido en las películas, aunque en ellas el molino solía estar en llamas y una horda de campesinos con antorchas acosaba al tipo con tornillos en la cabeza que se refugiaba en su interior.

El molino tenía la altura de un edificio de tres pisos y su silueta era ligeramente acampanada. Cuatro aspas de madera, clavadas en el tejado, asistían quietas, como aterradas, al inesperado tumulto que tenía lugar unos metros más abajo.

Después de que Culdpepper se detuviese a saludar a medio pueblo, pudieron finalmente entrar en el museo. La puerta de acceso comunicaba con una gran sala circular, adornada con banderas y escarapelas blancas, rojas y azules. La sala estaba llena de sillas de madera orientadas hacia una tarima que se encontraba en un extremo, junto a una escalera decorada con lazos y guirnaldas por la cual se accedía a los pisos superiores. Sobre la tarima había un pedestal cubierto por una tela negra.

—Ése es el lugar sobre el que daré mi discurso —dijo Culdpepper—. En el momento culminante, descubriré el pedestal y... ¿adivinan lo que aparecerá?

Dexter no pudo responder. En su boca una mezcla de limonada y pastel de calabaza amenazaba con solidificarse y soldarle las mandíbulas.

—¿El Príncipe de Jade? —dijo Elizabeth mientras su prometido bizqueaba, intentando tragar.

—Exacto. Será un momento memorable. —Culdpepper seguía señalando lugares de la sala—. Naturalmente, este espacio no quedará dispuesto de esta forma. Mañana quitaremos las sillas y la tarima, y colocaremos mostradores, mesas con libros de consulta, algunos cuadros... En ese lugar estará la taquilla. Venderemos la entrada a sesenta centavos, salvo para los habitantes de Goblet, claro; ellos podrán acceder gratis siempre que quieran.

El anciano se entusiasmaba como un chiquillo presumiendo de su nuevo y sofisticado juguete. Entre saludo y apretón de manos a los asistentes, condujo a Elizabeth y a Dexter hacia el piso superior para mostrarles las piezas expuestas.

—Hay tres pisos y un sótano. En el sótano está el almacén, y el grueso de la colección se distribuye entre las dos últimas plantas —decía mientras subía los peldaños, agarrado al pasamanos de la escalera. Tropezó cuando un par de críos bajaron corriendo en sentido contrario, pero estaba tan absorto en sus explicaciones que apenas pareció darse cuenta—. Éste es el segundo piso. ¡Esto les encantará! Como podrán ver, hemos recreado una estancia colonial del siglo XVII hasta en los más ínfimos detalles; incluso los maniquíes visten ropas auténticas de la época, ¿verdad que es magnífico?

A Elizabeth le pareció más bien el escaparate de unos grandes almacenes adornado para la fiesta de Acción de Gracias; no obstante, se cuidó de ponderar la increíble inmersión histórica lograda.

—¡Increíble! ¡Es como viajar a través del tiempo! ¿No te parece, Dexter?

—¿A ese maniquí no le falta un ojo?

Su prometida le dio un codazo en el vientre. Culdpepper, arrobado por los halagos, no prestaba más atención que a su museo.

—Vayamos al último piso. Les enseñaré las piezas que yo he donado. Todavía tenemos tiempo antes de mi discurso inaugural.

Unos metros más abajo, el conde de Roda hacía su entrada en el museo. Don Jaime, parapetado tras un monóculo y ataviado con un esmoquin negro como la noche, despertaba más miradas de curiosidad que las piezas expuestas. Bob lo seguía unos pasos por detrás, algo avergonzado por su falta de discreción.

El conde contemplaba un pedazo de pastel de calabaza que tenía en la mano como si fuese uno de los objetos más raros de la colección del museo.

—¿Y cómo ha dicho que se llama este... alimento, señor Hollister?

—Pastel de calabaza. Por lo visto es un plato local.

—¿Cree usted necesario que me lo coma?

—Digamos que, ya que lo ha aceptado, lo correcto sería probarlo al menos.

El noble suspiró con la resignación propia de un Cortés la mañana siguiente a la Noche Triste. Dio un pequeño bocado al dulce y tragó con cuidado. Tras unos segundos, se lo entregó a su chófer.

—Se lo ruego, amigo mío, devuelva esto discretamente al lugar del que procede. Vengo de un país en el que hay racionamiento de alimentos y le puedo asegurar que ni aun allí serían capaces de comerse algo semejante.

Bob cogió el trozo de pastel y salió al exterior, donde las hacendosas damas de Goblet repartían porciones a los recién llegados. Se preguntaba cómo haría para deshacerse de aquello sin provocar un conflicto local. No obstante, no podía reprochar al conde su conducta: el pastel de calabaza de Rose Harper podría haber servido como mortero para un rascacielos.

Afortunadamente, las mesas donde las señoras repartían comida estaban rodeadas de pueblerinos deseosos de cimentar sus estómagos con hormigón de calabaza. Bob pudo arrimarse al extremo de una de las mesas y dejar allí el trozo rechazado por el conde sin que nadie lo viera. Al darse la vuelta, golpeó sin querer a alguien con el codo.

—Disculpe...

—No ha sido nada.

—¿Sir Cecil?

El cónsul inglés estaba comiendo con deleite un pedazo de pastel. Al reconocer al joven, apenas pudo disimular un atragantamiento.

—Vaya por Dios, ¡usted otra vez! —El inglés buscó con la mirada una discreta vía de escape, pero una pequeña multitud se había formado a su alrededor, esperando recibir su ración de pastel—. Señor... ¿Forrester?

—Hollister. Robert Hollister.

—Dígame, señor Hollister, ¿es casualidad que me lo haya encontrado dos veces en este pueblo o debo pensar que me está siguiendo deliberadamente? —preguntó con agresividad.

Bob pensó que podría preguntarle lo mismo, pero prefirió ser amable. No quería espantarlo.

—Acompaño al conde de Roda en calidad de asistente. Don Jaime ha sido invitado a la inauguración del museo por el doctor Culdpepper.

—Invitado, seguro que sí... Un español sería capaz de cualquier bajeza con tal de comer gratis, incluso de lamer los pies de aquellos que no son más que unos expoliadores.

Bob se sintió obligado a defender a su nuevo patrón.

—Son palabras un poco duras, ¿no cree? El conde sólo pretende negociar, que supongo que es la misma razón que lo ha traído a usted a Goblet. Al menos él viene de frente sin ocultar sus intenciones, no necesita esconderse entre los árboles de las casas ajenas.

—No me gusta su tono, joven, y mucho menos lo que tiene la desfachatez de insinuar.

—Discúlpeme, sir Cecil. Seguramente malinterpreté nuestro encuentro de ayer. Por un momento tuve la sensación de que merodeaba furtivamente junto a la casa del doctor pero es probable que sólo estuviese «contemplando los redondos ojos verdes y los largos cuerpos ondulantes de los oscuros leopardos de la luna...».

—¿Qué diablos está usted diciendo?

—Sólo citaba a Yeats. Un paisano suyo.

—Escúcheme, insolente petimetre, mis asuntos no son de su incumbencia, y lo que yo haga y dónde es algo que no le importa a usted en lo más mínimo.

—A mí no, pero puede que al conde sí que le interese saberlo.

Los ojos de cónsul se agitaron, acorralados. Seguía siendo imposible salir de allí sin emprenderla a codazos con un grupo de hombres, mujeres y niños con ansias de pastel de Rose Harper.

—No le comprendo, señor Hollister. ¿Qué interés tiene usted en mis asuntos o en los del conde? Todo esto es un tema que a usted no le atañe en absoluto.

—Mis asuntos, como usted dice, son cosa mía.

—Es por dinero, ¿verdad? Dígame, ¿cuánto le paga el conde por espiarme?

—Tan sólo el salario mínimo por conducir su coche. Y, créame, es un vehículo tan estupendo que sería capaz de hacerlo gratis.

—Miente.

—Quizá. Seguro que usted reconoce muy bien una mentira... Según su embajada, usted ahora mismo está en Washington.

Sir Cecil dejó escapar un gruñido.

—¿Y eso qué importa? ¡Abra los ojos, señor Hollister! Se está moviendo entre diplomáticos; vivimos de la mentira y de las medias verdades. ¿O acaso cree que su admirado conde de Roda es un ejemplo de virtud y de honradez?

—Yo no he dicho que lo admire.

—Y hace bien. —El inglés entornó los ojos en una mirada astuta—. Y si alguna vez se siente tentado a hacerlo, permítame que le dé un consejo: pregúntele sobre su hijo y sobre el hombre de bigote negro que lo sigue a todas partes desde que salió de España.

—¿Qué sabe usted de eso?

—Nada. Sólo le digo que lucha usted en el bando equivocado, joven. Las razones del conde por hacerse con los Príncipes trascienden lo meramente patriótico. Esa vieja momia se juega algo más que el orgullo nacional en este asunto. ¡Mucho más! Si fracasara, las consecuencias personales serían nefastas para él. Hágase esta pregunta, señor Hollister: ¿de qué no sería capaz un hombre desesperado por conseguir sus objetivos?

—No lo sé. Dígamelo usted.

En ese momento sir Cecil vio un hueco por entre el gentío y aprovechó para escabullirse sin más ceremonia. Bob quiso ir tras él, pero una nueva oleada de fervorosos admiradores del Típico Pastel de Calabaza de Goblet, Nueva York, lo hicieron desviarse. Cuando quiso volver a localizar al cónsul británico, lo había perdido de vista.

Bob se dio cuenta de que la mayoría de la gente se dirigía hacia el interior del molino. Decidió regresar junto al conde y ocuparse de sir Cecil más adelante.

Dentro del museo los asistentes tomaban asiento en las sillas de madera o se colocaban de pie junto a la tarima. Don Jaime estaba sentado en una esquina, con la espalda erguida y las manos sobre las rodillas.

—¿Por qué ha tardado tanto?

—Lo siento, pero me he encontrado con...

—No tiene importancia, ya me lo contará luego. El doctor Culdpepper está a punto de comenzar su discurso.

Los asistentes dirigían su atención hacia la tarima donde, como un monolito fúnebre, destacaba en solitario el pedestal cubierto por una tela negra. En el aire flotaban murmullos que iban disminuyendo de intensidad poco a poco. Bob levantó el cuello, tratando de localizar a sir Cecil por alguna parte. En la primera fila vio a Elizabeth, junto a Dexter y al doctor. El resto de la sala estaba repleto de caras anónimas. Ni rastro del cónsul.

La gente comenzó a aplaudir. El profesor Cross subía a la tarima, haciendo crujir cada tabla de madera bajo el peso de su inmenso cuerpo. Pidió silencio con un gesto y luego comenzó a hablar. Empezó dando las gracias a los asistentes y a una extensa lista de asociaciones y ligas de Goblet por sus distintas colaboraciones, entre chascarrillos sólo comprensibles por los habitantes del pueblo, que fueron sonoramente celebrados. Finalmente cedió la palabra al doctor Culdpepper, y una nueva oleada de aplausos acompañó la lenta ascensión del viejo doctor hasta la tarima de oradores.

Los numerosos pliegues de la piel del rostro del médico temblaban de gozo cuando se colocó frente a la audiencia y dio comienzo a su discurso. Anunció en primer lugar que pensaba ser breve, prólogo indispensable para cualquier orador que sabe que su discurso será más largo de lo habitual. Palabras de agradecimiento. Emoción contenida. Aplausos espaciados ante las repetidas menciones a «la buena y laboriosa gente de Goblet». Bob ocultó un bostezo tras la palma de la mano.

Cuando parecía que el interés del aforo empezaba a enfriarse, el doctor Culdpepper llegó al punto álgido de su discurso.

—Y, finalmente —dijo tras un emocionado recuerdo al difunto profesor Henry Talbot—, tengo el orgullo de mostrar ante todos ustedes la pieza más importante de nuestro pequeño museo, el legado de mi buen amigo, cuya memoria, de algún modo, también honramos esta noche. Damas y caballeros, buenas gentes de Goblet, ante ustedes... ¡el Príncipe de Jade! —El doctor Culdpepper retiró la tela negra de la vitrina, y un ensordecedor estruendo de pitos y aplausos retumbó por toda la sala. La estatua de Solimán el Magnífico arrancó exclamaciones de admiración de los presentes—. Esta exquisita obra de arte, de incalculable valor, será nuestra más preciada... nuestra más preciada... —El doctor comenzó a toser.

Algunas de las personas de las primeras filas tosieron también. Bob empezó a sentir un picor molesto en la garganta, así como un desagradable olor a azufre que se clavó en sus fosas nasales.

De pronto todos los asistentes tosían y jadeaban. Alguien señaló al suelo. Una especie de vapor denso y amarillento se filtraba por entre las tablas de madera y subía con rapidez hacia el techo, cubriendo la sala de una niebla de un aroma pestilente.

El conde de Roda se cubrió la boca con su pañuelo.

—¿Qué es este repulsivo olor como de tumba? —dijo antes de comenzar a toser.

La gente protestaba. Tosía y protestaba. Se oyeron algunas exclamaciones airadas. La vista se hacía cada vez más turbia en medio de aquella niebla amarilla. Se escuchó una voz ahogada.

—¡Que alguien abra la puerta!

Bob oyó ruidos de golpes a su espalda. Otra voz, esa vez con un leve temblor, gritó:

—¡Está atrancada! ¡No se abre!

De entre decenas de gargantas surgió un concierto de lamentos e imprecaciones que empezaban a sonar ligeramente histéricos. La niebla amarilla era ya tan densa que apenas podían atisbarse más que sombras y siluetas. Todo el mundo era preso de violentos ataques de tos que se convertían en ruidosas arcadas. Bob oyó la voz del sheriff Walter Bosley, que trataba de imponerse por encima del gentío.

—¡Tranquilos! ¡Tranquilos! ¡Mantengan la calma! ¡Todos podremos salir si mantenemos la calma!

Nadie lo escuchaba. La situación degeneraba en caos. Bob empezó a preocuparse seriamente. A su lado no veía al conde, pero podía oírlo toser como si fuera a partirse en dos. Una mujer chilló, y de pronto todo el mundo se puso a gritar.

En ese momento un sonido terrorífico que parecía brotar de entre la niebla reventó en medio de la sala. Fue algo parecido a un lamento grotesco, como de una bestia moribunda, aumentado en una cascada de ecos metálicos. La gente lanzó exclamaciones de pánico y de pronto se oyó una voz grave y profunda.

—¡Pueblo de GOBLET!

La voz no parecía humana. Crecía y decrecía como el viento de una tempestad y causaba dolor en los tímpanos al oírla. Parecía que alguien gritase al oído de cada uno de los presentes desde el otro extremo de un tubo de metal.

—¡PUEBLO de Goblet!

Tras las palabras se oyeron lamentos de ultratumba parecidos a los de un animal. Un silencio aterrado se apoderó de la sala.

—¡Habéis traído el MAL a esta tierra!

»¡Se os ha JUZGADO y se ha escrito vuestra SENTENCIA!

Alguien gritó.

—¡Pole! ¡Es el juez Pole!

Decenas de voces aterradas repitieron el nombre del juez de Goblet como si estuviesen mentando al mismo diablo. El nombre de Arnold Pole restalló entre aquella niebla, sobre aquel sonido de ultratumba. Por un momento, Bob llegó a perder la noción de donde se encontraba.

—¡Pueblo de GOBLET!

»¡HABÉIS sido hallados CULPABLES!

»¡HORCA! ¡La sentencia es horca Y HOGUERA!

En ese momento las luces se apagaron.

Gritos de terror convirtieron la oscuridad en un purgatorio. Llantos de niños. Toses y golpes. Se oyó el ruido de unos cristales rotos. Bob notó que varios cuerpos lo empujaban y tuvo que hacer enormes esfuerzos para no caer al suelo. La gente chillaba o repetía a voces el nombre de Arnold Pole. Algunos pedían auxilio.

Sonó un golpe muy fuerte y el crujido de maderas rotas. Alguien había derribado la puerta de la sala. Los presentes se amontonaron para salir a la carrera de aquel lugar, al mismo tiempo que aquella niebla podrida se escapaba hacia la noche, sustituida por un chorro de vivificante oxígeno nocturno.

—¡Señor conde! ¡Don Jaime! —llamó Bob, ahora que de su garganta ya no sólo brotaban náuseas.

—Estoy aquí, señor Hollister... ¡Virgen santa! ¿Qué ha sido eso?

El joven no tenía una respuesta. Quiso dejarse llevar por la instintiva necesidad de salir corriendo ya que la puerta estaba abierta, pero se contuvo. De pronto las luces volvieron a encenderse, mostrando un panorama de calma tras el ciclón.

Muchas de las personas estaban ya en la calle, algunas tosiendo con las manos apoyadas sobre las rodillas o simplemente tiradas en el suelo, bebiéndose el aire. Las madres intentaban consolar a los niños aterrados, aunque ellas no lucían mucho mejor aspecto.

En el interior del museo apenas quedaba nadie y los pocos que seguían dentro corrían hacia la puerta dejando tras de sí un rastro de sillas tumbadas y sombreros aplastados. Los ojos de Bob se movieron con rapidez de un lado a otro. Junto a la tarima, Dexter abanicaba a Elizabeth con su sombrero. Ella parecía mareada y aún seguía tosiendo. El chófer tuvo un primer impulso de correr hacia ella cuando, de pronto, sus ojos se quedaron clavados en lo alto de la tarima de oradores.

La vitrina estaba rota y en su interior sólo había un puñado de cristales. El Príncipe de Jade había desaparecido.

—Mierda... —masculló.

Oyó toser a Elizabeth y por un segundo se olvidó del Príncipe. Apartó de un golpe un par de sillas tumbadas y se dirigió hacia la tarima.

—¡Señorita Sullavan...! Señorita Sullavan, ¿se encuentra bien?

La joven asintió, con la cabeza temblorosa. Estaba tan pálida que su piel parecía transparente.

—Estoy bien... De verdad... —Miró a Bob—. Gracias...,

doctor Watson. —La comisura de su boca se curvó en una débil sonrisa.

Dexter cogió a su prometida por la cintura con actitud posesiva y la ayudó a ponerse en pie.

—Gracias por su ayuda. Yo acompañaré afuera a la señorita.

En el exterior, los asistentes parecían recuperados de su malestar, pero no de su asombro. Ninguno parecía tener prisa por volver a su casa y todos comentaban lo ocurrido en vociferantes corrillos. Algunos incluso se habían acercado a las mesas y calmaban sus nervios con generosas porciones de pastel de calabaza. El nombre de Arnold Pole estaba en boca de todo el mundo.

Al notar el aire de la noche sobre su cara, Elizabeth se sintió casi recuperada. Cerró los ojos y respiró hondo, limpiando sus pulmones.

—¿Te encuentras mejor? —preguntó Dexter.

—Sí, sí. Dejad de preguntármelo, por favor. Empieza a resultar un poco enervante.

—¿Quieres que te traiga un poco de pastel de calabaza? Puede que te siente bien.

—Dexter, si te acercas a mí con un trozo de eso, te juro que... —Elizabeth miró a su alrededor—. ¿Dónde está el señor Hollister?

—Ahí detrás, con el tipo vestido de esmoquin.

El sheriff Bosley se acercó a ellos, con el rostro sudoroso y congestionado. Parecía encontrarse al borde del fallo de un órgano vital.

—Perdonen. Disculpen, señor Hyde, señorita.... ¿han visto al doctor?

—¿Se refiere a Culdpepper? —preguntó la joven—. No. No estaba dentro. Suponíamos que ya habría salido del museo.

—Yo esperaba encontrarlo con ustedes. —El sheriff les dedicó una mirada llena de angustia—. ¿Dónde creen que puede estar?

Los tres se volvieron al escuchar una voz tras ellos.

—¡Yo lo sé!

Grace, el ama de llaves del doctor Culdpepper, estaba plantada en medio de la hierba, retorciendo un pañuelo entre sus manos. Un montón de cabellos negros caían retorcidos y empapados de sudor sobre su frente.

—¿Tú lo has visto, Grace? —preguntó el sheriff.

—No lo he visto, pero lo sé. Tan claro como la luz del día. *Malè! Malè!* —Sus ojos se abrieron, blancos y redondos como grandes perlas—. ¡Él se lo llevó! Trajo el mal a este lugar y él lo castigó por ello. *Malè!* ¡Horca y hoguera! ¡Arnold Pole se lo ha llevado con él hasta el inferno!

Cubrió su cara con el pañuelo y empezó a agitarse en profundos sollozos.

—**ELIZABETH,** yo creo que deberíamos marcharnos.

Ella mordió una esquina de su tostada con aire distraído. Tenía la barbilla apoyada en la mano y su mirada se perdía más allá del cristal de la ventana. Tuvo la sensación de que Dexter había dicho algo, así que asintió vagamente con la cabeza.

Dexter dijo más cosas. Cabía la posibilidad de que gran parte de ellas fuesen interesantes, aunque Elizabeth no confiaba mucho en ello, de modo que prefirió seguir trasteando entre sus propios pensamientos.

Aún trataba de convencerse de que lo que había ocurrido la noche anterior en el molino no era producto de su imaginación. No era tarea fácil.

Grace entró en el comedor. Oscura y seca como un tronco de ébano. En silencio, comenzó a recoger los restos del desayuno. Sólo dos servicios. El viejo doctor no había dado señales de vida en toda la noche. Grace había dicho que el sheriff Bosley y otros hombres del pueblo habían hecho batidas de búsqueda, pero sin resultado alguno.

El ama de llaves desapareció por la puerta de la cocina. Dexter seguía hablando.

—Nuestra situación es de lo más incómoda: invitados en casa de un hombre desaparecido. No creo que sea de buena educación seguir aquí mientras él está ausente, ¿no te parece? Podrían pensar que somos unos aprovechados.

Elizabeth hizo un gran esfuerzo por salir de su mente y regresar al comedor. Se vio reflejada en un espejo colgado junto a la ventana y reparó en que su blusa no hacía juego con la falda. Hizo un gesto de disgusto. Era evidente que aquella mañana su cabeza estaba en otra parte.

«Debería cambiarme de ropa», pensó o, al menos, creyó haberlo pensado solamente y no haberlo dicho en voz alta. Se dio cuenta de que Dexter la miraba con gesto de incomprensión.

—¿Cambiarte de ropa? ¿Ahora?

—Rojo y rosa, mala cosa... Eso dice siempre tía Sue —respondió ella, distraída—. Blusa roja, falda rosa... ¿En qué estaría pensando? No me sorprendería que incluso hubiera olvidado peinarme. ¿Voy bien peinada?

—No te entiendo, Elizabeth. Después de todo lo que ha ocurrido, ¿lo único que te preocupa es el color de tu falda?

La joven suspiró, irritada.

—No, Dexter. Me preocupa saber dónde está el doctor, qué ha pasado con el Príncipe de Jade y qué fue lo que ocurrió anoche en el museo; también me gustaría saber quién cerró la puerta del molino cuando todos estábamos dentro y quién apagó las luces; incluso me quita el sueño la guerra en Europa y el avance del fascismo. Todo eso me preocupa, pero, además de ello, ¿es un crimen que me disguste ir hecha un adefesio por la mañana? ¿O es que para demostrarte que no soy una estúpida tengo que vestirme con un saco de patatas y peinarme con un rastrillo?

Dexter extendió las palmas de las manos, asustado.

—Lo siento, lo siento; no pretendía ofenderte. Puedes cambiarte de ropa, si eso es lo que quieres.

—Gracias. Es precisamente lo que voy a hacer.

Elizabeth se levantó, airada. En ese momento sonó el timbre de la puerta. Grace cruzó el comedor hacia la entrada y al cabo de unos momentos apareció acompañada por el sheriff Bosley.

El policía sudaba a chorros. Sus carnes gruesas parecían algo flácidas aquella mañana, y un par de pequeñas ojeras colgaban de sus ojos.

Se quedó plantado frente al comedor, haciendo girar su sombrero entre los dedos y buscando motas de polvo con la mirada.

—Señor Hyde, señorita... Siento venir tan temprano, pero pensé que ustedes deberían saberlo en primer lugar... —Grace hizo ademán de marcharse, pero Bosley la detuvo—. Espera, Grace, deberías quedarte. Esto te atañe a ti también.

—¿Qué sucede, sheriff? ¿Algún problema? —preguntó Elizabeth.

—Podría decirse que sí. Hemos encontrado al doctor Culdpepper.

—¿Y eso es malo?

La mirada del agente de la ley se cruzó con la de Grace y de inmediato bajó la cabeza.

—Lo siento...

Ella cerró los ojos y se sentó lentamente en una butaca cercana.

—Lo sabía —dijo, serena—. Lo supe desde anoche. *Malè.* Yo se lo había advertido, pero no hizo caso. —Movió la cabeza de un lado a otro con profundo pesar y luego se levantó—. Discúlpenme. Tengo trabajo en la cocina.

Se marchó. El sheriff Bosley seguía con la papada clavada en el pecho, mirando al suelo.

—Pobre Grace —dijo—. Es un golpe muy duro para ella. Tenía un gran aprecio al buen doctor. Supongo que aún tiene que hacerse a la idea.

—Espere un momento —dijo Elizabeth—. ¿Acaso está diciendo que el doctor Culdpepper ha...?

—Muerto. Sí. Lo encontramos antes del amanecer, hace unas horas. No he querido decírselo a ustedes hasta estar totalmente seguro de que era él.

—Dios mío... —La joven buscó la mano de Dexter con la suya por encima de la mesa—. ¿Qué quiere decir con «hasta estar totalmente seguro de que era él»? ¿Es que albergaban dudas al respecto?

Bosley sacó un pañuelo hecho una bola de su bolsillo y se restregó con él la cara. Tosió un par de veces antes de encontrar el tono correcto para responder a la pregunta.

—Dadas las circunstancias, sí; podría decirse que sí.

—¿Qué circunstancias son ésas? —preguntó Dexter.

—Según parece, el doctor fue... digamos... atado a una soga y... colgado de un árbol. Pero eso no es todo, después fue... quemado, al parecer... Todo quemado. Colgado y quemado... Digamos.

—Horca y hoguera... —murmuró Elizabeth—. Qué espanto.

—Terrible, sí. Unos muchachos vieron un resplandor cerca de la granja de Adelle Marsten. Cuando fueron hacia allí, el cuerpo aún ardía. Estaba colgado como... como...

—¿Un jamón? —propuso Dexter.

—Algo así. Los muchachos dieron la voz de alarma y trataron de... apagarlo. Luego lo bajamos y... En fin. No sabemos cuánto tiempo pudo estar ahí, consumiéndose, pero el cuerpo estaba bastante carbonizado. Fue horrible. Horrible... —Bosley respiró hondo y volvió a frotarse la cara con el pañuelo—. ¡Jesucristo! Cuánto me alegro de que Grace no esté aquí para escucharlo. Se le partirá el corazón cuando se entere... Ha sido algo atroz.

—¿Te encuentras bien, Dexter, querido?

—Sí. Sí... Sólo me he mareado un poco. —Él dio un sorbo largo de su vaso de leche—. Demasiado gráfico para mi gusto. Pobre doctor.

—Hemos guardado sus ropas y sus efectos personales en

la comisaría... o al menos lo que quedaba de ellos. —Bosley suspiró—. Todavía llevaba puesto el traje que lució anoche en la inauguración. Debió de ocurrir poco después.

—¿Tiene alguna idea de quién pude haber sido el culpable? —preguntó Dexter.

—Sí... sí. La tengo. Todos la tenemos.

—Fantástico. Entonces podrá ser apresado y llevado ante la justicia de inmediato.

El sheriff mostró una mirada sombría.

—¿Usted cree, señor Hyde? Ojalá yo estuviera tan seguro de eso... Recuerde lo que acaba de decir su prometida: horca y hoguera. Horca y hoguera. Sí. Todos sabemos lo que eso significa... —Se encajó el sombrero en la cabeza—. En fin, me marcho. Siento haberles interrumpido el desayuno con tan malas noticias.

El orondo policía salió de la casa. Elizabeth y Dexter permanecieron unos segundos en silencio, asimilando la notica. Finalmente, Dexter resopló, haciendo temblar sus labios, y se echó hacia atrás sobre el respaldo de la silla.

—¡Esto es lo más increíble que me ha pasado en mi vida! Primero lo de anoche, y ahora esto... Cuando lo cuente, nadie va a creerme. Pensarán que lo he sacado de algún serial de la radio. —Elizabeth no dijo nada. Pensativa, enredaba un mechón de pelo alrededor de su dedo índice—. Supongo que ya no podremos regresar a Nueva York de inmediato, tal y como yo pretendía.

—¿Por qué dices eso?

—Es evidente, ¿no? Alguien ha matado al pobre doctor, supongo que querrán hacernos preguntas y esas cosas, como suele hacer la policía en estos casos.

La joven frunció el ceño.

—Un interrogatorio.

—Un interrogatorio, eso es.

—Si Bosley quisiera interrogarnos, lo habría hecho ahora mismo, o al menos nos habría pedido que acudiésemos más tarde a la comisaría...Pero no ha hecho nada de eso. Es raro.

—¿Tú crees?

—Piénsalo: somos dos forasteros que aparecen de pronto en un pueblecito donde todo el mundo se conoce, al día siguiente nuestro anfitrión es asesinado salvajemente y el sheriff local ni siquiera se molesta en preguntarnos si hemos estado aquí toda la noche. No es lógico, Dexter. Incluso en cualquier barrio de Providence todo forastero es potencialmente culpable de cualquier crimen que haya tenido lugar en un radio de diez kilómetros a la redonda de su casa. Sin embargo, después de que cuelguen y prendan fuego al respetado médico del pueblo, cosa que no creo que haya ocurrido aquí en los últimos doscientos años, a nosotros el sheriff local no nos hace ni una sola pregunta.

—¿Y eso qué significa, que a Bosley no le interesa investigar la muerte del doctor?

—Puede que no le interese o... Espera un momento... —Sus ojos se convirtieron en dos pequeñas rendijas inquisitivas y, al cabo de unos segundos, chasqueó los dedos—. ¡Horca y fuego! ¡Claro que sí! No es que no le interese saber quién mató al doctor, lo que ocurre es que ya cree saber quién lo hizo, por eso no piensa hacer nada.

—No le veo mucho sentido a eso, Elizabeth.

—Bosley piensa que fue el Juez de Goblet quien mató al doctor.

—Arnold Pole.

—Eso es.

—El tipo que lleva dos siglos muerto.

—Exacto.

Dexter sacudió la cabeza como un caballo.

—No, en serio, no te sigo.

—Claro que no, cielo. No me sigues porque te parece absurda la idea de que un hombre adulto crea que un fantasma se dedica a prender fuego a las personas.

El rostro de su prometido se encendió con la luz de la comprensión, como si, de pronto, Elizabeth hubiese dejado de hablar en una lengua extraña para regresar a un idioma común.

—Eso es. Me parece una idea ridícula.

—¿Incluso después de que ayer vieses con tus propios ojos cómo el fantasma se materializaba delante de todo el pueblo?

—Bueno, vi la niebla... y la voz... Y el doctor desapareció, y también el Príncipe de Jade... Todo el mundo lo vio.

—No, cariño, no viste desaparecer nada, sólo percibiste el hecho de que había cosas que estaban allí y que al cabo de un rato dejaron de estarlo. Tampoco viste una voz, en todo caso, la escuchaste: era la voz de un cuerpo que no podías ver. En realidad la gente no vio al fantasma, lo que ocurrió fue que dejó de ver cosas y ello les hizo pensar que estaban viendo a un fantasma. Y, precisamente, fue lo que no vieron lo que les hizo ver las cosas que en realidad no habían visto.

—Elizabeth, te estoy volviendo a perder.

—Dexter, ¿tú crees en los fantasmas?

—¿Fantasmas? —Él se rascó la nuca, incómodo—. Diablos, no lo sé... Hasta ayer por la noche pensaba que no, pero... ¿Y tú? —preguntó al fin, con el interés propio de quien busca contrastar sus ideas con una segunda opinión.

—No estoy segura, Dexter, pero, como dijo una vez cierta persona a la que conozco desde hace poco, siempre hay una explicación lógica para todas las cosas que ocurren.

—¿Siempre?

—Exacto —aseveró ella.

—¿Quieres decir que cuando las luces de un molino se apagan súbitamente, cuando una niebla fantasmal surge de la nada y se oye una voz de ultratumba, cuando un hombre desaparece y aparece al cabo de unas horas colgando de una soga envuelto en llamas eso también tiene una explicación lógica?

—Creo que eso es justo lo que quiero decir.

—Bien. —Dexter se encogió de hombros—. Puedes darle

vueltas a tu explicación lógica todo el tiempo que quieras mientras regresamos a Nueva York. Voy a coger mi maleta.

El joven se levantó de la mesa con la idea de ir a recoger su equipaje. Dado que la policía no tenía ningún interés por retenerlos en Goblet, él tampoco estaba deseoso por prolongar su estancia en un lugar en el que ocurrían cosas tan inusitadas.

—Dexter, ¿podríamos dar un pequeño rodeo antes de regresar a Nueva York? Me gustaría pasar por cierto sitio.

—Supongo que no hay ningún problema. ¿Adónde quieres ir?

Elizabeth se lo contó. Fue una suerte que el nombre del lugar no le dijera nada a su prometido; de lo contrario, ella estaba segura de que se habría negado a llevarla.

BOB se presentó en la oficina del sheriff al mediodía, aprovechando que el conde le había concedido un tiempo libre mientras él almorzaba a solas en el hotel. Don Jaime no parecía tener prisa por regresar a Nueva York, y Bob pensaba aprovecharse de ello.

La oficina del sheriff se encontraba en la misma manzana que la casa de huéspedes de Harriet. No había nadie allí, de modo que el joven entró sin más y atravesó la puerta en la que estaba escrito el nombre de Bosley. Lo encontró sentado detrás de su escritorio, con una servilleta atada al cuello y comiéndose una hamburguesa. Cuando Bob entró en su despacho, se le quedó mirando, con una bola de carne y pan a medio masticar girando dentro de sus carrillos.

—¿Quién es usted?

—Soy Robert Hollister. Seguro que se acuerda de mí: ayer quiso detenerme en casa del doctor Culdpepper.

El policía tragó y se limpió las manos con la servilleta.

—Ah, sí, ahora caigo… ¿Y se puede saber quién lo ha dejado entrar en mi despacho?

—No había nadie ahí fuera.

—Ese idiota de Simmons... Le dije que no se marchara sin decírmelo —rezongó el sheriff—. ¿Qué es lo que quiere? Ahora estoy muy ocupado.

—Acabo de enterarme de la muerte de Elliott Culdpepper.

—Sí, usted y todo el pueblo. ¿Y qué?

—¿Es cierto que su cadáver fue hallado colgando de un árbol y envuelto en llamas?

—Así es, amigo. Y ¿qué quiere?

—También se cuenta que la estatuilla de jade que el doctor donó al museo ha desaparecido. Robada.

—Mierda... Le dije al memo de Simmons que mantuviese la boca cerrada hasta que se reuniese esta tarde el Consejo del Pueblo; supongo que era pedirle demasiado.

—Sheriff, tengo la firme convicción de que este crimen está relacionado con un hecho similar ocurrido en Long Island hace unos días. Si me concede unos minutos, podría darle algunas pistas sobre el tema.

Bosley se arrancó la servilleta del cuello y miró a Bob a los ojos. Parecía estar molesto por algo.

—Oiga, amigo, no necesito pistas... mucho menos de un forastero, así que hágame un favor: dese media vuelta, suba en su coche y regrese a la ciudad tan rápido como le permitan sus ruedas. Allí puede buscar a alguien a quien le interesen sus pistas.

—¿Cómo dice?

—Ya me ha oído, que se largue y deje de molestar.

—No lo entiendo, sheriff... Se trata de una información muy valiosa que puede ayudarlo en su investigación...

—Me importa un bledo su información valiosa. —Bosley agarró su hamburguesa con una mano y le dio un gran bocado. Masticó. Deglutió. Trató de disimular un eructo y, finalmente, añadió—: Aquí no va a haber ninguna investigación.

Bob pensó que no había oído bien.

—¿Me toma el pelo?

—Oiga, listillo... ¡Cuidado con cómo se dirige a mí! Está

ante el sheriff del condado. Le aseguro que hablo completamente en serio. No hay investigación porque no hay caso. Punto. ¿Le ha quedado claro?

—¿Que no hay caso? Un hombre ha sido asesinado y una valiosa pieza de arte ha sido robada, ¿y afirma usted que no hay caso?

El sheriff unió sus manos sobre la panza y se echó hacia atrás en la silla.

—La muerte de Elliott Culdpepper se debió a causas naturales.

Walter Bosley podría haberse convertido en aquel momento en un caimán que hacía juegos malabares con antorchas, y la sorpresa de Bob quizá no habría sido mayor que la que experimentó al oír aquellas palabras.

—¿Causas... naturales? —boqueó el joven.

—En realidad, sobrenaturales, diría yo: sobrenaturalmente naturales. Todos en Goblet sabemos quién mató a Elliott Culdpepper, y sabemos que esa persona está fuera de toda ley, así que no vemos ninguna utilidad en emplear el dinero de nuestros contribuyentes en tratar de arrestar a un difunto. Caso cerrado.

—¡Es ridículo! ¡Grotesco! —protestó Bob—. ¡Hablaré con el alcalde, con el juez del condado...! ¡Usted no puede hacer eso!

—Puede hablar con los dos al mismo tiempo, son la misma persona: Angus McCloud. Vaya a verlo si quiere, su casa está justo cruzando la calle; pero le dirá lo mismo que estoy diciendo yo ahora. He hablado con él esta mañana, y los dos estamos de acuerdo.

Bob señaló al sheriff con el dedo.

—Acudiré a la prensa. Será un escándalo. Todo el Estado se enterará de esto.

Bosley dejó escapar una sonrisita astuta y grasienta.

—¿De veras? Hágalo, por favor. Hasta el último palurdo que lea la noticia en los periódicos querrá venir a visitar el lugar donde el fantasma de Arnold Pole mató a un hombre ante decenas de testigos. Al comité organizador de la fiesta de la Calabaza de este año se le hará la boca agua pensando en los beneficios.

—¡Estafadores! Le aseguro que esto no quedará así.

El policía se puso en pie con aire amenazador. Apoyó las manos sobre las caderas, dejando a la vista la sobaquera donde guardaba la pistola.

—Es un delito amenazar al sheriff del condado, amigo. Será mejor que salga ahora mismo de este despacho si no quiere convertirse en el único imbécil al que meta en el calabozo por este asunto. Hablo muy en serio.

Una decena de réplicas se agolparon en la garganta de Bob, esperando salir disparadas hacia el sheriff, pero el joven tuvo el suficiente juicio para dejarlas donde estaban. Salió de la oficina ante la mirada altiva de Bosley.

Ya en la calle, lo único que pudo hacer para dar rienda suelta a su frustración fue sacudirle una patada a una piedra, aunque aquello no le sirviera más que para espantar a un perro famélico que olisqueaba una boca de riego.

Regresó a la casa de Harriet. Andaba cabizbajo, con las manos sepultadas en los bolsillos y dando puntapiés al polvo del suelo. Un hombre que salía por la puerta del hotel se cruzó con él de frente y le dio un golpe en el hombro.

—Tenga cuidado, ¿quiere? —replicó Bob, malhumorado. Miró hacia la cara del hombre, con ganas de pelea, y se encontró con un bigote negro que le resultaba familiar—. Oiga, espere...

El Hombre del Bigote Negro no lo oyó, o fingió no escucharlo, y continuó andando en sentido contrario con paso apresurado. Bob se dispuso a seguirlo cuando oyó la voz del conde, que lo llamaba.

—Ah, señor Hollister, está usted aquí. Precisamente acabo de dejarle un mensaje en la recepción.

—Pero...

El Hombre del Bigote Negro aceleró el paso y dobló una esquina, perdiéndose de vista.

—Voy a salir a dar un pequeño paseo para hacer la digestión y luego dormiré una siesta —seguía diciendo el conde, mientras se abrochaba los botones de sus guantes de piel—. Le ruego que tenga la bondad de tener el coche preparado para las cuatro en punto. Volvemos a Nueva York.

—Pero... —repitió Bob—. El hombre del bigote negro...

—¿De qué está hablando, señor Hollister?

—¡Acaba de salir justo antes que usted! ¿Lo ha visto?

—No sé qué idea le ronda la cabeza, pero lamento no poder participar ahora de sus inquietudes particulares —repuso el noble, malhumorado—. Tengo demasiadas cosas en que pensar: debo ponerme en contacto con mi gobierno lo antes posible para decirles que otro Príncipe ha sido robado y, francamente, no creo que reaccionen muy bien ante la noticia. Me gustaría que no me distrajese con asuntos de índole menor, si es posible.

—Lo siento, señor conde, pero...

—No, ahora no, amigo mío; no antes de mi paseo y de mi siesta. Ya tendremos tiempo para discutir el nuevo giro de los acontecimientos de camino a Nueva York. De momento preocúpese tan sólo de que el coche esté listo y mi equipaje dentro a las cuatro en punto, ¿ha comprendido?

Don Jaime no esperó una respuesta. Se caló su sombrero, dio un giro a su bastón y comenzó a caminar con aires marciales en dirección a la estatua de Arnold Pole, frente al ayuntamiento.

Bob prácticamente echó a correr hacia el lado contrario, tratando de alcanzar al Hombre del Bigote Negro. No lo encontró. Tal como había temido, se había vuelto a esfumar. El joven desató sus iras una vez más pateando otra piedra, aunque en esa ocasión ningún perro salió perjudicado por ello.

Bob empezó a asimilar las palabras del conde. Miró su reloj: aún tenía bastante tiempo por delante antes de que dieran las cuatro. Rápidamente, cruzó la calle y se encaminó a la biblioteca del pueblo.

Antes de entrar, dirigió una mirada hacia la silueta oscura de la estatua de Arnold Pole, a lo lejos.

—Tú y yo tenemos mucho de que hablar, señoría... —musitó.

Se alegró de que Elizabeth no estuviese cerca para oírlo parlotear otra vez con objetos inanimados.

La biblioteca estaba vacía. Muriel, la bibliotecaria, se encontraba tomando notas en un registro, con las gafas pendiendo precarias sobre la punta de su nariz. Al ver aparecer al chófer, se dirigió a él en tono desabrido.

—Oh, señor Hollister. El profesor Cross no puede recibirle ahora. Me ha encargado que le diga que estará ocupado todo el día.

—No vengo a ver al profesor. He venido a por un libro.

—¿Un libro?

—Un libro, sí. Esto es una biblioteca, ¿verdad? Aquí tienen libros, supongo.

— Está bien, no tiene por qué enojarse, caballero —repuso Muriel, ofendida—. ¿Qué libro quiere?

Bob dijo lo primero que se le vino a la cabeza.

—*Mitologías comparadas del Lejano Oriente*, de Randolph Sullavan.

—No sé si tenemos ese título en concreto.

—Supongo que por alguna parte habrá un archivo donde lo pueda consultar.

Muriel frunció los labios hasta convertir su boca en una línea no más gruesa que el filo de una navaja, luego se colocó las gafas sobre el puente de la nariz con un gesto remilgado.

—Naturalmente que tenemos un archivo, señor Hollister. Y muy completo, además —replicó con tanto ardor como si estuviese defendiendo la virtud de una de sus hijas—. No se mueva de aquí mientras voy a consultarlo.

Bob levantó la mano con dos dedos extendidos.

—Palabra de boy scout.

Muriel dejó escapar una exclamación nasal y luego se dirigió hacia una habitación que estaba al otro lado de la sala, entre dos estanterías llenas de periódicos y revistas. Cuando desapareció de su vista, Bob contó hasta diez y a continuación, casi de un salto, se metió detrás del mostrador de la bibliotecaria y empezó a registrarlo con ansiedad.

Encontró una caja de metal de galletas Uneeda, con la imagen de un niño vestido con un chubasquero amarillo. Sobre la cabeza del niño había un trozo de papel pegado con cinta adhesiva dónde se leía: LLAVES. Cogió la caja de galletas, y en ese momento oyó los pasos de la bibliotecaria. Dejó la caja donde estaba y salió de detrás del mostrador.

—Ha tenido suerte, señor Hollister —dijo Muriel—. Tenemos un ejemplar de ese libro en la sección de mitología.

—Magnífico. Esperaré aquí mientras me lo trae. Muchas gracias.

Los labios de Muriel volvieron a desaparecer, y sus ojos clavaron en Bob una mirada que, seguramente, habría refinado durante décadas haciendo callar a los lectores que osaban levantar la voz más de lo permitido en su santuario bibliográfico.

—No se mueva de aquí —dijo entre dientes. Dio media vuelta y desapareció entre las estanterías.

Bob saltó de nuevo tras el mostrador y abrió la caja de galletas. Había cuatro llaves con carteles sujetos con hilo de bramante: PUERTA PRINCIPAL, LAVABOS, DESPACHO PROFESOR CROSS, DEPÓSITO.

—Bingo —soltó el joven a media voz.

Metió la llave que buscaba en su bolsillo, cerró la caja de galletas y salió del mostrador, justo a tiempo para ver que Muriel emergía tras el estante de los libros de historia local con un ejemplar de la *Mitologías comparadas del Lejano Oriente* del profesor Randolph Sullavan bajo el brazo.

—Aquí tiene —dijo la mujer, casi encajándole el libro en

el esternón—. Pero le advierto que si no tiene carnet de socio no puede sacarlo de la biblioteca.

—No importa. Lo consultaré aquí mismo.

—Asegúrese de devolverlo en perfecto estado, señor Hollister. De lo contrario tendrá que pagar una multa.

«Bruja amargada», pensó Bob.

—Por supuesto. Es usted muy amable, señorita.

—Señora, si no le importa.

—Si usted lo dice...

Bob se escabulló por entre las estanterías de los libros, desapareciendo de la vista del cancerbero con gafas de Goblet.

La suerte estaba de parte del joven, y quiso que el mostrador de la celosa Muriel se encontrase en un extremo de la sala desde el cual se hacía difícil controlar con la vista el resto del lugar. Bob deambuló con precaución por entre baldas y estantes hasta que finalmente dio con una puerta en un recodo. La abrió, procurando no hacer ruido, y se topó con una escalera que descendía hacia un sótano. Bajó la escalera durante un par de tramos hasta llegar a un pasillo mal iluminado, el cual, a su vez, se cortaba en otra puerta, ésta señalada con un cartel escrito en una placa metálica y que identificaba aquel lugar como la entrada al depósito.

Bob sacó la llave que había encontrado en la caja de galletas y la introdujo en la cerradura.

De pronto oyó a Muriel a su espalda.

—¡Aquí está, profesor Cross! Estaba segura de que no tramaba nada bueno.

Bob dejó caer los hombros con gesto abatido y se volvió lentamente. El profesor Cross, ocupando con su oronda figura casi todo el espacio del pasillo, lo miraba con gesto acusador. Tras él asomaba la mezquina cara de Muriel, parapetada detrás de sus gafas.

—¡Devuélvame esa llave, sinvergüenza! —graznó la bibliotecaria—. Debería llamar ahora mismo al sheriff Bosley para que lo meta en el calabozo por ladrón.

—No creo que sea necesario llegar a ese extremo. Vuelve arriba, Muriel. Yo me ocuparé de esto. —La bibliotecaria se marchó, dejándolos solos—. ¿Qué pretendía usted hacer, señor Hollister?

—Creo que es evidente: quería consultar el depósito saltándome un par de trabas administrativas.

Cross extendió la mano hacia Bob.

—Deme la llave, por favor.

El joven se mantuvo en silencio durante unos momentos. Luego negó con la cabeza.

—¿Sabe? Creo que no voy a hacerlo. De hecho, creo que voy a entrar en el depósito, tal como tenía previsto.

Cross enarcó las cejas. No se esperaba aquella respuesta.

—No pensará que voy a permitírselo sin más...

—No se ofenda, profesor, pero, dada la diferencia física existente entre usted y yo, es probable que no tenga mucho éxito si trata de expulsarme de aquí a la fuerza.

El historiador se metió la mano en el bolsillo y sacó una diminuta pistola Derringer, como las que utilizaban los tahúres del salvaje Oeste. La estampa del estudioso de aspecto bonachón, con su jersey de mezclilla y su pajarita, apuntando a Bob con aquel pequeño juguete resultaba en principio muy poco amenazadora.

—¿Está de broma, profesor? ¿Realmente piensa dispararme?

—Le aseguro que no me gustaría nada tener que hacerlo.

Bob reparó en que la mano de Cross no temblaba.

Levantó lentamente las manos.

—Por el amor de Dios, ¿se puede saber qué hay en este depósito que sea tan importante para amenazar a un hombre con una pistola?

—Eso es algo que usted nunca va a saber, se lo aseguro. Ahora deme la llave.

—No va a dispararme.

—Parece muy seguro de eso, señor Hollister. Hace mal.

Promoción de 1916, ¿recuerda? ¿Sabe lo que hice justo después de licenciarme en la universidad? Ponerme un uniforme y marcharme a Francia para luchar en la Gran Guerra. No es la primera vez que apunto a un hombre con un arma, ni sería la primera que apretase el gatillo a continuación.

—No creo que a ninguno de los dos nos convenga que haga eso.

—A usted menos que a mí: yo soy el respetado miembro del Consejo del Pueblo que fue al colegio con el sheriff local, y usted es el ratero neoyorquino que pretendía colarse en nuestro depósito de archivos históricos. Cuando yo estudiaba en la facultad, a esto lo llamábamos el principio de un silogismo.

—Ya. Universidad de Albany, ¿no es eso?

—Exacto. Tiene usted buena memoria.

—No estoy familiarizado con el programa educativo de Albany. Yo fui a Boston.

—Harvard, ¿eh? Impresionante. No se lo repetiré más veces: deme esa llave. —El profesor Cross dejó escapar una media sonrisa—. Y, ya de paso, permítame que le diga que en la UA los de Harvard siempre nos parecieron unos cretinos presuntuosos.

Bob tendió la llave hacia el historiador.

—Seguro que sí. Pero hay algo que aprendí en Harvard que seguro que no les enseñaban en la UA.

—¿Ah, sí? ¿Y qué es ello, si puede saberse?

—Que al más gordo es siempre al que le dan más palizas.

Bob se agachó y se lanzó de cabeza contra el abdomen de Cross, justo cuando el profesor había bajado la guardia para coger la llave. El joven sintió que su cabeza se hundía en aquella mullida mole de carne cubierta por el jersey. Cross vomitó una bocanada de aire, sus pies resbalaron en el suelo y cayó hacia atrás. En ese momento Bob aprovechó para agarrar su muñeca y clavarle los dientes en ella con todas sus fuerzas. El gordo gritó y soltó la pistola, que cayó el suelo. Intentó incorporarse para recuperarla, pero su cuerpo lo entorpecía. Su atacante, mucho más ágil, recuperó la Derringer y apuntó con ella a la cara del profesor, el cual aún jadeaba y hacía esfuerzos por ponerse en pie igual que un gigantesco escarabajo patas arriba.

Bob le colocó el cañón de la pistola entre los ojos.

—Cuidado, profesor, esto es una biblioteca. Ya sabe: nada de levantar la voz.

El rostro del historiador estaba congestionado por el esfuerzo. Braceaba desacompasado y sin parar de resoplar. En sus ojos había miedo.

—Señor Hollister..., usted no va a dispararme, ¿verdad que no?

—Esta conversación empieza a ser aburrida. No sé cuál de las dos cosas haré si no se porta usted bien: si pegarle un tiro o sentarme encima de su enorme barriga hasta que el aire se le escape por las orejas, pero lo que sí puedo asegurarle es que voy a entrar en el puñetero depósito, ¿está claro?

—Pero ¿se puede saber qué diablos le interesa tanto de nuestro depósito, maldita sea? —preguntó Cross, desesperado, aún desde el suelo—. ¿Por qué no nos deja tranquilos y se marcha a su casa de una jodida vez?

—No voy a dejar que Bosley y ese tal McCloud se salgan con la suya.

—¿De qué demonios está hablando?

—No se haga el tonto: Walter Bosley está dispuesto a declarar que la muerte de Culdpepper no fue un asesinato, y cuenta con el apoyo de McCloud y del Consejo del Pueblo, y todo para explotar el circo de Arnold Pole y su estúpido fantasma. Usted lo sabe perfectamente.

Cross dejó de bracear. Miró a Bob, asombrado.

—¿Qué está diciendo? ¡Yo no tenía ni idea de eso!

—No le creo.

—¡Se lo juro por lo que más quiera! ¡Ni siquiera he hablado con Bosley! ¿Cómo iba a permitirle hacer algo así? ¡Elliott

Culdpepper era mi amigo, maldita sea! ¿Qué clase de bestia inhumana cree que soy?

—La opinión que tengo de usted al respecto está bastante condicionada por el hecho de que haya estado a punto de pegarme un tiro, si me permite que se lo diga.

—Pero ¡eso es imposible! ¡Si eso que dice es cierto, yo...! —El historiador hacía esfuerzos patéticos por ponerse en pie—. ¡Por lo que más quiera, ayúdeme a levantarme!

—Prefiero no hacerlo.

—Bostoniano de los... ¡No voy a hacerle nada, sólo quiero hablar con usted! Entiendo que recele, pero ¿es necesario que me humille de esta forma? Ahora es usted el que lleva una pistola.

Bob se lo pensó dos veces antes de tender el brazo al profesor y ayudarlo a incorporarse. Por si acaso, en todo momento mantuvo la pistola apuntando hacia él de forma bien visible.

— No haga ningún movimiento raro o...

—¿Por qué tiene tanto empeño en inspeccionar el depósito? Ahí no hay nada que tenga que ver con Bosley, ni con McCloud ni con Culdpepper. Sólo son viejos legajos históricos que no atañen más que a la historia de Goblet. ¿Qué diablos pretende encontrar ahí dentro? —Bob se lo explicó. El profesor Cross empezó a vislumbrar lo que el joven tenía planeado—. No lo entiendo... Si ya sabe todo eso, ¿por qué quiere entrar?

—Porque en realidad no lo sé, sólo lo supongo. McCloud, Bosley y los demás necesitarán algo más que meras suposiciones para hacerles cambiar de idea. En el archivo espero encontrar las pruebas que necesito, ¿me equivoco?

—No, está en lo cierto. Todo está ahí. Dios... —El historiador se quitó las gafas y empezó a frotarlas con frenesí con el faldón de su camisa— Aún no me explico cómo ha podido averiguarlo... A partir de ahora empezaré a sentir algo más de respeto por la gente de Harvard.

—Gracias, pero por mí no lo haga. Le aseguro que no opino de ellos mejor que usted.

En ese momento apareció Muriel bajando la escalera. La bibliotecaria se asomó por el pasillo, expresando en su rostro la más infinita desconfianza.

—Profesor Cross, ¿va todo bien? Me he preocupado al ver que tardaban en subir. ¿Quiere que llame al sheriff Bosley?

El profesor tardó varios segundos en decidirse a responder.

—Maldita sea... —dijo al fin—. No pasa nada, Muriel. El señor Hollister y yo sólo estamos charlando. Vuelve arriba.

La bibliotecaria desapareció.

—Ha tomado la decisión correcta —dijo Bob.

—Eso espero; todo el pueblo pedirá mi cabeza después de esto, ¿lo sabe? —Suspiró y se pasó la mano por la cara con aire hastiado—. Que conste que lo hago por la memoria del doctor Culdpepper. Era un buen hombre. Se arruinó por abrir su museo en este pueblo, no se merece que ni siquiera se molesten en investigar su muerte sólo por atraer a un puñado de turistas.

—Eso es lo que diría un buen alumno de la UA.

—Cállese, bostoniano. Después de esto espero no volver a volver su horrible cara marcada en toda mi vida. —Cross metió la llave en la cerradura y abrió la puerta—. Por cierto, ¿cómo se hizo esa asquerosa cicatriz?

—Intenté colarme en el depósito de la biblioteca de Harvard. Allí sí que se toman en serio la seguridad.

El historiador hizo una mueca. El chiste no le había hecho ninguna gracia.

ELIZABETH y su prometido llegaron a las inmediaciones de la granja de Adelle Marsten. Dexter estaba de mal humor; aquella visita le parecía morbosa.

Era difícil imaginar que en aquel lugar hubieran encontrado el cuerpo en llamas del doctor Culdpepper. Se trataba de un prado rodeado de bosques, cubierto por una esponjosa capa de hierba de color meloso donde un grupo de árboles hibernaban arrebujados en hojas marrones y doradas. Un buen lugar para hacer un picnic otoñal, no para ser colgado hasta morir.

Dexter detuvo el coche junto a un puente de madera que cruzaba un riachuelo cercano. Elizabeth se apeó y, poniendo los brazos en jarras, miró a su alrededor con aire satisfecho. Al contrario que su prometido, ella sí parecía gozar de un buen estado de ánimo.

—Así que ésta es la escena del crimen...

—No sé por qué demonios hemos tenido que venir aquí —rezongó su prometido—. Si hubiésemos ido camino de Nueva York, como yo quería, a estas alturas ya estaríamos almorzando en Pleasantville.

—No refunfuñes, Dexter. Tómalo como un último homenaje a la memoria del pobre doctor Culdpepper.

Unos metros más lejos podía verse una casa de madera y un granero. Elizabeth supuso que se trataría de la granja de la señora Marsten. No parecía haber nadie en su interior ni cerca de ella. La joven se encaminó hacia un claro donde encontró el único rastro de la tragedia ocurrida durante la noche: un círculo de hierba quemada bajo un viejo roble lleno de ramas nudosas.

La joven se quedó contemplando el rastro achicharrado, con aire pensativo.

—¡Pobre doctor! ¿No sientes la tragedia en el aire, Dexter? Creo que aún puedo oler a madera chamuscada...

Su compañero arrugó la nariz.

—Yo sólo huelo a medicinas.

—Muy apropiado, tratándose del lugar de la muerte de un doctor. Aunque, ahora que lo dices... —Ella olisqueó y puso gesto de desagrado—. ¿Qué crees que debió de ocurrir aquí?

—No lo sé, ni tampoco creo que debas preguntártelo. Me parece un pensamiento muy macabro.

Elizabeth se paseó en círculo alrededor del árbol. Miraba al suelo y de vez en cuando removía la hierba con la punta del zapato, como si esperase encontrar algo interesante perdido entre la hojarasca.

—Nada. No veo nada.

—¿Qué esperabas ver?

—No lo sé... Algo. —Una brisa fría se levantó de pronto. Elizabeth se frotó los antebrazos con las manos, reteniendo un escalofrío—. Ojalá pudiera recordar qué fue exactamente lo que dijo la voz en el molino. Todo fue tan confuso...

—Algo sobre una maldición, creo. La verdad es que no se la entendía muy bien, con todos aquellos gemidos de fondo.

—Como almas en el infierno...

—Más bien sonaba como los mugidos de una vaca.

—Tienes una fijación con las vacas bastante curiosa, cielo. Últimamente no piensas en otra cosa.

—Qué tontería. ¿Por qué dices eso?

—Las personas normales no oyen vacas por todas partes, y, además, ayer te pasaste toda la tarde hablando de esa historia de que les poníais música para no... —Elizabeth se calló. Sus ojos se entornaron—. Espera un momento... Espera sólo un segundo. Creo que... —Señaló hacia la granja—. Dexter, ¿crees que habrá vacas ahí dentro?

—¿Quién es la que no para de hablar de vacas ahora? —farfulló él—. ¡Pues claro que las habrá, es una granja! ¿Por qué tienes tanto interés en saberlo?

Elizabeth no respondió; en vez de ello, se encaminó hacia la finca de Adelle Marsten. Se detuvo al llegar a una cerca de madera con una puerta cerrada por una cadena y, desde allí, hizo bocina con las manos para llamar a los ocupantes de la granja. Al cabo de unos segundos apareció un perrazo negro y arisco que se puso de patas contra la valla y comenzó a ladrar.

La joven dio un salto hacia atrás.

—¡Por todos los...! ¿Qué clase de monstruo es éste?

—Sólo es un perro.

—¿Un perro? ¡Si tuviera trompa, podría subirme en él para ir a cazar tigres!

El animal seguía ladrando con admirable diligencia y escupiendo hilos de baba por entre los dientes.

—Vámonos, Elizabeth. Es evidente que no hay nadie en casa.

—O puede que esta bestia se los haya comido a todos.

Elizabeth apretó las mandíbulas con aire decidido. Apoyó una mano sobre el hombro de Dexter y con la otra se quitó los zapatos.

—¿Qué estás haciendo?

—Descalzarme, ¿o crees que voy ponerme a correr con estos zapatos?

—¿Correr? ¿Para qué? —preguntó su prometido, aunque algo en su interior le decía que era mucho mejor que no conociese la respuesta.

—Porque si salto la valla y voy andando hasta el granero, el perro me atrapará. A veces haces unas preguntas de lo más idiota; no te ofendas, cielo.

—¿Estás loca? ¡No voy a dejar que saltes esa valla! ¡Ni pensarlo! ¡No, señor!

—Bueno, quizá tú tengas una idea mejor.

—¡Claro que la tengo! ¡Dejar de hacer bobadas y subir al coche! ¿No te parece esa una idea mejor?

—No lo sé, cielo. No quiero atropellar al pobre perro, sólo que no me muerda.

Dexter estuvo tentado de arrojar su sombrero al suelo.

—¡No es eso lo que quería decir!

—Lo sé, lo sé. Aunque quizá tu idea de volver al coche no sea tan mala después de todo. Espera aquí.

—¿Cómo que espere aquí?

Elizabeth se marchó sin responder, dejando solo a su prometido rumiando su malhumor. Mientras se alejaba no pudo evitar pensar que seguro que Bob no tendría tantos remilgos a la hora de asaltar una propiedad privada. Al cabo de un rato regresó junto a Dexter. Llevaba consigo un paquete envuelto con papel marrón que había sacado del coche.

—¿Qué haces con eso? Es el pastel de calabaza que compré para tía Violet.

—Lo sé, cariño. Pero, créeme, tu tía agradecerá mucho más que le lleves una caja de galletas. —Elizabeth deshizo el paquete y extrajo un grueso, redondo y grasiento pastel de color anaranjado. Lo partió por la mitad y dio los dos pedazos a Dexter. A continuación se puso a rebuscar en su bolso—. Veamos, ¿dónde las he puesto...? ¡Ah, las encontré! —Extrajo un botecito de cristal con unas pocas píldoras en el fondo—. Las pastillas para dormir de tía Sue. La pobre debe de haberse vuelto loca buscándolas estos últimos días.

La joven sacó todas las pastillas del frasco y las encajó una a una dentro del pastel, entre la masa apelmazada de harina de maíz y calabaza.

—¿Qué pretendes hacer?

—Este perro está muy nervioso. Lo que le hace falta es una buena siesta. —Antes de que Dexter pudiera replicar, Elizabeth arrojó los dos pedazos de dulce por encima de la valla—. Hala, bonito, come. Verás qué rico.

El perro atrapó al vuelo uno de los trozos y se lo tragó casi de un bocado, luego olisqueó el suelo hasta encontrar el otro y empezó a masticarlo con avidez. Después se lanzó de nuevo sobre la valla, aunque en esa ocasión parecía que le costaba coordinar el movimiento de las patas. Emitió un par de ladridos desacompasados y se sentó, como si las patas traseras le pesaran en exceso. Su boca se abrió en un bostezo lleno de dientes y finalmente se tumbó en el suelo hecho un ovillo.

—Espero que no hayamos matado al pobre animal... —dijo Dexter.

—Tonterías. ¿No lo ves? Ronca igual que tía Sue.

—Elizabeth, a veces me asustas, en serio.

La joven pasó una pierna por encima de la valla y, de un

salto, se colocó al otro lado. Se dirigió hacia el granero. Dexter la seguía pidiendo explicaciones, pero ella parecía absorta en una idea fija, fuera ésta cual fuese.

—¿Dónde crees que guardarán las vacas? —preguntó.

Su prometido dejó escapar un suspiro colmado de paciencia. Levantó el brazo y señaló hacia un edificio de madera que había cerca, junto al granero.

—Eso de ahí parece un establo.

Elizabeth trotó hacia allí. El edificio tenía el aspecto de una enorme caseta para perros hecha con tablas y cubierta por un tejado a dos aguas de planchas de metal. Al acercarse, la joven percibió el inconfundible olor a estiércol y oyó lo que parecía ser el eco de un mugido. Anduvo alrededor del establo buscando una entrada, pero sólo había una puerta de acceso y estaba cerrada con un candado. Además de la puerta, la única abertura visible era un ventanuco a varios metros del suelo.

—De verdad que me gustaría saber por qué tienes tanto interés en este lugar —dijo Dexter acercándose a ella por detrás. Llevaba el sombrero echado hacia la nuca y la chaqueta bajo el brazo.

Elizabeth lo ignoró de nuevo. Buscando alrededor, logró encontrar una desvencijada escalera cubierta de telas de araña y medio oculta entre la hierba. Con ayuda de su prometido, la colocó sobre la pared del establo, bajo la ventana y luego empezó a trepar por los escalones.

—Elizabeth, creo que deberíamos marcharon, en serio. Si tu tía supiera que te he dejado...

—Calla y sujeta la escalera. Si me caigo al suelo voy a ponerme perdida.

Elizabeth asomó medio cuerpo por el ventanuco.

—¡Dexter! ¡No vas a creer lo que estoy viendo!

—¿Qué ocurre? —preguntó él, alarmado.

—¡Hay un montón de vacas ahí dentro!

—¡Por todos los...! Claro que hay vacas, es un establo. ¿Qué querías que hubiese?

—Espera, veo algo más, parece un... ¡Oh, Dios mío!

—¿Qué pasa? ¡Elizabeth!

Ella miró a su prometido desde lo alto de la escalera. Lucía una sonrisa espléndida.

—He encontrado justo lo que estaba buscando.

EL CONSEJO POPULAR DE GOBLET se reunía periódicamente una vez a la semana desde hacía cerca de trescientos años. Aquellos encuentros, no carentes de una solemne formalidad, se iniciaron en el siglo XVII, cuando el primer alcalde de Goblet, Jacob English, dejó caer su maza por primera vez sobre el tocón de un árbol en el solar que en un futuro ocuparía el edificio del ayuntamiento. El tema a debatir fue: «¿Por qué aún no se han terminado las obras del ayuntamiento?». Tres siglos después, los honorables ciudadanos del consejo ya contaban con un bonito consistorio en el que reunirse y con una mesa de madera sobre la que descargar su maza.

Entre aquellas vetustas paredes los ciudadanos de Goblet sancionaron y refrendaron, siempre con estricto sentido del consenso, su apoyo a los grandes hitos de la historia de Estados Unidos: la Declaración de Independencia, la Constitución, la Carta de Derechos... También fue allí donde los miembros del Consejo del Pueblo decidieron solemnemente apoyar a los Estados del Norte en su lucha por la emancipación de los esclavos... cinco años después de terminada la guerra de Secesión. Los ciudadanos de Goblet presumían de no decidir las cosas a la ligera. En realidad, nadie pudo acusarlos de haber tomado partido por el bando perdedor.

A pesar de todo, las reuniones del Consejo del Pueblo no solían ser tan interesantes. Raras veces trataban sobre decidir algo más trascendente que el color con el que se pintarían los buzones de correos o la composición del jurado que elegiría a la Reina de la Calabaza del año en curso. El poco suspense que suscitaban esas asambleas hacía que el número de asistentes fuera más bien escaso. A parte de los miembros electos del consejo, la única persona de Goblet que asistía a todas y cada una de las reuniones era Stanley Morris (el Viejo Stan, para todo el pueblo), y sólo para poder oponerse sistemáticamente a la intención del consejo de comprar un coche de bomberos. Al Viejo Stan le parecía un modernismo superfluo.

Los demás habitantes del pueblo preferían dedicarse a sus quehaceres y enterarse más tarde de las decisiones tomadas en la asamblea. Como muchos de sus compatriotas, los hombres y las mujeres de Goblet adoraban fieramente la democracia pero remoloneaban bastante a la hora de participar en ella de forma activa.

Como solía ocurrir por norma general, la tarde en que el Consejo del Pueblo discutía sobre la muerte de Elliott Culdpepper la sala de reuniones del ayuntamiento era un clamor de asientos vacíos, salvo en la esquina donde el Viejo Stan dormitaba bajo su sombrero de paja mientras un hilo de baba caía por su boca. No obstante, cabe señalar que el motivo por el cual la sala mostraba tan escaso aforo no era el desinterés popular por el orden del día; todo lo contario: desde que la noticia de la muerte del doctor se había hecho pública, cada ser vivo de Goblet con edad suficiente para tributar impuestos bebía los vientos intentando captar el último comadreo sobre la venganza de Arnold Pole.

La razón por la que no hubo público en aquella asamblea era porque el consejo había decidido celebrarla en secreto y a puerta cerrada. Si se permitió la presencia del Viejo Stan fue porque su figura somnolienta resultaba tan cotidiana en aquel lugar como la bandera de barras y estrellas o el retrato del presidente; por otro lado, los miembros del consejo estaban seguros de que Stan mantendría la boca cerrada siempre y cuando nadie sacase a colación el tema del dichoso coche de bomberos.

Los miembros del consejo se hallaban reunidos alrededor de una mesa, sobre el estrado que dominaba la sala. El órgano ejecutivo del pueblo estaba compuesto por cinco miembros. Cuatro de ellos estaban presentes en aquel momento: Angus McCloud, el alcalde; Walter Bosley, representante de las fuerzas del orden; el reverendo Dawson, pastor presbiteriano de la comunidad, y Ben Griffin, dueño de la Casa Museo de Arnold Pole y voz de los intereses de los comerciantes de Goblet. Una silla vacía atestiguaba la ausencia del último miembro del consejo, recién finado: el doctor Culdpepper.

El alcalde McCloud escuchaba con atención al sheriff del pueblo, que había tomado la palabra. McCloud, que era alcalde de Goblet desde hacía más de treinta años, tenía una cabeza rechoncha y aplastada cuya forma recordaba vagamente a la de una mandarina. En aquel momento era una mandarina sumida en un profundo estado de concentración.

—Tengo sobre mi mesa de despacho el certificado de defunción de Culdpepper. Está firmado por Jim Cullen... —decía Bosley.

—¿Jim Cullen? —preguntó McCloud.

El reverendo Dawson intervino para hacer una aclaración:

—El pequeño Jimmy el Orejas, ya sabes, el hijo de Morris Cullen.

—Ah, sí, Jimmy el Orejas... No sabía que fuera médico.

—Se graduó el año pasado —respondió Bosley—. Ahora vive en Cotton Place con su esposa. Me debía un par de favores y ha aceptado firmar el certificado de defunción de inmediato.

—¿Y eso es ético? —preguntó el reverendo—. Dadas las extrañas circunstancias de la muerte de Elliott, quizá habría sido conveniente realizar una autopsia en condiciones.

—Escúchame, Henry, yo estaba allí anoche. Yo vi el cuerpo del pobre Elliott colgando de una soga y ardiendo como una tea, así que no necesito que venga ningún matasanos a decirme cómo murió. Mejor no liemos las cosas. —Bosley se enganchó los pulgares en el cinturón—. Elliott no tenía familia, vivía solo desde que murió su esposa. Únicamente nos tenía a nosotros, sus queridos paisanos, y después de lo que ha ocurrido, supongo que todos queremos que el pobre doctor descanse en paz lo antes posible bajo la buena tierra que lo vio nacer. Eso es lo que yo opino.

—Amén —dijo el reverendo—. Pero supongo que a todos nos gustaría saber quién mató al pobre Elliott.

—Tú lo sabes tan bien como yo, Henry —respondió el sheriff. Luego miró a los presentes uno por uno—. Y tú también, Ben. Y Angus... Todos lo sabéis. Los tres estabais ayer en el museo y visteis lo que pasó.

Dawson se revolvió incómodo en su silla.

—No sé, Walter... Hay cosas que son difíciles de creer sin más.

—Cuidado, Henry, no quieras que te recuerde estas palabras en tu sermón del domingo —intervino el alcalde, astutamente. Después se alisó el cabello ralo y grisáceo y añadió—: A mi modo de ver, podríamos buscar un asesino entre las gentes del pueblo, nuestros vecinos, nuestros amigos, hombres y mujeres a los que conocemos y quienes sabemos que no serían capaces de hacerle algo así al doctor, ¿realmente queremos presentarnos en sus casas, hacerles un montón de preguntas y que se sientan como criminales? Pensadlo bien.

—Ninguno de los presentes dijo nada. McCloud carraspeó y siguió hablando—: Por otro lado, sabemos lo que ocurrió anoche. Walter está en lo cierto; todos estábamos allí. Alguien, todos suponemos quién, amenazó abiertamente al doctor con hacerle justo lo que le ocurrió. Para mí está muy claro.

—¿Y qué pasará cuando se corra la voz? ¿No quedaremos como unos paletos ignorantes? —preguntó Dawson, aún reticente.

—Yo te diré lo que ocurrirá —respondió Ben Griffin—. Algunos dirán que somos unos palurdos, sí, ¿y qué? Allá ellos. Otros, en cambio, querrán venir a oír y a ver personalmente si es cierto eso que cuentan... Lo sé; a la gente le encantan las historias de terror. Desde que abrí al público la Casa del Juez, no paran de venir turistas. Cuando esto se sepa, el pueblo se llenará de gente deseosa de vivir un buen relato de fantasmas.

—Henry, piensa en el bien del pueblo —dijo el alcalde—. Piensa en tu sobrina, Harriet. ¿No es dueña de esa pequeña casa de huéspedes que hay junto a la estación de policía? ¿Y no es verdad que últimamente los negocios no le han ido muy bien? Imagino que ella preferiría un buen chorro de clientes antes que verse en la comisaría, respondiendo preguntas sobre dónde estaba la noche de tal día a tal hora, ¿entiendes?

—La fiesta de la Calabaza está a la vuelta de la esquina —apuntó Ben Griffin.

El reverendo Dawson se acariciaba la barbilla con el dedo.

—Bien... Visto de esa forma... Supongo que cualquier posibilidad es menos descabellada que el que uno de nosotros pudiera hacerle algo así al bueno del doctor... ¿verdad?

—¡Ahora te escucho, Henry! —dijo Bosley con aire satisfecho—. Estamos todos de acuerdo, entonces: el único culpable de asesinato que hay, hubo y habrá en este pueblo es Arnold Pole, el Juez de Goblet.

—Disculpen, señorías, pero la defensa impugna el veredicto.

Todas las cabezas del Consejo del Pueblo se volvieron hacia el rincón de la sala de donde había surgido aquella voz, demasiado juvenil para ser la del Viejo Stan.

Bob estaba apoyado en la pared, con las manos en los bolsillos. Miraba hacia el estrado con una impertinente media sonrisa de listillo colgando de sus labios.

—¡Usted otra vez! —exclamó Bosley—. ¡Creí haberle dicho que se marchara con viento fresco! ¿Quién le ha dejado entrar?

—He sido yo, Walter.

—¿Edward? ¿Edward Cross? —dijo el alcalde, atónito—.

Sabes perfectamente que ésta es una reunión de carácter reservado. Tú y ese... joven debéis marcharos ahora mismo.

—No, Angus. No voy a marcharme. El señor Hollister tiene algo muy importante que decir, algo que atañe al pueblo, y creo que todos deberíais escucharlo antes de seguir diciendo tonterías.

—No procede. —El alcalde golpeó con el mazo sobre la mesa—. Fuera de aquí.

—Nada de eso. Esto es una asamblea popular, y como tal exijo que se vote mi petición de que el señor Hollister diga lo que tiene que decir —repuso el historiador.

—Como quieras. Yo voto en contra.

—Y yo también —dijo Bosley.

—Y yo —secundó Ben Griffin.

El reverendo Dawson levantó tímidamente la mano derecha.

—Yo... creo que voto a favor.

McCloud miró al reverendo con gesto airado.

—Ya hablaremos de esto, Henry... —dijo entre dientes—. De todas formas los votos negativos son mayoría, así que...

—Eh, un momento, yo voto a favor.

Todos los presentes se volvieron al unísono hacia el Viejo Stan, que levantaba un brazo tembloroso. Nadie habría sabido decir cuánto tiempo llevaba despierto, ni si realmente tenía alguna idea de lo que estaba votando o solamente se dejaba llevar por su proverbial afán por oponerse a todo lo que dictase la mayoría.

—Ya lo has oído, Angus, tenemos tres votos —dijo el profesor.

—Es igual, se trata de un empate, así que la petición no procede.

El alcalde levantó el mazo con la idea de sellar el veredicto con un buen golpe de madera, pero Cross lo interrumpió:

—¡Alto ahí, Angus! Según la Ley Municipal de Referendo de 1904, en caso de empate el voto del alcalde se declara nulo por considerarse que la máxima autoridad del pueblo no debe entorpecer el resultado de una votación popular en uno u otro sentido. Tú has votado en contra, de modo que la moción queda aprobada. —Cross señaló al alcalde con un gesto de desafío—. No intentes enseñarme cómo gobernar este pueblo, Angus McCloud; conozco cada ley, cada acuerdo y cada edicto que ha salido de esta sala desde 1667 hasta el día de hoy. El señor Hollister hablará, y vosotros le escucharéis.

Bosley cruzó los brazos sobre el pecho, malhumorado.

—Está bien, oigamos eso tan importante que tiene que decirnos.

Bob hizo una irónica reverencia que terminó de encender los ánimos del consejo.

—Honorable Consejo del Pueblo de Goblet... ¿Éste es el tratamiento adecuado?

—No se pase de listo y hable de una vez —ladró el sheriff.

—De acuerdo. Yo sólo quería respetar el protocolo. —El chófer se encogió de hombros—. Amigos, creo que tenemos un problema: están a punto de cargarle el muerto a un hombre inocente... o a un fantasma inocente, más bien.

—¿Pretende burlarse de nosotros, señor Hollister? —dijo McCloud.

—Nada más lejos de mi intención. Si le soy sincero, a mí los fantasmas me dan igual, a mí quien me interesa es Arnold Pole, el sádico juez que disfrutaba ahorcando y quemando a pobres inocentes... ¿Saben qué es lo más curioso de todo esto? Que Goblet se encuentra en el Estado de Nueva York.

Los miembros del consejo se miraron confusos.

—¿Y eso qué tiene que ver? —preguntó el reverendo.

—Mucho, porque Nueva York es un Estado del Norte, y en los Estados del Norte, según las leyes coloniales inglesas, ningún juez podía dictar sentencias de muerte; ésa era una prerrogativa exclusiva del Consejo del Pueblo. Así que podría decirse que fueron los señores que ocuparon esas mismas sillas en las que ustedes se sientan ahora quienes mandaron a tantos inocentes a la horca, no Arnold Pole.

—¡Ridículo! —saltó McCloud—. ¿Y qué hay de todos los hombres y mujeres que fueron colgados y quemados? El Consejo del Pueblo jamás actuó de esa forma.

—Lo de la horca es usted quien lo dice. Pero, es verdad, el Consejo del Pueblo no decretó esas incineraciones; fue Arnold Pole.

—Exacto. Lo hizo porque era un sádico criminal.

—Segundo error, señores. ¿No les acabo de decir que Arnold Pole no podía firmar sentencias de muerte?

—Entonces ¿por qué ordenó quemar a aquellas gentes? —preguntó Dawson.

—Porque podía hacerlo, y podía hacerlo por un motivo muy simple: aquellas personas ya estaban muertas. —Los miembros del consejo volvieron a intercambiar miradas de estupor. Bob sonrió—. ¿No lo entienden? Tranquilos, yo se lo explicaré: el profesor Cross me dijo que cuando Arnold Pole fue nombrado juez de Goblet se desató una epidemia de peste por los pueblos de los alrededores... ¿Sólo por los alrededores? ¿Por qué no también en Goblet? Eso haría que muchas cosas tuvieran sentido, como, por ejemplo, que aquellas personas que habían muerto por causa de la enfermedad fuesen incineradas para que ésta no se propagase. Era un procedimiento habitual.

—Pero también fueron ahorcadas... —repuso Ben Griffin.

—¡Qué manía! ¿Dónde dice que fueron ahorcadas? ¡En ninguna parte! Eso es sólo un elemento más de la leyenda. Arnold Pole no ahorcó a nadie, no podía; lo que sí hizo fue esforzarse por atajar la epidemia de peste septicémica que asoló Goblet a su llegada. Empecé a verlo claro cuando el profesor Cross me enseñó aquella colorida descripción de la muerte del juez: el cuerpo ardiendo y los escalofríos provocados por la fiebre, las manchas en la piel, los vómitos de sangre... Aquello era una descripción rigurosamente académica de los síntomas de la peste neumónica o septicémica, sólo que adornados en la copia que me enseñó Cross para que pareciese obra de algún tipo de maldición. No hubo maldición; Arnold Pole se contagió de la enfermedad y sucumbió a ella, como otros muchos en aquel entonces.

—¡Bobadas! —saltó el alcalde—. ¡Una sarta de tonterías!

—¿Sí? Pues deje que le cuente una más: el profesor Cross me dijo que Arnold Pole había estudiado leyes en el Gloucester College de Oxford, pero que obtuvo su licenciatura en el Colegio Inglés de la Universidad de Douai, en Francia. Puede haber muchos motivos que impulsen a un estudiante a abandonar una universidad e irse a otra, lo sé por experiencia, créanme; pero después me di cuenta de algo muy curioso: el Gloucester College fue un célebre reducto de estudiantes católicos, los cuales, dado que las leyes protestantes inglesas les prohibían la licenciatura, optaban normalmente por concluir sus estudios en Douai. De hecho, a los estudiantes del Colegio Inglés que llegaban perseguidos de Oxford se les conocía como los Mártires de Douai, ¿les suena? —Bob hizo una pausa. Los miembros del consejo lo miraban inexpresivos—. Señores... ¡Está en los libros de historia! ¡Los Mártires de Douai! William Allen, Richard Smith... ¿No? Es igual... Todos eran católicos, igual que Arnold Pole.

—¿Adónde pretende llegar, señor Hollister? —preguntó el reverendo Dawson.

—Durante la época de la Contrarreforma la Iglesia católica prohibía que los muertos fuesen incinerados.

—¿Y bien...?

—¡Está claro! Arnold Pole muere por la peste, en Goblet se queman los cadáveres de los muertos por la enfermedad, pero Arnold Pole no puede ser quemado porque es católico... Tuvieron que llevarse el cuerpo para poder enterrarlo. No podía ser enterrado en Goblet para no propagar la enfermedad, de modo que se lo llevaron a otro lugar... ¿Entienden? ¡A otro lugar! ¿Es que no lo ven?

Era evidente que los miembros del consejo no lo veían por ninguna parte. Bob suspiró. Siguió hablando y, espaciando mucho el tiempo entre palabra y palabra, dijo:

—Arnold Pole no está en enterrado en Goblet.

Se hizo un silencio breve, al cabo del cual Angus McCloud preguntó:

—¿Y eso qué significa?

Bob respondió con tono de paciencia contenida.

—Significa que si el fantasma que, según ustedes, ha matado al doctor Culdpepper es el de Arnold Pole, entonces es el fantasma más estúpido que existe, porque se aparece en un sitio en el que ni siquiera está enterrado y haciendo cosas que jamás hizo en vida. —Bob extendió las manos en un gesto de señalar lo evidente—. Arnold Pole no era un asesino, no era un juez sádico y sanguinario, y, desde luego, no es un fantasma. Ustedes, todo el pueblo de Goblet, llevan siglos alimentando la leyenda por una simple cuestión de antipatía: Pole era inglés y además católico. Sus antepasados lo odiaban. Lo odiaban con todas sus fuerzas. Y, por otro lado, el pueblo recibe muchos más beneficios con un Pole maníaco homicida que con un simple juez enfermo que ni siquiera está enterrado aquí.

—En mi vida había oído semejantes patrañas —dijo McCloud, indignado—. ¡Es una vergüenza! ¡No estoy dispuesto a que difame el mal nombre de Arnold Pole! ¡Todo eso no son más que absurdas suposiciones que...!

—Cállate, Angus —dijo con voz hastiada el profesor Cross—. Lo sabe todo; le he enseñado el archivo.

—¡Edward! —exclamó McCloud, escandalizado.

—Sí, lo hice; le he enseñado el certificado de defunción de Pole, los documentos que hablan de la epidemia de 1667... —Cross alzó su carnosa papada en un gesto de desafío—. También le he contado que las sentencias de muerte firmadas por Pole son falsificaciones hechas en el siglo XIX y que la lápida que hay en el cementerio es sólo un estúpido adorno que compró el pueblo hace cincuenta años... ¡Hasta le he mostrado el documento que certifica que el cuerpo de Arnold Pole fue arrojado a una fosa común a las afueras de Poughkeepsie! ¿Y qué importa? ¡Él ya lo había deducido todo por su cuenta!

Los miembros del Consejo del Pueblo hicieron varios gestos de sorpresa.

—Edward, ¿cómo has podido? Prometimos que nadie salvo nosotros tendría acceso al archivo. ¡Tú lo prometiste! —dijo Ben Griffin.

—Sí, es cierto, lo prometí. Y cumplí mi promesa mientras todo este asunto no fue más que un inocente engaño para atraer a los turistas, pero ahora queréis serviros de la patraña del juez asesino para echar tierra sobre la muerte de Elliott, y eso no estoy dispuesto a consentirlo. ¡Deberíais avergonzaros! ¡Y tú más que nadie, Walter, con lo que Elliott te apreciaba!

El profesor Cross se arrancó las gafas de la cara y se puso a frotarlas con el jersey, lleno de santa indignación.

El alcalde McCloud empezó a hacerse cargo de la situación. Entrelazó los dedos sobre la mesa y se inclinó hacia delante, mirando a Bob.

—Muy bien, señor Hollister, ya nos ha demostrado a todos que es usted muy listo. Espero que ahora nos demuestre que además puede ser razonable. ¿Imagina lo que pasará si se corre la voz sobre lo que ha descubierto? ¡Será la ruina del pueblo! Nadie querrá venir a Goblet sólo para probar el pastel de calabaza.

—De eso no me cabe duda —dijo Bob.

Ben Griffin tomó la palabra.

—Hablemos claro, amigo: ¿qué quiere a cambio de mantener la boca cerrada?

—¿Yo? —preguntó el joven, sorprendido—. Yo no quiero nada. Sólo les pido que se abra una investigación en condiciones para aclarar la muerte de Elliott Culdpepper y el robo del Príncipe de Jade.

—¿Eso es todo? —preguntó Bosley.

—Eso es todo.

Los miembros del consejo se pusieron a cuchichear entre ellos. A continuación, McCloud volvió a dirigirse a Bob.

—Está bien. Se aprueba la moción. —Cogió su mazo y le dio un golpe sobre la mesa—. Y usted jurará solemnemente que nada de lo que hemos hablado saldrá nunca de estas paredes.

—Palabra de boy scout. En lo que a mí respecta, no tengo ningún inconveniente en que sigan exprimiendo el bolsillo de los turistas a costa del fantasma del Juez de Goblet.

De pronto las puertas de la sala del consejo se abrieron de par en par, golpeando la pared con tanta fuerza que incluso el Viejo Stan despertó de su siesta. Una mujer irrumpió en el edificio acaparando las miradas de los presentes.

—¡Detengan esta asamblea! —exclamó la recién llegada—. ¡Soy Elizabeth Sullavan y lo he descubierto todo! ¡No hay ningún fantasma!

ELIZABETH había diseñado su entrada en el ayuntamiento con la idea de causar el máximo impacto. Se veía a sí misma como un James Stewart femenino en una versión rural de *Caballero sin espada*.

El resultado fue decepcionante.

—Por todos los... —farfulló McCloud, exasperado—. Propongo que la asamblea vote la compra de un candado para la puerta. ¡Esto no es serio!

—¡Me opongo! —dijo el Viejo Stan, antes de caer de nuevo presa de sopor.

Los miembros del consejo comenzaron a discutir entre ellos. Bob se encendía un cigarrillo. El profesor Cross limpiaba sus gafas. El Viejo Stan dormía plácidamente el sueño de los buenos demócratas.

—Caballeros... ¡Caballeros! ¿Es que no me han entendido? Acabo de decir que lo he descubierto todo... —repitió Elizabeth, confundida ante tan insultante falta de interés—. ¡No existe ningún fantasma!

—Sí, sí, ya la hemos oído... —dijo McCloud—. ¿A cuántas personas más has enseñado el dichoso archivo, Edward?

—Te aseguro que sólo al señor Hollister. No sé de qué está hablando esta señorita.

—¿Viene con usted, señor Hollister? —preguntó Ben Griffin.

—En realidad no —respondió el chófer—. Creo que suele moverse con un tipo muy simpático llamado Dexter. Deberían conocerlo; sabe mucho de vacas.

Elizabeth trató de hablar, pero McCloud la cortó en seco dando un fuerte golpe con el mazo.

—¡Es suficiente! No voy a consentir que esta asamblea se convierta en un circo. Sheriff, por favor, ¿quiere sacar de aquí a todos los que no sean ciudadanos empadronados en el pueblo? Tenemos mucho que hacer.

Bob se marchó sin oponer resistencia. Elizabeth fue acompañada hasta la salida por Bosley, sin parar de protestar. Ya en la calle, oyó que la puerta se cerraba a sus espaldas con un portazo.

—¡Esto es un escándalo! —exclamó la joven dando un pisotón en el suelo—. Sin duda alguna se trata de una conspiración. ¿Por qué si no iban a negarse a escucharme?

Bob le dio una calada al cigarrillo y se encogió de hombros.

—Creo que no ha llegado usted en el momento adecuado. Quizá si hubiera venido antes en vez de estar.... Por cierto, ¿dónde ha estado? —El joven arrugó la nariz—. No se ofenda, pero huele usted como si acabara de salir de un establo.

—¡Es que acabo de salir de un establo!

—¿En serio? Debería probar alguno de los hoteles del pueblo. El mío es muy cómodo.

—Pero ¿no ha oído lo que acabo de decir? ¡Lo he descu-

bierto todo! ¡Ha sido un engaño! La voz de ultratumba, la niebla... ¡Todo era un montaje!

—Sí, lo sé. La fumigadora, la granja de Adelle Marsten, la
leche agria...

—Pero... ¿usted ya lo sabía?

—Bueno, no era muy difícil de deducir.

Elizabeth puso una cara de decepción absoluta, como la
de un corredor que hubiera llegado segundo a la meta sólo
por unas décimas.

—Pero creo que ha sido usted muy lista —se apresuró a
añadir Bob. No le gustaba que ella tuviese esa expresión tan
triste—. Es decir... Al menos es mucho más lista que ese Bosley y los demás.

—Ya sé que he sido más lista que esa pandilla de pueblerinos; lo que me fastidia es que usted resolviera el misterio antes. Ahora soy yo quien ha quedado como un vulgar doctor
Watson.

Bob sonrió de medio lado. Ella estaba enfadada, pero al
menos ya no parecía triste, y eso le hizo sentirse mejor.

—¿Serviría de algo si le dijera: «Elemental, señorita Sullavan»?

—Sí, serviría para que le diera una paliza.

El reloj del ayuntamiento emitió cuatro sonoras campanadas. Bob se dio una palmada en la frente.

—Madre mía, el conde me está esperando, ¡casi lo olvido!
Lo siento, señorita Sullavan, pero tengo que marcharme. No
me gustaría perder otro trabajo. —El joven se alejó a paso ve-
loz hacia el hostal de Harriet; a medio camino se dio la vuelta
y, caminando de espaldas, hizo un gesto de despedida con la
mano—. Ha sido un placer... ¡Y salude a su tía de mi parte!

Elizabeth se quedó sola.

Lanzó una exclamación de enfado y regresó al coche dando zancadas. Dexter esperaba dentro, al volante, pues no había
querido entrar en el ayuntamiento. Ella se arrojó en el asiento
del copiloto y cerró la puerta de un golpe.

—Ten cuidado, Elizabeth. El coche es nuevo.

—¡No han querido escucharme!

—¿Eso quiere decir que podemos irnos ya a Nueva York?

Ella dejó escapar un gruñido. Su prometido prefirió no indagar más. Arrancó el vehículo y enfiló Main Street en dirección a la salida del pueblo. Se alegraba mucho de poder marcharse al fin.

Elizabeth seguía de mal humor. No dijo nada hasta que estuvieron lejos de Goblet, casi a la altura de Carmel Lake.

—No puedo creer que me hayan ignorado de esa forma... ¿Sabes una cosa? En las novelas de misterio todo es mucho más sencillo: cuando el detective reúne a los sospechosos para exponer la solución del caso, éstos al menos tienen la buena educación de dejar que hable. Esa gente del pueblo ha sido de lo más grosera.

—Supongo que las cosas son distintas en la vida real.

La joven suspiró.

—Tendré que esperar a llegar a casa para contárselo a alguien. Tal vez tía Sue quiera escucharme, si es capaz de mantenerse dos minutos sin meter las narices en su bolso.

—Si quieres puedes contármelo a mí.

—Pero, cielo, si tú ya lo sabes todo. Estabas conmigo, ¿recuerdas?

—Bueno, en realidad hay un par de cosas que aún no tengo muy claras...

—¿En serio? —Elizabeth sonrió, como si acabara de cruzarse con su estrella de cine favorita—. ¿Cómo cuáles?

—Por ejemplo... ¿cómo supiste que la voz que escuchamos en el molino no era la de un fantasma?

—¡Eso fue lo más sencillo de todo! Me di cuenta de que la voz dejaba cierto eco metálico, como si hablase a través de un micrófono, algo parecido a como suenan los speakers en la radio. Entonces empecé a pensar que quizá había alguien en alguna parte hablando a través de un amplificador de voz haciéndose pasar por Arnold Pole, y que ese sonido llegaría al molino gracias a unos altavoces. Lo único que hacía falta era localizar la fuente, el lugar donde se ocultaba el falso fantasma para proferir sus amenazas.

Dexter asintió lentamente, rumiando la información.

—Entiendo... ¿Y cómo supiste que ese lugar era el establo de Adelle Marsten?

—Fuiste tú quien me dio la pista, cielo. Tú y tus dichosas vacas. ¿Recuerdas los lamentos que se oían por detrás de la voz? A todo el mundo le parecieron sonidos de ultratumba menos a ti, que dijiste que te sonaban como mugidos de vaca. Si hay alguien en este mundo que sabe distinguir perfectamente el mugido de una vaca, ése eres tú.

Dexter se ruborizó, halagado.

—En la granja de mi padre siempre era el primero en distinguir cuándo estaban enfermas sólo con escucharlas mugir. Mi padre dice que tengo buen oído para eso.

Elizabeth retomó su exposición:

—De modo que pensé: «Bien, sea quien sea el que se hace pasar por Arnold Pole, está escondido en un establo». El problema era que no sabía en cuál. En un pueblo como Goblet debe de haber decenas de establos; sería como buscar una aguja en un pajar. Entonces me vino a la mente algo que dijo el sheriff Bosley en casa del doctor, ¿recuerdas? Dijo que los únicos problemas serios que habían ocurrido en Goblet últimamente eran el robo de la fumigadora del ayuntamiento... y la leche agria de las vacas de Adelle Marsten. Tú dijiste que quizá el problema era que las vacas estaban asustadas.

—En la granja ocurría muy a menudo —corroboró Dexter.

—Eso es, cielo. Uní las dos ideas: mugidos de vaca, vacas asustadas... Era evidente: alguien había escondido un amplificador de voz en el establo y eso asustaba a las vacas. Seguramente la persona que se hizo pasar por Arnold Pole hacía varias visitas al establo para probar la máquina. Creo recordar que alguien nos mencionó que se oían voces y ruidos extraños en el molino días antes de que se abriese el museo.

—Ahora entiendo cómo supiste que había que buscar en la granja de Adelle Marsten —dijo Dexter, admirado—. Aunque aún no sabemos cómo provocaron aquella niebla de ultratumba.

—No, pero tengo una teoría sobre eso.

—¿Cuál es?

—La fumigadora del ayuntamiento. Es curioso que la robasen justo al mismo tiempo que las vacas de Adelle Marsten empezaron a dar leche agria. La persona que planeó la aparición del falso fantasma debió de esconder la fumigadora en algún lugar del sótano del museo. Metería en ella algún tipo de sustancia capaz de crear la niebla.

—¿Eso se puede hacer?

—Oh, sí, cielo, es muy sencillo; en las películas de cine se ve continuamente, y no parece que sea demasiado difícil si cuentas con los instrumentos necesarios.

—Uau —exclamó Dexter, admirado. Se había echado el sombrero sobre la nuca y se rascaba la frente—. La verdad es que todo eso no se me habría ocurrido jamás. Eres muy lista, ¿lo sabías? Es una pena que los del pueblo no hayan querido escucharte.

Elizabeth se encogió de hombros. Ahora que por fin había podido demostrar su perspicacia, ya no estaba tan molesta.

—Tarde o temprano alguien descubrirá el amplificador de voz en el establo y la fumigadora en el sótano del museo.

—Y entonces hallarán al culpable.

Elizabeth no dijo nada. No confiaba tanto en la rapidez de la justicia como su prometido.

Mientras el coche atravesaba las carreteras bordeadas de oro de otoño, la joven pensaba en los extraños acontecimientos que había vivido los últimos días.

Para asesinar a Elliott Culdpepper, alguien había pergeñado la historia de un fantasma, había simulado hablar con la voz de un muerto y había aterrorizado al pobre doctor durante días con anónimos amenazantes y llamadas nocturnas...

Finalmente, el asesino, tras un plan tan complejo como descabellado, había secuestrado al doctor, lo había ahorcado y había prendido fuego a su cuerpo. Elizabeth no hallaba ninguna motivación para aquel acto salvo la de un macabro y perverso afán por el espectáculo. Había algo demoníaco en la muerte de Elliott Culdpepper.

Elizabeth recordó la lectura del testamento en Magnolia, con todos los miembros de la Sociedad Arqueológica sentados alrededor de una mesa mientras sonaba la voz del doctor Itzmin, siseante e inhumana sin necesidad de artificios.

«*Ak kuxtale' ts'o'oki.* Un muerto dictará sentencia y tú serás ejecutado.»

Eso es lo que había ocurrido en Goblet.

Dos de las personas que oyeron aquellas palabras ahora estaban muertas.

Y sólo quedaba uno de los Príncipes de Jade.

La luz del sol moría agonizante en el atardecer, transformando poco a poco los bosques en oscuras junglas sin forma. Elizabeth sintió en su ánimo el eco de un miedo irracional.

EPISODIO 4

La Muerte Sonriente

Don't ever change that smile you're smiling now and please don't let me see you blue. Then I can tell you, oh, so easily: «I could easily fall in love with you».

CLIFF RICHARD & THE SHADOWS,
«I Could Easily Fall In Love With You»

«**KLU'UMA** *p'ap'ay xoot ta'abi.*
A ti te aguarda la Muerte Sonriente.»
«La Muerte Sonriente...»
Los ojos de Bob miraban al vacío, inexpresivos.
—Caballero...
«Klu'uma p'ap'ay xoot ta'abi...»
—Caballero, son tres dólares cincuenta.
Bob regresó. Sus pupilas volvieron a enfocar la realidad que lo rodeaba. La mujer al otro lado del mostrador había congelado su sonrisa en una expresión que parecía delatar el dilema en el que se encontraba: si el cliente que estaba frente ella era carne de hospital o de comisaría.
—Lo siento, estaba distraído.
—Decía que en total son tres dólares cincuenta.
—Gracias.

Él entregó la cantidad exacta y cogió la bolsa con las cosas que acababa de comprar. La dependienta le deseó buenos días pero no añadió «Vuelva cuando quiera». Bob salió de la tienda y salió a York Avenue; ya había terminado sus compras y debía regresar al consulado español.

La mañana era plomiza y, de hecho, había estado lloviendo a intervalos desde el amanecer; el suelo del pavimento aún brillaba húmedo, como recién encerado. El joven se subió las solapas del abrigo. Un viento húmedo que llegaba del río Hudson se enroscaba alrededor de su cuello igual que una bufanda mojada.

Los escaparates que jalonaban las calles estaban decorados con calabazas sonrientes y recortables con forma de brujas, murciélagos y gatos con el lomo erizado. Faltaban sólo dos semanas para Halloween y Nueva York ya era una fiesta de disfraces.

Bob ignoraba por qué de pronto, mientras compraba en el pequeño comercio de ultramarinos, se había puesto a pensar en la extraña sesión espiritista de Magnolia. Quizá fue a causa de aquel cartel turístico que vio al cruzar Park Avenue —hacía cinco manzanas de eso—, con una fotografía de la pirámide del Sol de Chichén Itzá y que invitaba a descubrir las maravillas de México. O puede que en realidad llevase pensando en aquella sesión desde que regresó de Goblet. No estaba seguro.

El doctor Itzmin (o Kizín, o lo que fuera que hablaba por boca del médium aquella noche) había mirado a los ojos de Adam Clarke y el abogado ahora estaba muerto. Después se había dirigido a Elliott Culdpepper. Muerto también. Por último había dedicado unas palabras a Alec Dorian.

«A ti te aguarda la Muerte Sonriente.»

Alec Dorian era el último miembro de la Sociedad Arqueológica de Magnolia que seguía con vida. Aún.

Bob no creía en fantasmas. Ni en dioses mayas aficionados al canibalismo. Era probable que tanto Adam Clarke como Elliott Culdpepper también hubiesen sido escépticos al respecto. Daba igual: seguían estando muertos. Todo el que tocaba aquellos dichosos Príncipes de Jade parecía sucumbir de forma horrible y poco discreta, como si su muerte fuese un aviso.

«Dejad en paz mis cosas. *Klu'uma p'ap'ay xoot ta'abi*. A ti te aguarda la Muerte Sonriente. Porque quien ríe el último... Ya sabes.»

A Bob le habría gustado saber qué misterio había detrás de aquellas figuritas de jade, que desaparecían una detrás de otra llevándose con ellas el alma de quienes las poseyeron por última vez.

No había mucho tiempo para averiguarlo. Ya sólo quedaba una.

—¿Tienes prisa, Listillo?

Bob se detuvo en seco, maldiciendo su suerte.

Dos hombres lo rodearon y una mano lo agarró con fuerza del brazo. El joven notó que algo se clavaba en su espalda. Duro y redondo, como el cañón de una pistola. «Absurdo —pensó—: la gente no va encañonado a paisanos a plena luz del día, salvo en las películas.» Tenía que ser un error.

—No hagas nada raro, Listillo, o te abro otro agujero en el culo —dijo Beppo, en un susurro tan áspero como su propia cara mal afeitada.

A la derecha de Bob, Pete el Tuercas le acercó la boca a la oreja y dijo:

—Sigue caminando y sonríe, Listillo, como si esto fuera un paseo.

Una gota de sudor creció en la nuca de Bob y se deslizó a lo largo de su cuello. Intentó tragar saliva, pero tenía seco el paladar.

—¿Adónde me lleváis?

Como respuesta, Beppo apretó el cañón de la pistola en su espalda hasta tocar hueso.

Comenzó a caer una fina lluvia, apenas unas gotas, como si las nubes estuviesen sacudiéndose igual que gigantescos perros mojados. Beppo y Pete escoltaron a su rehén en silencio en dirección a la orilla del río.

Siguieron caminando hasta llegar a un patio de cemento, justo debajo del puente de Queensboro. Había un par de coches aparcados con aspecto de llevar siglos en aquel lugar, y un montón de basura en una esquina sombría, sobre el que escarbaban unos gatos. Sin embargo, lo que a Bob le causó más inquietud fue el hecho de que no se veía un alma en los alrededores. El patio, colocado tras uno de los gigantescos pilares de hierro del puente, era virtualmente invisible para los peatones apresurados. El único rastro de vida era el sonido crujiente de una radio que se escapaba por una ventana. El locutor hablaba en italiano.

—Date la vuelta, Listillo. Enséñanos tu bonita cara de mapa —ordenó Beppo.

El joven se volvió. En ese momento el matón le dio un puñetazo en la nariz y lo tiró al suelo. Bob sintió un chasquido y un dolor agudo reventó en su cabeza. Notó algo cálido y viscoso rezumar desde su nariz, y luego el sabor a cobre de su propia sangre.

—Esto es por lo del ascensor, hijo de puta —ladró Beppo.

A Bob al menos le consoló que le hubiesen partido la nariz por una buena razón.

De su garganta brotó un quejido húmedo mientras se retorcía en el suelo con las manos en la cara.

Pete el Tuercas dio una patada a la bolsa con las compras de Bob.

—Ahora escúchame bien, Listillo: el Gran Jefe quiere sus quinientos pavos o tus entrañas envueltas para regalo. Tú eliges.

—¿No puedo escoger la Caja Misteriosa...? —dijo el muchacho a media voz.

—Este gilipollas nunca aprende, ¿verdad? —Beppo le sacudió una patada en las costillas. A continuación sacó una navaja que llevaba prendida en el cinturón—. ¿Quieres otra cicatriz en la cara, Listillo? O podemos intentar hacer más grande la que ya tienes.

Bob intentó salir corriendo, pero el dolor en el hígado por culpa de la patada que el sicario le había propinado era demasiado intenso. Además, el Tuercas lo tenía bien sujeto por el cuello.

De pronto se oyó una voz.

—¿Hay algún problema aquí, amigos?

—Piérdete, gilipollas, o te dejaremos peor que a esta piltrafa —respondió Beppo.

El hombre que acababa de aparecer levantó la solapa de su abrigo y mostró una placa de policía.

—¿Está seguro de que ésa es su última respuesta?

Los matones se miraron y, sin mediar palabra, echaron a correr en dirección al río. El policía no se molestó en perseguirlos. Se arrodilló junto a Bob y le tendió un pañuelo arrugado que sacó hecho una bola de su bolsillo.

—Tome —Bob se lo apretó contra la nariz para tapar la hemorragia. Olía intensamente a lejía—. ¿Puede andar?

El joven asintió con la cabeza. El dolor seguía siendo inmenso, pero al menos su cabeza podía empezar a pensar con claridad. Al fijarse mejor en el policía reconoció aquella cara redonda llena de pecas, los ojos verdosos y el pelo ralo y anaranjado.

—¿Detective Potter?

—Bien, veo que al menos la cabeza no ha sufrido daños. Me ahorraré entonces preguntarle si sabe cuántos dedos hay aquí o quién es el presidente.

—Harpo Marx, ¿no es eso?

—Justo. Aunque yo voté por Groucho. —Potter tendió a Bob una mano grande y ancha y lo ayudó a ponerse en pie—. Vamos a que le miren esa nariz.

—No hace falta. Puedo curarme en casa, gracias.

—No era una pregunta —dijo el policía. Al oírlo, Bob estuvo seguro de que los hijos del detective eran de los que se comían las verduras sin rechistar—. Hay un dispensario a un par de manzanas de aquí... ¿Quiere un cigarrillo?

El chófer lo aceptó

— Gracias. —Se lo colgó de una comisura del labio y luego se puso a recoger sus compras del suelo.

—¿Le echo una mano?

—Sólo son un par de bolsas.

—¿Qué lleva ahí? ¿Puedo echar un vistazo?

—Espero que tenga una orden judicial para eso.

—No sea quisquilloso. Acabo de salvarle el pellejo.

—Mi héroe... —respondió Bob. Se colocó las bolsas bajo el brazo—. Sólo son unas mantas, camisas, y diez o doce cajetillas de tabaco.

—¿Va a visitar a alguien en Sing Sing?

—Es un encargo de mi jefe. Ahora mismo estoy trabajando, ¿sabe?

—Creí que era usted chófer en un negocio de alquiler de coches.

—No, me temo que ese puesto ahora está vacante. Puede decírselo a su cuñado, si quiere.

—Vaya, se acuerda... Le alegrará saber que el maldito holgazán por fin encontró un empleo. Ahora trabaja en una ferretería, pero por algún motivo sigue viniendo a mi casa a beberse mis cervezas, y aún no ha sido capaz ni de hacerme un descuento en una puñetera caja de alcayatas. Oiga, ¿por qué no me dice quiénes eran esos dos amigos suyos? Puede que quiera presentárselos a mi cuñado.

—Compañeros de facultad. Me fui sin pagar mi parte de la barra libre en la fiesta de graduación.

—¿Qué clase de universidad celebra las ceremonias de graduación en el club Bahía Baracoa?

—Si ya sabe quién era esa gente, ¿por qué me lo pregunta?

—Sólo por charlar. Me hace usted más caso que mi mujer.

—Entonces, sólo por charlar, dígame: ¿por qué no los detuvo cuando echaron a correr?

—Ellos son dos y yo sólo uno; ellos llevaban una pistola y yo voy desarmado... No me preocupan. Ya los pillará algún agente de servicio la próxima vez que haya una redada en un burdel del Bronx. Me apetecía más quedarme con usted.

—¿Por eso me estaba siguiendo?

—¿Quién? ¿Yo? No, sólo pasaba por aquí. Andaba buscando una tienda de alquiler de disfraces para la noche de Halloween.

—Búsquese uno de policía que sepa mentir bien. Le será muy útil.

—¿Y qué le parece el de juez fantasma? A lo mejor puede usted darme un par de ideas para eso. —El detective Potter se detuvo delante de la puerta de un viejo edificio de ladrillo—. Hemos llegado. Éste es el dispensario. Pase usted, yo le espero aquí fuera.

—¿Le asusta la visión de la sangre?

—No, es que las enfermeras me ponen cachondo, y yo soy un hombre casado. Deje aquí sus bolsas si quiere, yo se las cuidaré.

Bob entró en el dispensario, sin dejar de echar miradas recelosas hacia el detective por encima del hombro. Al verse solo, Potter deambuló por la manzana hasta que encontró un restaurante donde pudo comprar un grasiento bocadillo de albóndigas con pastrami. Se sentó en un banco cercano para comérselo. Al terminar, se limpió las manos de grasa frotándolas contra la chaqueta y dio las migas que sobraban a los pájaros. Después se fumó casi todos los cigarrillos que le quedaban hasta que vio salir a Bob por la puerta del dispensario. Tenía un apósito alrededor de la nariz.

—¿Y bien? ¿Nada roto? —preguntó el detective.

—Por lo visto no, pero ya sabe cómo son los médicos: todo lo arreglan vendando cosas. —El joven se rascó la nariz con un gesto de fastidio—. Llevar esto muy incómodo. Me siento como el Pato Donald.

—No se queje, amigo. Mi hijo mayor lleva permanentemente una cosa de ésas en alguna parte del cuerpo desde que aprendió a trepar a los árboles. Fúmese otro cigarrillo, le sentará bien.

—Espero que a su hijo no le dé el mismo consejo.

—Si lo prefiere, puedo comprarle un helado.

Bob se encendió un cigarrillo y aspiró una primera bocanada con ansia. Potter reparó en que sus manos temblaban ligeramente. Dejó escapar una sonrisa torcida. Al igual que su hijo mayor, el señor Hollister parecía en el fondo un chaval asustado tratando de demostrar lo contrario.

—Bien, ahora es cuando usted me da las gracias por haberle salvado el pellejo y haberle traído hasta aquí. Y también por los cigarrillos.

—Gracias, gracias y gracias —respondió Bob—. ¿Le vale así o también quiere un abrazo?

—Lo dejaremos para nuestra segunda cita.

—¿Habrá una segunda cita?

—Eso depende de si me cuenta usted cosas interesantes en la primera.

—¿Como por ejemplo...?

—Por ejemplo, ¿qué es todo ese asunto del juez asesino de Goblet sobre el que he oído hablar últimamente?

—Tiene usted un oído muy fino.

—Bueno, ya sabe cómo somos los policías: nos encanta cotillear, y tenemos amigos en todas partes. Resulta que, mientras aún estaba entretenido con el caso que tenía entre manos la última vez que nos vimos, llegó a mi mesa de despacho una historia surrealista llena de nombres que me resultaban familiares, entre ellos el suyo. Y, para mayor casualidad, resulta que en ese asunto también desaparece un Príncipe de Jade muy similar al que yo estoy buscando.

—Ignoraba que el Departamento de Policía de Glen Cove pudiese indagar sobre delitos ocurridos en la otra punta del Estado.

—Y no puede. Lo que ocurrió en Goblet queda tan fuera

de mi jurisdicción como si a una vieja le hubiesen robado el bolso en Madagascar. Al menos por el momento.

—¿Qué quiere decir con eso?

—Muy simple; dada la evidente relación que existe entre los dos casos, es cuestión de tiempo que el asunto de los Príncipes se lo pasen a la Policía Estatal.

—Mejor para usted, ¿no? Un asunto menos del que preocuparse.

—Puede... —Potter sacó del bolsillo un caramelo de menta y se lo metió en la boca—. Mire, Bob... Ése era su nombre, ¿verdad? Le voy a decir algo sin ningún asomo de modestia: yo soy un buen policía. De acuerdo, quizá no soy el más listo, y seguro que nunca recibiré una placa de manos del alcalde; pero me gusta mi trabajo, ¿entiende? Me gusta mucho, qué diablos. Para mí es como un remanso de paz lejos de mis cuatro hijos y de mi esposa; los quiero con locura, pero más cuando no los tengo cerca. Adoro cumplir con mi obligación como detective. Si alguien me tira un hueso, me gusta roerlo hasta que no queda nada de carne, y me pone muy nervioso que me lo quiten de la boca justo cuando he encontrado la molla más jugosa, no sé si me entiende.

—Me hago a la idea —respondió Bob. Miró a Potter con una sombra de preocupación en los ojos—. ¿Cree que van a quitarle el caso de Magnolia?

—Es cuestión de tiempo. De hecho, no me sorprendería que al llegar a mi despacho me encontrara la notificación encima de la mesa.

El joven miró al suelo. Tenía el ceño fruncido.

—Me parece bien que aparten a Bosley; es una foca inútil... Pero no sé si me gusta que lo saquen a usted de escena.

—Gracias, me tomaré eso como un cumplido. —Potter se metió otro caramelo en la boca. Su aliento olía igual que un campo de hierbabuena—. ¿Qué me dice, Bob? ¿Va a colaborar conmigo? Se lo pido como un favor.

—De acuerdo, pero no sé qué ayuda le puedo prestar.

—Usted parece un tipo despierto. Se lo diré sin ambages; me cae bien, y no me pregunte por qué. Seguro que hay un par de cosas acerca de ese asunto de Goblet que puede contarme. De forma extraoficial, por supuesto. Ese tal Bosley se ha cerrado igual que una almeja cuando he intentado ponerme en contacto con él. Siempre ocurre lo mismo con los sheriffs de los pueblos.

Bob miró su reloj. Era muy tarde, y, seguramente, el conde se estaría preguntando dónde se había metido con sus encargos. La posibilidad de hacer enfadar a su último jefe le resultaba muy desagradable, pero no tanto como la de dejar escapar la oportunidad que Potter le estaba brindando.

—Si yo le cuento lo que sé, usted hará lo mismo —dijo, tomando una decisión.

—Eso no se lo puedo prometer, no olvide que el caso aún está abierto; pero sí le prometo que compartiré con usted todo lo que me sea posible sin jugarme un expediente por ello.

El chófer imaginó que no conseguiría una oferta mejor y, por otro lado, se inclinaba a pensar que Potter, al menos, sería honrado con él.

—Trato hecho —dijo al fin—. ¿Por dónde quiere que empiece a contarle?

—Aquí no, mejor en un sitio más discreto... ¿Tiene hambre?

Los dos hombres se metieron en una cafetería cercana donde el detective pidió su segundo almuerzo de la mañana: un enorme brazo de pan relleno de albóndigas que rezumaba salsa por todas partes.

Mientras hacía desaparecer el bocadillo a dentelladas, Bob le relató con todo detalle los sucesos de Goblet. El detective parecía más concentrado en no mancharse de grasa la pechera de la camisa que en prestar atención al relato, hasta que escuchó mencionar a sir Cecil Longsword.

—¿No sabe usted qué hacía allí el inglés estirado? —quiso saber.

—No me lo dijo. Él pensó que le estaba espiando.

—Espiando, ¿eh? Me gustaría saber quién se dedica a espiar a quién en esta historia... ¡Dichosos diplomáticos! Los tengo atravesados como un hueso en la garganta. Ojalá pudiera echarles el guante y exprimirlos hasta que canten como gallinas.

—¿Y por qué no lo hace?

—Imposible. Son intocables, especialmente sir Cecil. Mis superiores me han dejado bien claro que no queremos el más mínimo problema con la legación británica. Los pobrecitos están en guerra, y se supone que nosotros estamos de su parte... Ese tipo inglés podría pasearse desnudo por Times Square, pegando tiros a las viejas, y yo tendría que mirar para otro lado si lo hiciera.

—Exagera.

—¡Claro que exagero! Salvo en lo de no tocar los huevos a los diplomáticos ingleses. No se imagina desde qué altas esferas me ha llegado esa orden. Le daré una pista: por las ventanas de sus despachos se puede ver el río Potomac.

—¿Y en cuanto al conde de Roda?

—Tres cuartos de lo mismo, pero con ése estoy más tranquilo; le tengo a usted a su lado para que me cuente todos sus trapos sucios.

—¿Cómo está tan seguro de que tiene trapos sucios?

Mientras masticaba una bola de carne y pan, Potter se hurgó los bolsillos hasta que sacó un viejo ejemplar de *The New Yorker* con las páginas manoseadas.

—A pesar de que no puedo ir a por él directamente, he estado curioseando un poco por mi cuenta y he descubierto algunas cosas muy interesantes. Échele un vistazo a lo que encontré —dijo pasándole el periódico a Bob. Se trataba de un suplemento especial dedicado a la inauguración de la Feria Mundial de Nueva York de 1929. En su interior había varias páginas llenas de fotografías y ditirámbicos textos sobre el acontecimiento—. Busque en el centro, página siete.

En la página mencionada había un artículo sobre las visitas a los diferentes pabellones de la feria realizadas por miembros de las legaciones diplomáticas en Nueva York. La primera fotografía mostraba a sir Cecil acompañado de dos hombres. En el pie podía leerse: «El cónsul británico en Nueva York, sir Cecil Longsword, y su homólogo del consulado de Guatemala, don Virgilio Akabal de Castaneda, charlan a la entrada del pabellón de Venezuela a punto de asistir a la conferencia del Agregado Cultural venezolano. Los acompaña don Pedro Ballesteros, que sirvió de intérprete para la legación británica».

—Bonita foto —dijo Bob—. Aunque sir Cecil ha envejecido bastante en el último año.

—Ésa no es la imagen que quería que usted viese. Fíjese en la página de al lado.

Bob dio la vuelta a la hoja y lo primero que se encontró fue la cara del conde de Roda mirándolo en blanco y negro. Posaba solo frente a uno de los pabellones. El texto al pie decía: «Don Jaime Rius-Walker, representante del gobierno de España, frente al pabellón Ford».

—Ya veo adónde quiere ir a parar, detective. El conde me dijo que nunca antes había hecho labores diplomáticas, pero esta fotografía demuestra lo contrario.

—Chico listo. Ahora sólo nos falta saber por qué mintió.

—Deje que adivine: quiere que yo lo averigüe.

—Si hace usted sus deberes como un buen chico, estoy dispuesto a invitarlo a otra cerveza.

—Esto le va a costar algo más que una cerveza —respondió Bob dejando a un lado el periódico—. Yo he cumplido mi parte; le he contado todo lo que sé. Ahora le toca a usted.

—Tiene razón. Un trato es un trato. —Potter terminó el último pedazo de bocadillo y se chupó las yemas de los pulgares—. He investigado un poco sobre los herederos de Henry Talbot, los miembros de esa sociedad arqueológica, ya sabe.

—¿Ha encontrado algo interesante?

—Un par de cosas de aquí y de allá. Por ejemplo, Adam

Clarke, el abogado, al parecer mantenía algún que otro turbio contacto con la mafia local, especialmente con un personaje que ha estado varias veces en el punto de mira del fiscal del distrito: Otto Portappia, el dueño del hotel Bahía Baracoa.

—Sí, lo conozco... ¿Algo ilegal entre Adam Clarke y él?

—Nada que podamos demostrar. Clarke era su abogado y había sacado a Portappia varias veces de aprietos; a cambio, este último le pagaba suculentos honorarios por los servicios prestados. Según he podido averiguar, al señor Clarke le gustaba bastante tener la cartera llena y darse algún que otro lujo de vez en cuando. Era uno de esos tipos a los que le gusta presumir de un tren de vida elevado.

—Eso no me sorprende. ¿Y sobre los demás?

—Limpios como el culito de un bebé. Elliott Culdpepper no era más que un médico de pueblo, viudo y solitario, que empleó todo su dinero en levantar ese museo suyo. Se quedó sin un céntimo y, probablemente, tendría algún que otro problemilla para cuadrar sus facturas, pero eso es todo.

—Falta Alec Dorian, el joven y apuesto arqueólogo.

—No hay mucho más que añadir. Licenciado en Columbia, brillante expediente académico, de familia pudiente, soltero, rubio y con los ojos azules. Un asco de tipo.

—El hijo perfecto, ¿no es eso?

—Lo sería si sus padres siguiesen con vida, pero ambos murieron en un accidente de tren poco después de que Dorian entrase en la universidad. No tiene hermanos ni otros parientes en Estados Unidos. Recibió una bonita suma de dinero como herencia y la empleó en pagar sus estudios y en vivir como un puñetero rajá hasta que se licenció. Después anduvo por México, El Salvador o algún otro putrefacto agujero dejado de la mano de Dios, sin dejar de excavar ni de pulirse el dinero que heredó de sus padres. Era el niño mimado de su universidad hasta que algo ocurrió, no sé exactamente qué, y los de Columbia le cerraron el grifo para futuros proyectos arqueológicos. Ahora anda por ahí buscando un mecenas. Creo que ha dejado de hacerse la ropa a medida y que compra en los grandes almacenes. Por lo demás, nada ilegal en sus asuntos.

—Me gustaría saber dónde estaba Alec Dorian cuando mataron a Culdpepper...

—A mí también, créame, pero yo no puedo preguntárselo. Mientras la Policía Estatal no se haga cargo del caso, Dorian sólo está obligado a responder ante mí sobre lo ocurrido en Magnolia. Lo único que puedo decirle con seguridad es que no estaba en Glen Cove.

—Es curioso —dijo Bob, pensativo—. Adam Clarke era un derrochador amante del lujo, Culdpepper se había arruinado con su museo y Dorian está camino de terminar igual. A los tres, en resumen, les habría venido muy bien que Talbot les dejase un suculento legado en su herencia.

—Pero no lo hizo. Talbot también estaba sin un céntimo y todo lo que le quedaba se lo dejó a su sobrina.

—Salvo los Príncipes de Jade, que, al parecer, son muy valiosos. Cualquiera de los miembros de la Sociedad Arqueológica de Magnolia podría haber vendido el suyo a los españoles o a los ingleses y obtener una gran suma de dinero, y, sin embargo, desde el principio se negaron a desprenderse de ellos. —Bob sacudió la cabeza como si algo no le encajara—. Empiezo a creer que esa sociedad era realmente una pandilla de inofensivos excéntricos.

—Le confieso que estoy a oscuras, Bob. Está claro que aquí hay un caso, pero no acabo de darle forma. Nos falta el hilo en común.

—Los Príncipes, detective, los Príncipes de Jade son el hilo en común. Tres hombres heredan tres estatuas malditas hechas con los restos del ídolo de un dios maya. Ese mismo dios profetiza sus muertes durante una especie de posesión. A Adam Clarke le dice que se comerá su corazón, y poco después el abogado muere de un infarto; a Elliott Culdpepper le dice que un muerto dictará su sentencia, y ocurre exactamente de esa forma; por último, a Alec Dorian lo amenaza con algo que llama «la muerte sonriente». ¡Ahí está el hilo! Alguien, de este o de otro mundo, quiere muertos a los miembros de la Sociedad Arqueológica de Magnolia. —Potter asintió en silencio. Estaba de acuerdo con la línea de pensamiento de Bob—. La única persona a quien creería capaz de planear estos asesinatos tan barrocos y esotéricos sería al médium guatemalteco.

—Entonces creo que lo que voy a contarle no le va a gustar nada.

—¿Qué quiere decir?

—Itzmin está muerto. Absolutamente tieso. Lo encontraron flotando en el río, y creemos que ya era un fiambre cuando lo echaron para dar de comer a los peces. Según los forenses, lleva muerto no menos de tres o cuatro días.

Todas las ideas de Bob se derrumbaron al conocer aquella nueva revelación. Había sospechado que Itzmin pudo estar detrás de la muerte de Culdpepper, pero, según Potter, el médium ya estaba muerto antes de que eso ocurriera.

—¿Está seguro de que es el médium?

—Por completo. Su agente en Nueva York lo identificó. —El detective reparó en la cara de consternación de Bob—. Sorprendido, ¿verdad?

—Más bien hecho un lío.

—Pues únase al club. La forma en la que Itzmin fue asesinado recuerda mucho al tipo de faena a la que suelen estar acostumbrados algunos tipos de la mafia local, muy especialmente los hombres de don Portappia, el dueño del Bahía Baracoa...

—Que era el mismo hotel donde Itzmin se alojaba —completó Bob—. ¿Qué insinúa, detective, que a Itzmin lo mataron unos mafiosos?

—O ellos o alguien que actúa exactamente igual. De hecho, las pistas son tan evidentes que, de no ser porque el tal Itzmin está relacionado con el asunto de los Príncipes, habríamos achacado su muerte a un ajuste de cuentas más.

—Quizá sea así después de todo.

—No le sigo.

—Damos por hecho que don Portappia no tiene nada que ver con los Príncipes, pero usted mismo ha dicho que tenía relaciones con Adam Clarke. Imagine que la historia de esas joyas hubiera llegado a sus oídos y que, de algún modo, se hubiera asociado con Itzmin para que robase la estatuilla en Magnolia. Después Portappia se deshace del mensajero y se queda con el tesoro. Es una posibilidad.

—No se ofenda, hijo, pero veo más probable que este año los Yankees fichen a Shirley Temple como primer bateador. Me parece una hipótesis muy forzada.

—Forzada, pero no imposible. Lo único que trato de demostrarle es que no hay por qué descartar que a Itzmin lo matasen los hombres de Portappia.

—Bien. Usted siga dando vueltas a eso y, cuando se le ocurra algo, venga a verme.

Potter dio por terminado el encuentro. Salieron de la cafetería y se despidieron, no sin que antes el detective le previniese contra asaltantes indeseados. A Bob le pareció que era sincera la preocupación que desprendían sus palabras.

Al mirar el reloj, el joven se dio cuenta de que ya había pasado con creces la hora de comer. Se suponía que el conde estaría en el consulado aguardando sus encargos. Ojalá no estuviese demasiado furioso por el retraso.

Bob tomó un taxi hasta el consulado. Al entrar en el edificio de la legación, el conserje, un hombrecillo antipático y estirado, le recibió con gesto torcido.

—Señor Hollister —dijo—, ¿dónde estaba? Su excelencia ha preguntado por usted varias veces. Quiere verlo de inmediato en su despacho.

Bob prefirió no malgastar excusas con aquel insignificante chupatintas y corrió hacia el despacho del conde. Se detuvo un segundo ante la puerta para tomar aliento. Del interior brotaban voces en español, como si dos personas estuviesen discutiendo.

El chófer golpeó la puerta con los nudillos.

—Adelante —oyó decir a su jefe.

Todo su torrente de disculpas, perfectamente ensayado, se le quedó atascado en la garganta al encontrarse cara a cara con la persona que estaba junto al conde.

Era el Hombre del Bigote Negro.

Bob miró a don Jaime, como pidiendo una explicación.

Éste evitó sus ojos. Parecía avergonzado. Permanecía de pie, tras la mesa de despacho, con las yemas de los dedos apoyadas en la superficie del escritorio.

—Señor Hollister, este caballero es el señor Luis Galarza.

—Pero... ustedes... ¿se conocen?

—Por favor, señor Hollister, tenga la bondad de sentarse. Me temo que tengo malas noticias para usted.

ELIZABETH deambulaba por Bainbridge Avenue mirando hacia los dinteles de las puertas, buscando un número. Con una mano sostenía un pequeño carnet de notas abierto por el lugar donde había una dirección apuntada y con la otra se sujetaba el sombrero para que no se le volase con el viento.

Al dar un paso se le enganchó el tacón del zapato en una tapa de alcantarilla. Con un hábil movimiento logró evitar caer de bruces al suelo, pero la libreta no tuvo tanta suerte y fue directa a un charco. Elizabeth la cogió con cuidado y trató de pasar las hojas mojadas.

Masculló una maldición que habría hecho escandalizar a tía Sue.

No había apenas gente en la calle a causa del mal tiempo. Elizabeth echó un vistazo a su alrededor y vio a una mujer envuelta en abrigos harapientos que estaba sentada bajo el soportal de un edificio.

—Hola... Hola, perdone... Buenas tardes, estoy buscando una dirección...

La mujer empezó a bracear y a gritar en un idioma que parecía inventarse sobre la marcha. Cada vez que la joven abría la boca, ella gritaba más fuerte hasta que, finalmente, se metió en el edificio y cerró la puerta a sus espaldas.

—Gracias. Muy amable —murmuró Elizabeth.

La joven oyó que alguien la llamaba a sus espaldas. Se volvió. En el interior de un garaje vio a un hombre con la cara cubierta de aceite.

—Eh, señorita —dijo el hombre. Era tan delgado como una anguila y, por efecto del aceite de motor, seguramente igual de viscoso. Le hacía gestos con la mano para que se acercase—. ¿Qué hace hablando con esa vieja loca? Está como una cabra, sólo se entiende con sus gatos. Ha tenido usted suerte de que no le haya lanzado ninguno a la cabeza.

—No pasa nada, me gustan los gatos.

El hombre se rascó la coronilla por debajo de la gorra andrajosa que llevaba puesta.

—Oiga, ya sé que no es asunto mío, pero no debería andar usted sola por estas calles, y mucho menos con esa ropa. Éste no es un barrio seguro para una jovencita de su clase.

Elizabeth suspiró. Parecía cansada.

—Ya lo sé. Estaba buscando una dirección, pero tenía el número apuntado en mi libreta, que se ha empapado y ahora es ilegible... Es una especie de refugio con el nombre de un santo... San Adriano o algo parecido...

—¿Saint Aidan?

—Sí, creo que ése era el nombre.

—Pues está usted de suerte, señorita. Éste es justo el lugar que está buscando.

—¿Esto? Habría jurado que era un garaje.

—Bueno, el hospicio está detrás, al otro lado de la manzana, pero este local también forma parte de las instalaciones. Me llamo Fonzi. —El hombre le tendió una mano y ella se la estrechó, antes de darse cuenta de que estaba cubierta de grasa de motor—. Yo estoy a cargo del garaje, ¿sabe? —dijo con cierto orgullo en la voz.

—Qué bien. —Elizabeth se miró el guante echado a perder, lleno de costras aceitosas—. ¿Tiene usted un pañuelo por alguna parte?

—Claro, por supuesto. —Fonzi se sacó del bolsillo un pedazo de trapo empapado en grasa.

La joven sonrió, se quitó los guantes y los guardó en el bolso.

—Es igual... Verá, estoy buscando a un caballero llamado Robert Hollister. Creo que vive aquí.

—¿Bob? —Fonzi calibró a la muchacha con la mirada. Le pareció muy atractiva—. Claro, señorita, aunque no sé si está en este momento. Ahora trabaja con un pez gordo, un diplomático o algo así, ¿sabe? Deje que pregunte por ahí.

El mecánico se marchó del garaje subiendo cansinamente los peldaños de una escalera situada en la parte de atrás.

Al quedarse sola, Elizabeth se preguntó por enésima vez el motivo que la habría llevado a escabullirse de casa de tía Violet casi a hurtadillas y presentarse en aquel lugar. Se había dado a sí misma muchas respuestas durante el camino, pero ninguna le resultaba satisfactoria.

En los últimos días no hacía más que pensar en los Príncipes de Jade y en el misterio que rodeaba las muertes de Clark y de Culdpepper. Creía que la única persona que compartía su inquietud por aquel asunto era Bob, y por eso quería volver a verlo.

No obstante, aquello no dejaba de ser una mera excusa. Descubrió que en realidad había estado pensando en Bob casi tanto como en los Príncipes de Jade, como si ambas ideas se complementasen la una a la otra. Quería hablar con él. Saber más cosas de él. Por más que se repitiese una y otra vez que lo único que le interesaba era el misterio de las estautillas malditas, algo había en el joven que le resultaba igual de fascinante. Quizá era el hecho de que, como los Príncipes de Jade, Bob parecía ocultar una interesante historia que se mantenía en secreto. Todas las personas que Elizabeth conocía —como tía

Sue o Dexter— eran sencillas y predecibles. Bob no; él era un acertijo, y si había algo en el mundo a lo que Elizabeth no era capaz de resistirse era a la excitación que le provocaba encontrarse ante un enigma oculto sobre el que poder fabular.

Debía reconocer que había estado haciendo muchas elucubraciones sobre el señor Hollister en los últimos días, casi tantas como sobre los Príncipes. Se preguntaba qué clase de persona era en realidad, como si detrás del tipo sarcástico, petulante y seguro de sí mismo que a ella tanto lo irritaba hubiese un muchacho atento, ingenioso y vulnerable que sólo aparecía fugazmente, como aquella vez en que Elizabeth lo contempló mientras dormía... De hecho, la joven a menudo se había sorprendido a sí misma rememorándolo de aquella manera: con los ojos cerrados, la cicatriz rompiendo su cara y el mechón de pelo sobre la frente. El que pensara tan a menudo en un hombre del que apenas sabía nada también constituía otro pequeño misterio que la joven estaba deseosa de resolver.

Ella siempre tuvo una curiosidad innata por desvelar lo oculto, quizá debido a los genes heredados de su padre, el famoso arqueólogo.

La escalera de madera crujió y Elizabeth vio al grasiento mecánico del taller bajar por ella, seguido de un hombre vestido de sacerdote. Tenía los ojos muy azules, el pelo blanco y abundante y la mandíbula cuadrada.

—Buenas tardes, soy el padre Connor —se presentó—. Fonzi dice que está usted buscando a Bob.

—Tengo entendido que vive en este lugar.

—Así es, pero me temo que todavía no ha vuelto de su trabajo. ¿Es usted amiga suya?

Elizabeth no supo qué responder a esa pregunta.

—Tal vez... Nos conocimos en casa de mi tío hace unos días. En realidad fue muy divertido, pasamos la noche juntos y...

—Vaya, ¡el muy bribón! ¡Qué callado se lo tenía! —exclamó Fonzi sonriendo de medio lado.

—¡No, no...! No es lo que ustedes piensan. Verán, antes de eso él entró en mi habitación del hotel... —El mecánico dejó escapar un silbido y ella empezó a ruborizarse—. Mejor empezaré otra vez, ¿de acuerdo? Mi nombre es Elizabeth Sullavan...

La expresión del sacerdote se vio descargada por una inmensa sensación de alivio.

—¡Ah, la señorita Sullavan! Claro, Robert habla a menudo sobre usted, parece que la tiene en gran estima, o al menos eso se diría por la cantidad de veces que la menciona.

—¿Está seguro de que hablamos del mismo Robert Hollister, padre?

— Por supuesto. ¿Sabe? Tenía mucha curiosidad por conocerla. Él no suele hacer amigos con facilidad, es un poco... taciturno.

— Sí, hablamos del mismo tipo, no hay duda.

—Oiga, ¿por qué no se queda a esperarle? Al menos hasta que pare de llover. Por la hora que es yo diría que no tardará en regresar.

—Gracias, padre. No querría molestar.

—Llámeme Frank, y no es ninguna molestia. Los chicos acaban de terminar su merienda, y estoy seguro de que habrán sobrado algunos sándwiches de mermelada, si es que le apetecen.

Elizabeth y el cura subieron la escalera para salir del garaje y se internaron a través de los pasillos del hospicio. Por el camino se cruzaron con grupos de niños y adolescentes que parecían bastante animados; la mayoría saludaban al sacerdote o se paraban a intercambiar bromas con él.

—Eh, Frank —dijo uno de los muchachos, que tenía la cara llena de pecas—. Rusty dice que puede pegarle a la bola cien veces más fuerte que tú.

—¿De veras? Dile de mi parte que irá de cabeza al infierno por decir mentiras... y que allí seguirá bateando como mi abuela por toda la eternidad.

—Vamos a lanzar unas bolas al patio, ¿te vienes?

—Ahora no, Andy. ¿No ves que tenemos visita?

Los adolescentes intercambiaron silbidos y exclamaciones cargadas de doble intención mientras se marchaban por el pasillo. Frank sonreía, moviendo la cabeza de un lado a otro.

—¡Qué chicos...! Perdóneles, señorita Sullavan. Algunos de ellos están en esa edad en la que sus cabezas se hacen un lío entre el béisbol y las chicas.

—No se preocupe —dijo Elizabeth—. Es bonito ver que le tienen tanto aprecio.

El cura sonrió, orgulloso.

—Son mis muchachos. La mayoría de ellos, cuando llegan a este lugar, salen del infierno. Yo no les abro las puertas del cielo, pero al menos les digo cómo se puede llegar. —Frank señaló a un chiquillo que jugaba a la peonza con otros dos niños de su edad—. ¿Ve a ese chico de ahí? Se llama Ron. Escapó de una granja donde vivía con sus tíos. No podría explicarle qué clase de calvario tuvo que sufrir ese pobre infeliz a manos de sus tutores... Hay cosas que deben quedar entre ellos y Dios. Me quita el sueño pensar lo que habría sido de él de no haber sido acogido en un lugar como éste. Ahora mírelo; es un muchacho alegre, feliz y bien alimentado... ya ni siquiera tiene pesadillas por las noches. O ese otro... —Frank señaló a un joven que leía un ejemplar de *La isla del Tesoro* dentro de una de las aulas—. Jason. A los cinco años su padre le obligaba a robar carteras en la calle. De haber seguido por ese camino, habría acabado sus días en un presidio, o puede que algo peor. Ahora lo único que escamotea son los libros de nuestra biblioteca; siempre se retrasa en devolverlos... ¡Eh, Jason! —El muchacho levantó los ojos del libro y miró a su alrededor, como si estuviese sorprendido de no hallarse a bordo de *La Hispaniola*—. ¿Qué tal ese libro? ¿Es bueno?

—¡Uno de los piratas ha disparado a Jim Hawkins! —dijo el chiquillo, preocupado.

—Tranquilo. Ya he leído ese libro. Verás cómo todo sale bien —respondió Elizabeth.

—Ah, bueno... —dijo Jason, aunque no parecía muy convencido. Apoyó la cabeza en la mano y volvió a sumergirse en la lectura.

Frank y Elizabeth siguieron su camino.

—No existen los niños malos, señorita Sullavan —dijo el sacerdote—. Nosotros los hacemos malos. Un adulto no es más que la versión aumentada de aquello que fue de niño, y nuestra responsabilidad es lograr que esa versión sea un reflejo de todo lo bueno que hay en el ser humano. A veces, cuando los dejan aquí, me dicen: «Haga con él lo que quiera, padre; es una causa perdida». —Los labios de Frank se apretaron de indignación—. Me dan ganas de aplastar la nariz de un puñetazo al imbécil que me dice algo semejante... ¡Malditos hipócritas! Los traen al mundo y los destrozan, y, cuando están completamente rotos, los dejan de lado diciendo que son «causas perdidas». Llevo quince años al frente de este lugar, y le aseguro que en todo ese tiempo no he encontrado una sola «causa perdida».

Frank dejó entrar a Elizabeth a un despacho atestado de libros. Le pidió que esperase un momento mientras iba a buscar algo para comer.

La joven se quedó contemplando todo cuanto la rodeaba con enorme curiosidad. Colgadas en la pared, había una decena de fotografías enmarcadas y en una de ellas aparecía un sonriente Frank, un poco más joven, junto a un grupo de muchachos. En un extremo, algo apartado de los demás, se veía a un chico con gesto huraño, de pelo negro e hirsuto. La cicatriz que surcaba su cara lo hacía inconfundible.

Fran regresó con una bandeja de sándwiches y dos vasos de leche. Elizabeth señaló la foto que había estado contemplando.

—¿Éste es el señor Hollister?

—Tiene usted buen ojo, señorita Sullavan. En efecto, éste

es Robert, cuando era sólo un adolescente. —Dejó escapar una sonrisa evocadora—. Parece que fue ayer cuando se tomó esta fotografía, y lo cierto es que han pasado casi siete años.

—De manera que él también fue uno de sus muchachos...

—En cierto modo lo sigue siendo. —Frank se dejó caer sobre su silla y se quitó el alzacuellos. Cogió un sándwich y dio un largo trago a su vaso de leche—. Chico listo, ya lo creo que sí, a veces demasiado. La inteligencia no siempre es un don... ¡Qué trabajo me dio el condenado! Era insolente, rebelde, impertinente; a menudo, francamente inaguantable... Seguramente otros habrían tirado la toalla con él, pero no el hijo de mi madre, no señor. Desde el momento en que le eché la vista encima, supe que Dios le había puesto una buena cabeza sobre los hombros. Habría sido un pecado dejar que se malograra.

Elizabeth se quedó un rato en silencio mientras masticaba un trozo de sándwich. Dudaba si preguntar o no a Frank lo que tenía en mente. Por fin se decidió.

—¿Cómo llegó a este lugar?

—Permita que le responda con otra pregunta: ¿hasta qué punto es usted amiga suya?

—No comprendo.

—Quiero decir, ¿alguna vez le habló a usted de su pasado? ¿De su vida en el hospicio? ¿Le ha contado cómo se hizo...? —Frank se pasó el dedo pulgar por la mejilla.

—Me temo que no. De hecho, ni siquiera sabía que había crecido en un hospicio.

—Entiendo. En ese caso creo que es mejor que se lo pregunte a él mismo. —Frank vació su leche de otro trago—. No quiero parecer grosero, señorita Sullavan. El caso de Robert fue muy peculiar, muy complejo, quizá de los más extremos que he conocido nunca. Le he dicho que fue un muchacho difícil. Pues bien, tenía sobrados motivos para serlo. Creo que hay detalles de su vida que tiene derecho a ser él quien decida compartir con los demás.

—No se preocupe, me hago cargo —respondió Elizabeth, aunque no pudo evitar mostrarse decepcionada.

Frank sonrió.

—Estoy seguro de que acabará por contárselo, tarde o temprano. Usted le es muy simpática, ¿lo sabía?

—¿De veras? —preguntó ella, incrédula—. ¿Eso es lo que le ha dicho él?

—Bueno, no exactamente con esas palabras, pero ya le dije que habla de usted a menudo.

—¿Ah, sí? ¿Cosas buenas?

—Si conociese usted a Robert tan bien como yo, sabría que su forma de mostrar afecto es algo diferente a lo que la gente suele estar acostumbrada... Parece usted una joven muy agradable, señorita Sullavan, y algo me dice que también es muy inteligente. Yo nunca me equivoco con las primeras impresiones. Robert necesita a su alrededor a más personas como usted. No sé para qué ha venido ni qué es lo quiere de él, pero me alegro de que esté aquí.

Hasta entonces Elizabeth no estaba segura de si presentarse en aquel lugar había sido una buena idea o sólo la consecuencia absurda de una tarde aburrida. Por algún extraño motivo, las palabras de Frank le sonaron como la señal que había estado esperando.

En ese momento la puerta del despacho se abrió y Bob apareció en el umbral. Tenía el pelo empapado y cara de pocos amigos.

—Hola, Frank. Fonzi dice que... —Al ver a Elizabeth se detuvo en seco, con la boca abierta a mitad de la frase.

—Buenas tardes, señor Hollister —saludó ella alegremente.

Bob seguía parado en la puerta, con una expresión de asombro casi cómica. Por su cara se diría que acababa de sorprender a Frank departiendo amigablemente con el espíritu de san Ignacio de Loyola.

—¿Qué hace ella aquí? ¿Quién la ha dejado entrar? —acertó a preguntar.

—¿Está usted seguro de que le soy muy simpática?

—No seas grosero, Robert. La señorita Sullavan ha venido a hacerte una visita.

—Pero aquí... Ella no... Es decir, usted no tenía por qué venir a este lugar...

—Vamos, muchacho —dijo Frank—. Cualquiera diría que te avergüenzas de nosotros.

El joven se rascó nerviosamente la nuca, evitando mirar a Elizabeth a la cara.

—No es eso, es que... —Odiaba reconocer que Frank no andaba muy desencaminado: Bob no quería que Elizabeth supiese que se había criado en aquel lugar. Se sentía como si ella lo hubiera sorprendido en paños menores... y llevase puesta una ropa interior especialmente fea y pasada de moda—. ¿Cómo supo que me encontraría aquí?

—No fue fácil, la verdad. Fui a ver a este tal Kowalzski, el del local de alquiler de coches; él me dio esta dirección. Por cierto, dice que le debe usted la reparación de cuatro ruedas nuevas. Yo que usted no pasaría por ese local en un tiempo. No parecía un tipo muy agradable.

—Valiente caradura —exclamó Frank—. No pienso volver a reparar gratis otro de sus cacharros hasta que no cambie de actitud. Desentiéndete de él, Robert; después de todo ya no le necesitamos para nada, tú ya tienes un buen trabajo.

—Di más bien que tenía un buen trabajo. —Bob se encendió un cigarrillo y se dejó caer en una de las sillas del despacho—. El conde acaba de despedirme.

—Oh, no, ¿otra vez? Pero, muchacho, ¿qué has hecho ahora?

—Yo nada, te lo juro —se defendió el joven—. Por lo visto me ha sustituido por un chófer más cualificado, un tal Galarza. Cuando llegué a su despacho ni siquiera me dio tiempo a pedir explicaciones; tan sólo se limitó a darme las gracias, pedirme disculpas y presentarme a mi sustituto. —Bob suspiró, expulsando una densa nube de humo—. Al menos me ha pagado un mes de sueldo y me ha escrito una carta de reco-mendación.

—Toda esta historia me suena muy rara, Robert.

—¿Y crees que a mí no? Ese Galarza es el mismo tipo que ha estado siguiendo al conde como una sombra estos últimos días, y ahora resulta que trabaja para él. Que me ahorquen si lo entiendo.

—Espere —dijo Elizabeth—, ¿se refiere a ese misterioso hombre del bigote negro del que hablaba?

—El mismo.

—¡Qué extraño! ¿Y no pidió explicaciones al conde al respecto?

—Ya le he dicho que ni siquiera me dio la oportunidad. Cuando me quise dar cuenta estaba en la calle con mi dinero en una mano y la estúpida carta de recomendación en la otra.

—Y supongo que fue entonces cuando unos asaltantes te dieron una paliza y te robaron todo el dinero, ¿no es así? —dijo Frank.

—¿Cómo dices? —preguntó Bob. El cura se señaló la nariz—. Ah, esto... No, esto es un saludo de los hombres de Portappia. Me cogieron desprevenido cerca de Queensboro.

—Jesús, chico, ¿es que voy a tener que ponerte una escolta cada vez que salgas a la calle?

Elizabeth levantó la mano tímidamente.

—Perdón, ¿puedo hacer una pregunta? ¿Quiénes son esos hombres de Portappia?

—¿Recuerda cuando me colé en su habitación del hotel? Le dije que aquellos tipos que iban tras de mí no eran de la policía.

—Otto Portappia es un mafioso de la peor calaña —explicó Frank—. Robert, ¿por qué no explicas a la señorita Sulla-van lo que ocurrió en el hotel, antes de que piense que somos una especie de tapadera del crimen organizado?

Bob así lo hizo. Elizabeth escuchó la historia con atención.

—Ahora entiendo por qué lo contrató el conde —dijo ella

después—. Señor Hollister, creo que debería dar parte a la policía.

—Ya he hablado con la policía. De hecho, de no haber sido por el detective Potter, ahora esta venda sería mucho más grande, créame. —Bob se rascó el apósito de la nariz poniendo cara de fastidio. Finalmente se lo arrancó y lo tiró a una papelera. Aspiró profundamente—. Ya está, no soportaba un minuto más esa cosa...

—Yo creo que le sentaba muy bien. Ya tenía usted el pico y el mal genio, sólo le faltaba un gorro de marinero para parecerse a un personaje de dibujos animados —dijo Elizabeth.

Frank disimuló una carcajada tras la palma de la mano. Bob lo fulminó con la mirada. El sacerdote fingió un ataque de tos y luego, recomponiéndose, dijo:

—De modo que has hablado con ese detective... ¿Cómo se llamaba? ¿Potter?

—Eso es. Quería saber lo que había ocurrido en Goblet. —Bob relató sucintamente el encuentro con el policía. Terminó su exposición revelando el hallazgo del cadáver del doctor Itzmin en el río Hudson.

—¡No es posible! —exclamó Elizabeth—. ¿Y quién lo ha matado?

—No lo sé. A lo mejor usted, que es tan lista, me lo puede decir.

—¡Robert! Sé amable o volveré a colocarte esa cosa en la nariz.

En ese momento una monja se materializó silenciosamente en la puerta del despacho. Se retorcía las manos con nerviosismo.

—Padre Connor.

—Diga, hermana Mary Joy.

—Es Joe Kirby, padre... ¡Ha metido la cabeza entre los barrotes del cabecero de su cama y ahora está atascado!

—¡Diablos! ¿Otra vez? ¡Les dije a esos condenados chicos que no volvieran a hacer apuestas sobre eso...! Perdonadme, vuelvo enseguida... Hermana Mary Joy, vaya corriendo a la cocina y traiga toda la mantequilla que encuentre.

Desapareció por el pasillo dejando solos a Elizabeth y a Bob.

Durante unos minutos los dos permanecieron en silencio hasta que, poco a poco, ella empezó a reírse. Primero en silencio y luego a carcajadas.

—¿Se puede saber qué es lo que encuentra tan divertido? —preguntó Bob, malhumorado.

—Oh, lo siento... Me estaba imaginando a ese pobre Joe Kirby con la cabeza llena de mantequilla y... —Volvió a soltar otro tintineante puñado de carcajadas.

Bob frunció el ceño.

—No tiene gracia. Los muchachos mayores gastan siempre esa broma a los pequeños. Apuestan con ellos la merienda a que no son capaces de meter y sacar la cabeza de entre los barrotes de la cama.

—¡No me diga que a usted también se lo hicieron!

—Pues sí. Estuve ahí metido casi veinte minutos hasta que me encontró una de las monjas.

—¿De veras? —La joven apretaba los labios para aguantar la risa—. ¿Ha dicho usted veinte minutos?

—¡Fue muy cruel! Los demás chicos me pintaron bigotes con un trozo de corcho quemado y uno de ellos me puso una rana encima de la cabeza. —Elizabeth estalló en una carcajada. Bob se puso de mal humor—. Cuando me vio la monja salió corriendo por el pasillo. Le daban miedo las ranas. Encontraron a la pobre mujer en la cocina con un ataque de nervios y, como todos estaban atendiendo a la monja, se olvidaron de mí y al final me quedé dormido con aquel bicho en la cabeza hasta que Frank me encontró. —Elizabeth se reía sin parar y Bob, sin poderlo evitar, acabó dejando escapar una sonrisa que amenazaba con propagarse por toda su cara—. Está bien..., quizá sí fue un poco gracioso.

—Me habría encantado poder verlo con mis propios ojos.

—Pues yo me alegro de que no estuviese allí. Seguro que se le habría ocurrido algo peor que lo de la rana.

—No lo crea. De pequeña no tuve muchas oportunidades de hacer travesuras, ni tampoco de sufrirlas.

—¿No tiene usted hermanos?

—No. —Elizabeth se quedó callada un momento, luego se atrevió a hacer una pregunta personal—. ¿Usted tampoco?

—¿Está de broma? Éramos decenas de chicos en este lugar. Creo que el problema es que tuve demasiados hermanos, y ninguno era un santo, se lo aseguro.

—¿Y usted era el niño bueno y tranquilo que nunca se metía en líos?

—En realidad no... —respondió Bob. Sonreía de forma leve, como recordando tiempos pasados—. Absolutamente no —reafirmó. De pronto se levantó de la silla y señaló una muesca en la pared del tamaño de la palma de una mano, junto a un trofeo de pesca en el que aparecía una trucha disecada—. ¿Ve este agujero? Lo hice yo. A los trece años. Después de leer *Veinte mil leguas de viaje submarino* convencí a unos chicos para que jugásemos a ser el capitán Nemo y su tripulación. Yo fabriqué una especie de arpón con trastos que saqué a escondidas del garaje y no se me ocurrió nada mejor que probarlo con uno de los trofeos de pesca de Frank. —Bob contempló la muesca con orgullo—. Se puso hecho una furia.

—¿Por qué? La trucha parece intacta.

—Sí, pero él estaba justo debajo cuando probaba el invento. El arpón le pasó tan cerca que creo que le peinó la raya a un lado. Estuve tanto tiempo sin postre que casi había olvidado el sabor de las natillas cuando me levantó el castigo.

Elizabeth rió. Le agradaba aquel Bob que relataba sus hazañas infantiles mucho más que el hombre reservado y sarcástico que parecía estar en guardia contra todo el mundo. Aunque quizá lo que más le interesaba era el hecho de que los dos pudiesen ser la misma persona.

—¿Fue con uno de esos cacharros de su invención como se hizo esa cicatriz? —se atrevió a preguntar.

—No. Esto fue... —Se detuvo.

Por un momento ella creyó que iba a contárselo. Entonces la mirada de Bob se perdió por encima de Elizabeth. Se llevó una mano a la cicatriz, lentamente, y luego volvió a mirarla, pero era de nuevo aquella mirada cínica acompañada de su media sonrisa.

—Fue jugando a la gallina ciega con los otros chicos. El que hacía de gallina tenía las uñas asombrosamente largas.

—Ah. Entiendo... —dijo ella, decepcionada.

Se volvió a hacer el silencio entre los dos. Bob sacó un cigarrillo y se lo encendió. Después de darle un par de caladas, dijo algo que sorprendió bastante a Elizabeth.

—Lo siento.

—¿Cómo dice?

—Antes, cuando entré... No pretendía ser grosero con usted.

—Bueno... Acepto sus disculpas. Sólo espero que sea más amable con sus otras visitas.

—Lo cierto es que no suelo recibir muchas.

—¿Y nunca se ha preguntado el motivo?

Ella esperaba una réplica ácida, pero Bob se limitó a bajar la cabeza y a sonreír.

—Ahora en serio —dijo después de dar otra calada al cigarrillo—, ¿para qué ha venido?

—¿Quiere que le sea sincera, señor Hollister? Pues bien, la verdad es que no tengo ni la más remota idea. —Bob levantó una ceja—. Sí, es cierto, no me mire con esa cara. Verá, yo estaba en casa de la tía de Dexter. No podía quitarme de la cabeza todo lo ocurrido en los últimos días, sobre los Príncipes de Jade, las muertes y demás, ya sabe... Intenté hablar con tía Sue, pero fui incapaz de sacarla de su bolso, de sus jaquecas y de las ganas que tiene de volver a Providence. En cuanto a la tía de Dexter, ha formado una especie de ser único con su aparato de radio y no atiende a nada que no sea la voz de Al Johnson. Mi prometido, por su parte, ha tenido que volver a su trabajo, aunque en cualquier caso no me sirve de mucha ayuda... Es decir, no es que no me escuche ni nada de eso, es sólo que es muy aburrido tratar de contrastar ideas con alguien que no para de darte la razón como si, en realidad, no te estuviera tomando en serio... Creo que piensa que soy estúpida o que estoy loca... o qué sé yo. A veces tengo la sensación de que todo el mundo lo piensa.

—¿Por qué dice eso? —preguntó Bob, visiblemente sorprendido—. Yo no creo que sea usted estúpida.

—Sí que lo cree. Nunca me hace caso.

—Al contrario, señorita Sullavan. Generalmente suelo ignorar a las personas que me parecen estúpidas. Yo sería incapaz de ignorarla a usted, aunque quisiera.

—¿De veras? —dijo ella, dubitativa. No estaba segura de si él le había dicho algo bueno o algo malo—. Dígame una cosa, señor Hollister, ¿le resulto simpática?

Bob notó que se ruborizaba.

—Diablos... ¿Y a qué viene ahora esa pregunta?

—Lo digo porque... usted sí me resulta simpático, ¿sabe?

—Ah... ¿En serio...? Vaya... —dijo él. Su cara estaba tan roja que podría haber sido capaz de orientar a un barco en medio de una tormenta—. Oh... Bien... En fin... En ese caso supongo que... usted... en cierto modo me resulta... interesante...

—Interesante —repitió Elizabeth—. Ya veo.

Bob trató de matizar.

—Quiero decir, en sentido humano...

—¿En sentido humano?

—Sí... Ya sabe, como persona... como persona en cierto modo agradable... agradable de ver...

—Soy interesante como persona en cierto modo agradable de ver.

—Eso es...

—La verdad, no sé qué pensar. Es el halago más raro que me han hecho en mi vida. —Ella decidió dejarlo estar. Si Bob seguía poniéndose rojo, acabaría sin sangre en las venas—. En fin, de todas formas me alegro de estar charlando con usted. Es un buen cambio contrastar ideas con alguien que no para de darme la tabarra para que regrese a Providence.

—¿Quién hace eso? —preguntó Bob mientras sus mejillas recuperaban poco a poco su color pálido habitual.

—Tía Sue. Y Dexter. Creen que debería marcharme de la ciudad y regresar a casa.

—¿Y usted? ¿No quiere volver?

—¿Ha estado alguna vez en Providence, señor Hollister? Es la capital universal del aburrimiento. Además, no olvide que aún tengo que decidir qué hacer con la casa que me legó mi tío, algo que no me será fácil después de que al albacea testamentario lo colgasen de un árbol y le prendiesen fuego.

—Podría intentar venderla desde Providence. En Nueva York debe de haber cientos de personas capaces de encargarse de ello en su nombre.

—No es sólo eso, señor Hollister, y usted lo sabe.

—¿Qué es lo que sé? —preguntó Bob.

Elizabeth lo miró, desafiante.

—Dígame que usted no piensa continuamente en esos Príncipes de Jade. Que es capaz de dormir por las noches, sin pasarse horas dando vueltas en la cama pensando en quién pudo robarlos y qué hay de cierto en esa maldición, o que no se queda parado en medio de la calle preguntándose quién o qué mató al doctor Culdpepper. Míreme a los ojos y asegúreme que nada de eso le ocurre, y saldré de aquí ahora mismo y volveré a Providence en el próximo tren, con mi tía, su colección de bolsos y un montón de preguntas sin resolver.

Bob trató de mantener la mirada de las pupilas de ella. Demasiado grandes, de un verde tan enigmático como el jade maya con el que estaban tallados aquellos Príncipes malditos. Parecía darse cuenta por primera vez de que Elizabeth Sullavan tenía ojos, y que éstos eran demasiado interesantes para dejar de mirarlos.

—Señor Hollister.

—¿Qué?

—¿Va usted a decirme algo o no? Estoy cansada de no parpadear.

—¿Eh...? ¿Qué...? Esto... Sí.

—Sí ¿qué?

—Pues que sí. Que respondo que sí.

—¿A qué pregunta?

—No lo sé. Se supone que tenía que responder algo.

—¿Y su respuesta es sí?

—Pues... ¿No?

—¿No?

—Sí... O no... No sé... ¿Podría dejar de mirarme de esa forma, señorita Sullavan?

—¿De qué forma?

—Pues... Así, de esa forma, ya sabe. No puedo concentrarme si se me queda mirando de esa manera.

Elizabeth suspiró. Cogió su bolso y empezó a ponerse los guantes.

—Déjelo. Tenía usted razón, no tiene ningún sentido que haya venido a verle.

—Yo no he dicho eso.

—Sí que lo ha dicho... O he sido yo, no lo sé... Estoy segura de que alguien lo ha dicho. —La joven tendió a Bob una mano metida en un guante manchado de grasa de motor—. En fin, señor Hollister, ha sido un placer. Si alguna vez pasa por Providence, ya sabe dónde encontrarme.

—En realidad no lo sé. Usted no me ha indicado dónde vive.

—No importa. Tampoco creo que pase usted nunca por Providence; hay centenares de sitios mucho más interesantes a los que ir. Adiós.

Elizabeth dio media vuelta y se dirigió hacia la puerta. Bob aplastó el cigarrillo apresuradamente y la cogió del brazo.

—Espere... —Ella se detuvo. Bob apartó la mano, como si hubiera hecho algo inadecuado—. Supongamos que, al igual que usted, siento cierta curiosidad por saber qué hay detrás de este misterio de los Príncipes de Jade. En cualquier caso, estamos en un punto muerto. Es un asunto que atañe a la policía; no hay nada que podamos hacer por nuestra cuenta.

—En eso se equivoca, señor Hollister. De hecho, hay una idea fantástica que empieza a rondarme la cabeza.

—¿De qué se trata?

—Antes ha dicho que se ha quedado sin trabajo, ¿verdad? —Elizabeth desplegó una amplia sonrisa en su cara—. Pues bien, creo que puedo ofrecerle un empleo que le irá como anillo al dedo.

BOB miró el coche con una expresión similar a la de un santo contemplando su instrumento de martirio.

Hizo una mueca, levantando un poco el labio superior hasta enseñar los dientes, miró a Fonzi con gesto suplicante y preguntó:

—¿De verdad que no tienes otra cosa?

El mecánico puso cara de sorpresa.

—¿Otra cosa? Pero ¿qué le pasa a este coche? ¡Está perfecto!

Dio un golpe en la carrocería y el coche se agitó como si hubiera tenido un escalofrío. Bob también.

Era un Ford modelo A, un viejo cacharro de los que hacía casi diez años que no se fabricaban, y ése, en particular, tenía aspecto de haber sido reparado tantas veces como abolladuras tenía en su superficie. Bob encendió el motor y sus sospechas se vieron confirmadas: sonaba igual que la tos de un moribundo. De pronto echaba mucho de menos el Lincoln Continental del conde de Roda.

—¿Oyes ese motor? —dijo Fonzi, levantando la voz para hacerse oír por encima del ruido—. ¡Suave como la respiración de un bebé!

—Fonzi, con este trasto no llegaremos al lago Champlain ni en dos años.

—Pero ¿qué dices? ¡Si va como la seda! Podrías correr con él el rally de Montecarlo.

—Me conformo con que no me deje tirado en la próxima manzana.

Algo reventó en el motor y una nube de humo negro empezó a filtrarse por el capó. Bob miró a Fonzi con las cejas arqueadas.

—Esto es sólo por la falta de rodaje —dijo el mecánico—. Déjame que apriete un par de tuercas y... —Se sumergió en las entrañas del coche y empezó a trastear. Bob emitió un suspiro y miró el reloj.

Pasaba media hora de las ocho y Elizabeth llegaba tarde.

El joven se encendió un cigarrillo, tratando de mantener la mente en blanco. No quería pensar demasiado en el plan de la señorita Sullavan, pues de lo contrario se daría cuenta de hasta qué punto era disparatado.

Unos diez minutos más tarde, un taxi se detuvo delante la puerta del garaje. Elizabeth descendió de él y saludó a Bob con una sonrisa.

—¡Buenos días, señor Hollister! ¿Verdad que hace una mañana preciosa?

—No. Está nublado y usted llega tarde.

—Así me gusta, encarando la jornada con optimismo. Ya que le veo de tan buen humor, ¿sería tan amable de ayudarme con mi equipaje?

Él se quedó mirando con la boca torcida un enorme baúl que el taxista estaba dejando en la calle.

—¿Qué diablos lleva ahí dentro? ¿A su tía?

Fonzi apareció en aquel preciso momento, quitándose la gorra ante Elizabeth con actitud galante, casi sumisa.

—Yo la ayudaré encantado, señorita Sullavan. Vaya, ¡está usted muy guapa esta mañana!

—Gracias, Fonzi. Es usted todo un caballero.

El mecánico arrastró el baúl resoplando a cada paso, pero sin dejar de sonreír a Elizabeth igual que un adolescente enamorado. Bob puso los ojos en blanco.

—Yo que tú no cargaría ese baúl en el Ford —le dijo—, podría chafarse igual que un huevo.

—Anímese, señor Hollister... Mire, le he traído un regalo.

—¿Un regalo?

—Sí. Lo vi ayer al regresar a casa de la tía de Dexter y no pude resistirme a comprarlo —dijo ella rebuscando en una bolsa. Finalmente sacó una gorra de plato de color negro y se la dio a Bob—. Aquí tiene.

—No pienso ponerme eso.

—¿Por qué? Yo creo que le quedaría muy bien. Déjeme ver... —Ella le colocó la gorra en la cabeza y, tras observar el resultado con aire crítico unos segundos, decidió ladearla un poco hacia la izquierda—. Así, mucho mejor. Le da un aire más chic y desenfadado, ¿no le parece?

—No, me da un aire estúpido.

—Créame, la culpa no es de la gorra... Además, no entiendo por qué protesta tanto. Cuando trabajaba para el conde de Roda llevaba una igual y, ahora que soy yo la que lo ha contratado como chófer...

—Diga más bien que yo acepté generosamente su oferta, aunque estoy empezando a arrepentirme. Empiezo a ver muchos puntos oscuros en su plan, y no me refiero sólo a la gorra.

—No sé cuántas veces más voy a tener que explicarle por qué hacemos esto, señor Hollister, pero ya empieza a ser aburrido. ¿No quería usted una excusa para vigilar de cerca a Alec Dorian? Bien, pues yo se la he dado en bandeja.

—Pero ¿no podía simplemente haber ido a verlo como su acompañante? No entiendo por qué tengo que ser su chófer... ¡Ni lo de la gorra!

—Desde luego, cuando se obceca usted con algo no hay quien lo soporte... —Elizabeth frunció los labios y luego habló con el tono de alguien que ya ha explicado lo mismo demasiadas veces—. El profesor Dorian sólo me invitó a mí a visitar su excavación en el lago Champlain, no a usted. Si nos presentamos los dos, parecerá demasiado raro.

—Cuando fue a ver al doctor Culdpepper no tuvo ningún problema en llevarse a Dexter.

—Porque él es mi prometido, y usted es el chófer que en Magnolia tuvo que dormir en un sofá, ¿es que no aprecia la diferencia? —Bob respondió con una exclamación malhumorada—. Señor Hollister, ésta es la única manera, créame. Usted quiere investigar al profesor Dorian, pero no tiene ninguna excusa para ir a verlo; yo tengo la excusa, pero no cuento con alguien que me lleve a su excavación. La unión hace la fuerza, como se suele decir.

Eran más o menos las mismas palabras que Elizabeth había utilizado la tarde anterior en el despacho de Frank para convencerlo, y Bob tenía que admitir que era un razonamiento bastante lógico. Por muy humillante que fuese el arreglo, a ella le permitía poder presentarse en la excavación de Alec Dorian con una excusa plausible para vigilar de cerca al último miembro con vida de la Sociedad Arqueológica de Magnolia.

Por otro lado, fue incapaz de negarse a acompañarla cuando ella se lo pidió mirándolo directamente a los ojos. A Bob le irritaba el hecho de que su mente se quedase en blanco siempre que Elizabeth lo miraba a los ojos. Se prometió a sí mismo que, en adelante, intentaría que sus miradas no se cruzasen.

—Está bien —dijo él—. Pero no llevaré ninguna gorra.

—De acuerdo. Lo siento, no quería molestarlo; pensé que sería un detalle simpático.

—Pues no lo es. Y no piense ni por un momento que soy su criado o algo parecido. Sólo conduzco el coche, ¿entendido?

—Entendido.

—Tampoco aceptaré ningún sueldo de usted.

—Eso no fue lo acordado.

—Me da igual. Que conste que hago esto porque quiero, no porque usted me pague.

—Ese orgullo tan infantil está completamente fuera de lugar. Dije que le pagaría y le pagaré, le guste o no.

—Entonces no iremos a ninguna parte.

—Pues no iremos a ninguna parte.

Elizabeth se sentó encima de una pila de neumáticos. Bob también. Se quedaron en silencio, cada uno con la cabeza vuelta hacia un lado, como un águila bicéfala. Fonzi los miraba sin entender nada.

En silencio, Elizabeth abrió su bolso y sacó un pequeño monedero de piel. Extrajo una moneda.

—Un níquel.

—¿Cómo dice? —preguntó él.

—Su sueldo. Un níquel. ¿Le parece bien?

Bob se quedó mirando con recelo su primer sueldo, después lo tomó y se lo metió en el bolsillo trasero del pantalón.

—De acuerdo. Pero si paramos a comer, yo pago por los dos.

—Es justo, siempre y cuando yo corra con los gastos de la cena.

—Entonces no hay trato.

—Pues devuélvame mis cinco centavos.

Bob sacó la moneda del bolsillo, pero no se la entregó.

—Pagaremos la cena a medias.

—Entonces yo pagaré la gasolina.

—No. Yo pagaré la gasolina, la comida y mi parte de la cena, y también mi parte de cualquier otra comida subsiguiente. Si le gusta, perfecto; si no, entonces coja su níquel y dígale a su tía que la lleve a cuestas al lago Champlain dentro de uno de sus bolsos.

Elizabeth se quedó callada un momento, como si estuviese sopesando la posibilidad.

—Está bien. Contratado.

—Bien. Ahora vámonos de una vez.

Se subieron en el coche y Bob arrancó. Abandonaron el garaje acompañados por el ruidoso lamento de las bujías y los cilindros del viejo Ford modelo A. Fonzi se quedó un rato contemplando a solas la puerta del garaje, envuelto en una nube de humo de tubo de escape.

Estaba seguro de haber asistido a la negociación laboral más rara de toda su vida.

ELIZABETH Y BOB tenían aún un largo camino por delante cuando dejaron atrás la ciudad de Nueva York pasadas las nueve de la mañana.

El lago Champlain se encontraba en la otra punta del Estado. Sus aguas se repartían a partes iguales entre Vermont y Nueva York, y el extremo más al norte de su alargada silueta se introducía hasta diez kilómetros en la provincia de Quebec; de hecho, cualquiera de los peces que habitaban sus profundidades y que tuviese aires cosmopolitas podía aparearse por la mañana en Estados Unidos y desovar por la tarde en aguas canadienses, si eso fuera biológicamente posible.

Sus orillas estaban cuajadas de pequeños pueblos donde sus habitantes aún hablaban con ligero acento francés, al abrigo de los frondosos bosques que cubrían los pies de los montes Adirondacks, en la región del valle de los Apalaches. Durante la mitad del año el lago era una línea azul de aguas tranquilas y gélidas, mientras que en la otra mitad su superficie se congelaba haciendo incluso posible ir en trineo desde la entrada del río Hudson hasta Montreal.

A diferencia de otros lagos más pintorescos del país, el Champlain no era un lugar que atrajese grandes cantidades de turistas, salvo aquellos que buscaban el silencio de los oscuros bosques que lo rodeaban, los aficionados a la pesca, o bien un puñado de morbosos que acudían a sus orillas tratando de vislumbrar al temible Monstruo de Champlain, al que los lugareños conocían por el cariñoso nombre de Champ.

La leyenda decía que en 1609 el explorador francés Samuel de Champlain contempló asombrado una criatura de más de dos metros y medio de larga, con una piel dura y plateada a la que las armas no podían atravesar, y una mandíbula llena de dientes afilados. Según otras leyendas, Samuel de Champlain era aficionado a beber grandes cantidades de whisky iroqués mientras observaba el atardecer en el lago, y muchos estudiosos veían una lógica conexión entre ambas historias. Fuera como fuese, el monstruo Champ era una suerte de mascota para todos los pueblos del condado; incluso el equipo de béisbol local de los Vermont Lake Monsters se había puesto ese nombre en su honor y sus componentes lo lucían con mucho orgullo, a pesar de que los vecinos Petirrojos de Nueva York les daban siempre unas palizas tremendas en el campo de juego.

Cuando Elizabeth conoció a Alec Dorian la noche de la lectura del testamento, y antes de que ocurriesen todos los extraños sucesos posteriores, el profesor Dorian le habló sobre la excavación que estaba realizando a orillas del Champlain y, con una de sus atractivas sonrisas, la invitó formalmente a visitarla cuando ella lo deseara.

Distraída como estaba en encontrarle parecidos con diversos galanes de cine, Elizabeth no atendió demasiado a las extensas explicaciones del profesor Dorian sobre su proyecto arqueológico, aunque creía recordar que tenía algo que ver con los asentamientos indios de la zona. Lo único que la joven conocía sobre los indígenas americanos era lo que había leído en las novelas de Zane Grey o visto en las películas de Raoul Walsh, y ninguna de ambas le habían interesado en exceso, por lo que tenía entendido que el tema de los indios era algo más propio de las llanuras del salvaje Oeste que de los frondosos bosques francocanadienses.

Cuando Bob y ella pararon a comer en un claro junto a la carretera, cerca de Albany —un par de bocadillos y dos cervezas, que Bob pagó según lo estipulado en el contrato—, Elizabeth preguntó:

—¿Qué clase de nativos habitaban en esa zona, señor Hollister? ¿Lo sabe usted?

—Iroqueses, supongo —dijo su nuevo chófer, con la boca llena. Masticó un par de veces y luego tragó—. Sénecas, mohawks, onondagas... De ese tipo.

Ella se quedó pensativa.

—Una vez vi una película sobre los indios mohawk. Salían Henry Fonda y Claudette Colbert, pero me pareció bastante aburrida. No me gustan mucho las historias de vaqueros.

—En los bosques del norte no había vaqueros, sólo colonos franceses e ingleses.

—Qué poco interesante. ¿Y esos indios tampoco construían pirámides llenas de trampas y tesoros, como los mayas?

—No. Vivían en casas de madera y hacían alfombras.

—Creo que no me va a gustar la excavación del profesor Dorian —dijo Elizabeth mientras sacaba una rodaja de pepino de su bocadillo—. En cambio a tía Sue le habría encantado. Siempre está comprando alfombras y colchas, y cosas de ésas.

—Ahora que lo menciona —dijo Bob—, pensé que su tía querría acompañarla en este viaje.

—Tía Sue lo único que quiere es volver a Providence. Me habría llevado a rastras con ella, pero le hice creer que, ahora que Culdpepper ha muerto, el nuevo albacea de tío Henry es el profesor Dorian y que es indispensable que me entreviste con él para hablar sobre la venta de la casa. —La joven suspiró—. A tía Sue no le gusta viajar. Si no fuera por su sólido sentido de la lealtad familiar, habría regresado por su cuenta a Rhode Island hace días.

Elizabeth cogió un trozo de pan de ajo del interior de una bolsa de papel y le dio un mordisco. Saboreó el bocado con una exclamación de gusto.

—Esto está buenísimo —dijo después—. ¿No quiere un poco?

—No, gracias. Detesto el pan de ajo.

—¿Seguro? De verdad que está muy rico.

—No, ya le he dicho que no.

—Bueno, se lo daré de todas formas.

Bob se mordió el labio inferior, desesperado, mientras ella le dejaba un trozo de pan en el regazo.

—¿Y su prometido? —preguntó él—. ¿Tampoco ha querido acompañarla?

—¡Claro que sí! Siempre quiere venir conmigo a todas partes, pero ya no tiene más días libres en su trabajo... Aunque si hubiera sabido que iba a venir con usted, habría sido capaz de dimitir con tal de poder traerme.

—¿Acaso desconfía de mis honestas intenciones con respecto a su futura esposa?

—Oh, no, no es por eso. Simplemente es que usted no le cae nada simpático. Por lo demás, está convencido de que mi reputación está completamente a salvo en su compañía.

—¿Ah, sí? ¿Y eso por qué?

—Cree que usted es un poco... afeminado.

A Bob se le atragantó el bocadillo.

—¿Y por qué diablos piensa eso?

—Porque yo se lo dije, naturalmente... ¿Por qué pone esa cara? ¿Es que acaso le molesta?

—¡Claro que me molesta! ¿Se puede saber por qué le dijo tal cosa?

—Tuve que hacerlo. Después de que nos encontrase juntos en aquel cobertizo de Magnolia se puso de lo más irritante con sus preguntas. A veces Dexter puede ser muy celoso.

—Pero ¡si no pasó nada!

—Claro que no, pero él no me creyó.

—¡Podría haber sido más convincente! No veo la necesidad de que le mintiera de esa forma.

—No tiene por qué ser una mentira. Y no hay nada de malo en que usted sea un afeminado.

—Pero ¡si yo no soy... eso que dice!

—¿No lo es?

—¡Claro que no!

—Perdone, pero es que un joven de su edad, sin novia ni prometida... da que pensar. ¿Acaso no ha habido ninguna mujer en su vida?

Bob enrojeció y miró hacia otro lado.

—No creo que eso sea de su incumbencia...

—Vamos, señor Hollister, a mí puede contármelo, yo soy su amiga. ¿Cuántas? ¿Cinco? ¿Diez? ¿Más de diez? —Bob no dijo nada, sólo el color de sus mejillas hablaba por él—. ¿Menos? ¿Cuatro? ¿Tres? ¿Dos...? Dígame que al menos hubo una. —Él tosió y dio un bocado a su comida, mirando al suelo con el ceño fruncido. Elizabeth dejó escapar una sonrisa—. Oh, no, señor Hollister, no puedo creerlo. ¿Cómo es posible? ¡Seguro que está mintiendo!

—Es imposible que esté mintiendo porque no recuerdo haberle dicho absolutamente nada.

—La verdad es que no me lo explico. Usted no está tan mal. No es que sea Gary Cooper, pero tiene una cara más o menos agradable, e incluso diría que unos ojos bonitos... ¿No será porque está todo el rato protestando? A las mujeres nos gustan los hombres alegres.

—¿Podemos dejar esta conversación, por favor?

—Está bien, está bien... Por cierto, ¿no va a comerse ese pan de ajo?

—¡No! ¡Ya le he dicho que no me gusta!

—Entonces no me explico por qué lo ha aceptado. A veces hace usted unas cosas muy raras. —Elizabeth se puso en pie, cogió el pan de ajo del regazo de Bob y, mientras se lo comía, regresó de vuelta al coche—. Vamos, señor Hollister. Aún nos queda medio camino por delante. En marcha.

Bob respiró profundamente. Hizo acopio de todas las dosis de paciencia de las que fue capaz y se subió al automóvil. A su lado, Elizabeth contemplaba el paisaje con expresión alegre. Muy bajito, tarareaba con los labios cerrados una melodía de Cole Porter.

Estuvo mirándola en silencio unos segundos antes de acordarse de arrancar el motor. Se preguntaba cómo era posible que alguien que lo sacaba tanto de quicio le resultase al mismo tiempo tan fascinante.

Supuso que era uno de aquellos misterios absurdos carentes de solución, como las piedras de Stonehenge o la fórmula de la Coca-Cola.

ELIZABETH Y BOB llegaron al lago Champlain a media tarde.

Mientras conducía, Bob contempló el lago, al tiempo que disfrutaba de uno de los raros momentos de silencio que se habían producido durante todo el trayecto. Elizabeth se había quedado profundamente dormida, con la cabeza apoyada en el cristal de la ventanilla.

Salvo por el renqueante quejido del motor del Ford —el joven pensaba que era un verdadero milagro que el coche hubiera llegado tan lejos—, el paraje estaba envuelto en un suave silencio. Las infinitas aguas del lago, de un color verde pardo como el de los árboles que lo rodeaban, permanecían quietas bajo una tenue bruma. El lugar inspiraba una profunda sensación de paz y quietud.

De pronto en el interior del coche estalló un ruido chirriante y monocorde que produjo el mismo efecto que un enjambre de avispas zumbando enloquecidas. Elizabeth abrió los ojos de golpe.

—¡Estoy despierta! ¡Estoy despierta!

—¿Qué diablos es eso que suena? Viene de usted.

La joven miró a su alrededor tratando de situarse. A continuación palpó su muñeca.

—¡Mi reloj! Lo había olvidado.

—Pare eso, ¿quiere? ¡Es como una chicharra histérica!

El sonido brotaba de un reloj de pulsera que ella llevaba puesto. Se lo quitó, accionó la rueda de las agujas, apretó la esfera y finalmente lo golpeó contra la palma de la mano, pero el ruido no cesaba.

—Si no apaga esa cosa la tiraré al fondo del lago.

—¡Ni se le ocurra! Es un reloj muy caro.

—No me refiero al reloj.

El ruido cesó de repente.

—¿Se puede saber qué era eso? —preguntó Bob mientras se frotaba la oreja con el dedo índice.

—La alarma. La puse esta mañana para despertarme.

—Eso explica por qué ha llegado media hora tarde —replicó él. Echó una mirada de reojo a la muñeca de Elizabeth—. ¿Un reloj de pulsera con alarma? Es la primera vez que veo un trasto semejante.

—Es un Vulcain de fabricación suiza, y era de mi padre, así que le sugiero que se abstenga de hacer cualquier tipo de comentario insultante. —Ahora Bob se explicaba por qué ella, tan preocupada por la armonía de su aspecto, lucía un reloj que era de diseño claramente masculino—. No sé qué le pasa. Debe de estar estropeado porque nunca consigo que la alarma suene cuando yo quiero. A menudo salta sola cuando uno menos se lo espera.

—Déjemelo.

Ella apretó la muñeca contra su pecho y cubrió el reloj con la otra mano.

—No. No quiero que lo tire al lago.

—No voy a tirarlo al lago. Sólo quiero echarle un vistazo.

Con una expresión de absoluta desconfianza, Elizabeth se

quitó el reloj y se lo dio a Bob. Él lo observó con interés. Lo cierto era que le parecía un artefacto de lo más intrigante. Se lo acercó a la oreja y lo agitó.

—Suena como si tuviera una pieza suelta. Quizá es por eso por lo que no funciona bien la alarma.

—Tía Sue dice que debería llevarlo a un relojero, pero me da miedo que lo rompan. Es uno de los pocos recuerdos personales que tengo de mi padre.

—¿Por qué no me deja que lo intente yo? —preguntó Bob tímidamente. Siempre había sentido fascinación por las rarezas mecánicas, y estaba deseando destripar aquel objeto para averiguar cómo era posible meter un timbre en algo tan pequeño.

—¿Usted?

—Le prometo que lo trataré con cuidado.

—No sé... No estoy segura de que sea buena idea dejarlo en sus manos. Semejante muestra de amabilidad por su parte me parece muy sospechosa. ¿Seguro que no va a tirarlo al lago?

—No voy a hacer ningún daño a un recuerdo que perteneció a su padre. ¿De verdad me cree capaz de algo tan cruel?

—Supongo que no —dijo ella sin mucho convencimiento.

—Confíe en mí. Se me dan bien estas cosas. Le aseguro que se lo devolveré de una pieza. —Bob levantó los dedos de la mano derecha—. Palabra de boy scout.

—Estoy segura de que usted no ha sido boy scout en su vida.

—¿Cómo que no? Allí fue donde obtuve mi insignia de relojero.

—El mismo día que ganó la de decir verdades, ¿no es eso? —Elizabeth lo miró de arriba abajo. Finalmente se dio por vencida—. Está bien. No seré yo la que le impida tener algún detalle agradable conmigo, para variar. —Bob se guardó el reloj en el bolsillo, al mismo tiempo que ella miraba el paisaje a su alrededor—. Por cierto, ¿dónde estamos?

—Hemos llegado al lago Champlain. Ahora sólo tenemos que encontrar el camino a la excavación del profesor Dorian.

Según el arqueólogo había explicado a Elizabeth, su yacimiento estaba cerca de un pequeño pueblo llamado New Forester, en un lugar conocido como Indian Bay. No tenía pérdida, al parecer; únicamente había que seguir la orilla occidental del lago y desviarse hacia el interior de una península antes de tomar la carretera hacia Keeseville, que era la ciudad más grande que había en las inmediaciones de New Forester.

Seguir las indicaciones del profesor Dorian no fue difícil, pero la carretera que bordeaba el lago se encontraba en unas condiciones demasiado extremas para el pobre Ford modelo A, así que Bob tuvo que conducir muy despacio. Encontraron Indian Bay poco antes del atardecer.

Bob detuvo el coche al llegar a lo que parecía ser la calle principal de una zona más o menos urbanizada. La mayoría de las casas eran de madera y se apelotonaban alrededor de un embarcadero de aspecto solitario.

La única señal de vida era un hombre sentado sobre una silla frente a la puerta de una de las casas. A su lado, un cartel identificaba aquel sitio como TIENDA DE LOU. ARTÍCULOS DE CAZA Y PESCA.

El hombre de la silla era un tipo de piel morena, vestido con un poncho de colores chillones y unos pantalones de piel con flecos en las costuras. Tenía el cabello largo y negro, peinado en dos trenzas que caían en su pecho y, en la cabeza, lucía un vistoso penacho de plumas de águila.

Cuando Bob detuvo el coche, el hombre vestido de indio se acercó hacia él, con la cabeza erguida y las manos cruzadas a la altura del pecho, mirando hacia el vehículo como si lo observase desde lo alto de un tótem de varios metros de altura.

El chófer se bajó del coche. Era necesario preguntar a algún lugareño cómo llegar a la excavación de Dorian, y aquél parecía ser el único disponible.

A modo de saludo, el indio levantó la mano, sin traslucir la más mínima expresión en su cara de color madera.

—*Hau*, rostro pálido.

Bob levantó una ceja.

—Sí, esto... Buenas tardes.

—Mi nombre ser Onesohrono, que en lengua iroquesa querer decir Guerrero Diablo. Yo ser descendiente de gran jefe tribu iroquesa de los mohawk.

—Mucho gusto. Estamos buscando la excavación del profesor Alec Dorian. ¿Sabe dónde se encuentra?

—Sí. Yo conocer. Pero rostro pálido no ir allí. Ser tierras malditas. Hombre blanco perturbar sueño de mis antepasados y espíritus muy enfadados. Si tú ir allí, espíritus matar tú.

—Creo que correré el riesgo.

El indio sacó de su bolsillo un abalorio hecho de plumas y pelos.

—Entonces tú llevar antiguo amuleto sagrado. Mi tatarabuelo gran chamán mohawk. Él hacer amuleto con plumas de águila y cabellera de gran jefe rostro pálido. Tú llevar.

—No, gracias.

—Tú llevar. O espíritus maldecir tú. Hacer caso a Onesohrono.

—Bueno, está bien. Me lo llevo. —Bob cogió el amuleto—.¿Me dirá ahora cómo llegar a la excavación?

—Tú darme un dólar.

—¿Por una simple información?

—Información ser gratis. Tú pagar amuleto.

—No quiero su absurdo cachivache mágico, sólo quiero que me diga cómo llegar a la excavación.

—Entonces tú llevar antigua pipa de la paz que mi tatarabuelo fabricar con corteza de árbol sagrado. Medio dólar. Ser una ganga.

—Ya le he dicho que no.

—¿Y cebo mágico de pesca? Mi tatarabuelo fabricar con plumas de ave sagrada. Ser infalible. Yo dejar en treinta centavos.

—Déjelo, ya buscaré a otra persona a quien preguntar.

—Tú no marchar. Tú ofender Onesohrono. Yo maldecir tú.

—Está bien —dijo Bob, regresando al coche.

—¡Esperar! Yo levantar maldición por veinticinco centavos. ¿No? ¡Diez centavos! Y añadir antiguo conjuro mohawk de buena suerte por mismo precio.

Bob se detuvo y suspiró. El indio estaba empezando a resultarle cargante.

—Esos pantalones que lleva forman parte de la vestimenta hopi, no de los mohawk. El pelo largo y peinado en trenzas era propio de los navajos, y sólo los pieles rojas llevaban en la cabeza bandas decoradas con plumas caídas hacia atrás. Los indios mohawk ni siquiera usaban penachos de plumas... Por último, ese estúpido poncho de colores es de diseño peruano. Me parece muy bien que quiera timar a los turistas jugando a ser Toro Sentado, pero al menos podría informarse un poco. Y, por amor de Dios, olvídese de ese estúpido acento. Hasta los indios de las películas de *Cisco Kid* tienen mejor pinta que usted.

El indio sonrió y, como por arte de magia, toda su fachada de impasible jefe mohawk se vino abajo igual que un cortinaje.

—Es usted un tipo listo, amigo —dijo con una voz completamente distinta y marcado acento canadiense—. ¿Viene de la Gran Manzana?

—Justo.

—Ya. Es imposible colársela a los de Nueva York. —El tipo se encogió de hombros con deportividad—. En fin, tenía que intentarlo. En esta época del año todos los pescadores prefieren irse a la orilla del lado de Vermont y yo no me como una rosca. —El indio tendió la mano de forma amistosa—. Me llamo Mike.

—Bob.

—¿Sabe qué? Es verdad que tengo sangre mohawk, y también lo de Onesohrono. Mi abuela, que era una auténtica mohawk, me llamaba así. Pero si me vistiera como uno de ellos, los turistas no me harían ni caso. No parecen indios de verdad, ¿entiende?, como los que salen en las películas. —Mike se quitó el penacho de plumas—. De modo que se dirige usted a la excavación. Hace tiempo que no va nadie por allí, ahora sólo está ese profesor con pinta de actor de cine.

—¿Lo conoce?

—Únicamente de vista. No se deja caer mucho por el pueblo. Llegó hará cosa de un año con un grupo de estudiantes y una especie de secretaria con cara de caballo. Eran quienes venían a hacerle los recados. Él apenas sale del yacimiento.

Bob echó una mirada fugaz al coche. Elizabeth estaba entretenida consultando un mapa de carreteras, de modo que decidió que podía dar un poco de charla a Mike, el cual parecía tener ganas de compartir cotilleos con un forastero.

—Pero dice que ahora está solo... ¿Qué ha sido del resto de su equipo?

—Los estudiantes se marcharon poco a poco, y en agosto se fueron los dos únicos que quedaban. Yo creo que se cansaron de cavar agujeros en medio del bosque sin cobrar un centavo, aunque algunos en el pueblo dicen que tenían miedo del monstruo.

—¿El monstruo?

—¿Ah, no lo sabe? El yacimiento está maldito.

—No voy a comprar ningún amuleto, Guerrero Diablo, así que deje de intentarlo.

—No, en serio, ¡es verdad! Se trata de una vieja leyenda: el Monstruo de Forester. La Muerte Sonriente.

A Bob le dio un vuelco el corazón.

—¿Ha dicho usted «la Muerte Sonriente»?

—Así es como se lo conoce. Es como Champ, el monstruo del lago, sólo que éste vive en el bosque y únicamente aparece en Forester.

—Querrá decir New Forester.

—No, New Forester es donde estamos ahora. Forester

es la primitiva aldea de la época colonial, que está justo al otro lado de Indian Bay. Ahí es donde está la excavación, y donde dice la gente que aparece el monstruo.

—¿Qué puede contarme de ese monstruo?

—No mucho, en realidad. Nunca he creído demasiado en esas leyendas y yo sólo llevo aquí un par de años; antes vivía en Noyan, en la parte canadiense del lago. Para la gente de New Forester sigo siendo un forastero. Seguro que cualquiera de ellos puede contarle un montón de historias sobre el monstruo. Todos creen a pies juntillas que existe de verdad, y desde que pasó lo de aquella mujer están como locos.

—¿A qué se refiere?

—A la secretaria del arqueólogo, la de la cara de caballo. El mes pasado fue atacada en mitad de la noche por no se sabe qué. Se la tuvieron que llevar corriendo al hospital de Burlington, literalmente cosida a dentelladas. Estuvo una semana en coma y luego murió. Por aquí están convencidos de que fue el monstruo el que la atacó.

—¿Y usted no?

—Los canadienses no tenemos tanta imaginación para creer en monstruos —dijo Mike en tono burlón—. Además, estos bosques están llenos de animales salvajes. Pudo ser un oso, un lobo o cualquier otra bestia.

Bob se quedó pensativo. Aquella historia le estaba resultando muy interesante.

El sonido de un claxon lo distrajo de sus reflexiones. Elizabeth tocaba la bocina del coche y miraba impaciente a través de la ventana.

—Señor Hollister —llamó—, ¿qué está haciendo? No tenemos todo el día.

Mike miró a Bob con una sonrisa cómplice.

—¿Su esposa?

—Cielos, no.

Pidió al candiense que le indicase cómo llegar a la excavación, así como un lugar en el que pudieran encontrar alojamiento. A continuación se despidió de él y regresó junto a Elizabeth.

—¿De qué estaba hablando tanto tiempo con ese indio de opereta? —preguntó ella.

—De pesca —respondió él mientras arrancaba el coche.

Elizabeth puso los ojos en blanco, como si aquello le pareciera típico de los hombres.

Se dirigieron en primer lugar al Lake Shore Inn, el pequeño hotel para pescadores que Mike le había recomendado. Allí reservaron un par de habitaciones para esa noche y aprovecharon para estirar las piernas.

—¿A que no sabe lo que estaba pensando? —preguntó Elizabeth mientras regresaban al coche.

—No, pero ardo en deseos de que lo comparta conmigo.

—En que si esto fuera una comedia de cine, sólo quedaría una habitación libre y usted y yo tendríamos que compartirla, como Claudette Colbert y Clarke Gable en *Sucedió una noche*, ¿no le parece gracioso?

Bob pensó en la perspectiva. Recordó la escena de la película en la que Claudette Colbert separaba las dos camas con una fina sábana y comenzaba a quitarse ropa tras ella. Bob no pudo evitar imaginar a Elizabeth en el lugar de la actriz.

¿Y si la sábana se caía de pronto...?

Bob notó que algo se inquietaba bajo su cintura.

—Señor Hollister, ¿me está escuchando?

Él fingió una tos y colocó un freno a su desatada imaginación. Puso cara de pocos amigos, esperando que ella no notase que se había vuelto a ruborizar.

—¿Se ofendería mucho si le dijese que antes prefiero compartir habitación con un grupo de marineros borrachos?

—Eso es justo lo que diría un afeminado. —Elizabeth soltó una carcajada al ver la cara que ponía—. Lo siento, señor Hollister... ¡Es que me las pone usted en bandeja!

El sol frío de otoño se ocultaba poco a poco tras la línea del lago en medio de un atardecer distante. Bob exigió un último esfuerzo del viejo Ford obligándolo a rodear Indian Bay hasta la otra orilla de la bahía, donde se encontraba la excavación del profesor Dorian.

Atravesaron un camino tapizado de hojas secas que se internaba en el bosque. Había una luminosidad átona previa al anochecer. Finalmente se encontraron frente a una valla de madera en la que colgaba un cartel.

YACIMIENTO ARQUEOLÓGICO DE FORESTER
RESP. PROFESOR ALEC DORIAN
PROHIBIDO EL PASO

Unos pocos metros al otro lado de la valla, por entre los árboles, se atisbaban lo que parecían ser los restos de antiguas construcciones de madera. En un lado había una casita hecha de piedra de cuya chimenea salía humo. Elizabeth y Bob se bajaron del coche y se arrimaron al vallado.

La puerta de la casita de piedra se abrió. El profesor Dorian se asomó por una ventana. Lanzó una mirada de desconfianza hacia el coche.

—¿Quién está ahí? —preguntó con abierta hostilidad—. ¡Se lo advierto, tengo un arma!

Los dos jóvenes se miraron. No esperaban un recibimiento tan poco hospitalario.

Elizabeth sacó la cabeza por la ventanilla del coche, con cuidado.

—¡Profesor Dorian! ¡Alec! ¡Soy yo, Elizabeth Sullavan! ¿Me recuerda?

Dorian no cambió el gesto hasta que comprobó que la persona que le hablaba era una cara conocida.

—¡Elizabeth! Claro que te recuerdo —dijo algo más amable, pero aún receloso—. ¿Qué haces aquí? ¿Y quién es la persona que te acompaña?

—¿No le avisó de nuestra llegada? —preguntó Bob a su compañera a media voz.

—Oh, no. Pensé que, si ocultaba algo, era mejor cogerlo por sorpresa.

—Bien, pues ahora hágale ver que no somos ningún peligro, o de lo contrario será él quien nos sorprenda a nosotros cuando empiece a disparar sobre el coche.

—Alec, tú me invitaste a venir, en Magnolia, ¿recuerdas? —dijo Elizabeth levantando la voz e intentando parecer despreocupada—. Éste es el señor Hollister. Mi chófer. También estuvo en casa de tío Henry aquella noche.

—Pensé que era usted un chófer contratado a una agencia de alquiler de coches —dijo Dorian sin salir de la casa.

Elizabeth contó una enrevesada historia para justificar la presencia de Bob. Éste no supo si ella la tenía preparada de antemano o estaba improvisando sobre la marcha; en cualquier caso Dorian pareció creerla. La joven mentía con asombrosa naturalidad.

Fuera como fuese, la invención de Elizabeth dio resultado. Dorian se decidió al fin a salir de la casa para recibirlos. Sus movimientos eran rápidos, casi furtivos, y Bob no pudo dejar de observar que a menudo el arqueólogo echaba fugaces miradas a su espalda, como si temiese que alguien estuviera siguiéndolo.

—Disculpa si te he parecido demasiado brusco —dijo al encontrarse frente a Elizabeth—. Lo siento. Desde que me enteré de la muerte de Culdpepper he estado un poco... nervioso. —Trató de esbozar una sonrisa, pero sus labios temblaban.

—No te preocues, Alec. Me hago cargo.

—Comprenderás que ha sido demasiado para mí. Primero Adam, después Elliott... Es como si algo se estuviese cebando en aquellos que heredamos los Príncipes... Qué estupidez, ¿verdad? —Dorian intentó sonreír otra vez y de nuevo fracasó estrepitosamente—. Una bobada. Una solemne estupidez.

—Si hemos venido en mal momento...

—No, no, en absoluto. ¡Por favor, no os vayais! Me vendrá muy bien tener un poco de compañía. Este lugar a veces puede resultar... inquietante para un hombre a solas.

—¿Inquietante? ¿A qué te refieres?

—A nada. No me hagas caso, por favor... —Dorian miró hacia el cielo calibrando la luz del sol—. ¿Qué te parece si os enseño el yacimiento antes de que anochezca? ¡Te encantará! Es muy interesante. Ven, sígueme.

Parecía que el profesor Dorian recuperaba poco a poco la tranquilidad a medida que relataba los detalles de su excavación. Sin embargo, a menudo dirigía miradas de reojo desconfiadas hacia Bob, con el cual evitaba hablar directamente.

El arqueólogo estaba excavando en un antiguo cementerio mohawk. Según contó, le interesaban especialmente los ritos funerarios de las tribus del noreste de Estados Unidos. Llevaba años defendiendo la tesis de que existía una conexión cultural y religiosa entre los indios norteamericanos de la Confederación Iroquesa y las civilizaciones precolombinas de Centroamérica. Todos sus trabajos de campo estaban encaminados a encontrar pruebas que reafirmasen sus teorías.

Bob le deseo suerte mentalmente. Le parecía una tesis bastante improbable.

Al parecer la impresión de Bob era compartida por los colegas de profesión de Dorian. Según narró el profesor, unos cinco años atrás se encontraba en Guatemala, excavando en la provincia del Petén, cuando su universidad decidió retirarle los fondos necesarios para seguir con sus investigaciones. Sus patrocinadores pensaban que éstas carecían completamente de base.

—Saqué todos mis ahorros del banco —explicó el profesor— y, con la ayuda de los demás miembros de la Sociedad Arqueológica de Magnolia, pude reunir el dinero suficiente para excavar en este lugar. Si logro encontrar lo que busco, será el mejor homenaje que pueda hacer a mis amigos desaparecidos.

—¿Y qué es lo que estás buscando, Alec?

—Pruebas, Elizabeth. Pruebas —respondió él sin dar más detalles.

Un pájaro graznó en algún lugar del bosque, y Dorian miró a su alrededor con nerviosismo.

—Es sólo un cuervo... Nada más que un cuervo... —le oyó murmurar Bob.

Dorian los condujo a un claro del bosque en el que había una zona acordonada y unos cuantos hoyos. Aquello, dijo el arqueólogo, era el centro del yacimiento.

Elizabeth trató de expresar un entusiasmo que no sentía. Sólo eran agujeros.

—¿Qué es exactamente este lugar, profesor Dorian? —preguntó Bob.

—Tumbas. Enterramientos mohawk. Algunos tienen casi cuatro siglos de antigüedad.

—¿Y realmente aquí dentro había... algo?

—No para un profano, señor Hollister. Pero expertos como yo podemos sacar toda una montaña de información de estos simples hoyos.

—Comprendo. Tú sabes dónde buscar los tesoros más interesantes, ¿verdad? —preguntó Elizabeth, esperanzada.

—Depende de lo que entiendas por tesoros. De todas las tribus de la Confederación Iroquesa, los mohawk no eran precisamente quienes poseían una mayor sofisticación en sus ritos funerarios, o al menos no tanta como los sénecas, por ejemplo. Sin embargo, un simple abalorio o una insignificante lasca de barro pintado puede darnos mucha más información sobre esas gentes que un cofre lleno de piedras preciosas.

—Profesor Dorian —dijo Bob—, ¿qué son todas estas casas de madera que hay por todas partes?

—Ah, esto... —respondió el arqueólogo sin entusiasmo—. Esto es Forester. El antiguo Forester o, más bien, lo que queda de él. Un grupo de colonos hugonotes franceses establecieron aquí un asentamiento hacia 1680. La bautizaron como La Forêt. Los muy estúpidos no se dieron cuenta de que estaban construyendo sus casas en un terreno sagrado para los mohawk. —Dorian hizo una pausa y miró al cielo—. Está a punto de oscurecer. ¿Qué tal si tomamos algo en mi cabaña? Seguidme, es por aquí.

El profesor los llevó de regreso a la casa de piedra que estaba junto a la valla de madera donde habían dejado el coche.

El lugar donde Alec Dorian vivía era una modesta cabaña con un dormitorio y una sala de estar que hacía las veces de cocina. Daba la sensación de que el profesor no podía permitirse muchos lujos.

Nada más entrar, lo primero que golpeó la mirada de Elizabeth y Bob fue la imponente presencia del Príncipe de Jade que Dorian había recibido en su herencia, el que representaba al emperador azteca Moctezuma. Colocado sobre una mesa en el cuarto de estar, destacaba en medio del modesto mobiliario como un tesoro fastuoso. Aún con las últimas luces del atardecer, su superficie brillaba con intensos destellos verdes.

—Es magnífica —exclamó Elizabeth al verla—. Casi había olvidado lo preciosa que era desde que la vi por última vez.

Dorian sonrió como si el halago fuese dirigido a él mismo. Tomó la estatua entre sus manos y la contempló con orgullo casi paternal.

—Lo es, ¿verdad? Te confesaré algo: siempre fue la que más me gustó de las tres. Creo que es la que tiene mejor factura. —Se la ofreció a Elizabeth—. ¿Quieres cogerla?

—Gracias. Me encantaría. —Ella la sujetó con cuidado. Era muy pesada. Le dio vueltas entre sus manos fijándose en cada detalle y entonces reparó en que sobre ella había un grupo de pequeñas impurezas de color rojo—. ¿Qué son estas manchas de aquí?

—Sangre.

Elizabeth casi dejó caer la estatua.

—¿Sangre? ¿De quién?

Dorian volvió a dejar salir su sonrisa desencajada.

—Tranquila, no es lo que te imaginas. Sólo son marcas que

también están en las otras estatuas. Una antigua leyenda dice que cuando el ídolo de Kizín fue partido en pedazos el jade sangró, y que la sangre del dios quedó marcada para siempre sobre la piedra. Sólo desaparecerá cuando se rompa la maldición. Siniestro, ¿verdad?

Bob pensó que había llegado el momento de presionar un poco al arqueólogo. Quería comprobar hasta qué punto estaba asustado.

—Supongo que, a pesar de lo ocurrido, usted no da pábulo a esas historias sobre los príncipes malditos, ¿verdad, profesor Dorian?

Él se quedó un rato en silencio, contemplando el Príncipe.

—¿Alguna vez ha estado en Guatemala, señor Hollister? —preguntó sin dejar de mirar la estatua—. Es una tierra salvaje. Hermosa y salvaje. Los antiguos mayas creían que, cada noche, Kinich Ahau, dios del sol, luchaba contra los demonios que trataban de impedir que saliera a iluminar la tierra al día siguiente, y que únicamente la sangre de los sacrificios daba fuerzas al dios para poder vencer en aquella batalla. En este lugar, tan lejos, sólo es un mito. Pero en la ciudad de Antigua, por las noches, desde los tejados de las casas puedes ver los destellos azules de los relámpagos tras la silueta de los volcanes, y entonces comprendes por qué los mayas pensaban que cada noche se libraba una batalla en el inframundo por el amanecer. —Dorian se volvió hacia Bob—. Hay algo de verdad en toda esa mitología, señor Hollister. Lo sé. Yo lo he visto con mis propios ojos.

—Por lo tanto, según usted, en toda leyenda hay una base de realidad.

—Podría decirse así.

—¿También en la historia del Monstruo de Forester?

El arqueólogo dejó escapar una sonrisa inexpresiva. Bob se preguntó si en ese instante fugaz habrían acudido a su memoria las palabras que el doctor Itzmin le dijo en Magnolia mirándolo a los ojos.

«Klu'uma p'ap'ay xoot ta'abi. A ti te aguarda...»

—La Muerte Sonriente —dijo Dorian casi en un susurro—. ¿Conoce la leyenda, señor Hollister?

—He oído algo sobre ella.

—¿Qué leyenda es ésa? —preguntó Elizabeth—. ¿Qué es la Muerte Sonriente?

Dorian se tomó su tiempo en encenderse un cigarrillo antes de responder, como si quisiera retrasar el momento de hablar del tema.

—Todo comenzó con la llegada de los colonos franceses. Como ya expliqué antes, hacia 1680 un puñado de pioneros establecieron un asentamiento en este lugar al que llamaron La Forêt. Poco después, un grupo de ellos decidieron abandonar el asentamiento e ir a Montreal para obtener víveres con los que poder resistir el primer invierno.

»Cuando regresaron, al final del otoño, encontraron que la colonia estaba completamente deshabitada. Nadie se explicaba qué pudo haber sido de los hombres, mujeres y niños que dejaron atrás. Había fuegos encendidos en las hogueras, ropa en las casas, animales muertos de inanición en los establos, y herramientas y objetos de valor abandonados; pero ni un ser humano en kilómetros a la redonda. Era como si, de pronto, la actividad de la colonia hubiese sido súbitamente interrumpida. Escritas en la puerta de una de las casas, encontraron unas palabras: «*On est souriant*». «Alguien está sonriendo», en francés. De aquel extraño suceso surgió la creencia de que el lugar estaba maldito, de modo que los colonos que vinieron después refundaron el asentamiento al otro lado de la bahía y lo llamaron Nouvelle la Forêt. Nadie osaba acercarse a este lugar, ni de día ni de noche.

»Sin embargo, los bosques de esta zona eran frondosos y la caza abundante, así que algunos leñadores y cazadores se atrevieron a rondar las inmediaciones de la colonia maldita. A muchos de ellos no volvieron a verlos con vida, y se decía que el *On Est Souriant,* «Aquel que Sonríe», se los había llevado. Creían que era una especie de demonio del bosque y, poco a poco, cuando el número de desaparecidos aumentaba, empezó a decirse que eran víctimas de la Muerte Sonriente. Más tarde, comenzaron a aparecer los cadáveres.

—¿Cadáveres? —preguntó Elizabeth.

—Así es. Cuerpos terriblemente mutilados, llenos de espantosas heridas por todo el cuerpo, de hombres a quienes les habían arrancado la piel del rostro. Las muecas de sus caras desolladas eran como espantosas sonrisas, de modo que se pensó que aquello también era obra de la Muerte Sonriente. —El profesor Dorian tragó saliva y continuó—: En 1753 los ingleses arrebataron estas tierras a los franceses y rebautizaron estas colonias como Forester y New Forester. También ellos tenían miedo de la Muerte Sonriente y, al igual que los franceses, evitaban acercarse a Forester para no acabar convertidos en cadáveres desollados. No obstante, las posibilidades de buena leña y caza abundante acabaron siendo más fuertes que sus temores, y también se aventuraron en esta zona. De igual manera, muchos de ellos hallaron la muerte, y el miedo a Aquel Que Sonríe siguió vivo durante generaciones... Hasta el día de hoy. —Dorian quiso terminar su historia con una sonrisa despreocupada, pero en su lugar sólo fue capaz de esbozar una mueca.

—¿Y nadie ha visto nunca a esa Muerte Sonriente? —preguntó Elizabeth.

—Hubo quien dijo haberse encontrado con aquel demonio y haber vivido para contarlo. Y lo más sorprendente de todo es que las descripciones coinciden.

—¿Cómo son esas descripciones?

Bob respondió antes de que lo hiciese Dorian.

—Deje que adivine: alto, cubierto de sangre, como una bestia de garras afiladas y largos colmillos, el cuerpo cubierto de pelo y de plumas, cuernos en la cabeza, y unos rasgos grotescos parecidos a los de un ser humano pero con la boca, la nariz y los ojos anormalmente grandes y deformes.

—Más o menos así es, señor Hollister. Veo que ya lo había oído antes.

—No lo había oído en mi vida, simplemente lo he supuesto.

—Muy inteligente por su parte —dijo el profesor. Bob creyó detectar cierta ironía en su tono de voz—. ¿Y como lo ha supuesto, si puedo preguntárselo?

—Es fácil... incluso para un profano como yo. Los guerreros mohawk se teñían el cuerpo de rojo e iban a la lucha cubiertos con capas hechas con pieles de animales y adornos hechos con plumas. Algunos de ellos solían llevar máscaras rituales de madera que representaban rasgos humanos de proporciones exageradas, a veces incluso cuernos. Si una persona viese algo parecido de noche y entre los árboles, supongo que haría una descripción muy similar a la del Monstruo de Forester. Lo de la elevada estatura, los colmillos y las garras serían elementos lógicos, añadidos por la imaginación popular.

—¿Insinúa usted que no hay tal monstruo? Parece muy seguro de ello.

—Parafraseando a un tipo que he conocido esta tarde, diré que me falta imaginación para creer a ciegas en la existencia de un monstruo sanguinario. En efecto; pienso que los culpables de las muertes y las desapariciones fueron los guerreros indios. Los mohawks eran especialmente feroces y tenían la costumbre de desollar los cuerpos de sus enemigos, como supongo que usted sabrá. —Bob sonrió de medio lado—. Es curioso... *On est souriant*. En la lengua mohawk la palabra utilizada para describir a los guerreros es onesohrono. Onesohrono y la expresión «*on est souriant*» suenan de forma bastante similar... Supongo que los mohawk se limitaron a mantener lejos de su lugar sagrado a los colonos. A nadie le gusta que venga un francés a construirse una casa encima de la tumba de su abuela.

—Oh, señor Hollister —dijo Elizabeth, decepcionada—. ¿Por qué ha tenido que estropearlo? Con lo fascinante que era la historia del monstruo...

—Una deducción muy meritoria para venir de un chófer, señor Hollister, si no le molesta que se lo diga. También yo me inclinaba a verlo de esa manera. Sin embargo, hay un par de fallos en su razonamiento.

—¿Ah, sí? ¿Cuáles?

—En primer lugar, en la lengua mohawk *onesohrono* significa «diablo», no «guerrero», como usted dice. Y, en segundo lugar, el monstruo existe.

Bob resopló.

—¿Ésa es su objeción? ¿Un acto de fe?

—No, señor Hollister, no es un acto de fe. Sé que es real porque yo lo he visto, tan claramente como le estoy viendo a usted. Y le aseguro que no era ningún guerrero indio.

ELIZABETH sintió que su interés por la historia del monstruo volvía a crecer. Reparó en que Bob fue incapaz de ocultar una expresión de incredulidad en su rostro.

—¿Eso... es verdad? —preguntó la joven—. Quiero decir, ¿te encontraste con el monstruo cara a cara?

—Es una forma de expresarlo —respondió Dorian.

—¿Qué sucedió? ¿Te atacó?

—No, no a mí. A mi ayudante, Margo Blackwell. —El arqueólogo se quedó mirando el fondo de su vaso—. También yo creía que todas esas historias del monstruo no eran más que antiguas leyendas, pero entonces... Una noche, Margo y yo nos habíamos quedado hasta tarde trabajando en los últimos hallazgos, cuando oímos ruidos que venían del yacimiento. Ella salió a ver qué era y, al cabo de un rato, gritó pidiendo auxilio. Pensé que se había topado con ladrones. Cogí mi escopeta de caza y salí corriendo a ayudarla. Ella no dejaba de gritar. Fue algo espantoso... Cuando ya estaba cerca del yacimiento, oí claramente unos rugidos inhumanos. Ella ya no gritaba. Yo estaba tan asustado que disparé al aire y, entonces, una extraña sombra salió huyendo hacia el bosque. Cuando pude llegar junto a Margo, ella estaba inconsciente. Alguien... o algo se había ensañado violentamente con su cuerpo. Al mirar a mi alrededor, lo vi: una sombra alta y bestial, corriendo entre los árboles. Era tal como lo describían en las historias, cubierto de pelo y de plumas, con cuernos en la cabeza y espantosas garras. Volví a disparar el arma, pero la criatura desapareció en la oscuridad.

—¡Dios mío...! —exclamó Elizabeth—. ¿No fuiste detrás de ella?

—La pobre Margo estaba malherida, de modo que pensé que era más urgente ir de inmediato a New Forester en busca de ayuda. Por otro lado, confieso que estaba demasiado asustado para enfrentarme con ese engendro.

—¿Qué le pasó a tu ayudante?

—La llevaron al hospital aquella misma noche. Una semana más tarde murió a causa de las heridas. —Dorian hizo una pausa—. Desde entonces duermo siempre con la escopeta cargada, junto a mi cama.

Ninguno de los tres dijo nada después de aquella historia. El arqueólogo miró por la ventana, hacia el paisaje ya casi envuelto en sombras.

—Siento alarmarte con estas historias, Elizabeth —dijo con voz lúgubre—. Te aseguro que puedo ser un acompañante mucho más divertido... cuando el tema de conversación no trata sobre monstruos sedientos de sangre.

—No te disculpes, fui yo quien preguntó. Te propongo algo: cenemos juntos esta noche y hablemos de temas más animados. Estoy deseando saber más cosas sobre tu estancia en Guatemala. Es un lugar que siempre he querido visitar.

—¡Eso sería estupendo, Elizabeth! Hace días que no sé lo que es mantener una charla amistosa con nadie. No te imaginas lo mucho que lo necesito.

A Bob no se le escapó el detalle de que la invitación a cenar parecía ser sólo para una persona. Miró a Elizabeth fijamente, tratando de preguntarle con la mirada qué diablos se le estaba pasando por la cabeza, pero ella parecía ignorarlo deliberadamente.

—¿Conoces algún buen restaurante en el pueblo? —preguntó la joven.

—Ninguno que sea capaz de servir algo más sofisticado que el tasajo de cecina de ciervo o el pescado frito. Cenaremos aquí mismo, en mi casa. Quizá no sea el ambiente más lujoso, pero te sorprenderá lo buen cocinero que puedo llegar a ser con pocos ingredientes y mucha imaginación.

—Me parece una idea encantadora.

—Pero, señorita Sullavan...

—No se preocupe, señor Hollister —dijo el arqueólogo—. Puede usted regresar tranquilamente a New Forester. Yo acercaré a Elizabeth a su hotel en mi propio coche cuando terminemos.

Bob tuvo la impresión de que Dorian estaba deseoso de quitárselo de encima. Esperó a oír la reacción de Elizabeth.

—Gracias, Alec, ésa es una idea excelente.

—¿Está segura, señorita Sullavan?

— Sí, señor Hollister. Completamente.

— Pero...

—Regrese al hotel. Hablaremos mañana.

Bob torció el gesto. Se llevó dos dedos a la frente a modo de despedida y salió de la casa sin decir palabra.

—Creo que tu chófer parecía molesto por algo —comentó Dorian.

Elizabeth hizo un gracioso gesto con la mano.

—Ni caso. Es un cascarrabias... —Tenía el ceño fruncido. Se preguntaba qué mosca le habría picado a Bob y por qué se había marchado de esa manera—. Oh, vaya, creo que me he dejado los... los guantes... En el coche. Aguarda un momento mientras voy a buscarlos antes de que se vaya mi chófer.

Salió de la cabaña y vio a Bob atravesando la valla, con las manos hundidas en los bolsillos y la cabeza baja. Elizabeth trotó a su lado. Cuando pudo ver la expresión de su cara tuvo la certeza de que estaba molesto por algo.

—¿Se puede saber en qué diablos está pensando? —soltó él a bocajarro.

—¿Quién, yo? ¿A qué se refiere?

—Creo que en ningún momento hablamos de la posibilidad de que usted cenase con él a solas en su casa.

—No, tiene razón, eso se me ha ocurrido sobre la marcha, ¿verdad que soy inteligente?

—A mí no me pida mi opinión, yo sólo soy el chófer.

—¿Qué le pasa, señor Hollister? ¿No ve que así el plan es mucho mejor? Estando a solas, en un ambiente más relajado y sin extraños, conseguiré sonsacarle más cosas. Está claro que yo le soy muy simpática y que confía en mí.

—Eso no hace falta que lo jure. He visto cómo la miraba, y parecía muy contento por la posibilidad de tenerla en su cabaña del bosque sin un alma en varios kilómetros a la redonda.

—Por Dios, habla usted igual que mi tía. Francamente, señor Hollister, le tenía a usted por un hombre mucho menos mojigato.

—No se trata de eso —dijo Bob, ofendido—. Es sólo que me preocupo por su seguridad. Ese hombre podría ser un ladrón, un estafador o algo peor.

—Oh, puede marcharse tranquilo, le aseguro que sé cuidar de mí misma... Además, creo que Alec es un hombre inofensivo.

—¿Qué le hace pensar eso?

«Es demasiado guapo», estuvo a punto de responder ella, pero pensó que Bob esperaba oír algún razonamiento más sólido.

—Mi tío confiaba en él, y también el señor Clarke y el doctor Culdpepper.

—Sí, y casualmente los tres están muertos, al igual que la mujer que lo ayudaba en su excavación, ¿eso no significa nada para usted?

—Ahora entiendo lo que ocurre... —dijo ella dirigiéndole una mirada analítica—. Se siente usted amenazado por el profesor Dorian.

—¿Qué...?

—No lo niegue. A usted le gusta demostrar que es más listo que nadie, señor Hollister, y se siente vulnerable frente a personas como el profesor Dorian, que tienen más conocimientos que usted. Me di cuenta al ver cómo lo miraba cuando le corrigió aquel detalle sobre la lengua iroquesa.

—¿De modo que ahora es psicóloga aficionada? Es la cosa más estúpida que he oído en mi vida.

—¿Se da cuenta? Todo el mundo le parece estúpido. ¡Todo lo que yo digo le parece estúpido! Usted es el único que está siempre en posesión de la verdad. Su mente es incapaz de concebir que haya alguien más listo, que, además, es un hombre amable, educado y encantador; por eso no puede evitar desconfiar de Alec.

—Alec... —resopló Bob, como si el nombre le escociese entre los labios—. «Amable, educado y encantador.» Sí... ¡Ya veo! Enhorabuena, señorita Sullavan, me ha engañado usted muy bien, he picado como un idiota. Pensé que realmente estaba usted interesada por averiguar algo sobre el asunto de los Príncipes, pero ahora me doy cuenta de que lo único que quería de mí era que la trajese hasta la otra punta del Estado para cenar a solas con un arqueólogo de bonita sonrisa que babea cada vez que le pone la vista encima.

El rostro de Elizabeth se petrificó.

—Eso no es verdad.

—Imagino que por eso no quiso traer a su prometido. Dos hombres en una sola noche deben de ser demasiado para una chica recién salida de Providence.

Ella levantó la mano dispuesta a abofetearlo.

Él cerró los ojos, esperando el golpe.

La mirada de ella se encontró con su cicatriz. Su mano se detuvo en el aire.

—Adelante —dijo el joven—. Ya sabe cómo dar una bofetada, seguro que lo ha visto hacer a muchas actrices... Supongo que el sueño de toda niña estúpida es poder cruzarle la cara a un hombre, como hacen el cine. —La miró directamente a los ojos—. ¿Alguna vez llegó a tomarse este asunto en serio, señorita Sullavan, o desde el principio no ha sido más que la película que siempre soñó con protagonizar?

—Eso ha sido muy cruel, señor Hollister. Mezquino y cruel... No ha debido herirme con un golpe tan bajo. —Elizabeth lo miró a los ojos con una expresión de tristeza—. ¿Por qué lo ha hecho?

Bob se llevó la mano a la nuca, incómodo. Pareció que iba a responder algo, pero, en vez de eso, se metió en el coche dando un portazo y arrancó el motor.

Elizabeth se quedó unos momentos en pie, junto a la valla, observando cómo se alejaba cada vez más.

BOB encontró el único bar restaurante de New Forester junto al embarcadero del lago. Se llamaba El Alegre Pescador, y en principio resultaba difícil distinguir si se trataba de un bar de mala muerte o de un restaurante de mala muerte, dado que las instalaciones para ambos cometidos eran igual de cochambrosas e insuficientes.

Las dos solitarias mesas del comedor estaban vacías. Los únicos clientes, aparte de Bob, eran un grupo de tres viejos lugareños que bebían cerveza en un extremo de la barra. Uno de ellos hablaba sobre el comienzo de la temporada de pesca, el otro sobre la mejor manera de desollar ciervos y el tercero se limitaba a insultar a los canadienses; a pesar de ello, la conversación se desarrollaba de manera fluida, como si a cualquiera de los tres le importase un comino lo que dijera el otro, siempre que le dieran oportunidad de meter baza de vez en cuando.

Al otro lado de la barra, bajo una lámpara que parpadeaba, Bob estaba sentado sobre un taburete frente a una jarra de cerveza. La jarra estaba casi llena y hacía tiempo que se había quedado sin espuma. Más que a bebérsela, Bob se limitaba a hacerla girar con el dedo mientras la contemplaba con el ceño fruncido. Ya llevaba así veinte minutos. Tanto el camarero como el resto de los clientes no reparaban en él más que en cualquier otro objeto del mobiliario.

Mientras jugueteaba con su jarra de cerveza, Bob no podía evitar pensar en la caja.

La estúpida caja.

En algún momento del viaje, entre parloteo y parloteo, Elizabeth había mencionado que le gustaban las pasas. Había hablado de un montón de cosas, y Bob no sabía por qué había tenido que quedarse justo con el detalle de las pasas. A él ni siquiera le gustaban. De hecho, detestaba las pasas... ¿A quién podía gustarle semejante porquería? Era como si alguien hubiese masticado una uva, la hubiese escupido y la hubiese guardado en el fondo de un cajón durante años. Bien. A ella, al parecer, le volvían loca las malditas pasas.

Más tarde, mientras Elizabeth dormía, Bob paró a repostar gasolina. Mientras el mozo llenaba el depósito él entró en la tienda. Allí estaban: las estúpidas pasas. Metidas en una estúpida caja de madera, encima del estúpido mostrador de la estúpida tienda. Por añadidura, costaban una estúpida fortuna.

Bob compró la caja.

¿Por qué? ¡Odiaba esas cosas negras y arrugadas!

Había comprado la caja sólo porque ella había tenido la ocurrencia de decir en voz alta que le encantaban esas repugnantes uvas momificadas. Y también porque Bob quería ver la cara que pondría cuando, después de que cenasen juntos, sacase la caja del coche y se la diese.

Sólo que la caja seguía en el maldito Ford modelo A que se caía a pedazos, con sus apestosas pasas dentro, mientras Elizabeth babeaba delante de un gallito universitario con sonrisa de imbécil.

Bob apretó los dientes y dio un trago a la cerveza. Le supo a pasas.

Alguien entró en el bar y se sentó en el taburete que había a su lado.

—Vaya, pero si es el neoyorquino —oyó decir Bob—. Espíritus decir a mí que rostro pálido de la Gran Ciudad parecer cabreado como oso con flecha en el culo.

—Dígale a los espíritus que cierren el pico. No estoy de humor para jugar a indios y vaqueros.

—Lo siento, neoyorquino —dijo Mike.

Bob le dirigió una mirada de reojo. El indio ya no vestía con su disfraz para turistas y su aspecto era el de un tipo normal. Vio que se dirigía al camarero.

—Eh, Jordan, ponme una cerveza y algo para mi amigo el de Nueva York, ¡a ver si se le alegra la cara!

—No quiero nada, gracias —dijo el joven, desabrido—. Ya tengo mi bebida.

—Cerveza de hombre blanco parecer meado de coyote. —Sonrió a Bob de forma amistosa—. No sea así, amigo, acépteme esta ronda.

—¿En este pueblo son siempre tan amables con los forasteros?

—Sólo con los de la Gran Ciudad; son los que se dejan más pasta —respondió el indio—. En esta época del año New Forester está tan muerto que cuando me encuentro a un visitante bebiendo a solas en el bar no puedo evitar la tentación de hacerle compañía. Las noches aquí son muy largas, y me gusta que me cuenten cosas de fuera.

Bob estuvo tentado de pedirle que lo dejara en paz pero, con una punzada de amargura, pensó que por ese día ya había ofendido a demasiada gente que era amable con él.

—Está bien, pero vamos a hacerlo al revés —dijo—. Yo le pregunto y usted me cuenta cosas.

Mike se encogió de hombros.

—Lo que sea con tal de pasar el rato. ¿Qué quiere saber?

—Todo lo que pueda contarme sobre Alec Dorian y su excavación.

—Ya le dije antes que no sé mucho de eso. El tipo apenas se deja caer por aquí.

—De modo que podría haber estado ausente de New Forester, digamos, hace un par de días o tres, y nadie se habría dado cuenta.

—Podría, pero no fue así. Desde que murió su ayudante viene todas las mañanas al pueblo para ver si ha recibido correo, y lleva haciéndolo desde hace un par de semanas.

—¿Está seguro de eso?

—Por completo; la oficina de correos está justo enfrente de mi casa, y le veo entrar y salir de ella desde la ventana mientras desayuno. Aunque, ahora que recuerdo...

—¿Sí?

—La semana pasada, creo que fue el domingo... No, el lunes. Sí, eso es; el lunes no fue a la oficina de correos. Estoy seguro de eso porque Louane, la encargada, me lo comentó aquella tarde.

Bob asintió. Coincidía con las fechas en las que Dorian había estado en Glen Cove, en la lectura del testamento de Henry Talbot.

—¿Regresó al día siguiente?

—Sí. Y desde entonces lo he visto todas las mañanas, igual que de costumbre.

Si Mike estaba en lo cierto, eso significaba que Dorian no había estado en Goblet cuando mataron al doctor Culdpepper. Bob lamentó perder aquella posibilidad. Sin embargo, se le ocurrió otra idea.

—Una cosa más, ¿recuerda si alguien de New Forester envió a Nueva York una maleta para el profesor Dorian hará cosa de una semana?

—No lo sé, eso tendría que preguntárselo a Louane, en correos. Pero lo cierto es que lo dudo mucho, ¿quién iba a hacer tal cosa? En la excavación ya no hay nadie salvo el profesor, y los del pueblo no nos tratamos con él.

Jordan, el camarero, llegó con dos jarras de cerveza en la mano y las colocó encima de la barra.

—¿Cómo va todo, Mike? —preguntó—. ¿Alguna novedad?

—Nada, salvo aquí mi amigo, que ha llegado esta tarde —respondió el indio, señalando a Bob con el pulgar—. Trátalo bien, Jordan, viene de la Gran Ciudad. Eso quiere decir que está forrado.

El camarero lanzó a Bob una mirada carente del más mínimo interés.

—Lo dudo. He visto su coche, y, si ha venido desde Nueva York con esa cafetera, yo soy Joe DiMaggio.

Uno de los viejos que estaba en el otro extremo de la barra escupió por un colmillo y, alzando la voz, dijo:

—¿De qué puñetas estás hablando, Jordan? Yo he visto ese coche cuando venía hacia aquí, y que me arranquen todos los pelos de la cabeza si no es la maldita máquina más impresionante que he visto en toda mi vida. —El viejo se dirigió a sus compañeros—. Os lo juro: un Lincoln Continental negro y grande como un camión.

—Espere un momento —saltó Bob—. Ése no es mi coche. ¿Dónde dice que lo ha visto?

—Al final del camino que va a Forester, junto al embarcadero viejo.

—¿Hace cuánto de eso? —preguntó Bob.

—Una media hora. Me pregunto de quién será esa preciosidad.

Los otros viejos cuestionaron la veracidad de aquellas palabras y pronto se enzarzaron en una discusión a la que se unió Jordan, el camarero.

—Vaya —comentó Mike—, dos visitantes en una sola tarde y fuera de temporada. Me pregunto si es que va a venir Mae West al pueblo y no nos hemos enterado.

—Mike —dijo Bob—, ¿podría guiarme hasta ese embarcadero viejo?

—¿Es por lo de ese coche? No crea nada de lo que dice Phil. Ve menos que un topo y tiene mucha imaginación; sería capaz de confundir el *Queen Mary* con un tronco flotando en el lago.

—Usted sólo lléveme hasta allí. Le invitaré a otra ronda por las molestias.

—Lo siento, rostro pálido, pero yo de noche no me acerco a la carretera de Forester.

—¿Qué ocurre? ¿Le da miedo el monstruo?

—Como le dije esta tarde, yo no creo en monstruos, y quiero que siga siendo así durante mucho tiempo. De todas formas, puede ir usted solo; no tiene pérdida, únicamente ha de seguir la carretera que lleva a la excavación y desviarse en dirección al lago cuando vea un cruce.

—Gracias, Mike. Le debo una.

Bob bajó de un brinco del taburete y salió del bar a toda prisa.

Tal como dijo Mike, fue muy sencillo llegar hasta el viejo embarcadero, situado en una pequeña playa de piedras rodeada de bosque. Bob detuvo el Ford unos metros antes de llegar, pues no quería que el ruidoso motor delatase su presencia.

Se acercó en silencio hacia la playa, iluminado por la luz de la luna. No tardó en encontrarse con el Lincoln Continental aparcado junto a unos árboles. Al ver la matrícula sus sospechas se confirmaron: era el vehículo del conde de Roda.

A Bob sólo se le ocurría un motivo por el cual el Lincoln pudiera hallarse en un sitio tan apartado: el conde iba a encontrarse con alguien y deseaba mantener ese encuentro lejos de miradas indiscretas. El joven tan sólo esperaba no haber llegado demasiado tarde.

Tuvo suerte. Don Jaime aún estaba en la playa y alguien lo acompañaba. En principio Bob pensó que podría tratarse de Galarza, el Hombre del Bigote Negro, ya que ambos mantenían una conversación en español, pero cuando un rayo de luna cayó sobre los dos hombres el joven reconoció a sir Cecil de inmediato.

La cosa se ponía cada vez más interesante. Los dos diplomáticos estaban enzarzados en una tensa discusión y ambos parecían creer que el lugar era lo suficientemente discreto tener que preocuparse para no levantar la voz. Desde su escondite, Bob podía escucharlos con claridad.

—¡Mi única intención es la de entrevistarme cara a cara con Alec Dorian y hacerle una oferta por su estatua! —decía el conde en ese momento. Su habitual dignidad hispana parecía a punto de quebrarse—. Aquí, el único que tiene motivos para esconderse es usted.

Sir Cecil se le encaró con gesto desafiante.

—¿Y por qué no va a la policía? ¡Vaya y cuente toda la verdad en vez de hacerme perder el tiempo citándome a escondidas, como en una mala novela de espías!

—Eso es lo que debería hacer, no merece usted otra cosa; pero el motivo de este encuentro, como ya le he dicho, es ofrecerle la oportunidad de desaparecer con su honor y dignidad intactos, caballero.

—¡Qué conveniente sería eso para usted! Dejarme fuera de combate para caer sobre los Príncipes como un ave de presa... Guarde su artera gentileza para alguien a quien no le provoque náuseas.

—¿Ésa es su última palabra?

—No, ésta es mi última palabra... —Sir Cecil lo apuntó con su dedo índice—. ¡Cuente usted lo que sabe, o cree saber, y yo haré lo mismo!

—No sé de qué está hablando.

—¿De veras, señor conde? ¿Por qué no le pregunta a su nuevo chófer, ese tal Galarza? Seguro que él sí sabe de lo que estoy hablando.

—¡Basta! No es usted más que un granuja y un mentiroso. Lo siento, pero no me deja alternativa: pienso poner al corriente a la embajada británica de su comportamiento, ¡e incluso a la policía, si es necesario!

Sir Cecil mostró los dientes en una sonrisa, con la actitud de un animal acorralado a punto de asestar un mordisco.

—Hágalo, y me aseguraré de que todo el mundo sepa la

verdad de por qué lo enviaron a Nueva York, y por qué su gobierno le ha puesto a Galarza como perro guardián.

Aun a la luz de la luna, Bob pudo apreciar que el conde se ponía pálido.

—Está muy equivocado si piensa que puede asustarme con sus ridículas amenazas. Yo no tengo nada que ocultar.

—¿Está seguro, señor conde? Hasta el momento ha sido usted capaz de mantener en secreto sus asuntos privados, pero ¿qué ocurriría si saliesen a la luz? ¿Podría soportarlo su enfermizo honor de caballero? Y su esposa ¿podría soportarlo? Imagino que ella ahora debe de estar anhelando el regreso de su querido hijo, patriota ejemplar y héroe de guerra...

Don Jaime crispó los puños. Por un momento Bob creyó que iba a tirarse al cuello de sir Cecil.

—¡Canalla! ¡Bastardo desalmado!

—Los dos estamos en el mismo barco, señor conde. Será mejor que rememos en la misma dirección o la marea nos arrastrará hasta el fondo.

—¿Qué es lo que pretende de mí, por todos los santos?

—Le recuerdo que fue usted el que empezó con este juego de las verdades; ahora no proteste si las reglas se han vuelto en su contra —respondió sir Cecil con frialdad—. Su silencio a cambio del mío. Es lo único que quiero.

—Le doy mi palabra de honor... —claudicó don Jaime, con voz lúgubre—. Tarde o temprano la Divina Providencia le hará rendir cuentas por su comportamiento, se lo aseguro.

El conde no dijo nada más. Regresó al coche y se sentó en el asiento trasero. Bob no distinguió quién estaba al volante, aunque supuso que se trataría de Galarza. El Lincoln arrancó el motor y se perdió de su vista en dirección a la carretera que regresaba a New Forester.

Bob apenas tuvo tiempo de pararse a sacar conclusiones sobre la extraña escena que acababa de contemplar. El cónsul británico, tras asegurarse de que el conde estaba bien lejos, se internó en el bosque.

Sin dudarlo un instante, Bob siguió sus pasos tan discretamente como le fue posible.

ELIZABETH había logrado obtener dos certezas importantes durante la cena con Alec Dorian.

La primera, que el profesor Dorian no era tan buen cocinero como aseguraba.

La segunda, que lo que las bodegas de Idaho embotellaban como vino tinto y Dorian había servido para acompañar la cena, en el resto del mundo lo considerarían una profanación de los restos mortales de miles de uvas inocentes.

Por lo demás, Elizabeth estaba siendo incapaz de obtener del arqueólogo algún detalle que pudiera arrojar algo de luz sobre el misterio de los Príncipes de Jade.

Dorian habló sobre todo de sí mismo y de sus viajes arqueológicos por Centroamérica, pero Elizabeth tenía que hacer grandes esfuerzos por escucharle ya que sus pensamientos vagaban una y otra vez hacia la discusión que había mantenido con Bob.

Estaba enfadada con el joven porque le había dicho cosas horribles, pero, al mismo tiempo, se sentía irritada consigo misma por no saber qué era exactamente lo que había hecho para molestarle tanto.

Oyó que Dorian preguntaba algo. Elizabeth parpadeó y salió de sus reflexiones. Dorian la miraba, esperando la respuesta a su pregunta.

—Sí, claro —dijo ella, probando suerte—. Por supuesto.

El arqueólogo sonrió, dando por válida la afirmación. Después se embarcó en el relato de una historia sobre monos. Elizabeth bebió un pequeño sorbo de vino. Ocultó un mohín de asco cuando el tinto rozó su paladar; sabía como algo que llevara demasiado tiempo pegado al fondo de un cazo.

De pronto Dorian interrumpió su historia de los monos. Se quedó quieto y callado, con los ojos muy abiertos.

—¿Has oído eso? —preguntó.

— No, ¿el qué?

—Escucha —insistió Dorian—. Viene de fuera.

Ella agudizó el oído. En ese momento oyó con total claridad una especie de gruñido y el sonido de hojas al agitarse.

Se le puso la carne de gallina.

—¿Hay animales en este bosque? —preguntó.

—Osos, jabalíes, algún ciervo... —De pronto algo emitió un rugido espantoso que murió en un gorgoteo parecido a un gemido humano. Dorian se puso en pie—. Pero ninguno hace ese ruido.

Un puñado de imágenes se volcó por la mente de Elizabeth, como caídas de una estantería: el Monstruo de Forester, el cuerpo destrozado de la ayudante de Dorian, el bosque oscuro y el hecho de que no había un alma en varios kilómetros.

Algo se tiró contra la puerta de la cabaña. Elizabeth dio un grito. Un sonido como el de zarpas rascando sobre la madera la hizo temblar de pies a cabeza.

La cosa que estaba fuera, en el bosque, volvió a rugir igual que una bestia.

Elizabeth cerró los ojos con fuerza y se tapó los oídos con las manos. Aun así, era capaz de oír con claridad los gruñidos y los golpes. Aguantaba la respiración esperando que en cualquier momento la puerta reventase en un montón de astillas y aquello que estaba en el bosque saltase sobre ella.

La habitación se quedó en silencio. Elizabeth abrió los ojos. Dorian estaba agachado en un rincón, sujetándose las rodillas. Temblaba de forma penosa, mirando a la puerta con los ojos muy abiertos.

—¿Alec? ¿Te encuentras bien? —preguntó Elizabeth.

El profesor Dorian se agitó en una sacudida y la miró. Respiraba de forma desacompasada.

—Está ahí —balbució.

Ella intentó mantener la calma, aunque sólo fuese por el

hecho de que él ya parecía haber tenido el detalle de aterrarse por los dos.

—¿Quién está ahí?

—Onesohrono —susurró—. La Muerte Sonriente.

—Tranquilízate, Alec. Estoy segura de que no hay nada ahí fuera que pueda hacernos daño. —Tuvo que emplear todos sus esfuerzos en parecer serena. En aquel momento deseó que Bob no se hubiera marchado. Ella se habría sentido más segura junto al chófer que al lado de aquella masa temblorosa con estudios de arqueología—. Atrancaremos la puerta con una silla.

—No. No. No servirá. Entrará. Onesohrono. Él lo dijo: «A ti te aguarda la Muerte Sonriente». —Dorian hundió la cabeza entre las manos y su cuerpo se estremeció—. ¡La maldición se cumple! ¡Y yo soy el último!

—Pero, Alec...

Elizabeth no pudo terminar la frase. Un rugido sobrehumano se oyó con toda claridad y, de pronto, algo golpeó contra la ventana. Dorian se puso en pie y dejó escapar un alarido de terror.

—¡No me cogerás! —chilló, preso de histerismo—. ¡A mí no, demonio!

Salió corriendo hacia la puerta, la abrió y se arrojó de cabeza a la oscuridad del bosque.

Elizabeth se quedó sola.

—¿A... Alec...? —dijo a media voz.

La opinión de Elizabeth sobre el valor y el heroísmo del gremio arqueológico se vio seriamente afectada.

La cosa que acechaba la casa volvió a rugir. La joven lanzó una exclamación y se apresuró a cerrar la puerta. No había pestillo y tuvo que sujetarla con la espalda. Se quedó quieta en esa postura, de cara a la ventana.

De pronto oyó un un alarido terrible que atravesó la madera y se afiló en sus oídos. Alguien pedía socorro.

Era la voz de Dorian.

El grito volvió a sonar. Roto, inhumano, creció hasta convertirse en un chillido de terror y, de pronto, se cortó.

Después, el silencio.

Elizabeth sintió como si todo su cuerpo se hubiera congelado. Sus labios temblaron.

—¿Alec...?

La ventana reventó en una lluvia de cristales rotos. Elizabeth gritó y se acurrucó contra la puerta. Oyó un rugido bestial y vio asomando por la ventana una garra cubierta de pelo negro, con uñas largas como cuchillos. Unas pequeñas gotas de sangre cayeron en el suelo mientras aquella zarpa monstruosa se agitaba en el aire como si quisiera agarrar algo.

La mano de Elizabeth se topó con el picaporte de la puerta y abrió de golpe. Echó a correr a ciegas hacia el bosque sin parar de gritar, sin poder quitarse de la cabeza las redondas y brillantes gotas de sangre sobre la madera del suelo. A su espalda creía oír el ronquido de un jadeo animal.

Las ramas de los árboles le arañaban la cara y se le enredaban en el pelo y en la ropa. Elizabeth corría con los ojos cerrados, apartando el aire a manotazos. Su pie se enganchó con una raíz y la joven cayó de bruces al suelo.

Se volvió, escupiendo tierra y hojas secas. Intentó levantarse, pero sus piernas, entorpecidas por el miedo, sólo parecían capaces de trabarse y resbalar. Elizabeth oía algo acercarse hacia ella por entre las sombras del bosque, pisoteando la maleza.

Se arrastró de espaldas, desesperada, apoyándose sobre las palmas de las manos. Aquello que la perseguía se aproximaba hacia ella. Cada vez lo sentía más cerca.

De pronto un resplandor apareció en medio del bosque y la cegó. Elizabeth parpadeó varias veces y, al recuperar la visión, se encontró con dos enormes ojos oscuros que la miraban a escasos centímetros de su cara.

Estaba tan aterrada que ni siquiera fue capaz de gritar.

BOB siguió a sir Cecil a través del bosque durante un buen rato. Al principio el diplomático caminaba muy despacio, sin más luz que la de los rayos de luna, y parándose cada cierto tiempo para mirar atrás, cuando tenía la sensación de haber oído algo a su espalda. En un par de ocasiones Bob estuvo a punto de ser descubierto; por suerte, siempre había cerca un árbol o una sombra en la que ocultarse.

Al cabo de un rato sir Cecil bajó la guardia y empezó a caminar con más rapidez y sin detenerse tantas veces. Bob tuvo la sensación de que el inglés se estaba dirigiendo hacia Forester. Comprobó que sus sospechas eran fundadas cuando vio aparecer la valla que delimitaba el perímetro de la antigua colonia.

El inglés saltó el cercado y se encaminó hacia la cabaña de Alec Dorian. A Bob le resultó extraño. Pensó que quizá se había citado con el arqueólogo.

El chófer se escondió detrás de un coche, que supuso que sería el del profesor Dorian, y vio que sir Cecil se detenía frente a la puerta de la cabaña, que estaba abierta.

El cónsul miró a su alrededor y entró. Bob esperó.

No oyó voces, y aquello le pareció muy extraño. Se suponía que Elizabeth y Dorian deberían estar allí dentro.

Algo en su interior parpadeó como una pequeña luz de alarma. Agazapado entre las sombras, Bob se acercó a la cabaña y se asomó por un lado de la puerta.

Todo estaba en desorden. Había una silla volcada, una botella de vino rota en el suelo, junto a un montón de cristales, y la ventana estaba hecha añicos. Sir Cecil se encontraba en el centro de la habitación, mirando a su alrededor. Parecía sorprendido.

En ese momento el diplomático descubrió la estatua del Príncipe de Jade sobre un mueble. Sus ojos parpadearon con avidez. Bob vio que miraba de nuevo de izquierda a derecha y tuvo solo un segundo para ocultarse tras la puerta cuando sir Cecil miró hacia donde estaba él. A continuación, el inglés cogió la estatua, la envolvió rápidamente con su chaqueta y se la metió en una bolsa que llevaba colgada del hombro.

Bob sonrió de medio lado.

Su sonrisa se congeló. Junto a la ventana vio manchas de sangre, y el bolso de Elizabeth tirado en el suelo, abierto igual que una boca pidiendo auxilio.

De pronto se oyó un zumbido estridente y desacompasado.

Bob echó la mano a su bolsillo y sacó el reloj de pulsera de Elizabeth. La dichosa alarma había vuelto a saltar.

Sir Cecil lo miraba con una expresión de absoluto asombro, como si de pronto hubiese visto un fantasma. El joven se quedó paralizado, con aquel estúpido reloj en su mano, que no paraba de chillar como un grillo histérico.

Ninguno de los dos se movió.

La alarma dejó de sonar.

—Está bien —dijo Bob—. Yo romperé el hielo: ¿qué hace usted aquí?

La respuesta del británico consistió en coger una silla y tirársela a la cabeza. El joven se agachó para evitarla y sir Cecil aprovechó para saltar por encima de él y echar a correr hacia el bosque. Bob soltó toda una retahíla de maldiciones. No esperaba semejante alarde de agilidad por parte de un miembro del cuerpo diplomático.

Se levantó del suelo y corrió tras sir Cecil. El cónsul era rápido, pero no lo suficiente. Al llegar a un claro rodeado de casas en ruinas, sir Cecil resbaló y cayó al suelo. Bob aprovechó para saltar sobre él en ese momento.

Los dos se fundieron en un barullo rodante de brazos, piernas y golpes. Bob trataba de paralizarlo, pero sir Cecil se defendía a base de patadas y codazos. De pronto Bob sintió un dolor intenso en la entrepierna, fruto de la más rastrera diplomacia británica. Gritó, se llevó las manos a la parte dolorida y se dejó caer al suelo hecho un ovillo.

No contento con eso, sir Cecil le pegó con la bolsa en la cabeza y después le echó tierra a los ojos de una patada. Con los ojos llorosos, Bob pudo vislumbrar que el inglés salía corriendo hacia el límite del claro cuando, de pronto, se detuvo en seco como si la tierra se hubiese cerrado alrededor de sus tobillos.

La boca de sir Cecil se abrió con la forma de un cuadrado perfecto y un alarido de terror brotó de su garganta.

Dio media vuelta, pasó por encima de Bob pisándole la espalda y corrió en sentido opuesto. El joven oyó un rugido tras él. Se puso en pie, se sacudió la tierra de la ropa y se volvió.

Por un segundo la sangre dejó de circular en sus venas.

Era una criatura de más de dos metros de altura, cubierta de pelo negro y crespo salvo en la cabeza, que estaba repleta de plumas largas y blancas como el filo de miles de navajas. Su cara era una masa grotesca de formas indefinibles en medio de las cuales destacaban dos ojos negros e inexpresivos y una boca enorme, llena de colmillos, curvada como la sonrisa de un tiburón. La bestia tenía las zarpas alzadas sobre la cabeza y éstas terminaban en diez afiladas garras de al menos un palmo de largo.

El monstruo rugió.

—¡Joder! —gritó Bob. Y salió corriendo en sentido contrario.

Alcanzó a sir Cecil en pocos segundos. Todavía resonaba en su cabeza el eco del rugido de la bestia. Durante varios metros, los dos hombres corrieron a la par, entorpeciéndose mutuamente la huida.

Su carrera les llevó hasta el cementerio mohawk y, sin pensarlo dos veces, ambos saltaron al interior de una de las tumbas y se quedaron acurrucados en el fondo sin mover un músculo.

Durante unos largos minutos sólo se oyó su respiración.

Bob se asomó con cuidado por el borde del agujero, como un soldado en una trinchera.

—¿Ve usted algo? —susurró el inglés.

—No. Creo que se ha ido.

—Estupendo.

De pronto el joven sintió una patada en la espalda. Sir Cecil saltó fuera del hoyo apoyando los pies en la cabeza de Bob y luego echó a correr hacia la oscuridad.

—¡Qué hijo de perra! —escupió Bob.

Trató de salir del agujero, pero la tierra estaba húmeda y resbaladiza, y la espalda le dolía como si tuviese una piedra encajada entre las vértebras. Después de varios intentos, logró liberarse. Sentía el cuerpo magullado y punzadas de dolor en todas partes.

No había rastro de sir Cecil.

Un destello en el suelo, junto a la tumba, llamó la atención de Bob. Caída entre un lecho de hojas secas descubrió una pitillera de metal dorado. El joven la inspeccionó. Tenía un escudo grabado en la tapa que le resultó familiar.

Sacó de su bolsillo el mechero que días atrás había escamoteado en la sala de fiestas del Bahía Baracoa. Al compararlo con la pitillera, descubrió que el escudo era idéntico. Así pues, dedujo, las dos piezas pertenecían al mismo juego. Era evidente que sir Cecil había perdido aquella pitillera mientras escapaba del monstruo.

En ese momento recordó las manchas de sangre y el bolso abierto en el suelo de la casa. La imagen lo golpeó como una piedra en la cabeza.

«¡Elizabeth!», pensó. Se internó en el bosque, por entre las ruinas desvencijadas de las casas de los colonos, llamando a voces:

—¡Señorita Sullavan! ¡Profesor Dorian!

No obtuvo respuesta alguna.

Bob trataba de no dejar que su imaginación se desbocase, aunque cada vez le resultaba más difícil ignorar la tenaza de angustia que presionaba sobre su estómago. Se detuvo durante un momento para tratar de recuperar la calma y pensar con frialdad.

Era absurdo seguir deambulando por el bosque a ciegas y en mitad de la noche, tan sólo lograría extraviarse. Pensó que la mejor idea sería tratar de volver sobre sus pasos y regresar a New Forester; allí podría avisar a la policía.

Descubrió que no era tan fácil como había pensado pues la noche había convertido el bosque en un laberinto de sombras engañosas. Después de pasar dos veces por el mismo lugar, tuvo que rendirse a la evidencia: estaba perdido.

Miró a su alrededor, desesperado, tratando de encontrar un punto de referencia. En lo alto de una loma vio una luz a lo lejos, entre los árboles. Quizá fuera una vivienda. Podría ir hacia aquel lugar y pedir ayuda.

Bob dirigió sus pasos hacia la luz. Mientras caminaba abriéndose paso entre las sombras, intentaba no pensar en la posibilidad de volver a encontrarse cara a cara con la Muerte Sonriente.

ELIZABETH tardó sólo un segundo en darse cuenta de que aquellos dos enormes agujeros frente a su cara no eran los ojos de ningún monstruo, sino el cañón de una escopeta de cartuchos.

No le sirvió de consuelo. El cambio no mejoraba en nada su situación.

Al otro lado de la escopeta la joven vio lo que parecía ser un enorme abrigo de cuadros rojos y negros. Sobre el abrigo alguien había dejado caer un sombrero de cazador con orejeras y entre ambas prendas había dos gruesos cristales que a la luz de la luna brillaban como estrellas que se hubieran caído del cielo.

Una voz cascada brotó del fondo del sombrero de cazador.

—¡Lo tengo! ¡Hiram, Lou, venid aquí! ¡Tengo al bicho a tiro!

La misma luz que había cegado a Elizabeth volvió a apuntar directamente a sus ojos. Ella se cubrió la cara con las manos, aturdida, mientras el foco de una linterna la recorría de arriba abajo.

Vio aparecer a un hombre que, desde el suelo, parecía tan grande como un gigante. También llevaba un abrigo grueso de cuadros, y su cara estaba oculta por una barba que parecía crecer directamente de debajo de sus ojos, espesa como el pelaje de un animal. Junto al gigante, Elizabeth vio a un tercer hombre, delgado y fino como un muñeco de alambre. Los dos llevaban escopetas al hombro y linternas.

—¡Zecke, estúpido murciélago con cataratas! —bramó el de la barba—. ¡Esto no es ningún bicho! ¡Es una... jovencita!

El que apuntaba a Elizabeth bajó el arma. Una mano nudosa y artrítica se acercó hacia las gafas y las inclinó un poco hacia abajo. Dos ojos grandes y lechosos, rodeados de arrugas, contemplaron a la muchacha entre parpadeos.

—¡Por los clavos de Cristo! Tienes razón, Lou.

El tipo delgado le arrancó la escopeta de las manos.

—¡Viejo mentecato...! Vas a meternos en alevosías con tus necias astracanadas.

—¿Qué diablos dices, Hiram? —preguntó el gigante barbado.

—Digo que este cegato gilipollas un día va a volarnos las pelotas de un tiro como no tenga cuidado.

—¡Pues habla en cristiano, maldita sea! —El tipo, al que acababan de llamar Lou, se quitó el sombrero de vaquero que llevaba puesto y se dirigió hacia Elizabeth. Un rubor encarnado brotaba sobre los pelos de su barba—. Disculpe, señorita. Ese viejo idiota de Zecke no le ha hecho nada, ¿verdad? Por favor, dígame que se encuentra bien.

—¿Alguno de ustedes podría podría ayudarme a levantarme?

Deshaciéndose en disculpas, Lou, el gigantón de la barba, le tendió una mano enorme y la ayudó a ponerse en pie. Elizabeth tuvo la sensación de que la levantaba igual que si estuviese hecha de papel.

—Gracias. Muy amable.

Zecke, el de las gafas, se había quitado el sombrero de cazador, dejando a la vista una cabeza pequeña y lisa como una aceituna. Sus ojos miraban al suelo, mientras con las manos no dejaba de manosear el gorro nerviosamente.

—Jesús bendito... ¡De verdad que no sabe cuánto lo siento, señorita! —decía con la voz temblorosa—. Es que está muy oscuro, y creo que se me han empañado las gafas. Lo siento. Lo siento de veras, se lo juro.

Zecke no era mucho más alto que un enano de jardín bien alimentado, y el hombrecillo temblaba tanto que a Elizabeth terminó por resultarle conmovedor.

—No tiene importancia —dijo ella mientras se sacudía las hojas del trasero—. En realidad me alegro de haberme encontrado con ustedes. Necesito su ayuda.

—Por supuesto, ínclita señora —dijo Hiram, el alto y delgado—. Estamos al servicio de lo que comande, socráticamente hablando, si usted me comprende.

Elizabeth no le comprendía en absoluto.

—Disculpe a Hiram, señorita —dijo Lou—. Desde que se suscribió al *Reader's Digest* no se le entiende nada de lo que dice.

—Eso es porque no sois más que una caterva de incultivados.

—¡Cierra el pico, Hiram! —saltó Lou—. Además, ya te he dicho mil veces que creo que no usas como es debido esas palabrejas que sueltas. Sólo porque te suenen bien en tu maldita cabeza no quiere decir que signifiquen lo que tú piensas.

—¿Tú qué cojones sabrás? Lo único que has leído en tu vida son las etiquetas de las botellas de cerveza. —Hiram se sacó una revista manoseada del bolsillo trasero del pantalón y le dio unos golpes con la mano—. ¡La gente importante lee cosas y usa un vocabulario fino, a ver si os enteráis, so gazmoños!

Lou hizo un gesto de desdén con el brazo y luego volvió a centrar su atención en Elizabeth.

—Perdone, señorita. Por supuesto que la ayudaremos en lo que haga falta. Me llamo Lou, éste es Zecke y el pelmazo que habla como si tuviese una lesión cerebral es Hiram.

—Mucho gusto. Elizabeth Sullavan...

—Es un conato privilegio, señorita Sullivan —saludó Hiram inclinando la cabeza.

—Sullavan —dijo Zecke—. Ha dicho Sullavan, con «a», igual que esa actriz de cine, ¿verdad, señorita?

Elizabeth sonrió. Desde ese momento Zecke quedaba oficialmente perdonado por haberle apuntado a la cara con una escopeta.

—Usted no es de aquí, ¿verdad? —preguntó Lou.

—No, soy de Nueva York. Pero eso ahora no importa. Escuchen, necesito su ayuda. Mi amigo, el profesor Alec Dorian, ha desaparecido, y una especie de bestia monstruosa ha atacado la cabaña donde vive. Debemos avisar a la policía.

—¿Alec Dorian? —dijo Lou.

—Se refiere al fulano de la excavación, ese que ha estado llenando el bosque de agujeros. Seguramente por eso hemos oído antes esos tiros y esos gritos —aclaró Zecke—. Señorita, no tiene por qué preocuparse, ahora está usted a salvo. Sabemos lo de esa bestia que la ha atacado.

—Pero mi amigo...

—Tranquila, lo encontraremos. Vivo o deceso —aseguró Hiram.

—¿Deceso? —Elizabeth supuso que Hiram quería decir «muerto»—. ¡Yo quiero encontrarlo sano y salvo!

Los tres hombres intercambiaron entre ellos una mirada lúgubre.

—Verá usted, señorita —dijo Lou—, si el monstruo lo ha atrapado antes que nosotros, no debemos albergar muchas esperanzas. Es una bestia maligna y sanguinaria.

—Dios mío... —dijo Elizabeth, angustiada.

—No esté trémula, hermana —dijo Hiram—. Está usted en la compañía adecuada. Nosotros hemos venido para dar caza a ese monstruo vitriólico.

—Somos miembros del Club de Cazadores de New Forester —explicó Lou.

—En realidad, somos los tres únicos miembros del Club de Cazadores de New Forester —apostilló Zecke.

Lou decidió ignorarlo y continuó:

—Desde hace tiempo Hiram, Zecke y yo venimos todas las noches a Forester con la intención de atrapar a esa criatura. Cuando tengamos su cabeza colgando sobre nuestra chimenea, saldremos en todos los periódicos del país y seremos famosos.

—¡Las mujeres se nos echarán encima! —dijo Zecke acariciándose la calva con aire soñador.

—Si hay alguien que puede ayudarla, ésos somos nosotros, se lo aseguro. En todo el condado no hay cazadores con mejor ojo ni más sangre fría.

—Sí, bueno... —añadió Hiram—. En realidad Zecke es miembro del club porque prepara unos bocadillos de morirse.

Elizabeth no estaba segura de estar a salvo junto a los hombres que la habían confundido con una pieza de trofeo.

—Caballeros, no dudo de su habilidad, pero creo que lo mejor será que regresemos al pueblo y avisemos a las autoridades.

—Lo siento, señorita, pero eso no es posible —dijo Hiram—. Llevamos rastreando a ese monstruo toda la noche, y presiento que hoy será la efemérides de nuestra añagaza.

Por las palabras de Hiram, Elizabeth creyó entender que los miembros del Club de Cazadores de New Forester únicamente le daban la opción de seguir con ellos o regresar sola a New Forester a través del bosque. Cualquiera de las dos opciones le resultaba igual de peligrosa, pero pensó que con Hiram, Zecke y Lou al menos tendría alguien detrás de quien esconderse si se sentía amenazada.

—Está bien, iré con ustedes.

—Perfecto —dijo Lou—. Llévenos a la casa de su amigo, donde la atacó el monstruo. Empezaremos a rastrearlo desde ese punto. Hoy se acabará la suerte de ese maldito bicho, se lo aseguro.

La joven no tuvo más remedio que satisfacer su petición. De camino a la cabaña de Dorian, los miembros del club le contaron más detalles sobre sus expediciones cinegéticas, todas de escaso éxito, así como algunas otras escabrosas historias sobre el Monstruo de Forester.

—Nosotros aún no lo hemos visto —explicó Lou—. Pero dicen que es tan grande como un búfalo, que tiene tres cabezas y que escupe fuego por los hocicos.

—Los otros animales le tienen un miedo magnánimo —dijo Hiram—. El perro de Zecke estuvo varios días nervioso poco antes de que encontrasen el cadáver de aquella mujer, la que trabajaba en el yacimiento. Estamos seguros de que el pobre animal fue capaz de sentir a la bestia, ¿no es verdad, Zecke?

El de las gafas asintió con aire triste.

—Cierto. Pobre Bob...

—¿Quién es Bob? —preguntó Elizabeth.

—Era mi perro.

—Me encanta ese nombre para una mascota.

—¿Verdad que sí? Y tenía usted que haberlo visto, señorita: el mastín más hermoso, más fiel y más cariñoso que había en el mundo. —Zecke sorbió por la nariz. Se quitó las gafas y se restregó un ojo con el dedo—. Disculpe, me ha entrado algo de polvo...

—Zecke siempre se pone triste cuando hablamos de Bob —dijo Lou.

—Es normal —añadió Hiram—. Adoraba simbióticamente a ese chucho.

—¿Qué ocurrió?

—El monstruo lo mató, por supuesto —explicó Lou—.

El pobre animal había estado dos o tres días como loco. Se volvió casi salvaje de puro terror; ladraba sin parar soltando espumarajos por la boca, aullaba a la luna, mordía a todo el mundo... Justo el día antes de que encontrasen muerta a aquella mujer, la bestia se merendó al pobre Bob.

—Se lo llevó de su caseta en plena noche al pobrecito —dijo Zecke con voz temblorosa—. Luego, esa misma noche, el monstruo atacó a la mujer, y yo encontré el cuerpo de Bob a la mañana siguiente... ¡Un perro tan bueno, incapaz de hacerle daño ni a una mosca!

El hombre sacó un pañuelo del bolsillo y se sonó la nariz ruidosamente. Lou le colocó una manaza sobre el hombro.

—Tranquilo, Zecke. Te prometo que esta noche vengaremos a tu perro.

Llegaron a la cabaña de Dorian. Elizabeth sintió un escalofrío al verla de nuevo; no podía quitarse de la cabeza aquella garra agitándose en la ventana. La puerta seguía abierta. La joven y los miembros del Club de Cazadores entraron.

—Está claro que el monstruo ha estado aquí —dijo Lou—. Todo está hecho un desastre.

En realidad se encontraba tal y como Elizabeth recordaba haberla dejado, salvo por la silla tirada junto a la puerta y por el hecho de que el Príncipe de Jade ya no estaba en su sitio. La muchacha tomó buena cuenta de su ausencia, pero prefirió no comentar nada al Club de Cazadores.

—Debemos buscar al profesor Dorian. Si no ha regresado, es probable que aún se encuentre en peligro —dijo ella después de recuperar su bolso.

—Usted quédese aquí y nosotros rastrearemos el perímetro.

—Lo siento, Lou, pero la última vez que me quedé aquí sola tuve que salir corriendo por esa puerta. Yo voy con ustedes.

—Está bien, pero no se separe de nosotros. Esa bestia puede estar acechando en cualquier parte.

Los cuatro regresaron al bosque. Hiram y Zecke iban delante, alumbrando con sus linternas, mientras que Lou, rezagado, parecía haberse tomado la responsabilidad de cuidar de Elizabeth y caminaba unos pasos tras ella, apuntando al aire con su rifle de caza cada vez que creía oír algún ruido entre las sombras.

En un momento dado Zecke, que encabezaba la marcha, hizo una señal con la mano para que se detuvieran.

—Tened cuidado —avisó—. Hay aquí un tronco enorme. Os alumbraré para que no tropecéis.

—¿Un tronco? —dijo Hiram acercándose con su linterna—. ¿Qué tonterías estás diciendo? Aquí no hay ningún... ¡Oh, Dios! ¡Mierda!

Hiram dio un salto hacia atrás, los pies se le trabaron y cayó al suelo sobre su trasero. Se volvió bruscamente, con la mano en la boca para contener una náusea.

—¿Qué le ocurre? ¿Se encuentra bien?

—Será mejor que no se acerque, señorita.

Elizabeth no hizo caso. Corrió hacia donde estaba Zecke y, al ver lo que el viejo alumbraba en el suelo con la linterna, se paró en seco. Se cubrió la boca con las manos y ahogó un grito.

Era el cuerpo de Alec Dorian. Elizabeth reconoció su ropa, hecha jirones y cubierta de sangre por todas partes.

—Es... ¿su amigo? —preguntó Lou. La joven asintió con la cabeza—. Cielos, lo lamento de veras... ¡Chicos, ayudadme a levantarlo! Lo meteremos en la cabaña.

Hiram estaba bastante alejado, donde no podía ver el cuerpo. Aún permanecía sentado en el suelo con la cara blanca como una luna.

—Yo creo que... que deberíamos dejarlo donde está... Ya sabes, para no alterar el consorcio de pruebas criminalísticas, y eso...

—Deja de comportarte como un gallina. No voy a dejar a este pobre diablo aquí toda la noche para que lo devoren las alimañas. —Lou se agachó junto al cadáver y lo agarró del hombro para darle la vuelta—. Vamos, yo lo cogeré de la cabeza y tú por los... ¡Oh, mierda!

—¿Qué ocurre? —preguntó Elizabeth dando un paso adelante.

—¡Usted quédese quieta donde está, señorita! ¿Me oye? No se acerque aquí.

Algo en el tono de voz del gigantón hizo que Elizabeth se detuviese como si se hubiera encontrado con una pared de frente. El cazador hizo un gesto de asco y alumbró de nuevo el rostro del cadáver con su linterna.

—Buf... Huele como mi frasco de linimento —dijo Zecke, que estaba de pie junto al cuerpo—. Vaya, qué extraño, ¿por qué tendrá la cara cubierta de anchoas?

—No digas gilipolleces, Zecke. A este desgraciado lo han desollado como a un animal. La Muerte Sonriente le ha arrancado la piel a tiras. —Lou se puso de pie y se restregó las palmas de las manos contra el pantalón—. ¿Sabes qué, Hiram? Creo que tienes razón; de momento vamos a dejarlo aquí... Por eso que has dicho de la criminalística y tal.

Elizabeth se había quedado paralizada y su cara estaba ausente de cualquier color; era como un poste blanco clavado a menos de medio metro del cadáver de Dorian. Ella lo miraba con los ojos muy abiertos y sin pestañear.

—Dios mío... —murmuraba—. Yo he cenado con él... Acabo de cenar con él...

—Qué ironía; al final él ha sido la cena de alguien —dijo Zecke.

Lou le golpeó en la cabeza. Luego el gigantón se acercó a Elizabeth.

—¿Se encuentra bien, señorita?

Ella asintió con la cabeza, y a continuación dijo que no, también en silencio. Se cubrió la cara con las manos y respiró hondo, varias veces.

—Acabo de cenar con él... —repitió.

En aquel momento la joven creyó con absoluta seguridad en la existencia de una antigua maldición maya que había exterminado a todos los miembros de la Sociedad Arqueológica de Magnolia. Pensó que el pobre Alec había tenido sobrados motivos para sentir miedo y haber salido corriendo de la cabaña, preso del pánico.

Dejándola sola.

Sola a merced de un monstruo sediento de sangre. Sin preocuparse por ella en lo más mínimo.

Y con la puerta de la cabaña abierta.

Y una botella de vino tinto de Idaho como única defensa.

De pronto Elizabeth ya no sentía tanta lástima por la muerte de Alec Dorian.

—Lo siento mucho, señorita —dijo Lou—. Yo... Bueno... Estoy seguro de que no sufrió.

—¿Qué dices, Lou? Le han dejado la cara como una pizza de salami. El tipo debió de gritar igual que un cerdo en el matadero.

—¡Cállate, Zecke!

El viejo humilló la cabeza como un niño al que hubieran regañado por decir tacos. Lou se acercó a Elizabeth y le colocó las manos sobre los hombros.

—Señorita, le aseguro que cazaremos a ese monstruo y le haremos pagar por sus crímenes. Usted entre en la cabaña, atranque la puerta y...

—¡Ni hablar! No voy a quedarme aquí yo sola.

—Pero, señorita, esto no es cosa de mujeres. Ya ha visto que puede ser muy peligroso, y usted ni siquiera tiene un arma.

—Por eso voy con ustedes, que todos llevan rifles. Si me dejan aquí y el monstruo aparece para devorarme, ¿cómo pretenden que me defienda? ¿A bofetadas?

—Lou, deja que venga con nosotros si le da la mistificación. Cuatro escopetas pegan mejor que tres; además, no creo que tenga peor puntería que Zecke.

La discusión se prolongó durante unos minutos más, en

los que Elizabeth sacó toda su cabezonería a relucir. Finalmente, dado que todos estaban deseando alejarse del cadáver, Lou aceptó que la joven los acompañase mientras peinaban el bosque y, si no encontraban ningún rastro, Hiram la llevaría de regreso al pueblo y avisaría a la policía.

En silencio, los miembros del Club de Cazadores y su invitada rastrearon el bosque en pos de su pieza. Al cabo de un tiempo Zecke dio la señal convenida para alertar de un avistamiento, imitando el graznido de un pato. A Elizabeth le sonó como una morsa tratando de cantar como Ella Fitzgerald.

Lou, Hiram y Elizabeth miraron a Zecke. El viejo tenía los dientes apretados y señalaba con frenesí hacia lo alto de una loma cercana, cuyo perfil, picoteado de pinos y abetos, se recortaba contra el horizonte.

—¿Qué tripa se le ha roto a ese viejo nefrítico? —dijo Hiram en susurros.

—No lo sé. Acerquémonos a ver —respondió Lou.

Los tres fueron junto al de las gafas, que seguía señalando en espasmos hacia lo alto de la loma. El viejo abría y cerraba la boca, como si tratase de decir algo pero se hubiera quedado sin voz.

—¿Qué ocurre, Zecke? Arranca de una vez, ¡maldita sea! —espetó Lou.

El cazador tragó saliva ruidosamente y, al fin, dijo:

—Está ahí... ¡Está ahí! ¡El bicho! ¡Ahora sí que te juro por Dios que lo veo!

Lou oteó en la distancia.

—¿Qué dices, viejo loco? Yo no veo... —De pronto enmudeció, se puso firme y se descolgó la escopeta del hombro—. ¡Por todos los demonios! Está ahí, ese hijo de perra está ahí. ¡Mirad!

El gigantón señaló con el brazo hacia lo alto de la loma. Elizabeth miró en aquella dirección y su estómago se contrajo al ver una monstruosa silueta apoyada junto a un árbol. Debía de estar a unos veinte o treinta metros sobre sus cabezas, pero aun así podía distinguirse su enorme cuerpo giboso y los dos cuernos sobre la cabeza. La bestia se agitaba en una especie de danza macabra.

Hiram sacó unos viejos binoculares y enfocó hacia la loma.

—Es él, no hay duda. Aun en la oscuridad puedo atisbar su fea cara de monstruo y su boca llena de dientes. —Se humedeció los labios, nervioso—. ¡Cristo, es feo como una clámide!

—Y el muy hijoputa está aullándole a la luna como si tal cosa —dijo Zecke—. Parece que no nos ha visto... ¡Vamos a volarle su maldita cabeza!

—Ni hablar; la necesitamos como trofeo —dijo Lou. Con una parsimonia casi ritual, el cazador encajó su rifle entre la mejilla y la clavícula. A continuación, pronunció solemnemente una sentencia que seguro había ensayado varias veces pensando en aquel instante—: Esta bala irá directa hacia su peludo y apestoso trasero.

—No falle, Lou, por favor. ¡Ahora lo tiene a tiro! —le animó Elizabeth.

El barbudo cazador acarició lentamente el gatillo con la yema del dedo. Respiró hondo una sola vez y enfiló el punto de mira con el centro de la silueta de la bestia. Contó hasta tres.

Disparó.

El tiro rajó el bosque de lado a lado. La criatura se estremeció y cayó de rodillas al suelo.

El Club de Cazadores de New Forester lanzó a la noche un grito de triunfo.

BOB alcanzó la cima de la ladera después de un penoso ascenso entorpecido por el cansancio y sus doloridos músculos. El lugar de su espalda en el que sir Cecil lo había golpeado emitía descargas palpitantes por toda su columna, y la cabeza le dolía como si hubiera estado partiendo piedras con la frente.

Por si fuera poco, además tenía mucha sed.

Cuando creyó que ya no iba a ser capaz de dar un solo paso más, descubrió aliviado que la fuente de luz que había estado siguiendo se encontraba a unos pocos metros.

No obstante, aquello le supuso una nueva decepción: lo que de lejos había tomado por una casa era en realidad un diminuto cubículo hecho de madera, más parecido a un cobertizo que a una vivienda. Tenía un ventanuco en una de sus paredes desde el cual se veía un débil resplandor amarillento. El lugar parecía desierto.

Bob se dirigió al cobertizo. Cojeaba.

—¿Hola? —llamó—. ¿Hay alguien? ¡Necesito ayuda!

Nadie respondió.

Se acercó hacia la puerta del cubículo y golpeó con el puño. Ésta se abrió lentamente emitiendo un quejido de protesta. Bob se asomó. Dentro no había un alma.

A pesar de todo se decidió a entrar. Si alguien había dejado una luz encendida en aquel lugar, cabía la posibilidad de que regresara.

El cobertizo no era más grande que una habitación. Estaba vacío salvo por una caja grande de madera apoyada en una pared, junto a la ventana. Encima de la caja había un farol de gas que ardía con una llama diminuta.

Bob se acercó a inspeccionar. Junto al farol había una pequeña sierra, varios escalpelos y unas tenazas de metal plateado y brillante. Eran instrumentos que alguien esperaría encontrar en un quirófano, no en un cobertizo perdido en medio del bosque.

En el suelo había varias plumas desperdigadas por todas partes y, en un rincón, Bob vio un tarro grande de cristal lleno hasta la mitad de una sustancia roja y espesa. Cogió el tarro y lo abrió. Acercó la nariz.

Despedía un leve aroma a chocolate.

Con mucho reparo, Bob mojó la yema del dedo meñique en aquel mejunje y acto seguido lo probó con la punta de la lengua.

Saboreó un rato y luego lo escupió, después se quedó mirando el tarro con cara de extrañeza. Metió los cuatro dedos de la mano en la sustancia y se los llevó a la boca. Volvió a saborear y escupió de nuevo.

No había duda: era una mezcla de chocolate y sirope de maíz, pero con un color anormalmente rojizo.

Se preguntó qué persona podría haber dejado en aquel lugar un montón de instrumental quirúrgico y un tarro lleno con lo que parecía ser la merienda de alguien.

Echó otro vistazo a su alrededor pero no encontró nada más de interés; no obstante, había algo que echaba en falta: el aire olía intensamente a productos químicos, pero la única sustancia que había en el cobertizo era la mezcla de sirope y chocolate del tarro.

Una irritante vocecita en su cerebro le decía que todo aquello era importante, si bien no sabía por qué. Pensativo, se acarició la cicatriz con los dedos y descubrió que había algo húmedo en su mejilla. Se miró la mano; estaba manchada de sangre. Pensó que quizá tendría alguna herida en la cara fruto de su pelea con sir Cecil.

Bob se quedó mirando sus dedos manchados.

Luego miró al tarro.

Después a sus dedos otra vez.

—Sangre —se dijo en voz alta—. ¡Claro! Qué estúpido... Sirope de maíz, chocolate y harina; es sangre falsa.

—Bravo, joven, es usted muy listo.

Bob dio un respingo y se volvió hacia la puerta. El aliento se le quedó encajado en la garganta cuando se encontró cara a cara con la monstruosa figura de la Muerte Sonriente.

La impresión sólo duró un segundo hasta darse cuenta de que su cuerpo cubierto de pelo no era más que una larga capa de piel de oso, que sus garras eran unos guantes con uñas postizas de celulosa cubiertas de sangre falsa y que su cabeza era una fea máscara de madera pintada de rojo, repleta de plumas y con dos cuernos de carnero pegados a los lados.

Entre las sombras de la noche, la Muerte Sonriente era una bestia infernal, pero bajo la luz del farol era sólo un tipo disfrazado de fantoche.

Bob cogió uno de los escalpelos que había sobre la caja y lo blandió como una espada.

—¿Quién es usted?

Desde detrás de la máscara, le llegó una voz burlona.

—¿No es evidente? Yo soy el Monstruo de Forester, la Muerte Sonriente, y he venido a desollarlo y a comerme sus huesos.

—Aterrador. ¿Y piensa masticarlos crudos o prefiere untarlos con un poco de sangre con sabor a chocolate?

La voz rió.

—Ah, eso... Sí, es un viejo truco teatral. Sólo lo uso para completar mi aterrador aspecto. Pero supongo que ha llegado el momento de levantar el telón y descubrir al tramoyista.

Las falsas zarpas de celulosa se agarraron de los cuernos y tiraron de la máscara. La Muerte Sonriente colocó su propia cabeza bajo el brazo y mostró a Bob su verdadero rostro.

Era el doctor Itzmin.

Por un momento todo encajó en la cabeza de Bob, luego volvió a derrumbarse de nuevo, después volvió a encajar... Su pensamiento era como un espejo roto en pedazos que se unían y separaban a una velocidad de vértigo.

—Usted... —Bob lo señaló con el escalpelo—. Debería estar muerto.

Itzmin entornó los ojos y estudió al joven con interés.

—Le recuerdo. Sí... Estaba usted en Magnolia aquella noche, ¿verdad? En ese caso, supongo que sabe quién soy... Pero me temo que me hallo en desventaja porque yo no conozco su nombre.

—Hollister. Robert Hollister. —Después de oír su nombre

en voz alta, Bob recuperó poco a poco la noción de la realidad y fue capaz de mantener el dominio de sí mismo—. Pensaba que un médium tan extraordinario sería capaz de adivinarlo por sí solo.

—Guardo mis fabulosas capacidades para mejores ocasiones, señor Hollister. —Itzmin dirigió una mirada al escalpelo que el joven tenía en la mano—. Puede tirar eso, no le servirá de nada... Al fin y al cabo, yo ya estoy muerto, o al menos eso es lo que usted dice.

—¿Me equivoco?

Itzmin sonrió y extendió los brazos.

—No lo sé. Quizá sus ojos lo engañan, o lo engañaban cuando vio mi cadáver, ¿usted qué cree, joven? ¿Cómo se enfrenta una mente anclada en sus prejuicios materiales a los insondables misterios que nos rodean? ¿Siente la locura girando a su alrededor? —El vidente esbozó una sonrisa macabra y dio un paso hacia Bob. Éste levantó el escalpelo—. Sí, soy yo, Itzmin. «Cuando el tacalote canta, el indio muere...» Sólo que esta vez el canto ha sido prematuro; el mundo de los muertos no ha podido mantenerme encadenado. Me he sumergido en las profundidades del abismo y he regresado con un mensaje de Kizín, el Destructor de Mundos: «Devolved los Príncipes al lugar del que proceden o mi castigo será terrible». Y mi misión es difundir esta palabra de sangre. ¡Yo soy Itzmin, el Ejecutor!

—Usted mató a Culdpepper —acusó Bob.

—Sí, fui yo, Itzmin el Fantasma. Culdpepper fue ejecutado, como Henry Talbot, como Clarke, como Dorian..., como todos aquellos que se atrevieron a profanar con sus manos la carne de jade del soberano de Xibalbá. No descansaré hasta que todos los Príncipes estén en mi poder.

—Me parece que alguien ha estado tomando demasiado peyote en su última excursión al inframundo —dijo Bob—. ¿Va a matarme a mí también?

—Estúpido... ¡Usted es una insignificante mota de polvo

en el universo! ¿Cree que al gran soberano de Xibalbá le importa usted lo más mínimo? Si fuese así, ya tendría su corazón entre mis manos.

—No sabe lo que me alegra oír eso... ¿Podría saber cómo se las arregló para matar a todas esas personas y robar los Príncipes de Jade?

Itzmin dejó caer una carcajada llena de desprecio.

—Imagino que su pobre cerebro está ahogado en un mar de tinieblas, pero me temo que para usted no habrá luz alguna. Nada de preguntas, señor Hollister. Hay cosas, demasiadas, que usted no es digno de saber. Su castigo será el tormento de la duda.

—Eso no parece tan malo.

—¿Está seguro? ¿Vivirá con el martirio de no saber todas las respuestas? ¿Con la tortura de ignorar si la persona con la que está hablando ahora mismo es un ser de carne y hueso o un muerto viviente?

—Tuve esa misma sensación en mi último examen oral de la facultad. Podré soportarlo.

—En ese caso...

Itzmin se hizo a un lado. Con un elegante gesto de cortesía señaló a Bob la salida. El joven no se movió de donde estaba.

—¿Puedo irme?

—Nadie se lo impide, señor Hollister.

Bob se quedó mirando a Itzmin un buen rato antes de decidirse a dar un paso. Poco a poco, sin apartar la vista del doctor, fue dirigiéndose hacia la puerta. El médium lo contemplaba inmóvil, con una sonrisa hierática en los labios.

Bob salió del cobertizo, caminando hacia atrás.

—Le advierto que si esto es algún tipo de truco...

No pudo terminar la frase. Sintió un golpe tremendo en la base del cráneo y de pronto fue como si todo el universo se hubiera desplomado sobre su cabeza. La realidad se apagó a su alrededor y desapareció en un estallido de chispas luminosas.

Al cabo de un rato, Bob no supo cuánto, la oscuridad se disipó lentamente, dejando tras de sí un insoportable dolor de cabeza y una profunda sensación de mareo. El joven abrió los ojos sin ser capaz de recordar quién era o dónde estaba. Aquella angustiosa sensación se prolongó durante varios segundos.

Trató de moverse. No fue capaz. Tenía la espalda apoyada contra un árbol, sus brazos alrededor del tronco y las muñecas atadas con cuerdas. Agitó la cabeza y tuvo un acceso de náuseas dolorosas. Intentó hablar, pero tenía una bola de tela metida en la boca sujeta con una mordaza. Sólo fue capaz de gemir.

Sus ojos enfocaron. También le dolían, como si estuviesen clavados con agujas a su cráneo. Poco a poco empezó a ser consciente de su situación: estaba en el bosque, amordazado y atado a un árbol. Itzmin se encontraba de pie, junto a él, con los brazos cruzados sobre el pecho y la máscara de monstruo a sus pies. Aún era de noche.

—¿Ya de vuelta, señor Hollister? ¿Qué tal ha ido su viaje por el vacío? En realidad sólo ha estado inconsciente unos minutos, pero supongo que para usted habrá sido una fascinante eternidad.

Bob emitió un gemido gutural con la garganta. Trató de zafarse de las cuerdas, pero cuanto más se movía más se apretaban contra su carne. Sentía un hormigueo en las manos.

—Al parecer no estaba escrito que usted abandonase este lugar sin sufrir ningún percance —dijo Itzmin. Bob lo miró, atemorizado—. Imagino la duda que atormenta su cabeza, joven amigo: «¿Es posible charlar con un monstruo a la luz de la luna sin convertirse en uno de ellos?». Una cuestión interesante, no cabe duda. Creo que ambos sabemos la respuesta.

En ese momento Bob se dio cuenta de que Itzmin le había puesto la capa de piel de oso sobre los hombros, envolviendo su cuerpo con ella. El médium cogió la máscara del suelo y se la colocó a su prisionero sobre la cabeza.

—Perfecto —dijo Itzmin, contemplándolo con una sonrisa de satisfacción—. Ahora el monstruo es usted y yo vuelvo a ser un fantasma. Ignoro lo que le deparan las estrellas, señor Hollister; tal vez sea pasto de los animales salvajes, o quizá se consuma por el hambre y la sed, olvidado en este lugar, convertido en una bestia. O puede que los dioses sean magnánimos con usted y alguien lo encuentre; en ese caso, se verá obligado a explicar por qué ha estado aterrorizando a las buenas gentes de esta comarca haciéndose pasar por una leyenda y qué motivo le impulsó a asesinar a Alec Dorian. Sea cual sea su camino a partir de este punto, me temo que ya no es de mi incumbencia. Mi labor aquí ha concluido. Le deseo suerte, señor Hollister. La va a necesitar.

A través de los pequeños agujeros de la máscara, Bob vio que el doctor Itzmin hacía una reverencia y desaparecía entre las sombras del bosque. El joven trató de gritar, pero sólo era capaz de emitir gemidos apagados tras la máscara.

Movió la cabeza de un lado a otro. La máscara era pesada y rodeaba todo su cráneo. Bob se sentía como si estuviera encerrado en un ataúd de madera y piel, en el cual sólo podía oír el ruido de su respiración agitada y el palpitar doloroso de la sangre en su cabeza. El montón de pañuelos que tenía encajado en la boca le arañaban la garganta provocándole violentas arcadas y una angustiosa sensación de asfixia.

Pataleó, se retorció como un gusano clavado en un anzuelo. Todo fue inútil. No podía liberarse. Abatido, las piernas le fallaron y se dejó caer medio colgado del tronco del árbol.

De pronto creyó oír voces. Primero pensó que su imaginación le jugaba una mala pasada. Entonces volvió a oírlo: un eco de varias personas que se movían entre los árboles.

Bob miró a su alrededor. Varios metros por debajo de él, a los pies de la loma, la luz de la luna mostró un grupo de cuatro sombras que hablaban entre ellas. Bob creyó ver que llevaban armas. Debían de ser cazadores.

La mordaza le impedía producir ningún sonido, de modo

que el joven sacudió las piernas frenéticamente, saltando y pateando el suelo, intentando hacer algún ruido que delatase su presencia. Los cazadores se pararon y empezaron a otear hacia donde él se encontraba.

Bob se sintió embargado por una cálida sensación de alivio. Lo habían visto.

Uno de los cazadores se colocó el arma sobre el hombro y apuntó hacia él.

El joven sintió que el corazón le daba un vuelco.

«¡No! ¡Dios, no! ¡No!»

Intentó gritar, apartarse, producir algún sonido que fuese humano.

De pronto sonó un disparo. Bob notó un golpe ardiente que reventó su carne y su piel. Su mente se rompió en pedazos.

Y luego no hubo nada más. Sólo oscuridad.

ELIZABETH no pudo evitar unirse a la expresión de júbilo del Club de Cazadores: ¡el monstruo había sido abatido! Abrazó a Lou efusivamente y luego a Zecke. Hiram daba saltos de alegría moviendo los brazos de arriba abajo.

—¡Bien! —gritaba—. ¡Un tiro de lo más oblicuo, sin duda!

Lou sonreía satisfecho por entre los pelos de su barba.

—No ha sido nada —dijo con falsa modestia—. Con la luna llena y estando la pieza en alto... Cualquiera podría haberlo hecho.

—Esperen un momento —dijo Elizabeth de pronto. Señaló hacia lo alto de la loma—. ¡Miren! Parece que aún se mueve.

—No es posible —dijo Lou—. ¡Maldita sea, es verdad! Si le he apuntado justo al esternón...

—Sin duda se trata de una criatura demoníaca, dotada de una fuerza sobrenatural —opinó Zecke—. Tenemos que ir a comprar balas de plata. Lo vi en una película.

—Lo que sea, pero rápido. ¡Se está poniendo de pie! —exclamó Elizabeth.

Lou volvió a encararse la escopeta.

—No se preocupe, señorita. Verá cómo esta vez le vuelo la tapa de los sesos.

Hiram lo apartó de un codazo. Se había descolgado su rifle del hombro y lo estaba cargando.

—Aparta, inepto estajanovista. Voy a mandarle a ese bicho un saludo con mi vieja Sally. En veinte años no se le ha escapado ni una sola pieza.

—Es inútil... Lo que necesitamos son balas de plata, ¡balas de plata! Y un cura.

—Cierra el pico, Zecke —ordenó Lou. Después se colocó junto a Hiram, mientras éste apuntaba cuidadosamente con su rifle hacia la loma—. Vamos, Hiram, no nos falles ahora. Respira hondo, mantén el pulso firme, deja la mente en blanco. No pienses: ¡sé la bala!

Hiram se concentró en ser la bala.

Cerró un ojo. Ante sí vio la bola del punto de mira. La movió unos milímetros hacia la derecha hasta que cubrió la cabeza del monstruo. Sus labios se curvaron en una sonrisa.

—Eso es. Posa para Sally, monstruo hijo de perra.

Acarició el gatillo.

Respiró hondo.

De pronto algo lo sobresaltó. El dedo resbaló sobre el gatillo y la bala salió disparada hacia la luna, como el suspiro de un poeta.

—¡Oh, mierda, mierda, mierda! —gritó—. ¡Por todas las cuadernas! ¿Qué coño es eso que suena?

Elizabeth, Zecke y Lou se miraron confusos. Todos lo oyeron: un chirrido irritante y repentino que parecía haber surgido de la nada y que, aun sin llegar a ser estridente, se podía percibir con claridad en medio del silencio del bosque.

—Parece un... grillo afónico —dijo Lou.

—No, es una chicharra —corrigió Zecke—. Una chicharra, estoy seguro. En verano las oigo cantar en mi patio trasero.

—Yo más bien diría que es como un timbre estropeado —dijo Hiram.

Elizabeth abrió los ojos de par en par y se llevó las manos a la cara.

—Oh, Dios mío... ¡Es mi reloj! ¡Y el sonido viene de allí, de lo alto de la loma!

—Pero allí es donde está el monstruo —repuso Lou.

—No puede ser, yo le di el reloj a... —Elizabeth lanzó una exclamación. De pronto se puso pálida como un muerto—. ¡Ay, Dios! ¿Qué hemos hecho? —Se lanzó sobre Hiram y le quitó el rifle de las manos—. ¡No dispare, por lo que más quiera! ¡No dispare un solo un tiro más!

Aún con el rifle de Hiram en la mano, salió corriendo en dirección hacia la loma.

—Señorita, pero ¿qué hace...? —exclamó Lou—. ¡Señorita, vuelva! ¡Va directa hacia el monstruo!

Elizabeth subió la loma a la carrera, seguida por los miembros del Club de Cazadores. El timbre del reloj dejó de sonar cuando ella alcanzó el lugar donde se encontraba la criatura. Lo encontró junto a un árbol, tendido en el suelo como un muñeco de trapo y moviendo las piernas penosamente para tratar de ponerse en pie. Elizabeth corrió hacia él.

Se agachó a su lado y le quitó la máscara de la cabeza. La cara de Bob carecía del más mínimo color; su cicatriz parecía una arruga en un bloque de cera. En su hombro, sobre la piel de oso, había un feo agujero del que salía mucha sangre. Elizabeth le desató la mordaza y le sacó los pañuelos de la boca.

—¡Señor Hollister! Oh, Dios... ¡Señor Hollister!

Los ojos de él se cerraron y su cabeza cayó hacia un lado. Sus piernas ya no se movían. Elizabeth trató de tapar la herida con las manos. Miró a su alrededor, con los ojos brillantes de angustia. Los miembros del Club de Cazadores aparecieron trepando por la loma.

—¡Ayúdenme! ¡Está herido! ¡No se mueve! —Elizabeth cogió a Bob por las mejillas y empezó a darle pequeños golpes en la cara—. ¡Señor Hollister, por el amor de Dios, abra los ojos...! ¡No me haga esto! ¡Bob!

Los párpados del joven se agitaron. Sus ojos se abrieron en una delgada línea.

—¿Elizabeth...? — dijo con un suspiro de voz. Su mirada se posó sobre el rifle de Hiram, que ella llevaba colgado al hombro. Sus labios temblaron formando a duras penas una media sonrisa—. Caramba, señorita Sullavan, sí que se toma usted en serio nuestras discusiones...

Fue lo último que dijo antes de volver a desmayarse.

ELIZABETH estaba sentada en un rincón de la sala de espera del dispensario de New Forester. Eran más de las dos de la madrugada y llevaba en esa habitación casi dos horas. Dos horas de insoportable angustia.

Durante ese tiempo había intentado distraerse leyendo alguna de las sobadas revistas que había en el dispensario. Todas eran de caza o pesca. Se dio cuenta de que aquello no conducía a ninguna parte al descubrir que llevaba más de veinte minutos con la mirada perdida en el primer párrafo de un artículo que hablaba sobre cómo elaborar cebos caseros.

Dejó la revista a un lado. Los miembros del Club de Cazadores de New Forester estaban con ella. Sentados uno junto al otro de espaldas a una pared, los tres miraban al suelo apesadumbrados, haciendo girar sus gorros de caza entre las manos. Ninguno de ellos había querido dejarla sola.

A lo largo del apresurado trayecto desde el bosque hasta el dispensario, Bob había alternado momentos de lucidez y desmayos. Lou no dejaba de insistir en que era importante que no perdiera el sentido indefinidamente, de modo que se iban sucediendo para hablarle o, simplemente, golpearlo en la cara. Cuando llegaron a New Forester, Bob aún tenía una marca roja en la mejilla con la forma de la manaza de Lou.

Hiram demostró ser el más eficaz para mantener al herido

consciente, ya que, cada vez que hacía uso de su particular vocabulario, Bob agitaba los párpados y, con un hilo de voz, bisbiseaba algo como: «Esa palabra no tiene sentido en ese contexto» o bien «Revulsivo no significa asqueroso». Listillo hasta en las peores condiciones.

El doctor Simmons era el único habitante de New Forester con conocimientos de medicina, así que lo sacaron de la cama para que atendiese a Bob. Cuando el médico preguntó qué había sucedido, Elizabeth respondió escuetamente que había sido un accidente de caza. Por fortuna, el doctor no quiso indagar más.

Se dio cuenta de que ni ella ni los miembros del Club de Cazadores habían mencionado a nadie el hallazgo del cadáver de Dorian. Tarde o temprano habría que dar aviso a la policía, pero Elizabeth estaba demasiado cansada y demasiado preocupada para pensar en ello. Después de todo, Dorian seguiría muerto indefinidamente. No había ninguna prisa.

Lou se levantó de su silla y se sentó al lado de Elizabeth.

—No se preocupe, señorita, verá cómo todo saldrá bien. ¿Por qué no se va a su hotel e intenta dormir un poco? Nosotros estaremos pendientes de su amigo.

—Es usted muy amable, pero no podría pegar ojo. —Miró al gigantón y le sonrió—. Gracias por su ayuda.

—No tiene que agradecernos nada. —Lou agitó su barba con gesto abatido—. Ha sido culpa mía. Yo fui quien le disparó. No me lo perdonaré jamás, ¡jamás!

—Fue un accidente, Lou. Nadie tiene la culpa. No le permito que piense de esa forma.

—Gracias. Es usted un ángel, señorita, un ángel... —dijo el cazador, conmovido. Luego repitió—: Verá cómo todo sale bien.

—Estoy segura.

— El doctor Simmons es muy bueno. El verano pasado mi Rosalind se puso muy enferma, y él fue el único que supo cómo curarla.

—¿Rosalind es su esposa?

—No, mi gorrina.

—Gracias, Lou. Ahora me siento mucho más tranquila.

La puerta de la sala de curas se abrió y en ese momento apareció el doctor Simmons, seguido por la enfermera que estaba de guardia en el dispensario. Aún tenía el pijama puesto bajo la bata blanca de médico. Elizabeth y los miembros del Club de Cazadores se pusieron en pie.

—Bien, parece que esta vez el viejo Bob no se nos va a morir —dijo con voz despreocupada. Daba la sensación de estar hablando de un caballo—. La herida es un poco aparatosa, pero afortunadamente la bala sólo rozó la clavícula y salió por el otro lado.

—Directo al esternón, ¿eh? —dijo Zecke a Lou en voz baja—. ¡Buena puntería, Sundance Kid! Si llega a ser el monstruo de verdad, ¡estamos apañados!

—Cierra el pico, viejo idiota —escupió Lou.

—¿Se pondrá bien, doctor? —preguntó Elizabeth.

—Ha perdido bastante sangre, pero, gracias a Dios, en el dispensario teníamos unas cuantas reservas del tipo cero negativo para casos de emergencia. Hemos podido hacerle una transfusión y suturar la herida. También tenía una fea contusión en la cabeza y presentaba unos leves síntomas de conmoción cerebral, pero nada serio. Sí, yo diría que el viejo Bob estará como nuevo en menos que canta un gallo.

Elizabeth dejó escapar un largo y profundo suspiro de alivio.

—No imagina usted cuánto se lo agradezco, doctor —dijo—. ¿Puedo hablar con él?

—Ahora está descansado. Le he dado un poco de morfina para calmar el dolor y duerme como un tronco, así que lo mejor es que todos nos vayamos a la cama. Mañana podrán verle, si lo desean. La enfermera Doris se quedará con él toda la noche.

Los miembros del Club de Cazadores de New Forester

se ofrecieron a llevar a Elizabeth a su hotel en la furgoneta de Lou. Minutos después, se despedían de la joven frente a la entrada del Lake Shore Inn, tras prometer que la recogerían al día siguiente a primera hora para llevarla al dispensario.

Hiram y Lou subieron a la furgoneta y se marcharon. Zecke vivía cerca de donde estaban y prefirió regresar a su casa andando. Antes de despedirse de Elizabeth se quedó parado en la puerta del hotel, rascándose la calva cabeza con aire pensativo.

—Bueno... ¡Menuda nochecita! Pero hay una cosa que no entiendo: ¿existe o no existe un monstruo sanguinario acechando en el bosque?

—No lo sé, Zecke —respondió Elizabeth en tono de cansancio—. Aunque, si lo hay, le aseguro que no es mi amigo, el señor Hollister.

—Sí, eso lo tengo claro... Pero... entonces ¿qué fue lo que mató a esas personas?

—No sé quién ha matado a Alec Dorian. Esperemos que la policía se encargue de averiguar eso. Era un hombre muy simpático, y no se merecía una muerte tan horrible. —La joven se quedó callada. Tenía una idea rondándole la cabeza desde hacía tiempo, y no estaba segura de si debía compartirla con Zecke. Finalmente se decidió a hacerlo—. Sin embargo, sé que ningún monstruo mató a la ayudante del profesor Dorian, ni a su perro Bob... Y creo que usted también lo sabe, ¿no es así?

Cuando oyó aquellas palabras, pareció que un montón de años se desplomaban sobre los hombros del viejo Zecke. Su rostro se quedó blanco, y las arrugas de su expresión se hicieron más profundas.

Elizabeth puso una mano sobre el hombro del cazador.

—Tuve un perro cuando era niña —dijo, hablando con toda la delicadeza de la que fue capaz—. Se llamaba Stubbs. Yo lo adoraba. Un día se peleó con un mapache y, poco después, empezó a mostrarse agresivo con todo el mundo: ladraba, mordía y soltaba espumarajos por la boca. El pobre Stubbs había cogido la rabia. Tuvimos que sacrificarlo antes de que hiciese daño a alguien. Lo mismo le ocurrió a Bob, ¿verdad? Sólo que él sí tuvo tiempo de hacer daño a una persona.

El cuerpecillo de Zecke se estremeció en un sollozo quedo. Sacó un pañuelo enorme del bolsillo y se lo restregó por los ojos.

—Era el perro más cariñoso del mundo, y manso como un cordero... Pero entonces lo mordió esa maldita comadreja que se coló en la cocina, y... ya no volvió a ser el mismo. Yo sabía lo que le ocurría, pero, aun así, seguía siendo mi viejo y fiel amigo; no podía soportar la idea de que se lo llevaran a la perrera para... —Zecke tragó saliva, haciendo subir y bajar su nuez por su escuálido cuello—. Le dije a todo el mundo que era el monstruo lo que lo ponía nervioso. Hiram y Lou estaban tan obsesionados con esa bestia que lo creyeron sin dudar. Sé que hice mal, pero...

La voz le falló. Elizabeth le sonrió con cariño y le pasó la mano por la espalda afectuosamente.

—Sé cómo se sintió. Yo también quería mucho a mi perro Stubbs.

—Un día se escapó de casa —prosiguió Zecke—, y luego encontraron a aquella mujer que había sido atacada en el bosque. Yo la vi cuando la llevaron al hospital; estaba cubierta de dentelladas... Reconocería una mordedura de perro en cualquier parte, tienen una forma muy concreta... Esa misma noche cogí mi escopeta y fui al bosque. Yo solo. No tardé en encontrar a Bob. Aún tenía manchas de sangre seca en el hocico y mordisqueaba uno de los zapatos de aquella mujer. Al verme, se tiró hacia mí igual que un animal salvaje, como si no me conociera. Yo disparé y... Todo terminó. Llevé su cuerpo a casa envuelto en una manta y lo enterré junto al porche. Era su lugar favorito...

Zecke emitió otro sollozo y se sonó la nariz ruidosamente. Elizabeth permaneció en un discreto silencio mientras el viejo daba rienda suelta a sus penas. Ya más calmado, el hombre guardó de nuevo su pañuelo y la miró con ojos llorosos.

—No le dirá nada a nadie, ¿verdad? La gente no lo entendería.

—Le prometo que no lo haré.

Después de todo, pensaba ella, la policía ya habría llegado a la conclusión de que la ayudante de Dorian había muerto a causa del ataque de un animal; Hiram y Lou debían de ser los únicos de toda la comarca que seguían echándole la culpa al monstruo. Elizabeth no creía que fuese importante que se supiera que ese animal era el perro de Zecke; al viejo se le partiría el corazón si fuese así.

—Gracias, señorita. Es usted muy buena.

—No esté triste, Zecke. Piense que el animal que mató a aquella mujer no era en realidad su querido Bob, sino... —Elizabeth hizo una pausa, tratando de encontrar las palabras adecuadas—. Sino un buen perro superado por las circunstancias.

—Si... Eso es..., superado por las circunstancias. Tiene toda la razón. —El viejo se colocó el gorro de cazador sobre la cabeza. Parecía estar más animado—. Muchas gracias por ser tan comprensiva. Me siento mucho mejor ahora que he podido compartir esto con otra persona.

Zecke se despidió y se marchó en dirección a su casa.

La joven se sentía muy bien consigo misma. Estaba deseando ver a Bob al día siguiente y contarle lo inteligente que había sido al resolver aquel pequeño misterio. Seguro que a él nunca se le habría ocurrido.

Con una leve sonrisa, subió la escalera de entrada al hotel. A medio camino se detuvo.

¿Stubbs?

Ahora que lo pensaba con calma, creía recordar que en realidad su perro se llamaba Pipper.

¿O puede que fuese Max...?

EPISODIO 5

Piedras de sangre

Who put the bomp
in the bomp bah bomp bah bomp?
Who put the ram
in the rama lama ding dong?

BARRY MANN,
«Who Put The Bomp?»

—ELIZABETH, tesoro, ¿te queda sitio en tu equipaje para guardar mi neceser?

La joven estaba sentada sobre su baúl, dando brincos para intentar encajar los cierres.

—No lo creo, tía... ¿Puedes venir aquí y sentarte a mi lado un momento?

—Claro que sí, tesoro. Siempre tengo un momento para hablar contigo. —Tía Sue apareció por la puerta de la habitación y se acomodó sobre el baúl. Cogió las manos de Elizabeth entre las suyas—. ¿Qué te preocupa, cielo?

—No quiero charlar, sólo quiero que las dos hagamos peso para... —Encajó los cierres del baúl haciendo un gran esfuerzo—. ¡Ya está! Puedes seguir con lo tuyo.

Tía Sue se mostró confusa. No estaba segura de si su sobrina acababa de insinuar que tenía sobrepeso.

Elizabeth se quedó mirando su equipaje. Aún tenía varias prendas de ropa desperdigadas sobre la cama del dormitorio y no sabía dónde iba a meterlas. No se explicaba cómo era posible que hubiese cabido todo al salir de Rhode Island y ahora fuese incapaz de hacer que la misma cantidad de ropa entrase en el mismo baúl. Tía Sue solía decir que era algo muy habitual; ella lo llamaba «el efecto de la lata de gusanos».

Desde el piso de abajo se filtraba el agradable sonido de una melodía de Irving Berlin que la tía Violet estaba escuchando en el programa *Bandas de América*. Elizabeth pensó que lo único positivo de marcharse de Nueva York sería que ya no tendría que estar escuchando programas de radio a todas horas. Estaba segura de que si volvía a oír la voz de Everett Mitchell presentando *The National Farm and Home Hour* le daría una crisis nerviosa.

—¿Ya has terminado de hacer el equipaje, tesoro? —preguntó tía Sue.

—Sí. Creo que sí.

—¿Y esa ropa?

—No cabe —respondió Elizabeth de mal humor—. He hecho y deshecho mil veces este maldito baúl y no soy capaz de meterlo todo en él. Bien..., me da igual. No pienso vaciarlo otra vez. Todo lo que haya fuera se quedará aquí, ¡y se acabó! Un regalo de despedida para la tía Violet.

—Pero, tesoro, a la tía de Dexter no le van a sentar como es debido tus sujetadores... —Tía Sue miró a su sobrina con preocupación—. Cariño, ¿te encuentras bien?

—Perfectamente. ¿Por qué lo preguntas?

—Desde hace un par de días te noto algo arisca, como si estuvieses enfadada con alguien. Espero que no sea conmigo.

—No, tía, no estoy enfadada contigo. Pero podrías haberme consultado antes de hablar con esos abogados y de sacar los billetes de regreso a Providence, eso es todo.

—Lo siento, tesoro, pero creía que era lo que deseábamos las dos: encontrar un comprador para la casa de tu tío y volver a nuestro hogar.

Elizabeth no encontró respuesta a eso. Tampoco le apetecía discutirlo por segunda vez, a pesar de que aún estaba molesta porque tenía la sensación de que tía Sue había actuado a sus espaldas de forma sibilina. Quizá lo de los abogados no fue culpa suya, pero sí la responsabilizaba de la compra de los billetes a Providence.

Dos días atrás, cuando Elizabeth regresó de Forester, tía Sue le dijo que unos abogados de Manhattan habían estado intentando ponerse en contacto con ella. Se trataba de un bufete que llevaba los asuntos concernientes a una compañía aseguradora llamada Goliat.

Elizabeth y tía Sue fueron a verlos al día siguiente. Durante la entrevista que mantuvieron, los abogados se ofrecieron a poner en venta la casa de tío Henry por un precio de salida bastante ventajoso. Tía Sue se apresuró a responder que les interesaba mucho su oferta, y su sobrina, cogida por sorpresa, no fue capaz de encontrar ninguna buena razón para rechazarla.

Aquella misma tarde, tía Sue aprovechó para comprar dos pasajes a Rhode Island mientras Elizabeth gestionaba el papeleo de la venta de la casa y otros asuntos con los abogados de la compañía de seguros. La joven se enfadó mucho cuando tía Sue fue a recogerla y le dijo que el tren a Providence salía al día siguiente, por la mañana. Todo había sido demasiado rápido.

Lo peor fue que tuvo que tragarse su enfado. Su pariente había actuado convencida de que hacía lo correcto, y Elizabeth debía admitir que ya había dilatado su estancia en Nueva York más allá de lo justificable. Incluso la hasta el momento indolente tía Violet empezaba a dirigirle torvas miradas cuando bajaba a desayunar por las mañanas.

De modo que no tendría más remedio que regresar a Providence sin haber logrado aclarar el misterio de los Príncipes de Jade, y cuando pensaba que era probable que no lo aclarase nunca se ponía de mal humor y lo pagaba con su pobre tía.

—No sé si esos abogados serán de fiar —dijo Elizabeth mientras trataba de poner en orden la ropa que no le había entrado en el baúl—. Recuerda que tío Albert siempre decía que las compañías de seguros no eran más que una cueva de usureros con traje y corbata.

—Sí, claro, pero eso no impidió que tuviese contratadas pólizas hasta para el tubo de la pasta de dientes —respondió la mujer—. Además, tesoro, ¿qué otra cosa podríamos haber hecho con esa casa? Estábamos en un callejón sin salida.

—Si me hubieras dado un poco más de tiempo, podría haber encontrado otro albacea del testamento de tío Henry.

—Oh, no, querida, más albaceas no. Siempre que te entrevistabas con uno, éste acababa muriendo de forma horrible. Tesoro, el Colegio de Notarios de Nueva York habría sido diezmado si hubieses seguido buscando albaceas. —Tía Sue miró a su sobrina de manera cariñosa—. Cielo, vinimos sólo para un par de noches y ya llevamos aquí dos semanas, y tú te has recorrido el Estado de punta a punta. ¿No crees que ya iba siendo hora de volver a casa? Tenemos que seguir con nuestras vidas y nuestra rutina.

Elizabeth se sintió muy desanimada. Tía Sue acababa de golpear un punto sensible: ella no quería volver a su vida ni a su rutina, ése era el problema. Sin embargo, tratar de explicárselo a ella habría sido tan inútil como intentar convencerla de que cambiase su tono de tinte para el pelo por uno que no hiciese saltar las alarmas de incendios.

En ese momento sonó el timbre de la puerta. Elizabeth ya se había acostumbrado a que ella o tía Sue fuesen quienes atendieran la llamada, ya que tía Violet generalmente estaba demasiado absorta en la radio.

La joven salió de su cuarto y bajó la escalera. En *Bandas de América* Glenn Miller interpretaba un swing a todo volumen cuando la joven abrió la puerta. Supuso que sería Dexter, que regresaba de su trabajo. Se equivocó.

Era Bob.

—¿Señor Hollister? ¡Qué sorpresa! No esperaba verle aquí.

Bob tenía buen aspecto, salvo por el brazo en cabestrillo. El doctor Simmons le había dicho que debía llevarlo inmóvil durante al menos cuatro semanas para que la herida de bala terminase de curar. Elizabeth no había vuelto a saber de él desde que regresaron de New Forester, de donde tuvieron que volver en tren porque ninguno de los dos podía conducir.

Bob se llevó la mano libre a la cabeza a modo de saludo.

—Señorita Sullavan.

—¿Quiere pasar?

—Gracias.

El joven entró en la casa con aire receloso. Se fijó en la tía Violet, que estaba sentada junto a la radio, y la saludó tímidamente. La señora lo ignoró por completo.

—No se esfuerce, es parte del mobiliario —dijo Elizabeth.

Los dos se quedaron callados un buen rato hasta que ella habló de nuevo.

—Y bien, ¿no me ha traído bombones o unas flores?

—¿Por qué? ¿Es que está enferma?

—Es un detalle de buen gusto que se suele tener cuando alguien hace una visita.

—Traer flores a esta casa sería tan absurdo como llevar un cubo de arena al desierto —dijo Bob mientras miraba el diseño del papel de la pared—. ¿De verdad vive usted aquí?

—Sólo temporalmente. Dígame, señor Hollister, ¿ha venido por algo en concreto o sólo quiere discutir sobre la decoración?

Bob se rascó la nuca mientras su mirada se posaba de un punto a otro de la habitación. Por el camino, había ensayado mil formas de decirle que había hecho un descubrimiento extraordinario, que estaba deseando compartirlo con ella, que se había dado cuenta de que incluso un misterio tan intrigante como el de los Príncipes de Jade resultaba aburrido y gris si ella no estaba a su lado con sus irritantes discusiones y su asombrosa capacidad para dejarlo sin palabras.

Y ahora, al tenerla delante, no era capaz de expresar nada de eso.

—Yo... Bueno... Es que hace días que no sé de usted y... En fin, pensé que teníamos un contrato laboral, ¿recuerda?

—Señor Hollister, ¡no habla usted en serio! —dijo Elizabeth, divertida.

—¿Y por qué no? —preguntó él, azorado—. Aunque a usted le sorprenda, yo soy un trabajador competente, y, hasta donde yo sé, todavía soy su chófer.

—Señor Hollister, ¿cómo ha venido hasta aquí?

—En el autobús.

—Bien, ¿y cómo piensa volver?

—De igual manera, si a usted no le importa.

—No me importa, pero comprenderá usted que no necesito un chófer para ir en autobús.

Bob se puso rojo.

—Claro... Sí... Visto de ese modo... —Carraspeó un par de veces—. En fin, en ese caso creo que debería marcharme y buscar otro trabajo. Buenas tardes, señorita Sullavan.

Se dirigió hacia la puerta, pero Elizabeth lo detuvo.

—Oh, vamos, señor Hollister, deje de hacer el ganso. Admita que sólo ha venido usted a verme por una razón: me echa de menos.

—¡Qué idea más ridícula! ¿Por qué iba a echarla de menos? La última vez que estuvimos juntos casi me abofetea, y unos amigos suyos me pegaron un tiro.

—Qué rencoroso es usted... Debería pasar página. Sí, es cierto: usted dijo cosas, yo dije cosas, alguien disparó a alguien... Olvidemos lo pasado y sigamos adelante. No dejemos que eso estropee nuestra bonita amistad.

—Yo no soy su amigo, soy su chófer, y hace un momento acaba de despedirme.

—¿Cuándo he hecho yo tal cosa?

—Ahora mismo. Ha dicho que prefería ir sola en el autobús antes que venir conmigo.

—¡Oh, está bien! —exclamó Elizabeth armándose de paciencia—. Lo siento. No quería despedirle. Iría con usted en autobús aunque fuese al mismo infierno, ¿le vale así?

Él asintió satisfecho con la cabeza.

—Perfecto. Entonces coja su sombrerito, su bolso, sus guantes o cualquier otra tontería que necesite para salir a la calle y vámonos. Tenemos poco tiempo antes de que pase el próximo autobús.

—¡Espere un momento! «Vámonos», ¿adónde? —Él no respondió. Dio media vuelta y salió por la puerta—. Señor Hollister, ¡señor Hollister...! Que lo de ir al infierno lo dije en broma... ¡Oiga!

El joven asomó la cabeza por la puerta, desde la calle.

—¿Piensa quedarse ahí parada toda la tarde o va a venir conmigo de una vez?

ELIZABETH Y BOB se bajaron en una parada de Park Avenue, a la altura del cruce con la Treinta y siete Este. Durante todo el trayecto Elizabeth había intentado que Bob le dijese adónde se dirigían, pero él se negó a responder. El resto del viaje lo pasaron discutiendo por diversos motivos.

Ya en la calle, Bob se dirigió hacia un edificio moderno con una gran puerta de cristal sobre la que había colocadas banderas de diferentes países. Elizabeth pensó que era un hotel.

No era un hotel sino un edificio de oficinas. Cuando entraron en el vestíbulo, el chófer se encaminó hacia un mostrador en el que había un hombre vestido con un uniforme de portero y que leía un cómic de Buck Rogers.

—Perdone —le dijo—. Estoy buscando el Consulado General de Guatemala.

—Piso catorce —respondió el portero sin levantar los ojos del cómic.

—El Consulado de Guatemala —dijo Elizabeth mientras se metían en el ascensor—. De modo que es ahí a donde vamos. ¿Por qué no me lo dijo desde el principio? ¿Y qué se supone que hemos venido a hacer aquí?

—Ahora verá, es una sorpresa... Además, creía que era usted la que disfrutaba tanto con las historias de Sherlock Holmes. ¿Cómo se siente cuando lo tratan a uno como un Watson cualquiera?

—Está bien, sea usted Sherlock Holmes si eso le hace feliz... De todas formas yo prefiero a Hércules Poirot.

Bob la miró, acariciándose la barbilla con la mano.

—Un detective pedante, cursi, vanidoso, esnob y de corta estatura... Sí, el personaje le cuadra bastante. Si se dejara usted bigote, serían indistinguibles. —Elizabeth le dio un golpe en el hombro. Bob emitió un quejido—. ¡Eh, cuidado! Ahí es donde tengo la herida.

—Oh, deje de lloriquear y pórtese como un hombre. Sólo fue un tiro de nada. ¿Hasta cuándo va estar recordándomelo?

El ascensorista los escuchaba fascinado.

En el piso catorce los dos salieron del ascensor y llegaron a un pasillo decorado con angulares formas *art decó*, lleno de puertas acristaladas. Todas ellas tenían algo escrito. Bob se paró delante de la que estaba señalada como el despacho del cónsul general de Guatemala y entró sin llamar.

Al otro lado había una diminuta estancia en la que una secretaria con gafas y el pelo dolorosamente teñido de rubio escribía a máquina, pulsando las teclas con la punta de sus uñas pintadas de rosa. La secretaria levantó la mirada hacia ellos.

—Buenas tarde. ¿En qué puedo ayudarles? —preguntó. Tenía una voz aguda que modulaba de forma musical, como si anunciase un producto en la radio.

—Quiero ver al cónsul —dijo Bob.

—Lo siento, el señor Akabal en estos momentos no puede atender a nadie, pero si me deja su tarjeta yo misma... ¡Oiga! ¿Qué hace? ¡No puede entrar ahí!

La secretaria se puso en pie de un brinco. Bob se quedó parado delante de la puerta del despacho del cónsul, con la mano en el picaporte. Miró a Elizabeth.

—¿Ha oído, señorita Sullavan? Dice que no podemos entrar.

—¡Pobre mujer! Demuéstrele cuán frágiles son los pilares sobre los que se asienta su fe en nuestra impotencia, señor Hollister.

—Yo no lo habría expresado mejor —dijo Bob. Abrió la puerta y entró en el despacho.

Un hombre estaba sentado detrás de un escritorio. Cuando los dos jóvenes irrumpieron, el hombre apartó la mirada de su lectura. Al ver su rostro, Elizabeth lanzó una exclamación de sorpresa.

—¡Sir Cecil! Creí que era usted cónsul británico.

—Lo es —dijo Bob cerrando la puerta tras de sí—. Salvo que el hombre que está ahí sentado no es sir Cecil Longsword, sino don Virgilio Akabal de Castaneda, natural de Guatemala y cónsul general de su gobierno en Nueva York. Además de un vulgar ladrón.

Los ojos del diplomático miraron nerviosos de un lado a otro. Retrajo los labios enseñando los dientes en una mueca de odio y siseó:

—Vigile sus palabras, jovencito. Yo no soy ningún ladrón.

—Entonces supongo que la estatua del Príncipe de Jade del profesor Dorian saltó a sus manos por accidente. —Bob cruzó los brazos sobre el pecho—. ¿De verdad creyó que podría mantener esta farsa por tiempo indefinido?

El cónsul se derrumbó. Hundió la cabeza entre las manos y permaneció así durante un largo silencio, como si rezase para que la tierra se abriera bajo sus pies. Al no ocurrir nada semejante, el falso sir Cecil hizo un gran esfuerzo por recuperar el dominio de sí mismo y se dirigió a Bob.

—¿Cómo lo ha averiguado? Fue el conde, ¿verdad? Ese sucio traidor se lo contó todo.

—No eche las culpas a los demás de su propia torpeza. Nadie me lo dijo. Su engaño era tan inconsistente que era cuestión de tiempo que se viniese abajo. —El joven metió la mano en su bolsillo, de donde extrajo la pitillera que encontró en Forester y el encendedor que escamoteó en el Bahía Baracoa. Los arrojó sobre la mesa—. Creo que esto es suyo.

—¿Qué es eso? —preguntó Elizabeth.

—El pequeño capricho de un diplomático. Una pitillera y un encendedor a juego, con el escudo de Guatemala grabado en ambos. No creo que ningún diplomático inglés hiciese grabar el escudo de una nación americana en sus objetos personales. —Bob cogió la pitillera y la levantó para comparar el diseño con el escudo bordado en la gran bandera azul y blanca que colgaba junto a la mesa del cónsul—. Un pájaro quetzal sobre una corona de laurel, dos rifles cruzados y un pergamino con una fecha: 15 de septiembre de 1821.

—¿El cumpleaños de alguien? —preguntó Elizabeth.

—Casi. La fecha en que Centroamérica se independizó de España —respondió Bob. Luego se dirigió de nuevo al cónsul—. Tenía usted razón cuando dijo que todos los diplomáticos mienten, sólo que, cuando en el Consulado de Reino Unido le dijeron una y otra vez al conde de Roda que sir Cecil Longsword estaba en Washington, eso era cierto. Luego alguien me enseñó una fotografía tomada durante la Feria Mundial en la que por casualidad aparecían sir Cecil y el cónsul de Guatemala juntos. Usted era uno de ellos, pero no el que nosotros pensábamos... En la foto también aparecía un intérprete porque ambos estaban a punto de asistir a una conferencia en el pabellón de Venezuela y, según se deducía del texto al pie de la imagen, sir Cecil no podía entenderla en su idioma. Cometió usted un error bastante tonto, ¿sabe? Hace unas cuantas noches, los sorprendí a usted y al conde de Roda hablando a escondidas en New Forester, y me llamó mucho la atención el hecho de que la conversación tuviera lugar en español. Lo habla usted mucho mejor que yo, por cierto. Me temo que a mí se me nota demasiado el acento inglés, a usted en cambio... En fin, huelga señalar que el verdadero sir Cecil, el que salía en la fotografía del New Yorker, habría sido incapaz de mantener una charla con alguien en esa lengua.

—Ya me parecía a mí que perdía demasiado los estribos para ser inglés —dijo Elizabeth con aire reflexivo—. Qué sinvergüenza.

Bob dedicó una mirada dura al cónsul.

—¿Dónde están los Príncipes, señor Akabal? ¿Qué ha hecho con ellos?

El diplomático permaneció inmóvil durante unos segundos, mirando al vacío con ojos vidriosos. Después exhaló un largo suspiro. Se puso en pie y se dirigió hacia un cuadro de la pared. Al descolgarlo dejó al descubierto una caja fuerte.

Hubo un silencio tenso mientras el cónsul manipulaba los cierres de la caja. La abrió y extrajo de ella dos pequeños bultos envueltos con tela de raso. Los colocó encima de la mesa y, con las manos temblorosas, fue deshaciendo los pliegues del envoltorio.

Eran dos de los Príncipes de Jade desaparecidos, los que representaban a Moctezuma, el emperador azteca, y a Solimán el Magnífico.

El cónsul se dejó caer en su silla igual que un peso muerto.

—Ahí están —murmuró con voz átona—. Son estatuas diabólicas. No he podido dormir una sola noche desde que las tengo en mi poder.

—Aquí sólo hay dos. ¿Dónde está la que pertenecía a Adam Clarke?

—Yo no la tengo.

—Miente.

—¡Le juro por lo más sagrado que es la verdad! ¡No sé dónde está el Príncipe de Jade que falta! Y ojalá nunca en mi vida hubiese tenido contacto con los otros dos, ¡nunca!

—Creo que ya es tarde para lamentarse —dijo Elizabeth.

—Usted no lo entiende... Yo soy un hombre honrado, toda mi vida lo he sido.

—Entonces qué fue, ¿las malas compañías? —dijo Bob.

—Todo empezó como... un inocente engaño, una pequeña mentira que no podía hacer daño a nadie. —El cónsul suspiró, con los ojos cerrados—. Hace algún tiempo me enteré de que Henry Talbot, el dueño de los Príncipes de Jade, había sido dado por muerto, y supe que su abogado estaba poniéndose en contacto con el consulado de Reino Unido para convocar a alguien de la legación a la lectura del testamento. También tuve noticia de que los ingleses no querían saber nada de los Príncipes, que se desentendían de ellos por completo. No tenían la menor intención de empantanarse en un litigio por unas piezas de las cuales habían ignorado su existencia hasta ese momento.

—Pero el gobierno de Guatemala, a quien usted representa, sí podría haberlos reclamado —dijo Bob—. No había ninguna necesidad de hacerse pasar por otra persona.

—¿Qué sabrá usted? Mi gobierno sólo hace lo que le ordenan desde Washington, y en este caso le ordenaron dejar los Príncipes a un lado. Adam Clarke se jactó de ello la primera vez que nos vimos. A mí me hervía la sangre. ¡Un tesoro nacional de valor incalculable despreciado, partido y vejado como... chatarra! No podía soportarlo. Mi gobierno me prohibió cualquier contacto con Clarke o con los herederos de Talbot, de modo que, sabiendo que los británicos habían ignorado repetidas veces los intentos del abogado por entrevistarse con sir Cecil Longsword, yo le mandé un telegrama para concertar una cita haciéndome pasar por él.

—¿Qué era lo que ganaba con ello? Ese engaño le impediría reclamar los Príncipes en nombre de nadie —dijo Elizabeth.

—No lo sé. Sólo quería... hablar con él, saber por mí mismo qué iba a suceder con los Príncipes y, a ser posible, decirle a la cara lo que pensaba de todo este asunto. Ni siquiera pretendía ir a la lectura del testamento. Entonces me dijo que los españoles habían mandado al conde de Roda para reclamar las estatuillas, y aquello fue demasiado para mí.

»La sola idea de imaginar los Príncipes en manos de esa nación de criminales, de ladrones... ¡Los descendientes de aquellos que masacraron a nuestros antepasados y expoliaron nuestros tesoros! La rabia me impidió pensar con frialdad y, antes de que me diese cuenta, estaba aceptando acudir a la lectura del testamento como si fuese sir Cecil. Actué a ciegas, con la única idea fija en mi mente de impedir a toda costa que los españoles se hicieran con los Príncipes.

—Pero tío Henry le dejó las estatuas a sus compañeros de la Sociedad Arqueológica de Magnolia —dijo Elizabeth—. Él tampoco quería que se los quedaran los españoles.

—¿Y cómo iba yo a saberlo? —dijo el cónsul, desesperado—. El testamento aún no se había abierto. Su tío podía haber dispuesto cualquier cosa... ¡incluso devolvérselos a mi país, tal como habría hecho cualquier hombre honorable! De pronto la idea de presentarme allí, aunque fuese con una identidad falsa, dejó de parecerme tan descabellada.

—Entonces decidió robarlos —dijo Bob—. Y esa misma noche se llevó el Príncipe del señor Clarke.

—¡No! ¡Ya le he dicho que yo no robé ese Príncipe! No habría podido hacerlo ni aunque hubiese querido. Clarke no se separó de él hasta que se metió en su cuarto, y cuando descubrimos su cadáver la estatuilla ya no estaba. Usted mismo lo vio, al igual que yo: la puerta estaba cerrada por dentro, ¿cómo habría podido colarme en su habitación y llevarme el Príncipe? Lo que sí reconozco es que fue entonces cuando me di cuenta de lo fácil que resultaría hacerse con ellos en las circunstancias adecuadas. Pensé que, si el Príncipe hubiese estado allí, habría sido muy sencillo cogerlo discretamente mientras todos tenían su atención fija en el cuerpo del señor Clarke. Tan sencillo...

La voz del cónsul se fue apagando poco a poco, hasta que se quedó en silencio, con la mirada perdida. Luego suspiró otra vez, regresando de sus pensamientos.

—Aquella idea me obsesionó —siguió contando—. Por otra parte, yo estaba tan intrigado como cualquier otro por lo que había sucedido aquella noche.

—Si no tenía planeado robarlos, ¿entonces por qué fue a Goblet? —preguntó Bob.

—Ni siquiera yo sé en lo que estaba pensando. Sólo sé que no podía apartar los Príncipes de mi cabeza. Fui a Goblet y rondé por la casa de Culdpepper sin saber qué iba a hacer. También empezaba a temer que la policía descubriese que yo no era sir Cecil Longsword y que aquello pudiera causarme problemas, así que quise mantenerme apartado en lo posible, pero sin perder de vista a los Príncipes, que me obsesionaban. Y, entonces, ocurrió lo del museo... —El cónsul tragó saliva—. Yo estaba allí cuando se oyó aquella voz y la sala empezó a llenarse de humo. Perdí la cabeza... Fue como... Una especie de locura transitoria... Mientras aquella horrible voz lanzaba amenazas de muerte, me escabullí entre el humo, rompí la urna donde estaba el Príncipe, lo cogí y salí corriendo en cuanto tuve ocasión. Nadie reparó en ello. Yo tenía razón: era un juego de niños llevarse las piezas en las circunstancias adecuadas.

—Y después —dijo Bob— fue a Forester para robar el Príncipe de Alec Dorian.

El cónsul asintió. A esas alturas su aspecto era el de un luchador al que hubieran golpeado demasiadas veces durante varios asaltos.

—No sé qué diabólica codicia se apoderó de mí. Sólo sé que cuando tuve entre mis manos el Príncipe de Culdpepper, cuando me di cuenta de lo fácil que había sido, me obsesioné en apoderarme del que quedaba. Fui a Forester. El conde de

Roda también estaba allí y me vio. Me citó en mitad de la noche para decirme que había estado en el consulado de Reino Unido y que había hablado con el verdadero sir Cecil Longsword. Sin embargo, logré que ese viejo hipócrita mantuviese la boca cerrada... —Dejó escapar una sonrisa desencajada—. Justo después de aquel encuentro fui a la cabaña de Dorian. ¡Cuál no fue mi sorpresa cuando al llegar vi que no había nadie, que la puerta estaba abierta y que el Príncipe estaba allí, como si me esperase, como si quisiera que me lo llevase! Era una señal, una señal de que estaba haciendo lo correcto, de que la justicia estaba de mi parte... Y, a pesar de todo... ¿Cómo es posible que mi mente no haya conocido descanso desde entonces? —El cónsul agitó lentamente la cabeza de lado a lado. Era la viva imagen de un hombre absolutamente derrotado—. Y ahora que lo saben todo, ¿qué piensan hacer?

—Mi deber es comunicárselo a las autoridades —respondió Bob.

—Se lo suplico, no lo haga. Si todo esto sale a la luz, será un escándalo. No sólo mi honor quedará arruinado, sino también el de toda mi nación.

—Debió pensar en eso antes de dedicarse al juego del ladrón de guante blanco.

El cónsul alternaba miradas de animal acorralado entre Elizabeth y Bob.

—Por favor... Le imploro que lo reconsidere...

—Quizá podamos llegar a un acuerdo... —dijo Elizabeth—. Si nos entrega los Príncipes, haremos todo lo posible para que esta historia no salga a la luz pública.

Bob trató de decir algo, pero ella le hizo callar con un gesto.

El cónsul empujó los Príncipes hacia ellos.

—Sí. Llévenselos. ¡Apártenlos de mi vista! —Se dejó caer sobre su silla—. Ojalá nunca se hubieran cruzado en mi camino. Son unas estatuillas diabólicas...

En silencio, Bob cogió los dos Príncipes y se los guardó. El cónsul ni siquiera lo miraba.

Los dos jóvenes se marcharon en silencio, despacio, como si abandonasen una iglesia en medio de un funeral. Se dirigieron hacia la puerta del despacho sin mirar atrás.

Entonces se oyó la voz del cónsul. Parecía venir de muy lejos.

—Señorita Sullavan... Acepte un consejo: destrúyalos. Deshágase de esa herencia envenenada de su tío. Si alguna vez duda de que exista una maldición sobre esos Príncipes, recuerde lo que me han empujado a hacer.

ELIZABETH Y BOB salieron de nuevo a Park Avenue, sintiéndose ambos extrañamente aliviados. Ninguno de los dos había pronunciado una palabra desde que dejaron atrás al cónsul, hecho un despojo.

—Señor Hollister.

—Diga, señorita Sullavan.

—Estoy confusa... ¿Hemos resuelto el misterio de los Príncipes de Jade?

—¿Hemos? —dijo Bob mirándola con las cejas arqueadas—. Usted no ha resuelto nada. ¿Quién de los dos dedujo que sir Cecil era un ladrón y un farsante?

—No será así en mi versión de la historia, créame. Cuando narre este episodio, diré que usted estuvo todo el rato sentado en una silla y diciendo «¡Oh» y «¡Ah!» cada vez que yo abría la boca para desenmascarar al ladrón... Por cierto, sólo para que mi narración no quede incompleta, ¿sería tan amable de decirme cómo averigüé quién robó el Príncipe del señor Clarke y mató a Culdpepper y a Dorian?

—Lo haría encantado si lo supiese, señorita Sullavan, pero me temo que ahí me lleva usted ventaja.

Un autobús de línea se acercó hacia la parada que estaba frente al consulado. Bob se subió de un brinco a la plataforma y tendió la mano a Elizabeth.

—Su coche ya está listo, señorita Sullavan. ¿Quiere que la

lleve de vuelta a su casa o prefiere ir de compras por la Quinta Avenida? —preguntó con una sonrisa.

Ella le cogió la mano y subió al autobús.

—Reconozco, señor Hollister, que es usted el chófer más original que conozco. Aunque no creo que le recomiende a mis amistades.

—No se queje. Yo pago los billetes.

Los dos jóvenes se acomodaron en un par de asientos libres en la parte de atrás.

—Le diré algo, señor Hollister: es evidente que quien mató a Culdpepper y a Dorian fue sir Cecil... O el tipo que se hacía pasar por sir Cecil, que ahora no recuerdo cómo se llama.

Bob negó con la cabeza.

—No, no fue él. Por si lo ha olvidado, el señor Akabal acaba de decirnos que sólo robó dos Príncipes y que no mató a Culdpepper ni a Dorian.

—¡Qué inocente es usted! ¿Lo ve? Por eso aún no tiene novia: a las mujeres nos gustan los hombres con algo de picardía. Ese hombre ya nos mintió a todos antes, ¿por qué iba a dejar de hacerlo justo ahora?

—Porque aunque me jurase sobre la Biblia que él robó el Príncipe de Clarke y mató a Culdpepper y a Dorian, yo sabría que eso no es posible. Y si pensara usted en otra cosa que no fuera buscarme novia, también se daría cuenta.

Elizabeth se quedó un momento reflexionando, con los ojos entornados.

—Tiene razón —admitió—. En el momento en que Dorian fue asesinado, usted seguía al cónsul a través del bosque; usted es su coartada. Y tampoco pudo matar a Culdpepper porque la persona que lo hizo no pudo estar en el museo al mismo tiempo que se oía la voz del fantasma, ya que todo indica que el asesino fue quien se hacía pasar por el espíritu del Juez, hablando a través del amplificador de voz oculto en el establo de Adelle Marsten.

—Exacto. El asesinato de Elliott Culdpepper fue el producto de un plan minuciosamente elaborado, al igual que el de Alec Dorian. Eso descarta al supuesto sir Cecil, quien actuó por impulso.

—¡Espere un momento! —saltó Elizabeth—. ¡Ya sé quién es el culpable! ¡Fue el doctor Itzmin! Está tan claro que hasta un niño podría adivinarlo, y lo hemos tenido delante de nuestros ojos todo este tiempo: él salió huyendo aquella noche de Magnolia, y él fue quien lo ató a usted a aquel árbol en Forester... ¡Si incluso le confesó haber matado a Dorian y a Culdpepper!

—Sí, y también a Clarke y a su tío, y también dijo que había robado los Príncipes y que había resucitado de entre los muertos para cumplir su venganza... Y mientras planeaba sus crímenes tuvo tiempo para hacerse un nombre en el siempre competitivo mundo de los espectáculos de variedades.

—¡Increíble! ¡Estamos ante un verdadero genio del crimen! —exclamó Elizabeth, entusiasmada. Al ver la cara que ponía Bob, su énfasis fue desapareciendo poco a poco—. No tiene ningún sentido, ¿verdad?

— En efecto, no lo tiene... Es más, me pregunto por qué Itzmin confesó haber robado los Príncipes cuando ahora sabemos que él no lo hizo... Es muy raro... ¿Y de quién diablos será el cadáver que el detective Potter encontró flotando en el río Hudson?

—¡Qué fastidio! Me siento como en un callejón sin salida.

—No desespere, señorita Sullavan. Tarde o temprano veremos la luz. —Bob hizo una pausa para pensar, mientras se acariciaba la cicatriz con los dedos—. Tengo la sensación de que toda esta historia es como un edificio lleno de agujeros y hecho con materiales de mala calidad; sólo hace falta un pequeño temblor para que se venga abajo.

—No es usted muy bueno con las metáforas, ¿verdad, señor Hollister? —Elizabeth señaló la talega que Bob llevaba colgada del hombro—. ¿Podría echar un vistazo a esos dos Príncipes otra vez? Me gustaría comprobar una cosa.

Bob abrió la bolsa y le dio las estatuillas. Parecían dos piezas de juguete.

—Alec tenía razón —dijo ella. El chófer la miró con gesto interrogante—. Sobre aquellas manchas rojas, ¿recuerda? Nos contó que la leyenda dice que cuando la estatua de aquel dios maya fue partida en cuatro trozos, el jade sangró y que las manchas de sangre se quedaron marcadas para siempre sobre los Príncipes. Creí que se lo había inventado, pero, fíjese, de cerca se puede apreciar que todas las estatuas tienen pequeñas marcas rojas. —Elizabeth siguió contemplando las piezas durante un buen rato—. Es curioso... A la luz del sol ya no resultan tan impresionantes como cuando las vi por primera vez.

Envolvió las estatuillas de nuevo con las telas y se las entregó a Bob. Él las rechazó.

—No, quédeselas. Ahora que todos los miembros de la Sociedad Arqueológica de Magnolia han muerto son suyas, supongo.

—¿Usted cree? No estoy segura... Quizá debería consultarlo con los caballeros de la compañía de seguros, puede que ellos lo sepan.

—¿Qué compañía de seguros?

—Oh, es cierto, no se lo había contado. Ayer me reuní con los abogados de una aseguradora. Van a encargarse de sacar a la venta la casa de tío Henry, a través de un banco, o algo así; la verdad es que no lo entendí muy bien.

—Si no lo entendió bien, ¿cómo es que se le ocurrió ponerse en contacto con ellos?

—Fue al revés: ellos quisieron reunirse conmigo. Al parecer tío Henry tenía contratado una especie de seguro de vida.

—¿Y es usted la beneficiaria? Bueno, parece que al final sí que obtendrá algún dinero por la muerte de su tío.

—¡Por Dios! Tal como lo dice, parece algo sórdido.

—No era mi intención. Le aseguro que me alegro por usted.

—Gracias. En realidad es algo más complejo: hace muchos años, cuando mi tío y mi padre fundaron la Sociedad Arqueológica de Magnolia con Clarke y Culdpepper, contrataron una especie de seguro de vida nombrándose beneficiarios a ellos mismos, en caso de que alguno de los otros muriese. Mucho más tarde se añadió a Dorian. Lo que al parecer nadie sabía, o al menos nadie recordaba, es que mi padre, por su cuenta, también nos incluyó a mi madre y a mí como beneficiarias. Cuando murió mi padre, todos los miembros recibieron su parte de la póliza, incluida yo, pero, como era muy pequeña, el dinero fue a parar a la parte de la herencia de mis padres que tía Sue administra en usufructo y que recibiré cuando sea mayor de edad, así que ni me enteré; por otra parte, la cantidad no era muy elevada.

—En cualquier caso, supongo que al menos será suficiente para comprarse un nuevo reloj de pulsera que no esté estropeado.

—No, no lo entiende. Entonces no era muy elevada esa cantidad, pero tras la muerte de tío Henry, de Clarke, de Culdpepper y de Dorian sus pólizas se acumulan, y ahora sí que es una enorme cantidad de dinero. De hecho, es casi tanto como lo que voy a heredar de mis padres.

—¡Caramba! —dijo Bob. Se llevó la mano a la cara y se acarició la cicatriz con los dedos. Luego repitió para sí—: Caramba...

—¿En qué piensa, señor Hollister?

—En que si lo llego a saber antes, le habría dejado a usted pagar los billetes del autobús. —Bob se quedó callado un rato. Después miró a Elizabeth y preguntó—: Señorita Sullavan, ¿recuerda lo que me contó sobre aquel hombre muerto que creyó ver en el Bahía Baracoa?

—No creí verlo, lo vi —dijo ella, vehemente—. Y por supuesto que me acuerdo. Todavía hay noches en que sueño que se me vuelve a caer encima. Ayer, sin ir más lejos, tuve una pesadilla en la que abría una caja de galletas y ese tipo salía disparado del fondo. Aunque, no sé por qué, iba vestido de torero...

—¿Podría volver a contarme exactamente cómo sucedió? Sin omitir ningún detalle.

—Claro, aunque no hay mucho más que contar: yo estaba allí y aquel hombre se me echó encima, cayó al suelo, yo grité y después salí corriendo. O quizá primero salí corriendo y luego grité... ¿Eso es importante?

—No lo creo. Tiene que haber algo más. Piense... ¿Aquel hombre dijo algo o hizo algo a parte de caer al suelo?

Elizabeth cerró los ojos, tratando de recrear la escena en su memoria.

—Vamos a ver... Yo me estaba mirando en el espejo. Luego la puerta se abrió... Sonó un trueno, eso lo recuerdo, y hubo un relámpago enorme. Creo que el tipo hizo algo... ¿Qué fue? ¡Señalaba algo! Eso es; señalaba hacia la ventana, pero no se veía nada, salvo la tormenta... —Elizabeth abrió los ojos y dio una palmada—. ¡Espere un momento! ¡Sí que dijo algo, ahora lo recuerdo!

—¿Qué fue?

—Dijo: «El indio muere», y después cayó de bruces al suelo.

—«El indio muere...» —repitió Bob, reflexivo—. ¿Significa eso algo para usted?

—Lo cierto es que no, pero me recuerda a algo que me contó el profesor Dorian en Magnolia. Según él, entre los indios de Guatemala existe un aforismo que dice: «Cuando la lechuza canta, el indio muere».

—Tacalote.

—¿Cómo dice?

—La frase es: «Cuando el tacalóte canta, el indio muere».

—Sí, bueno, no pretenderá que me aprenda esa palabreja después de haberla escuchado sólo una vez en mi vida. En cualquier caso, el significado es el mismo —dijo ella, molesta. Después preguntó—: ¿Cree que puede haber alguna relación entre esa frase y lo que dijo aquel hombre?

—No lo sé —respondió Bob mientras se acariciaba la cicatriz—. Creo que... No lo sé. No estoy seguro, pero... ¡Diablos! —dijo golpeándose la frente con la mano varias veces—. ¡Estúpido, estúpido! Por un momento creí que lo tenía, pero se me ha escapado.

—Bueno, bueno, no se apure, ¡ya vendrá por sí solo! No hay ninguna necesidad de autolesionarse... Mire, ya hemos llegado a mi parada.

Elizabeth y Bob se bajaron del autobús. Él la acompañó hasta la puerta de la casa de tía Violet.

—¿Qué piensa hacer ahora, señor Hollister?

—Mañana iré a hablar con el detective Potter. Tiene que saber que hemos recuperado dos de los Príncipes, aunque, en realidad, la Policía Estatal es quien se encarga ahora del caso, según creo.

Elizabeth asintió. Le parecía bien que Bob tuviese aquella consideración con el detective. Se acordó de Frank, cuando le dijo que Bob tenía su propio estilo a la hora de mostrar aprecio por otras personas.

—He pensado que podría usted venir conmigo —dijo él mirándola de reojo—. No es que me haga muy feliz la idea, claro, pero me vendrá bien tener un testigo que pueda corroborar mi historia.

Elizabeth dejó caer su mirada al suelo.

—Señor Hollister... No creo que pueda ir con usted.

—Oh. Bien... —dijo él—. Bueno... Mejor. Seguro que usted se haría un lío contando lo que pasó.

—Mañana regreso a Providence. —Bob se quedó mirándola—. Lo siento. Debí habérselo dicho.

—¿Lo siente? ¿Por qué? Vive usted allí, ¿no? Era lógico pensar que tarde o temprano tendría que volver.

Se hizo un silencio entre los dos. Bob no se movió, y Elizabeth tampoco parecía tener intención de entrar en la casa.

Ambos tenían la mirada fija en el punto más alejado posible del otro.

La joven hizo un esfuerzo y le sonrió.

—Quizá algún día volvamos a vernos y pueda usted contarme cómo acabó todo este asunto.

—Quizá. —Él seguía cabizbajo—. Pues bien... Si esto es una despedida, entonces debería devolverle esto.

Se sacó el reloj de pulsera con alarma del bolsillo y se lo tendió a Elizabeth, evitando mirarla a los ojos.

—Quédeselo.

—¿Cómo?

—Quédeselo —repitió ella—. Prometió que lo arreglaría, ¿recuerda? Intente repararlo y devuélvamelo cuando logre hacerlo funcionar.

Bob se guardó el reloj.

—Señorita Sullavan...

—¿Sí?

Él pareció dudar.

—Nada. Sólo... Gracias.

Elizabeth dejó escapar una bocanada de aire en silencio. Se sentía decepcionada. No sabía por qué.

—No tiene importancia. Adiós, señor Hollister.

Dio media vuelta y comenzó a subir la escalera del porche. Imaginaba que él ya estaría caminando hacia la parada del autobús, con las manos en los bolsillos (lo veía así, aunque su brazo herido lo hiciese imposible) y la cabeza inclinada hacia el suelo. A punto de irse... Quizá para siempre.

Elizabeth se detuvo en seco y se dio la vuelta.

—¡Señor Hollister!

Él se volvió a mirarla, expectante.

—¿Diga, señorita Sullavan?

Ella se quedó sin palabras. No tenía claro qué era exactamente lo que había querido decirle. Puede que nada en concreto, que sólo pretendiese retrasar el momento de verlo por última vez.

—¿Cómo se hizo esa cicatriz? —preguntó al fin.

Bob dejó escapar una media sonrisa.

—Se lo contaré cuando volvamos a vernos.

—¿Lo promete?

—Palabra de boy scout.

Dejó caer la mano dentro de su bolsillo, dio media vuelta y se fue caminando con la cabeza gacha.

ELIZABETH subió el resto de los escalones del porche y se quedó parada frente a la puerta de la casa durante un buen rato. La sola idea de entrar y saber que cuando volviese a salir por ella sería para regresar a Rhode Island le hacía sentirse inmensamente triste y deprimida.

Necesitó respirar hondo un par de veces y hacer acopio de toda su fuerza de voluntad antes de llamar al timbre. Le pareció que las campanillas que sonaron doblaban por ella.

Oyó el cerrojo correrse al otro lado. Se irguió y se alisó la ropa, ensayando una actitud despreocupada. No quería que tía Sue le preguntase por qué llegaba con aquella cara de funeral, ni mucho menos ella quería explicárselo.

—Oh, ya estás aquí, tesoro. ¡Gracias a Dios! Estaba muerta de hambre. Por cierto, Dexter telefoneó y dijo que hoy no podrá cenar con nosotras. Mañana almorzaremos juntos y nos llevará a la estación.

—Estupendo.

—¿Te pasa algo, cielo? Tienes la misma cara que cuando murió Russ Columbo.

—En absoluto —negó Elizabeth, fingiendo un exagerado entusiasmo—. De hecho, estoy perfectamente. No te vas a creer lo que ha ocurrido: ¡he recuperado los Príncipes de Jade!

—¿De veras? Qué interesante —dijo tía Sue sin prestar demasiada atención—. ¿Y dónde están?

—¿Cómo que dónde están? ¡Pues aquí, naturalmente...!
—La joven se quedó sin aliento.

—¿Dónde, tesoro?

—Oh, Dios mío... Me los he dejado en el autobús.

—No te preocupes, cielo, le diremos a Dexter que pregunte por ellos en la oficina de objetos perdidos cuando tenga un momento libre. ¿Podemos cenar ya, por favor?

—¿No lo entiendes, tía? ¡Unas joyas de inmenso valor histórico y disputadas por varias naciones del mundo! ¡Y las he dejado olvidadas en el autobús! Qué estúpida soy... —Se dejó caer, abatida, sobre una silla del recibidor.

En ese momento sonó el timbre del teléfono.

—¿Puedes contestar, tesoro? Yo voy a poner la mesa.

—Pero ¡tía...!

—Elizabeth, el teléfono...

La joven se levantó, furiosa por la total falta de interés de su pariente. El irritante timbre del teléfono seguía resonando por toda la casa. Cruzó el recibidor, pasando junto a tía Violet, que tarareaba la melodía de un anuncio de laxante de la radio, ajena a todo lo que no llegase a través de una onda hertziana, y agarró el auricular del teléfono que estaba sobre la mesita.

—¿Diga?

Del otro lado de la línea le llegó una voz profunda y grave que le sonó familiar.

—¿La señorita Elizabeth Sullavan?

—Sí, soy yo.

—Señorita Sullavan, debemos vernos de inmediato. Corre usted un grave peligro.

—¿De qué está hablando?

—No, por teléfono no. Coja un taxi. La estaré esperando en la casa de su tío, en Glen Cove.

—Oiga, espere un momento... Antes dígame con quién hablo. ¡Oiga...!

La comunicación se cortó, dejando tras de sí un sonido aullante, como un lamento. Elizabeth dejó el auricular sobre el aparato, lentamente.

—¿Quién ha llamado, tesoro? ¿Era Dexter?

La joven salió del recibidor a toda prisa, cogió el abrigo y se lo colocó de cualquier manera sobre los hombros. Luego agarró su bolso y abrió la puerta de la calle.

—¡Elizabeth! ¿Qué haces? ¿Adónde vas?

—A casa de tío Henry.

—¿A estas horas? ¿Tú sola? ¡No digas disparates! Al menos espera a que llamemos a Dexter para...

No pudo terminar la frase. Su sobrina salió de la casa cerrando la puerta tras de sí.

BOB regresó al Refugio para Jóvenes de Saint Aidan arrastrando los pies y con la cabeza baja. Sentía una inusitada necesidad de hablar con alguien, pero Frank había tenido que asistir a una subasta benéfica fuera de la ciudad y no regresaría hasta tarde. Por primera vez en mucho tiempo, Bob experimentaba una mordiente sensación de abandono.

Entró por el garaje, como de costumbre. Fonzi estaba sentado en una silla, con los pies apoyados sobre un montón de latas de pintura vacías. Con un lápiz, iba marcando nombres de caballos en una revista de apuestas hípicas.

—¿Cómo lo llevas, chico? —dijo al entrar Bob sin levantar los ojos de la revista—. Oye, ¿qué tal te suena Ardiente Bessy?

—Estupendo para una prostituta. Si es el nombre de una yegua, da asco.

Fonzi mordisqueó la punta del lápiz.

—Tienes razón, mejor apostaré por Niño de Papá... ¿Quieres que te apunte unos cuántos pavos? Me han dado un soplo para la tercera carrera.

—Creo que no.

El mecánico se encogió de hombros y siguió con su tarea. Bob se quedó parado un rato y luego preguntó:

—Oye, Fonzi, ¿te parece que tengo mala cara?

—Yo te veo la misma de siempre.

—¿Estás seguro? ¿No parezco más... disgustado?

—No sé, chico... Tampoco es que normalmente vayas por ahí con la sonrisa de Errol Flynn, si no te importa que te lo diga.

—Mira quién fue a hablar... —masculló Bob.

—Oye, ¿qué mosca te ha picado? —El joven no respondió. Siguió de largo y comenzó a subir por la escalera que salía del garaje—. ¿Es por alguna chati? ¡No hagas ni caso, chico, son todas unas pedazo de...!

Bob no pudo oír el final de la frase. Salió del garaje y se encaminó hacia el dormitorio del primer piso, el que ocupaban los chicos más mayores del hospicio.

Los muchachos estaban empezando su cena, de modo que el dormitorio estaba vacío. En una esquina había una cama con armazón de metal, idéntica a las demás, sólo que alrededor de ésta había una cortina que la dotaba de cierta privacidad. Bob había tenido que acomodarse en aquel lugar porque al pequeño dormitorio que Frank le habilitó cuando regresó al albergue le habían salido goteras. Al joven no le molestó el cambio. No le importaba estar con el resto de los chicos en la misma planta ya que así se sentía acompañado.

Bob echó la cortina, se quitó los zapatos y se tendió en la cama. Hizo una mueca cuando apoyó el peso sobre el hombro herido sin darse cuenta.

Cogió su bolsa y de ella extrajo las dos estatuillas de los Príncipes de Jade que el supuesto sir Cecil había robado. Se había dado cuenta de que Elizabeth las había dejado sobre su asiento al salir del autobús, y él las había cogido y se las había guardado sin decirle nada. No se sentía especialmente orgulloso de ello, pero tenía la sensación que iba a necesitarlos para algo importante.

Desenvolvió uno de los Príncipes y se entretuvo un rato dándole vueltas, mirándolo de arriba abajo, como si esperase ver en él una clave que resolviese todas sus dudas.

En ese momento uno de los chicos entró en el dormitorio. Bob lo conocía, como a casi todos, aunque era uno de los pocos de los que recordaba el nombre. Se llamaba Roger, aunque todos en el hospicio lo conocían como Cheekers, Bob no sabía por qué.

Cheekers era un chico delgado y fibroso, con el pelo de color zanahoria. Normalmente solía estar acompañado de una cohorte de chiquillos más pequeños que lo adoraban como si fuera una versión pendenciera y preadolescente de un joven Lincoln. El resto de los chicos mayores lo respetaban porque era el que pegaba más sucio en las peleas, y nunca evitaba ninguna. Como modelo a seguir, seguramente Cheekers no era el más adecuado, pero a Bob le caía simpático: le recordaba a él mismo cuando tenía su edad.

—Hola, Bob —dijo el muchacho asomando la cabeza por la cortina de la cama—. ¿Qué haces?

—Buscando un poco de intimidad. ¿Es que ya nadie respeta una cortina echada?

—¿Qué pasa? ¿Te la estabas machacando?

—Si Frank se entera que usas ese lenguaje, te lavará la boca con jabón hasta que eructes burbujas —dijo Bob, aunque no parecía muy escandalizado; comparado con el resto de los chicos que Frank había sacado de la calle, Cheekers era incluso delicado—. ¿No deberías estar cenando?

—Debería, pero esta tarde le pegué una paliza a ese gilipollas de Spanky DelVino y una de las monjas me pilló cuando le estaba metiendo la cabeza en el retrete. —Cheekers se encogió de hombros estoicamente, como si viera lógico que lo hubiesen dejado sin cenar por pretender atascar las cañerías con Spanky DelVino.

Bob sacó una manzana del cajón de su mesilla de noche y se la tiró al muchacho, que la cogió al vuelo. Éste sonrió y le dio un mordisco enorme.

—¿Qué pasó? —preguntó Bob—. ¿Te habías quedado sin papel higiénico?

—Fue por Tommy el Conejo. ¿Sabes quién es?

El joven asintió. Tommy el Conejo era un chico de diez años recién llegado al albergue. Era silencioso y tímido como un roedor; además, tenía los dientes frontales anormalmente grandes y unas orejas capaces de dar sombra en los días de sol.

—Spanky DelVino se estuvo burlando de sus orejas hasta que lo hizo llorar —dijo Cheekers—. Es un hijoputa. ¡Como si él no tuviera la misma cara que el culo de una mona!

—Eso es cierto. Pero no debiste enfrentarte con él. Tommy el Conejo tiene que aprender a ser él mismo quien meta la cabeza en el retrete de los que se burlan de sus orejas. Si se acostumbra a que los demás se peleen por él, se acabará convirtiendo en una nenaza.

—Es igual. A mí no me importa hacerlo.

—Tú no vas a estar ahí siempre que algún imbécil lo haga llorar. La próxima vez, no te pegues por él; enséñale cómo partirle la boca de un puñetazo a DelVino. Eso le será mucho más útil, y tú no te quedarás sin cenar.

—Ok. Como tú digas.

Bob pensó que Frank pondría el grito en el cielo si oyese la clase de enseñanzas que transmitía a los muchachos. Quizá era por cosas como aquélla por las que el sacerdote no quería que su pupilo se estableciera en el albergue de forma permanente para echarle una mano. Probablemente fuese consciente de que Bob, con su cicatriz en la cara y sus conocimientos de mecánica, resultaba un ejemplo mucho más fascinante para un grupo de muchachos en busca de referentes adultos que un viejo cura irlandés, y el problema era que lo que el joven solía enseñarles no siempre resultaba un ejemplo de católica virtud.

Cheekers reparó en la estatuilla del Príncipe que Bob tenía en la mano. Lanzó una exclamación, llena de trocitos de manzana masticados y se la arrebató.

—¡Uau! ¿Qué es esto tan cojonudo? ¡Parece una figura

de *The Green Hornet*! —El chico deslizó la estatuilla sobre el cabecero de la cama, imitando con la boca el sonido de unas balas y recitando la entrada de un famoso serial de la radio—. ¡Britt Reid, joven periodista durante el día, arriesga su vida durante la noche para que los criminales y mafiosos sientan la picadura del Avispón Verde! ¡Bang, bang! ¡Mascad plomo, malhechores!

—Trae eso acá... ¡Mira lo que has hecho! Lo has rayado.

—Bah, sólo es un raspón de nada, y apenas se nota. Déjamelo para que se lo enseñe a los muchachos, Bob. Te prometo que lo cuidaremos... ¿Bob?

El joven se había quedado mirando fijamente la raspadura en los pies de la estatua. Al cabo de un rato preguntó:

—Oye, Cheekers, ¿te gustaría ganarte cinco pavos?

—¡Cinco pavos! Vale, ¿cuál es el trato?

—En primer lugar, tienes que mantener la boca cerrada y hacer exactamente lo que yo te diga, y, en segundo lugar...

ELIZABETH contempló de nuevo las formas cúbicas y asépticas de Magnolia mientras el taxi se detenía. La última vez que había estado en la mansión de tío Henry, una manta de agua desdibujaba sus contornos. Ahora el cielo lucía despejado, pero no por ello la casa mostraba un aspecto menos desolado y lúgubre.

—¿Está segura de que éste es el sitio, señorita? —preguntó el taxista.

—Así es. ¿Cuánto le debo? —El taxista se lo dijo. La joven pagó la carrera—: ¿Sería tan amable de esperar aquí? No creo que tarde mucho.

—Yo tampoco lo creo. Aquí no parece haber un alma. —El hombre miró melindroso a su alrededor. Una lechuza cantó desde las ramas de un árbol cercano y le provocó un respingo—. ¿Sabe qué? Acabo de acordarme de que tengo un trabajo pendiente en Harlem.

—Pero, oiga, ¡no irá a dejarme aquí sola!

Como única respuesta, el tipo arrancó el coche y se marchó. Elizabeth le dedicó una mirada de odio.

Cobarde.

A solas, echó un vistazo a su alrededor. La casa parecía desierta y la luz de la tarde se esfumaba con rapidez. Sólo se oía el sonido lejano del mar, desde los acantilados que había tras la finca, y el canto suelto de algún ave nocturna. Una brisa gélida hacía golpear unas contraventanas en algún lugar.

Elizabeth empezaba a arrepentirse de haber ido sola.

No estaba muy segura de qué debía hacer, así que optó por lo más sencillo: se dirigió hacia la puerta de entrada y llamó al timbre.

Se descubrió a sí misma deseando que nadie abriera y así tener una buena excusa para volver a la ciudad, pero, cuando estaba a punto de dar media vuelta, oyó el sonido de unos cerrojos y una cadena. Ryan, el mayordomo de tío Henry, apareció en el umbral. Parecía llevar puesto el mismo traje arrugado que la noche de la lectura del testamento. Su aspecto no era muy amigable, pero Elizabeth se sintió aliviada de encontrarse una cara conocida.

—¿Señorita Sullavan, es usted? —dijo el sirviente mirándola a través de sus pequeños ojos entornados—. No la esperaba.

—Hola, Ryan. No sabía que estuviera usted aquí todavía.

—El señor Clarke me dijo que podía quedarme mientras se arreglaba el tema de la herencia. Pensé que se lo habría mencionado a usted antes de... Ya sabe.

—Es probable, pero no estoy segura... ¡Han pasado tantas cosas desde entonces!

—Espero no haber actuado de forma incorrecta.

—No, no. No se preocupe, está bien. Me alegro de que esté aquí.

—Gracias —respondió el mayordomo sin traslucir ninguna emoción—. Lo siento, señorita, pero no recuerdo que me avisase de su llegada.

—No lo hice. Ha sido todo un tanto... precipitado.

—Comprendo. —Ryan se la quedó mirando—. ¿Puedo ayudarla en algo?

Elizabeth no supo qué decir. Parecía evidente que si alguien esperaba encontrarse con ella en Magnolia esa persona no era Ryan.

—¿Está usted solo o hay alguien más en la casa?

—Nadie ha venido por aquí desde la lectura del testamento, señorita Sullavan. ¿Por qué lo pregunta?

—Por nada. Es sólo que... En fin, sé que le parecerá raro, pero su supone que debía reunirme con alguien en este lugar... ¿Por casualidad no tendrá idea de con quién?

—Lo ignoro en absoluto. —Ryan se quedó pensativo y luego dijo—: Me parece muy extraño. ¿Está segura de que es aquí donde la han citado?

—Sí, por completo. ¿Dice usted que nadie ha venido por la finca desde hace días?

—Lo habría sabido. Precisamente una de mis funciones es la de vigilar que nadie entre en la casa hasta que se decida qué hacer con ella. Hay muchas piezas de valor dentro.

Elizabeth suspiró. Quizá sólo había sido una broma de mal gusto.

—En fin, en ese caso no tiene sentido que siga aquí —dijo ella—. ¿Puedo llamar a un taxi? El mío me ha dejado tirada.

—Claro, señorita Sullavan. La propiedad es suya, puede hacer lo que le plazca.

Quizá fue su imaginación, pero Elizabeth creyó detectar un leve tono de resentimiento en las palabras del sirviente.

Ryan se echó a un lado y la joven entró en el recibidor. Todas las vitrinas y obras de arte que adornaban aquella estancia habían sido cubiertas por sábanas y el inmenso espacio estaba casi en penumbras, iluminado tan sólo por algunas velas con candelabros. El lugar tenía el aspecto de ser la sala de ocio de un club de fantasmas.

—¿No cree que esto está un poco oscuro? —preguntó Elizabeth.

—He desconectado los generadores eléctricos para no derrochar energía. Después de todo, sólo estoy yo, y con las velas me arreglo bien. También me he tomado la libertad de cubrir las antigüedades para que no se estropeen con el polvo. Espero que no le importe.

—En absoluto. Le agradezco todas las molestias.

—Sólo hago mi trabajo.

—Ryan...

—¿Diga, señorita Sullavan?

—Quizá le interese saber que he puesto la casa en venta —dijo ella. Luego se apresuró a añadir—: Como es lógico, pensaba comunicárselo de inmediato.

El mayordomo no pareció afectado por la noticia. De hecho, su rostro seguía carente de cualquier tipo de emoción.

—La casa es suya, señorita, como ya le he dicho, puede hacer con ella lo que desee. ¿Me permitre preguntarle qué será de la colección del profesor Talbot? ¿La compañía de seguros piensa venderla también?

Elizabeth no lo sabía. En ningún momento se le ocurrió mencionar las antigüedades cuando habló con los abogados de la aseguradora.

—Aún no lo he decidido. Quizá pueda usted darme alguna idea.

—En mi opinión, a su tío le habría gustado que usted las conservara.

—Oh, cielos, no... Es decir, no creo que sea posible. Me temo que mi casa de Providence no es el lugar más adecuado para una colección tan... variada.

—¿Por qué? ¿Es que acaso no es de su gusto?

—Al contrario, pero... —Elizabeth miró a su alrededor y se fijó en una de las piezas, la única que no estaba cubierta por una sábana. Se trataba de un armario de hierro con forma vagamente humana. La puerta estaba abierta y podía verse que su interior estaba forrado con púas de hierro de medio palmo de largas—. Alguno de estos objetos son difíciles de encajar en una vivienda normal y corriente.

—Disculpe, señorita Sullavan, pero no comparto su opinión —respondió Ryan. Señaló el armario que había llamado la atención de la joven—. Fíjese en esta pieza, por ejemplo. Es una auténtica doncella de hierro del siglo XVI. Antes de que su tío la comprase, adornaba la sala de armas del castillo de los duques de Brunstriech, en Austria.

—Un castillo europeo no era lo que yo tenía en mente cuando hablaba de viviendas normales y corrientes, Ryan.

—Usted no conocía a la duquesa de Brunstriech, señorita Sullavan... Era una mujer de lo más sencilla y elegante, y su castillo era un lugar cálido y acogedor. Y, a pesar de lo que haya podido escuchar, le aseguro que ella nunca fue consciente de que aquella secta pagana decidiese celebrar sus ritos secretos en su sótano. Si alguien le dice lo contrario, no son más que sucias mentiras.

—Ya. Sí. Bueno... Lo tendré en cuenta. No obstante, sigo pensando que esta doncella de hierro estaría mucho mejor en cualquier otro sitio. Ya tengo muchas alacenas en casa.

—No es una alacena, señorita Sullavan, es un instrumento de castigo. El reo era introducido en el armario, la puerta se cerraba y los clavos lo obligaban a mantenerse completamente quieto. Si el prisionero se movía, aunque sólo fuese un poco, los clavos le producían espantosas heridas por todo el cuerpo.

—Lo siento, Ryan, pero mi tía Sue es muy estricta sobre lo de tener instrumentos de tortura en la sala de estar.

—¿Y qué me dice de este cuadro? —insistió el mayordomo, que no quería darse por vencido—. ¡No me dirá que esto tampoco es adecuado para una casa normal! Es una pieza única: se trata de *El astrólogo*, la famosa obra pérdida de Giorgione. —Ryan adoptó un tono de confidencia—. Dicen que el auténtico lo custodia una familia de judíos franceses, pero no es cierto, el de ellos no es más que una copia de éste y se lo puedo demostrar: fíjese en el detalle de la pincelada en el mascarón de proa del barco pirata...

—Ryan, tengo que pedir un taxi, ¿recuerda? No querría que se me hiciese muy tarde...

El mayordomo dio la espalda a la pintura y recuperó su expresión neutra.

—Disculpe, señorita Sullavan, no pretendía entretenerla.

Ryan la condujo hacia una pequeña mesita de taracea de diseño oriental sobre la que se encontraba el teléfono. Elizabeth tuvo que hacer un par de llamadas antes de conseguir ponerse en contacto con una compañía de taxis. Mientras tanto, el mayordomo desapareció en dirección a la cocina y, poco después, regresó portando una bandeja con una copa diminuta llena hasta la mitad de un líquido ambarino.

—Ya está. Vendrán enseguida —dijo Elizabeth colgando el teléfono—. Sigo dándole vueltas a la cabeza: ¿quién habrá podido citarme en este lugar y por qué no ha aparecido?

—No sé qué decirle, señorita, estoy tan sorprendido como usted. —Ryan dejó la bandeja con la copa encima de la mesita de taracea—. Me he tomado la libertad de servirle un jerez para que se lo tome mientras espera a su taxi.

—Gracias, es usted muy amable, pero no me gusta el jerez.

—Entiendo. Quizá pueda servirle otra cosa.

—No me apetece nada en este momento, pero gracias por la molestia.

—Como guste. En ese caso, quizá podría mostrarle algunas piezas más de la colección de su tío para pasar el rato. Por ejemplo, estas monedas bizantinas del siglo IX que unos expertos de la Smithsonian Society encontraron en un misterioso lugar llamado Bosgovina. Encierran una historia fascinante y muy larga, tal vez demasiado...

—¿Sabe qué, Ryan? —interrumpió Elizabeth—. Lo he pensado mejor y creo que sí que me apetece quedarme aquí sentada un ratito a solas, paladeando su delicioso jerez. Usted siga con lo suyo, como si yo no estuviera.

El mayordomo inclinó la cabeza cortésmente. La joven cogió la copa y se la llevó a los labios. Cuando estaba a punto de dar el primer trago, se quedó quieta.

—Vaya, es curioso...

—¿Qué, señorita?

—El teléfono. Recuerdo que la noche en que se abrió el testamento no pudimos llamar porque el señor Clarke dijo que había dado de baja la línea, pero yo he podido telefonear sin ningún problema.

—Sí que es extraño, sí —dijo Ryan—. Pero beba el jerez... Si no lo toma de inmediato, se le evaporará todo el sabor.

—Claro... —Bebió un sorbo distraídamente—. Y, ahora que lo pienso, usted me preguntó antes si estaba segura de que era aquí donde me habían citado por teléfono, pero yo no mencioné se hubieran puesto en contacto conmigo de esa forma.

—Yo creo que sí lo hizo, señorita.

—No, estoy segura de que no. —Elizabeth parpadeó. Se sentía mareada. Dirigió al sirviente una mirada cargada de desconfianza y se puso en pie, pero al hacerlo sintió que las piernas apenas la sostenían—. Y cuando le he dicho que voy a poner la casa en venta, tampoco he mencionado que lo haré a través de una compañía de seguros, pero usted lo sabía... ¿Cómo lo supo?

Ryan esbozó una sonrisa inerte.

—Tranquilícese, señorita Sullavan. Muy pronto todo eso carecerá de importancia.

A Elizabeth no le gustó su sonrisa ni su tono de voz. Quiso dar un paso atrás, pero sus pies trastabillaron. Todo a su alrededor empezó a fundirse en manchas borrosas.

—Ryan...

No pudo decir más. Su última sensación fue la de estar cayendo por un pozo muy profundo y oscuro.

STAN Kotzer, alias Kosher, salió al callejón lateral del club Bahía Baracoa arrastrando dos pesadas bolsas de basura. Una de ellas, la más grande, se rasgó con un clavo torcido de la puerta y un montón de restos malolientes de pescado se desparramó por el suelo.

Stan maldijo en yiddish, lo cual demostraba hasta qué punto estaba furioso porque sólo se le escapaba la lengua materna en muy extrañas ocasiones.

Tenía motivos para estarlo: se suponía que aquélla iba a ser su noche libre, pues era el día de la semana en que el club cerraba sus puertas para hacer inventario y los camareros no tenían que trabajar; sin embargo, aquella tarde estaba teniendo lugar una reunión muy exclusiva en honor a la Hermandad de Amigos de la Ópera de Chicago, y el club estaba lleno de visitantes con acento italoamericano y cicatrices de navaja en la cara. También había un montón de fundas de instrumentos musicales en un cuarto, pero Stan no había oído a ninguna orquesta.

El resultado era que Carlos, el *maître*, había rescindido la noche libre de los camareros y a Stan le había fastidiado su cita con una encargada del guardarropa del Russian Tea Room. Toda una faena, porque la deseaba con ansia, aunque sólo hubiera sido para poder olvidarse del fracaso que supuso su asunto con Peggy, la vendedora de cigarros del club.

Mientras recogía las cabezas de pescado del suelo, Kosher no pudo evitar hacer una mueca de amargura al recordar aquel episodio. La herida aún supuraba; no habían pasado ni dos semanas.

Bob el Listillo acertó con aquella chica, y eso también molestaba bastante a Stan. Peggy lo llevó a su apartamento, se dejó sobar igual que un montón de masa cruda y, en el preciso instante en que toda la sangre de Kosher estaba acumulada en uno solo de sus órganos, ella empezó a hablar de bodas, de hijos y de perros. Stan había intentado sustraerse del tema, ya que estaba seguro de que si no ponía pronto remedio a su erección, acabaría muriendo de un infarto cerebral; pero entonces, sin previo aviso, Peggy empezó a llamar a gritos a su hermano, que estaba en la habitación contigua. Kosher salió corriendo del piso. Terminó de abrocharse los pantalones en la calle mientras aquel energúmeno vociferaba maldiciones en dialecto siciliano desde una ventana.

De lo único que se alegró Stan fue de no tener que volver a encontrarse con Bob el Listillo y soportar su maldita sonrisa de «Ya te lo advertí». Al parecer, el camarero de la cicatriz había hecho enfadar bastante al Gran Jefe, aunque ninguno de sus compañeros del club conocía bien los detalles; lo único que sabían era que nadie había vuelto a verle el pelo desde hacía casi dos semanas.

Stan no pudo evitar preguntarse por dónde andaría mientras metía la bolsa de basura en uno de los cubos de metal del callejón; aunque, si los rumores eran ciertos, lo más probable fuese que el Listillo estuviera luciendo un nuevo par de zapatos de cemento en el fondo del río.

Cuando cerró el cubo, Stan oyó que alguien lo chistaba desde el fondo del callejón. No hizo caso, pensando que se trataría de un gato o algo similar, pero después oyó que alguien pronunciaba su nombre.

—¿Quién está ahí? —preguntó.

Algo se movió entre las sombras y una figura dio un paso al frente hasta colocarse en el borde del foco de luz de la bombilla que iluminaba la puerta de servicio. Stan volvió a soltar un exabrupto en yiddish.

—¡Bob! ¿Eres tú?

El Listillo hizo un gesto para que bajase la voz y después le indicó que lo siguiera hasta la parte más oscura del callejón.

—Hola, Kosher. ¿Te he asustado?

—¡Dios, Bob! ¿Qué haces aquí? ¡Si alguien te ve, vas a meterte en problemas! —siseó Stan. Estaba tan nervioso que no dejaba de echar miradas por encima de su hombro—. Pete el

Tuercas y el otro tipo, Beppo, han ofrecido cincuenta pavos a cualquiera que les avise si te ve rondando por el hotel.

—Pero no tú no vas a decirles nada, ¿verdad?

—¡No! Joder, no... Yo... —El camarero se pasó el dedo por dentro del cuello de la camisa—. ¿Qué diablos has hecho, Bob? ¿Te tiraste a la chica del Gran Jefe?

—Sí, Stan, me tiré a la chica del Gran Jefe, y cuando estaba punto de correrse me arañó la cara, y por eso tengo esta cicatriz... Deja de hacer preguntas idiotas y atiende: necesito tu ayuda.

—Mira, sabes que te aprecio, chico, de verdad; pero si le han puesto precio a tu pellejo, yo no puedo hacer nada para...

—Tranquilo, es sólo una consulta profesional, luego no volverás a verme el pelo.

—¿Consulta profesional? Pero ¿de qué estás hablando?

Bob empezó a hurgar en una bolsa que llevaba colgada del hombro y sacó un objeto envuelto en tela.

—Tu tío tenía una joyería en Newark, ¿verdad? Y tú trabajaste con él una temporada.

—Sí. Pero no sé a qué viene...

—Echa un vistazo a esto.

Bob le mostró las dos estatuillas que el falso sir Cecil había robado en Goblet y en New Forester. Stan se quedó mirándolas, asombrado.

—¿De dónde has sacado esto? ¿Son robadas?

—¿Crees que te lo diría si lo fuesen?

—Supongo que no..., pero mi tío no compraría nada si tuviese la sospecha de que se ha obtenido de forma ilegal.

—No quiero que las vendas, sólo quiero que me digas cuánto dinero podrían valer.

Stan las observó de un breve vistazo.

—Supongo que podrías sacar uno o dos pavos por cada una... Puede que cinco por las dos, teniendo en cuenta que la talla no es del todo mala y que son bastante grandes.

—¿Cinco dólares por dos piezas hechas de jade puro?

—Me temo que alguien te la ha colado pero bien, Listillo —dijo Stan—. Esto no es jade.

Bob asintió con la cabeza, en silencio.

—Sí... Eso me sospechaba... Esta tarde una de las figuras se rayó al rozarse contra un cabecero de cama hecho de aluminio.

—¿Lo ves? Si fuese jade, eso sería imposible. Es una de las piedras más duras que existen, sólo puede trabajarse con cuarcita o con diamante. —Stan sopesó una de las estatuillas—. Además, esto no pesa una mierda. No sé quién te habrá dicho que esto es jade, pero te ha tomado el pelo. No vas a poder engañar a ningún comprador que tenga algo de vista con este par de baratijas.

—Entonces ¿de qué están hechas?

—Heliotropo —respondió Kosher sin dudarlo—. Es una especie de jaspe... o de calcedonia, ahora no recuerdo. Tiene un color verdoso que puede ser confundido con el jade por alguien que, como tú, no tenga ni puta idea de piedras.

—¿Estás seguro de eso?

—Me apostaría la cabeza. Mira, ¿ves las manchas rojas que hay aquí? Son impurezas características del heliotropo, por eso también se lo conoce como piedra de sangre. Es muy bonito, pero no vale una mierda. En cualquier puesto de Chinatown puedes comprar pulseras hechas de piedra de sangre por menos de cincuenta centavos la unidad.

—Así que, después de todo, no es la sangre de ningún dios maya...

—¿Qué dices?

—Nada. Sólo pensaba en voz alta. —Bob suspiró. Envolvió los Príncipes con la tela y los guardó de nuevo dentro de su bolsa—. Gracias, Kosher. Me has ayudado a verlo todo claro por fin.

—No hay de qué... Oye, tengo en mi taquilla un collar de heliotropo que compré para regalárselo a una chica con la que voy a salir. Si esperas un momento, puedo sacarlo para que lo veas.

—No es necesario; te creo.

—Sólo será un segundo —insistió Stan—. Así podrás compararlo con tus juguetitos y comprobar por ti mismo que la piedra es idéntica.

—Está bien, pero date prisa.

—Volveré enseguida. No te muevas de aquí.

Mientras aguardaba a Kosher, Bob pensaba en los Príncipes, en antiguas maldiciones mayas y en lo sencillo que era convertir en legendario lo vulgar. Igual que la piedra de sangre; un nombre bonito y un aspecto valioso transformaban un simple pedrusco en algo fascinante.

La puerta de servicio del callejón se abrió. Bob se acercó para encontrarse con Stan, pero la persona que apareció ante él no era el camarero del club sino Pete el Tuercas. Y, a su lado, estaba Beppo, haciendo crujir sus nudillos.

—¡Mira a quién tenemos aquí...! —dijo Beppo al tiempo que esbozaba una sonrisa que no auguraba nada bueno—. Buen trabajo, judío. Te has ganado tus cincuenta pavos.

La cara de Kosher asomaba por detrás de los dos sicarios. Al menos el camarero tuvo la decencia de mostrarse avergonzado.

—Lo siento, Listillo... —balbució, pálido y tembloroso—. Eran cincuenta billetes... Tú habrías hecho lo mismo.

«Rata miserable», pensó Bob. No pudo decirlo en voz alta porque en ese momento Beppo le aplastó la boca con el puño. El joven cayó al suelo, sorprendido, notando el sabor de su propia sangre entre los dientes.

—Vuelve adentro, judío de mierda —ladró Beppo—. Y cierra la puerta.

Bob se quedó a solas con los dos matones. Pete lo miraba inexpresivo, con los brazos cruzados sobre el pecho, mientras Beppo se le acercaba con gesto amenazador.

—Voy a darte una buena noticia, cara de mapa —dijo sin dejar de sonreír—. El Gran Jefe se ha olvidado de ti. Le dijimos que le habíamos dado tus pelotas de comer a los peces el día que nos encontramos en el puente, y aquello pareció dejarlo satisfecho.

—No imaginarás que nos íbamos a meter en líos con el Gran Jefe sólo porque tú te has empeñado en ser un gusano escurridizo... —añadió Pete.

Beppo se quitó la chaqueta y comenzó a remangarse la camisa.

—Lo malo es que ahora tenemos un problema de conciencia, ¿sabes lo que quiero decir, Listillo? El Tuercas y yo nos sentimos muy mal por haberle mentido al tipo que nos paga el sueldo, y hasta que no te rompa todos los huesos de tu miserable cuerpecillo no creo que pueda dormir por las noches por culpa de los remordimientos.

—No es nada personal, Listillo —dijo Pete—. Es sólo por dejarlo todo bien atado.

—Habla por ti, amigo —añadió el otro—. En mi caso sí que es personal. Y no imaginas lo que voy a disfrutar con esto.

Bob trató de levantarse, pero Beppo le hundió el tacón del zapato en el hombro herido. El joven apretó los dientes y se retorció de dolor mientras el sicario lo agarraba del cuello para levantarlo del suelo, después lo arrojó contra los cubos de basura y le dio una patada en las costillas.

—No hagas ruido, Beppo —dijo Pete—. Esto tiene que ser rápido.

—Sólo un poco más.

Beppo cogió del cuello a Bob otra vez y lo puso de pie; luego, sin soltarlo, lo empujó contra un muro. Con una mano le tapó la boca y con la otra se sacó una navaja del bolsillo. Colocó la punta de la navaja en el extremo del ojo de Bob, justo donde comenzaba su cicatriz.

—¿Qué diablos estás haciendo? —preguntó Pete.

—Sólo quiero que la próxima vez que le pregunten cómo se hizo esta cicatriz tenga una buena historia que contar.

Beppo clavó la punta de la navaja en la cicatriz y comenzó

a seguir recorrerla con el filo. Bob sintió un dolor atroz al tiempo que un velo de sangre caliente y densa caía por su mejilla. Quiso gritar, pero la mano del sicario estaba aplastada contra su boca, impidiéndole emitir ningún sonido que no fuesen gemidos ahogados.

Pete apartó la mirada, asqueado.

—Ya está bien, Beppo —dijo.

—Aún no. Sólo llevo la mitad.

—Déjalo. Ya te has divertido bastante. —Sacó una pistola del bolsillo de su chaqueta y comprobó que estaba cargada—. Vamos a terminar con esto de una puta vez.

Su compañero le quitó el arma.

—Déjame hacerlo a mí. Quiero rematar el trabajo. —Amartilló el arma y apuntó con el cañón a la cabeza del joven—. Di adiós, gilipollas.

—¡Dejadlo en paz!

Desde el suelo, Bob reconoció la voz de Cheekers y sintió que el estómago se le encogía. El muy bobalicón no había podido evitar la tentación de hacerse el héroe.

«¡No, Cheekers, no, maldita sea; ése no era el plan! —pensó entre los espasmos doloridos de su cuerpo—. ¡Ve a buscar a la policía, tal como te dije que hicieras, cabeza de chorlito!»

Los matones se quedaron mirando al muchacho, desconcertados. Beppo aún mantenía el brazo extendido y el arma apuntada. El muchacho del albergue estaba parado en la entrada del callejón, con la gorra echada hacia atrás y desafiando a los dos sicarios, mandíbula en alto.

—Piérdete, mocoso, si no quieres que te hagamos daño —dijo Pete tranquilamente.

Sin mediar palabra, Cheekers se arrojó sobre Beppo. Lo agarró del brazo y le mordió la muñeca hasta que le salió sangre. El tipo gritó y dejó caer la pistola. Aprovechando aquella distracción, Bob hizo acopio de todas sus fuerzas y se puso en pie, cogió la tapa de uno de los cubos de basura y se la tiró a Pete a la cabeza. Le acertó en la nariz de puro milagro.

Mientras tanto, Cheekers seguía encaramado en la espalda de Beppo. Le mordía y le daba patadas sobre los riñones y el estómago. El sicario se agitaba dando brincos de un lado a otro como si tuviera algo puntiagudo dentro de los pantalones y manoteaba frenéticamente intentando agarrar al chaval del hospicio por el cuello.

Bob corrió hacia él. En ese momento el Tuercas se interpuso en su camino. Tenía una herida sobre la nariz y sangraba profusamente. El joven intentó darle un puñetazo, pero Pete lo esquivó sin esfuerzo y respondió con un directo a la mandíbula que lo tiró de espaldas al suelo. Lanzó un grito al caer sobre su hombro herido.

—No te esfuerces, Listillo —dijo el sicario, sin ningún tipo de emoción—. Nunca has sabido pelear como es debido. —Se limpió la sangre de la nariz con el dorso de la mano—. Esto ha sido pura suerte.

Detrás de Pete, Beppo gritó. Cheekers lo había cogido de las orejas y se las estaba retorciendo como si quisiera desatornillárselas de la cabeza. El Tuercas puso los ojos en blanco y se dirigió a su compañero, con voz cansada.

—Por el amor de Dios, Beppo, ¡es sólo un puto crío! —Recogió la pistola del suelo y volvió a encañonar a Bob para que no se moviese—. ¿Es que voy a tener que ir yo a quitártelo de encima?

Beppo logró al fin agarrar al chico por el cuello. Se lo arrancó del cuerpo como si fuera una garrapata, lo tiró al suelo y le dio una patada en el costado, que Bob sintió como si la hubiera recibido él mismo.

—¡Puto crío de mierda! —gritó el sicario, fuera de sí. Con cada palabra que pronunciaba descargaba otro golpe sobre el cuerpo de Cheekers—. ¡Piojo asqueroso! ¡Cabrón! ¿Te gusta esto, eh, hijo de perra? ¿Te gusta, pequeño bastardo?

Beppo parecía enloquecido. Cada vez que gritaba escupía saliva y gritaba de forma inconexa y atropellada, sin dejar de golpear al chico.

—Déjalo ya, Beppo. Ya le has dado lo suyo. Vamos a encargarnos del Listillo de una maldita vez —dijo Pete.

—¡Y una mierda! ¿Quién se ha creído este gusano que es? ¡Pienso enseñarle a morder a quien no debe! ¡Voy a arrancarle la cara a mordiscos! —Beppo sacó su navaja y apuntó la hoja hacia el rostro de Cheekers, que lo miraba aterrado y con ojos llorosos—. ¿Me has oído, sabandija? ¡Te voy a meter esto por la garganta! ¿Te gustaría, eh? ¡Ya lo verás! —Estampó un puñetazo en la cara del muchacho—. ¡O mejor te cortaré las orejas de un tajo!

—Beppo, deja de gritar.

El otro le ignoró.

—¡Sí, eso voy a hacer! ¡Voy a arrancarte esas pequeñas orejas de rata y voy a hacer que te las comas! —Lanzó un tajo sobre la cara de Cheekers, que gritó y se llevó la mano a la mejilla. Un montón de gotas de sangre salpicaron la camisa de Beppo—. ¡Cállate, hijo de puta! ¡Cállate o te reventaré la boca de un...!

¡Bang!

En la frente de Beppo se abrió un agujero perfecto del que salió disparado un chorro de sangre y unos pequeños grumos blanquecinos que quedaron pegados en uno de los muros del callejón. El sicario permaneció en pie un solo segundo. Sus ojos, llenos de sorpresa, parecían preguntarse de dónde había salido aquella porquería de la pared y por qué de repente le dolía tanto la cabeza. Después cayó de bruces al suelo y ya no volvió a moverse.

Pete el Tuercas bajó la pistola. Todavía salía humo del cañón.

—Te advertí que dejaras de gritar, Beppo —dijo simplemente—. Te lo advertí.

Se acercó al cadáver de su compañero y le dio un toquecito con la punta del pie. Luego agarró a Cheekers de la mano y lo levantó. Le dio un pañuelo que sacó de su bolsillo.

—Toma. Límpiate —ordenó—. Yo tenía un hermano de tu

edad, ¿sabes? También era un crío idiota que siempre metía las narices donde no debía.

Cheekers estaba demasiado conmocionado para hacer otra cosa que no fuera restregarse la cara con el pañuelo. Pete lo dejó de lado y luego se dirigió hacia Bob. El joven se había puesto de pie, apoyando la espalda contra la pared. Miraba al Tuercas fijamente, como si no acabase de creer lo que acababa de ocurrir.

—Escucha, Listillo, tal como yo lo veo, esta mierda se nos ha ido de las manos. Bueno, ya te dije que esto no era nada personal... Toma, se te ha caído esto... —Le dio la bolsa donde estaban guardados los Príncipes—. Normalmente a mí me mandan hacer un trabajo y yo digo: «Vale, es sólo otro puto trabajo». Bien. Hasta ahí todo claro.

Pete se quedó callado mirando a Bob. Éste no supo qué decir, ni siquiera si debía decir algo. El Tuercas aún tenía la pistola en la mano, y Bob no acababa de estar seguro de si no optaría por pegarle un tiro después de todo.

—Lo que no me hace ni puñetera gracia —siguió el sicario tras unos instantes— es emprenderla a navajazos con un crío sólo porque se haya puesto un poco pesado, ¿entiendes? Ése no es mi jodido trabajo. Yo no soy un carnicero. Si te encargan una cosa, hazla, ése es mi lema. No pierdas tiempo con gilipolleces; de lo contrario, ya no estás haciendo bien tu labor, y entonces ya no sirves para una mierda. Eso es lo que le estaba pasando a Beppo. Llevo varios días diciéndoselo... y no me hacía caso. Además, creo que se estaba tirando a mi novia a mis espaldas.

Volvió a quedarse callado. Bob pudo reunir ánimos suficientes para decir algo.

—¿En... serio...? —masculló.

—¡Y yo qué coño sé! Seguramente. Todo el mundo se tira a esa golfa en cuanto me despisto un rato, ¿qué más da? El caso es que le acabo de volar la cabeza a ese idiota y algo le tendré que contar a la gente cuando me pregunten por qué lo hice.

No quiero que sepan que me volví blando porque un estúpido crío se puso a lloriquear. —el Tuercas miró el cadáver y sacudió la cabeza, apesadumbrado. Luego se guardó la pistola, y Bob empezó a pensar en que realmente había salvado el pellejo—. Mira, Listillo, como te he dicho antes, se nos ha ido de las manos. Yo sólo quiero olvidarme de toda esta mierda y seguir con mis cosas. Lo habría hecho hace tiempo, cuando le dijimos al Gran Jefe que te habíamos dado pasaporte, pero Beppo no paraba de darme la tabarra.

—Está bien —dijo Bob tragando saliva—. Yo no digo nada si tú no dices nada.

—Más te vale, Listillo. Ahora tú y el crío salid de mi vista cagando leches.

Bob agarró a Cheekers del brazo y salieron del callejón sin mirar atrás. Durante un tiempo caminaron por las calles sin decir una palabra, hasta que el chico del hospicio, ya más calmado, exclamó de pronto:

—¡Madre mía, Bob...! ¿Viste cómo le saltaron los sesos a ese tipo cuando aquel otro le disparó? ¡Fue alucinante! Cuando se lo cuente a los otros no se lo van a creer. —Empezó a palparse la ropa por todas partes—. ¿Crees que tendré algún pedazo de cerebro pegado en alguna parte? Así podría enseñárselo a la gente.

Bob se lo quedó mirando. No sabía si gritarle o abrazarlo. La herida que Beppo le había hecho con la navaja no era demasiado grande, y parecía que lo que acababa de experimentar no iba a dejar funestas secuelas en su memoria.

—Preferiría que no le contarás esto a nadie. Frank nos matará a los dos si se entera de lo que ha pasado. Y, en mi caso, me lo tendré más que merecido. No debí involucrarte en esto.

—¿Bromeas? Si no hubiera estado allí para salvarte el pellejo, ahora estarías tieso como un bacalao.

—Te recuerdo que tu única función era la de vigilar que no me pasara nada y, si había algún problema, ir a buscar a la policía, no meterte en medio.

—¡Pero si te estaban machacando! En lo que hubiera tardado en encontrar un policía te habrían dejado hecho papilla.

—Es igual. No era lo planeado. Te has quedado sin los cinco pavos.

—¡Venga ya! —exclamó Cheekers—. ¿No lo dirás en serio?

—Completamente.

—¡Te sacaré la pasta a puñetazos! Ya he visto que peleas como una niña.

—Eh, que yo sólo tengo un brazo sano y ellos eran dos —protestó el joven. Luego se metió la mano en el bolsillo y sacó un billete arrugado. Era todo lo que le quedaba del último sueldo que había ganado como chófer para el conde de Roda—. Toma. Cógelo antes de que me arrepienta.

Cheekers alisó el billete. Al verlo, dejó escapar una exclamación de asombro.

—¡Ostras! ¡Diez pavos! ¡Soy rico!

—Más que yo, desde luego.

—¡Gracias, Bob! —dijo el chico guardándose el dinero debajo de la gorra—. ¿Adónde vamos ahora?

—De momento voy a llevarte de regreso al albergue. Para ti se han acabado las aventuras por hoy, chaval... Y si alguien te pregunta dónde te hiciste esas heridas, ya puedes inventarte una buena historia en la que yo no aparezca, o le diré a Frank que me quitaste los diez pavos del bolsillo mientras estaba en el baño.

ELIZABETH empezó a recuperar poco a poco la consciencia. La cabeza le daba vueltas y sentía náuseas. Su primer pensamiento fue que debía de tener un aspecto horrible.

Intentó moverse y entonces se dio cuenta de que tenía las muñecas y los tobillos atados con cuerdas. Estaba sentada en una silla, en el recibidor de Magnolia. Ryan se encontraba frente a ella, sujetaba un mortero en la mano y machacaba algo con ayuda de un pequeño mazo de madera. Elizabeth intentó decir algo, pero tenía la lengua hinchada y la boca seca, así que sólo fue capaz de emitir un gorjeo inconexo.

Ryan levantó la vista del mortero y la miró.

—Ah, ya vuelve en sí, señorita Sullavan —observó. Ella emitió otro gorjeo, que esperó que sonase como un insulto—. No intente hablar, no podrá. El narcótico que ha bebido es un destilado de una planta de la selva amazónica que, entre otros efectos, relaja las cuerdas vocales y paraliza la lengua.

Elizabeth se agitó en la silla, lanzando improperios incomprensibles.

—Es mejor que se relaje —dijo Ryan—. Todo terminará en un momento, no se preocupe.

Ella le lanzó una mirada de terror, y balbució algo que sonó como una pregunta.

—No, no se angustie. Los efectos del narcótico no son mortales. De hecho, ¿sabía usted que los indios guaraníes lo utilizan como anestésico? Su tío lo descubrió durante uno de sus viajes. Un genio, su tío. Es una lástima que nadie fuera capaz de reconocerlo.

Ryan siguió machacando en el mortero durante un rato. Después sacó el mazo envuelto en una sustancia pastosa y parda, parecida a una salsa. Lo olió y asintió con la cabeza. A continuación, cogió un pequeño cortaplumas y embadurnó la hoja con la sustancia pastosa, teniendo mucho cuidado de no tocarla con la mano.

—La mezcla que estoy manejando ahora, en cambio, sí que es venenosa —explicó mientras llevaba a cabo su labor—. Probablemente haya oído usted hablar del curare, señorita Sullavan. Es otro ejemplo de los extraordinarios usos que posee la flora amazónica, si se conocen los ingredientes adecuados. El curare es un veneno que provoca una parálisis progresiva de los músculos y finalmente detiene el corazón. Esta variante que tengo entre mis manos es capaz de causar la muerte de forma casi inmediata. Y no deja huella. —Ryan dejó escapar una sonrisa lúgubre—. Por eso la mayoría de los malos escritores de misterio lo usan siempre en sus novelas.

Elizabeth empezaba a notar la lengua menos hinchada. Pudo pronunciar unas cuantas palabras, aunque su voz fue apenas audible.

—¿Qué piensa hacer conmigo?

Ryan se acercó a ella con el cortaplumas en la mano.

—Sólo sentirá un pequeño corte, ni siquiera será profundo. Basta una ínfima cantidad de veneno en la sangre para que los efectos sean letales. Usted sólo intente relajarse.

La joven gritó... o, por lo menos, intentó hacerlo. De su garganta únicamente salió un gañido tenue, como si estuviese afónica.

—Mi tía sabe que estoy aquí... —dijo, más bien susurró, a la desesperada.

—No. Sólo sabe que usted venía hacia aquí, pero no encontrarán su cuerpo en Magnolia. Lo dejaremos en el camino, con un golpe en la cabeza y sin sus efectos personales. La policía pensará que ha sido un robo con trágicas consecuencias. Pero no se preocupe, señorita Sullavan, tendremos mucho cuidado en golpearla cuando usted ya no pueda sentir nada. No queremos que sufra.

—Va a matarme...

—Sí, pero sin dolor. No somos monstruos, señorita Sullavan. Su tío siempre hablaba de usted con mucho cariño, y eso, para nosotros, es muy importante. —Ryan se puso junto a Elizabeth y acercó el filo del cortaplumas al dorso de su mano—. Ahora, por favor, no se mueva. Sólo será un momento.

El mayordomo la agarró por las ligaduras de las muñecas, haciendo gala de una sorprendente fuerza. La joven trató de mover las piernas para golpearlo, pero el efecto del narcótico todavía la mantenía muy débil y apenas pudo levantarlas del suelo.

—Vamos, señorita Sullavan —dijo Ryan—, colabore un

poco. ¿No se da cuenta de que me basta sólo con arañarla apenas para que el curare haga su efecto? Intentemos hacer esto lo más fácil posible para ambos.

—Socorro... —susurró Elizabeth—. Auxilio...

Era como pedir ayuda en secreto.

En ese momento sonó el timbre de la puerta.

—Oh, vaya —dijo el mayordomo, contrariado—. No puede ser el taxi que pidió por teléfono. Lo cancelé hace media hora.

El timbre volvió a sonar. Ryan se quedó muy quieto; parecía esperar a que quienquiera que fuese se cansara de llamar. El timbre sonó una tercera y una cuarta vez, y, después, se oyeron golpes en la puerta.

Ryan emitió un suspiro de fastidio. Cogió a Elizabeth y se la cargó al hombro. Ella intentó resistirse, pero aún se sentía débil como un niño recién nacido. El sirviente la llevó hasta un extremo del recibidor, dónde estaba la doncella de hierro, y la colocó de pie en su interior. Antes de cerrar la puerta, se dirigió a ella.

—No grite; ya ha visto que no puede. Y si intenta moverse o hacer algún gesto, los clavos le atravesarán la carne, tal como le he explicado antes, ¿recuerda?

Cerró la doncella de hierro. Elizabeth notó una decena de extremos afilados sobre su espalda y otros tantos frente a ella, tan cerca de su cuerpo que al respirar podía sentir cómo le arañaban el pecho. Intentó mantenerse en pie, tan quieta como una estatua, pero sus débiles músculos apenas podían sostenerla. Cerró los ojos, y dos pequeñas lágrimas cayeron por sus mejillas.

A través de un resquicio de la abertura de la doncella de hierro podía ver que Ryan atravesaba el recibidor hacia la entrada de la casa. Oyó la puerta, y luego la voz del secretario:

—Buenas noches, ¿en qué puedo ayudarle?

Alguien entró. Elizabeth no pudo ver quién era, pero reconoció la voz de inmediato.

—Hola, perdone la molestia... Ryan, ¿verdad?

—Sí. Y ¿quién es usted?

—¿No me recuerda? Soy el chófer que trajo a los asistentes a la lectura del testamento del profesor Talbot. Yo dormí en el sofá.

—Ah, sí... Henderson, ¿no es eso?

—Hollister. Robert Hollister.

Dentro de la doncella de hierro, Elizabeth abrió la boca para tratar de gritar, pero el quejido tenue que emitió fue inaudible hasta para ella misma; era imposible que Bob lo oyera desde el otro extremo del recibidor.

La joven quiso hacer algún ruido golpeando el interior de la doncella de hierro con el cuerpo, pero Ryan estaba en lo cierto: los clavos la empalarían si hacía el más mínimo movimiento.

Empezó a pensar, presa de la angustia, que no sería capaz de llamar la atención de Bob de ninguna forma. Otras dos lágrimas de frustración se deslizaron por sus mejillas.

—¿En qué puedo ayudarle, señor Hollister? —preguntó Ryan.

—Estoy buscando a la señorita Elizabeth Sullavan. He llamado a su casa, pero su tía me ha dicho que vino aquí hace bastante tiempo y que aún no ha regresado.

—Qué extraño... Por aquí no ha venido nadie en todo el día, salvo usted.

—Entiendo... ¿Y dice usted que no la ha visto?

—Si fuese así, se lo diría. Espero que se encuentre bien. Es un poco tarde para andar a solas por la ciudad.

—Yo también lo espero. —Bob hizo una pausa—. En fin, en ese caso me marcho. Tengo un taxi esperando en la puerta. Si la ve, ¿quiere decirle, por favor, que su tía está muy preocupada?

«¡No, señor Hollister! ¡Vuelva! ¡Estoy aquí!»

—Lo haré, descuide.

«¡Señor Hollister, regrese!»

—Gracias.

Elizabeth oyó como Ryan abría la puerta de la casa. En un último intento desesperado, abrió la boca y gorjeó con todas sus fuerzas hasta que le dolió la garganta.

—¿Ha oído eso?

—No he oído nada, señor Hollister.

Elizabeth se quedó esperando, con todo su cuerpo en tensión. Luego volvió a oír la voz de Bob.

—Tiene razón. Creo que no era nada.

La joven gimió, desesperada.

Bob se marchó, y con él su última oportunidad de salir de allí con vida. Dejó escapar otro puñado de lágrimas mientras Ryan regresaba junto a la doncella de hierro y abría la puerta para sacarla de allí.

—Ya está —dijo el mayordomo—. Espero que esta vez no haya más interrupciones.

Apenas terminó de decir aquellas palabras, volvió a sonar el timbre de la puerta.

Ryan masculló una maldición. Cerró apresuradamente la doncella de hierro, volviendo a dejar a su prisionera dentro y se dirigió hacia la entrada. En esa ocasión el secretario había dejado entreabierto el armazón del instrumento de tortura, ofreciendo a Elizabeth un mayor campo de visión de lo que ocurría en el recibidor.

—¿Sí? ¿Quién es? —preguntó el mayordomo abriendo la puerta. Era Bob otra vez. Se coló en el recibidor sin esperar una invitación—. ¿Ha olvidado algo, señor Hollister?

—Sí... Bueno, en realidad no... Verá, es que me estaba preguntando cómo es posible que si la señorita Sullavan no ha estado aquí su bolso se encuentre encima de esa mesa, junto al teléfono.

—¿Su bolso?

—Sí. —Elizabeth vio que Bob se dirigía hacia la mesa de taracea y cogía el pequeño bolso de color verde—. Porque esto no es suyo, ¿verdad, Ryan?

—No, no, en efecto... —El sirviente se humedeció los labios—. Verá, ahora que lo recuerdo, es probable que ella sí estuviese aquí hace un rato, pero se marchó.

—Se marchó —repitió Bob.

—Eso es.

—Y se olvidó su bolso.

—Correcto.

—Y usted no lo recordaba.

—La edad, que no perdona.

—Ya veo. —Bob se encogió de hombros—. Bien, entonces me llevo esto. Se lo daré a la tía de la señorita Sullavan cuando la vea.

—Eso será lo mejor. ¿Puedo ayudarle en alguna otra cosa?

—No, gracias. Mi taxi... En la puerta, ¿recuerda?

—Claro.

El joven se encaminó de nuevo hacia la salida. Elizabeth apretó los dientes.

«¡Vuelva aquí, señor Hollister! ¡Vuelva aquí ahora mismo!»

Bob se detuvo.

—Oh, por cierto, casi lo olvidaba... —dijo chascando los dedos y volviéndose hacia Ryan—. Antes, cuando entré por primera vez, esa preciosa doncella de hierro que tiene en el rincón estaba completamente cerrada. No he podido evitar darme cuenta de que ahora no lo está del todo.

—¿Está seguro? Yo creo que está exactamente igual que antes. Probablemente se confunde usted.

—No, no me confundo, ¿sabe por qué lo sé? Porque antes hice un pequeño experimento: cuando le dije que había oído algo, reparé en que usted miraba de reojo hacia esa doncella de hierro, así que salí, conté hasta diez, llamé a la puerta de nuevo y al volver a entrar... ¡compruebo que ese trasto ahora está entreabierto! Y pienso: «Vaya, ¿qué querrá significar?».

—Ignoro adónde quiere ir a parar, señor.

—Yo opino que, cuando salí de aquí, usted abrió la doncella de hierro y cuando volví a tocar el timbre la cerró rápidamente. ¿Qué es lo que guarda ahí, Ryan? ¿El resto de su colección de bolsos?

—Le aseguro que no sé de lo que está hablando.

—¡Oh, quítese de en medio! —dijo Bob apartándolo de un codazo—. Esto ya empieza a ser aburrido.

El joven atravesó el recibidor y abrió de golpe la puerta de la doncella de hierro. Al ver a Elizabeth, una enorme sonrisa se desplegó por toda su cara.

—¿Qué tal, señorita Sullavan? ¿Se encuentra cómoda?

—¡Gracias a Dios...! —exclamó ella dejándose caer sobre su pecho.

—¿Qué le pasa en la voz? ¿Está resfriada?

—¡Deje de decir estupideces y desáteme las manos!

Bob deshizo los nudos de las cuerdas que aprisionaban las muñecas de Elizabeth. Ella dejó escapar un suspiro de alivio y se masajeó las doloridas muñecas. Después miró a su chófer a los ojos.

Levantó la mano y le dio una bofetada en la cara.

—¡Ay! —protestó el joven—. ¿A qué viene esto?

—¡Debió darse cuenta de que estaba aquí en cuanto vio el bolso! ¿Es que no me conoce lo suficiente para saber que yo jamás olvido mi bolso? ¡Es usted un... un...! —Entonces ella le echó los brazos al cuello y lo abrazó con fuerza, apretando la cara contra su hombro y dejándole la camisa llena de lágrimas y sombra de ojos—. ¡No vuelva a hacerme esto nunca más! ¿Me oye? ¡Nunca más!

Ryan, entretanto, cogió el cortaplumas de encima de la mesa del teléfono, lo levantó sobre su cabeza y se lanzó sobre la espalda de Bob.

—¡Cuidado! —gorjeó Elizabeth.

El joven se giró a tiempo para ver al mayordomo caer sobre él enarbolando el cortaplumas. Rápidamente, se apartó a un lado y le golpeó en la cara con la talega que llevaba colgada al hombro. Se oyó un golpe seco. Ryan resbaló y cayó de espaldas, desarmado. Se quedó tirado en el suelo, frotándose la dolorida mandíbula con la mano.

—Eso ha estado muy mal, Ryan —dijo Bob—. Debería usted saber perder.

—¡Déjemelo a mí, señor Hollister!

—Usted mejor no hable mucho, señorita Sullavan; ahora mismo su voz da bastante grima. —El joven se acuclilló junto al mayordomo—. Muy bien, amigo, ¿qué le parece si mantenemos una sincera charla de hombre a hombre?

—Nada de charlas. Métalo en esa cosa de hierro. ¡A ver qué le parece!

—Es inútil —respondió Ryan mirándolo con ojos fieros—. Llame a la policía si quiere. No tiene nada que pueda servirle.

—¿Dónde están los otros? —preguntó Bob.

—No sé de qué me habla.

—Yo creo que sí lo sabe...

El joven abrió su talega y sacó una de las estatuillas de los Príncipes. Elizabeth lanzó una exclamación de sorpresa parecida al bufido de un gato. Ryan abrió los ojos de par en par.

—¿De dónde ha sacado eso? —preguntó. Intentó hacerse con la estatuilla, pero Bob la apartó de su alcance—. ¡Démelo! ¡Es mío! ¡No tiene derecho a quedárselo!

—Ryan, si se pone usted pesado, no voy a tener más remedio que volver a golpearlo en la cabeza. Ahora responda: ¿dónde está el Príncipe que falta, el que desapareció la noche de la lectura del testamento? ¿Lo tiene usted?

—¡Me pertenecen! ¡Él me dijo que serían míos si lo ayudaba!

—Bien, avanzamos algo. Y ¿dónde está él? ¿Está con los demás? Se esconden aquí, en Magnolia, ¿verdad?

—¡No diré nada! —Ryan clavó en Bob una mirada asesina—. ¡Usted no sabe nada!

—Veo que no quiere cooperar. Perfecto. Estaba deseando hacer esto, de verdad que no imagina cuánto.

Bob levantó el Príncipe sobre su cabeza y lo arrojó contra el suelo. La estatuilla reventó en un millar de pedazos verdes que resbalaron sobre las baldosas como una constelación de estrellas.

Ryan gritó como si le hubieran arrancado un miembro del cuerpo y se arrojó sobre los fragmentos.

—¡No! —gimió de forma patética—. ¿Qué es lo que ha hecho?

Fue agrupando los restos entre sus manos como si esperase que se soldasen por sí solos.

Bob sacó el otro Príncipe de la bolsa y lo levantó por encima de su cabeza.

—Sólo queda uno, Ryan. Y lo destrozaré si no me dice dónde están los demás.

—¡Muertos! ¡Todos muertos! ¡Ya lo sabe!

—Miente, dígame dónde están.

—¡No lo destruya, se lo suplico! ¡Me pertenece! ¡Es todo cuanto me queda!

—¿Dónde están, Ryan? —insistió Bob casi gritando—. ¿Dónde están los miembros de la Sociedad Arqueológica de Magnolia?

—¡Muertos! ¡Se lo juro!

—Ésa no es la respuesta correcta.

Bob se dispuso a lanzar el Príncipe contra el suelo. Elizabeth estuvo a punto de impedírselo cuando, de pronto, sobre sus cabezas, retumbó una voz que hizo eco por todo el recibidor.

—Es suficiente, señor Hollister. Usted gana este asalto.

En lo alto de la escalera que subía al primer piso, apareció un hombre completamente calvo cubierto con una capa de fiesta. Elizabeth lo reconoció de inmediato.

—¡Doctor Itzmin! —exclamó. Luego se volvió hacia Bob, exultante—: ¿Lo ve? Yo tenía razón. Fue el doctor Itzmin.

—No del todo, señorita Sullavan —dijo él, que aún tenía el Príncipe en alto—. Le presento a su tío, resucitado milagrosamente de las selvas del Amazonas: el profesor Henry Talbot.

La joven se quedó sin habla. Miraba fijamente al falso doctor Itzmin, tratando de hacerse a la idea de que era su padrino. No fue capaz. Por más que lo intentaba, no podía relacionar a aquel hombre de piel cetrina y sonrisa maliciosa con las múltiples imágenes que se había forjado sobre el aspecto de su tío Henry. Ella no podía dejar de ver en aquel oscuro personaje al brujo guatemalteco.

En lo alto de la escalera, Henry Talbot esbozó una sonrisa fina como la hoja de una cuchilla.

—Una vez más me asombra con su perspicacia, señor Hollister —dijo lentamente—. Observo que, después de todo, no llegó a transformarse en un monstruo. Lo celebro. —Talbot se echó la capa a un lado y dejó ver la pistola que sostenía en la mano. Apuntó con ella a Bob—. Monstruos, fantasmas, príncipes malditos... Las estrellas del firmamento iluminan nuestro camino a través de este insólito relato lleno de enigmas. Así sea, pues. Y ya que usted ha tenido a bien devolverme a la vida ante los ojos de mi sobrina, permita que yo también levante a los muertos de sus tumbas. Usted no es el único que sabe cómo hacerlo. ¡Adelante, queridos amigos, compartamos nuestros secretos!

Una de las habitaciones del segundo piso se abrió. En ese momento un reloj empezó a sonar, emitiendo un desfile de lentas campanadas. A través de la puerta aparecieron tres hombres que se quedaron mirando a Elizabeth y a Bob desde lo alto de la escalera.

Adam Clarke.

Elliott Culdpepper.

Y Alec Dorian.

Las campanadas del reloj cesaron.

—Ah, las doce... —dijo, regocijándose, Talbot—. La hora de los fantasmas.

LOS MIEMBROS DE LA SOCIEDAD ARQUEOLÓGI-CA DE MAGNOLIA al completo se agruparon en torno a su fundador, Henry Talbot. Todos lucían un aspecto envidiable para estar muertos salvo Culdpepper, que se mostraba más pálido y tembloroso que los demás.

Los ojos de Elizabeth estaban tan abiertos que parecían a punto de caerse de sus cuentas y salir rodando por el suelo. Instintivamente, se había colocado detrás de Bob, sin dejar de mirar hacia la escalera. El joven aún sujetaba en alto la estatua del Príncipe como si estuviese a punto de arrojarla a la cabeza de Talbot.

—Lo siento, Elizabeth —dijo Alec Dorian—. No quería que te enterases de esta forma.

—En realidad no querían que te enterases de ninguna forma —añadió Bob—. Pensaban matarte.

—¿A mí? ¿Por qué?

—Por la única razón por la que un grupo de venerables estudiosos sería capaz de cometer un asesinato: por dinero. Al final, siempre es por dinero.

—¿Acaso hay algo más importante? —preguntó Adam Clarke encogiéndose de hombros.

—Quiero que sepa, señorita Sullavan, que desde el principio me mostré reacio a llevar las cosas a este extremo —intervino Culdpepper. Los pellejos de su cara temblaban igual que una cortina al viento—. Mis queridos amigos... ¿acaso aún no estamos a tiempo de dar marcha atrás?

—Déjate de monsergas, Elliott —saltó Clarke—. Jamás te oímos poner una sola pega desde que planeamos este asunto. Ahora no pretendas salvar tu conciencia, ya es demasiado tarde. Ella debe morir.

—¿Están seguros de que no podemos barajar otras posibilidades? —preguntó Elizabeth.

Alec la miró con expresión triste.

—Esto no tenía que haber sido así, Elizabeth, te lo juro. Al principio tú no tenías por qué sufrir ningún daño; eso no estaba en el plan.

—En realidad, señorita Sullavan, la culpa fue de su padre —dijo Clarke—. Si no hubiera tenido la ocurrencia de incluirla como beneficiaria en la póliza del seguro, nada de esto estaría ocurriendo.

—Nosotros no lo sabíamos —añadió Culdpepper—. Él nunca nos lo dijo.

—Un acto más de deslealtad por parte de Randolph —dijo Talbot sin poder ocultar un inmenso desprecio en su tono de voz—. Primero nos abandona a nuestra suerte y luego pretende arrebatarnos la parte del dinero que, por ley, debería correspondernos. Siempre fue un estúpido sentimental. Su boda fue un error, yo se lo advertí. Nuestra sociedad era un vínculo profundo, casi sagrado. *Custodes praeteritae!* ¡Así debía ser siempre! ¿Qué necesidad tenía ese pobre de espíritu de sustraerse de nuestra trascendental labor con sus insignificantes distracciones domésticas? Familia, hijos... ¡Qué lamentable! Ése no es el espíritu con el que fundamos la Sociedad Arqueológica de Magnolia. Él y yo la fundamos. Y él fue el primero en traicionarnos. Aun hoy, después de tantos años, sigo sin poder explicarme por qué lo hizo.

—Maduró, supongo —dijo Bob—. Como debieron hacer todos ustedes, en vez de seguir obsesionados con su club de arqueólogos. En el fondo no son más que una pandilla de idiotas a los que su estúpido juego se les ha ido de las manos.

—¡Cállese! —gritó Dorian—. No tiene ni idea de lo que dice.

—Podría esperarlo de usted, profesor Dorian, que es el más joven —siguió Bob—. Pero Clarke, Culdpepper... ¿cómo pudieron tomarse en serio ni por un momento este ridículo plan?

—¡No es ridículo! —saltó Clarke, ofendido. Culdpepper en cambio miraba hacia el suelo—. ¡Es perfecto! Medido hasta en los más pequeños detalles.

—Es propio de una mala película de suspense —espetó Bob—. Una horrorosa, barroca, enrevesada y retorcida película de suspense, escrita por un guionista cuya edad mental no supera la adolescencia. ¡Ni siquiera valdría como argumento para una novela barata! Francamente, señores, era el plan más estúpido de todos los tiempos. Sólo a alguien que ha perdido por completo el contacto con la realidad podría parecerle inteligente. Y me imagino de quién pudo salir la idea, ¿me equivoco, profesor Talbot?

El aludido sonrió. Parecía sentirse halagado.

—Otra vez da en el clavo, señor Hollister. Lástima que no vaya a tener la oportunidad de asombrar a nadie más con sus conocimientos.

—¿Qué piensan hacer ahora? ¿Atarnos a las vías del tren? ¿O quizá encerrarnos en un sótano que se va inundando de agua poco a poco? —preguntó el joven.

—Creo que pretenden envenenarnos con curare... Al menos, es lo que querían hacer conmigo —apuntó Elizabeth.

Bob resopló.

—¿Curare? ¡Por el amor de Dios! Esto es casi más estúpido que todo lo demás.

Talbot lo apuntó con la pistola.

—¿Y qué le parece un tiro en la cabeza? ¿Satisface eso su sensibilidad literaria?

—¡No se atreva! —dijo Elizabeth—. Si lo hace, destrozaremos el Príncipe de Jade. Le aseguro que lo haremos, ¿verdad, señor Hollister?

—Puede reventeralo contra el suelo y bailar sobre sus pedazos si quiere, señorita Sullavan —dijo Bob—. A ellos les da exactamente igual.

—¿Cómo dice?

—Los Príncipes... son falsos. Nunca hubo Príncipes de Jade. No era más que otro elemento de su plan idiota.

Ryan, del que nadie se había acordado hasta el momento, miró al joven, desconcertado, y balbució:

—¿Falsos?

—Así es, Ryan —respondió él—. Y ellos lo sabían. Dorian no pudo evitar inventarse aquella absurda leyenda sobre las manchas de sangre sobre la estatua. Un arqueólogo profesional tendría que saber que esas manchas son precisamente lo que delata que el material con el que están hechos los Príncipes no es jade, sino piedra de sangre.

—Alec, estúpido bocazas... —escupió Clarke.

—Lo siento —dijo Dorian bajando la mirada—. Me pareció una buena historia. ¿Cómo iba a esperar que él supiera apreciar la diferencia entre el jade y el heliotropo?

—Falsos... —volvió a musitar Ryan.

—Entonces —dijo Elizabeth— ¿dónde están los auténticos Príncipes de Jade?

—¡Quién sabe! —dijo Culdpepper con una expresión de amargura—. Nosotros nunca los tuvimos. Es probable que no sean más que una mera leyenda. Henry encontró esas baratijas en un anticuario de Cádiz.

—¿En España? —preguntó Bob.

—No. Cádiz, Ohio.

—Entiendo.

—Al principio llegamos a pensar que eran auténticos —siguió contando Culdpepper—. Sólo por un momento... Pero la imitación era tan pobre que no habría engañado a nadie medianamente experto. Sin embargo, Henry empezó a correr la voz de que eran los de verdad. A todos nos pareció buena idea. Pensábamos que, quizá, de esa forma atraeríamos dinero para nuestras otras investigaciones. Henry había montado una expedición al Amazonas en la que había invertido todo su dinero y, justo antes de partir, descubrió por casualidad que todo su proyecto se basaba en datos erróneos y que, por lo tanto, estaba abocado al fracaso. Al resto de nosotros las cosas no nos iban mejor: a Alec le retiraron los fondos de la universidad, yo me había arruinado con el Museo Colonial de Goblet y Adam había tenido un mal año con sus inversiones bursátiles... Fue entonces cuando a Henry se le ocurrió lo de la estafa al seguro, usando los Príncipes como señuelo.

—Basta ya, Elliott —dijo Clarke—. Ellos no tienen por qué saber los detalles.

El doctor Culdpepper hizo un gesto de hastío.

—¿Qué importa ya eso? Empiezo a pensar que este joven tiene razón: todo ha sido una chiquillada inútil. —El doctor se dejó caer sobre una silla. Se cubrió la frente con la mano, como si estuviera muy cansado—. Llevo días pensándolo... Nunca debí haceros caso... Nunca. ¡Y todo por un poco de dinero!

—No es un poco de dinero, Elliott —repuso el abogado—. Es un montón de dinero.

—¡No!

El grito resonó por las paredes de la mansión. Todas las miradas se volvieron hacia Ryan, plantado en medio del recibidor y sosteniendo en la mano el cortaplumas impregnado de curare. Tenía los ojos muy abiertos y todo su cuerpo temblaba como atacado por la fiebre.

—¡Usted me dijo que eran auténticos! —gritó, dirigiéndole a Talbot una mirada acusadora—. ¡Me juró que eran auténticos!

—Cálmate, Ryan. Puedo explicártelo...

—¡Yo hice todo lo que usted me pidió! ¡Mentí por usted! ¡Estaba dispuesto a matarla a ella! ¡Y sólo por unas baratijas!

—Aún podemos llegar a un acuerdo. Podemos darte dinero.

—¡No quiero dinero! ¡Quiero los Príncipes! ¡Eso fue lo que me prometió!

El mayordomo estaba fuera de sí. Al contemplarlo, Elizabeth recordó la imagen del cónsul de Guatemala, convertido en un despojo por culpa de aquellos mismos Príncipes por los que Ryan gritaba como un enajenado.

El sirviente lanzó un grito y se arrojó sobre Talbot blandiendo el cortaplumas. Por un momento los dos hombres se enzarzaron en un forcejeó hasta que, de pronto, se oyó un disparo y Ryan cayó de rodillas dejando escapar un gemido de dolor. Se apretaba las manos contra el costado, donde una mancha de sangre empezaba a expandirse sobre su ropa. Junto a él, Talbot lucía una expresión de terror inmenso.

En su mano había un corte profundo que no cesaba de sangrar.

—Me ha herido... —boqueó mirando desesperado a su alrededor—. Con el cortaplumas... Necesito... un... médico...

Su cuerpo se quedó rígido como el de una estatua y se desplomó sobre la escalera. Cayó rodando, envuelto en su capa, igual que un poste, hasta quedar tendido de espaldas sobre el suelo del recibidor, entre los pedazos verdes del falso Príncipe de Jade; con los ojos muy abiertos, mirando hacia la nada y su rostro congelado en una expresión de pánico.

En ese momento sonó el timbre de la puerta.

Antes de que nadie pudiese reaccionar, Bob corrió a abrir. El detective Potter apareció en el recibidor seguido por dos agentes de uniforme.

—¿Qué ha ocurrido? ¡He oído un disparo! —Reparó en los dos cuerpos que había al pie de la escalera—. ¡Por todos los demonios! ¿Qué es toda esta chanfaina? ¡Que nadie se mueva de donde está! ¿Entendido? ¡Bob, venga aquí!

—Detective Potter...

—No me dijo que iba a haber disparos; si lo hubiera sabido, no me habría quedado ahí fuera esperando como un idiota a que usted me llamara.

—Me temo que la cosa se ha desmadrado un poco. Lo siento, esto no lo tenía previsto.

—¿Y quién es esa gente?

—Ésos, detective, son los miembros de la Sociedad Arqueológica de Magnolia... o al menos los que quedan vivos.

—Ah, de modo que éstos son los fulanos, ¿eh? —El detective sacó su placa y la mostró a su alrededor—: ¡Está bien, señores, que nadie se mueva! ¡Quedan todos detenidos! Agentes, léanles sus derechos.

—¿De qué se nos acusa? —preguntó Clarke.

—Tranquilo, amigo, tenemos mucho donde elegir. Pero, entre otras cosas, se les acusa de planear y ser cómplices del asesinato de Ricardo Cabral Velasco.

—¿De quién? —preguntó Elizabeth.

—También conocido en el mundo del espectáculo como el Enigmático Doctor Itzmin —respondió Bob. Pasó el brazo por encima del hombro de Elizabeth y la fue conduciendo hacia la salida—. Vamos, señorita Sullavan. Le prometí a su tía que la llevaría de vuelta a casa.

—¡Espere un momento, señor Hollister! Quiero que me aclare un par de cosas... ¿Y de dónde han salido todos estos agentes de policía?

—¿Ellos? Oh, bueno, es que no encontraba taxi, y, después de explicar un par de cosas al detective Potter, no tuvo ningún problema en traerme hasta aquí y quedarse esperando fuera de la casa, por lo que pudiera ocurrir... —Bob sonrió de medio lado y se señaló el hombro herido—. Yo aún no puedo conducir, ¿recuerda?

—Pero... Pero...

—Está bien, señorita Sullavan, todo está bien —dijo él, con tono amistoso—. Vámonos a casa. Se lo explicaré todo por el camino...

Los dos jóvenes salieron lentamente de Magnolia, haciendo crujir bajo las suelas de sus zapatos los restos de uno de los falsos Príncipes de Jade.

BOB miraba a su alrededor, intentando superar la sensación de irrealidad que se había apoderado de él.

No fue fácil, pues todo cuanto registraban sus ojos le parecía el decorado de un cuadro teatral, o bien un programa de teatro radiofónico. En cualquier momento, pensaba, aparecería un hombre con traje de sarga y pajarita, parapetado tras un micrófono que, después de cantar algún anuncio publicitario sobre un crecepelo o una nueva marca de tabaco, anunciaría con voz engolada: «Y ahora, queridos radioyentes, no se pierdan el desenlace de nuestra apasionante historia «El misterio de los Príncipes de Jade» [Ahora un grito, o un trueno o, mejor, una risa siniestra.]. Ofrecido por comida para perros Doug. *Doug for Dogs!* Sólo con Doug, su perro hará ¡Uau!»

Luego sonaría la melodía llorosa de un órgano y, de nuevo, la voz del narrador: «Era la mañana del día siguiente, y todos se encontraban reunidos, esperando oír de labios del inspector la solución del enigma, la manera en que todas las pistas encajaban en su lugar. Tras la ventana arreciaba la tormenta... [¡Ka-booom! ¡Ka-booom!] Y en el salón del castillo Negro todo estaba sumido en penumbras...».

Solo que, tras la ventana, se veía una insólitamente luminosa mañana de finales de octubre, y Bob no estaba en el salón del castillo Negro, sino en el comedor de la casa de tía Violet, con sus paredes cubiertas de papel de flores.

Allí estaba la dueña en persona, mirando risueña a su alrededor, como si ella también estuviese convencida de que aquello no era más que otro de sus programas de radio. A su lado, sentado en una silla, Dexter sorbía de una taza de café, lanzando hostiles miradas de reojo hacia Bob. Tía Sue rebuscaba algo en su bolso junto a Elizabeth, que jugueteaba con un mechón de su pelo. Cuando su mirada se cruzó con la de Bob, sonrió y le guiñó un ojo.

También se encontraba presente el detective Potter, que se había puesto una chaqueta sin apenas manchas en las solapas y presentaba una curiosa figura con el atildado e hiniesto conde de Roda, el cual trataba de simular con toda la dignidad posible su sensación de hallarse absolutamente fuera de lugar. Por último, en el centro del comedor, sobre una mesita de café y junto a una cesta de mimbre con flores secas, se encontraban las dos estatuillas de los Príncipes de... algo parecido al Jade. Sin duda alguna, el detalle más incongruente de aquella extraña reunión matinal.

El detective Potter se puso en pie y se aclaró la garganta varias veces.

—Damas y caballeros —dijo—, deseo dejar constancia de que el lugar adecuado para esta reunión habría sido la jefatura de policía de Glen Cove, pero la señorita Sullavan, aquí presente, insistió en que nos viésemos en esta casa. Por mi parte, nada que objetar.

—Gracias, detective —dijo Elizabeth.

—De nada. Por otro lado, también quiero agradecer al conde de Roda que haya tenido la amabilidad de asistir a esta pequeña reunión.

El noble devolvió la deferencia con una inclinación de cabeza.

—No tiene ninguna importancia. Sin embargo, confío en que a su debido tiempo se me explique el porqué de mi presencia.

—A eso iba, señor conde —dijo Potter—. Damas y caballeros, les aseguro que como oficial de policía nunca antes había organizado una reunión similar, aunque también es cierto que es la primera vez en toda mi carrera que me he encontrado ante un caso tan original como éste. Todos los aquí presentes hemos estado involucrados en mayor o menor medida en lo que, a estas alturas, podríamos denominar como el misterio de los Príncipes de Jade. Me alegra poder decirles que tal misterio ha sido aclarado por completo, si bien, al no estar aún el cerrado el caso, es probable que muchos de sus detalles tarden en llegar al dominio público, si es que alguna vez lo hacen. Esto... ¿puedo beber un poco de agua?

—Naturalmente, detective —respondió tía Sue de inmediato.

Llenó un vaso con el contenido de una jarra y se lo pasó al detective, el cual lo vació de un trago.

—Gracias. Bien, como iba diciendo, todos los aquí presentes estamos deseando conocer al detalle todo lo concerniente a este enigma, y les confieso que yo el primero. Ése es el motivo por el cual les he reunido hoy aquí: para que la única persona capaz de hacerlo nos exponga cómo llegó a la solución del caso y así todos podamos satisfacer nuestra lógica curiosidad.

—Adelante, detective —dijo Dexter—. Empiece cuando quiera. Nos tiene usted en ascuas.

—Desde luego, señor Hyde, pero no hablaba de mí. —Potter miró a su izquierda—. Señor Hollister, ahora le toca a usted.

Varios pares de ojos cayeron en alud sobre Bob, como si de pronto se diesen cuenta de que estaba allí. El joven se ruborizó. Se dijo una vez más que aquella reunión era ridícula, pero Elizabeth había insistido en llevarla a cabo. «Tiene usted que explicárnoslo a todos —había dicho ella—. Igual que en las novelas policíacas: al final el detective debe reunir a todo el mundo y señalar al culpable tras un montón de enrevesadas deducciones; es el protocolo habitual». Él había tratado de hacerle ver por qué aquella idea no tenía sentido pero, finalmente, Elizabeth se salió con la suya. Como siempre.

Bob respiró hondo. Contó hasta diez.

—Muy bien... —Se puso en pie. Miró a su alrededor y notó que le aumentaba la temperatura de las mejillas. Se rascó la nuca, incómodo, y dejó aflorar una sonrisita tonta—. La verdad es que no sé por dónde empezar.

—Comprendo. Es un caso muy complicado —dijo Potter saliendo en su ayuda.

—¿Complicado? —dijo él, sorprendido—. No, para nada. No es complicado. De hecho, es asombrosamente simple: fueron ellos quienes lo complicaron de forma ridícula, y eso fue se perdición. Es como... un árbol de Navidad que se cae bajo el peso de demasiados adornos.

—Ya te dije que no es muy bueno con las metáforas —susurró Elizabeth a tía Sue.

—¿A quién se refiere cuando dice «ellos», señor Hollister?
—preguntó el conde de Roda.

—Verán, es muy sencillo —respondió Bob. A medida que hablaba, empezó a relajarse poco a poco—. Tenemos a cuatro hombres: Henry Talbot, Alec Dorian, Adam Clarke y Elliott Culdpepper. Los cuatro tienen algo en común: el dinero, o, más bien, la falta de él. Necesitan un plan para obtener ganancias y, de pronto, se les ocurre...

—¿Robar un banco? —dijo tía Sue.

—No, una estafa. Una vulgar estafa a una compañía aseguradora. Hace años, estos cuatro hombres firmaron una póliza que les convertía en beneficiarios de la misma a la muerte de los demás. Cada vez que uno de ellos desaparece, la cantidad se acumula, de tal manera que el último que queda con vida obtiene una enorme suma de dinero. El único problema es que, para que esto ocurra, al menos tres de ellos tienen que morir. Sin embargo, a estos hombres se les ocurre un modo de sortear ese obstáculo: fingir su propia muerte.

—¿La de todos ellos? —preguntó Dexter.

—Exacto. Pero piensen ustedes como si fuesen una compañía aseguradora: ¿no les resultaría extraño que, de pronto, tres de sus asegurados falleciesen uno detrás del otro? Algunos de ellos son hombres sanos o jóvenes; si de pronto empezasen a morir, suscitarían muchas sospechas. Por otro lado, ¿qué ocurriría si todos ellos muriesen salvo uno? Que existía el riesgo de que ese único superviviente atrajese hacia sí toda una avalancha de sospechas que acabarían dando al traste con el plan. No, nada de eso era factible. Para que el asunto fuese mínimamente verosímil, había que adornarlo, y en eso reside la paradoja: hacer que algo resulte creíble convirtiéndolo en lo más increíble del mundo, añadiendo elementos cada vez más y más extravagantes. Lo imposible se transforma en posible, ¿entienden?

—Creo que sí... —dijo tía Sue—. Pero ¿podría explicar otra vez lo de la paradoja? Me parece que es ahí donde me he perdido.

—Lo entenderán en cuanto les exponga los hechos —dijo Bob—. En primer lugar, Henry Talbot se marcha al Amazonas. ¿Muere? Eso dicen, pero en realidad no fue así. No muere, sólo espera un tiempo prudencial para aparecer con otro nombre, con otra identidad, y poner de esa forma en marcha su plan.

»Organiza una lectura de su testamento en la cual el eje central son tres estatuillas malditas; de hecho, todo se planifica para que el centro de atención sean esas piezas. Adam Clarke se pone en contacto con embajadas extranjeras que puedan tener interés en recuperarlas y cuenta una leyenda sobre una maldición; la noche de la lectura del testamento un médium finge hablar con la voz de un antiguo espíritu maya y predice una horrible muerte a todos los que se acerquen a los Príncipes; esa misma noche el abogado muere y uno de los Príncipes desaparece... Dado que su muerte se produce en circunstancias extrañas y misteriosas, de inmediato todo el mundo establece una relación de causa y efecto: ¿por qué ha muerto Adam Clarke? Por culpa del Príncipe, por supuesto. Los más crédulos dirán que fue víctima de una maldición, los más escépticos pensaremos que alguien lo mató para robarle la estatuilla; pero el objetivo se ha cumplido: todo el mundo focaliza su atención en los Príncipes. Nadie imagina que detrás de todo eso pueda hallarse una simple estafa que nada tiene que ver con maleficios ni antiguas reliquias. Y, lo que es más importante, si las otras personas que poseen una de esas estatuillas mueren poco después, ya nadie lo verá extraño: pensarán que está relacionado con las estatuas embrujadas. Lo que *a priori* resultaría inverosímil, gracias a los Príncipes de Jade se ha hecho creíble.

»Para que el plan tenga posibilidades de éxito, es imprescindible tener en cuenta dos cosas: una, que los Príncipes deben desaparecer cada vez que uno de sus dueños muera, y dos, que los cadáveres de los muertos resulten irreconocibles y, al mismo tiempo, inconfundibles.

—Lo que no entiendo es por qué planearon aquellas muertes tan enrevesadas —dijo Elizabeth—. ¿No habría sido más sencillo hacerlas pasar por accidentes?

—Más sencillo puede, pero habría sido imposible hacer pasar las muertes de todos los miembros de la Sociedad Arqueológica de Magnolia como algo accidental. No. Tal como ellos lo veían, sus muertes sólo podían parecer asesinatos. Los miembros de la Sociedad Arqueológica de Magnolia jugaron al despiste mediante toda clase de distracciones como muertes violentas debidas quizá a fuerzas sobrenaturales, estatuas desaparecidas, amenazas de ultratumba... Todo ello sólo buscaba alejar la atención del verdadero delito: la estafa. Si alguien investigaba aquellos crímenes, se perdería en un absurdo laberinto de espejos buscando un móvil inexistente o, en el mejor de los casos, un móvil falso. La policía podría pasar mil eternidades persiguiendo al asesino fantasma de un crimen que sólo era un montaje. Eso era lo que pretendían los miembros de la sociedad. ¿Entiende usted ahora la paradoja, señora Hamilton? Hacer verosímil el que varios hombres mueran en un breve lapso de tiempo añadiendo cada vez más elementos increíbles para otorgar veracidad al conjunto.

—Y ¿todo esto adónde conduciría? —preguntó el conde.

—Al final, cuando todos hubiesen fingido su muerte, el profesor Henry Talbot reaparecería de su malograda expedición al Amazonas, se comprobaría que, después de todo, había logrado sobrevivir y, por último, cobraría las pólizas de seguro de los miembros fallecidos de la sociedad. Entre los cuatro se repartirían el dinero y todo habría salido según lo previsto.

—¿Realmente pensaron que podrían, simplemente, repartirse el dinero y empezar una nueva vida? ¡Se supone que tres de ellos estaban muertos! —dijo Dexter.

Bob se encogió de hombros.

—Era su plan, no el mío. El hecho de que no tenga ni pies ni cabeza no quiere decir que no lo llevasen a cabo. Supongo que, tal vez, pretendían adoptar nuevas identidades o algún subterfugio parecido... La policía no tardará en averiguar esos detalles.

—¿Y cómo lo hicieron? —preguntó el conde—. ¿Cómo ejecutaron su plan?

—Creo que lo mejor será que empecemos por orden, desde el primer asesinato.

—El primer falso asesinato —puntualizó Elizabeth—. El de Adam Clarke en Magnolia.

—No —repuso Bob—. En este caso hablo de un asesinato real. Me refiero al de Ricardo Cabral Velasco, más conocido como doctor Itzmin, que murió la noche antes de la lectura del testamento.

Bob cogió un vaso y lo llenó de agua. Bebió durante un rato y luego retomó el hilo de lo que estaba contando.

—La lectura del testamento... —continuó—. Todo en ella era de lo más extraño. ¿Por qué Adam Clarke tenía tanto interés en que acudieran los ingleses y los españoles? ¿Por qué invitar a un médium guatemalteco para montar una extraña sesión de espiritismo? La respuesta ya la conocemos: para focalizar el misterio sobre los Príncipes y dar la impresión de que todo se desencadenaba a causa de ellos.

»El hombre que llegó aquella noche a Magnolia haciéndose pasar por el doctor Itzmin era en realidad Henry Talbot. Hubo algo entonces que me llamó la atención: el hecho de que el supuesto médium entrase por la puerta de servicio, como si ya hubiera estado allí antes, y que al verme lo primero que hiciese fuera preguntarme quién era yo y qué hacía allí, cuestiones lógicas si las plantea el dueño de la casa, pero no tanto si las formula alguien que, en teoría, era tan extraño como yo en aquel lugar.

»No era Itzmin, repito. Era Henry Talbot haciéndose pasar por él, con el objeto de fingir aquella sesión espiritista en la que el dios maya profetizaba las muertes de los miembros de la Sociedad Arqueológica de Magnolia, y en la que el propio

Henry Talbot se dirigía a la tía de la señorita Sullavan, recordando incluso detalles que sólo el verdadero profesor Talbot podría conocer.

—Claro —dijo tía Sue—. Por eso era su voz la que realmente oí... ¡Qué lástima! ¡Y yo que pensaba que había sido una verdadera experiencia extrasensorial!

—Lamento decepcionarla, señora Hamilton, pero no fue así. El verdadero doctor Itzmin llevaba ya horas muerto cuando aquella sesión tuvo lugar —explicó Bob.

—¿Qué fue lo que le ocurrió? —preguntó Dexter.

—Los miembros de la Sociedad Arqueológica de Magnolia tuvieron un golpe de mala suerte: la víspera de la noche en que ellos habían planeado llevar a cabo su pantomima, el verdadero doctor Itzmin se presentó en Nueva York para actuar en un hotel y, casualmente, era el mismo hotel en el que se hospedaban varias de las personas que asistirían a la sesión espiritista en Magnolia al día siguiente. En ese momento tuvieron que improvisar, pues era de vital importancia que ninguno de ustedes viese al verdadero médium antes de la lectura del testamento. Afortunadamente para ellos, el hotel en el que Itzmin actuaba pertenecía a un antiguo socio de Adam Clarke el cual le debía ciertos favores: Otto Portappia.

»Ignoro si Adam Clarke pidió expresamente a Portappia que matase al doctor Itzmin o tan sólo sugirió que lo quitase de en medio y su socio se lo tomó al pie de la letra. Fuera como fuese, la noche antes de la lectura del testamento Itzmin murió asesinado. Yo mismo, en circunstancias que no vienen al caso, vi cómo dos sicarios de Portappia sacaban el cadáver del médium del hotel y hablaban de tirarlo al río, que es justo donde la policía lo encontró días después, aunque en aquel momento no establecí ninguna relación. Lo hice mucho más tarde, cuando la señorita Sullavan me contó que se había encontrado con un hombre moribundo mientras estaba en el servicio.

—¿Lo ves, tía Sue? ¡Te lo dije! —exclamó Elizabeth—. ¡Y nadie quiso creerme!

—Tenía usted razón, señorita Sullavan —dijo Bob—. Un hombre muerto le cayó literalmente a sus pies aquella noche. Usted misma me relató el suceso más o menos con estas palabras: «Entonces hubo un relámpago... y aquel hombre señaló hacia la ventana». ¡Un relámpago! ¿Entiende? Ese detalle tiene una importancia trascendental porque en lengua maya itzmin significa «relámpago». ¡Estaba tratando de decirle su nombre! Y en cuanto a aquella frase, «El indio muere», como usted sabe era parte de un aforismo guatemalteco que era lógico que el verdadero Itzmin conociese. Él mismo era el indio. Él era el que moría... ¿Se dan cuenta?

»Luego, cuando usted salió corriendo del baño, señorita Sullavan, Clarke insistió en ir a comprobar si había algo allí, pero él solo. ¿Por qué él solo? Porque imagino que aprovecharía para avisar a los sicarios de Portappia a efectos de que se deshiciesen del cuerpo. Ellos lo metieron en una bolsa y después lo sacaron por la puerta de la cocina del hotel. Fue entonces cuando yo lo vi.

—Extraordinario... —murmuró el conde de Roda mientras se acariciaba la barba con el dedo índice—. Entonces ¿qué fue lo que ocurrió en Magnolia la noche de la lectura del testamento?

—Eso es lo que me disponía a explicarles ahora mismo —respondió Bob—. Aquella noche Adam Clarke reúne a un grupo de personas en Magnolia. Según el plan, cuantas más sean, mejor, pues es importante que haya el mayor número de testigos para lo que va ocurrir en las próximas horas. Todos cumplen su papel a la perfección... salvo Alec Dorian, que comete un pequeño error: se lleva una maleta con efectos personales porque sabe que va a pasar la noche allí. Preguntado sobre ello por la señorita Sullavan, él inventa una excusa absurda que a nadie llama la atención porque, después de todo, nadie sabe lo que va a ocurrir. Después tiene lugar la lectura del testamento. Mientras tanto, el profesor Talbot se cuela en el garaje y raja las ruedas de los coches. Ryan se encarga de no quitarme ojo de encima para que Talbot pueda actuar sin interrupciones. Para impedirme ir al garaje, me lleva al sótano, me enseña las momias magníficamente embalsamadas del profesor, y me cuenta la historia del Caníbal de Albany. Luego aparece Talbot, hace su número espiritista y yo descubro la avería de los coches. Clarke dice que no hay forma de abandonar la casa hasta el día siguiente y se descubre la desaparición de la momia del Caníbal. La primera distracción está en marcha y el plan transcurre según lo previsto.

»Llega la madrugada. Clarke grita para llamar nuestra atención. Entramos en su dormitorio y descubrimos el cadáver del abogado... quien, en realidad, no estaba muerto, sólo fingía estarlo. Al ver el cadáver, Culdpepper ordena que nadie se acerque. Como era de esperar, todos hacemos caso al único médico que se halla presente, así que dejamos que sea él quien examine el cuerpo de Clarke. Culdpepper dice que ha muerto de un ataque al corazón y el resto de nosotros, una vez más, nos creemos sus palabras. A partir de ese momento los únicos que tienen contacto con los restos del abogado son los miembros de la Sociedad Arqueológica de Magnolia.

—Sin embargo, la policía confirmó la muerte de Clarke al día siguiente —señaló Dexter—. ¿Cómo fue eso posible?

—Porque la policía no vio el cadáver de Adam Clarke, si no el de otra persona que estaba realmente muerta.

—¿De quién?

—Espere un momento... —dijo Elizabeth—. Creo que ya lo sé... ¿Las momias?

—Exacto, señorita Sullavan —corroboró Bob—. Los cuerpos viviseccionados por Owen Christopher, el embalsamador más hábil que ha existido en todos los tiempos, capaz de hacer que sus cadáveres tuvieran casi el aspecto de seres vivos. Las momias que Henry Talbot guardaba en Magnolia desempeñaron un papel importantísimo en esta farsa ya que los miembros de la sociedad necesitaban tres cadáveres que pudieran hacer pasar como suyos. La policía no vio a Adam Clarke, sino a una de las momias. Recuerden, ¿quién reconoció ese cadáver como el del abogado? Sus amigos: Dorian y Culdpepper. La policía tomó por buena su palabra, así como el diagnóstico de Culdpepper, doctor en medicina y amigo de la víctima, quien ciertificó que la muerte se había producido por un fallo cardíaco. No hubo autopsia porque no se vio necesario, y los miembros de la sociedad pudieron dar sepultura a un hombre que llevaba décadas muerto como si se tratase de Adam Clarke.

»Sin embargo, en el resto de las ocasiones fue necesario desfigurar los cadáveres para que nadie descubriese que se trataba de otras personas, de igual modo que fue necesario hacer que la causa de la muerte pareciese demasiado obvia para que la policía no ordenase llevar a cabo una autopsia, lo cual habría puesto de manifiesto el engaño. Piensen: ¿cómo se supone que murió Culdpepper? Carbonizado. ¿Y Dorian? Con el cuerpo destrozado y la cara arrancada de cuajo.

»Eso explica también por qué las muertes de Culdpepper y Dorian tuvieron lugar en el contexto de extrañas leyendas fantasmagóricas. La policía pensaría en primer lugar que la intención del asesino era la de fingir que sus crímenes fueron obra de un juez fantasma pirómano o de un monstruo que desollaba a sus víctimas, y que por eso las víctimas fueron sometidas a muertes tan violentas; a nadie se le ocurriría pensar que lo que realmente pretendía el asesino era ocultar la identidad de los cadáveres.

»Pero volvamos a Magnolia... Tal y como la señorita Sullavan y yo descubrimos, el dormitorio de Adam Clarke se comunicaba a través de un pasadizo secreto con el de Henry Talbot. Esto fue lo que ocurrió: Talbot entró en el dormitorio de Clarke, escribió las iniciales del Caníbal de Albany en un espejo, con la idea de añadir otro elemento de confusión, después cogió el Príncipe y se lo llevó... ¡Esto era lo más importante! Recuerden que en todo momento debía parecer que la causa de la muerte estaba relacionada con el Príncipe. A continuación, Talbot se marchó y Clarke se puso a gritar como un alma en pena hasta que los demás entramos en su habitación y lo vimos tirado en el suelo, haciéndose el muerto. Culdpepper llevó a cabo magníficamente su labor manteniendo lejos del supuesto cadáver a toda persona ajena a la farsa.

»A continuación, Ryan y Dorian se llevaron al abogado. Cogieron uno de los cuerpos embalsamados de Talbot, lo vistieron con las ropas que Clarke llevaba puestas, y lo dejaron en una despensa para enseñárselo a la policía cuando se presentara en la casa al día siguiente.

»Sin embargo, surgió un pequeño inconveniente: la señorita Sullavan y yo sorprendimos a Talbot cuando trataba de huir de la mansión. El objeto de dicha huida era hacer que la policía sospechase del doctor Itzmin y siguiera otra pista falsa. No olviden que el auténtico Itzmin ya estaba muerto entonces. Era otro elemento de distracción. Si la señorita Sullavan y yo lo hubiésemos atrapado, el engaño se habría venido abajo antes de tiempo, pero Talbot logró despistarnos y, tal como estaba planeado, desapareció. Al día siguiente llegó la policía y todo ocurrió exactamente como los miembros de la sociedad habían previsto. Hasta el momento, su plan estaba funcionando. Pero sólo era el comienzo.

—¿Dónde se ocultó Clarke mientras tanto? —preguntó el conde.

—En Magnolia seguramente. Por eso permitió que Ryan se quedase en la mansión, y también es la razón por la cual todos los miembros de la sociedad se esforzaron para convencer a la señorita Sullavan de que no ocupase la casa.

—No tuvieron que poner mucho empeño en eso, la verdad —dijo Elizabeth—. ¿Cómo tuvo lugar el falso asesinato de Culdpepper en Goblet, señor Hollister?

—Fue muy sencillo. Primero el propio Culdpepper preparó el terreno, escribiéndose anónimos y mensajes amenazantes y fingiendo que alguien trataba de asustarlo haciéndose pasar por el fantasma de Arnold Pole. Luego tuvo lugar el siniestro espectáculo de la noche de la inauguración de su museo. Con una máquina fumigadora llenaron la sala de humo pestilente, y, al mismo tiempo, uno de los miembros de la Sociedad Arqueológica de Magnolia fingió ser la voz del fantasma hablando a través de un amplificador que estaba oculto en una granja cercana cuya dueña era una tal Adelle Marsten.

—En realidad, Adelle Marsten llevaba muerta décadas. Fue la mujer que construyó la granja en el año no sé cuántos —dijo Potter—. La granja pertenecía a Elliott Culdpepper, que figuraba como arrendatario.

—La noche de la inauguración del museo —siguió Bob— uno de los miembros de la sociedad puso en marcha la máquina de humo, otro de ellos (me inclino a pensar que Talbot, porque la voz me resultaba familiar) se hizo pasar por Arnold Pole y otro mantuvo la puerta del molino cerrada para que nadie pudiera salir hasta el momento preciso. Aprovechando la confusión, Culdpepper se escabulló. Esa vez no fue necesario llevarse el Príncipe: sir Cecil Longsword, o más bien la persona que se hacía pasar por él, se encargó de hacer el trabajo por ellos.

»Más tarde, durante la noche, los miembros de la sociedad vistieron a otra de las momias con la ropa de Elliott Culdpepper, le pusieron encima algunos efectos personales que permitieran identificarla y luego la colgaron de un árbol y le prendieron fuego.

—Espere un momento —dijo Elizabeth—. Ahora me explico por qué olía a medicina, y por qué cuando encontramos el cadáver de Dorian, mucho más tarde, alguien dijo que olía igual que su frasco de linimentos. Era el aroma de los productos para embalsamar, ¿verdad, señor Hollister?

—Puede apuntarse un tanto, señorita Sullavan —dijo Bob—. Así es. En Forester, cuando encontré el escondite de Henry Talbot en medio del bosque, también percibí un intenso olor a productos químicos y encontré varios instrumentos quirúrjicos. Era allí donde el profesor había estado manipulando el cuerpo que harían pasar por el de Alec Dorian para que pareciese mutilado por una criatura monstruosa.

—Ya que habla de Forester y de la muerte de Alec Dorian —dijo Potter—, cuéntenos ahora cómo ocurrió todo en aquel lugar.

—Se trataba simplemente de repetir el mismo esquema que en Goblet: explotar una leyenda local que justificase la presencia de un cadáver mutilado, atraer a los testigos necesarios, dejar caer una momia en el lugar correcto y luego hacer desaparecer el Príncipe. En esa ocasión la leyenda de la que se sirvieron fue una vieja historia sobre un monstruo que desollaba a sus víctimas. Los miembros de la Sociedad Arqueológica de Magnolia tuvieron la suerte de que, pocos días atrás, una mujer había sido atacada en el bosque y aquello les sirvió para adornar su historia.

»Para dar un último toque de veracidad a la leyenda del monstruo, a Henry Talbot se le ocurrió la extravagante idea de disfrazarse como tal y dejarse ver por las noches rondando por el bosque. De ese modo, también ahuyentaría a los posibles curiosos que merodeasen por el lugar e impediría que descubriesen el escondite donde guardaba el material para mutilar el cuerpo que haría pasar por el de Alec Dorian.

»El hecho de que la señorita Sullavan llegase a Forester para visitar a Dorian servía, además, para que los miembros de la sociedad pudiesen contar con un testigo que refrendase la historia de que el arqueólogo había muerto a manos de un monstruo o, en todo caso, de alguien que se hacía pasar por tal.

»Lo que no habían previsto era que, por un lado, el falso sir Cecil volviese a robar el Príncipe (lo cual en realidad favorecía sus planes) y que, por otro, yo me encontrase cara a cara con Henry Talbot jugando a ser una bestia legendaria. Aquella noche Talbot me sorprendió curioseando en su escondite, aunque podría decirse que ambos fuimos los sorprendidos, dado que yo pensaba que la persona que tenía ante mis ojos era el doctor Itzmin. El profesor se aprovechó de mi equívoco e intentó confundirme aún más con sus palabras, pero cometió un error: intentó hacerme creer que el móvil de sus crímenes era recuperar los Príncipes de Jade... Yo sabía que eso no era cierto, ¡porque acababa de ver cómo el supuesto sir Cecil robaba el Príncipe de Alec Dorian ante mis propias narices! También sabía que aquel hombre no podía ser el doctor Itzmin porque Potter me dijo que habían encontrado su cadáver. Ahora bien, si el tipo con el que yo me encontré en aquella cabaña, que también era el mismo a quien yo perseguí en Magnolia, no era Itzmin, entonces ¿quién era? Para responder a esta pregunta, tuve en cuenta un detalle básico: tal y como se pudo comprobar en la sesión espiritista de Magnolia, el falso Itzmin no sólo conocía detalles de la vida de Henry Talbot a la perfección sino que, de hecho, era capaz de hablar con su mismo tono de voz. Dadas las circunstancias, lo lógico era pensar que el médium que llevó a cabo esa sesión, el mismo con el que yo me topé en aquella cabaña de Forester, no era otro que el propio Henry Talbot, a pesar de los inconvenientes que eso pudiera suponer.

»De todas formas no tuve demasiado tiempo para pensar en ello, pues cuando salía de la cabaña alguien (seguramente Alec Dorian, que habría asistido oculto al encuentro entre Talbot y yo) me golpeó en la cabeza. Creo que todos ustedes ya saben lo que pasó después y que pude contarlo de puro milagro.

»Cuando más tarde tuve tiempo para analizar las cosas con mayor perspectiva, empecé a darme cuenta de la cantidad de patas que cojeaban en este mueble, por decirlo de algún modo.

Bob levantó los cinco de dedos de una mano y empezó a cerrarlos uno a uno, enumerando una lista:

»En primer lugar: el falso doctor Itzmin, que todo apuntaba a que era el autor de la puesta en escena del asesinato de Alec Dorian, no sólo no había robado al menos una de las estatuillas, sino que, de hecho, parecía no importarle saber quién se había apoderado de ella. Esto sólo podía significar una cosa: los Príncipes no eran el móvil del crimen.

»En segundo lugar: yo ya sabía que el falso sir Cecil había robado al menos dos Príncipes, pero también sabía que él no podía haber llevado a cabo los asesinatos en Goblet y en Forester, porque ambos obedecían a un plan previamente trazado y, necesariamente, requerían la participación no de una sola persona sino de varias.

»En tercer lugar: si los Príncipes no eran el móvil de los crímenes, entonces todo carecía del más elemental sentido, porque no había ni una sola razón plausible para que alguien quisiese acabar con la vida de todos los miembros de la Sociedad Arqueológica de Magnolia.

»En cuarto lugar: era imposible que los miembros de la Sociedad Arqueológica de Magnolia ignorasen que los Príncipes eran falsos, de modo que, cuando ellos los hacían pasar como auténticos, nos estaban mintiendo conscientemente.

»En quinto y último lugar: si estaban mintiendo conscientemente, tendría que ser por una buena razón. Todo parecía indicar que no tenían la intención de venderlos; así pues ¿por qué lo hacían? Entonces se me ocurrió pensar que la persona que pretendía hacernos creer que el motivo de los asesinatos eran los Príncipes sería la misma que trataría de hacer pasar los falsos como auténticos.

»Sin embargo, al llegar a este punto, no era capaz de seguir avanzando, porque todas estas consideraciones y otras más al único punto al que me señalaban era a los miembros de la Sociedad Arqueológica de Magnolia, y eso no tenía ningún sentido.

»No sé si son conscientes de lo inmensamente frustrado que me encontraba, porque estaba seguro de que ya tenía toda la información necesaria para poder descubrir la verdad, pero era incapaz de empezar a armar la historia. Lo único que tenía era un galimatías cada vez más extraño.

Bob hizo una pausa y miró a los presentes en silencio. Sabía que era un golpe de efecto bastante burdo, pero no podía evitar disfrutarlo.

—¿Y... entonces? —preguntó tía Sue, que estaba sentada al borde de su silla.

—Entonces me dije: «Bob, esto es una estupidez: todos estos crímenes son absurdos y no tienen ningún sentido. Esto no debería estar pasando...». Y ahí estaba la clave: ¡no estaba pasando! No había crímenes. Todo fue un montaje.

»Porque, se darán cuenta, si los asesinatos no hubieran tenido lugar, entonces todo encajaba de forma lógica y sencilla. Si aceptaba como válida la más descabellada de las opciones, es decir, que los miembros de la Sociedad Arqueológica de Magnolia hubiesen fingido su propia muerte, entonces al fin lograba que todo tuviera sentido. Sólo quedaba un detalle: ¿por qué habrían de fingir sus muertes los miembros de la sociedad? Y, gracias a Dios, la señorita Sullavan me habló del seguro de vida y, al fin, tuve claro el único punto que me quedaba por resolver: el motivo. Ya tenía uno, y muy bueno: una estafa a una compañía aseguradora.

»Sin embargo, aquello suponía que ahora la señorita Sullavan se encontraba en peligro porque, de pronto, se había convertido en el último escollo que los miembros de la sociedad tenían que superar para poder cobrar la póliza del seguro en un futuro.

»Era evidente que ellos no sabían que el padre de la señorita Sullavan la había nombrado beneficiaria, pues de lo contrario quizá ni siquiera se habrían embarcado en esta loca aventura. Pero cuando ya estaba todo hecho, cuando ya no había vuelta atrás, surgió el inesperado problema: Henry Talbot ya no podía «regresar» del Amazonas y reclamar la póliza... porque ésta ahora pertenecía a la señorita Sullavan.

»A partir de ese momento, los miembros de la Sociedad Arqueológica de Magnolia fueron presas del pánico y comenzaron a desbarrar. Improvisaron un plan completamente ridículo que consistía en atraer a la señorita Sullavan a Magnolia y matarla... ¡con curare!

»Para entonces, yo ya tenía claro que Ryan debía de estar al tanto de todo, e incluso que habría actuado como cómplice. No obstante, era evidente que él no aspiraba a conseguir una parte de la póliza del seguro porque no era beneficiario. Me pregunté qué era lo que el mayordomo esperaba obtener entonces a cambio de su ayuda... Quizá no era dinero... Quizá era algún otro tipo de recompensa... ¿Por qué no los Príncipes? Al fin y al cabo, él siempre hablaba con auténtica veneración de las piezas del profesor Talbot, así que parecía plausible que, a cambio de su ayuda, se le hubiera prometido alguna reliquia especialmente valiosa. Pero en el testamento las había legado todas a la señorita Sullavan. Todas... salvo los Príncipes. ¿Acaso éstos eran el pago por la ayuda del sirviente? Era una conjetura bastante arriesgada, lo reconozco, pues se basaba en la premisa de que Ryan no sabía que las estatuillas eran falsas, y yo no estaba seguro de eso. No obstante, me pareció una hipótesis bastante lógica.

»Por suerte no me equivoqué: me presenté en Magnolia, encontré a la señorita Sullavan y procedí a apretarle las tuercas a Ryan para que me revelase el paradero de los miembros de la sociedad, amenazándole con destruir los Príncipes si no me decía lo que sabía. El ardid habría funcionado, pero Talbot decidió desenmascararse a sí mismo, quizá temiendo que yo acabara por decir a Ryan que los Príncipes eran falsos. Lo que ocurrió después ya lo saben ustedes. —Bob se quedó callado. Todas las miradas estaban clavadas en él y en el comedor no se oía ni el sonido de una respiración. Entonces el joven se encogió de hombros, extendió las manos y concluyó—: Y así fue como ocurrió todo.

En ese momento la tía Violet extendió las manos y se puso a aplaudir.

—¡Bravo! ¡Muy bien! ¡Me ha gustado mucho! —exclamó entusiasmada—. Tiene que decirme cuándo van a emitir ese programa por la radio, joven. ¡Es fabuloso!

ELIZABETH quiso ser la primera en hablar con él.

Mientras el resto de los asistentes a la reunión intercambiaban comentarios sobre lo que acababan de escuchar, la joven se alejó discretamente del corrillo formado por Dexter, Potter y tía Sue, y se acercó hacia Bob, que charlaba en un rincón apartado y discreto con el conde de Roda. Elizabeth se quedó un poco alejada de ellos para no interrumpir la conversación.

—Tiene usted un don, mi querido amigo —decía el noble—. Lo supe desde el mismo instante en que tuve el placer de conocerlo. Le deseo sinceramente que su uso sólo le aporte beneficios en el futuro.

—Se lo agradezco, señor conde. Pero no es un don, sino sólo... No sé, tal vez una habilidad.

—Puede llamarlo como quiera, sigue siendo lo mismo. —Don Jaime estrechó la mano de Bob y luego dirigió una mirada hacia los dos Príncipes, que permanecían olvidados junto a la cesta de flores secas—. Es curioso, señor Hollister, falsos o no, han causado tantos trastornos como si realmente hubiera una maldición sobre ellos. Es algo que da que pensar, ¿no le parece? —El noble miró por encima del hombro de Bob—. ¿Qué opina usted, señorita Sullavan? ¿Ha dejado de creer en la leyenda de los Príncipes malditos?

Elizabeth se unió a los dos hombres.

—No sabría qué responderle, señor conde, pero lo cierto es que me alegraré cuando los pierda de vista. Malditos o no, siguen pareciéndome igual de inquietantes.

—Eso demuestra que es usted una mujer prudente, mi querida joven —dijo don Jaime con una inclinación de cabeza—. Me pregunto qué será de ellos ahora.

—Sobre eso tengo una idea —dijo Bob—. ¿Por qué no se los queda usted?

Una exagerada expresión de estupor deshizo el rostro habitualmente digno del noble.

—¿Yo? ¿Quedármelos?

—Es decir, si la señorita Sullavan no tiene ningún inconveniente.

—Por mí puede usted incluso adoptarlos y ponerles nombre a cada uno, si eso le hace feliz —respondió ella.

—Eso es muy generoso por su parte, amigos míos, pero ¿qué haría yo con estas piezas?

—Podría sugerirle algo —respondió Bob—. Llévelas de regreso a su país y diga que ha cumplido la misión que le encomendaron.

—Pero ¡son falsos! Usted mismo acaba de decirlo.

—¿Y eso a quién le importa? Entiendo que a usted le encomendaron recuperar los Príncipes que pertenecían a Henry Talbot. Bien, éstos son. El hecho de que no sean los que un viejo conquistador español rescató en las selvas de Centroamérica eso ya no es problema suyo.

El conde de Roda cogió uno de los Príncipes y lo contempló durante un buen rato, en silencio; después miró a Bob a los ojos y preguntó:

—¿Por qué hace esto?

—Llámelo agradecimiento si quiere. Usted confió en mí a ciegas; déjeme que le devuelva el favor.

—Pero yo le despedí poco después sin apenas darle explicaciones.

—No le guardo rencor por ello. Sé que no tuvo elección. Y también sé que gracias a estos Príncipes es probable que vuelva a reunirse usted con un ser querido.

El conde se quedó mirando a Bob.

—Le preguntaría cómo es posible que lo sepa —dijo después—, pero a estas alturas ya no hay nada en usted que me sorprenda. —Don Jaime cogió la mano de su antiguo chófer entre las suyas en una expresión de afecto—. Gracias, señor Hollister. Le juro por mi honor que nunca olvidaré este gesto mientras viva. Tiene usted en mí a un amigo fiel y leal siempre que lo necesite.

—Lo siento, caballeros, pero creo que me he perdido... —dijo Elizabeth—. ¿Están hablando de algo privado entre ustedes?

—Más bien de un asunto privado del conde, señorita Sullavan.

—No tiene importancia —dijo el noble—. Tiene usted derecho a saberlo, mi querida amiga, ya que, después de todo, los Príncipes son suyos. El señor Hollister se refiere a una persona muy cercana a mí que, por desgracia, en estos momentos se halla en una situación muy penosa.

Parecía que al conde le costaba ser más explícito, de modo que Bob se atrevió a darle un pequeño empujón.

—Es su hijo, ¿verdad? —Al oírlo, don Jaime asintió, trémulo—. Sí, su hijo Carlos. Prisionero en algún lugar, imagino... Todos aquellos encargos que compré y que mandé por correo a España en su nombre: las mantas, el tabaco, la ropa limpia... Son la clase de cosas que se le enviaría a un familiar que se encuentra en prisión.

También la carta que leyó en el despacho del conde le sirvió a Bob para atar cabos, pero no quiso reconocer en presencia de don Jaime que había fisgado entre su correspondencia privada.

—Nadie lo sabe —dijo el conde—. Ni siquiera mi esposa. Si se enterase, se le partiría el corazón. —Los labios le temblaron ligeramente—. Carlos es nuestro único hijo... Tiene su misma edad, señor Hollister, no sé si alguna vez se lo había mencionado... E incluso se le parece físicamente. Es un buen muchacho, aunque por desgracia siempre fue algo rebelde... Supongo que como todos los jóvenes. Puedo asegurarle que, durante nuestra Guerra Civil, luchó como un valiente en todos los frentes en los que estuvo, pero lamentablemente aquel maldito grupo de... —Tragó saliva, y sus labios se contrajeron en una leve mueca de desprecio—. Aquellas... compañías indeseables empezaron a llenarle la cabeza de ideas insidiosas. Desertó en mitad de la contienda y se unió al bando enemigo.

Me hirió más de lo que pueda usted imaginar, señor Hollister, no creo que nunca en mi vida haya experimentado mayor sufrimiento, pero, a pesar de todo, sigue siendo mi hijo.

El conde suspiró. Elizabeth lo miró, comprensiva.

—Nunca dije nada a nadie —siguió el conde—; ni a su madre, ni a nuestros allegados... A nadie. Les hice creer que sus superiores lo habían destinado a Italia, para realizar allí una misión de alto secreto, y que por eso no podíamos mantener contacto directo con él. Al acabar la guerra supe que lo habían capturado en Teruel y que estaba en la cárcel, aún vivo, pero en lamentables condiciones de salud. Yo traté de hacer valer toda mi influencia para sacarlo de allí, pero fue inútil. No hallé más que crueldad e indiferencia. Después me obligaron a venir a Estados Unidos para hacerme cargo del asunto de los Príncipes. Yo me negué; no tenía por qué hacer ningún favor a los mismos desalmados que mantenían a mi hijo prisionero sólo por... sólo por haber sido un joven de ideas equivocadas, como otros tantos. Además, ya había hecho antes puntuales labores diplomáticas, y aborrecía ese ambiente de doblez e hipocresía. No quería volver a verme mezclado en ese mundo nunca más.

—El rostro del conde se contrajo en una expresión de indignación—. Pero aquellos desalmados tuvieron la osadía de chantajearme... ¡A mí, que siempre lo he dado todo por mi patria! ¡Fanáticos advenedizos! A veces casi me avergüenzo de haber luchado en el mismo bando que semejantes bárbaros... Dijeron que si me negaba a venir a Nueva York para recuperar los Príncipes no volvería a ver a mi hijo con vida. No tuve elección.

—El cónsul de Guatemala también lo sabe, ¿verdad? Me refiero al hombre que se hacía pasar por sir Cecil Longsword —dijo Bob.

—Así es. No sé cómo se enteró. Y ese canalla me tuvo en sus manos, a pesar de que yo sabía que no era más que un impostor.

—Y supongo que Galarza tenía como misión la de vigilarle a usted.

—Galarza no es más que un triste matón al servicio de mi gobierno. Su cometido era el de asegurarse de que yo cumplía mi misión con diligencia. Al principio le bastaba con seguir de cerca todos mis movimientos, pero luego me obligaron a contratarlo como chófer para que estuviese en todo momento bajo su vigilancia. Jamás en mi vida me había sentido más humillado... ¡Me trataban como si fuese un criminal! Y lo peor de todo es que me obligaron a romper la palabra que empeñé con usted cuando lo contraté a mi servicio. Espero que algún día Dios haga justicia y ponga a cada uno en su sitio.

Elizabeth sonrió al noble de forma amable.

—Señor conde, mientras esa justicia divina llega, quizá estos Príncipes puedan ayudarle en algo con su problema. Lo deseo de todo corazón.

—Gracias, señorita Sullavan. Al igual que acabo de decir al señor Hollister, le aseguro que nunca olvidaré este gesto de admirable generosidad.

Don Jaime Rius-Walker se despidió de Elizabeth y de Bob con majestuosas muestras de afecto. Los dos jóvenes lo acompañaron al porche, fuera de la casa, y vieron cómo el noble se metía en su Lincoln Continental. Galarza iba al volante. Lo último que vieron los dos jóvenes del conde fue su dignísimo cogote ibérico cuando el coche se alejaba por la calle.

Se hizo un silencio entre los dos, mientras cada uno se sumía en sus propios pensamientos. Después Elizabeth respiró hondo, con lentitud, y se volvió hacia Bob.

—Supongo que debería darle la enhorabuena. Ha sido usted muy listo.

—Gracias. En efecto, creo que lo he sido... ¿Y bien? ¿Quién de los dos es ahora el doctor Watson?

Ella hizo un gesto de desdén con la mano.

—Bah, no se dé tanta importancia. Además, ha sido usted un poco tramposo.

—En absoluto.

—Sí lo ha sido, admítalo. Tenía usted información que los demás no conocíamos y se la guardó para sí hasta el último momento. Odio que la gente haga eso.

—Eso no es cierto.

—¡Por supuesto que lo es! Por ejemplo, yo no sabía que itzmin significa «trueno» en maya...

—Talbot lo mencionó la noche de la lectura del testamento.

—Ni tampoco sabía que el número de momias que tenía mi tío en Magnolia era el mismo que el de los miembros de la Sociedad Arqueológica.

—Es probable que olvidase comentarle eso.

—¿Se da cuenta? Si lo hubiera sabido todo, yo también podría haber deducido lo que ocurrió, y entonces usted habría quedado como un vulgar doctor Watson.

Bob miró a Elizabeth a los ojos y sonrió de medio lado.

—¿Quiere que le diga una cosa, señorita Sullavan? No me cabe duda de que habría sido capaz de hacerlo. Es más, le confesaré que yo soy el que se siente como un vulgar doctor Watson cada vez que hablo con usted más de diez minutos.

—¿De veras? —Ella sonrió, contenta—. De acuerdo, por esta vez le perdono, pero a condición de que me responda usted una pregunta.

—Soy todo oídos.

—¿Cuándo fue la primera vez que se dio cuenta de que todo esto no era más que un montaje?

—Desde que vi al supuesto doctor Itzmin (Talbot, en realidad) hacer su numerito de la sesión de espiritismo.

—¿Tan pronto? —dijo ella, incrédula—. No, me está usted tomando el pelo... Sólo quiere alardear.

—En serio. Admito que todo fue muy logrado: el abogado de Talbot certificando su muerte; la casa tétrica y misteriosa; la tormenta; su tío, como falso doctor Itzmin, fingiendo entrar en trance y hablando en una lengua desconocida... ¡Era el ambiente perfecto! Pero yo en todo momento tuve una cosa clara: no existen los espíritus de dioses mayas. Es más, es imposible que un hombre muerto hable a través de otra persona desde el más allá. Si una persona habla con la voz de Henry Talbot, lo más probable es que sea Henry Talbot. Eso es todo. Lo demás fue sólo cuestión de encontrar una explicación a por qué su tío actuó de esa manera.

—Ya veo.

—¿Recuerda lo que le dije en Magnolia? No existe lo sobrenatural. Siempre hay una explicación lógica.

—Parece usted muy seguro de eso... ¿No admite que hay casos muy extremos en los que puede existir un mínimo resquicio de duda?

Bob se llevó la mano a la cicatriz y la acarició con la punta de los dedos. Por un segundo, pareció ausente.

—No —aseguró con vehemencia—. No lo admito.

Ella se quedó mirándolo. Se preguntaba en qué estaría pensando.

—Señor Hollister.

—¿Diga, señorita Sullavan?

—¿Recuerda que me dijo que, la próxima vez que nos viésemos, me explicaría cómo se hizo esa cicatriz?

—Lo cierto es que no.

—Pues lo dijo. Incluso me dio su palabra de boy scout.

Bob suspiró. Se quedó un momento callado y después miró a Elizabeth a los ojos. Se acercó a ella hasta que ella pudo sentir incluso el leve aroma a tabaco y colonia que desprendía.

—Está bien, señorita Sullavan, voy a decirle la verdad.

Él se acercó un poco más y el olor de perfume de manzana de ella le acarició la nariz. Se quedaron quietos, mirándose a los ojos, sin decir nada, durante unos segundos.

Elizabeth tragó saliva.

—¿Sí...?

Tenía los labios ligeramente entreabiertos. La mirada de ella bajó desde los ojos de Bob hasta su boca.

Bob se acercó un poco más. La distancia entre ambos no era más gruesa que la de una respiración.

Entonces él imaginó que se inclinaba.

Cerraba los párpados.

Y algo fantástico sucedía después.

De pronto los ojos de Bob captaron un movimiento detrás de Elizabeth. Desde la puerta del porche, Dexter miraba con gesto torvo a la pareja.

Bob respiró hondo y sintió como si algo acabase de escapársele entre los dedos. Miró a la joven, sonrió de medio lado y guiñó un ojo. Luego le colocó un mechón de pelo por detrás de la oreja y dijo:

—La verdad, señorita Sullavan, es que nunca en mi vida he sido boy scout.

Se apartó de ella y se metió de regreso en la casa. Al pasar junto a Dexter sus miradas se cruzaron. Bob entendió en aquel momento por qué le resultaba tan antipático al prometido de Elizabeth. Y también por qué el sentimiento era mutuo.

—Señor Hollister... —musitó Dexter.

Él inclinó la cabeza a modo de respuesta.

—Señor Hyde...

El joven desapareció dentro de la casa.

Elizabeth dejó caer los hombros y resopló. El corazón le latía muy rápido. Su prometido se acercó a ella y la cogió de los hombros.

—Elizabeth, estás aquí. Tu tía está preguntando por ti. Tenemos que prepararonos para ir a la estación... —Se quedó mirando a la joven con el ceño fruncido—. ¿Te ocurre algo?

De pronto ella le sostuvo la cara entre las manos y le besó, acariciando su labio inferior con la punta de la lengua. Varios segundos después, se separó lentamente, cerró los ojos y respiró hondo.

—Gracias —dijo después—. ¿Lo ves, Dexter? No es tan difícil. Esto se llama beso, ¡y las parejas lo hacen a menudo!

Se atusó el pelo y entró en la casa.

Dexter se quedó quieto. Aún tenía los labios fruncidos en el aire, y sentía como si todo su cuerpo, de la cabeza a los pies, se hubiese ruborizado. Especialmente debajo de sus pantalones.

—A menudo, ¿eh...? —murmuró. Sus labios se curvaron en una sonrisa boba—. Vaya...

Se llamara como se llamase, le había gustado bastante.

EPÍLOGO

Outside there's a box car waiting
outside the family stew.

THE PIXIES,
«Here Comes Your Man»

FRANK abrió la caja con las figuritas del belén e inspeccionó consternado el desolador aspecto que lucían la mayoría de ellas.

A casi todos los pastorcillos les faltaba un brazo, una pierna o incluso ambos; todas las ovejas estaban descabezadas y sólo una de las lavanderas tenía los dos brazos... izquierdos, porque había sido «reparada». Aunque lo que más llamó la atención de Frank fue que hubiese tantas lavanderas; de hecho, la proporción con respecto a los pastores era como mínimo de dos a uno. Se preguntaba de dónde habrían salido y si sería evangélicamente correcto dar a entender que el Niño Jesús había recibido como ofrenda varios kilos de ropa limpia.

Rebuscó en la caja tratando de encontrar a los Reyes Magos. Había siete, pero todos eran el rey Baltasar. Era como si todo el barrio de Harlem hubiera querido ir a adorar al Niño.

Al menos los protagonistas principales estaban intactos: San José, la Virgen, el Niño... ¿dónde estaba el Niño?

—Eh, Fonzi —dijo Frank con la cabeza metida en la caja—. ¿Dónde está el Niño Jesús?

El mecánico estaba colocando unos caballetes sobre los que irían las tablas en las que se sostendría el belén.

—Se perdió el año pasado, ¿recuerdas? La hermana Mary Joy lo sustituyó por una judía a la que le había pintado ojos y boca.

—No me parece muy apropiado hacer pasar a una legumbre por nuestro Salvador.

Fonzi se encogió de hombros.

—¿Por qué no? Es decir, no es como sustituirlo por un pepinillo o un rabanito... Una judía es una cosa muy decente.

—Puede ser... De todas formas este año compraremos uno nuevo. —Frank se quedó mirando la caja, rascándose la coronilla—. ¡Ojalá tuviéramos dinero para renovar también a los pastorcillos, y los reyes magos...! Me temo que nuestro belén va a parecerse a un campamento de damnificados. —Sacó de la caja una figurita a la que le faltaban los brazos, las piernas y la cabeza—. ¿Se puede saber qué es esto?

—Yo diría que un torso.

—Sí, pero ¿de quién?

—¡Qué más da! Tú déjalo por ahí. Podemos usarlo para simular una roca.

—Me pregunto si no será mejor que este año nos limitemos a decorar un abeto.

—Vamos, Frank, todos los años dices lo mismo. Sabes que a los muchachos les gusta montar el belén. ¿Qué importa que esté hecho una mierda... dicho sea con perdón? Lo que cuenta es el detalle.

—Creo que tú disfrutas más que los chicos, pero, en fin, supongo que tienes razón. —El cura se puso de pie y se limpió las manos contra el fondillo de los pantalones—. Date prisa con eso, ¿quieres? Mañana es el primer domingo de Adviento y me gustaría que estuviese armado para entonces.

En ese momento Bob pasó junto a Frank y Fonzi. Venía de

la calle y tenía restos de nieve sobre los hombros. Sin detenerse, hizo un saludo desganado con la mano y se encaminó hacia los dormitorios. Cuando hubo desaparecido, Fonzi movió la cabeza de un lado a otro.

—Este chico me preocupa, Frank —dijo mientras abría uno de los caballetes—. Desde hace un par de meses es como una sombra. Ya ni siquiera me ayuda en el garaje. Lo único que hace es pasear de arriba abajo como un alma en pena.

—Sólo está un poco bajo de moral, eso es todo. Ya se le pasará.

—Te digo que es por una chati. Cuando tienen esa cara siempre es por una chati. A éste lo que le hacen falta son un buen par de...

—¡Fonzi!

—¿Qué pasa? Iba a decir copas. Un buen par de copas, para animarse, ya sabes.

—Sí. Claro. —Frank dejó las cajas apiladas contra una pared—. Avísame cuando esté todo listo y traeré a los muchachos para que monten el resto de las cosas.

Frank se dirigió hacia los dormitorios. Encontró a Bob tirado boca arriba encima de su cama. Lanzaba hacia el techo una pelota de béisbol y luego la recogía, una y otra vez. Cuando el cura entró en el dormitorio y se sentó a su lado, no le prestó ninguna atención.

—¿Qué tal, Robert? ¿Cómo lo llevas? —El joven emitió un sonido ambiguo, sin dejar de lanzar la pelota—. Oye... Fonzi y yo estamos montando el belén. A lo mejor te apetece echarnos una mano...

Bob dejó la pelota encima de su mesilla de noche. Se levantó de la cama y se dirigió hacia la salida arrastrando los pies.

—¿Adónde vas? —preguntó Frank.

—A ayudar a Fonzi. Acabas de pedirme que lo hiciera.

—Yo no te he pedido nada, sólo he dicho que quizá te gustaría hacerlo... Ven aquí. Siéntate. —Bob obedeció dócilmente—. ¿Por qué no me cuentas qué es lo que te pasa?

—Nada. Estoy bien.

—Por supuesto que estás bien. Y este año Ted Williams dejará los Boston Red Sox a mitad de temporada para profesar votos en un convento franciscano.

— Había oído que era de los carmelitas descalzos.

Frank lo taladró con su mejor mirada jesuítica.

—Robert...

Bob suspiró.

—¿Ves esta pelota, Frank? —dijo—. Puedo lanzarla al aire y cogerla treinta y siete veces seguidas en un minuto. Hace una semana eran veintinueve, y creo que si sigo practicando podré conseguir que sean más de cincuenta. Y seguramente en unos días conseguiré lanzar y recoger la pelota una vez por segundo.

—Vaya... —dijo el cura, confuso—. Eso... está muy bien, chico...

—¿Es que no te das cuenta, Frank? ¡Estoy intentando batir mi propio récord de lanzamiento de pelota sobre cama! ¡Y sólo para no pensar en que lo único que querría es meterme esa dichosa pelota por una oreja hasta sacármela por la otra! —Bob se dejó caer sobre la cama con aire abatido—. Me aburro, Frank. Me aburro tanto que creo que voy a volverme loco.

Había algo más, a parte de sus alardes con la pelota, que Bob no se atrevió a compartir con el sacerdote.

Echaba de menos a Elizabeth.

Añoraba dolorosamente su charla interminable y sus salidas sorprendentes. Echaba de menos el calor que coloreaba sus mejillas cada vez que ella lo ponía en evidencia, y también el olor a manzanas que despedía. Desde que ella se fue, Bob se quedaba mirando todos los puestos de fruta de la ciudad con cara de ternero degollado, incluso algún dependiente con buenos sentimientos le había llegado a regalar una manzana pensando que era un sintecho hambriento.

Era una sensación odiosa, en realidad, pues Bob siempre

había detestado sentirse idiota, pero no podía evitarlo cada vez que pensaba en ella.

A menudo, mientras arrojaba y recogía la pelota tumbado sobre la cama, se preguntaba qué habría pasado si hubiera tenido el valor de besarla en el porche de tía Violet. En aquel momento se había sentido eufórico: había resuelto el misterio de los Príncipes de Jade, todos lo habían aplaudido y se creía capaz de cualquier cosa. Hasta de la más absurda.

Como besar a Elizabeth, por ejemplo. ¿Por qué? Por nada en concreto. Sólo porque estaba feliz, porque se sentía fuerte y porque le parecía una buena idea.

Lo malo era pensar en qué habría ocurrido si se hubiese lanzado a sus labios, como tuvo la intención.

Si lo pensaba con lógica, la solución a aquel misterio era bastante deprimente: ella estaba prometida, tenía dinero y era una mujer sofisticada. Él no era más que una rata de hospicio con el hocico marcado por una cicatriz. En resumen, lo mejor era olvidarse del tema y archivarlo entre sus vivencias del pasado.

Pero no podía hacerlo.

De modo que había pasado los dos últimos meses en un continuo estado de aburrimiento y frustración.

—No te angusties, muchacho —dijo Frank—. Ya encontrarás un trabajo que te ayude a mantener la mente ocupada. Es sólo cuestión de tiempo.

Bob negó con la cabeza.

—No lo entiendes, Frank. Todos los días salgo a buscar trabajo y, aunque no haya mucho donde elegir, a menudo encuentro ofertas pero no hay ninguna que me guste. No hay absolutamente nada que me motive... salvo tumbarme en la cama y lanzar una y otra vez la puñetera pelota.

Frank asintió, pensativo.

—Creo que ya sé cuál es el problema. —El sacerdote se tocó la frente con el dedo índice—. Aquí... aquí está el problema. Mira, Robert, Dios te metió un buen cerebro en esa cabeza, un cerebro grande y musculoso. ¿Sabes lo que ocurre con un músculo cuando no lo ejercitas? Se atrofia y se reblandece. Mírame a mí: cuando boxeaba tenía el cuerpo de un toro, y ahora parezco un jarrón. Lo que le ocurre a tu cerebro es que se ha vuelto fofo y blando de no usarlo, por eso ahora te pesa en la cabeza.

—¿Y qué sugieres, que me compre un libro de crucigramas?

—No, muchacho. Está claro que tú necesitas algo más que unos crucigramas. —Frank le dio una palmada afectuosa en el hombro—. Ten paciencia. Dios proveerá. Estoy seguro de que tiene algo para ti.

—Si tiene algo para mí, ¿por qué no me lo da de una vez?

—Le gusta el suspense.

— No sé en qué seminario estudiaste teología, Frank, pero pídeles que te devuelvan el dinero.

—Muy gracioso. Mira, chico, acuérdate de santo Tomás de Aquino...

Bob se cubrió la cara con las manos y se tiró de espaldas sobre la cama.

—¡Oh, Dios, Frank, no, por favor! ¡La historia de santo Tomás de Aquino otra vez no!

Bob tuvo suerte. Antes de que Frank pudiera desgranar la vida y milagros del Doctor Angélico, Fonzi asomó la cabeza por la puerta del dormitorio.

—¡Oye, chico, alguien pregunta por ti en la entrada!

—¿Quién es?

—Baja y lo verás —respondió el mecánico—. Sólo te diré que ojalá fuese por mí por quien preguntara esa preciosidad.

Súbitamente intrigado, Bob salió del dormitorio y bajó la escalera hacia la entrada del albergue. De alguna manera sospechaba quién sería la persona que había ido a verlo, pero no estaba seguro de si en realidad era más un deseo que una intuición.

Cuando vio a Elizabeth, comprobó que se trataba de las dos cosas.

La joven estaba de pie, junto al armazón de caballetes que Fonzi había estado montando. Inspeccionaba con sumo interés una figurita de barro rota y reparada con arcilla que sostenía en la mano. Fuera lo que fuese aquello, tenía cuerpo de camello y cabeza de lavandera.

—¡Señorita Sullavan...! —exclamó Bob. Después se dio cuenta de que su voz había sonado demasiado entusiasta. Habló otra vez, intentando moderarse—. ¿Qué tiene en la mano? ¿Un amigo?

—No lo sé... Yo diría que es algún tipo de aberración antropomórfica... ¿No le parece que es un poco tarde para colocar los adornos de Halloween?

—Se trata del belén. Frank lo pone todos los años.

—¿Esto es un belén? —dijo Elizabeth mirando la figurita del camello con escepticismo—. Cielo santo, la verdad es que me alegro de que mis padres fueran presbiterianos.

—Le aconsejo que no lo diga en voz alta. Aquí hay curas por todas partes.

—Oh, sí, el bueno de Frank... —dijo Elizabeth, dejando caer la figura dentro de una caja—. ¿Dónde está? Me gustaría saludarle.

—Debo haber entendido mal... Fonzi me dijo que preguntaba usted por mí.

—Es cierto, pero prefiero no darle alas a su ego. Se pondría usted insoportable, como de costumbre... Y bien, señor Hollister, ¿no se alegra de verme?

—Lloro de la emoción, ¿es que no se me nota? Le había pedido a Santa Claus un irritante dolor de cabeza y... ¡bingo! Aquí está usted.

—Veo que en este tiempo su humor no ha mejorado en absoluto. Es igual, me encuentro henchida de espíritu prenavideño. Por cierto, mi tía Sue le manda saludos.

—Es una mujer encantadora. Podría usted aprender mucho de ella.

—No, gracias. Desde aquella historia de los Príncipes de

Jade lo adora a usted como a un dios olímpico. Dice que incluso le parece guapo. La pobre mujer está perdiendo la cabeza con la edad... Aunque siempre tuvo un gusto terrible para los hombres, ahora que lo pienso.

—Ah, la querida tía Sue... —Bob suspiró—. ¿También ella ha venido Nueva York?

—¡Qué va! La última vez que regresamos a Providence prácticamente se tiró del tren en marcha para besar el suelo. Dudo que vuelva a salir de allí en mucho tiempo. Pobrecilla... Cuando me mude a esta ciudad lo va a pasar muy mal.

Las cejas de Bob se arquearon.

—¿Va usted a mudarse a Nueva York?

—Exacto. ¿A qué viene esa cara de extrañeza? Hace poco heredé una casa en Long Island, ¿recuerda?

—Espere un momento... No estará refiriéndose a...

—A Magnolia, eso es.

—Creí que había puesto la casa en venta.

—Y lo hice, pero más tarde me arrepentí. —Elizabeth se sentó sobre uno de los caballetes—. Verá usted, señor Hollister, voy a contarle cómo he pasado estos dos últimos meses en Providence: me levantaba por las mañanas, desayunaba, leía el periódico, salía a pasear... y ¿sabe lo que hacía después?

—No, no lo sé.

—Nada. Absolutamente nada. ¡Comer horas como si fuese un reloj hambriento! Paseaba y paseaba sin parar, de arriba abajo. Empecé a medir la distancia que recorría en una hora de paseo. Luego traté de batir mi marca. Así todos los días, ¿comprende?

—Creo que puedo hacerme una idea.

—Entonces, un día, logré hacer la mitad de camino en el mismo tiempo. Me paré en seco y me dije: «Elizabeth, ¿te das cuenta de que lo más emocionante que has hecho en las últimas dos semanas ha sido caminar cada vez más rápido?». Creo que nunca en mi vida me había sentido tan deprimida. Aquella misma tarde llamé a los abogados de la compañía de seguros y les dije que había cambiado de opinión, que deseaba quedarme con la casa. Ahora tengo una mansión en Long Island llena de antigüedades... y una buena cantidad de dinero esperando en el banco a que cumpla la mayoría de edad el mes que viene.

—Mi más sincera enhorabuena, señorita Sullavan. Yo ayer rechacé un trabajo de friegaplatos en un sitio llamado El Palacio del Pastrami. Veo que a los dos la vida nos sonríe. —Bob se sentó junto a ella—. ¿Y a qué va a dedicarse en la Gran Ciudad, con su mansión en Long Island y su pequeña fortuna?

—El monstruo del lago Ness —respondió ella.

Bob tuvo que reconocer que no esperaba esa respuesta.

—¿El monstruo del lago Ness? —repitió él.

—Eso es. Supongo que habrá oído la leyenda: una criatura aterradora que vive en el fondo de un lago en Escocia. Hace unas semanas salió una noticia en la prensa diciendo que un tipo lo había visto. El artículo incluso llevaba una fotografía, ¿lo leyó usted?

—No, me temo que no.

—¡Qué pena! Debí haberlo traído... Es igual. Lo que quiero decir es que la fotografía era espantosa, es decir, ¡seguramente era la peor fotografía de monstruo que se ha hecho en toda la historia! ¡Se veía claramente que eso no era más que un montón de hojas!

Bob la miró, muy serio.

—Señorita Sullavan, no tengo ni la más remota idea de adónde quiere ir usted a parar.

—¡Oh, pero qué obtuso es usted, señor Hollister...!

—¿Obtuso? ¿Cuándo ha aprendido esa palabra?

—Escuche, ¿es que no se da cuenta? ¡El mundo está lleno de personas que aseguran haber visto monstruos, fantasmas o qué sé yo! La mayoría de ellas son pobres diablos que no pretenden hacer daño a nadie, pero otras, como mi tío Henry, se aprovechan de ello para oscuros propósitos. ¿No le causa eso una enorme indignación?

—Sí, y también la guerra en Europa y la injusticia social. Pero ¿qué tiene eso que ver con que usted se mude a Nueva York?

Elizabeth colocó su bolso sobre las rodillas y buscó algo en su interior.

—Mire, he escrito esto mientras venía en el taxi... Para el periódico, ya sabe. —Sacó un pequeño carnet de notas y se lo enseñó a Bob, abierto por una de sus páginas—. Dígame qué le parece.

Bob leyó, sin entender nada. Escrito con letras torcidas decía:

MAGNOLIA
Especialistas en fenómenos sobrenaturales.
Explicamos lo inexplicable.
(Experiencia acreditada)

Todo estaba rodeado por un cuadrado de líneas irregulares, como si fuese el anuncio de un periódico.

Bob creyó entender qué era lo que ella le estaba pidiendo... Más bien, supo sin lugar a dudas lo que tenía planeado. Le pareció una idea ridícula, una idea infantil, tan descabellada que sólo podía estar condenada al más rotundo de los fracasos.

Abrió la boca para decir todo aquello, y de pronto se le vino a la cabeza su propia imagen, tirado sobre la cama lanzando la pelota al aire. Una y otra vez.

Luego la imagen de ella saliendo por la puerta para no volver a cruzarse nunca más en su camino, con su estúpido anuncio escrito a mano dentro del bolso y en la cabeza un montón de pájaros bajo un sombrero a juego.

Y, finalmente, sin poder pensar en nada más que aquello, dijo:

—Hollister y Sullavan.

—¿Cómo dice?

—Magnolia es un nombre horrible. Parece propio de un burdel. Debe llamarse Hollister y Sullavan.

Ella puso los brazos en jarras.

—¿Y por qué ha de ir su nombre en primer lugar?

—Porque yo resolví lo de los Príncipes de Jade. Cuando resuelva usted algún caso, podemos cambiar el orden si le da la gana; hasta entonces Hollister y Sullavan, o no hay trato.

—Está bien —dijo ella, al cabo de pensárselo durante unos segundos—. Pero yo soy la que manda.

—¿Por qué?

— Porque la idea ha sido mía y el dinero lo pongo yo. Además, le recuerdo que oficialmente todavía sigue usted siendo mi chófer.

—Conforme, a condición de que esta vez cobre más de cinco centavos.

—Me parece justo.

—¿Y dónde estará la oficina?

—En Magnolia.

—Demasiado lejos.

—Usted elige: o viene y va todos los días en el autobús, o se muda a uno de los múltiples dormitorios sin usar que hay en la casa.

—Ni pensarlo. No quiero verla a diario nada más despertarme y antes de irme a la cama. Me quedaré aquí, con Frank.

—Veamos qué opina él, pero... ¡como usted diga! —Ella lo miró a los ojos y sonrió—. ¿Se lo imagina, señor Hollister? Nosotros dos trabajando juntos, mano a mano. Creo que haríamos un buen equipo: yo el cerebro y usted...

—¿El músculo?

—No, el chófer. Creo que todavía tiene que hacer un poco de ejercicio para ser el músculo, no se ofenda.

—¿Y qué opinará el bueno de Dexter de nuestra asociación? ¿O acaso ya ha dejado de sentir antipatía por mí?

—Si le soy sincera, me es indiferente. Dexter es mi prometido, no mi dueño. Mientras no estemos casados, lo que yo haga con el dinero que heredé de mis padres a él tendrá que parecerle bien, si es que realmente me quiere.

—De modo que sigue dispuesta a casarse con él.

Elizabeth pareció sorprendida por aquella observación.

—Claro que sí, ¿por qué no iba a estarlo?

«Buena pregunta —pensó Dexter—. ¿Por qué diablos de pronto iba a cancelar sus planes de boda?» No encontró ninguna respuesta para eso, salvo que le hubiera gustado que ella no lo tuviese tan claro.

Le habría gustado mucho.

—Sólo una cosa más, señor Hollister.

—Diga, señorita Sullavan.

—Si vamos a ser un equipo, creo que me merezco saber un par de cosas sobre usted. La confianza debe ser el pilar de nuestra relación.

—Bonita frase para decorar un azulejo... ¿Exactamente a qué se refiere?

—Me refiero, por ejemplo, a cómo llegó a parar a este hospicio... O a qué hay de verdad en esa historia de que usted estudió en Harvard. —Ella se cruzó de brazos y le miró a la cara—. Y, sobre todo, ¿cómo diablos se hizo esa dichosa cicatriz?

—¿De verdad tiene tantas ganas de saberlo, señorita Sullavan?

—Pues, ya que lo menciona, le diré que sí. Tengo muchas ganas de saberlo.

Él sonrió de medio lado, sólo para ella. Elizabeth pensó que era interesante que una misma sonrisa pudiese ser al mismo tiempo adorable, irritante, atractiva u odiosa, según las circunstancias.

Descubrió que, después de todo, le encantaba aquella sonrisa partida por la mitad, que no había dejado de pensar en ella desde que regresó a Providence y que le habría gustado mucho poder decírselo a él, si no fuera porque temía que su reacción fuese la de soltar alguna frase hiriente y no tomarla en serio.

Y también estaba Dexter, claro.

—Si tanto desea saberlo, descúbralo por sus propios medios —dijo Bob—. Tómeselo como un pequeño reto personal mientras llevamos a cabo nuestra labor en equipo.

—¿Acaso no me cree capaz de hacerlo?

—¡Al contrario! La creo más que capaz. Después de todo, usted es el cerebro. Yo sólo soy el chófer.

—Mientras no haga ejercicio —completó Elizabeth.

—Seguro que usted y yo haremos mucho ejercicio juntos —dijo él. De pronto sus mejillas se encendieron—. ¡Quiero decir que...!

Ella rió. Aunque sus mejillas también parecían algo más coloreadas que de costumbre.

—Creo que sé lo que ha querido decir... Entonces ¿estamos de acuerdo? ¿Somos un equipo?

Bob no respondió de inmediato.

«Hollister y Sullavan», pensaba.

Sonaba bien. Incluso tenía ritmo. Parecía algo importante.

No tuvo que pensarse mucho la respuesta. La había tenido clara desde que vio a Elizabeth al pie de la escalera, rodeada por las cajas de los adornos de Navidad. Entonces había vuelto a experimentar la sensación de que sería capaz de hacer cualquier cosa.

Cualquier cosa.

Incluso terminar lo que empezó en el porche de tía Violet.

Sólo era cuestión de esperar el momento adecuado.

Mientras tanto, en algún lugar de la cordillera del Himalaya...

I just blew in from the windy city.
The windy city is mighty pretty.

JACKSON & BUTTOLPH,
«The Windy City»

EL HERMANO CIELO INFINITO se cubrió el rostro con su hábito de color azafrán. Empezaba a caer una nieve abundante a base de copos esponjosos, como si las nubes se estuviesen desmenuzando.

A su alrededor, un océano de la más absoluta de las blancuras hacía pensar que el Universo se había quedado ciego.

El hermano Cielo Infinito era capaz de diferenciar las ondulaciones en la nieve con la misma claridad con la que contemplaría un camino pavimentado en el suelo; gracias a ello, podría regresar al monasterio sin mayor contratiempo. Aunque habría de darse prisa, pues cuando cayese la nevada el paisaje cambiaría con cada gramo de nieve depositado sobre el valle.

A su espalda, unos pasos por detrás de él, el hermano Lago De Paz En La Montaña caminaba con el rostro risueño y la calva al aire. Nadie en el monasterio sabía cuántos años tenía exactamente el hermano Lago De Paz En La Montaña, y él mismo sólo era capaz de hacer conjeturas al respecto, pero a pesar de ello seguía teniendo la inocencia y el candor de un niño pequeño.

Ambas cualidades en aquel momento le estaban resultando bastante cargantes al hermano Cielo Infinito.

—Apresúrate, Lago De Paz En La Montaña. Está empezando a nevar. Tenemos que regresar al monasterio —le dijo.

El aludido se limitó a seguir caminando a pequeños pasos, deteniéndose a menudo para contemplar algo que consideraba de su interés. En un momento dado, el viejo monje extendió las manos hacia lo alto, atrapó un copo de nieve y se lo acercó a los ojos.

—¿Te das cuenta, Cielo Infinito, de la extraordinaria hermosura que reside en cada copo de nieve? Son como delicadas estrellas que el cielo nos regala para adornar nuestra existencia.

Para Lago De Paz En La Montaña todo eran regalos celestiales que adornaban la existencia: los copos de nieve, las rocas, los matorrales, e incluso el estiércol de yak. En el monasterio los hermanos solían decir que Lago De Paz En La Montaña estaba tocado de una clarividencia sobrenatural. A Cielo Infinito le parecía sólo un viejo pesado.

—Sí, ya lo veo —dijo Cielo Infinito—. Es muy hermoso, pero vámonos, o dentro de poco estaremos completamente cubiertos de adornos celestiales.

—Aguarda, hermano... Quiero deleitarme con el murmullo del viento entre la montaña.

Cielo Infinito pensó que no se deleitaría tanto cuando el murmullo del viento entre las montañas le arrancase las orejas de cuajo en forma de ventisca.

—Por favor, hermano Lago De Paz... —lo acució el joven monje.

—Escucha... ¿No lo oyes? Es el sonido de la Creación.

El anciano empezó a mover las manos suavemente al compás de una música que sólo él podía oír. Luego comenzó a dar vueltas sobre sí mismo y a canturrear entre dientes.

Cielo Infinito se armó de paciencia.

Lago De Paz En La Montaña siguió danzando consigo mismo. Primero levantaba un pie del suelo, luego el otro. Giraba. Alzaba un pie. Otro pie.

Levantó los dos pies al mismo tiempo y se elevó unos centímetros, como una pluma al viento.

«Estupendo... —se dijo Cielo Infinito—. ¡Y ahora se pone a levitar!»

El monje masculló un puñado de maldiciones muy poco apropiadas para una persona que buscaba el estado de armonía espiritual y se acercó hacia Lago De Paz En La Montaña, quien flotaba cándidamente sobre un montículo de nieve, con los dos pies juntos formando una línea recta.

Lago De Paz levitaba a menudo. Los monjes más veteranos del monasterio decían que, años atrás, había temporadas en las que el anciano pasaba más tiempo en el aire que sobre el suelo.

La primera vez que Cielo Infinito contempló ese fenómeno le pareció algo que no se veía todos los días; luego descubrió que, en realidad, sí que era algo que se veía todos los días, al menos dentro de los muros del monasterio.

Durante sus levitaciones, Lago De Paz solía pronunciar extrañas palabras que nadie entendía, aunque el abad siempre obligaba a los demás monjes a tomar buena nota de ellas, pues decía que Lago De Paz tenía el don de la clarividencia y que ese don sólo se manifestaba en las ocasiones en las que el viejo monje se elevaba sobre la tierra.

Hasta el momento, los augurios que Cielo Infinito le había escuchado no habían sido demasiado impresionantes. La mayoría de las veces tenían que ver con el clima: «La madre Montaña nos otorgará sus nieves desde por la mañana, despejando hacia el mediodía y con posibilidad de ventiscas al atardecer». Bien. Cielo Infinito podría ser capaz de hacer los mismos augurios sin tanto espectáculo.

Otras veces, muy pocas, Lago De Paz soltaba frases más interesantes como «Veo una nueva vida abriéndose paso desde la oscuridad». Solía decir eso siempre que alguna hembra de yak estaba a punto de parir. O bien decía: «El hombre del brazo fuerte caminará sobre la luna». Esta última frase nadie había sido capaz de entenderla todavía.

Cielo Infinito se colocó junto a Lago De Paz, esperando oír otra previsión meteorológica. Vio que los labios del viejo monje empezaban a agitarse y que una línea muy fina aparecía en el centro de su calva cabeza.

—Hay un hombre... —dijo.

«Vaya, esto empieza bien», pensó Cielo Infinito, que confiaba en oír algo original para variar. Sin embargo, Lago De Paz se limitó a pronunciar palabras y frases inconexas.

—Eternamente vivo... Maestros del Tiempo... Las fauces de la Montaña... ¡Regresa! ¡Regresa! Eternamente vivo... Una rueda... El hombre marcado por un surco de lágrima... —El rostro de Lago De Paz se contrajo de repente, como si algo le doliera—. Su nombre... Dice su nombre... ¡Oh!

Sus ojos se abrieron y su cuerpo se encogió, como si lo hubieran golpeado. Su trance se rompió y el monje cayó al suelo como un fardo de ropa vieja. Cielo Infinito se preocupó. Nunca antes había hecho eso.

—¡Hermano, hermano! ¿Te encuentras bien?

Lo ayudó a ponerse en pie y le sacudió la nieve de la cabeza. Lago De Paz parecía estar aturdido. Levantó una mano temblorosa y señaló hacia una pared de roca cercana.

—Allí... Lo he visto... —dijo—. Debemos ayudarlo. Se muere.

Lago De Paz En La Montaña corrió hacia el lugar que había señalado. Cielo Infinito fue tras él. Lo alcanzó cuando ya estaba junto a la pared, excavando nieve en el suelo. Había un hombre enterrado.

Los dos monjes lo sacaron, quitando la nieve con las manos.

El hombre parecía al borde de la hipotermia. Algunos de sus miembros estaban tiesos como rocas, y la parte de su cara que no estaba cubierta por una poblada barba entrecana lucía un insano color azulado. Vestía como los montañeros occidentales, y su ropa y su pelo estaban cubiertos de escarcha.

Cielo Infinito acercó la oreja a sus labios despellejados.

—¡Vive! —exclamó—. ¡Aún respira! ¡Debemos llevarlo al monasterio!

Entre los dos monjes lo cargaron hasta el santuario encajado entre los riscos donde los hermanos tenían su comunidad. Se organizó un pequeño revuelo cuando ambos aparecieron con aquel montañero extraviado, aunque no era la primera vez que la comunidad atendía casos similares.

Lo llevaron a la enfermería y allí trataron de reanimarlo. Por desgracia, las gélidas temperaturas habían causado estragos en su organismo, y poco era lo que los monjes podían hacer por él salvo atenuar sus últimos sufrimientos.

Al caer la noche, el hombre pareció recuperar la consciencia. Volvió las pupilas hacia el monje que lo acompañaba y de sus labios rotos brotó una sola palabra.

—Ayuda...

—Tranquilízate, viajero —dijo el monje—. Estás a salvo. Nosotros te ayudaremos.

—Ayuda... —repitió—. Randolph Sullavan...

—¿Ése es tu nombre?

—Randolph Sullavan —insistió el hombre, ya casi sin voz. De pronto sus ojos se abrieron del todo y agarró la túnica del monje para atraerlo hacia sí con desesperación—. Ayuda... Randolph Sullavan... Shambala...

El monje palideció.

—¿Dónde has oído esa palabra?

—Shambala —volvió a decir. Se dejó caer sobre su almohada, ya sin apenas fuerzas, y sus labios temblaron una vez más—. Shambala...

Fueron sus últimas palabras. Expiró en el momento en que la nieve aplastaba las montañas bajo un gigantesco tifón de hielo.

Nota del autor

Gran parte de los datos expuestos en esta novela son reales. Otros son mera ficción. Considero innecesario indicar cuáles son unos y cuáles otros, que sea el lector quien lo decida.

La aventura de los Príncipes de Jade es un relato por el que siento un cariño especial, por lo que resulta lógico que todas las personas que me apoyaron y aconsejaron al escribirlo sean también muy especiales.

Mis amigos Bárbara Sanmartín, Marta Betés, Carlos Moreno, Ignacio Yrizar, Isaac Pozo, Rodrigo Carretero y Víctor López leyeron el manuscrito antes que nadie. Creo que este dato es, junto con la dedicatoria, muestra suficiente de la importancia que han tenido y siempre tendrán sus opiniones para mí. Gracias, chicos. Esta novela es para vosotros.

A parte de eso, también pude contar con la crítica previa de una escritora profesional, lo cual es una suerte. Si además de profesional resulta que tiene talento, más que suerte es un privilegio. Si además de profesional y talentosa también es de la familia, entonces es un orgullo. Privilegio, suerte y orgullo es lo que siento al poder contar con los siempre buenos consejos de mi hermana Carla, que sirvieron para mejorar este relato.

También quiero agradecer a Cristina Armiñana y a todo el equipo de Penguin Random House el haber dado forma y color a *La aventura de los Príncipes de Jade*. No podría desear un trabajo de edición más concienzudo, impecable y profesional.

Por último, pero no menos importante, gracias a todos los que habéis caminado por este relato hasta el final. Espero que al menos haya sido un viaje divertido.

L. M. M.

El papel utilizado para la impresión de este libro
ha sido fabricado a partir de madera
procedente de bosques y plantaciones
gestionados con los más altos estándares ambientales,
garantizando una explotación de los recursos
sostenible con el medio ambiente
y beneficiosa para las personas.
Por este motivo, Greenpeace acredita que
este libro cumple los requisitos ambientales y sociales
necesarios para ser considerado
un libro «amigo de los bosques».
El proyecto «Libros amigos de los bosques» promueve
la conservación y el uso sostenible de los bosques,
en especial de los Bosques Primarios,
los últimos bosques vírgenes del planeta.

Papel certificado por el Forest Stewardship Council®

MIXTO
Papel procedente de
fuentes responsables
FSC® C117695